FUCKING Koomic

ROMANCE
NISHA ET CAETERA

sont éditées par les Éditions de l'**Opportun**
16, rue Dupetit-Thouars
75003 Paris

www.nishabooks.com

Direction éditoriale : Stéphane Chabenat
Éditrice : Margot Baudichet
Mise en pages et conception graphique : Nord Compo
Conception graphique de la couverture : Charlotte Thomas

KENZA MIKAELSON

FUCKING Roomie

Avez-vous remarqué le petit symbole sur la quatrième de couverture de ce livre, juste au-dessus du code barres ?
En voici la signification :

Sans contenu
explicite détaillé

Peu de scènes
explicites détaillées

Présence de plusieurs scènes
explicites très détaillées

À toutes mes Kaylee.
À celles et ceux qui souffrent en silence,
qui doutent de leur valeur,
qui ne voient plus la lumière.
Vous êtes fort·es.
Vous êtes courageux·ses.
Et vous méritez de guérir.
De vivre.
Pas seulement de survivre.

Avertissements

Cher·ère·s lecteur·rice·s,

Fucking Roomie est une romance saine entre deux êtres cabossés par la vie et que tout oppose. Deux êtres qui n'attendaient plus rien de l'amour, mais qui vont, malgré eux, se retrouver, se heurter, s'apprivoiser. C'est une histoire de reconstruction, d'espoir, de guérison.

Kaylee et Hayden ont dû traverser le pire pour atteindre le meilleur. Voilà pourquoi je tiens à vous informer que ce récit traite de sujets très délicats.

Si aucun sujet sensible ne vous affecte, je vous invite à tourner la page et à plonger directement dans leur histoire. Dans le cas contraire, je vous encourage à prendre un moment pour consulter la liste suivante et à vous écouter avant de poursuivre votre lecture.

Ce roman contient des scènes de violences psychologiques et physiques, des agressions sexuelles détaillées, ainsi que des situations de non-respect du consentement. Il traite aussi du deuil, de la perte de parents, de la dépression, de l'abandon d'un enfant à la naissance, et mentionne le suicide. Vous y trouverez également des thèmes liés à la peur de l'intimité, au dégoût de soi, à des crises de claustrophobie, au meurtre, à l'enlèvement, à la manipulation psychologique et aux insomnies.

Prenez soin de vous et très bonne lecture.

Avec tout mon amour,
Kenza

Playlist

Vous pouvez retrouver la playlist complète sur Spotify sous le nom de *Fucking Roomie Playlist* !

Breathe me – Sia

Control – Halsey

Elastic Heart – Sia

Human – Christina Perri

Demons – Imagine Dragon

Who's afraid of little old me – Taylor Swift

You Say – Lauren Daigle

Troubled Water – Alex Warren

Too Hurt To Fall In Love – Lauren Spencer Smith

If You Love Her – Forest Blakk

Through The Dark – One Direction

In The Stars – Benson Boone

The Smallest Man Who Ever Lived – Taylor Swift

Salvation – Gabrielle Aplin

Helium – Sia

My Somebody – James TW

I Guess I'm In Love – Clinton Kane

As I am – Justin Bieber

I know you – Skylar Grey

The One – Kodaline

Look After You – The Fray

Lifetime – Justin Bieber

Ordinary – Alex Warren

Unconditionally – Katy Perry

To The Men That Love Women After Heartbreak – Kelsea Ballerini

Heartbroken – David J

Home – Edith Whiskers

Daylight – Taylor Swift

Prologue

On dit que l'amour est un sentiment inexplicable. Première source de plaisir, d'épanouissement, de plénitude. L'amour est une force. Il est signe de chance, de fortune, de succès. Certains disent même qu'il nous est impossible de ne pas aimer. L'amour est partout : universel, intemporel. Il n'a pas de couleur, de règles, d'origines.

L'amour d'un parent symbolise la protection, la sécurité. Il est naturel, inconditionnel, presque inévitable.

L'amour fraternel nous enseigne le partage, l'entraide, la solidarité. Il est là pour nous épauler, nous encourager, nous défendre envers et contre tout.

L'amour amical, lui, est différent. Il s'apprend, se cherche, se construit. Contrairement à d'autres formes d'amour, il n'est ni inné, ni automatique. Il se mérite, se cultive, s'ancre dans la confiance, la complicité, la fidélité. Il existe pour rappeler que les liens du sang ne sont pas toujours nécessaires et qu'il peut être tout aussi puissant.

Et puis, il y a l'Amour, avec un grand « A ». Le plus rare, le plus complexe. Comme l'amour amical, il exige confiance, complicité, fidélité, mais il va plus loin. Il est plus profond, plus intime. Il nous force à explorer nos pensées, à comprendre nos corps, à révéler nos désirs les plus enfouis. Il nous pousse à affronter nos ombres, à embrasser nos failles.

Tous ces types d'amour sont différents. Ils nous enseignent des choses diverses, nous comblent de manière unique. Cependant, ils partagent un point commun : ils peuvent nous briser en un instant.

Nos parents peuvent nous tourner le dos, nous rejeter sans même avoir essayé de nous connaître. Ils peuvent s'en aller, par choix ou par accident.

Nos frères et sœurs peuvent nous jalouser, nous dénigrer, nous trahir par égocentrisme.

Nos amis peuvent se lasser, nous abandonner, changer et ne plus nous correspondre.

L'Amour, quant à lui, peut nous juger, nous contrôler, nous tromper, nous déchirer.

Au fil des années, j'ai appris que l'amour était ce qu'il pouvait nous arriver de meilleur ou de pire…

Qu'il était hors de notre contrôle, et que ses conséquences pouvaient être terribles, brutales, redoutables, tragiques.

L'amour commence souvent comme un ami bienveillant, une lumière dans l'obscurité, une promesse de bonheur. Mais ce n'est qu'un masque. Une illusion. Il nous apprivoise pour mieux nous écraser.

L'amour est un cercle vicieux. Il nous extrait de notre bulle, nous ouvre au monde, nous fait goûter au bonheur, nous révèle ses merveilles. Puis, sans prévenir, il nous prive de tout et nous laisse brisé, seul, à terre, sans même nous demander notre avis.

J'ai lu quelque part qu'il était préférable d'avoir aimé et perdu ce qu'on aime plutôt que de n'avoir jamais connu l'amour…

Clairement, le petit malin qui a écrit ça n'a jamais expérimenté la perte, la vraie. Celle qui détruit à petit feu, qui comprime les poumons jusqu'à suffocation. Celle qui hante, froisse, entaille, détraque et tue progressivement, lentement, impitoyablement.

Chapitre 1
Kaylee

— *Désolée, Kaylee, je ne vais plus pouvoir t'aider.*

Voilà la phrase que je me passe en boucle depuis un quart d'heure tout en détruisant mes poumons afin d'arriver à temps à mon premier cours de la journée.

J'avais rendez-vous ce matin avec mon ancienne propriétaire, je pensais que la discussion serait rapide et qu'elle ne me mettrait pas en retard. Apparemment, j'avais tout faux. En plus d'avoir été complètement inutile, elle s'est éternisée et m'a plombé le moral pour les semaines à venir.

— *Je t'ai accordé plusieurs semaines alors que les demandes se multipliaient. Je ne peux pas me permettre de conserver cet appartement sans locataire plus longtemps,* m'a-t-elle dit de son air le plus triste.

Tu parles, je lui demandais seulement une ou deux semaines de plus, histoire d'avoir un petit temps supplémentaire pour trouver un colocataire. Mais quand on est étudiante, sans garant, la confiance n'est pas au rendez-vous.

Bon, une part de moi – la plus raisonnable et la moins têtue – comprend que je ne suis pas le nombril du monde et que les gens doivent bien vivre. Miranda m'a fait une fleur en me mettant l'appartement de côté le temps que je trouve un remplaçant à mon traître d'ancien colocataire, qui se trouve être mon meilleur ami.

Filant le parfait amour avec son nouveau petit-ami, Nolan Harry Grey a décidé qu'il était primordial d'emménager avec lui et d'abandonner sa seule complice comme une vieille chaussette indésirable.

Il te laisse quand même squatter son canapé, sa salle de bains et son frigo sans rien te demander en échange, me souffle la voix raisonnable dans ma tête.

— La ferme, grommelé-je un peu trop fort à en juger les quelques étudiants qui me dévisagent.

Je n'y prête pas attention et continue ma course sans fin. Mon cours commence dans six minutes trente, et je dois encore me taper les quatre étages qui me séparent de l'amphithéâtre. J'active le mode *warrior* et grimpe les marches quatre à quatre.

Trois minutes quarante.

Je m'autorise enfin à reprendre mon souffle lorsque j'aperçois l'objet de mes désirs. Et non, ce n'est malheureusement pas un bon gros plat de gnocchis *alla romana*, mais bien ma salle de cours pour les deux prochaines heures. Je comble la distance en marchant, tout en ordonnant à mes poumons et à mon cœur de ralentir. Je respire comme un bœuf. Sachant que les gens me prennent déjà pour une folle qui parle seule, inutile d'aggraver mon cas. Pas que l'avis des autres me touche, mais la société exige certains « codes » que même les plus rebelles ne peuvent transgresser.

Conneries.

Lorsque je pénètre dans la grande salle, je suis soulagée de voir que Médusa, alias madame Peterson, n'est pas encore arrivée. Les étudiants l'ont surnommée ainsi car elle a réellement le pouvoir de pétrifier n'importe lequel d'entre nous d'un simple regard. Cette femme est aussi brillante que terrifiante, et personne ne souhaite se trouver en travers de son chemin. Elle enseigne la psychologie cognitive et comportementale à l'université de Boston depuis quinze ans et ne s'est jamais adoucie avec le temps. En ce qui me concerne, c'est la deuxième année que je fréquente son cours. C'est la prof la plus sévère, mais aussi l'une des meilleures. Faire partie de sa classe est une chance qu'aucun étudiant ne doit laisser passer s'il veut pouvoir exceller en psychologie.

L'amphi est déjà bien rempli mais, par chance, mon rang favori, c'est-à-dire le troisième en partant de la fin, est libre. Je ne suis ni une mauvaise élève, ni une rebelle. J'aime étudier et excelle depuis mon arrivée à l'université. Cependant, j'ai des problèmes avec la sociabilité et les gens en général. Je déteste être au centre de l'attention, je déteste les hypocrites qui n'en branlent pas une et qui te demandent tes notes à la fin du cours. Je préfère largement me tenir en retrait, loin des regards, des bavards et des yeux pétrifiants de Médusa.

Je glisse rapidement sur un des sièges non occupés du rang convoité avant de sortir mon ordinateur. Médusa a pour habitude de commencer sans prévenir. Elle ne répète pas, n'attend pas, ne propose aucune aide. Le but est d'être autonome, de noter le maximum d'informations et de prier pour avoir une note correcte aux examens. Beaucoup ont abandonné. Je me demande parfois si ce n'est pas son but, terroriser afin de se retrouver en petit comité. À croire qu'elle déteste autant les autres que moi.

Les vibrations de mon téléphone me sortent de mes pensées. Je n'ai même pas besoin de regarder pour savoir qu'il s'agit de Nolan. Très peu de gens ont mon numéro : ma grand-mère et ma petite sœur passent quasiment toujours par les appels, j'ai vu Miranda ce matin… Et c'est à peu près tout.

Nolan
Yo Parky, alors l'appart' ?

« Parky » est le surnom que mon imbécile de meilleur ami m'a attribué. Mon nom de famille est Parker, il a donc trouvé

« mignon » le fait de remplacer la fin par un « y ». Non, Nolan Grey n'est pas reconnu pour son intelligence.

Kaylee
Je crois que je vais devoir squatter ton canap' un peu plus longtemps que prévu ☹

Nolan
Merde, elle ne peut pas te faire une fleur ?

Kaylee
Elle a déjà été trop compréhensive d'après elle. On en parle ce soir, Médusa ne va pas tarder.

Nolan
Bonne chance.

Il ponctue sa phrase de smileys « grelottants » et « apeurés ». Je ne peux réprimer un petit rire et ne remarque même pas que quelqu'un essaye de me parler.

— Enfin, bébé, j'ai bien cru que j'allais devoir te sortir la tête de ce téléphone, soupire la voix à mes côtés.

Je fronce les sourcils en entendant cet affreux surnom et ne suis pas totalement surprise de voir qui l'a prononcé.

Hayden Jones.

Un des connards les plus populaires de cette université, grâce à son précieux titre de capitaine de l'équipe de hockey. Il a un fan club aussi grand que ce bâtiment, un sourire et des yeux à faire défaillir n'importe qui… sauf moi. Je déteste ce gars. Non, rectification. Pour le détester, il faudrait déjà s'y intéresser. Chose que je n'ai pas faite en deux ans et qui n'arrivera sûrement pas cette année. C'est d'ailleurs la première fois que je me retrouve face à lui, ce qui est aussi désagréable que déstabilisant. Hors de question que je me laisse perturber par monsieur Colgate.

— Pardon ?

— Oui, je t'excuse, tu ne pouvais pas savoir. Mais j'aimerais vraiment que tu le fasses, si ça ne te dérange pas.

Pourquoi je ne comprends absolument rien à ce qu'il raconte ? La rumeur est donc vraie, les sportifs sont complètement cons. Ou alors, j'ai loupé une partie de l'histoire.

— Tu vas me dire de quoi tu parles, enfin ! m'écrié-je, complètement perdue.

— Je te demandais de te décaler de quelques sièges, c'est ma place ici.

Ouais, finalement, j'aurais préféré l'avoir ignoré dès le début.

— Tu me fais marcher ? répliqué-je en lâchant un petit rire nerveux.

Vaut mieux pour lui que ce soit le cas, je n'ai vraiment pas la tête à cogner quelqu'un aujourd'hui.

— Non, bébé, je suis toujours assis ici en amphi. Une sorte de place porte-bonheur. Je suis surpris que tu ne sois pas au courant.

Mais pour qui se prend-il ? Le président des lieux ?

— Primo, tu évites les « bébés ». Deuzio, j'ai passé une sale matinée, alors tes caprices de diva, tu te les gardes.

Il ne me quitte pas du regard, comme s'il attendait quelque chose.

— Tertio ? demande-t-il d'un air insolent.

— Quoi tertio ?

— Tu as dit « deuzio » sur un ton qui laissait présager une suite, j'attends.

Oh bordel, je vais me le faire.

— Va te faire foutre, voilà le petit trois.

— C'est prévu pour ce soir, mais si c'est ta manière de demander, je peux te caser dans mon planning.

Heureusement que je n'étais pas en train de boire, car mon voisin de devant en aurait fait les frais. À la place, je mime un haut le cœur. Ce garçon est aussi culotté que je l'imaginais.

— Je préfère mourir de la peste, mais merci de la proposition, rétorqué-je avec un sourire forcé.

Je me détourne sans lui prêter une seconde de plus d'attention, puis l'entends soupirer et se glisser sur le siège d'à côté. Il va vraiment rester là pendant deux heures ?

— T'es nouvelle ? me questionne-t-il en s'approchant un peu plus.

Quel boulet. Si je continue de l'ignorer, est-il possible qu'il comprenne que je ne souhaite pas faire la conversation ? Probablement, on va opter pour ça.

— Ouh-ouh, je te parle.

Ignorer, ignorer, ignorer, me répété-je intérieurement.

— Tu dois sûrement être nouvelle, sinon tu ferais partie de mon fan club.

J'ai essayé, mais cette dernière phrase est tellement stupide que je ne peux réprimer un éclat de rire plus longtemps. Con, bruyant, égocentrique… Ce gars va vraiment me faire sortir de mes gonds avant le début des cours.

— Putain, mais tu vas la fermer ? Tu n'es pas le centre du monde, Hayden Jones. Et oui, je connais ton nom parce que je ne suis pas nouvelle. Je ne suis simplement pas amatrice de ton petit fan club. Alors maintenant, tu vas gentiment la boucler, dégager ou m'ignorer, parce que c'est ce que moi je compte faire.

Sur cette dernière phrase, je me tourne définitivement. S'il n'avait pas réclamé la place quelques minutes plus tôt, j'aurais sûrement changé de rang, mais hors de question de lui donner ce qu'il cherche. Je n'ai qu'à prier pour que monsieur « j'obtiens toujours ce que je veux » ne me dérange plus. Je ne serai pas aussi calme, la prochaine fois.

Heureusement pour moi, et c'est bien la première fois que je dis ça, Médusa fait enfin son entrée. Juchée sur ses talons vertigineux de dix centimètres, elle avance avec une assurance presque intimidante, ses hanches se balançant doucement dans son tailleur sur-mesure. Elle ne regarde personne, ses yeux fixés sur son bureau, une mallette fermement tenue entre ses mains. Cette femme est un paradoxe vivant : à la fois terrifiante et fascinante. Sa capacité à décortiquer l'esprit humain et à comprendre les motivations les plus sombres des autres est presque surnaturelle. C'est exactement ce que je veux devenir : une personne capable de déchiffrer pourquoi certains choisissent de trahir, pourquoi la violence existe, ce qui pousse les humains à mal agir.

— La culpabilité et la peur sont les premiers facteurs qui déclenchent les mauvais actes. Une personne ne naît pas mauvaise, elle ne naît pas avec un cerveau détraqué. L'acte nécessite des pensées, les mauvais actes nécessitent des pensées dysfonctionnelles. La phrase « agir sans réfléchir » est absolument grotesque. Nous n'agissons jamais sans penser à quelque chose avant. C'est le cerveau qui ordonne, il y a toujours cette phase de préliminaires qui se passe là-haut.

— Ça se passe plutôt en bas les préliminaires, ricane un gars dans une rangée un peu plus bas.

Ce qui n'échappe évidemment pas à Médusa. Ce petit con va faire les frais de sa mauvaise humeur, et bien plus tôt que prévu. Il doit sûrement être nouveau.

— Un commentaire, jeune homme ? demande madame Peterson sans le lâcher du regard.

Terrifiant, un regard terrifiant. Elle avance lentement, chacun de ses pas ponctué par le claquement glaçant de ses talons au sol. Mauvais signe, très mauvais signe.

— Un commentaire ? répète-t-elle en arrivant face à lui.

Je l'entends déglutir de ma place. *C'était avant de parler qu'il fallait tourner la langue sept fois dans ta bouche, idiot.*

— Non, évidemment, les petits malins de votre genre ne savent que murmurer des âneries pour amuser la galerie. Pas étonnant, quand on n'est même pas fichu d'avoir assez de conversation pour intéresser une femme.

Quelques « ohhh » s'élèvent dans la salle, mais sont aussitôt réduits au silence par un simple regard de Médusa.

— Vous savez quoi, monsieur ici présent nous a donné le parfait exemple. On pourrait croire qu'il est simplement idiot et qu'il a dit la première chose qui lui est passée par la tête. Mais non. Son cerveau, aussi minuscule soit-il, a eu le temps d'assimiler mes propos, de les relier à une émotion, puis d'agir en conséquence.

Un sourire vicieux se dessine sur son visage.

— Il a pensé qu'en sortant une blague de ce genre, il amuserait l'audience, qu'il réussirait à attirer deux-trois minettes pour tenter de leur faire passer un bon moment. Tout était réfléchi, même s'il ne le savait pas. Son inconscient a fait le travail pour lui.

D'un geste sec, elle attrape le carnet posé sur la table du malheureux et le fixe intensément avant de l'envoyer violemment contre le mur à sa gauche. Le fracas fait sursauter les quatre étudiants les plus proches.

— Maintenant, je vais vous demander de quitter ma salle et de ne plus jamais y remettre les pieds. Je m'assurerai que votre note à ce cours soit à la hauteur de votre intelligence. Hors de ma vue.

Elle n'a pas une seule fois levé la voix, mais ce n'était absolument pas nécessaire pour que les trois quarts de la salle soient complètement tétanisés. Le pouvoir de Médusa a encore frappé. Le concerné s'empresse de ramasser ses affaires, les mains tremblantes. Puis, sans jeter un dernier regard, il quitte l'amphi à vitesse grand V.

— Voilà un excellent exemple de ce qu'il faut faire si vous souhaitez passer le semestre hors de cet amphithéâtre, reprend-elle calmement. Je ne suis pas votre amie. Je ne suis pas là pour rire de vos idioties. Mon cours est une opportunité pour ceux qui savent la saisir. Être accepté ici était la première étape. Y rester est une autre histoire. Vous voulez apprendre ? Alors fermez-la et écoutez. Les petits clowns, dehors. Les cancres, dehors. Compris ?

Après un hochement de tête général, Médusa reprend sa place et continue son cours.

— Eh bah, elle n'est pas commode, la vieille, marmonne Hayden.

Et tu n'as encore rien vu, mon coco. *Le prochain débile à sauter, ce sera toi.*

***

— Je suis exténuée ! soufflé-je en m'affalant sur le canapé qui me sert de lit depuis quelques semaines.

— La sportive que tu es a dû adorer courir à travers le campus, s'esclaffe Nolan en poussant mes jambes pour me rejoindre.

Je tire la langue en lui adressant mon plus beau majeur. Il est actuellement dix-neuf heures et je viens à peine de rentrer. Après le cours de Médusa, j'ai rejoint celui de monsieur Steiner : psychologie sociale. Heureusement, pour celui-là, le crétin de service ne m'a pas suivie. Je suis d'ailleurs surprise qu'il participe à celui de madame Peterson, étant donné que je ne l'y ai jamais croisé. Et croyez-moi, Hayden Jones est tout sauf quelqu'un qui passe inaperçu. À commencer pour toutes les filles qui bavent littéralement devant lui et vendraient leur mère pour un rencard à ses côtés.

Ridicule.

C'est surtout quelqu'un de banal, d'imbu de sa personne, certes bon en sport mais ça s'arrête là. Même s'il semblait étrangement attentif au cours de Médusa.

Pourquoi je pense à cet idiot, au juste ?

— Toujours pas de nouvelles d'un possible colocataire ?

Je pousse un long soupir en secouant la tête.

— Non. J'ai mis une annonce il y a quelques jours, mais aucun appel. Et maintenant, sans appart' à leur proposer, je ne suis pas sûre de trouver quelque chose.

— Tu as essayé les petites annonces sur Internet ? Peut-être qu'une personne est aussi en galère et qu'elle en a un de dispo à partager ?

J'avoue ne pas être emballée par cette idée, mais maintenant que Miranda a officiellement remis mon appart' sur le marché, je ne vais plus avoir le choix.

Nolan et moi, on s'est rencontrés en première année. Je me suis inscrite trop tard, les chambres sur le campus étaient toutes prises et il fallait que je trouve un endroit où vivre. Puis ce gros nounours a été placé sur mon chemin. Il avait placardé une annonce sur le campus, le loyer était raisonnable, l'appart' plutôt confortable. La seule chose qui m'avait stressée était de le partager avec un garçon.

Heureusement pour moi, Nolan s'est avéré être totalement gay et vraiment gentil. Adopté à l'âge d'un an après une grave maladie pulmonaire non traitable dans son pays d'origine, il a été transféré aux États-Unis pour l'opération. Le médecin qui l'a soigné est tombé sous son charme et a décidé de l'adopter. Lors de notre premier Thanksgiving ensemble, j'ai rencontré ses parents. Comme ils habitent Cape Cod, une péninsule à une heure de Boston, il m'a invitée à les rejoindre. Caroline et Hugh Grey sont aussi adorables que leur fils et m'ont accueillie comme leur propre fille.

Nolan et moi avons vécu ensemble pendant deux ans. Je n'avais pas vraiment d'amis et ne faisais plus confiance à personne, mais Nolan a su briser la carapace que j'avais construite. Il m'est vite devenu indispensable, même si je m'étais juré de ne plus jamais laisser quelqu'un occuper une place aussi importante dans mon existence.

Puis, durant cette deuxième année d'université, Clayton O'Connell est entré dans sa vie et a chamboulé son petit cœur. Leur relation est vite devenue sérieuse. Ils ont alterné entre notre appart' et celui de Clay, puis ont fini par trouver la situation ridicule. Emménager ensemble semblait logique.

Sauf qu'ils ont oublié un détail dans leur super plan : moi. Je n'ai pas les moyens de payer un appartement seule, ce qui rendait la colocation avec Nolan idéale, et je me voyais mal revenir sur le campus, même si j'aurais peut-être dû y penser. Alors Nolan et Clay ont gentiment accepté de m'héberger le temps que je trouve une solution. Ils ne me mettent pas la pression mais ont emménagé ensemble pour une raison : avoir leur intimité. Il est donc hors de question que je m'impose ici indéfiniment.

— Je crois que je vais devoir m'y mettre. Je suis un peu désespérée, là.

Mon meilleur ami me redresse et m'attire contre lui. Il fait vingt centimètres et un bon quarante kilos de plus que moi, et pourtant, je n'ai jamais trouvé plus confortable que ses bras. J'ai eu du mal avec son côté tactile, au départ. Mais Nolan n'a pas abandonné, et maintenant, je ne me sens en sécurité nulle part ailleurs que près de lui.

— Ça va aller, Parky. Tu peux rester ici autant de temps que tu le souhaites, tu ne seras jamais à la rue. Compris ? murmure-t-il en caressant mon dos.

— Je le sais, Nono, mais Clay et toi avez besoin de votre intimité, je ne veux pas…

— Tss-tss, ne raconte pas de conneries. Mon mec et moi, on a toute l'intimité du monde, même avec toi.

— Super, maintenant j'ai des images en tête que je préférais ne pas avoir, grimacé-je, déclenchant l'hilarité de mon ami au passage.

— Fais pas ta vierge effarouchée, Parky. Ce que je veux dire, c'est que toi et moi, on est une famille. Tu passeras toujours en premier, Clay ou pas Clay.

Oui, Nolan est toujours aussi sentimental, une caractéristique avec laquelle j'ai eu du mal au départ. Pourtant, aujourd'hui, bien que je ne souhaite plus connaître aucun type d'amour, il a su trouver sa place dans mon cœur. Ce qui me terrifie tous les jours. J'aime cet homme, mais mon amour n'engendre que chaos et malheur.

— Bonsoir, bonsoir, s'écrie une voix en débarquant dans le salon.

Le visage de mon meilleur ami s'illumine à la vue de son copain, et je ne peux réprimer un sourire à mon tour. Clay, en plus d'être canon et sportif, est aussi un rayon de soleil. Il illumine chaque pièce dans laquelle il passe, voilà pourquoi il s'entend si bien avec Nolan.

— Ouuh, je sens la déprime par ici, ajoute-t-il alors que son regard jongle entre Nolan et moi.

— Rien de grave, juste Kaylee qui vient officiellement de perdre l'appart'.

— Mince, la proprio n'a pas pu le garder plus longtemps ?

Je secoue la tête.

— Non, elle doit bien le louer, et je n'ai ni garant ni coloc sous la main. Complètement fichu, réponds-je, l'air abattu.

— Non, non, non, pas cet air de petit chiot, Parker. Je vais mettre les gars sur le coup et on va te trouver un coloc rapidement. On se rejoint au bar. Tu bosses, ce soir ? demande Clay.

— C'est mon jour de repos, je reste ici.

Mes amis grimacent. Je travaille au *Gracy*, le bar le plus fréquenté par les étudiants de la fac. C'est ce qui me permet de payer mon loyer et ma vie en général. Grâce aux horaires, je peux suivre les cours et travailler. Les pourboires sont plutôt bons, et même s'il y a souvent des gros lourds, Nolan assure toujours mes arrières.

— Allez, tu es jeune, tu dois t'amuser. Qui sait, peut-être qu'un beau gosse te fera passer l'envie de rester célibataire pour le restant de ta vie ? me dit Clay avec un demi-sourire.

Je mime une envie de vomir, déclenchant un énième éclat de rire. Ils savent tous les deux que je ne souhaite absolument pas me caser, ni coucher avec qui que ce soit. Les relations n'apportent que des problèmes, mon passé me l'a clairement fait comprendre. Hors de question que je revive toutes les merdes que j'ai tenté d'effacer.

— Ça n'arrivera probablement pas dans cette vie, mais bien essayé.

— Très bien, tu mourras seule, entourée de tes huit chats, soupire Nolan.

— Je préfère les chiens.

Mes amis lèvent les yeux au ciel alors qu'un sourire s'étire sur mon visage. Je n'ai pas besoin de copain quand j'ai deux garçons aussi fous, drôles et attentionnés.

Tout ce dont j'ai besoin, c'est d'une nouvelle coloc, et je ne reculerai devant rien pour la trouver.

Chapitre 2

Hayden

— Putain de coach Collins, il a été menacé d'une coupe budgétaire ou quoi ? grogné-je en m'affalant sur mon canapé.

— T'es gentil, ils ont dû menacer de supprimer l'équipe, oui, grommelle à son tour Kyle, m'arrachant un rictus amusé.

J'aime le hockey autant que respirer, je m'entraîne dur et rien ne m'arrête. Mais aujourd'hui, notre coach était de mauvais poil, un peu trop même. Il nous a tués à la tâche en nous traitant de minables pendant les deux heures d'entraînement. À un point où il a failli nous envoyer le palet en pleine tête. Et bien sûr, en tant que capitaine, je m'en suis pris plein la gueule.

J'ai passé une journée de merde. Entre Médusa, la peste qui m'a volé ma place et maintenant coach Collins… Sans parler du fait que je ne sais toujours pas comment je vais faire pour terminer l'année sans coloc.

Tout ce dont j'ai actuellement envie, c'est de prendre une longue douche chaude et de me terrer dans ma piaule jusqu'à la semaine prochaine.

— Ouais, bah il a intérêt à se détendre. Hors de question que je repasse des journées aussi merdiques, râlé-je.

— T'as toujours pas digéré le cours de Médusa ? Je t'avais prévenu, pourtant.

— Cette femme est une sacrée connasse.

Mon meilleur ami hoche la tête en se marrant. Le cours de psychologie cognitivo-comportementale n'est normalement pas au programme de mon cursus de droit, cependant c'est une option intéressante pour les recruteurs d'Harvard. Si je veux être accepté là-bas en Master, je dois bosser comme un dingue et mettre toutes les chances de mon côté. Mais franchement, si j'avais su que la condition pour ça serait de supporter les cours de Lucifer en personne, j'aurais peut-être réfléchi un peu plus longtemps.

— Elle a viré trois élèves en deux heures, t'y crois, toi ?

— Totalement. J'ai entendu dire qu'il ne restait que le quart des étudiants inscrits, à la fin, l'année dernière, m'informe-t-il.

— Putain, je ne vais pas faire long feu.

— Raconte pas de conneries, je n'ai jamais vu plus motivé que toi, Jones. Tu vendrais une partie de ton âme pour devenir avocat en droit de la famille. Ce n'est pas une prof un peu tyrannique qui va t'arrêter.

J'éclate de rire pour seule réponse. Kyle Warren Jennings est l'homme le plus sérieux et le plus fou que je connaisse. On s'est rencontrés en première année, un vrai coup de foudre amical. Je suis naturellement proche de toute mon équipe, on forme une vraie famille, mais je ne mentirais pas en disant que j'ai un lien un peu plus privilégié avec Kyle et Clay. On est un genre de trio, même si Clay nous délaisse un peu depuis qu'il a trouvé son petit chéri.

Kyle est originaire de Los Angeles, un pur produit de la ville du cinéma. Sa marraine ? Une actrice super célèbre, et même s'il s'en vante rarement, dès qu'il a besoin de quelque chose, il n'hésite pas à l'utiliser. C'est aussi le type le plus loyal que je connaisse. Je lui confierais ma vie sans la moindre hésitation.

— T'as raison. Bon, je vais aller prendre une douche et pioncer pendant douze heures.

— Une douche, fortement conseillée pour les courbatures. Le sommeil, pas encore. On rejoint les gars au *Gracy*, ce soir. Interdiction de te défiler, me prévient Kyle.

— Sérieux ? Je crois qu'on n'a pas subi le même entraînement.

— Arrête de faire ta chochotte, Jones. Je t'ai connu plus en forme que ça.

Il n'a pas tort. D'habitude, je suis le premier à vouloir sortir et me bourrer la gueule avec mes potes, mais après une telle journée, je ne l'envisage même pas.

— Ok, mais j'espère qu'il y aura des meufs canons. Si je ne peux pas dormir, faut au moins que je baise.

— Je croyais que tu étais trop courbaturé, renchérit-il d'un air moqueur.

— Jamais trop fatigué pour ça, mon pote.

Il s'esclaffe en me tapant dans la main. Dans la bande, je suis un gros cliché. Capitaine de l'équipe de hockey, popularité à son maximum et un tas de filles qui vendrait un rein pour une nuit avec moi. Je ne dis pas que j'en suis fier, mais presque. Je suis à l'université pour m'amuser. Je sais faire la part des choses entre mes cours et mon plaisir personnel, et jusqu'à aujourd'hui, ça m'a toujours réussi. L'amour, c'est des conneries, alors autant ne pas s'embêter avec ça.

— Bon, je rentre me préparer. Je te récupère dans une heure, me dit Kyle en se levant.

J'opine du chef et le raccompagne à la porte avant de foncer dans la salle de bains.

* * *

— Jones, Jennings, par ici ! s'exclame Miles, un de nos coéquipiers

Ils sont déjà installés à une table, quelques shots en main.

— N'oubliez-pas la limite, on a entraînement demain, les préviens-je.

— T'inquiète, cap, on connaît nos droits, se marre Jamie.

Je lui donne un petit coup sur l'épaule pour qu'il se taise. Officiellement, on n'a pas le droit de boire – pas avant 21 ans – mais comme la plupart des étudiants, on a une fausse carte d'identité qui nous ouvre les portes de n'importe quel bar. On boit, mais avec modération, surtout la veille d'un entraînement ou d'un match. Ces idiots arrivent pourtant toujours à ingurgiter plusieurs bouteilles et à être parfaitement frais et dispos sur la glace. Ce qui n'est pas mon cas. C'est pour ça que je profite vraiment de ma liberté le lendemain de match, quand on peut décompresser sans souci.

Je rejoins mon siège après avoir salué mes potes en attrapant une bière au passage.

— On pensait que t'allais rester pioncer chez toi, cap, vu comme t'étais mort après l'entraînement, me dit Jake, étirant ainsi le sourire de mon meilleur ami.

— Oh, c'est ce qui était prévu, mais j'ai dû lui promettre une baise phénoménale pour oublier sa douleur, répond ce dernier en m'adressant un clin d'œil.

— Bah alors, vous avez changé de bord sans nous mettre au courant ? ricane Elliott.

Je m'esclaffe à mon tour en levant mon majeur bien haut. Ces gars sont cons, mais je ne me marrerais pas autant sans eux.

— Non, s'ils avaient changé de bord, on aurait proposé un plan à quatre, intervient une nouvelle voix un peu plus loin.

Pas besoin de lever ma tête pour reconnaître mon deuxième meilleur ami. Il nous rejoint rapidement, suivi de près par son mec.

— Il ne manquait plus que papa et papa. Vous avez enfin laissé les gosses à la nounou, plaisante Ian, déclenchant l'hilarité de la table.

Clay esquisse un demi-sourire en lui tordant la main. Depuis qu'il a décidé d'emménager avec son mec, les gars ont jugé nécessaire de le charrier aussi souvent que possible.

— Continue de te moquer, moi au moins, je connais le prénom de la personne auprès de laquelle je me réveille, réplique Clay.

— Et on a droit à aucune scène pour avoir appelé Caroline « Betty », poursuit Nolan d'un ton amusé.

Nouveau rire général. Cette histoire nous a fait marrer pendant des jours. Ian avait sauté une fille, un soir. Lorsqu'ils se sont réveillés, ce connard l'a remerciée en l'appelant Betty alors qu'elle s'appelait Caroline. Résultat des courses : elle lui a broyé les couilles avant de saccager sa chambre. Heureusement qu'il vit en colocation avec le reste de l'équipe, et que Miles et Jamie ont réussi à la calmer, sinon, on était partis pour se passer de notre gardien. Après ça, Ian s'est juré de virer les filles avant le lendemain.

— Putain, vous allez me ressortir cette histoire à chaque fois, grommelle le concerné.

— Autant de fois que nécessaire, ça t'apprendra à te foutre des autres, répond Kyle sans réprimer un sourire.

Ian jure dans sa barbe sans ajouter un mot. Nolan et Clay s'installent dans les derniers sièges restants en hélant la serveuse.

— Tu nous apportes deux whiskys-coca, s'il te plaît ? demande Clay avec un sourire charmeur.

— Tout de suite, acquiesce la serveuse en lui adressant un clin d'œil.

Je me marre en sachant très bien qu'elle n'a aucune chance avec lui. Il a rencontré Nolan l'an passé, ils se sont fréquentés quelques semaines sans sérieux, puis une chose en entraînant une autre, ils se sont fait avoir par ce stupide truc que les gens appellent « l'amour » et ne se quittent plus depuis. Clay vivait avec les gars dans l'appart' commun de l'équipe, Kyle et moi étions les seuls à vivre ailleurs.

J'ai vécu en colocation avec mon cousin jusqu'à cette année. Lorsqu'il a su que j'allais étudier à Boston, il m'a proposé de venir vivre chez lui. On partageait les frais, mais maintenant qu'il a terminé ses études et est parti à Yale pour son Master, l'appartement est trop cher pour moi. Il a quand même payé quelques mois de loyer pour me laisser le temps de trouver une solution.

J'ai pensé à rejoindre les gars dans leur coloc, comme Clay a laissé sa place, mais j'aime beaucoup trop mon indépendance et mon appart' pour ça. Cependant, le temps presse et je n'aurai pas l'année pour me décider. Mi-septembre, les colocs ne sont pas faciles à trouver. La plupart des gens ont déjà un logement, étant donné que les cours ont commencé depuis quelques semaines. Je garde malgré tout espoir en priant chaque soir qu'un étudiant de dernière minute se pointe à la fac sans domicile. Je suis tellement désespéré que j'accepterais n'importe qui. Tant que ce n'est pas un délinquant, un mec en cavale ou un tueur en série, bien évidemment.

Pour l'instant, à part Kyle, personne n'est au courant que je suis en galère. Je ne veux pas inspirer la pitié ni qu'on se plie en quatre pour moi. Question de fierté.

— T'as l'air pensif, Jones, un souci ? demande Clay, comme s'il pouvait lire dans mes pensées.

Je ne lui ai rien dit, parce qu'il a beaucoup trop le cœur sur la main pour me laisser me débrouiller. Il me proposerait sûrement d'emménager avec son mec et lui dans la minute. Chose qui n'arrivera vraiment pas. Je les aime beaucoup, mais il n'y a rien de pire que de vivre aux crochets de ses potes.

— Je crois qu'il ne s'est toujours pas remis du combo Médusa-Collins, lui dit Kyle en souriant.

— Toi aussi, t'as cours avec elle ? J'ai entendu dire qu'elle s'est lâchée sur les exclusions, ce matin, ajoute Nolan.

Je hoche la tête en soupirant.

— C'est un monstre, elle a des oreilles partout, c'est incroyable. Tu l'as déjà eue ? questionné-je Nolan.

Il secoue la tête.

— Non, mais ma meilleure amie l'a depuis l'année dernière, alors je suis au courant de pas mal de trucs.

— Depuis l'année dernière et elle se tape une année supplémentaire ?!

— Kaylee est une personne déterminée, obsédée par la psychologie. Elle ne rate aucun cours et a même pris des options pour engranger toutes les connaissances possibles.

Une touche de fierté s'invite dans sa voix, et je ne peux m'empêcher de sourire. L'ambition, ça me connaît. Nolan nous parle souvent de sa copine, mais personne à part Clay ne l'a rencontrée. Elle préfère rester discrète et ne sort pas beaucoup, pas vraiment du genre sociable. Pourtant, Nolan semble lui porter un amour total, inébranlable.

— Quand est-ce que tu vas te décider à nous la présenter, Grey ? s'exclame Miles.

— Le jour où elle l'aura décidé, et bonne chance pour ça. Mais si vous avez un peu de veine, vous la trouverez ici tous les soirs.

— Elle travaille ici ? Tu ne nous avais pas dit qu'elle bossait au *Bell's Dinner* ? le questionne à son tour Jamie.

— Ouais, mais il y a eu un changement de propriétaire. Le nouveau est un gros con, elle a donc préféré partir et a été embauchée au *Gracy*, il y a quelques semaines.

— Et c'est maintenant que tu nous le dis ! On veut rencontrer cette mystérieuse nana depuis des mois. On va commencer à croire qu'elle n'est pas réelle, ajoute Ian.

Nolan et Clay se marrent en se lançant un regard entendu.

— Oh, crois-moi, Jensen, elle existe, répond Clay.

Si on se fie au ton qu'il vient d'employer, cette Kaylee a l'air d'être un sacré numéro. J'ai hâte de faire sa connaissance.

La sonnerie de mon téléphone me sort de mes pensées, et le nom de mon cousin s'affiche sur mon écran.

Une lueur de surprise traverse mon visage. Nos échanges de textos se font de plus en plus rares depuis son départ. Et cette fois, c'est un appel, ce qui rend la situation encore plus étrange.

Je m'éloigne de mes amis puis décroche.

— Salut, mec ! m'exclamé-je.

— Salut, cousin, tu vas bien ?

— Au top, un souci ? Tu ne m'appelles jamais aussi tard.

— Ouais, désolé. Je devais t'appeler dans la journée, mais je n'ai pas eu une minute à moi. Et ce que j'ai à te dire est un peu délicat, répond-il d'une voix hésitante.

Oh, je sens la mauvaise nouvelle arriver. J'espère qu'il n'est rien arrivé de grave à mon oncle ou à ma tante.

— Tu me fais peur, Nate ? Un problème à la maison ?

— Non, non, s'empresse-t-il de me rassurer, rien de ce côté-là. C'est par rapport à l'appart'.

Oh… Merde, je crois que je viens de capter.

— Je vais pouvoir te dépanner jusqu'à octobre maximum. Mes finances sont au plus bas. Je sais que je t'avais dit décembre, pour te laisser du temps, mais je ne peux plus. Je t'assure que ça me gêne énormément.

Sa voix se fait plus faible. Comment lui en vouloir ? Il m'a tellement soutenu depuis mon entrée à l'université… Et le fait d'avoir continué à payer alors qu'il n'était même plus là était déjà généreux de sa part. J'avoue malgré tout que ça me fout un gros coup de pression. Je vais devoir trouver un coloc au plus vite ou je serai officiellement dans la merde.

— T'en fais pas, t'as déjà fait beaucoup pour moi, mec.

— Je suis vraiment désolé. J'ai eu ton père, il va pouvoir te dépanner jusqu'à la fin de l'année ou plus si tu as besoin. Tu sais qu'ils sont là pour toi, hein ?

— Je sais, mais tu connais mon point de vue là-dessus, soufflé-je en basculant la tête en arrière.

— Je comprends, cependant si tu n'as plus le choix, tu devras le faire. Ils t'aiment, Hayden, plus que tout au monde. Ils comprennent que tu veuilles te responsabiliser, mais ils ne te laisseront jamais dans la merde. Alors il faut garder cette option en tête.

Ouais mais non, je n'ai pas tenu deux ans sans demander leur argent pour commencer maintenant.

— De toute façon, j'ai quelqu'un sur le coup. Un potentiel coloc que je dois rencontrer dans la semaine. Je pense que ça va le faire.

Je ne suis pas fier de mon mensonge, mais c'est la seule solution pour qu'il laisse mes parents en dehors de ça.

— Ça me rassure. Ne sois pas trop compliqué, Hayden. Tu en as vraiment besoin.

Non, sans blague ?

— Je sais, Nate, je sais.

— Ok, bon, je te laisse retourner à ta soirée. Tiens-moi au courant pour le coloc, et encore désolé.

— Oui, ne t'inquiète pas.

— À plus, cousin.

Je n'ajoute rien et raccroche. Me voilà officiellement dans de beaux draps.

Lorsque je retourne à mon siège, Kyle remarque immédiatement qu'un truc cloche.

— C'était Nate ? Un souci avec l'appart' ? demande-t-il.

Ce mec est vraiment devin, ce n'est pas possible.

— Il ne peut plus payer jusqu'à la fin de l'année.

— Putain…

C'est le mot.

— Il va falloir que tu acceptes l'aide des autres. Je sais que tu as ta foutue fierté et ce sentiment de ne pas vouloir être un poids pour ton entourage, mais ça ne peut plus continuer.

Je crois qu'il a parlé un peu fort car Clay intervient à son tour.

— Pourquoi as-tu besoin d'aide, Hayden ?

— Pour rien, t'inquiète.

Il fronce les sourcils en secouant la tête. Essayez de cacher un truc à ce mec, vous ne tiendrez pas longtemps.

— Hayden, dis-leur. À plusieurs, on pourra t'aider, poursuit Kyle.

Tous acquiescent, et je me sens soudainement acculé. Comment la fermer quand toute ton équipe attend le verdict ?

Bordel !

— J'ai un souci avec l'appart'. Nate devait payer jusqu'à fin décembre pour me laisser le temps de trouver un coloc mais il ne peut plus, avoué-je d'un ton las.

— Putain, Jones, pourquoi tu nous le dis que maintenant ? On pensait que Nate couvrait tes arrières toute l'année scolaire, siffle Clay en me fusillant du regard.

— Ouais, on aurait pu t'aider à chercher depuis le début des cours, continue Miles sur le même ton.

— Désolé, les gars, vous me connaissez. Je n'avais pas envie de demander de l'aide et de faire chier le monde.

— On est tes potes, t'es notre capitaine. Depuis quand t'aider nous fait chier ? gronde Jamie.

Tous m'adressent le même regard déçu, je déteste ça. Je sais que je suis impossible, que j'ai ce complexe qui me colle à la peau depuis ma naissance. Celui de ne pas vouloir être un fardeau pour les autres, comme je l'ai été pour ma mère.

— Je sais, j'ai merdé. Voilà mon foutu secret. Si dans un mois je n'ai pas de coloc, je suis à la rue.

— Tu pourrais venir à la maison, il reste une chambre. On sait que t'es habitué à ton indépendance, mais si tu n'as plus le choix… propose Jake.

— Ouais, je pense que ce sera mon dernier recours.

Mes yeux se posent ensuite sur Nolan et Clay, qui se lancent des regards dont ils ont le secret. Ceux qui en disent bien plus que des paroles, mais qu'ils sont également les seuls à comprendre.

— Non, je ne dormirai pas sur votre canapé, les préviens-je.

Un petit sourire étire leurs lèvres.

— T'inquiète, la place est déjà occupée. Mais pour cette histoire de coloc, on a peut-être une solution, répond Nolan.

Je plisse les yeux en me demandant quel coup foireux ils mijotent.

— Pourquoi je ne le sens pas ?

— Mais non, ce n'est rien. Question importante, tu as des critères spécifiques, genre quelque chose qui te repousse ? me demande Clay.

— Honnêtement, tant qu'il est propre, sans problèmes et respectueux, ça me va. Je suis tellement désespéré que j'accepterais même de le partager avec Médusa.

Mes amis éclatent de rire à cette mention.

— Ok parfait, on va vérifier un truc et on t'en reparle rapidement, m'annonce Clay.

Je sais que je devrais poser plus de questions, mais connaissant les personnages, je ne risque pas d'avoir plus d'informations tout de suite.

J'ai tout de même bon espoir. Nolan et Clay sont réglos et ne me jetteraient jamais dans la fosse aux lions.

Enfin, je crois…

Chapitre 3
Kaylee

— Non, rien du tout jusqu'au semestre prochain, désolée, Kaylee, m'annonce Jenny en m'adressant une moue navrée.

Je pousse un long soupir de fatigue et m'affale sur la chaise. En me levant, j'étais décidée à réintégrer le campus, même une petite chambre avec une coloc désagréable aurait fait l'affaire, mais rien. Les chambres sur le campus sont les plus demandées, et espérer en décrocher une après les premières semaines de cours, c'est comme lancer une assiette au sol en croisant les doigts pour qu'elle se recolle par magie : impossible. Clay et Nolan ont promis qu'ils allaient m'aider avant de rejoindre leurs amis, mais je n'ai pas attendu qu'ils se réveillent pour en rediscuter avec eux. Si je veux que les choses bougent, je dois aussi faire plus d'efforts.

La première chose sur ma liste a été de me rendre au bureau de Jenny, en charge des logements et de la vie étudiante. Je la connais depuis plus de deux ans, on est devenues rapidement familières malgré ses huit ans de plus que moi. J'ai passé pas mal de temps dans son bureau à cause de mes options. Il y avait toujours un tas de problèmes dans mon emploi du temps, c'est elle qui s'occupait de tout ça.

Enfin bref, là, elle a tout regardé, à ma demande. Même partager la chambre d'une première année ne m'aurait pas dérangée, mais tout est occupé.

Je suis définitivement poisseuse. J'aurais vraiment dû anticiper à la minute où Nolan a pris la décision d'emménager avec Clay.

Voilà les résultats de la procrastination : pratiquement à la rue. *Bien joué, Kaylee.*

— Je suis définitivement foutue, soufflé-je en me passant les mains dans les cheveux.

Jenny me lance un nouveau regard navré.

— Pourquoi tu n'es pas venue plus tôt ? demande-t-elle d'une voix douce.

— Je pensais que j'allais trouver une âme en peine qui voudrait partager mon appart', sauf que la fin du mois de septembre arrive, et que ma proprio ne peut plus me le garder. Résultat des courses : je *suis* l'âme en peine – quasiment à la rue – à la recherche d'une bonne fée.

Un petit sourire encourageant étire ses lèvres tandis que sa main attrape doucement la mienne pour la caresser avec délicatesse.

— Je suis vraiment désolée, ma puce. Je peux essayer de regarder les annonces de coloc. J'aurai peut-être un peu plus de chance que toi ? me propose-t-elle.

Je réfléchis un instant puis hoche la tête. À un moment donné, il faut savoir accepter l'aide des autres, même si c'est quelque chose qui me dérange particulièrement. Avec le temps, j'ai compris que compter sur soi-même était la seule chose à faire afin d'éviter d'être déçue et de souffrir. Sauf qu'aujourd'hui, si je ne veux pas dormir sous un pont, j'ai tout intérêt à accepter l'aide d'autrui.

— Je veux bien, même si je pense que c'est peine perdue.

— Ne pars pas défaitiste. C'est vrai que l'année a commencé depuis quelques semaines, mais ce n'est pas une raison pour arrêter d'y croire. Je vais éplucher toutes les annonces et je t'appelle si je trouve quelque chose. Ok ?

Je souffle à nouveau en opinant du chef. La chance, je n'y crois plus depuis longtemps. Quand quelque chose de bien se présente, il y a toujours un truc qui tourne mal. Je parle par expérience.

— Bien, tu as toujours quelqu'un pour t'héberger ? Sinon je peux…

— Non, ne t'en fais pas, je vis chez Nolan. Il ne me laissera jamais à la rue, la rassuré-je sur-le-champ.

Elle pousse un soupir de soulagement avant de retrouver le sourire.

— C'est bon à savoir. Allez, retourne en cours, on va trouver une solution. Ne perds pas espoir, Kaylee.

Je hoche la tête, lui rends son sourire pour ne pas l'inquiéter, puis sors de son bureau après un dernier geste de la main.

Une fois dehors, je laisse tomber le masque et retrouve mon humeur de chien habituelle.

Espoir, tu parles. Personne n'est aussi désespéré pour avoir encore un appart' à partager mi-septembre. Et si c'est le cas, croyez-moi, elle n'habite pas près du campus.

Oui, en plus de ça, ma pauvre paie ne me permet pas d'acheter une voiture. Jusque-là, c'était Nolan mon chauffeur attitré, et un véhicule était la plupart du temps inutile car notre appart' était proche de mon département.

Ouais, finalement, j'étais carrément dépendante de mon crétin de meilleur ami. Pourtant, ma plus grande résolution dès mon arrivée à Boston était de ne compter sur personne. Malheureusement, monsieur Grey a tout fait pour me convaincre du contraire.

« Tu veux être indépendante, je te soutiens totalement. Mais n'oublie pas qu'un petit coup de main ne te fera jamais de mal, Kaylee » m'a-t-il répété durant nos deux ans de colocation.

Je l'ai laissé m'aider. Avec le temps, il m'a fait baisser ma garde, et voilà qu'aujourd'hui je me retrouve à nouveau dans la merde. Bien qu'il me répète sans arrêt qu'il ne me lâchera jamais, je ne peux m'empêcher de douter. Oui, Nolan est formidable. Oui, il m'a soutenue dans les bons comme dans les mauvais moments pendant deux ans. Mais au bout du compte, il a fini par aller de l'avant.

Il a emménagé avec Clay, et même si je suis très heureuse pour lui, je ne peux réprimer cette sensation d'abandon. Parce qu'il m'a promis qu'on vivrait ces quatre années ensemble, et que, d'une manière, il a brisé cette promesse.

Me voilà en train de penser du mal de la seule personne qui a bien voulu de la fille brisée que je suis. *Quelle conne.*

La sonnerie de mon téléphone me sort de mes pensées, et le nom qui s'y affiche m'arrache une grimace.

Dans d'autres circonstances, je serais heureuse de lui parler, mais j'avoue que ces derniers temps, je l'évite.

Ma grand-mère est la personne que j'aime le plus, cependant si elle apprenait que j'ai des problèmes d'appartement, elle ferait une attaque.

Lorsque je me suis inscrite à l'université, je me suis fait la promesse de ne plus jamais être un fardeau pour elle. Je lui ai déjà tant fait subir, je ne peux plus.

Alors comme d'habitude, je lui envoie un message en lui disant que je suis en cours et que je la rappellerai plus tard. Je sais que si je continue ainsi, je vais vraiment finir par l'inquiéter. Mais quel choix j'ai ? Au moins, par texto, elle sait que je suis vivante.

Un nouveau sms s'affiche. Ma grand-mère a du mal avec la technologie, c'est pour ça qu'elle ne m'envoie des messages que très rarement.

Mamie
D'accord, ma chérie. Peux-tu libérer un peu de temps ce soir par vidéo ? Tu manques à Grace.

Nouveau sentiment de culpabilité. Ma grand-mère sait que ma petite sœur est ma faiblesse. Même si elle ne le fait pas pour me blesser, elle n'a aucun doute quant au fait que je sortirais en plein entretien d'embauche si Grace le demandait. Je lui ai fait tellement de mal, il y a quelques années, lorsqu'on a tout perdu. J'aurais dû être là pour elle, la soutenir, elle n'avait que six ans. Mais à la place, j'ai préféré m'autodétruire. J'ai été égoïste, je n'ai pensé qu'à ma propre peine et j'en ai payé le prix.

Mon arrivée à Boston a été mon nouveau départ. Depuis ce jour, j'essaie de me rattraper, envers ma grand-mère et envers ma sœur. Ce n'est pas facile tous les jours, mais c'est la seule chose qui me fait tenir. Si je ne les avais pas eues dans ma vie, je ne sais pas si je serais encore ici. Probablement pas.

Kaylee
Je l'appelle ce soir, promis.

Je range mon téléphone pour éviter de me sentir encore plus coupable et rejoins rapidement le bâtiment C afin d'assister à mon deuxième cours de la journée : psychologie sociale.

Une fois dans l'amphi, je m'installe à mon rang habituel et sors mes affaires, priant pour que le capitaine de l'équipe de hockey n'y soit pas aussi inscrit.

— Les préjugés et les stéréotypes, quel beau schéma, qu'on juge parfois similaires alors qu'il y a tout de même une petite différence. Qui serait capable d'éclairer ma lanterne et celle de vos camarades ? demande monsieur Steiner.

Je connais la réponse mais n'ai vraiment pas envie de parler, alors je la ferme et prie pour que quelqu'un ait une folle envie de participer. Je sais très bien que si personne ne se dévoue, il choisira. Je ne suis pas timide, juste très asociale. Mon taux d'amis peut le confirmer.

Les yeux du prof visent ma direction. Bordel, je vais vraiment y passer.

— Les stéréotypes sont des croyances apprises dès notre plus jeune âge sur un ensemble de personnes. Les préjugés, quant à eux, résultent du stéréotype, c'est une mauvaise attitude qu'on aura envers des personnes à qui on associe ces mêmes stéréotypes, répond soudain une voix à mes côtés.

Je le remercie intérieurement avant de loucher sur la gauche pour mettre un visage sur cette personne.

Eh merde…

À défaut d'avoir le capitaine aujourd'hui, j'ai le coéquipier, tout aussi connu et admiré que lui. En même temps, chaque joueur de cette putain d'équipe a un fan club gros comme un bateau.

— C'est exactement ça. Comme je vois que la plupart d'entre vous n'en avait aucune idée, je vais vous faire travailler. Ce sera bien plus intéressant pour vous.

Son petit sourire ne me dit rien qui vaille.

— Mon cours n'est pas le plus peuplé, on peut se le permettre. Je vais vous demander de vous mettre par binômes et de réfléchir ensemble à des stéréotypes et préjugés que vous tenterez ensuite d'expliciter.

Merde, je le sentais arriver. Je ne comprends pas pourquoi on a besoin de faire ça en groupe. C'est assez simple à réaliser, une personne suffirait.

Je pousse un long soupir de mécontentement et reste à ma place sans bouger. Je ne vais sûrement pas aller chercher mon binôme. Avec un peu de chance, on sera un nombre impair et le prof acceptera de me laisser travailler seule.

— On se met ensemble ? entends-je tout près de moi.

Putain.

Je sais pertinemment qu'il s'adresse à moi. Cool, je suis joie.

Je lui lance un petit regard en coin et hausse les épaules. S'il a envie de travailler avec moi, je ne vais pas l'en empêcher. Mais autant lui montrer tout de suite que je ne vais pas baiser ses pieds parce qu'il m'a choisie.

— Kyle, enchanté, continue le hockeyeur en me tendant sa main.

Ce serait malpoli de ne pas la prendre ? Probablement. J'ose un nouveau regard et suis accueillie par un large sourire qui me paraît presque sincère. Bon, totalement sincère, mais j'ai appris à me méfier, alors on partira sur du « partiellement sincère ».

— Kaylee.

Mon ton est légèrement sec, mais Kyle ne semble pas s'en formaliser. Il ouvre un document vierge sur son ordinateur et crée un nouveau tableau pour séparer « préjugés et stéréotypes ». Au moins, il semble vouloir travailler.

— Alors, tu as déjà réfléchi à deux-trois trucs ?

Son sourire n'a pas disparu, ni sa bonne volonté. *Allez, Kaylee, fais un effort*, souffle ma voix intérieure.

Je ne connais pas bien Kyle Jennings, je sais qu'il est attaquant, plutôt mignon et populaire, et qu'il est hyper proche du capitaine. Je dirais même qu'ils sont meilleurs amis. Peut-être qu'il est aussi con, mais ce que je vois pour l'instant m'incite à penser le contraire.

Les apparences, Kaylee, les apparences.

— Tu n'es pas très bavarde. Timide ou un problème avec les gens en particulier ?

J'arque un sourcil, il va vraiment me psychanalyser maintenant ?

— Hmm, je partirais sur « problème avec les gens », tu n'as pas la tête d'une timide.

— Bien vu, Sherlock. Et qu'est-ce qu'une timide pour toi ? grommelé-je.

Un sourire satisfait se dessine sur son visage, alors que mes sourcils se froncent davantage.

— Eh bien, pour commencer, tu n'hésites pas à me fusiller du regard. Une timide baisserait les yeux et rougirait à l'instant où je lui ferais mon sourire de tombeur.

« Sourire de tombeur » ? Aussi imbu de sa personne que son meilleur ami, à ce que je vois.

— Prétentieux.

Un petit rire s'échappe de sa gorge. Sérieux ? C'est possible d'être aussi heureux alors que je suis insupportable ?

— Une timide n'aurait pas dit ça non plus. Alors, c'est quoi qui te dérange, en réalité ? Les gens en général ou les sportifs ?

Il compte faire la conversation jusqu'à la fin de l'heure ? Est-il au courant que ma vie n'a pas d'importance pour ce travail ? Voilà pourquoi je n'aime pas les devoirs de groupe, les gens veulent toujours faire la conversation, découvrir ton existence de A à Z et en oublient le sujet principal.

— Les gens qui veulent tout connaître de ma vie alors que je ne leur ai rien demandé.

Ma dernière réplique aurait dû le freiner dans son élan, peut-être même le faire fuir. Mais il semble plus tenace que les autres.

— Je partirais sur un mix des deux. Tu es au fond de la salle car tu n'aimes pas te mélanger. Mais tu me juges moi en particulier car je suis dans l'équipe de hockey. Tu ne portes pas le même regard sur moi que sur le gars devant toi, m'explique-t-il, comme s'il avait toutes les réponses.

Et pour être totalement honnête, il a tout juste. Mais hors de question de lui dire.

— Parce que lui ne me casse pas les pieds avec ses théories débiles, rétorqué-je.

Il rit à nouveau et m'arrache presque un rictus au passage.

— Tu es drôle, Kaylee. Puis tu nous as bien aidés. Notre premier sujet sera les sportifs, tu as l'air d'avoir un tas de préjugés sur nous.

Ça, c'est peu dire.

— Ton silence parle pour toi, jolie Kaylee. Alors, on devrait intituler ça comment ? « Les sportifs n'ont pas de neurones » ? Quels seront les préjugés ? « Je ne mérite pas mes notes », « je ne serai jamais grand cadre, médecin ou avocat », « je ne suis qu'un tas de muscles ».

S'il essaye de me faire culpabiliser, il n'a pas toqué à la bonne porte. Pourtant, je dois avouer qu'il marque un point. Je ne le connais pas, son statut a parlé pour lui.

— Vous avez surtout un ego surdimensionné et une tendance à avoir réponse à tout, grogné-je pour ne pas admettre mes torts.

— Hmm, mouais il y a une part de vrai, ajoute-t-il en souriant à nouveau.

Cette fois, il m'a eue, et mes traîtresses de lèvres s'étirent sans mon consentement.

— Ah, le voilà ce beau sourire qui se cachait derrière ce masque grognon. Mission accomplie.

Petit con.

— T'es vraiment pas croyable, Jennings.

— Tu connais mon nom de famille ? demande-t-il, sincèrement intrigué.

— Ne pas aimer les sportifs et ne pas les connaître sont deux choses différentes, souligné-je.

Il semble m'étudier un moment, en silence, puis se contente de hocher la tête.

— Tu as raison. Alors, suis-je remonté dans ton estime ? Au moins un petit peu ?

Il appuie sa phrase d'un énième sourire en coin pour m'amadouer. Je ne tombe pas dans le panneau pour autant, mais j'avoue qu'il fait des efforts pour être sympa. Et puis, ne pas être une connasse pendant cinq minutes ne peut pas me faire plus de mal que ça.

— Peut-être un peu, oui. Cependant, je maintiens mon avis sur le fait que vous êtes tous des petits cons prétentieux amoureux de leurs abdos et de leurs biceps. Et avant que tu ne me contredises, je parle par expérience, étant donné que mon meilleur ami est sportif et totalement comme ça, insisté-je.

— Je n'allais absolument pas te contredire. Pour notre défense, on travaille dur pour un tel résultat, alors on est en droit de s'en vanter.

Un point pour lui.

— Deuxièmement, si ce garçon nous ressemble et qu'il est quand même ton ami, c'est qu'il y a toujours une chance, poursuit-il.

Encore une fois, il a raison.

— Il a d'autres qualités qui font de lui quelqu'un de méritant.

— Tout comme mes coéquipiers et moi-même.

— Mouais, à une exception près, ajouté-je alors que le visage de leur foutu capitaine apparaît dans mon esprit.

Il arque un sourcil pour m'inviter à préciser.

— Votre insupportable capitaine qui se prend pour le nombril du monde.

— Tu connais Hayden ? me questionne-t-il en redevenant sérieux.

Bon, critiquer son meilleur ami n'est pas la chose la plus sympa que je puisse faire, mais je m'en moque. Je ne l'aime pas, c'est mon droit de le faire savoir.

— Vaguement, on a partagé un cours en commun hier et on n'a pas du tout accroché, si tu vois ce que je veux dire, grimacé-je.

Il semble réfléchir un instant avant de me lancer un nouveau regard amusé.

— C'est donc toi la « nouvelle folle qui n'a pas compris comment la fac fonctionnait » ?

« Folle » ? « Nouvelle » ? Il se fout de ma gueule.

— C'est ce qu'il a dit ? demandé-je en sentant la colère monter à nouveau.

— À quelques mots près, oui.

Quand je pensais que je ne pouvais pas le mépriser davantage encore, son meilleur ami me prouve le contraire.

— Quel connard insolent, prétentieux, vaniteux, arrogant et tous les synonymes.

Kyle s'esclaffe à nouveau, mais mon regard noir le stoppe net dans sa lancée.

— Ne fais pas attention à ce qu'il dit. Hayden est particulier, mais il est loin d'être méchant. Quand tu apprends à le connaître, tu es franchement heureux de l'avoir dans ta vie.

— Merci, je m'en passerais bien. Dire que je vais devoir me le coltiner durant tout le semestre. Il n'a pas prévu de changer d'option, par hasard ?

Il secoue la tête.

— Hayden n'abandonne jamais. Il a besoin de toutes les options possibles afin de remplir son dossier pour Harvard.

— Kaylee la poisseuse, le retour, marmonné-je.

— Allez, ne t'en fais pas. Il ne te fera pas chier tout le semestre. Je lui en parlerai, si tu veux, tente de me rassurer Kyle.

— Absolument pas, hors de question qu'il pense pouvoir m'atteindre. Je vais simplement me contenter de l'ignorer, c'est ce que je fais de mieux.

— J'avais remarqué, rit-il.

J'esquisse à mon tour un léger sourire avant de lui arracher l'ordinateur des mains.

— Bon, trêve de plaisanterie, on a perdu assez de temps à discuter de choses futiles. On doit remplir ce document et trouver le plus d'arguments possible.

— À vos ordres, chef.

* * *

Mon GPS m'indique cinq minutes restantes avant d'arriver à destination.

En sortant de mon cours de psychologie sociale, Nolan m'a appelée pour me dire de le rejoindre à dix-sept heures, à une adresse précise, en m'annonçant simplement qu'il avait trouvé une solution à mon problème de logement. Il ne m'a pas donné tous les détails car il n'avait pas beaucoup de temps avant son prochain cours. Il m'a simplement dit qu'il connaissait quelqu'un dans la même situation que moi qui avait un appart' à partager.

Je n'ai pas posé plus de questions, honnêtement, je ne peux plus me permettre d'être difficile. Et à moins que cette personne soit un terroriste ou un pervers, je pense que c'est faisable. Ce n'est que pour un an, après tout. Ou même un semestre, si j'arrive à obtenir une chambre sur le campus.

Mes lèvres s'étirent en un sourire sincère quand la carrure imposante de mon meilleur ami se dresse devant moi.

— Cinq minutes de retard, Parky, plaisante-t-il en me serrant dans ses bras.

— La ferme, j'ai fait le plus vite possible. On n'a pas tous une super voiture, râlé-je en lui arrachant un rire guttural.

— Ma vie serait terriblement ennuyeuse sans ma râleuse préférée.

Je lui assène un coup dans le bras pour le faire taire.

— Allez, Grey, allons découvrir mon nouveau chez moi.

Il acquiesce avant d'ouvrir la marche. Le quartier est plutôt calme, point positif. Le seul bémol est la distance avec mon département. Lorsque je vivais chez Nolan, j'en avais pour dix minutes à pied. Ici, j'en ai pour plus de vingt bonnes minutes de marche et je dirais cinq en voiture. Je devrais peut-être me renseigner sur les navettes pour les jours de pluie. Et qui sait ? Peut-être que mon coloc aura une caisse et pourra me dépanner. Surtout le soir. Je ne suis pas une chochotte, mais le *Gracy* est un endroit fréquenté par tous types de personnes dont des connards bien éméchés.

— Tu es sûre que ça ne te dérange pas d'être encore avec un mec ? C'est quelqu'un de bien, je lui fais personnellement confiance, mais si tu bloques, n'hésite pas à me le dire.

— T'en fais pas, Nolan. J'ai du mal avec la gent masculine mais s'il sait garder ses yeux et ses mains pour lui, tout ira bien.

Pour être honnête, je ne suis pas totalement convaincue, mais c'est ma dernière chance.

— Ça me rassure. De toute façon, je lui casse la gueule s'il ose faire un truc déplacé.

— Arrête de faire ton sentimental, gros nounours.

Il passe un bras autour de mes épaules et rapproche sa bouche de mon oreille.

— Jamais, Parky. Jamais.

Je m'esclaffe en lui pinçant le bras. Nous prenons l'ascenseur qui mène à l'étage. Nolan appuie sur le cinquième bouton, j'en prends note mentalement et continue d'observer mon environnement. L'ascenseur est assez large, un miroir trône en plein centre.

Nous arrivons à notre étage, où je suis surprise de constater qu'il n'y a que deux portes. Au moins, on n'aura pas trop de voisins dérangeants. Avec Nolan, nous vivions à côté d'une mère célibataire et de ses quatre enfants, de trois jeunes avec une passion pour le rock, et d'un vieux au chat le plus aigri que je n'ai jamais rencontré. Ceux-là, je ne les regrette pas.

La porte s'ouvre brusquement sur une petite tête blonde que je connais très bien.

— Ah, vous voilà enfin, s'exclame Clay.

Qu'est-ce que Clay fout là ?

— Je ne savais pas que tu venais, dis-je en serrant mon ami dans mes bras.

— Étant donné que c'est mon meilleur ami, je me devais d'être là.

Attendez, quoi ? Meilleur ami ? Je connais les meilleurs amis de Clay, et ce sont…

Oh non, non, ne me dites pas que c'est ce que je pense.

Clay et Nolan me poussent à l'intérieur. Je suis accueillie par une entrée simple. Un petit placard mural se trouve sur la gauche, ainsi qu'un rangement à chaussures. Un porte-clé est installé sur le mur en face. Rien de plus banal. Lorsque nous passons l'entrée, nous débouchons immédiatement sur le petit salon où est installé un canapé, en face d'un écran plat déjà allumé sur la chaîne de sport. Très cliché. Un casque de hockey est posé sur la table basse, et mon ventre se serre en voyant mes doutes se confirmer. *Pitié, faites que je me trompe.*

Mon potentiel colocataire pointe le bout de son nez quelques secondes plus tard. Mon cœur rate alors un battement lorsque je reconnais ce visage que je méprise tant.

— Dites-moi que c'est une blague ! s'exclame-t-on en même temps.

Chapitre 4
Hayden

Plus tôt dans la journée

— Salut, les amoureux. Quoi de neuf ? m'exclamé-je en m'asseyant face à mon meilleur pote et son mec.

Après mon troisième cours de la journée, Nolan et Clay m'ont donné rendez-vous au *Miley's Diner*. Ils devaient me parler d'un plan pour mon appart' et je n'ai pas eu le temps de déjeuner, alors autant faire d'une pierre deux coups.

J'ai retrouvé un brin d'espoir lorsque mes amis m'ont expliqué avoir une piste susceptible de m'intéresser. Je sais que je peux leur faire confiance, qu'ils ne me caseraient jamais avec une personne instable. Donc oui, c'est une bonne nouvelle.

— Salut, mec, tout va bien ? demande Clay d'un ton enjoué.

— Ça baigne, et vous ?

— Idem.

Je profite de cet instant de silence pour intercepter la serveuse afin de passer commande.

— Salut, Hayden, qu'est-ce que je te sers ? me questionne Nancy de sa voix mielleuse habituelle.

Oui, on se connaît plutôt bien. J'ai pris pas mal de bon temps avec elle en deuxième année, mais ce n'est pas allé plus loin. On ne voulait tous les deux que du cul, c'est ce qu'on a obtenu. Puis on a tout arrêté, et contrairement à mes autres conquêtes, on est restés en bons termes. Il le fallait bien car je viens parfois manger ici avec les gars, alors loin de moi l'envie de retrouver ma nourriture empoisonnée.

Une fois, j'ai largué une fille qui bossait à la cafétéria du campus et j'ai failli y passer à cause d'un muffin. Elle m'avait filé celui au caramel et aux cacahuètes, sachant pertinemment que j'y étais allergique. Heureusement, je n'avais plus faim, et c'est Kyle qui l'a englouti à ma place. J'ai cru faire une crise cardiaque quand il m'a demandé ce que je foutais avec un muffin capable de me tuer en une bouchée.

J'ai pensé à la dénoncer, mais comme j'avais été un parfait connard avec elle, j'ai préféré laisser couler.

Depuis ce jour-là, j'ai arrêté de baiser longtemps avec la même fille. Trop de complications pour rien.

— Salut, beauté. Tu me mets un double cheeseburger, une grosse portion de frites et un soda, s'il te plaît ?

— Tout de suite.

Elle accompagne sa phrase d'un clin d'œil avant de nous fausser compagnie.

— Dis-moi pas que tu te la fais à nouveau ? râle Clay en me fusillant du regard.

— Bien sûr que non, je suis juste poli. Mes parents m'ont bien élevé, réponds-je d'un air insolent.

— C'est vrai que reluquer son cul et son décolleté, c'est le comble de la politesse, se marre Nolan.

— Chacun ses bonnes manières.

Clay lève les yeux au ciel avant de finir son soda cul sec.

— Bon, on n'est pas venus là pour parler meufs… Enfin, si, mais une fille en particulier. Revenons-en au vif du sujet.

Une fille en particulier ? De quoi parle-t-il ? On était censés parler de mon coloc, non ?

— Je pensais que vous deviez m'expliquer deux-trois trucs sur mon potentiel coloc ?

Ils se lancent leur fameux regard.

Oh, oh, dans quel bordel m'entraînent-ils ?

— À ce sujet, on a oublié de préciser un petit détail, commence Nolan.

— Ce coloc potentiel, ou devrais-je dire, « cette » coloc potentielle…

— Tu me fais marcher ? dis-je en riant nerveusement.

C'est vrai que j'avais dit être prêt à tout, même à cohabiter avec Médusa, mais c'était évidemment une façon de parler. Je n'ai jamais vécu avec une fille. J'imagine juste que ce serait… compliqué. Trop de différences, trop d'embrouilles potentielles. Et franchement, je tiens à ma tranquillité. Je n'ai pas envie de me prendre la tête à savoir qui monopolise la salle de bains, ou qui a laissé traîner ses fringues. Je ne vais pas me taper une coloc, aussi gentille et désespérée soit-elle. Non. Ça ne finira jamais bien.

— Si on t'en avait parlé tout de suite, tu aurais refusé sans prendre la peine d'écouter nos arguments, tente de m'expliquer Clay.

Évidemment que j'aurais dit non, et puis quoi encore ?

— Encore heureux. Tu me faisais la morale sur les filles, il y a quelques secondes, et tu veux m'en caser une dans le seul endroit où j'aime être tranquille.

— Primo, je te mets en garde contre les tarées avec qui tu baises, car ça ne finit jamais bien. Deuzio, celle-là, tu n'auras pas le droit d'y toucher à moins que tu veuilles passer sur le corps de

Nolan, répond mon meilleur ami en ponctuant sa phrase d'un demi-sourire.

Son mec me fixe sérieusement pour m'intimider, ce qui marche totalement. Je suis musclé, plutôt costaud, mais comparé à ce tank qu'est Nolan Grey, je ne fais pas le poids. Il a beau être une crème, il me briserait d'un mouvement de main s'il le souhaitait.

— Sans façon. Et pourquoi je ne peux pas y toucher, au juste ? Pas que je comptais le faire, mais je suis tout de même curieux.

— Parce qu'il s'agit de Kaylee, ma meilleure amie. On vivait ensemble jusqu'à cette année, et quand j'ai décidé d'emménager avec Clay, elle s'est retrouvée sans appart'. Elle squatte notre canapé pour l'instant, mais je sais qu'elle ne tiendra pas longtemps chez nous, m'apprend Nolan.

— Elle pense qu'elle dérange, bien que ce ne sera jamais le cas. Cependant je la comprends, elle a besoin de son intimité et ne peut pas se permettre un appartement seule. Elle a besoin d'un endroit où vivre au plus tôt, et toi tu as besoin d'un coloc avant la fin du mois d'octobre, poursuit Clay.

C'est vrai que c'est un bon argument. En temps normal, je me permettrais de me plaindre. Surtout si j'avais eu le financement de Nate jusqu'à la fin de l'année comme initialement prévu. Malheureusement, ce n'est pas le cas, et si cette Kaylee peut me payer une partie du loyer et nous éviter à tous les deux de vivre dans la rue, je devrais l'envisager.

— Si tu crains pour ton intimité, ton espace, des centaines de filles dévalisant ton appart', tu peux tout de suite retirer ça de ton esprit. Kaylee n'est pas du genre envahissante, précise Clay.

— Elle est plutôt réservée, méfiante et asociale. En dehors de Clay et moi, elle ne fréquente personne. Elle a vécu des trucs moches qu'elle essaye d'oublier. Elle ne t'embêtera pas, insiste son copain.

Cette fois, je suis intrigué. Nolan avait déjà mentionné son caractère spécial, et c'est vrai que je meurs d'envie de savoir qui se cache derrière ce simple nom. Mais une colocation est-elle la meilleure des idées ?

— Elle a cependant un fort tempérament. Si tu la cherches, elle répliquera bien plus fort. Ne t'en fais pas une ennemie, me prévient mon meilleur pote.

Ah bah chouette. Très rassurant tout ça.

S'ils avaient réussi à me convaincre, là, c'est plutôt le contraire qui se produit. Une fille superficielle et insupportable, c'est l'horreur, mais une fille froide qui risque de sortir les crocs à chaque plaisanterie, c'est encore pire. Je veux bien faire des efforts, mais je compte sur la réciprocité du geste.

Est-ce que cette Kaylee fera en sorte que ça marche ? J'en doute.

Ai-je vraiment le choix, pourtant, au fond ? C'est elle ou abandonner le confort et le calme de mon appart' pour rejoindre le bordel qu'est la coloc de mes coéquipiers.

Cette option est encore moins alléchante que la première.

— Bon, d'accord, je veux bien la rencontrer et en discuter avec elle, finis-je par lâcher en soupirant.

Un sourire illumine à nouveau le visage de mes amis. Je tente de réprimer le mien pour insister sur mon mécontentement, même si c'est plutôt difficile de faire la gueule à ces deux imbéciles.

— Tu fais le bon choix, Hayden, m'assure Clay.

— J'espère bien. Vous pensez qu'elle peut passer ce soir avant l'entraînement ?

Clay tourne la tête vers son copain pour obtenir la réponse, ce dernier hoche la tête.

— Je pense que c'est possible. Je l'appellerai tout à l'heure et je te confirme ça par texto, répond Nolan.

Je hoche la tête en signe d'approbation et n'ajoute plus rien. Je ne sais pas pourquoi, mais je la sens mal cette histoire.

* * *

J'avais raison de ne pas être confiant. En plus de ne pas être chaud pour partager mon environnement avec une nana, j'apprends maintenant qu'il s'agit de la nouvelle-folle du cours de psycho. Quand je pensais que ça ne pouvait pas être pire…

Son corps s'est raidi à la minute où elle m'a aperçu. On dirait qu'elle n'a pas été prévenue non plus. Ses yeux verts me fusillent du regard, ses mains tremblent de colère. Si la situation ne m'énervait pas aussi, j'en rirais presque, mais je réprime tout ça en lui adressant mon meilleur regard insolent. Si les gars pensent qu'elle peut m'impressionner, ils se fourrent le doigt dans l'œil.

— C'est une blague ! s'exclame-t-on en même temps.

Elle croise ses bras et fronce un peu plus les sourcils.

— Ne répète pas ce que je dis, *connard*, crache-t-elle.

— C'est toi qui as parlé en même temps, *la nouvelle*.

Derrière elle, ses gardes du corps se lancent des regards perdus. C'est sûr que personne ne s'attendait à ce qu'on se connaisse déjà. Moi non plus, d'ailleurs. Si j'avais su que la merveilleuse Kaylee de Nolan n'était autre que cette conne qui n'a pas voulu me rendre ma place en psycho et qui m'a parlé comme si j'étais de la simple merde, je n'aurais jamais accepté. Une fille, c'était déjà compliqué, celle-là, c'est juste impossible. On ne pourra jamais partager le moindre centimètre carré sans se cracher à la figure. Je préfère définitivement dire adieu à mon appart'.

— On a raté un épisode ? résonne soudainement la voix de mon meilleur ami.

J'arque un sourcil alors que la rouquine se tourne pour lui adresser le même regard que celui que j'ai eu l'honneur de recevoir.

— Pourquoi vous ne m'avez pas dit que c'était cette espèce de con prétentieux à l'ego le plus large qu'il m'ait été donné de voir que je devais rencontrer ce soir ? Et ne faites pas comme si je ne vous avais jamais exprimé tout le mépris que j'ai pour lui, gronde-t-elle en pointant son index sur les deux accusés.

Les deux déglutissent en même temps. La scène est à mourir de rire. Mes amis sont deux grands gaillards plutôt costauds, mais ils arrivent à être terrifiés par ce bout de femme qui ne doit pas peser plus lourd que mon casque de hockey.

— On savait que tu le méprisais, pas que tu le connaissais réellement, répond Clay d'une petite voix.

— Et d'ailleurs, quand est-ce que vous avez fait connaissance, tous les deux ? Hayden, tu me disais ne pas la connaître, poursuit Nolan.

Je secoue la tête en alternant entre la rousse furax et son pote.

— Je ne savais pas que c'était elle, je ne connaissais pas son prénom.

Kaylee lâche un rire nerveux avant de reporter son regard sur moi.

— Évidemment que tu ne le connaissais pas, tu es bien trop égocentrique pour ça, Jones.

— Désolé, poupée, mais je ne peux pas connaître toutes les filles de ce campus. Surtout celles immunisées contre mon charme légendaire, répliqué-je.

Je sais que cette dernière réplique va la faire craquer, j'ai compris qu'elle n'aimait pas les petits cons qui ne se préoccupent que de leur nombril. Alors je vais continuer pour la faire enrager.

— Vous voyez, c'est ça que je déteste chez ce type, dit-elle à l'intention de nos amis. Ne pas me connaître c'est une chose, mais agir comme si je n'étais qu'un moustique sur son passage, ça me met hors de moi. Hors de question que je passe une seconde de plus dans cet endroit.

Si elle croit que c'est ce que je souhaite, elle a encore tout faux.

— Kaylee… souffle Nolan.

— Non, qu'elle parte. Moi non plus je ne veux pas partager cet appart' avec une folle pareille. Je n'étais déjà pas ravi à l'idée d'être en coloc avec une fille… Maintenant, c'est clair, ça n'arrivera pas.

— Hayden… imite son mec.

— Pas de « Kaylee » ni de « Hayden », on ne s'entendra jamais. Je préfère encore me coltiner votre canapé toute l'année, et si ça vous dérange, je trouverai autre chose. Mais je ne vivrai pas avec lui, conclut-elle avant de sortir brusquement de l'appartement.

Nolan s'empresse de lui courir après alors que Clay reste ici. Je vais avoir droit à sa fameuse leçon de morale. Clairement, je m'en passerais bien.

Chapitre 5

Hayden

— Le coach va te tuer s'il le sent, me réprimande mon ami alors que je décapsule une bière.

Je hausse les épaules et porte le goulot à ma bouche. Je n'ai pas le droit de boire, sûrement pas une heure avant le début de l'entraînement, mais là, je m'en cogne. Entre mes problèmes d'appart' que je pensais réglés et voir cette petite peste chez moi, c'est trop. Kaylee était ma dernière chance. J'ai eu un brin d'espoir, mais dès que je l'ai reconnue, j'ai su que c'était loupé.

— Je suis foutu, mec. Si vous m'aviez précisé qui elle était, je n'aurais pas osé espérer.

Clay pousse un nouveau soupir avant de m'arracher la bouteille et d'en boire, à son tour, une gorgée.

— Comment étais-je censé savoir ?

Il n'a pas tort. Je n'ai pas cherché à connaître l'identité de la fille de mon cours, ni à demander une photo de cette fameuse Kaylee. Le monde est sacrément petit, quand même. Quelles étaient les chances pour que tout soit lié ?

— Écoute, Hayden, Kaylee et toi êtes tous les deux importants pour moi. Mais je me sens surtout coupable vis-à-vis d'elle, m'avoue-t-il.

Je fronce les sourcils, ne comprenant pas où il veut en venir. Il s'assied avant de poursuivre.

— Kaylee vivait avec Nolan depuis deux ans. Elle a d'abord été méfiante envers moi, c'est sa nature, et je l'ai rapidement compris.

Elle était comme ça avec Nolan aussi, mais rapidement, ils sont devenus inséparables. Elle m'a accepté dans leur univers, et j'ai un peu tout cassé en proposant à Nolan de vivre avec moi. Je ne connais pas toute sa vie, mais je sais qu'elle travaille dur pour gérer ses cours et son job, qui l'aide à payer ses factures. Elle ne peut pas se permettre de vivre seule, ce n'est pas dans ses moyens, surtout pas dans une ville aussi chère que Boston. Je me sens coupable. Sans moi, elle vivrait encore avec Nolan et ne galérerait pas aujourd'hui.

Clay a le don de me faire culpabiliser en un temps record. Lui et moi, on est plutôt différents, mais je ne serais réellement pas le même sans lui. Il est le calme dont mon tempérament de feu a besoin. Il est super, voire parfois trop gentil, trop attentionné, trop soucieux. Il ne supporte pas que son entourage se porte mal, jusqu'à se blâmer pour ce qui ne le concerne parfois pas.

Je sais qu'il n'avait aucune mauvaise intention en me présentant Kaylee. Je pense qu'une partie de lui savait que ça ne collerait pas, mais il voulait quand même tenter, se dire qu'il aurait au moins essayé.

Je ne sais pas ce qui se passe dans la tête de cette fille, ni ce qu'elle a vécu pour être aussi renfermée, mais si Clay tient à elle, c'est qu'elle ne doit pas être si terrible. Il est possible qu'avec un peu de temps, on arrive à faire marcher cette coloc.

— J'ai simplement besoin que tu essayes. T'es mon meilleur pote, je sais de quoi tu as l'air en apparence et qui tu es réellement. Je sais qu'elle t'apprécierait vachement plus si tu le lui montrais, termine-t-il en reposant son regard sur le mien.

Comment suis-je censé dire non à ça ? J'ai l'impression que c'est lui qui est à la rue et qu'il ne passerait pas la nuit si je refusais.

— Même si je te disais oui, Clay, ça ne dépend pas que de moi. Tu me connais. Oui, elle m'insupporte, mais je suis capable de me contenir. Seulement est-ce qu'elle le peut, elle ? Je ne connais pas le personnage aussi bien que Nolan et toi, malgré tout, ce que j'ai vu me laisse assez perplexe.

Il hoche la tête pour me donner raison.

— Kaylee est compliquée. Elle ne se confie pas beaucoup, que ce soit à Nolan ou à moi. Mais si on creuse un peu, on trouve beaucoup de bonté. Il faut juste être persévérant.

— Qu'est-ce que je suis censé faire, concrètement ? Prendre des pincettes, ne jamais lui parler, faire comme si on vivait dans un hôtel avec chacun sa chambre et sa vie ? Super principe de la colocation, soupiré-je.

Il avale une nouvelle gorgée de sa boisson puis se lève pour venir plus près de moi avant de secouer la tête.

— J'aimerais que tu deviennes son ami. Pas de blagues salaces, pas de prétention, pas de double jeu. Montre-lui qui est le Hayden Jones que nous aimons et respectons, et tout ira bien. Je vais aider Nolan à la convaincre et je te laisse carte blanche pour ne pas la faire fuir au bout d'un jour. Tu penses que c'est possible ?

Je déteste quand il prend son air de papa protecteur qui attend que ses enfants se comportent convenablement avec les invités.

Mais Clay ne me demande jamais de faveur, alors je peux essayer de mettre mon ego de côté et accéder à sa requête.

Gérer une petite rouquine aux yeux verts perçants ne doit pas être bien difficile. Pas vrai ?

***

Boum boum boum.

Des coups insistants me sortent de mon paisible sommeil jusqu'à m'en faire sursauter. Bordel, qui peut bien venir faire tout ce boucan un samedi matin ?

Mon réveil indique huit heures moins dix. Je pousse un grognement en cachant ma tête sous mon oreiller. Peut-être que si je l'ignore, la personne s'en ira et je pourrai me rendormir, non ?

Mais j'ai à peine le temps d'essayer que la sonnerie rejoint ce concert insupportable.

— Putain, mais qui est casse-couille à ce point ? grommelé-je en sortant à pas d'ours de mon lit.

Je me frotte les yeux, me passe une main dans les cheveux, mais ne fais aucun effort vestimentaire. Quelqu'un veut me parler à huit heures du matin, qu'il assume mon simple boxer.

La sonnerie continue de retentir jusqu'à ce que j'ouvre enfin cette foutue porte.

— Ce n'est pas trop t…

Je suis accueilli par ma tornade rousse préférée. Bah putain, je ne pensais pas la revoir de sitôt. Je ne pensais pas la revoir tout court, en fait. Ça va faire deux jours qu'elle a quitté mon appart' telle une furie, j'imaginais qu'elle avait fait son choix.

Nous nous observons un instant. Moi, essayant de m'habituer à la lumière, elle, complètement pétrifiée face à mon corps de rêve. Ça, je peux comprendre, il fait le même effet à toutes les filles.

— Je sais, impressionnant hein ? dis-je en souriant fièrement.

Je crois que j'ai enfin réussi à la faire réagir, car son regard quitte immédiatement mon torse pour se reporter sur mon visage. Ses yeux redeviennent sombres. Elle déglutit légèrement avant de croiser ses bras sur sa poitrine.

— Tu me donnes déjà envie de repartir, siffle-t-elle en guise de bonjour.

Je ne peux réprimer un sourire, puis adopte la même posture qu'elle.

Arrête ton humour, résonne la voix de Clay dans ma tête.

Mais encore une fois, je décide de l'ignorer. C'est beaucoup trop amusant de faire chier cette fille.

— Alors, *crazy Kaylee*, que me vaut l'honneur de ta visite ?

J'arrive à l'entendre jurer dans sa barbe tandis que mon sourire s'élargit. Oh oui, vraiment jouissif.

— Sois gentille, sois gentille, marmonne-t-elle comme si elle révisait un texte.

Je parie que Nolan lui a fait la même morale que son mec avec moi. Je fais mine de taper du pied pour lui faire croire que je suis impatient. Elle me jette un nouveau regard noir, puis souffle un bon coup avant de reprendre plus calmement :

— Je peux entrer ou on va discuter encore longtemps sur le palier ?

— Ça dépend, tu vas me crier dessus et détruire tout sur ton passage ou on va se comporter comme des adultes civilisés ?

Son regard perçant me mitraille de nouveau, et si je ne m'arrête pas là, je n'atteindrai jamais l'âge légal pour boire.

Je choisis donc de m'écarter pour la laisser entrer.

— Un café, un jus d'orange, un thé ? demandé-je sur mon éternel ton joueur.

— Non, je ne reste pas. Je viens simplement te dire que j'accepte de vivre avec toi. Pour un semestre. Je demanderai une chambre sur le campus à l'instant où elles se libèrent.

La dernière information me surprend quelque peu. Après avoir goûté à la vie en appartement, retourner sur le campus peut rapidement être étrange. Mais ce n'est pas moi qui vais m'en plaindre. Moins elle sera là, mieux je me porterai.

— Pour le loyer, je ne peux pas mettre plus de mille six cents dollars, poursuit-elle.

— Je ne t'en demande que mille deux.

— Parfait. On a chacun notre intimité, aucun compte à se rendre. J'aime être seule, ne crois pas qu'on va se faire les ongles et se raconter nos journées. Tu restes dans ton coin, moi dans le mien.

Bonjour l'ambiance.

— Quoi d'autre ? demandé-je avec une fausse pointe d'agacement.

— Si tu organises une soirée, tu me préviens. Idem quand tu invites tes plans cul. Aucune envie de me retrouver face à une meuf à poil dans ma cuisine ou dans la salle de bains.

— Quoi, un plan à trois, ça ne te tente pas ? plaisanté-je.

Elle grogne mais ne rebondit pas sur la question. Dommage.

Physiquement, Kaylee est rousse aux yeux verts avec un visage couvert de taches de rousseur. Plutôt mince, elle cache son corps derrière des jeans trop grands pour elle, et des pulls larges. Mais même avec ça, j'arrive à distinguer un cul assez impressionnant ainsi qu'une poitrine loin de me laisser indifférent. Oui, objectivement cette fille est carrément belle et a un corps plutôt attirant.

Celle-là, tu n'auras pas le droit d'y toucher, me souffle à nouveau la voix de mon meilleur pote.

Tu parles, comme s'il pouvait se passer un truc avec cette furie.

— Tu m'écoutes, Jones ?

Je reviens à moi lorsque la main de Kaylee s'agite devant mes yeux.

— Je rêve, t'étais en train de me mater ? s'écrie-t-elle.

— Quoi ? Mais non…

— Tu parles, t'étais totalement en train de le faire. Point numéro quatre, pas d'exhibitionnisme. Ce genre de tenue, tu oublies, me dit-elle en me reluquant de la tête aux pieds.

Avec tout ça, j'avais oublié que je ne portais que mon sous-vêtement. Un nouveau sourire se dessine sur mon visage face à son air outré.

— Oh ce n'est rien qu'un peu de peau, bébé, pas de quoi en faire une montagne. Et pour ta gouverne, c'est toi qui te pointes à huit heures du matin et qui me réveilles, alors ne t'attends pas à ce que je fasse un effort.

— Oui… Eh bien, on s'en moque, pas de ça quand je suis là. Quand j'ai la salle de bains, tu n'entres pas. Et tu toques à la porte de ma chambre si tu veux me parler. Encore mieux, évite de me parler.

J'opine du chef, attendant la prochaine règle.

— Pour la cuisine, ce n'est pas parce que je suis une femme que je dois tout faire. Les tâches ménagères on se les partage, compris ?

— Tu me prends pour un macho ou quoi ? Évidemment, qu'on va se les partager.

Je veux bien être un connard prétentieux en apparence, mais je ne suis pas un petit con assisté. Tout ce que j'ai ou fais, je travaille dur pour l'avoir. Toujours.

— Je préfère que tout soit clair, rétorque-t-elle, une pointe de remords dans la voix.

— Ok, autre chose ou tu penses qu'on peut signer le règlement intérieur ?

— J'essaye juste de poser les choses pour que tout se passe au mieux.

— Tout se passera très bien. Ce n'est pas la première fois qu'on vit en coloc, je pense qu'on peut survivre, lui fais-je remarquer.

Elle me toise un instant et croise de nouveau les bras en tapant légèrement du pied.

— Dernière chose, toi et moi, on n'est pas amis et on ne le sera jamais. Je ne suis pas non plus le genre de fille qui va baver devant ton corps musclé. Tu ne m'attireras pas dans ton lit, alors tu peux me remballer tes surnoms débiles et tes sourires de charmeur. Ça ne marche pas avec moi.

Eh ben, après on dit que c'est moi, le prétentieux.

Je m'approche un peu plus, la fais reculer d'un pas. J'avance à nouveau, elle recule encore, et nous répétons ce schéma jusqu'à ce qu'elle se retrouve coincée contre le mur.

Nos visages ne sont plus très loin l'un de l'autre, sa respiration s'accélère, son corps frémit. Ravi qu'elle se contredise toute seule.

Un sourire étire mes lèvres. Je replace une mèche de ses cheveux derrière son lobe, ce qui la fait trembler davantage. J'approche enfin la bouche de son oreille avant de murmurer :

— T'en fais pas, bébé. Tu ne me fais aucun effet.

J'éloigne de nouveau mon visage pour faire face à son regard meurtrier, lâche un petit rire, puis termine cet échange par une dernière petite pique.

— Bienvenue chez toi, Kaylee.

Chapitre 6

Kaylee

4 ans plus tôt

— Bonjour, madame Hamilton. Comment allez-vous ? demandé-je à ma voisine en passant devant sa maison.

— Oh, ma petite Kaylee, je vais très bien, merci. Tu as passé une bonne journée ?

— Assez bonne, merci.

Madame Hamilton est une petite sexagénaire qui occupe la maison face à la mienne depuis plus de trente-cinq ans. Elle était là bien avant que mes parents et moi n'emménagions, quinze ans plus tôt. Elle nous a d'ailleurs accueillis avec une immense tarte à la fraise dès le premier jour, d'après ce que m'a raconté ma mère, et n'a depuis jamais cessé d'être disponible pour nous lorsqu'on en a besoin.

Avant d'emménager dans cette belle résidence, nous occupions un petit appartement dans une banlieue de Seattle. Puis mon père a obtenu sa promotion. Mes parents ont alors voulu changer d'air, et nous avons acheté cette maison à dix minutes du centre-ville.

— Super, tu ferais mieux de rentrer. Il me semble que ton père est de retour.

Un immense sourire se dessine sur mon visage à la seconde où elle termine sa phrase. Mon père part très souvent en voyage d'affaires, bien qu'il fasse de son mieux pour être aussi présent qu'il le peut. C'est toujours un plaisir de le savoir de retour, surtout quand il part aussi longtemps.

— Papa ?! m'exclamé-je en poussant la porte d'entrée.

— Cuisine !

Je me déchausse et rejoins rapidement l'endroit indiqué. Mon sourire se fait plus large lorsque son visage apparaît devant moi. Je ne perds pas plus de temps et le serre fort dans mes bras.

— Bonjour, ma princesse. Tu m'as tant manqué, murmure-t-il contre mon oreille tout en plongeant son visage dans mon cou.

J'ai une excellente relation avec lui. On pourrait presque dire que je suis une fille à papa, et honnêtement, je m'en moque. Je ne suis pas prétentieuse, je ne l'utilise pas comme une carte de crédit sur pattes, j'ai simplement un trop-plein d'amour pour cet homme.

— Toi aussi, tu n'as pas intérêt à repartir aussi longtemps, le menacé-je en pointant mon index dans sa direction.

Il s'esclaffe en secouant la tête.

— T'en fais pas, trésor, Gibson me laisse tranquille pour les deux prochains mois, m'annonce-t-il, ce qui intensifie ma joie.

— Sérieux ? Tu vas rester à Seattle pendant deux mois ?

— Au moins, oui. Je vais enfin passer mes soirées avec mes trois princesses.

Un cri victorieux sort de ma bouche à l'entente de cette bonne nouvelle. C'est ma dernière année à la maison avant de rejoindre les bancs de l'université. Je n'ai pas encore fait mon choix, mais je prévois déjà d'envoyer des candidatures à Boston, Los Angeles, San Diego, ainsi que dans le Connecticut. Je sais donc déjà que je serai loin de ma famille pour les quatre prochaines années à venir, alors savoir que mon père sera beaucoup plus présent me comble de joie.

— Alors, quoi de neuf ? demande-t-il en s'asseyant sur une chaise.

— J'ai eu un A à mon examen de psychologie. La prof a même félicité mon raisonnement.

Mon père affiche un sourire satisfait tout en me congratulant.

— Je suis fier de toi. Tu penses que c'est une voie envisageable pour l'an prochain ? Ou tu comptes rester sur le marketing ?

— Aucune idée. Je n'ai jamais envisagé la psychologie comme majeure. Je ne sais même pas où ça me mènerait, grimacé-je.

Je suis quelqu'un de solaire, de communicatif, de créatif, qui aime le contact. La voie du marketing et de la communication m'apparaissait comme une évidence lorsque j'ai commencé à réfléchir à mon avenir. Mais c'est vrai que je n'ai pas encore arrêté mon choix. Après tout, l'université est faite pour nous guider, non ?

— Je sais que tu aimes tout planifier, mais tu es encore si jeune. C'est normal de ne pas savoir ce que tu veux faire pour le restant de ta vie. C'est une décision qui vient avec les années. Tu vas grandir, évoluer, tenter des expériences, et tu te construiras en fonction de ça.

Mes lèvres s'étirent en un sourire reconnaissant. J'ai de la chance d'avoir des parents compréhensifs, qui me soutiennent qu'importe mes choix et m'aident dans chacune de mes décisions. Mes parents se sont rencontrés alors que mon père était en vacances en Italie. Ma mère est née et a grandi là-bas. Elle ne pensait pas un jour quitter son pays, surtout pas pour un homme. Mais il est rapidement tombé amoureux. Ils ont vécu une relation à distance pendant un an et n'en pouvaient plus. Alors, sur un coup de tête, ma mère a fait ses valises et a rejoint mon père aux États-Unis. Ils ont pris un appartement, ma mère a trouvé du boulot dans les Ressources Humaines, ils se sont mariés et m'ont accueillie quelques années plus tard.

Leur histoire m'a toujours fait rêver. Je n'ai jamais vraiment connu l'amour. Je suis sortie avec un gars il y a deux ans, mais rien de bien sérieux. Je crois en l'amour, je l'idéalise aussi beaucoup, mais je sais que mon âme sœur m'attend quelque part, tout comme je sais que j'ai le temps, je ne suis pas pressée. Qui sait ? Peut-être que je ferai partie de ces clichés qui rencontrent l'homme de leur vie à l'université.

— Merci, papa, je sais que tout ira bien tant que je vous aurai, maman et toi, dis-je en entourant sa taille de mes bras.

Il resserre sa prise en déposant de doux baisers sur ma main.

— Et tu nous auras toujours, ma chérie. Je sais que je pars beaucoup en déplacement, et parfois, je t'avoue avoir peur que vous m'en vouliez, Grace et toi.

Son aveu me fait grimacer. Je sais qu'il s'en veut, j'ai longtemps été triste qu'il s'en aille autant, mais j'ai compris que son travail était important et qu'il nous permettait de vivre confortablement. Et puis, comment en vouloir à un père aussi formidable et aimant ? Bien qu'il soit en voyage, il nous appelle quotidiennement et s'implique réellement dans nos vies.

— Je ne t'en voudrai jamais, tout ce que tu fais, c'est pour nous. Pour notre confort, bonheur, avenir. Tu es un bon père, ton travail n'y change rien, tenté-je de le rassurer.

Sa tristesse s'évapore aussitôt pour laisser à nouveau place à ce si beau sourire que j'aime tant.

— Papa ! s'écrie une petite voix en accourant dans les bras de mon père.

Je reconnais ma petite tornade haute comme trois pommes. Mon père l'accueille avec le même engouement et la fait tournoyer dans les airs.

— Voilà ma petite princesse ! Mais dis-moi, tu as encore grandi, non ?

Grace s'esclaffe en opinant du chef.

— Oui, oui, j'ai pris deux centimètres. Je suis une grande, hein ?

— Une géante, tu vas bientôt me dépasser si tu continues comme ça.

— Hihi, oui. Je veux être aussi grande que maman et Kaylee !

— Et tu le seras si tu continues à manger ta soupe, *bambina*[1], intervient à son tour ma mère en entrant dans la cuisine, chargée de courses.

Mon père relâche ma sœur pour venir la serrer contre lui, tout en l'embrassant sur le front.

— Tu m'as manqué, *amore mio*[2], susurre-t-elle en se blottissant contre lui.

— Et toi davantage.

Un sourire niais prend forme sur mon visage en les observant. Leur amour est intemporel et ne cesse de grandir au fil des jours. Un réel exemple.

Cependant, alors que mon regard est rivé sur leur étreinte, une autre silhouette m'interpelle. Je tourne la tête. Un homme plutôt jeune entre à son tour dans la cuisine, des sacs de courses en main. Maman remarque les yeux rivés sur lui et reprend immédiatement la parole.

— Oh oui, je vous présente Marco. Il m'a aidée à porter les courses jusqu'à la maison, comme j'étais bien chargée. Tu peux les poser là, *figliolo*[3].

Il s'exécute en posant les sacs sur le plan de travail. En ce qui me concerne, je ne le lâche pas une seconde du regard, bien trop

1. *Mon enfant, mon bébé* en italien.
2. *Mon amour.*
3. *Mon garçon.*

hypnotisée par la beauté de cet homme. Un grand brun aux yeux aussi verts que les miens. Il est plutôt mate de peau, et ses biceps sont clairement visibles derrière son tee-shirt blanc. Bordel, il est canon, genre incroyablement canon. À côté de ça, les gars de mon lycée ne sont pas de taille.

Son regard est plongé dans le mien. Un demi-sourire étire ses lèvres. J'ai l'impression que le temps s'est arrêté, qu'il n'y a qu'une bulle autour de nous.

Bordel, je crois que ça ressemble à un foutu coup de foudre. Les papillons dans le ventre, le cœur qui bat. Je pense même que mes pommettes sont rouges.

Quelle idiote.

— Marco vient d'Italie. Il est là pour un échange universitaire, poursuit ma mère, heureuse d'avoir quelqu'un de son pays natal à la maison.

— C'est super, qu'étudies-tu ? lui demande mon père alors que le vert de son regard me fixe toujours aussi intensément.

— Comptabilité, j'ai toujours été doué avec les chiffres, répond-il en lançant un regard furtif à mon père.

Il s'approche ensuite de moi, puis m'analyse un instant avant de m'offrir un sourire complet, cette fois.

— Tu dois être Kaylee. Ta mère m'a beaucoup parlé de toi.

Un sourire bête se dessine sur mon visage alors que mes joues chauffent tellement je rougis. Putain, on dirait une gamine qui vient d'avoir son premier béguin. Je suis ridicule.

— Exact. Ravie de te rencontrer, Marco.

Ma voix était un peu hésitante, son regard me confirme qu'il perçoit mon stress et je me sens encore plus gênée. Mais le brun ne s'en formalise pas. Il me tend sa main, sourit davantage avant de murmurer :

— Tout le plaisir est pour moi, ça faisait longtemps que je n'avais pas vu de fille aussi belle.

Il a parlé doucement, mes parents ont repris leur discussion et n'ont donc rien entendu. Quant à moi, je suis sûre que mon visage exprime très bien ce que je ressens.

Je ne connais pas ce garçon, mais au fond de moi, je sais qu'on va se revoir. C'est la première fois que mon corps réagit autant face à un homme et ça ne peut pas être une coïncidence.

C'est le destin.

Chapitre 7

Kaylee

Je me redresse en sursaut, tout en sueur et haletante, comme chaque fois que je me permets de fermer les yeux. Je pensais que dormir dans un endroit qui m'était encore inconnu il y a quelques jours m'empêcherait de tomber dans un profond sommeil, mais putain, ce qu'il peut être confortable ce lit. Je ne sais pas si le précédent coloc avait des problèmes de dos ou quoi, mais il dormait clairement sur un nuage.

Rappelez-moi de fuir ce piège à sommeil, car je risquerais de faire pas mal de nuits complètes, chose que je ne peux pas me permettre.

Mes rêves me ramènent toujours au moment de ma vie où tout était encore parfait. Où l'amour était ma chose préférée. L'époque où je riais pour un rien, celle qui me rendait optimiste, pleine d'espoir, de rêves et d'ambition… Jusqu'à ce qu'ils me mènent à l'instant où mon existence a basculé et que mon enfer personnel a commencé. Une période que j'aimerais effacer de ma mémoire.

Je louche sur ma table de nuit. Le réveil trônant en plein centre affiche six heures trente.

Je ne commence pas avant onze heures, j'ai donc pas mal de temps à tuer.

Me rendormir n'arrivera pas de sitôt, pas la peine d'essayer.

J'allume ma lampe de chevet en fermant les yeux pour les rouvrir progressivement afin de m'habituer à la lumière.

Je m'assieds correctement sur mon lit en observant la pièce autour de moi. La chambre n'est pas hyper grande, mais déjà plus que ma précédente. Un lit Queen size prend les trois quarts de la place. Un petit bureau fonctionnel se trouve à gauche du lit, à côté de la fenêtre. Point positif, cette dernière donne sur le parc de la résidence, qui est vraiment bien entretenu. Il n'y a pas beaucoup d'enfants, la plupart des personnes qui y traînent sont des jeunes. Je pourrais facilement m'y perdre des heures avec un bouquin.

Pour en revenir à ma nouvelle chambre, elle comporte un petit dressing dans lequel je n'ai encore rien mis.

Eh oui, parmi tout ça, mes deux valises et quelques cartons sont encore éparpillés partout, à moitié ouverts.

Je ne me suis pas encore faite à l'idée de vivre dans cet appart' pour les trois prochains mois.

Seule avec lui…

Hayden Jones.

Ce type est con, vaniteux et méprisable. Vivre avec lui s'apparente au challenge de ma vie. Je ne suis même pas sûre de tenir la durée prévue mais je vais faire un effort, parce que je l'ai promis à Nolan.

J'essaie de relativiser. Trois mois à côtoyer cet imbécile, ça ne peut pas être pire que tout ce que j'ai déjà vécu. Gérer un fils à papa un peu bruyant est ce qui s'apparente à un jeu d'enfant lorsque je repense aux dernières années.

Et puis, dans tous les cas, ce n'est pas comme si on allait se confiner ensemble toute la journée. On a cours le jour, je bosse la nuit. Il faudra simplement gérer les week-ends, et encore, je serai probablement cloîtrée chez Nolan.

J'ai emménagé officiellement hier dans la journée. Nolan et Clay m'ont aidée à porter mes affaires. Hayden m'a simplement fait un tour rapide de l'appart'. Nos chambres sont côte à côte. J'ai eu un petit aperçu de la sienne, mais on ne s'y est pas attardés. Honnêtement, j'en avais un peu rien à foutre. Notre salle de bains est située au fond du couloir. Plutôt spacieuse pour un logement aussi simple.

Je ne vais pas mentir, l'appart' de Hayden est confortable et pratique. Le loyer est convenable, et si on en oublie mon colocataire, tout est parfait.

Je sors discrètement de la chambre, au cas où Hayden serait, par malheur, réveillé, lui aussi. Mais en tendant un peu l'oreille vers sa chambre, j'arrive à entendre ses ronflements.

Bon, au moins on est fixé. Je vais pouvoir partir à la découverte des lieux sans être pressée de déguerpir.

Je passe d'abord par la salle de bains pour me débarbouiller. Je rince simplement mon visage et attache mes cheveux en une queue-de-cheval haute. J'irai prendre ma douche un peu plus tard.

Je rejoins ensuite le salon afin d'avoir un aperçu un peu plus détaillé de la vie dans cet appartement avant mon arrivée. Clay m'a dit que Hayden vivait avec son cousin de deux ans son aîné. Il a rejoint une autre université pour poursuivre son Master et a donc quitté la coloc. Je n'en sais cependant pas beaucoup plus.

La chose qui m'interpelle d'ailleurs en premier est un cadre photo d'eux deux. Hayden est en tenue de hockey, son cousin porte un tee-shirt avec son numéro. Les deux sourient et se tiennent par les épaules. Ils n'ont cependant aucun trait en commun. Bon, après, tous les cousins sont loin de se ressembler. Ce dernier est moins musclé, des cheveux de jais et les yeux très bleus. Hayden, quant à lui, est brun, voire châtain clair quand on se concentre bien, il a les yeux noisette et la peau un peu plus foncée que son cousin.

Malgré leurs différences, la photo ne laisse aucun doute quant à leur proximité.

Un petit sourire mélancolique s'étire sur mes lèvres en repensant à ma sœur et à quel point elle me manque.

Non, ne surtout pas penser à ce genre de choses. Pas la peine d'être déprimée de bon matin.

Je devais d'ailleurs l'appeler il y a deux jours, mais avec toutes ces conneries d'appartement, ça m'est complètement sorti de la tête. Je me promets de le faire avant de partir en cours. Il y a seulement trois heures de décalage entre Seattle et Boston, par chance, elles seront réveillées assez tôt. Je sais que c'est le cas de ma grand-mère, sans exception. Mais ma petite rouquine commence à connaître les joies de la grasse matinée. Encore une chose qui montre qu'elle grandit rapidement. Dans deux mois, elle aura dix ans. Je ne réalise toujours pas. Peut-être parce que j'ai manqué quelques années de sa vie.

Ne retourne pas sur ce terrain, Kaylee.

Je continue ma fouille encore quelques minutes avant d'abandonner et de trouver refuge sur le canapé. Putain, mais pourquoi toutes les surfaces de couchage sont aussi confortables ? J'ai à nouveau l'impression d'être sur un nuage. Il ne faut pas que j'y prenne trop goût si je ne veux pas avoir de mal à le quitter en janvier.

J'attrape la télécommande, me connecte à Netflix et lance un épisode de *Desperate Housewives*, une de mes séries préférées.

***

— Coucou, *gattina mia*[1]. Comment vas-tu ? demandé-je alors que la petite bouille de ma sœur apparaît à l'écran.

---

1. *Mon chaton.*

— Kay-Kay, je vais avoir dix ans. Il serait temps que tu arrêtes de me comparer à un chaton, ronchonne-t-elle, me faisant éclater de rire au passage.

— Tu seras toujours mon chaton, Gracie. Il faut t'y faire.

Elle fait mine de bouder mais ne tient pas très longtemps. Comme d'habitude.

Grace est la seule personne qui me redonne autant le sourire. Même si je n'ai pas le moral, je tente toujours de garder un visage heureux. Je ne permettrai jamais qu'elle aperçoive mes démons. Elle est trop jeune, et je compte la préserver le plus longtemps possible. Je lui dois ça.

— Tu devais m'appeler vendredi soir, je voulais te montrer ma tenue pour mon premier cours de karaté, me réprimande-t-elle en faisant la moue.

Eh merde, j'ai complètement oublié son cours de karaté. Grace veut faire du sport depuis quelques mois, et en regardant un film, elle a craqué sur le karaté. Une vraie petite casse-cou.

— *Perdonami tesoro*[1], j'ai eu un week-end assez chargé et compliqué. Tu sais si grand-mère a fait des photos ?

— Oui, ne t'en fais pas. Je lui dirai de te les envoyer. Ou je le ferai moi-même, car elle est vraiment nulle avec la technologie.

Je lâche un petit rire que ma petite sœur ne tarde pas à rejoindre. Ses fossettes se creusent, ses yeux se ferment et ses petites joues rebondies se relèvent. La plus belle vision qu'il m'ait été donné de voir. Sa petite bouille est ce qui me fait tenir quotidiennement. Je ne serais que l'ombre de moi-même sans sa joie de vivre et son innocence.

— Ne dis pas ça devant elle, *capito*[2] ?

1. *Pardonne-moi, mon trésor.*
2. *Compris ?*

— *Capito*, souffle-t-elle dans un demi-sourire sournois.

— Où est-elle, d'ailleurs ?

— Dans la cuisine, elle prépare le petit-déjeuner. Tu veux que je l'appelle ?

Je me contente de hocher la tête en guise de réponse. Ma petite sœur répète le nom de notre grand-mère à plusieurs reprises, jusqu'à ce que celle-ci apparaisse enfin à l'écran. Elle s'efforce de se positionner correctement pour me voir, mais comme toujours, il lui faut un moment pour comprendre où regarder. Ce qui a le don de nous amuser, Grace et moi.

— Coucou, grand-mère, m'exclamé-je pour la faire réagir.

Elle me repère enfin, son visage s'illumine en un temps record.

— Kaylee, mon trésor, comment vas-tu ? Tu n'es pas à l'école ?

Ma grand-mère et sa capacité à poser des milliards de questions à la fois.

— Je vais bien, grand-mère. Et non, je ne commence que dans une heure.

— Bien, bien. Où es-tu ? Je ne reconnais pas cet endroit derrière toi.

Évidemment, la première chose qu'elle remarque, c'est le cadre en arrière-plan. Je ne comptais pas lui dire tout de suite pour mon changement d'appartement. Elle a eu du mal lorsque je lui ai annoncé ma colocation avec Nolan. Alors une nouvelle, avec un inconnu de sexe masculin, je vais en entendre parler pendant des jours.

— Nolan a emménagé au début de l'année avec son copain, alors j'ai dû trouver une autre solution, je viens à peine de m'installer, réponds-je avec un sourire forcé pour ne pas l'inquiéter.

Mais c'est mal connaître Lindsay Parker, cette femme a un sixième sens pour détecter ma réelle humeur.

— Pourquoi tu ne m'as rien dit, et où dormais-tu durant tout ce temps ?

— Sur le canapé de Nolan, mais ça ne pouvait pas durer comme ça toute l'année. Ne t'en fais pas, j'ai officiellement trouvé un nouveau coloc. Tout se passe bien.

Elle fait la moue en secouant la tête.

— Un garçon ? Es-tu sûre que ce soit raisonnable ? Tu le connais ? On peut lui faire confiance ?

Et c'est reparti pour la tonne de questions. J'ai l'impression de revenir deux ans en arrière, lorsque je lui parlais de Nolan pour la première fois. La confiance chez les Parker, ça se mérite, surtout depuis quelques années, et mon meilleur ami a dû ramer pour l'obtenir.

Pour répondre à ses questions, je ne dirais pas que cette décision est raisonnable étant donné qu'entre Hayden et moi, c'est loin d'être l'amour fou. Je ne le connais pas particulièrement et ne lui fais pas confiance. Je ne fais confiance qu'à deux personnes sur ce campus, et ça a pris du temps pour que je la leur accorde. Jones ne sera pas l'exception.

En plus, si je tente de mentir à ma grand-mère, elle le remarquera.

— On a dit plus de cachotteries, Kaylee. Plus de mensonges, plus de faux-semblants. Tu arrives peut-être à tromper le reste du monde, mais ça ne sera jamais le cas avec moi.

Je souffle longuement en rendant les armes. Elle a accepté que j'aille à l'université plus tôt que prévu, après lui avoir promis que tout irait bien. Que je serais transparente avec elle au moindre souci, et jusqu'ici ça me réussissait. Je dois honorer ma part du contrat.

— Non, grand-mère, ce n'est ni raisonnable, ni plaisant. Tu sais très bien que je n'accorde pas ma confiance aux inconnus en peu de temps, mon nouveau coloc n'y fait pas exception. Je ne le connais pas bien. C'est le capitaine de l'équipe de hockey, le meilleur ami de Clay, c'est tout ce que je sais de lui.

Je louche sur la photo de Nolan et moi sur ma table de chevet avant de poursuivre.

— Mais il a un appart' avec une chambre à louer, et Nolan lui fait totalement confiance, alors ça ne doit pas être si terrible. C'est temporaire. Au semestre prochain, je retourne sur le campus. S'il te plaît, fais-moi confiance.

Elle me sonde en silence durant quelques secondes avant de tourner la tête en direction de ma sœur.

— Gracie chérie, va prendre ton petit-déjeuner. Je vais terminer de parler avec ta sœur et j'arrive.

D'abord hésitante, ma sœur finit par hocher la tête et par se tourner vers moi.

— N'oublie pas de m'appeler ce soir pour que je te raconte ma journée, d'accord ? me dit-elle, le regard pétillant d'espoir.

Mon cœur se serre lorsque je me rends compte que je l'ai beaucoup négligée, ces derniers jours. Je m'empresse alors de hocher la tête en retrouvant mon sourire.

— Je te le promets. *Ti voglio bene, cara mia*[1].

— *E io ancora di più*[2].

Elle m'envoie un dernier bisou de sa main avant de disparaître. On cale souvent des mots et expressions en italien dans nos conversations, pour pratiquer le plus possible. Notre mère a tenu

1. *Je t'aime, ma chérie.*
2. *Et moi encore plus.*

à nous élever dans les deux langues. Je parle couramment, Grace quasiment, aussi je continue à la faire s'exercer depuis qu'elle n'a plus que moi. Et puis ça l'aide à mieux comprendre notre famille maternelle pendant leurs appels.

— Je te fais confiance, mon trésor. Tu m'as prouvé que tu étais raisonnable, mais tu ne peux pas m'en vouloir de m'inquiéter pour toi et de vouloir te protéger.

— Je le sais, grand-mère, et tu as raison. Je te promets que ça va aller. Je continue à être assidue, je me fais petite et garde mon objectif en tête.

— Très bien, ça me rassure. J'aimerais aussi parler à ce garçon quand il sera disponible. J'ai besoin de me faire mon propre avis.

Argh, j'avais espéré y échapper, mais non. L'envie que Hayden rencontre ma grand-mère est aussi forte que celle de vouloir être son amie : nulle. Cependant, je sais qu'elle ne lâchera rien tant qu'elle ne lui aura pas parlé, alors je hoche la tête en lui promettant de le lui passer quand j'en aurai l'occasion.

— Merci, ma puce. Bon, je ne veux pas te mettre en retard. On se reparle demain, je t'aime fort.

— Moi aussi, à demain.

Après un dernier au revoir, je mets fin à la conversation et ferme mon ordinateur. Cette discussion m'a épuisée mais était inévitable.

Mon téléphone affiche dix heures quinze. J'ai un peu plus de vingt minutes de trajet à pied jusqu'à la fac, et si je veux y être à temps, j'ai intérêt à partir maintenant.

Je mets mon ordinateur et tout ce dont j'ai besoin pour la journée dans mon sac, arrange ma coiffure, ajuste mon jean puis sors de ma chambre.

En arrivant dans le salon, j'ai la mauvaise surprise de voir que mon coloc est encore là, avachi sur le canapé devant la télé. Super, moi qui pensais l'éviter pour la journée… Il ne me facilite vraiment pas la vie.

— Bien le bonjour, Parker. Bien dormi ? s'exclame-t-il alors que je l'ignore pour rejoindre l'entrée.

J'enfile mes chaussures rapidement, mais sa voix retentit à nouveau, m'arrachant une nouvelle grimace.

— Tu as perdu ta jolie voix, coloc ?

Si je l'ignore encore, peut-être qu'il la fermera.

— Toujours aussi aimable.

J'ouvre la porte brusquement, attrape mon sac et sors après une dernière vanne de sa part.

— Passe le bonjour à Lucifer de ma part.

Le con a presque réussi à m'arracher un sourire. Évidemment, je retrouve très vite mon visage de glace et quitte l'immeuble d'un pas assuré.

Chapitre 8
Hayden

Encore une fois, la tornade s'en va en m'ignorant royalement.

C'est la première nuit qu'elle passe ici, et, comme je m'y attendais, elle n'est pas sortie de sa chambre depuis qu'elle y est entrée. Nolan et Clay l'ont aidée à s'installer hier après-midi. Contrairement à ce que j'avais imaginé, Kaylee n'avait que peu de cartons à déballer, ce qui a rendu le processus d'emménagement relativement rapide.

Après ça, les gars ont passé la soirée avec nous. Je soupçonne d'ailleurs la rouquine d'avoir supplié son meilleur pote. Honnêtement, je suis content qu'elle l'ait fait. Je suis persuadé qu'on va mettre un temps fou à supporter la présence l'un de l'autre dans le même espace. En ce qui me concerne, je sais que je pourrais faire pas mal d'efforts, mais elle ne semble pas du même avis.

Une fois le repas terminé, elle a simulé un coup de fatigue et s'est enfermée dans sa chambre sans en ressortir. Nolan et Clay ont échangé un regard mêlant déception et fatigue. J'ai fini par en comprendre le sens lorsque j'ai aperçu la lumière sous la porte de sa chambre. Elle ne voulait faire aucun effort pour sympathiser avec moi.

En temps normal, je n'en aurais rien à foutre et la laisserais vaquer à ses occupations. Cependant, le côté curieux et avide de défis qui sommeille en moi ne peut s'empêcher de vouloir creuser davantage.

Cette fille m'intrigue. Elle n'est pas foncièrement mauvaise ni désagréable, sinon, elle ne serait pas amie avec ce gros nounours qu'est Nolan Grey, ni avec mon meilleur pote. Ce qui signifie que Kaylee ne s'est pas toujours comportée de la sorte et qu'un événement de sa vie l'a cabossée plus que les autres.

Et les malheurs de la vie, ça me connaît. Alors non, je n'arrêterai pas de la pousser à bout, pas avant d'avoir découvert l'origine de la part de noirceur qui sommeille en elle.

Je fourre dans mon sac ce dont j'ai besoin pour la journée. J'aurai le temps de repasser à la maison pour récupérer mes affaires de hockey avant l'entraînement, alors je ne m'embête pas. J'attrape mes clés, enfile mes chaussures et quitte mon appart'.

À peine mes fesses posées sur le siège, mon téléphone résonne dans l'habitacle.

Je le connecte rapidement à ma voiture et lève les yeux au ciel lorsque le nom de mon interlocuteur s'affiche.

— Salut, pop's ! Tout va bien ? m'exclamé-je avec un enthousiasme aussi sincère qu'une promesse de politicien.

— À toi de me le dire, ça fait une semaine que tu m'évites, répond-il d'un ton accusateur.

Je grimace lorsqu'il pointe cette évidence. Il se pourrait que j'aie été un peu trop occupé ces derniers jours pour répondre à ses appels incessants. Bon, le mot « éviter » est peut-être vrai, mais rien de bien dramatique.

— T'éviter ? Mais où vas-tu chercher un truc pareil ? Comment éviter le papa le plus cool de la planète ?

— Arrête ton petit jeu, fiston. Je te connais mieux que tu ne te connais toi-même. Surtout quand tu utilises la même voix stupide que celle que tu prenais quand tu avais seize ans et que tu faisais une connerie, gronde-t-il d'une voix faussement sévère.

Autre chose à savoir sur Craig Jones : il veut jouer au père autoritaire, mais il est encore plus nul que moi lorsque je tente de cacher mes bêtises.

— C'est bon, pop's, tu sais que l'autorité ce n'est pas ton fort. Ça ne marchait pas quand j'avais dix ans et encore moins alors que j'en ai presque vingt.

Oui, je retourne totalement la situation contre lui. C'est ce qu'une personne coupable sait faire de mieux.

— Je te vois venir, Hayden Alexander Jones, et tu ne t'en sortiras pas en faisant diversion.

Je pousse un long soupir avant de capituler. Il est vrai que je filtre ses appels délibérément depuis que Nate m'a avoué avoir parlé de mes problèmes d'appartement à mes parents. Je me suis fixé l'objectif d'être indépendant depuis que j'en ai l'âge, aucune raison que cela change.

Mes parents m'ont tout donné, ils ont fait des sacrifices pour m'élever et m'assurer la meilleure éducation possible. À moi de leur retourner la faveur en étant foncièrement autonome.

— Je suppose que tu cherches à me joindre depuis ta conversation avec ce traître de cousin, soupiré-je.

— Hayden, pourquoi tu ne nous as pas dit que tu n'avais pas trouvé de remplaçant à Nate depuis la rentrée ? Que tu comptais sur sa part de loyer pour rester dans cet appartement ? Tu sais très bien qu'on ne manque pas d'argent et qu'on t'aurait fait un virement immédiat, bon sang.

Je le sais, et c'est justement ce que je voulais éviter.

— Pop's…

— Je sais que tu proclames ton indépendance depuis ton adolescence, j'ai d'ailleurs été le premier à t'encourager lorsqu'il s'agissait de faire le ménage et de trouver un travail. Cependant, je ne peux pas te laisser jouer avec ta propre santé et ton bien-être. On a soutenu ta décision d'étudier à Boston car ce n'était qu'à deux heures de la maison et que ton cousin serait là en cas de besoin, mais on savait pertinemment qu'il n'y resterait pas éternellement. Voilà pourquoi on a ouvert un compte à ta naissance qui attend sagement que tu l'utilises. Surtout quand tu es autant dans le besoin.

Il fallait qu'il ramène ce compte sur le tapis.

Oui, ma famille est plutôt aisée… En fait, non, on est carrément blindés. Chose que j'ai toujours appréciée, soyons honnêtes : les belles voitures pour impressionner les filles, la grande maison pour organiser des fêtes, les privilèges grâce à mon père… Mais en grandissant, j'ai vite compris que j'avais eu de la chance de tomber sur une telle famille, et que profiter de leur argent de cette manière n'était pas la meilleure façon de les remercier.

— Tu sais ce que je pense de cet argent. Écoute, pop's, tu n'as pas idée à quel point je vous suis reconnaissant pour tout ce que vous avez fait pour moi. Trop reconnaissant… Et bien sûr que je vous aurais appelés si j'avais vraiment été dans la merde. Mais j'avais encore du temps et des ressources, et ça a fini par payer.

— Tu as trouvé un nouveau coloc ? m'interroge-t-il avec un brin d'espoir dans la voix.

Pas la meilleure, mais oui, j'ai trouvé. Combien de temps vais-je réussir à la garder ? C'est définitivement la question à se poser. Je me retiens de lui dire ça, autant ne pas l'inquiéter davantage. De mes deux parents, Craig Jones est ce qui s'apparente le plus à une mère poule. Sachant qu'il a été celui qui est resté à la maison pour prendre soin de moi, c'est compréhensible.

— J'ai trouvé, pop's. *Une* coloc, mais ce n'est qu'un détail.

— Toi, avec une fille ? Tu étais si désespéré ?

J'éclate de rire en imaginant son sourcil se lever et un rictus amusé se former sur son visage.

— Plutôt le comble quand on sait que je n'ai jamais vécu avec la moindre femme, ajouté-je, faisant rire mon père davantage.

— Ça, c'est sûr. Tu es certain que tout va bien avec elle ? Elle est correcte ? Bien élevée ? Sympa ?

Je ne sais pas si je devrais commencer par son amabilité hors du commun, ses mots d'amour par dizaines, ses regards langoureux… On va s'arrêter là, même l'imaginer c'est au-dessus de mes forces.

— Pas très sociable, plutôt sur la défensive, mais elle a de l'argent et c'est la meilleure amie du mec de Clay. Alors elle ne doit pas être si mal.

— Y a-t-il quelque chose que tu ne me dis pas ?

Je souffle, actionne mon clignotant pour tourner à la prochaine rue, puis reprends la parole :

— Je ne la pense pas foncièrement mauvaise… Je pense surtout qu'elle est brisée, qu'elle n'a pas eu la vie facile… Ou alors qu'un événement lui a causé du tort.

— Et tu es le mieux placé pour le remarquer, devine-t-il.

J'acquiesce même s'il ne peut le voir.

— On va dire que ça ne m'est pas totalement inconnu.

Un silence s'installe. J'ai toujours du mal à parler de mon passé avec mes parents. Parce qu'ils ont tout fait pour m'aider à me sentir normal, désiré. Mais une part de moi n'arrive pas à l'accepter.

J'ai parfois l'impression d'être un gros ingrat, avec tous mes doutes et mes angoisses.

— Alors ne lâche pas, finit-il par dire.

Je n'avais même pas remarqué que mes mains étaient en train de martyriser le volant en le serrant comme des malades.

— Que veux-tu dire ?

— Sois présent pour elle, creuse jusqu'à ce qu'elle accepte de se confier. Ce n'est qu'après ça que tu pourras envisager de l'aider.

— Désolé de briser tes espoirs, mais elle me déteste. Passer une seconde dans la même pièce que moi, c'est déjà trop, lui fais-je remarquer.

C'est aussi ce qui m'a le plus intrigué la première fois que je l'ai vue. Oui, je vais passer pour un gros connard narcissique, mais c'est la vérité : c'est la première fois que je vois une fille me mépriser de la sorte *avant* d'avoir couché avec moi.

— Alors montre-lui qui tu es vraiment ? Tu veux peut-être montrer une image de mec inaccessible au reste du monde, mais n'oublie pas que tu es mon fils et que je sais qui se cache derrière ce cliché du sportif prétentieux. Attention, je ne dis pas que tu n'es pas prétentieux, tu es toujours le fils de Brian Jones.

Je lâche un nouveau rire à la mention de mon autre père. Je tiens ma bonne humeur et le côté blagueur de mon père Craig, mais pour ce qui est de mon côté arrogant, sérieux et studieux, c'est Brian.

Eh oui, aucune maman pour Hayden, aucun repère féminin. Rien que deux papas aussi différents que fous amoureux.

— Il m'a montré le bon exemple.

— Mouais, avec modération quand même. J'aime ce petit con, mais je me passerais bien de son humeur de chien, parfois, ronchonne-t-il, augmentant mon hilarité.

L'amour est un concept dont je ne suis pas particulièrement fan. Non, pour être totalement transparent, c'est quelque chose que je tiens éloigné de moi le plus possible. En revanche, mes parents ont toujours été l'exception. Ils ont beau se disputer, ne pas être d'accord sur des millions de choses, l'amour qu'ils se portent est indescriptible. Totalement enviable. Je n'ai peut-être pas grandi avec une mère et un père, mais ça n'a pas d'importance. Le genre importe peu. L'amour, le respect et la protection sont les valeurs que mes deux pères m'ont transmises. Et jamais, au grand jamais, je n'ai regretté être leur fils.

— On ne le changera pas. Et c'est comme ça qu'on l'aime.

— Hmm, mouais, je ne peux pas te contredire.

Mon sourire se fait plus large mais s'évapore lorsque je reconnais une petite tête rousse au loin. J'appuie un peu plus sur l'accélérateur dans le but d'avoir une meilleure vue. Et, en effet, c'est ce que je pensais…

Le son de la voix de mon père continue à résonner, mais je ne l'écoute plus du tout. Pourquoi diable Kaylee marche-t-elle alors que le campus est à presque une demi-heure à pied ? Elle est complètement inconsciente ou quoi ?

— Tu m'écoutes, Hayden ? retentit soudainement la voix de mon père.

— Euh… Oui, désolé, pop's, je dois régler un truc. Il faut que je te laisse, signalé-je en accélérant un peu plus.

— D'accord, on se rappelle plus tard. Travaille bien et pas de bêtises. Je t'aime, fiston.

— Je t'aime aussi. Fais un bisou de ma part à papa.

— Je n'y manquerai pas.

Puis après un dernier au revoir, je raccroche.

J'enfonce une dernière fois l'accélérateur avant d'atteindre ma coloc. Elle marche rapidement, les écouteurs dans les oreilles. Je serais tenté de la suivre sans me montrer, mais hors de question qu'elle continue les dix minutes restantes à pied.

Je klaxonne une première fois sans être sûr qu'elle m'entende avec sa musique. Comme je m'en doutais, ce n'est pas le cas. Cependant, elle finit par ressentir ma présence et mon regard insistant car je la vois lever la tête dans ma direction. Elle plisse les yeux pour mieux me distinguer, fronce les sourcils dès qu'elle me reconnaît.

— Qu'est-ce que tu fous là, Parker ?

Elle me sonde un instant avant de détourner le regard et de continuer son chemin. Je rêve ou elle vient à nouveau de me foutre le vent du siècle ?

— Bordel, Kaylee, tu vas arrêter de m'ignorer quand je te parle ?!

Toujours rien, mais je sais qu'elle m'entend car elle a enlevé un de ses écouteurs. *Quelle petite peste.*

Je jette un rapide coup d'œil derrière moi, les voitures sont encore loin. J'ai donc un court laps de temps avant de me faire klaxonner.

— Je ne te pensais pas si lâche, coloc.

Cette fois, j'obtiens une réaction. Bon, son regard noir et son majeur levé, mais une réaction quand même.

— Tu sais que ce n'est pas en m'ignorant que tu vas m'arrêter, lui fais-je remarquer.

— Et toi, ce n'est pas en me persécutant que tu vas me faire parler, réplique-t-elle en croisant les bras.

— Ben si, la preuve.

Cette fois, elle ne répond plus rien, ce qui m'arrache un sourire satisfait.

— Pourquoi tu marches ? T'es au courant que mon appart' est à une demi-heure du campus à pied ?

— Mince, je n'avais pas du tout remarqué. Je pensais n'avoir marché que cinq minutes. Je dois vraiment apprécier l'air frais des rues de Boston, ironise-t-elle en levant les yeux au ciel.

Ouaip, je n'aurais jamais une conversion sérieuse avec cette fille.

Mais bon, j'avoue que c'est quand même assez drôle.

— Je n'ai pas de voiture, Sherlock. Tu veux que je vole jusqu'au campus ? poursuit-elle sur un ton plus sévère.

Elle marque un point. Mais pourquoi je n'ai pas été mis au courant ? Surtout qu'on a l'air de commencer en même temps, aujourd'hui. On aurait pu partager ma voiture. Je suis un petit con, mais pas un salaud pour autant.

— J'ai une voiture, j'aurais très bien pu t'emmener, lui rappelé-je.

— Toi et moi dans un espace confiné ? Très peu pour moi.

Toujours aussi agréable.

— Je n'ai pas plus envie de me coltiner ton humeur de connasse, Lilith. Mais je suis bien élevé et t'es ma coloc, ce qui me met en obligation de t'aider.

— Toujours aussi charmant dans tes comparaisons, à ce que je vois, souligne-t-elle.

Je lui adresse un clin d'œil et un rictus amusé.

— Tu n'as aucune obligation envers moi, Jones. Ce n'est pas parce qu'on partage un appartement qu'on est d'un coup devenus les meilleurs amis du monde.

De soudains klaxons résonnent dans la rue. *Putain, cette fille va me rendre fou.*

— Kaylee ! Monte dans cette voiture !

— Va te faire foutre.

Elle lève son majeur bien haut avant de me fausser définitivement compagnie. L'acharnement des autres conducteurs me pousse à rendre les armes pour cette fois. Je veux bien faire des efforts, mais cette emmerdeuse ne me facilite absolument pas la tâche.

Je ne sais pas comment elle faisait avant, je suppose que Nolan se chargeait d'elle. Hors de question cependant qu'elle fasse ce trajet tous les jours. Sûrement pas quand elle finit tard et que la nuit tombe. Qui sait quel type de connard elle pourrait rencontrer.

Je me dépêche alors de rejoindre le campus et le bâtiment des administrations.

— Que puis-je faire pour toi ? demande la jeune secrétaire lorsque je pénètre dans son bureau.

Je crois que c'est une stagiaire en formation. Elle ne doit pas être bien plus âgée que moi et me dévisage comme si j'étais un orgasme sur pattes (ce qui n'est pas faux). Plutôt jolie, mais pas mon style du tout.

Je suis cependant rassuré que cette vieille bique de Monique ne soit pas là, aujourd'hui. C'est beaucoup plus difficile de la corrompre. Cette nana-là, par contre, je n'en fais qu'une bouchée.

— Bonjour, euh… Stella, dis-je en louchant sur son badge.

Je lui adresse ensuite mon plus beau sourire et mon regard de séducteur, ce qui la fait fondre en quelques secondes.

— J'aurais un petit service à te demander, susurré-je en m'approchant de plus en plus.

Elle serre les cuisses tout en tentant de contrôler sa respiration, mais c'est peine perdue.

— J'aurais besoin de l'emploi-du temps d'une personne.

— Je ne crois pas avoir le droit de faire ça, répond-elle d'une voix hésitante.

Je souris davantage.

— Je sais, mais j'en ai vraiment besoin pour m'organiser. C'est ma coloc, et je dois savoir si elle sera à la maison quand je rentrerai, comme je n'ai pas les clés. Je serais vraiment embêté si je ne pouvais pas m'organiser en fonction de mes entraînements. Tu ne veux pas que je sois embêté, pas vrai ?

Elle déglutit tout en secouant la tête.

Bien.

— Alors, peux-tu m'aider, Stella ? Je t'en serais très reconnaissant.

J'appuie sur ma dernière phrase en usant de ma voix la plus mielleuse.

— C'est quoi son nom ? finit-elle par demander.

J'affiche un sourire vainqueur puis la remercie du regard avant de répondre :

— Kaylee Parker.

Chapitre 9
Kaylee

— Désolé, Parky, j'avais cours tout l'après-midi et mon mauvais élève de mec m'a forcé à faire la grasse matinée, m'explique Nolan.

Je l'ai appelé à midi pour qu'on déjeune ensemble, mais monsieur n'a pas daigné décrocher. Maintenant, je sais pourquoi. Il m'a donc rappelée à l'instant où mon dernier cours s'est achevé, soit il y a à peine deux minutes.

— Par « grasse matinée », tu veux plutôt dire « baiser comme des fous durant des heures » ?

Mon meilleur ami éclate de rire, toujours aussi impressionné par mon manque de tact. Ben quoi ? Il faut parfois se dire les choses sans passer par quatre chemins. On n'a plus six ans.

Et franchement, je peux le comprendre. Je sais qu'ils ne se retenaient pas quand j'étais là mais ne pouvaient pas exprimer leur plaisir aussi librement, ni utiliser toutes les pièces de la maison.

Je suis même certaine qu'ils se sont lancés dans un marathon du sexe à peine rentrés chez eux.

— Mouais, c'est possible. Ta présence ne nous dérangeait pas, tu sais qu'on n'est pas les personnes les plus pudiques au monde, mais…

— Avoir un appart' pour vous tout seuls laisse place à plus d'imagination et d'expériences, deviné-je, lui arrachant un nouveau rire.

Il est actuellement huit heures moins le quart. Je n'avais pas cours ce matin, tout était concentré dans l'après-midi, ce qui m'a fait finir tard. Heureusement, ce n'est pas tous les jours comme ça. Il va cependant falloir que je me magne si je ne veux pas être en retard pour mon service de vingt-et-une heures. Sachant que j'ai une demi-heure de marche, plus le temps pour prendre ma douche, me changer et grignoter quelque chose avant de marcher dix minutes pour rejoindre le *Gracy*, il est pratiquement impossible de tout faire en une heure. Je vais devoir sacrifier quelque chose, et il est probable que ce soit mon repas.

Il est grand temps que je songe à investir dans une voiture. Je n'en avais jamais ressenti le besoin auparavant, Nolan étant toujours là pour m'aider, mais depuis que nous ne vivons plus ensemble, la situation est devenue plus complexe. Les appartements de mon meilleur ami et de Hayden sont à l'opposé l'un de l'autre, et demander à Nolan de me conduire impliquerait trop de détours pour lui.

L'exploiter quand on vivait ensemble, c'était une chose, mais le faire galérer, non merci.

Il y a toujours Hayden, souffle une petite voix dans ma tête.

— Oh non, sûrement pas ! m'écrié-je soudainement.

— Quoi, sûrement pas ? demande Nolan à l'autre bout du fil.

Eh merde, je l'avais oublié, lui.

— Rien, j'ai juste pensé trop fort, réponds-je en serrant les dents.

Je repense à son sourire et à son air de connard lorsqu'il s'est arrêté à côté de moi tout à l'heure. J'avais espéré qu'il ne soit pas au courant de mes problèmes de transport afin d'éviter une telle proposition. Je savais que monsieur aurait sauté sur son cheval blanc pour venir à mon secours, tel le serviteur de ces dames qu'il est.

Sauf qu'il doit intégrer quelque chose d'important : je n'ai pas besoin de son aide.

— Tu veux développer cette pensée ? poursuit Nolan.

— Hmm, non, sans façon.

— Je serais prêt à jurer que ça concerne un joueur de hockey hyper populaire que tu aimes passionnément et qui vit tout près de toi, ironise-t-il, me faisant longuement lever les yeux au ciel.

Pourquoi est-ce si évident ? Ce n'est pas la seule personne qui m'exaspère. J'ai une grosse allergie aux gens en général. On va dire que Hayden Jones est juste un virus plus puissant.

Je pousse un lourd soupir avant de lui raconter ma petite péripétie du matin.

Une fois à bout de souffle, je lui laisse tout le plaisir de la ramener. Je sais pertinemment qu'il va me donner une leçon de morale.

— Tu te fous de ma gueule, Parker ! gronde-t-il.

Qu'est-ce que je disais ? Et quand Nolan utilise mon nom de famille complet, c'est qu'il est vraiment sur le point de me passer un savon.

— T'es complètement inconsciente ! L'appart' de Jones est à plus d'une demi-heure à pied. Tu ne vas quand même pas te taper ce trajet *tous les jours*, poursuit-il en haussant de plus en plus le ton.

— Un peu de marche n'a jamais tué personne. Et après, c'est vous les sportifs.

J'imagine déjà ses sourcils se froncer, son doigt accusateur pointé vers moi pendant que ses yeux me mitraillent.

— Ne retourne pas la situation, jeune fille. Mais attends, il fait nuit et tu viens à peine de terminer. Une demi-heure toute seule dans la nuit, à errer dans les rues ! Bordel, Kaylee, tu sais combien de malades peuvent croiser ton chemin à une heure pareille ?!

Il marque un point. En journée, c'est peut-être un peu moins risqué, mais la nuit, c'est une autre affaire.

— Je suis coincé encore une demi-heure à l'entraînement, je ne peux même pas venir. Je suppose que tu commences ton service à vingt-et-une heures ? devine-t-il.

— Exact.

Il marque une pause pour réfléchir.

— Je vais appeler Clay pour qu'il vienne, il va sûrement mettre une dizaine de minutes mais ce sera toujours ça de gagné, finit-il par décider.

— Sûrement pas. Il vient de finir l'entraînement, tu ne vas pas le faire bouger maintenant.

— Tu sais très bien qu'il nous tuerait tous les deux s'il te savait seule dans la rue à une heure pareille alors qu'il aurait pu y remédier.

Encore un point pour lui. J'ai peut-être eu un peu de mal à accepter Clay dans nos vies à cause de ma perpétuelle méfiance, mais quand je lui ai donné sa chance, je ne l'ai pas regretté.

Cependant, hors de question de le déranger juste parce que je n'ai pas été capable de m'arranger. Tant pis, je vais marcher et j'aurai un peu de retard au travail.

— Tu as raison, mais…

Les mots se bloquent lorsque je reconnais la Jeep bleue garée devant mon bâtiment. Comment sait-il que j'ai cours ici ? Jamais il ne me lâche la grappe ? Et puis, il n'a pas autre chose à faire de sa vie ?

Peut-être qu'il attend une de ses conquêtes, résonne à nouveau la voix dans ma tête.

Pour une fois, elle n'a peut-être pas tort.

— Kaylee ? Un problème ? s'inquiète Nolan face à mon silence.

Je ne réponds pas tout de suite, puisque monsieur Jones daigne enfin sortir de sa voiture en souriant fièrement.

Petit con.

— Kaylee, bordel ! Réponds-moi.

Cette fois, les hurlements de mon meilleur ami me sortent de ma transe. Je m'empresse de le rassurer.

— Désolée, j'ai été distraite. Ne dérange pas Clay, je vais me débrouiller.

— Kaylee…

— On se voit au *Gracy*, ce soir. Ciao !

Puis, sans lui laisser le temps d'en placer une, je raccroche et range mon téléphone dans ma poche. Bien que j'adore mon meilleur ami, je dois gérer quelque chose de plus urgent tout en tentant de garder mon calme.

— Qu'est-ce que tu fous là ? grogné-je en comblant les mètres restants.

— Toujours aussi charmante, *piccola*.

Mes yeux doublent de volume à l'entente du petit surnom qu'il vient d'employer. Non mais je rêve, de quel droit se permet-il d'utiliser ma langue pour s'adresser à moi ? Surtout pour me caractériser soit de petite, soit de « son bébé ». Chose que je ne serai jamais, soit dit en passant.

— Comment m'as-tu appelée ?

Un nouveau sourire narquois étire ses lèvres. Je me retiens terriblement de le lui faire bouffer.

— Bah alors, tu n'aimes pas ton nouveau surnom ? J'utilisais *bébé* autrefois, mais j'ai trouvé que le nom sonnait bien plus personnel dans une de tes langues maternelles. N'est-ce pas, *piccola* ?

Argh, ce qu'il peut être énervant quand il s'y met ! Non, je retire ce que j'ai dit. Hayden Jones est insupportable rien qu'en respirant le même air que le mien.

— Arrête de m'appeler comme ça. Je ne suis pas ton bébé. Je préférerais attraper la peste et le choléra en même temps plutôt que d'avoir affaire à toi, pesté-je en le toisant longuement.

Il reste silencieux un instant, me sondant à son tour, puis sourit en hochant la tête.

— Super, comme ça on est deux. Bon, ce n'est pas que je m'ennuie mais je ne compte pas passer ma soirée sur ce parking, alors monte rapidement, s'il te plaît, m'ordonne-t-il soudainement.

Je déglutis avant de croiser les bras fermement. S'il croit qu'il peut dicter ma conduite, il se fourre le doigt dans l'œil.

Lorsqu'il remarque que je ne le suis pas, il me fusille du regard tout en expirant longuement.

— Ne recommence pas tes caprices. Tu t'en es tirée tout à l'heure, mais maintenant, tu arrêtes.

— Si tu crois que je vais satisfaire le moindre de tes désirs simplement parce que tu le demandes, tu te mets le doigt où je pense, rétorqué-je de mon air le plus hautain.

— Détends-toi, je t'ai simplement demandé de monter dans ma voiture pour te ramener. Pas de passer sur la banquette arrière avec moi, répond-il du tac au tac, me laissant sans voix.

Moi qui pensais être culottée et brutalement honnête… J'ai peut-être trouvé un adversaire à ma taille.

— Encore heureux. Même avec tous les efforts du monde, tu ne serais pas capable de me séduire.

Une lueur de surprise traverse ses yeux. Pauvre chou. S'il croit que je vais rendre les armes après une petite blague, il a encore beaucoup à apprendre.

— C'est qu'on a du répondant. Mais ne te méprends pas, je suis capable d'exciter une fille d'un simple regard.

— Peut-être avec tes groupies de bas étages, cependant je suis navrée de te l'apprendre, je suis allée à meilleure école, *piccolo*, riposté-je avec un sourire malicieux.

Il arque un sourcil alors que le coin de ses lèvres s'étire, puis referme la porte du côté conducteur pour me rejoindre de l'autre côté de la voiture.

J'ai un mouvement de recul automatique lorsque son corps s'approche du mien mais ne baisse pas les yeux pour autant.

Non, chéri, ce n'est pas en collant ton corps au mien que ça va changer quoi que ce soit.

Il avance davantage, de sorte à me bloquer contre le véhicule. J'avoue que la situation ne me met pas particulièrement à l'aise, mais je n'en montre rien. S'il croit que son numéro va m'impressionner, c'est qu'il n'a jamais rencontré mon ex.

Je ne le lâche pas du regard et attends le prochain mouvement sans sourciller.

— Tu te crois meilleure que les autres, *piccola* ? susurre-t-il d'une voix légèrement rauque.

— Meilleure que les autres, c'est un peu présomptueux. Tu ne crois pas, Jones ?

Il opine du chef sans lâcher son sourire.

— Meilleure que toi, en revanche… Il y a de grandes chances, le nargué-je en approchant mon visage bien trop près du sien.

Il ne cille pas, mais je remarque que sa respiration s'intensifie légèrement. L'envie de regarder sous la ceinture est tentante, histoire de voir si l'effet que je lui fais est conséquent. Cependant, je m'abstiens. Autant ne pas remuer le couteau dans la plaie.

Moi, je continue de le fixer et de le jauger, attendant la moindre riposte de sa part. Contre toute attente, il ne fait rien et laisse son regard noisette se perdre dans mes émeraudes, comme s'il cherchait à les fouiller afin de découvrir le moindre secret que ceux-ci tentent de dissimuler.

Oh non, Jones, tu n'es prêt pour aucun d'entre eux. N'essaye même pas.

— Meilleure que moi, tu dis ? murmure-t-il sans écarter son visage.

Nos bouches sont si proches que je sens son souffle sur ma peau. Je suis sûre qu'une autre réagirait, frémirait ou sentirait la chaleur monter. Après tout, Hayden est le fantasme de milliers de filles.

Malheureusement pour lui, mon corps s'y connaît trop pour se faire duper.

Il plaque sa main sur la porte derrière moi, sans même la regarder, tout en continuant de me fixer et de jeter des regards furtifs à ma bouche. Les coins de ses lèvres s'étirent davantage, et c'est à ce moment-là que je comprends… Je n'ai pas le temps d'émettre le moindre mouvement pour prévenir le sale coup qu'il préparait. En moins de cinq secondes, je me retrouve projetée sur le siège passager.

Je me jette à toute vitesse sur la portière, mais Hayden est plus rapide et verrouille le véhicule tout en s'engouffrant dans l'habitacle.

Le connard m'a piégée.

— Bah alors, *piccola*, on s'est fait duper ? chantonne-t-il tandis que je le fusille du regard.

— Espèce de connard, tu m'as…

— Piégée ? Bernée ? Arnaquée ? Entortillée ? Dans tous les cas, le résultat est le même. Tu n'es pas si forte que ça.

Si je tuais le meilleur ami du copain de mon meilleur ami, ce dernier m'aiderait-il à cacher le corps ? Parce que l'envie est assez alléchante, pour être honnête.

— Je suis sûr que tu es en train de te demander comment je suis parvenu à te bluffer aussi facilement, poursuit-il sur le même ton amusé.

— Plutôt à quelle profondeur je devrais enterrer ton corps pour qu'on ne le retrouve jamais, rétorqué-je en croisant les bras.

Il marque un mouvement de recul avant d'éclater de rire. J'ai l'air d'être un clown, pour l'amuser autant ?

— Tu es un sacré phénomène, Parker.

— Oui, on me le dit souvent. Maintenant, laisse-moi sortir.

Il secoue la tête puis met le contact afin d'illustrer son geste et m'empêcher de m'enfuir.

— Je n'ai pas fait tout ça pour te laisser sortir. Maintenant, tu acceptes la défaite et tu me laisses te ramener, tranche-t-il.

— Alors tu vas baisser d'un ton, pour commencer. Ce que tu fais, c'est de la détention de personne contre son gré, je pourrais te poursuivre.

— Désolé, *piccola*, en m'assurant de te ramener saine et sauve jusque chez nous, aucun juge sain d'esprit ne pensera que je suis un pauvre criminel, objecte-t-il sans quitter une seule fois la route du regard.

C'est moi ou il a toujours réponse à tout ?

— Putain, mais ne peux-tu simplement pas me laisser tranquille ? Je ne t'ai rien demandé.

— Et toi, ne peux-tu simplement pas accepter l'aide qu'on te propose ? Tu ne crois pas que ta stupide fierté mal placée peut y survivre ?

Elle le peut totalement, mais elle n'en a pas envie.

— Dit le gars qui a attendu plusieurs mois avant d'assumer qu'il avait besoin d'un coloc.

Il daigne enfin me regarder, sans cacher sa surprise. Eh oui, il n'est pas le seul à tout savoir.

— Oh ça va, ton meilleur pote sort avec le mien. Ta vie n'est un secret pour personne.

Un nouveau silence pesant s'installe, alors que ses yeux me fouillent encore. J'ai remarqué qu'il faisait souvent ça : observer les gens en essayant d'y trouver quelque chose. Comme s'il arrivait à les comprendre d'un simple regard.

Et peut-être que ça marche, la plupart du temps. Mais avec moi, il peut toujours courir. Ma vie est un bordel pas possible, mon passé est l'endroit où aucun être normalement constitué ne voudrait s'aventurer. Surtout pas un gars aussi normal, bon, qui n'a jamais connu la galère.

— On dirait qu'on aime tous les deux notre indépendance, *piccola*, finit-il par lâcher en regardant à nouveau la route.

Son ton est légèrement fatigué, comme s'il en avait fini avec cette bataille interne qu'il mène.

Ses traits sont crispés, il mordille sa lèvre à six secondes d'intervalle et ses mains tapotent nerveusement le volant. Hayden et son indépendance, un sujet sensible apparemment. Il n'a rien dit, mais son corps parle pour lui.

Peut-être qu'il n'est pas si parfait, en fin de compte.

— Je ne sais pas ce qui s'est passé dans ta vie pour que tu sois si méfiante envers les autres. Je ne sais pas ce que je t'ai fait pour que tu me méprises autant. Mais te laisser dans la galère alors qu'on vit ensemble, ça ne fera jamais partie de mes principes, m'avoue-t-il lorsqu'il s'engage dans notre rue.

Ses yeux sont concentrés sur la route, ses mains toujours aussi nerveuses.

Quant à moi, je ne réponds rien. Je ne suis ni douée pour la conversation, ni pour me confier. Alors s'il espère qu'en étant prévenant, accueillant et doux, je vais me laisser aller, c'est qu'il ne me connaît pas.

Les psys, j'en ai vu. J'en vois encore. Et aucun d'eux n'a su me faire réellement parler. Tout est là, en moi, bloqué et verrouillé à double tour. Parce qu'en parler reviendrait à y penser tout le temps. Et ça, c'est au-dessus de mes forces. Être forte, c'est tout ce qu'il me reste. Tout ce dont j'ai besoin pour que le sourire béat du visage de Grace ne se fane jamais.

— J'étais obligé de te forcer la main pour monter dans cette voiture. La nuit n'est un endroit sûr pour personne. Et c'est malheureux de le dire, car il ne devrait jamais y avoir de différence, mais ça l'est encore moins pour une femme.

Nouvelle pause. Toujours aucun regard dans ma direction.

— Je ne tiens pas à toi, Kaylee, je ne te connais pas assez pour ça. S'attacher aux gens, en plus, c'est une perte de temps, surtout quand c'est éphémère. Et crois-moi, ça l'est toujours. Mais mon meilleur pote semble te trouver méritante. Alors, pour lui, je vais faire de sacrés efforts. Parce que tu es tout sauf facile à vivre.

Quel scoop. C'est mon procès, ce soir ? Il peut continuer de me traiter de garce sans cœur, je ne le contredirai pas.

— Tu es chiante, méprisante, hautaine et grande gueule. Mais tu es aussi intrigante. Ce cinéma de la fille inaccessible et froide, ce n'est qu'une putain de carapace pour te protéger. Je m'y connais bien à ce sujet.

Permets-moi d'en douter.

— Je ne sais pas ce qui t'es arrivé mais je compte bien tout faire pour le découvrir. Même le plus solide des cadenas a la capacité de se briser. À moi de trouver le bon outil, conclut-il en plongeant enfin ses yeux dans les miens.

Il n'y a plus une once d'ironie ni d'amusement. Uniquement une sincérité pure et dure. Une part de moi a envie de lui rire au nez, mais ce n'est pas vraiment mon genre. S'il pense me faire peur avec ses belles paroles… S'il pense être le premier à essayer… Il se trompe sur toute la ligne.

Si le diable a été envoyé en Enfer, c'est que l'endroit était aussi terrifiant et mauvais que lui. Mon Enfer à moi, même Lucifer tremblerait à l'idée d'y entrer.

— Il vaut mieux pour ton cœur pur et ta jolie petite bouille que tu restes en dehors de ma vie chaotique, Hayden. Rien de ce que tu peux découvrir ne t'aidera à mieux dormir. Bien au contraire…

Chapitre 10
Hayden

— Eh ben, on a bien cru que t'allais nous faire faux bon, cap, s'exclame Miles lorsque j'arrive enfin près de mon équipe.

— C'est vrai, tu t'es carrément enfui sans prendre de vraie douche. Elle était sexy à ce point ? poursuit Ian en se marrant.

Je fronce les sourcils, comme à chaque fois que ce crétin sort une connerie que je ne comprends pas.

— Il n'y a qu'une nana qui peut nous mener à ce point à la baguette. Enfin, quand je dis nana, je parle surtout de…

— Oui, on sait de quoi tu parles. Pas besoin de tout expliquer comme un gamin de six ans.

Les rires fusent alors que mon coéquipier laisse échapper un petit grognement. Il n'aime pas se faire incendier mais tend beaucoup le bâton pour se faire battre. Impossible d'y résister.

Je me marre à mon tour avant de prendre place à côté de Jake, face à Kyle.

Habituellement, ce dernier passe me chercher et on fait le chemin ensemble jusqu'au *Gracy*, mais mon petit contretemps aux cheveux roux a changé mes plans.

Comme l'a mentionné Ian, j'ai effectivement quitté les vestiaires après m'être passé rapidement sous l'eau. Si je voulais récupérer Kaylee à temps, je ne pouvais pas me permettre de traîner. Et avec des coéquipiers comme les miens, on perd rapidement la notion du temps.

Après avoir forcé ma coloc à grimper dans ma voiture, je l'ai raccompagnée à la maison où elle m'a de nouveau ignoré royalement.

Le problème lorsqu'on a un fan club aussi conséquent que le mien, c'est qu'on oublie ce que les termes « ignorance » et « répulsion » signifient. Du moins, en ce qui concerne la gent féminine. On est plus habitué à recevoir des mots d'amour, à voir des filles se cacher à moitié à poil dans nos voitures ou à être adulé simplement parce qu'on respire.

Je n'exagère pas une seconde, aussi flippant que ça puisse paraître.

Malheureusement, ça flatte aussi beaucoup notre ego, chose que Kaylee ne sait assurément pas faire.

Je ne sais pas ce que j'ai fait à cette fille pour qu'elle me déteste autant. Honnêtement, je ne pense pas que le problème vienne nécessairement de moi. Sans vouloir être prétentieux, je ne suis pas un connard. Je suis plutôt quelqu'un de sympathique, apprécié de tous. Je souris constamment, je suis sociable. Et à part le fait que je ne m'engage jamais avec les filles, je dirais que je suis plutôt quelqu'un de droit, sur qui on peut compter.

Puis jusqu'à preuve du contraire, je n'ai pas couché avec Kaylee, alors elle n'a aucune raison de m'en vouloir.

Voilà pourquoi j'en suis venu à la conclusion que c'est une chieuse qui n'aime personne. Enfin, personne sauf Nolan et Clay. Mais pour ça aussi, j'ai une théorie : Nolan est un vrai nounours, un gars terrifiant physiquement mais totalement inoffensif intérieurement. Il faut vraiment le chercher pour l'énerver. Et puis il a eu deux ans pour apprivoiser la bête. Alors, sur un malentendu, le courant a pu passer entre les deux.

En ce qui concerne mon meilleur pote, j'en ai déduit que Kaylee n'a pas pu faire autrement. C'est le copain de son meilleur ami, donc pour le bien-être de tous, elle a sûrement mis de l'eau dans son vin. Je crois qu'à part ces deux-là, cette fille n'a pas d'amis.

On va dire qu'il est possible que j'aie fait ma petite enquête auprès de ses camarades. J'ai entendu dire qu'elle était toujours seule en cours, qu'elle s'éloignait des autres le plus possible et s'arrangeait toujours pour éviter les travaux de groupe.

J'en ai ainsi conclu que ma colocataire était une extraterrestre insociable.

Chouette, j'ai tiré le gros lot.

Habituellement, ce genre de personnes me repousse totalement. Pas que je les juge ou les méprise, nous avons tous nos lots de merdes et nos caractères, mais j'essaie de m'entourer de positif au maximum afin d'éviter de penser, justement, à mes propres merdes.

Sauf que Kaylee Parker va vivre avec moi durant les prochains mois, et je dois admettre qu'elle m'intrigue. Plus que je ne l'aurais imaginé.

La dernière phrase qu'elle a prononcée dans ma voiture m'a légèrement surpris.

« Il vaut mieux pour ton cœur pur et ta jolie petite bouille que tu restes en dehors de ma vie chaotique, Hayden. Rien de ce que tu peux découvrir ne t'aidera à mieux dormir. Bien au contraire… »

Cœur pur, vie chaotique, mieux dormir, au contraire… Impossible de ne pas se rendre compte à quel point cette fille est instable.

Je ne dis pas ça de façon mesquine ou méprisante, je le répète, je ne juge pas. La vie est compliquée, bien plus pour certains, et je ne connais rien de cette fille.

Sauf que mon putain de cerveau est actuellement en train de se battre contre lui-même pour savoir quoi faire.

Elle ne représente rien pour moi, elle n'est pas mon amie, encore moins ma copine, je ne lui dois rien. Sauf que j'ai le flair pour reconnaître les appels à l'aide, et Kaylee en est un gros. Elle ne l'assume pas mais a besoin que quelqu'un se soucie d'elle et de ce qu'elle ressent vraiment. Voilà pourquoi l'autre partie de mon cerveau me pousse à creuser, à la faire sortir de ses gonds afin de la faire réagir.

On sait que la curiosité prend le dessus sur tout. Bon, on dit aussi que c'est un vilain défaut, mais je ne suis pas habitué à écouter ce qu'on me dit, alors…

J'ai tenté de faire la conversation lorsqu'on remontait à l'appart', mais elle m'a envoyé bouler et s'est enfermée dans la salle de bains.

Elle en est sortie un quart d'heure après, douchée et complètement changée. J'avais oublié que madame travaillait. Je lui ai donc proposé de l'accompagner, et c'est son majeur qui m'a répondu.

Puis elle s'est évaporée avant même que je ne cligne des yeux, me laissant comme un con au milieu du salon, totalement bouche bée.

Oh oui, les Kaylee ne courent pas les rues. Et il a fallu que j'en fasse les frais.

Quel petit veinard je suis.

Après ça, j'ai abandonné et me suis enfin autorisé à prendre une vraie douche, pour laver autant ma sueur que ma frustration.

Résultat des courses : Kyle est parti sans moi, et j'ai dû rejoindre le bar à pied.

Oui, j'ai une voiture, mais si je peux éviter de conduire au retour, je ne m'en prive pas.

Heureusement le *Gracy* n'est pas si loin que ça, contrairement à la fac.

— Alors, elle était blonde ou brune ? demande Jamie.

Il ne faut pas être bien futé pour comprendre qu'il continue sur la lancée de Ian. Je lâche un léger rire avant de lever les yeux au ciel.

— Si vous voulez tout savoir, elle était rousse, sauf…

— Ne me dis pas qu'il s'agit de cette détraquée de Candace ? Elle t'a de nouveau mis le grappin dessus ? s'écrie Elliott en écarquillant les yeux.

— Après le coup de la cafèt', ça m'étonnerait, se marre Miles.

— Alors qui ? C'est un bon coup, on la connaît ? me questionne à son tour Jake.

— Si vous me laissiez en placer une, je pourrais vous dire qu'il s'agissait simplement de Kaylee, ma colocataire, soupiré-je.

Dieu merci, j'ai enfin réussi à les faire taire.

— T'as déjà baisé ta coloc, putain tu ne perds pas de temps, commente Miles.

— Oh crois-moi, ce n'est pas le cas, ajoute Nolan en s'installant sur le banc de Jamie.

— Pas la Kaylee qu'on connaît, continue Clay en le rejoignant.

Ils n'auraient pas pu avoir meilleur timing. Depuis qu'ils vivent ensemble, ils mettent toujours un temps fou à nous rejoindre.

— Ah oui, c'est vrai que madame a un sacré caractère. T'as enfin réussi à la mettre dans ta poche, Jones ? ricane Jake, étirant mon sourire au passage.

— Si pour toi recevoir une succession de majeurs et vents plus glaciaux que l'Antarctique, c'est se mettre quelqu'un dans la poche, alors oui. Merci pour le cadeau, les gars, ironisé-je avec une légère pointe d'amertume dans la voix.

Nolan se marre, Clay esquisse une petite grimace.

Eh ouais, mon pote, observe les dégâts que t'as fait en me refourguant la fille de Lucifer en personne.

— C'était quoi le problème, ce soir ? demande Nolan d'une voix mi-lasse, mi-amusée.

Je souffle longuement avant de m'affaler sur mon siège.

— C'est la fille la plus bornée que j'ai jamais rencontrée.

— Ça vous fait un point commun.

J'assène une bonne claque sur le crâne de Ian pour sa remarque, puis souris fièrement lorsque je l'entends gémir de douleur. Ça lui évitera de dire des conneries.

— Pourquoi vous ne m'avez pas prévenu qu'elle n'avait pas de voiture ? Vous savez pourtant que je n'ai pas l'appartement le plus proche du campus. Encore moins à pied.

— Ouais, désolé, ça m'est complètement sorti de la tête, répond Clay en grimaçant à nouveau.

— Elle m'a dit qu'elle avait refusé ton aide. Elle m'a d'ailleurs raccroché au nez lorsqu'on en a parlé puis m'a envoyé un message pour me dire qu'elle était bien rentrée et que je n'avais pas besoin de lui envoyer Clay. Je comprends maintenant que tu n'y es pas étranger, Jones, poursuit Nolan.

Je hoche la tête avant de répondre :

— Ouais, j'ai dû avoir recours à un léger kidnapping pour la convaincre. Mais on ne va pas s'en formaliser.

— Elle a dû te maudire durant tout le trajet, rit Kyle.

J'opine à nouveau en me marrant à mon tour. Si un regard pouvait tuer, Kaylee m'aurait déjà envoyé six pieds sous terre.

— Eh ben, elle n'a vraiment pas l'air commode cette Kaylee. Je ne suis finalement pas pressé de la rencontrer, s'exclame Elliott.

— Trop tard, on dirait bien que ton appel a été rejeté, ajoute Nolan en adressant un signe de main derrière moi.

On a tous le réflexe de se tourner en même temps, et, en effet, une longue chevelure rousse apparaît dans mon champ de vision au même moment.

Je n'ai pas eu le temps de la détailler lorsqu'elle s'est enfuie de l'appartement, alors j'en profite.

Elle a troqué ses fameux jeans larges pour un slim noir, accompagné d'un pull fin rouge, très près du corps. Ses cheveux sont lâchés, et elle porte un peu plus de maquillage que d'habitude.

Elle ne ressemble pas à la Kaylee de tous les jours mais reste quand même fidèle à elle-même, en ne dévoilant aucun centimètre de peau.

Je ne sais pas s'il y a des codes vestimentaires, mais la plupart de ses collègues optent pour un short ou un top au-dessus du ventre.

Cependant, Kaylee n'en a rien à foutre, comme d'habitude. J'avoue que son côté rebelle est toujours aussi amusant.

Son regard naturellement méfiant s'adoucit à la vue de son meilleur ami. Ça ne dure malheureusement qu'une fraction de seconde. Lorsque ses yeux se posent sur le reste de mes coéquipiers, elle retrouve rapidement son masque de fille en guerre contre le monde entier.

Mes amis ne se gênent pas pour la reluquer de la tête aux pieds, sans se départir de leur sourire de mecs en rut.

Il faut dire qu'avec ces vêtements un peu plus près du corps, ses formes ne sont plus un secret pour personne. On les devinait déjà bien avec ses vêtements amples, mais là, son fessier bombé m'apparaît clairement.

Eh putain, si ce n'était pas Kaylee, j'aurais proposé à cette fille de passer dans mon pieu ce soir.

— Salut, Parky ! Tu tombes à pic, ça fait des semaines que les gars rêvent de te rencontrer, s'exclame Nolan avec un grand sourire.

La rouquine ne se gêne pas pour le fusiller du regard, ce qui confirme ma théorie : elle est clairement asociale.

— Salut, beauté. Moi, c'est Ian Benton Jensen, mais appelle-moi Ian, dit-il en attrapant sa main pour – je suppose – en embrasser le dos.

Sauf que ma coloc est plus rapide et dégage sa main pour tordre la sienne. Bordel, cette fille a une sacrée force. Elle arrive à lui arracher un long gémissement de douleur.

— Si tu tiens à ta main, ne touche plus jamais la mienne, Ian Benton Jensen, réplique-t-elle sèchement.

Ian recule aussitôt pendant que le reste de mes coéquipiers assiste à la scène, yeux écarquillés, bouche bée. Seuls Clay, Nolan, Kyle et moi lâchons un petit rire. Ils n'étaient clairement pas prêts à rencontrer une fille avec un tel répondant.

— Je n'ai soudainement plus trop envie de me présenter, murmure Jake en ravalant sa salive.

— T'as une sacrée force, poursuit Miles.

— T'as réussi à tordre Ian de douleur, ajoute Jamie.

— Et si vous n'arrêtez pas de reluquer mon cul et ma poitrine comme si j'étais un vulgaire bout de viande, je ne serai pas très sympa avec vous autres, lance-t-elle dans un demi-sourire mauvais.

Ouaip, cette fille ne cessera jamais de m'impressionner. Un répondant irréprochable, un calme naturel plutôt flippant, un physique de rêve : tous les ingrédients pour me faire un effet de malade.

Mais c'est aussi une grosse chieuse qui occupe la chambre à côté de la mienne, et rien que ces deux mentions m'épargnent la douche froide.

Je ne peux pas en dire autant de mes camarades, qui bavent littéralement devant le culot de cette femme.

Son regard se pose ensuite sur moi, et bien que j'aurais aimé bénéficier d'un traitement de faveur, étant donné que je suis son coloc adoré, ça n'arrive pas.

Elle me toise de son perpétuel regard sombre, fronce progressivement les sourcils à mesure qu'un demi-sourire étire mes lèvres.

Kaylee Parker finira par comprendre que son comportement de connasse aura toujours le don de m'amuser et qu'elle ne me fera jamais faire dans mon froc, comme c'est le cas avec le reste de cette université.

— Salut, *piccola*, lâché-je d'un ton provocateur.

— Je t'ai déjà dit d'arrêter de m'appeler comme ça, grommelle-t-elle.

— Et je t'ai déjà dit que ça n'arriverait pas, rétorqué-je sans la quitter des yeux.

Ses prunelles émeraude me défient de détourner le regard, mais je n'en fais rien. C'est tellement excitant de la provoquer. Alors, toujours avachi sur mon siège, je poursuis mon manège et attends le moment où elle sortira enfin de ses gonds.

Cependant, c'est mal connaître la bête. Elle campe sur ses positions, essayant d'infiltrer mon âme afin de comprendre comment je fonctionne.

Tu n'es malheureusement pas la seule à être fermée à double tour, piccola.

— C'est moi ou il y a une sacrée tension sexuelle, par ici ? lance Elliott.

Et c'est ainsi que Kaylee détourna le regard pour le poser sur mon coéquipier, afin de planifier son prochain meurtre.

Elliott déglutit puis s'empresse de fuir les deux éclairs émeraude qui le foudroient.

Un nouveau sourire se dessine sur mon visage en constatant les dégâts que ma coloc provoque en un temps record.

Si elle arrive à foutre la trousse à de grands gaillards comme eux, d'un simple coup d'œil, je n'imagine même pas ce que ça donnerait si elle devait en arriver aux mains.

— Ben voilà, les mecs. Vous avez rencontré le trésor que je vous cachais durant tout ce temps, se marre Nolan.

— Et c'était clairement pour votre bien, continue Clay sur le même ton.

Je hoche la tête pour confirmer.

— Ne vous inquiétez pas, elle aboie mais ne mord pas, leur fait remarquer Kyle.

— Oh, tu veux parier, Jennings ? rétorque la rouquine sur un ton presque amical.

Attendez, quoi… J'ai raté un épisode ?

Kyle éclate de rire alors qu'un petit rictus amusé se forme sur les lèvres de ma coloc.

Mon meilleur ami est quelqu'un d'incroyable, mais elle n'a pas pu le deviner d'un simple coup d'œil. Kaylee est généralement plus méfiante que ça.

Et elle l'a appelé par son nom de famille, comme s'ils étaient de bons vieux copains.

— Bon, ce n'est pas que vous m'ennuyez… Enfin, si, c'est totalement le cas. Alors, soit vous commandez quelque chose, soit je me casse, reprend-elle sur un ton faussement agacé.

Les gars lui donnent tour à tour leur commande. Je n'y prête pas attention, toujours en pleine réflexion sur ce qui s'est passé deux minutes plus tôt.

Kyle ne m'a jamais parlé d'une potentielle rencontre avec ma coloc. Bon, on n'a pas eu l'occasion de le faire depuis qu'elle a accepté de venir s'installer chez moi, mais dans quelles circonstances auraient-ils pu se croiser ?

Et puis Kaylee a l'air de mettre du temps à se familiariser avec les gens. Voilà pourquoi la situation me rend plutôt perplexe.

J'ai eu droit à des menaces, à son ignorance, à ses mauvais regards et à son mépris depuis qu'on se connaît. J'avoue que ça me fait un peu chier qu'il y soit parvenu aussi facilement.

— Jones, Jones, Jones…

Je reviens à la réalité au bout de trois appels et fronce les sourcils lorsque que je remarque tous les regards braqués sur moi.

Qu'est-ce que j'ai fait ?

— Putain, il s'agirait de répondre quand on te parle, grogne ma coloc.

— C'est l'hôpital qui se fout de la charité, répliqué-je d'un ton sarcastique.

Elle me maudit silencieusement durant quelques secondes avant d'agiter son petit carnet de sa main droite.

— Dernière chance pour me dire ce que tu bois, me signale-t-elle.

Un petit sourire narquois étire mes lèvres.

— Le client n'est pas censé être roi ?

Passion numéro un : le hockey.

Passion numéro deux : baiser.

Passion numéro trois : provoquer ma rouquine préférée.

Je me demande même si je ne vais pas bientôt inverser deux et trois.

— Quand je t'aurai fait avaler ton shot par les trous de nez, on verra si le client est toujours roi, siffle-t-elle.

J'avoue qu'elle est forte. Je finis par m'incliner et commander un verre de vodka. Elle note sans l'ombre d'une volonté, puis prend congé juste après.

J'en profite pour glisser sur la banquette de mon meilleur ami, bien décidé à avoir des explications.

— C'était quoi, ça ? demandé-je.

L'intéressé fronce les sourcils.

— De quoi tu parles ?

— Kaylee et toi. Vous vous connaissez ?

L'information met quelques secondes à atteindre son cerveau. Le rire de Kyle résonne peu de temps après.

— Ah oui, j'ai complètement oublié de t'en parler. On partage un cours ensemble, et putain, cette fille est vraiment dure à approcher.

— Vous sembliez plutôt familiers, ne puis-je m'empêcher de répliquer.

— Ouais, mais j'ai bien ramé durant le co… Attends une minute, c'est un reproche ? T'es jaloux ?

À mon tour de froncer les sourcils. Pardon ? « Ja » quoi ?

— Jaloux de quoi ? T'en racontes des conneries, toi !

Mais rien n'y fait, ce salaud continue de sourire comme s'il avait gagné à la loterie.

— Si, si, Haydou est jaloux parce que Kaylee ne veut pas lui faire de sourires alors qu'elle m'en fait à moi. Trop mignon, ricane-t-il.

— Quand je t'aurai salement amoché, on verra qui sera jaloux, Jennings.

Je l'attrape par derrière pour lui faire une clé de bras tandis qu'il rit de plus belle.

Je ne suis pas jaloux, merde, je suis perplexe.

Et c'est peut-être aussi une question d'ego. J'ai l'habitude que les gens autour de moi m'apprécient. Cette fille me donne du fil à retordre.

Putain, j'ai l'impression d'être le genre de nana dans les bouquins qui veut attirer l'attention du *bad boy*. Beurk.

— Je te donnerai des petits conseils, si tu veux, poursuit-il, toujours aussi hilare.

Je ne peux réprimer un rire plus longtemps et lui donne un dernier coup dans le flanc pour le faire taire. Nous reprenons nos places dans le calme jusqu'à ce que ma petite rouquine revienne avec nos commandes.

Kyle récupère son verre et m'adresse un petit clin d'œil. Je lève mon majeur pour seule réponse, ce qui ne manque pas de le faire marrer.

— Merci, *piccola*, lancé-je lorsqu'elle me donne mon verre.

Elle lève les yeux au ciel en soufflant longuement.

— Fais gaffe, il est possible que j'aie craché dans ton verre, connard.

— J'aime quand tu me chuchotes des mots d'amour.

Ses prunelles me foudroient, comme à leur habitude. Mon large et incroyable sourire leur répond, puis elle tourne les talons. Sûrement en train de me lancer des incantations dans sa barbe.

* * *

— Je crois que c'est elle, s'exclame Kyle pour la quatrième fois.

— T'es con, tu ne vois pas qu'elle est plus petite et plus dévêtue.

— Tu fais chier, Jones. Elle a peut-être vraiment trouvé une collègue pour la ramener. Ça fait trois quarts d'heure qu'on attend.

Il illustre ses propos en bâillant à s'en décrocher la mâchoire, ce qui lui vaut un regard noir de ma part.

— Non, elle n'a juste pas voulu inquiéter Nolan. Kaylee ne demande pas d'aide. *Jamais.*

Il souffle avant de s'enfoncer dans son siège.

Nous sommes actuellement derrière le *Gracy* à attendre ma coloc de pied ferme.

J'ai entendu sa conversation avec Nolan, quelques heures plus tôt. C'est habituellement lui qui la ramène après son service, comme il fait nuit et qu'elle n'a pas de voiture, sauf que Nolan a eu une longue journée et qu'il dormait presque debout.

Il a alors demandé à Kaylee si quelqu'un d'autre pouvait la ramener. Elle lui a assuré que Naomi, sa collègue, allait s'en charger, mais celle-ci était déjà partie depuis plusieurs heures. Chose que Nolan ignorait.

Moi, ça ne m'a pas échappé, et il était hors de question que je quitte ce bar en sachant que cette chieuse allait se retrouver seule dans les rues à une heure du matin.

Je n'ai aucun doute sur sa capacité à se débrouiller, j'ai bien vu son numéro avec les gars. Cependant, je ne prendrai aucun risque. Je n'ai peut-être aucune affinité avec cette nana, mais pour une raison qui m'échappe, je ressens ce besoin de lui venir en aide. Même si je sais très bien qu'elle n'aurait jamais accepté que Kyle et moi la ramenions. Aucune envie de me battre non plus. Alors j'ai décidé que le plus simple – comme le *Gracy* n'est pas très loin de chez nous – était de la suivre en voiture afin de m'assurer qu'elle rentre saine et sauve, sans qu'elle ne soit au courant.

— Tu aurais simplement pu la prévenir et la convaincre, reprend mon ami.

— On parle de Kaylee, pas de Tiffany. J'ai dû la piéger pour la mettre dans ma voiture, un peu plus tôt.

Kyle me sonde un moment avant d'opiner. Je pense qu'il n'a pas eu de mal à cerner le personnage, pas besoin d'argumenter davantage.

— Je crois que cette fois, c'est la bonne, me signale-t-il en zieutant la sortie.

Je tourne ma tête dans la direction indiquée, et un petit sourire satisfait étire mes lèvres lorsque je reconnais ma coloc. Elle a troqué son pull pour un sweat de l'université, a rabattu sa capuche sur sa tête et avance d'un pas affirmé.

J'attends qu'elle soit assez loin afin de rester dissimulé, puis intime à mon meilleur ami d'y aller.

Les quelques minutes de trajet qui séparent le *Gracy* de mon appartement se font dans le silence. Je suis trop concentré à fixer la rouquine pour entamer une conversation.

Son air habituellement confiant se dissout progressivement. Elle marche rapidement et regarde sans arrêt autour d'elle. Ça me fait clairement chier qu'elle s'obstine à refuser l'aide d'autrui, surtout dans ce genre de situation.

Au premier abord, elle donne l'impression de vivre dans un monde où tout est beau et rose, qu'elle n'a pas l'habitude du danger. Pourtant, quand on s'attarde plus de deux minutes sur elle, son comportement, ses expressions faciales, on comprend qu'elle en a aussi bien bavé.

C'est ce qui m'intrigue tellement chez cette fille : cette façon de tout cacher, de tout réprimer, à tel point qu'il devient terriblement difficile de discerner ce qui se cache derrière le masque qu'elle affiche quotidiennement.

Je sais aussi qu'il est plus facile de tout garder pour soi plutôt que d'expliquer pourquoi on agit d'une certaine manière.

La curiosité est vraiment un vilain défaut. L'humain a soif de savoir, il cherche perpétuellement à connaître les raisons, l'origine, le pourquoi du comment. Il ne se contente pas d'une réponse approximative. Et contre toute attente, cette façon de tout garder pour soi est parfois ce qu'il ne faut *pas* faire pour ne pas attirer l'attention. Plus l'autre se renferme et agit de manière nonchalante, secrète, plus les gens vont vouloir creuser.

C'est actuellement ce qui se passe entre Kaylee et moi. On pourrait faire nos vies chacun de notre côté, partager un loyer et des pièces communes sans se soucier l'un de l'autre. Pourtant, plus elle me repousse, plus elle m'attire.

— Gare-toi ici. On va attendre quelques minutes, histoire qu'elle ne comprenne pas, expliqué-je à Kyle.

Il acquiesce et suit mes directives. Je me détache puis m'affale à mon tour sur mon siège.

Cette journée a été épuisante et je serais prêt à parier qu'elles le seront toutes, maintenant que j'ai la coloc la plus compliquée de Boston.

— Arrête de trop penser, Jones. C'est bien d'être soucieux et prévenant, mais tu ne peux pas sauver tout le monde, murmure Kyle.

Je souffle longuement en fermant les yeux.

— Je sais… seulement je ne peux pas m'en empêcher.

— Je comprends, mais il est préférable que tu la laisses venir à toi. Plus elle va te côtoyer, plus elle verra qu'elle peut te faire confiance. Ça prendra du temps mais ça arrivera forcément. Parmi tous les connards présents sur ce campus, t'es loin du top cinquante. Très loin.

Je lâche un petit rire à cette comparaison en hochant la tête, puis rouvre les yeux afin de les poser sur mon meilleur ami, qui en fait de même.

— L'humain est extrêmement curieux, mais les enfants abandonnés le sont doublement. Tu sais qu'avec Avery, je comprends ce que tu ressens. Tu n'en parles peut-être pas, mais elle, elle ne m'a jamais caché le moindre truc. Ce qu'elle ne pouvait pas dire à ses parents, elle m'en faisait part à moi.

Il marque une pause avant de reprendre.

— Ne t'empêche pas de creuser, je pense qu'elle en vaut la peine. Mais fais-le en douceur. Tu veux qu'elle s'ouvre, montre-lui qu'elle a des raisons de le faire.

J'écoute attentivement chaque mot sans l'interrompre. Je suis quelqu'un d'impulsif, borné, mais Kyle est la balance qui me permet d'être mesuré quand il le faut.

Il est mon meilleur conseiller, il a ma confiance totale. Je sais que j'ai tout gagné en le faisant entrer dans ma vie.

— T'en fais pas, si tu venais à développer une attirance ou des sentiments pour cette fille de feu, ne te méfie pas de moi. De toute façon, mon cœur sera toujours pris, ajoute-t-il en souriant.

Mes lèvres s'étirent à leur tour.

— T'inquiète, j'ai trop entendu parler d'Avery pour avoir le moindre doute. C'est plutôt la façon d'agir de ta brunette dont je me méfie.

— Je sais qu'elle est particulière, comme l'est notre relation. Malheureusement, c'est quelque chose qui ne se contrôle pas.

Je grimace en voyant son air attristé. Kyle a une relation singulière avec la fille dont il est fou. J'ai encore du mal à la comprendre mais lui fais confiance sur la manière de la gérer, jusqu'à ce qu'il me donne des raisons d'intervenir.

— Hmm, ok. Pour ta gouverne, il ne se passera jamais rien entre l'emmerdeuse de service et moi.

— Une fille avec du répondant, bornée, méfiante et une grosse carapace, sans parler du fait qu'elle est sexy… C'est sûr qu'elle ne me rappelle pas quelqu'un, non, se marre-t-il, me faisant lever les yeux au ciel.

— On n'a rien en commun, moi je suis fun, pas elle.

— Essaye de t'en convaincre.

Après dix minutes, je lui souhaite une bonne nuit et rejoins à mon tour l'appartement.

Je me déchausse puis fonce directement dans ma chambre. Je suis surpris de voir ma coloc sortir de la salle de bains au même moment. Elle me lance son éternel regard noir en passant devant moi et ne m'adresse pas la parole. Pour changer.

— Bonne nuit à toi aussi, *piccola*, chantonné-je.

— Fais de beaux cauchemars, réplique-t-elle avant de claquer la porte de sa chambre.

Je ris de bon cœur et rejoins à mon tour ma piaule.

Cette fille va me rendre dingue.

Chapitre 11
Kaylee

4 ans plus tôt

— Qu'est-ce que c'est censé représenter ? résonne une voix dans mon dos.

Plongée dans ma peinture, je sursaute violemment et en laisse tomber mon pinceau au sol. Personne n'est jamais entré dans mon repaire sans s'annoncer au préalable.

Mon père a aménagé cet espace dans le fond du jardin lorsqu'il a remarqué que peindre était devenu une partie de moi. Je n'ai jamais eu de mal à extérioriser, mais je l'ai toujours bien mieux fait sur toile. C'est ma façon de me dévoiler, d'exprimer mes sentiments, mes émotions, sans avoir à prononcer le moindre mot.

Ainsi, à l'occasion de mon douzième anniversaire, papa a consacré son week-end de congé à me construire une cabane où je pourrais ranger tout mon matériel. Il a également pris soin de m'offrir un véritable chevalet, de la peinture et des outils de grande qualité, ainsi qu'une multitude de toiles et de feuilles vierges. À travers ces gestes, il voulait me montrer sa fierté et m'assurer que, malgré ses longues absences, il pensait toujours à moi.

Depuis ce jour, je n'ai jamais cessé de m'y rendre. La cabane est fermée, mais papa a installé une grande baie vitrée offrant un accès direct au lever et au coucher du soleil. C'est pourquoi je peins très souvent à ces heures-là. L'inspiration me vient presque automatiquement, l'ambiance est vraiment apaisante. C'est mon antre, mon coin personnel, et personne ne s'y aventure jamais.

Mais visiblement, personne n'a pris la peine d'en informer notre bel inconnu. Je n'ai pas eu besoin de me retourner pour reconnaître sa voix rauque. Elle est presque gravée dans mon esprit depuis quelques semaines, tout comme son sourire.

Je tente de dissimuler l'effet que sa présence produit sur mon corps avant de lui faire face. Comme je m'en doutais, son regard aussi vert que le mien ne me quitte pas une seconde tandis que le coin de sa lèvre ne cesse de s'étirer. Pas besoin de toucher mon visage pour sentir la chaleur qui émane de mes joues. C'était ainsi lors de notre rencontre, et je vois qu'il va me falloir plus de temps pour y échapper.

— Personne ne t'a appris à frapper, Marco ? m'exclamé-je d'un ton faussement autoritaire.

La riposte est mon arme favorite lorsqu'il s'agit de me sauver la face.

— Pardonne-moi, *bella mia*[1]. Ta mère m'a dit que je pouvais te trouver ici. Tu avais l'air tellement concentrée que j'ai préféré te laisser terminer.

Je hausse les sourcils, surprise par son aveu. Me regardait-il peindre ? Depuis combien de temps ?

— Tu es là depuis longtemps ? demandé-je d'une voix hésitante.

J'avoue ressentir une certaine appréhension face à sa réponse. J'aime peindre, mais être observée me met mal à l'aise. J'aurais presque envie de dire que peindre équivaut à me mettre à nu, et le faire devant la moindre personne me terrifie. C'est d'ailleurs l'une des raisons pour lesquelles mon père m'a construit ce refuge.

---

1. *Ma belle.*

— Assez pour attester de ton talent, répond-il avec un sourire sincère.

Je sens le rouge me monter à nouveau aux joues alors qu'un « merci » presque inaudible s'échappe de mes lèvres. Ce garçon m'intimide déjà naturellement, donc savoir qu'il a eu un aperçu de cette partie de ma vie me donne envie de me cacher pour le restant de mes jours. C'en est presque frustrant, sachant que je ne suis pas du tout comme ça, habituellement.

L'Italien fait quelques pas en avant sans se départir de son sourire. Mes yeux tentent de fuir son regard intense, mais c'est impossible. Nos prunelles s'aimantent automatiquement sans nous laisser une once de contrôle.

Après ce qui me semble une éternité, ses yeux se détachent de moi afin d'explorer ma nouvelle œuvre. Son visage ne laisse transparaître aucune émotion, tandis qu'il détaille méticuleusement chaque coup de pinceau. Les battements de mon cœur se font soudainement plus irréguliers en imaginant qu'il puisse détester. Pas que l'avis des autres m'importe, mais pour une raison que j'ignore, le sien m'effraie. Cette stupide attirance doit y être pour beaucoup.

— C'est assez particulier. On comprend rapidement que ce regard est la partie la plus importante de la toile. Qu'il effraie la jeune fille. Il est assez évident que les dimensions de ces deux éléments ont une importance capitale à la compréhension de ce tableau.

— Tu peux développer ? réussis-je à articuler.

— La jeune fille est minuscule face à ces yeux qui prennent les trois quarts de l'espace. Il est clair qu'il exerce une grande influence sur elle. Plusieurs émotions peuvent en émaner : de la peur, de l'admiration, du respect, ou bien…

Ses prunelles viennent à nouveau capturer les miennes, me sondant longuement, dans un silence pesant. Mon corps tremble légèrement sous son regard intense, pourtant il m'est impossible de détourner les yeux.

— … de la fascination, murmure-t-il d'une voix suave.

Son souffle chaud caresse mon oreille tandis que son corps se rapproche dangereusement. Son sourire se fait plus large lorsque sa main délicate effleure lentement mon bras. Bien que le temps se soit rafraîchi, je n'ai jamais eu aussi chaud. Tout mon corps s'embrase au moindre contact de sa part. C'est une sensation qui m'est totalement inconnue et qui m'effraie énormément. Je ne suis pas du genre à perdre le contrôle mais suis quasiment sûre qu'il pourrait diriger le moindre de mes gestes d'un simple regard.

Fascination.

C'est sans l'ombre d'un doute ce que je ressens envers lui. Et il l'a compris.

Il longe mon corps de sa main gauche, en trace chaque contour. Alors que sa main droite replace délicatement les quelques mèches rebelles tombant sur mes yeux, son regard me détaille, me fouille, m'hypnotise. Plus nos visages se rapprochent, plus mes yeux crèvent d'envie de dévorer ses lèvres du regard. Je m'autorise alors à quelques coups d'œil furtifs tout en tentant de cacher l'effet que ses lèvres charnues me procurent.

Mais Marco n'est pas dupe, il a sûrement compris ce qui se tramait dans ma tête depuis que nos regards se sont croisés.

— Tu es si belle, Kaylee, susurre-t-il en laissant ses yeux se balader entre mes lèvres et mes prunelles.

Il ne fait aucun effort pour le dissimuler. Il veut que je le sache. Il veut que je sache que cette attirance est réciproque, et que mes désirs refoulés sont aussi les siens. Sa main gauche termine son chemin sur ma nuque, rejoint doucement la droite jusqu'à ce qu'elles viennent délicatement prendre mon visage en coupe.

Nos iris se croisent à nouveau, continuant de s'attirer comme des aimants.

Nos visages sont si proches, nos soufflent se mélangent, et il ne faudrait qu'un mouvement de tête pour combler la maigre distance qui nous sépare. Mais Marco poursuit sa torture en effleurant mes lèvres de son pouce.

— *Perfetta*[1], ajoute-t-il.

Parle-t-il de moi ? De mes lèvres ? De mon visage ? Tellement de questions se bousculent dans ma tête alors que tout mon être le désire si fort.

— Marco…

J'ai presque gémi son prénom tellement mon envie de sentir ses lèvres me consume de l'intérieur.

Alors, après quelques secondes à me faire languir, il décide de mettre fin à mes tourments en posant délicatement ses lèvres sur les miennes. Il m'embrasse d'abord chastement, délicatement, laissant le temps à nos lèvres de se sentir. Puis, progressivement, ses baisers se font plus durs, si forts que ses mains sont obligées de maintenir fermement mon visage pour me retenir. Il profite de la mince ouverture que lui offrent mes lèvres pour laisser le champ libre à sa langue afin de venir rencontrer la mienne. Toutes deux prennent le temps de se découvrir, de se goûter, avant de s'apprécier pleinement.

J'ai déjà embrassé des garçons par le passé, mais quand ma bouche goûte à celle de Marco, c'est comme si elle n'en n'avait jamais connu d'autres…

1. *Parfaite.*

Chapitre 12

Kaylee

— Alors Nolan a dit à Clay que la télé lui était réservée, le mercredi soir. Mais Clay n'était pas du même avis. C'était la seule soirée où le film qu'il voulait voir à tout prix allait être diffusé. Il a donc eu le malheur de dire à Nolan qu'il pouvait faire une exception et regarder l'épisode de sa série en rediffusion. Malheureusement pour Clay, mon meilleur ami serait capable de tuer pour pouvoir regarder sa série tous les mercredis soir. Ils se sont disputés, et Clay est venu regarder son film à la maison.

Un sourire naît sur mes lèvres en repensant à cette nuit.

— Nolan n'a pas cédé, mais il a fini par culpabiliser. Après son épisode, il s'est précipité chez moi pour s'excuser.

J'ai encore l'image de Clay sur mon palier, remonté comme jamais. Il est d'un naturel si calme que le voir dans cet état était à la fois surprenant et… amusant.

— Et qu'as-tu fait pour les aider ? demande le docteur Wilson en esquissant un léger sourire.

— J'ai discuté avec Clay, lui ai offert quelque chose à boire et l'ai laissé avec Hayden devant la télé. J'ai ensuite appelé Nolan pour lui hurler dessus et lui remettre un peu de plomb dans la tête. Deux heures après, mon meilleur ami débarquait, et les tourtereaux repartaient main dans la main.

Ma psychologue m'écoute attentivement, sans laisser transparaître la moindre émotion. Bien qu'elle doive avoir des opinions sur le sujet, elle les garde pour elle et hoche simplement la tête à chaque fois que j'achève mes propos.

— Concernant Hayden, comment vont vos relations depuis que vous vivez ensemble ?

Je grimace à la mention de cet imbécile. Docteur Wilson sait très bien que je le déteste et que rien ne changera cela. Nous avons consacré toute une séance à discuter de mon aversion envers mon colocataire.

— Peut-on changer de sujet ? Vous savez que rien n'a changé, réponds-je sans grand enthousiasme.

Un nouveau sourire prend forme sur son visage alors qu'elle me sonde en silence. J'ai beau étudier la psychologie et être suivie par le docteur Wilson depuis plus de deux ans, je reste incapable de la percer à jour.

— Hayden est insupportable. Il n'est pas méchant, bien au contraire, mais il est tout ce que je méprise chez un être humain : arrogant, égocentrique, vaniteux…

— Et heureux.

Je fronce les sourcils, ne comprenant pas où elle veut en venir.

— Je ne suis pas certaine de vous suivre, docteur.

— Si, tu me suis très bien. Tu ne veux simplement pas l'accepter. Souhaites-tu connaître mon avis ?

Je secoue la tête, plus très sûre de vouloir poursuivre cette discussion.

— Tu ne détestes pas Hayden. Tu détestes simplement le fait qu'il ressemble à la fille que tu as un jour été. Souriant, expressif, heureux de vivre, entouré… Tu te revois en lui et ça t'effraie.

— C'est faux, hurlé-je soudainement.

Le docteur Wilson ne cille pas une seconde, sûrement l'habitude. Quant à moi, malgré mes années d'entraînement, certains sujets parviennent toujours à me faire perdre le contrôle. Si je n'arrête pas ma psychologue maintenant, nous allons inévitablement aborder un sujet qui me déplaît fortement.

— Je ne veux plus parler de Hayden.

— Alors on n'en parle plus. Je pense que tu serais plus à l'aise si on abordait le cas de tes parents, ou de Marco.

Cette fois, c'en est trop. Je me lève brusquement de ma chaise et fonce jusqu'à la porte de sortie.

— Kaylee, je comprends que parler de cette période de ta vie est difficile pour toi, mais éviter le sujet ne fera que prolonger ta souffrance. Je suis là pour t'écouter et t'aider à traverser cela. En revanche, nos séances seraient bien plus efficaces si tu parvenais à ouvrir cette porte verrouillée dans ton esprit.

Je reste un instant devant la sortie, prends de profondes inspirations et expirations pour me calmer. Essaie de repousser les flashbacks qui tentent de s'emparer de mon esprit. Je refuse de les laisser revenir, je refuse de perdre le contrôle.

— Merci pour tout, docteur. On se voit la semaine prochaine, dis-je en m'empressant de fuir ce cabinet de malheur.

Consulter était la suite logique après ce que j'ai vécu, trois ans plus tôt. Une suite logique, oui. Un choix, certainement pas. Le cerveau est un organe complexe qui exerce une influence considérable sur l'être humain. Il régit la mémoire, les émotions, la réflexion, les mouvements, et peut également être à l'origine de diverses pathologies telles qu'Alzheimer, la dépression, ou encore Parkinson.

Ce que l'être humain vit, le cerveau en est témoin et agit en conséquence. Il peut choisir de nous préserver de certains souvenirs s'il estime que nous ne pouvons pas les supporter. Tout comme il peut nous torturer perpétuellement avec eux.

En ce qui me concerne, je me souviens de tout : chaque larme versée, chaque douleur ressentie, chaque hurlement… Mais je préfère me voiler la face, me renfermer et ne plus en parler. Pour moi, si le sujet n'est pas évoqué, la douleur n'est pas présente. Même si je sais que c'est totalement faux. Que j'en parle ou non, la douleur ne s'en ira jamais, les cauchemars referont toujours surface et mes souvenirs resteront intacts. Alors en parler ne fera que remuer le couteau dans une plaie loin d'avoir cicatrisé.

***

J'arrive dans l'amphithéâtre B dix minutes avant le début de mon cours. Pour une fois, je n'ai pas eu à me presser.

Je n'avais pas cours ce matin, c'est pourquoi j'étais chez ma psychologue à dix heures et demie. Je n'ai pas croisé Hayden, mais ses affaires étaient encore à l'appart' lorsque je suis partie. Il devait sûrement commencer tard. J'ai donc profité de l'occasion pour m'éclipser discrètement.

— Bien le bonjour, *piccola*, entends-je un peu plus loin.

Oh non… Pas lui.

J'ose un regard sur ma gauche et, effectivement, cet imbécile de colocataire et son stupide sourire arrivent dans ma direction. C'est le deuxième cours de l'année avec Médusa, il va falloir que je m'habitue à la présence du hockeyeur dans celui-ci. Déjà que je dois me le coltiner à la maison. *Argh, il ne me lâchera jamais la grappe.*

Il prend place à mes côtés sans me casser les pieds avec son foutu siège porte-bonheur.

C'est déjà ça.

— Je croyais que tu n'avais pas cours, ce matin, lâche-t-il sur un ton étrangement accusateur.

Je fronce les sourcils, l'invitant à poursuivre son raisonnement qui m'échappe totalement.

— Tu es partie plus tôt. Où étais-tu ?

Euh… Ai-je raté un épisode ou ce sombre idiot me demande réellement des comptes ?

— Tu te fiches de moi ? demandé-je en riant nerveusement.

Il secoue la tête, démontrant tout le sérieux dont il fait preuve. *Oh putain, je vais me le faire.*

— Tu peux m'expliquer en quoi mes sorties te concernent ?

— Je suis ton coloc, imagine que j'ai besoin de ton aide.

— Oh pauvre chéri, tu avais peur de ne pas savoir faire tes lacets. Toutes mes excuses, raillé-je dans une moue faussement triste.

Il écarquille les yeux, visiblement toujours aussi surpris par mon sarcasme.

— Et en plus, tu te moques de moi. Putain Kaylee, c'était le seul jour où on commençait en même temps. Je voulais t'éviter de venir sur le campus à pied.

Oh mon Dieu, il recommence avec ça. Je pensais pourtant qu'on s'était mis d'accord lorsque j'ai accepté de vivre avec lui : chacun sa vie.

— Je vais essayer de te dire ça avec le plus de délicatesse possible… Je ne veux pas de ton aide. C'est clair, comme ça ?

— Tu sais que tu peux être une vraie chieuse, parfois ? Ça te coûte quoi d'accepter l'aide des autres, hein ? réplique-t-il sur un ton aussi cinglant que le mien.

Non mais j'hallucine, il est définitivement bouché. J'aime vraiment avoir le dernier mot, cependant continuer à converser avec cet idiot sans neurones est une perte de temps. Je prends alors une grande inspiration avant de tourner la tête vers mon ordinateur. Inutile de surenchérir, cette discussion ne mènera nulle part.

Hayden est étrangement tenace. Je passe mon temps à l'envoyer bouler, et pourtant, rien ne l'arrête. Il doit aimer se faire du mal, je ne vois pas d'autres explications. J'avoue malgré tout que ça a un côté intriguant. La dernière personne qui s'est montrée aussi avenante était mon ex… C'est aussi la dernière personne à avoir brisé mon cœur.

Viens-je vraiment de comparer Hayden et… Oh merde, faut vraiment que je dorme. Ça ne va plus du tout.

Ce dernier s'apprête à poursuivre, mais le célèbre claquement de talons de Médusa retentit soudainement dans la grande salle. Toutes les conversations se meurent rapidement, et notre professeure attire enfin toute l'attention.

Elle dépose son sac sur le bureau tout en balayant furtivement la salle du regard. Le nombre d'élèves a considérablement baissé depuis le dernier cours. Apparemment, certains n'étaient pas assez solides pour affronter la bête.

Tant pis pour eux.

— *Les émotions.* Qu'elles soient primaires ou secondaires, positives ou négatives, extériorisées ou intériorisées, font partie de chaque être humain. Bien qu'elles soient perçues différemment, leur origine demeure similaire pour tous. Diverses théories ont été avancées concernant celle-ci. En cognition, on proclame que les émotions découlent du sens des situations perçues. L'Homme évalue en permanence l'environnement dans lequel il se trouve, et c'est suite à cette évaluation que les émotions se déclenchent. Ce processus d'évaluation est souvent inconscient ; l'humain pense que la positivité ou la négativité d'un événement est évidente et ne nécessite aucune réflexion, mais le cerveau contredit cette idée. Ce dernier travaille constamment en arrière-plan, car sans cela, l'humain ne parviendrait à rien accomplir.

Elle marque une pause, scrutant la salle de son regard intense.

— Les êtres humains ont la capacité de réguler leurs émotions, ce qui signifie qu'ils peuvent influencer leurs propres états émotionnels. Cette régulation peut être consciente ou inconsciente, elle est souvent utilisée pour s'adapter à différentes situations. Prenons un exemple : lorsque je vous ai scrutés en silence, quelques secondes plus tôt. Quelles émotions avez-vous décelées ?

Aucune, ai-je envie de dire. Cette femme est incapable d'en ressentir.

— Je sais que vous avez le mot « aucune » sur le bout de la langue, répond-elle dans un sourire malicieux.

Flippant. Mais je pense aussi que c'était le but recherché. Cette femme porte constamment un masque, impossible de savoir si elle est en colère ou si elle jouit intérieurement. Médusa ne se contente pas d'enseigner des théories abstraites, elle privilégie l'action concrète. Je crois que c'est ce qui la distingue vraiment des autres enseignants en la matière.

— L'humain peut dissimuler ses émotions pour diverses raisons personnelles. Il peut chercher à nier la douleur qu'elles engendrent ou à protéger les autres de cette même douleur. Pour ce faire, une bonne compréhension de ses émotions et de leurs conséquences est nécessaire. Bien qu'il soit possible de les contrôler sans une compréhension parfaite, une connaissance approfondie facilitera le choix des comportements appropriés. Une autre raison courante est la crainte du jugement. Certains refoulent leurs émotions de peur qu'elles soient mal perçues par leur entourage. D'autres les remplacent par des sentiments plus faciles à gérer, ce qui simplifie la gestion des obstacles à l'origine des émotions à dissimuler. Toutefois, la protection de soi-même et des autres demeure la raison principale de cette dissimulation.

J'ai toujours eu l'habitude d'écouter attentivement tous mes cours de psychologie, c'est un domaine qui me captive, mais aujourd'hui, je ressens quelque chose de différent. La régulation des émotions n'est pas un concept nouveau pour moi. Je crois même qu'elle a commencé avec mon père et ses absences répétées. Même si je ne lui en voulais pas totalement, chaque annonce de départ pour des événements importants créait en moi un sentiment de déception. Plus ses manquements étaient fréquents, plus j'apprenais à dissimuler cette déception.

Puis mon lot de drames est arrivé, et cette dissimulation m'est devenue vitale. Ne pas montrer mes émotions est devenu plus facile afin d'enfouir cette douleur perpétuelle qui sommeille en moi.

— Alors, *piccola*, quelles sont les raisons qui entraînent la régulation de tes émotions ? murmure la voix de Hayden, me sortant de mes pensées.

— Te faire chier, répliqué-je sans lui lancer le moindre regard.

Il s'esclaffe discrètement, ce qui me fait lever les yeux au ciel. M'attendais-je sérieusement à ce qu'il la ferme durant la totalité du cours ? Bien sûr que non.

— Essaies-tu d'attiser la peur, comme Médusa, en étant constamment froide ? Essaies-tu de protéger ceux qui t'entourent ? De te fondre dans la masse ? Ou tentes-tu de dissimuler des secrets sombres et inavouables ?

Son ton amusé a le don de m'agacer autant que sa curiosité mal placée. Je sais que Hayden est intrigué par mon comportement, c'est dans sa nature. Je le savais avant d'emménager avec lui, et pourtant, il faut croire que j'aime me torturer constamment. Il a ce don de me faire sortir de mes gonds et d'abandonner toutes les limites que je me suis fixées. C'est de la colère qu'il déclenche principalement en moi. Mais les motifs de cette colère me sont inconnus, et je déteste ça.

— Que ressens-tu actuellement, coloc chérie ?

— L'envie d'enfoncer mon stylo très profond dans tes narines afin d'atteindre ton minuscule cerveau d'abruti et de le réduire à néant, craché-je en posant finalement mon regard noir sur sa personne.

Bien évidemment, la chose que je remarque en premier est son éternel sourire de petit con. Ce sourire malicieux qui murmure « je t'ai eue ». Et c'est à ce moment-là que je comprends son principal objectif : me faire extérioriser ces émotions refoulées. Il veut que je me défoule sur lui afin de lui prouver que je ressens bien des choses.

— Intéressant, même si je dois malheureusement refuser cette douce et si alléchante proposition, ironise-t-il sans perdre son sourire.

Il me provoque. C'est à moi de me contrôler et d'empêcher la riposte.

— Alors, *piccola*, toujours aussi silencieuse. Tu déclares facilement forfait, je suis déçu.

Ne réponds pas, Kaylee, ne lui donne pas cette satisfaction. Il ne le mérite pas.

— J'ai une théorie, je pense que tes émotions sont inversées. Tu affiches du mépris dans ton regard et dans tes mots, mais en réalité, tu m'apprécies. Tu me trouves drôle, intéressant, mais tu refuses de le montrer.

Je réprime un rire sarcastique, quand bien même c'est plus difficile que je ne le pensais. Cet homme est tout bonnement incroyable, et pas dans le bon sens du terme. Je n'ai jamais rencontré quelqu'un capable de déblatérer autant de conneries en un minimum de temps. Je ne pensais même pas que c'était possible. Visiblement, Jones fera toujours figure d'exception.

— T'es au courant qu'il y a quand même des limites à s'aimer autant ? Et crois-moi, Jones, tu les as clairement dépassées depuis longtemps, lui fais-je remarquer.

Un sourire fier continue d'orner son visage. Je sais que ma remarque lui plaît presque autant que son succès de m'avoir enfin fait parler, mais essayez d'avoir ce spécimen à côté de vous en cours, en plus de chez vous, et on verra si vous n'enverrez pas valser vos principes.

— La confiance en soi n'a pas de limites, *piccola*. Cultive-la jour après jour et elle ne cessera de t'apporter ses bienfaits, profère-t-il d'un ton très sérieux.

— Jusqu'à ce que quelqu'un vienne marcher dessus. Boum, envolée.

— Je n'écoute pas la négativité, éloigne-toi, sorcière.

Cette fois, il m'a eue, et je dois me tourner pour cacher mon hilarité. Hors de question que cet individu croie m'avoir apprivoisée avec ses conneries.

— Serais-tu en train de masquer un sourire ?

Eh merde, j'ai sous-estimé la bête. Je tente de reprendre mon visage le plus impassible avant de me retourner.

— Même pas dans tes rêves les plus fous, répliqué-je d'un ton faussement froid.

Mais mon coloc n'est pas bête. Il sait que je mens, ça a le don de l'amuser.

— Crois-moi, tu vas tellement m'apprécier que tu ne pourras plus jamais le cacher, affirme-t-il.

Je roule des yeux en faisant mine de vomir, ce qui le pousse à rire davantage.

— J'espère que je ne vous dérange pas trop, gronde soudainement une voix derrière moi.

Hayden perd rapidement son sourire. Quant à moi, je n'ose même pas me retourner. Si Médusa interrompt son cours à cause de nous, je ne donne pas cher de nos peaux.

— Que se passe-t-il, madame ? demande Hayden alors qu'aucun mot ne franchit la barrière de mes lèvres.

Je me tourne enfin, mais évite méticuleusement les yeux du monstre. Elle a déjà réussi à me pétrifier sans que nos regards ne se croisent. Inutile de tromper la mort davantage.

— À vous de me le dire, monsieur Jones. Je sais que vous, les sportifs, pensez avoir le monde à vos pieds, mais dans mon cours, ça ne sera jamais le cas, le réprimande-t-elle d'une voix calme.

Trop calme.

— Alors si mon cours ne vous enchante pas, personne ne vous retient. Vous aussi, mademoiselle Parker. Vos résultats étaient remarquables l'année dernière, mais ça ne vous autorise pas à vous croire tout permis.

Je hoche la tête en maudissant Hayden Jones sur six générations. Mon unique objectif est de rester dans mon coin et de n'attirer l'attention sous aucun prétexte. Mais mon coloc me donne beaucoup de fil à retordre.

Quel enfoiré.

— N'en voulez pas à Kaylee, c'est moi qui ne fais que parler, me défend Hayden, aggravant sûrement son cas.

S'il s'attend à ce que je le remercie, il perd son temps. Hayden ne connaît clairement pas Médusa. Autrement, il saurait que la fermer est l'unique réponse acceptable.

— Je n'ai que faire de qui parlait ou non. L'école maternelle, ce n'est pas ici. Alors cessez ces enfantillages et taisez-vous. Sinon, vous connaissez le chemin de la porte.

J'intime à mon coloc de se taire d'un regard, et il le comprend rapidement car il n'ajoute plus rien.

Pour une fois.

Je tourne le dos à la bête, puis attends patiemment d'entendre le claquement de ses talons pour souffler. Sauf que celui-ci n'arrive pas, signe qu'elle est toujours derrière moi. Et si c'est le cas, ça veut dire qu'elle réfléchit. Et si elle réfléchit, c'est mauvais signe.

Très mauvais signe.

— Vous savez-quoi, commence-t-elle d'un ton malicieux.

Honnêtement ? Je ne crois pas avoir envie de savoir.

— Vous m'avez donné une idée de devoir à rendre. Vous allez tous vous mettre par paires, je suis sympa, je vous laisse le choix des groupes. Vous allez, pendant un mois, observer les émotions de votre partenaire, en faire une analyse et tenter de déduire ce qu'elles cachent. Leur signification. À la fin du cours, vous viendrez écrire votre nom et celui de votre camarade sur la feuille vierge qui se trouvera sur mon bureau.

Je fusille du regard mon colocataire, de sorte à lui faire comprendre qu'il risque de passer un sale quart d'heure, voire une sale semaine. Je vais devoir trouver une personne et passer mes journées avec elle, c'est bien ma veine. Et bien évidemment, Hayden n'est pas une option. Je préfère encore sympathiser avec l'amphi au grand complet plutôt que de travailler avec cette andouille.

— Ah, j'allais oublier. Le choix des groupes est libre, sauf pour nos deux bavards. Vous êtes évidemment contraints de continuer votre charmante collaboration pour ce devoir, annonce-t-elle, m'assénant le coup de grâce.

Hayden Jones, cours très vite car tu risques de t'éteindre bien plus tôt que prévu…

Chapitre 13
Hayden

— Bon jeu, les gars. Votre coordination était parfaite, pas comme ces derniers jours ! Je pensais sérieusement à vous retirer de la compétition mais vous avez pris mes remarques en considération pour me faire quelque chose de bien. Rien d'excellent, mais avec de l'entraînement, on s'approchera peut-être du « très bien ».

Voici un discours typique du coach Collins. Il commence par des compliments puis nous rappelle ensuite que ceux-ci sont précieux et à consommer avec modération.

Il est vrai que notre jeu n'était pas au meilleur niveau, ces derniers temps. Pas de raison particulière à cela. Aucun de mes gars n'a de problèmes personnels. Je dirais plutôt que c'est un souci de réadaptation et de sorties nocturnes trop fréquentes.

J'ai pris les choses en main en début de semaine, en leur rappelant l'importance de nos entraînements, de ce qui est en jeu. Et il semble que cela ait porté ses fruits car nous avons vraiment bien travaillé aujourd'hui.

Le coach Collins nous sert une nouvelle fois son discours habituel sur les soirées : ne pas rester trop tard, ne pas dépasser un verre d'alcool, et surtout, ne pas ingérer de substances illicites. Les sports universitaires sont soumis à des règles strictes ; nous devons être en pleine forme à chaque entraînement. Cela implique une alimentation saine, une consommation modérée voire inexistante d'alcool avant les grands matchs, ainsi qu'une bonne nuit de sommeil.

Évidemment, tous les joueurs ne respectent pas les consignes. Certains sont plutôt doués pour le cacher.

— Bon, très bien. Dégagez, maintenant. Vous ne sentez pas la rose, grommelle-t-il, déclenchant ainsi l'hilarité générale.

Je laisse mes coéquipiers passer devant pour fermer la marche.

— Hayden, peux-tu rester un instant ?

Je m'arrête et acquiesce en me tournant.

Quelle connerie ai-je encore fait ?

— Si ton équipe a fait un bon score, c'est avant tout grâce à toi. Je te félicite, mon garçon.

Je hausse les sourcils, surpris par cette soudaine reconnaissance. Le coach est avare en compliments, alors quand il en fait, c'est toujours un choc. Je me reprends très vite en affichant un sourire sincère.

— Merci, coach, j'essaye de faire de mon mieux.

— Dans ce cas, continue ainsi. N'oublie pas qu'en ayant accepté cette position, tu es devenu responsable de toute cette bande de bras cassés. S'ils réussissent, ce sera grâce à toi, et s'ils échouent…

— Ce sera ma faute. Oui, j'avais compris. Comptez sur moi pour faire en sorte que les victoires soient majoritaires.

Un léger hochement de tête confirme son accord.

— Allez, mon garçon, va prendre ta douche et rentre te reposer. Je ne compte pas vous ménager demain, m'informe-t-il en reprenant son autorité légendaire.

J'approuve d'un hochement de tête puis quitte la glace pour rejoindre les vestiaires.

* * *

— Oh mon pote, t'as vraiment pas peur pour ta vie, c'est incroyable, se marre Kyle à la fin de mon récit.

Je suis le chauffeur attitré de mon meilleur ami pour la journée et viens tout juste de lui raconter mon super après-midi.

Après l'annonce de Médusa, Kaylee m'a de nouveau administré le traitement silencieux. Pour une fois, je me suis bien gardé d'argumenter. Ma passion pour la causette lui a valu quelques problèmes, et il est possible que je m'en sois un petit peu voulu.

Kaylee est une fille sans problème, avec d'excellentes notes, d'après ce que j'ai lu dans son dossier. Oui, j'ai eu accès à ce dernier en faisant du charme aux secrétaires. Je suis un peu maniaque du contrôle, ce besoin de savoir qui et quoi m'entourent : curiosité, méfiance, intérêt, appelez ça comme vous voulez, ça revient au même.

J'ai appris qu'elle était américaine d'origine italienne. Elle est née à Seattle et a un an de plus que nous. Je ne sais pas ce qu'elle a fait durant cette année sabbatique, mais elle s'est inscrite à l'université un an après avoir obtenu son diplôme. Je n'ai pas pu tout apprendre, j'ai quand même des limites. Surtout avec une fille aussi secrète et susceptible que Kaylee Parker. Le reste, j'attendrai qu'elle m'en parle.

Parce que oui, elle finira par le faire.

— Oh, c'est bon, on était hyper discrets. C'est Médusa qui a des oreilles partout, soupiré-je.

— Fallait s'en douter, ce n'est pas pour rien qu'elle est la prof la plus redoutée de ce campus.

Je repense à son regard noir et terrifiant. Elle porte bien son surnom.

— Que comptes-tu faire maintenant avec Kaylee ? poursuit-il.

Je garde le silence pour réfléchir à la fameuse question. Que dois-je faire de mon insupportable mais si intrigante colocataire ?

Je me surprends à esquisser un demi-sourire en repensant à son regard noir et à sa moue frustrée.

Elle est peut-être casse-pieds, exaspérante, irritante, à la limite du supportable, mais étrangement, ça m'attire. Ne vous méprenez pas, ça n'a rien de sexuel ou de romantique. Bien que cette fille soit totalement splendide, ça ne marcherait jamais entre elle et moi. Je n'arriverai jamais à l'imaginer amoureuse, douce et complètement éprise de ma personne ni de qui que ce soit. C'est une version plus jeune de Médusa.

Quant au sexe, ça pourrait sûrement être passionnel, voire carrément explosif. Mais encore une fois, nos caractères ne colleraient probablement pas. Deux caractères dominants comme les nôtres, ça créerait pas mal de conflits.

Ou alors ça rendrait les choses plus intéressantes, me souffle ma petite voix diabolique.

Non, ça serait compliqué, trop compliqué. J'ai mes critères de filles en matière de sexe, et Kaylee n'en fait pas partie.

Jamais.

— C'est quoi ce sourire coquin ? Tu n'étais quand même pas en train de l'imaginer gémissant ton nom ?

Je pouffe lorsqu'il énonce la pure vérité. Ce mec me connaît trop bien, c'en est parfois déroutant.

Je me contente de hausser les épaules avec nonchalance.

— Pour qui me prends-tu, Jennings ? On n'est pas tous des obsédés, réponds-je d'un air faussement innocent.

Il hausse un sourcil comme pour me dire « tu me prends pour un demeuré ? », mais je campe sur mes positions sans perdre mon sourire candide.

— À d'autres, Jones. Si tu pensais à ça, il va te falloir plus que ce sourire de petit con pour la conquérir, j'en ai bien peur.

— Je pensais surtout à ce côté agaçant de Kaylee qui produit tout l'effet inverse sur moi. Nos joutes verbales me font plus marrer qu'autre chose. Je sais que je n'ai fréquenté que des filles simples, sans répondant, complètement éprises de moi… Peut-être que je me lasse…

— Fréquenter ? C'est comme ça que tu imagines Kaylee ? me coupe-t-il.

Ma bouche forme un « o » en réalisant ce que je viens de dire.

— Je ne disais pas ça dans ce sens, mais plutôt amical pour commencer. Elle a déjà du mal à supporter ma présence dans la même pièce qu'elle, alors on va y aller par étapes. Ce que je voulais dire, c'est que son côté rebelle ne me déplaît pas tant que ça. Même s'il m'est arrivé de penser le contraire.

Kyle m'écoute attentivement, sans ajouter de remarque sarcastique.

— Et puis, tout à l'heure, j'ai cru apercevoir un semblant de sourire lorsqu'on discutait. Il y a eu un moment où elle a fait tomber le masque et a pris un certain plaisir à me répondre.

— Je comprends ce que tu veux dire. Je l'ai également vu quand on discutait en cours. Elle a toujours ce moment où cette « bonne » version d'elle apparaît. Celle qu'elle a sûrement dû être autrefois, avant que la vie ne ravage complètement cet aspect de sa personnalité.

J'opine du chef. Les mètres suivants défilent dans un mutisme total.

C'est étrange, mais depuis que cette fille est entrée dans ma vie, pas un jour ne passe sans qu'elle ne hante mes pensées d'une manière ou d'une autre.

Ça ne m'était pas arrivé depuis longtemps, et j'avoue que ça me fait peur. Peur que ce ne soit pas que passager. Peur qu'elle s'infiltre totalement dans mon cerveau, jusqu'à me rendre complètement dingue.

Le téléphone de Kyle sonne au moment où ma voiture approche de son bâtiment.

— C'est Avery, m'informe-t-il.

— Mademoiselle a enfin quelques minutes à t'accorder, ironisé-je, le faisant rouler des yeux.

Kyle n'aime pas trop quand je parle comme ça de la femme qu'il aime. Mais si elle était plus présente dans sa vie, moins versatile, j'aurais un peu plus de tact dans mes propos.

— Coucou, toi ! s'exclame mon meilleur pote en activant le haut-parleur.

— Hey, je ne te dérange pas ? demande la douce voix d'Avery Cooper.

Le jour où cette fille dérangera le mec qu'elle mène parfaitement à la baguette n'est pas encore arrivé.

— Jamais. Je suis avec Hayden, on vient d'arriver devant mon immeuble.

— Salut, bébé Cooper. Alors, t'en as eu assez de tes joujoux et tu te souviens que mon meilleur pote existe ? raillé-je en guise de bonjour.

Je l'entends souffler. Sa réaction étire un sourire sur mes lèvres.

— La ferme, Hayden. Kyle ne sera jamais une roue de secours, grogne-t-elle.

Ça, c'est ce qu'elle veut nous faire croire. Pourtant, elle est consciente d'entretenir une relation ambiguë avec son meilleur ami de toujours. Elle sait aussi qu'il restera puceau tant que sa première fois ne sera pas avec elle, qu'il l'aime et attend avec impatience le jour où il pourra enfin la présenter comme sa copine. Alors que de son côté, sous prétexte qu'elle est une actrice à deux balles, elle se permet de se montrer avec des canons célèbres à son bras lors d'événements publics. Excusez-moi, mais j'ai du mal à penser qu'elle tient sincèrement à Kyle.

— Ah ouais ? Et comment va le sosie raté de Brad Pitt ? Il avait l'air d'avoir les mains sacrément baladeuses lors de ta dernière apparition publique, répliqué-je d'un ton accusateur.

— Ah, alors tu m'espionnes, désormais ?

Je serais tenté de lui faire ravaler son air satisfait de pétasse égocentrique, mais cela mettrait Kyle dans une situation délicate, sachant qu'il est celui qui suit chacun de ses faits et gestes. Et à chaque fois, bien qu'il tente de le cacher, il a cet air abattu.

Mon pote est trop bien pour elle, seulement jamais il ne le réalisera.

— Ouais, c'est ça, super fan de toi, Ave.

— Bon, ça suffit tous les deux. Il n'y a pas un jour où vous pouvez avoir une simple conversation, nous réprimande Kyle.

La faute à qui ?

— Merci pour la course, mec. On se voit demain.

— Hmm, à demain ouais. Et ne te laisse pas embobiner à nouveau par cette fille, murmuré-je assez bas pour que cette peste ne m'entende pas.

Il m'adresse un sourire d'excuse, signifiant que, une fois de plus, elle l'emportera. Puis, après m'avoir salué, il s'éloigne de la voiture.

Je souffle, roule des yeux et remets le contact.

À mon tour de gérer ma tornade.

* * *

— *Piccola*, t'es par-là ?

J'entends un grognement en provenance du salon. Un sourire satisfait se dessine sur mon visage.

Quel son délicieux.

Après avoir ôté mes chaussures, j'arrive dans la pièce à vivre et y retrouve ma charmante colocataire, affalée sur le canapé, absorbée par la télévision et enveloppée dans un gros plaid.

— T'es au courant qu'il fait treize degrés dehors, pas trois ? lui fais-je remarquer d'une voix amusée.

Elle me fusille du regard avant de rétorquer :

— T'es au courant que je me fous de ce que tu penses ?

— Ça, j'avais fini par le remarquer.

Elle ne rit pas, évidemment. Je sais que les rares occasions où cela se produira seront précieuses. Au lieu de quoi, elle me dévisage brièvement de son air grognon habituel avant de reporter son attention sur l'écran.

— Tu as mangé ? demandé-je d'un ton plus sérieux.

Elle secoue la tête sans prendre la peine de me regarder.

Quelle emmerdeuse.

— Tu as faim ?

— Ouaip, mais je n'avais pas la motivation de cuisiner, répond-elle machinalement.

Heureusement que j'avais une faim de loup sur le chemin du retour et que j'ai eu la bonne idée de prendre ma commande en double.

— J'ai commandé thaï, ça te dit ? proposé-je en secouant le sac de ma main droite

Elle daigne enfin tourner la tête. Ses yeux alternent entre le sac et mon visage. Il est vrai que depuis son emménagement, on n'a jamais pris de repas ensemble. Lorsque je cuisinais et qu'elle travaillait, je lui gardais une assiette dans le micro-onde, qu'elle mangeait après son service. Et puis, quand elle finissait tôt et qu'elle cuisinait, c'était moi qui avais droit à une assiette après l'entraînement.

Une emmerdeuse, oui. Une égoïste, absolument pas.

Ça lui fait au moins une qualité.

Son silence perdure. Elle hésite. Comme si me dire oui l'enverrait tout droit en Enfer. Cette fille a le don d'en faire des tonnes pour une simple offrande.

— Bien que ce jeu de regard m'ait l'air très divertissant, je sors d'un entraînement plutôt difficile et j'ai la dalle. Alors si tu pouvais passer la troisième, je t'en serais particulièrement reconnaissant, signalé-je.

— C'est fou, mais à chaque fois que tu ouvres la bouche, Hayden, tu me donnes envie de prendre toutes les décisions contraires à ce que je pense.

Je souris fièrement en tapant sur ma poitrine pour l'exprimer. Elle lâche un long soupir avant de capituler.

— Ok, mais seulement parce que je meurs de faim, souligne-t-elle en laissant tomber son plaid pour approcher la table basse du canapé.

Je ne cache pas ma joie d'avoir enfin remporté une bataille mais me calme rapidement en sentant son regard meurtrier. Je dépose alors le sac sur la table, puis file dans la cuisine récupérer des couverts et deux canettes de soda.

Lorsque je reviens, Kaylee a déjà tout sorti du sac et a éparpillé les plats sur la surface.

— Eh ben, tu ne fais pas semblant lorsque tu commandes à manger, remarque-t-elle sans cacher sa surprise.

— Quand on a faim, il ne faut jamais se priver, *piccola.*

— Dit celui qui se fait des œufs et du blanc de poulet en guise de petit-déjeuner.

Je ris de sa remarque avant de répliquer :

— Je suis un sportif, *piccola.* Je me dois de suivre un régime strict si je veux garder tous ces beaux muscles.

Elle grimace sans se gêner pour me reluquer.

Tu aimes ce que tu vois, Kaylee ?

— Mouais, ce que j'ai sous les yeux prouve nettement le contraire.

— C'est qu'elle est bavarde, aujourd'hui. C'est mon anniversaire ? blagué-je.

Pour seule réponse, j'ai droit à son majeur et à un coussin dans la tronche.

Elle aurait pu jeter la télécommande. On progresse.

— Pour la peine, je prends le pad thaï au poulet et tu auras celui aux crevettes, m'informe-t-elle en attrapant le fameux bol.

J'affiche une moue de mécontentement en secouant la tête comme un gosse. Hors de question qu'elle touche à mon poulet. J'aime celui aux crevettes, mais mon amour pour le poulet est sans limites.

— Repose ça tout de suite, le poulet est à moi.

— T'es sûr de ça ? demande-t-elle alors qu'une lueur de défi traverse son regard.

J'ai à peine le temps de comprendre ce qu'il se passe qu'elle attrape les morceaux de poulet et les lèche un par un.

La salope. Elle a osé.

— Oh, tu vas amèrement le regretter, Parker !

Elle m'adresse un clin d'œil tandis qu'un demi-sourire se forme sur ses lèvres.

Deuxième sourire de la journée, c'est définitivement mon anniversaire.

Cependant, je ne m'écarte pas de mon objectif de vengeance et repère rapidement l'objet de mes désirs.

J'ai vu les yeux de Kaylee s'illuminer lorsqu'elle a aperçu les brochettes de poulet caramélisé. Elle a voulu toucher à mon plat, *on va bientôt être quitte, bébé.*

Je m'approche lentement d'elle, un sourire dérangeant ornant mon visage. La rouquine me dévisage en fronçant les sourcils.

— Tu fais quoi ? m'interroge-t-elle d'une voix hésitante.

Mais je ne réponds pas et continue de l'approcher avec cet air affamé.

Non, piccola, ce n'est pas toi que je vais dévorer aujourd'hui.

Elle recule légèrement quand mon corps frôle le sien. Nos regards se croisent, le sien mêlant curiosité et méfiance tandis que le mien pétille de malice.

Je m'approche une dernière fois, de sorte à la déstabiliser totalement, puis tends mon bras derrière son corps. Mon sourire s'étire un peu plus quand je l'entends déglutir à cause de notre soudaine proximité.

Ses yeux ne me quittent pas. Elle reluque ouvertement mon corps, passant de mon ventre à ma poitrine, louchant un peu plus longuement sur ma pomme d'Adam qui ne cesse de bouger. Je mentirais si je disais que cette proximité ne me fait aucun effet. Je suis même pratiquement certain qu'un feu ardent va bientôt s'allumer dans mon bas-ventre.

Mais je ne bats pas en retraite pour autant.

Je la laisse terminer son chemin sur mes lèvres, qu'elle observe un peu plus intensément, ce qui m'oblige automatiquement à faire de même avec les siennes.

Pleines et bien roses, comme je les aime.

Elle déglutit un peu plus fort puis revient planter ses yeux dans les miens.

Je lui lance un dernier sourire aussi large que le chat du Cheshire avant d'attraper les brochettes et de m'éloigner brusquement en les fourrant dans ma bouche.

Elle met quelques secondes à revenir sur Terre et à réaliser que je viens de la piéger en beauté. Son regard sombre refait son apparition tandis que ses doigts s'enfoncent dans ses paumes, signalant qu'elle est prête à porter les coups.

Je sais que j'ai gâché ma seule chance d'avoir un semblant de Kaylee Parker sympa, mais quand ça touche à ma nourriture, je suis impitoyable.

Un point partout, piccola.

Chapitre 14
Kaylee

— Tu ne dors pas ? entends-je d'une voix à moitié endormie.

Mes prunelles capturent celles de Hayden, seulement éclairées par la lumière de la télévision. Son corps est caché dans la pénombre de la nuit, mais j'arrive clairement à distinguer son absence de tee-shirt.

Ses sourcils sont froncés, son incompréhension claire face à la situation.

C'est vrai que j'ai déclaré aller dormir avant vingt-trois heures, alors me retrouver parfaitement éveillée devant la télé à trois heures du matin… je peux comprendre que cela prête à confusion.

La vérité, c'est que j'ai décelé un changement dans ma façon d'agir avec Hayden et je déteste ça. Je me suis autorisée à sourire, à lui montrer que sa présence m'amusait, alors que je devrais rester fermement éloignée de lui ainsi que du danger qu'il représente pour moi.

Le danger de sa gentillesse et de sa capacité à se soucier de moi.

Je dois réfuter tout ça, ne jamais le laisser m'atteindre.

Quand il se trouvait à une proximité indécente, je n'ai pas totalement réussi à rester de marbre.

J'ai senti mon corps trembler et me suis surprise à loucher sur ses lèvres.

Ça ne doit jamais recommencer.

Je ne peux pas briser la seule promesse que je m'étais faite avant de venir ici.

C'est pour ça que je fuis Hayden depuis que je le connais. À cause de sa réputation de connard narcissique, coureur de jupons, mais aussi de celle de l'homme le plus droit et altruiste de ce campus. Car s'il est certes réputé pour son physique et son jeu impeccable, il se soucie également de son entourage, de ses amis et coéquipiers.

Et en le voyant à l'action, j'ai bien fini par comprendre la véracité de ces rumeurs.

Sa gentillesse est une menace, car il est plus difficile de détester et de fuir quelqu'un de bienveillant.

Hayden est trop curieux. Je sais que je lui donne matière à se poser des milliers de questions, mais il doit rester éloigné de moi. Pour son propre bien. Il doit cesser de chercher, de vouloir comprendre.

Et ce n'est pas en me trouvant debout à une heure pareille qu'il arrêtera.

— Je n'avais plus sommeil, mens-je.

Il reste muet un instant sans faire le moindre mouvement. Il me contemple simplement, se demandant sûrement si je vais bien.

Non, Hayden, ça fait longtemps que plus rien ne va.

— Tu as cours à quelle heure, demain ?

Je le fixe un instant tout en essayant de comprendre pourquoi il continue de me parler alors qu'il pourrait simplement aller se recoucher. Comme une personne normale. Surtout que ce petit con a réussi à se procurer mon emploi du temps, donc à quoi bon poser la question ?

— Neuf heures et demie, réponds-je en reportant mon regard sur ma série.

Je ne sais même pas pourquoi je lui réponds. Mais à cette heure-ci, je n'ai pas la force de me battre. Je suis la version de moi la plus vulnérable, enfin si on ne compte pas la Kaylee après ses cauchemars. Pour ce qui est de celle-ci, je préférerais qu'il ne soit pas dans les parages.

— Tu es sûre que tu vas tenir ? Je peux tenter de te faire une tisane, ça t'aidera sûrement à retrouver le sommeil.

Putain, Hayden, arrête d'être aussi aimable et attentionné. Je ne peux pas hurler et lancer des piques à cette version de toi. Même mon caractère de cochon en est incapable.

Je me contente alors de secouer la tête en priant pour qu'il s'en aille rapidement. Et c'est ce qu'il fait. Lorsque je tourne à nouveau la tête, il prend la direction de sa chambre.

Je pousse un long soupir sans trop savoir s'il s'agit de déception ou de soulagement.

Soulagement, Kaylee ! Ça va pas la tête ou quoi ?

Je chasse toutes ces pensées et m'affale un peu plus sur le canapé pour me concentrer à nouveau sur les péripéties de Susan, Gabrielle, Bree et Lynette.

Rien de mieux que ma série préférée afin d'occuper mes longues nuits dépourvues de sommeil. Et un pot de glace, ça va de soi.

Cependant, je constate que ma tranquillité est de courte durée lorsque je sens le canapé bouger. J'ose un regard sur ma droite et y découvre un Hayden recouvert d'un plaid, un paquet de gâteaux au chocolat à la main.

Eh merde.

— Qu'est-ce que tu fous ? demandé-je malgré moi.

Il m'adresse un petit sourire avant de s'installer plus confortablement à mes côtés.

Encore une fois, *trop proche.*

— Eh bien je te tiens compagnie. C'est nul d'avoir une insomnie toute seule.

Si tu savais…

— Je ne crois pas avoir réclamé de compagnie, objecté-je.

Il pousse un long soupir d'exaspération mais ignore mes protestations.

Pour changer.

— Alors, qu'est-ce qu'on regarde ? me questionne-t-il en fixant l'écran.

Évidemment, il ne connaît pas la meilleure série de tous les temps.

Quel échec.

Je capitule, comprenant qu'il ne s'en ira pas de sitôt.

— *Desperate Housewives.*

Il quitte la télé des yeux pour planter ses prunelles noisette sur moi et hausse les sourcils afin de me faire part de sa surprise.

— Sérieux ? Toi, tu regardes cette série pour nanas ? Je ne pensais pas que c'était ton genre.

Je fronce les sourcils en entendant la dernière phrase.

Depuis quand ai-je un genre ?

— Et c'est quoi mon « genre » ? demandé-je, agacée.

Il sourit en haussant les épaules.

— Je ne sais pas, les trucs de psychopathes ou de meurtres, genre *Dexter* ou *You.*

Je suis tentée d'exploser de rire face à cette comparaison atroce.

Je veux bien être froide, mais je n'ai pas atteint le niveau de ces tarés. Surtout qu'ils sont tellement gentils en apparence qu'on ne penserait jamais qu'ils puissent être aussi ravagés intérieurement.

— Quoi, tu as peur que je t'enferme dans une boîte de verre au sous-sol et que je te torture jusqu'à épuisement ? répliqué-je sans masquer mon amusement.

Il hoche vivement la tête.

— Oh, tu en serais totalement capable. Voilà pourquoi je dors avec une batte de baseball. On n'est jamais trop prudent.

Je lève les yeux au ciel. Quelle *drama queen.*

— Ne me tente pas.

Il éclate d'un rire cristallin. J'ose un petit sourire, chose que je cache autant que possible mais qui me fait étrangement du bien.

Hayden est incapable de s'arrêter de rire, et je reste là, à le contempler en silence. Il est si heureux, si posé, aucun démon qui vient le ronger.

Je crois que je le déteste depuis le début car au fond de moi, je l'envie. J'envie son sourire, sa joie de vivre, l'admiration qu'il provoque. J'envie sa pureté et sa douceur.

Toutes ces choses que moi aussi j'étais avant que la vie ne saccage tout sur son passage.

— Bon, alors. Dis-moi pourquoi tu aimes cette série ?

Il sait que je ne lui hurlerai pas dessus ce soir. Il sait que je suis vulnérable. Il ne le souligne pas et ne s'en vante pas mais il le sait. Alors il en profite, et je ne peux pas lui en vouloir.

Quand une personne ne nous donne jamais ce qu'on veut au quotidien, on apprend à apprécier et à profiter des rares fois où elle le fait.

Je ne le remballe donc pas. Ce soir, Kaylee la brisée va retrouver un peu de sa lumière et du peu de douceur enfouie en elle, pour penser à autre chose.

— Tout d'abord, parce que c'est drôle. On suit les aventures de quatre femmes habitant le même quartier : Susan, Bree, Lynette et Gabrielle. Il y en avait une cinquième, mais elle est morte en se tirant une balle dans la tête…

— Tstst ! Alerte spoiler ! s'écrie-t-il en se bouchant les oreilles.

Oh bordel, je vais me le faire.

— C'est la première scène de l'épisode un et c'est dans le synopsis, espèce d'abruti, maugrée-je en claquant l'arrière de son crâne.

Il laisse échapper un faux gémissement de douleur.

Et après on se demande pourquoi je ne supporte pas cet individu. J'ai beau avoir un souci avec la race humaine, j'en ai un bien plus gros avec les gens plus cons que la moyenne.

Club évidemment dirigé par Hayden Jones.

— Eh ! Je ne suis pas censé le savoir. Tu regardes quelle saison, actuellement ?

— La deuxième, j'ai recommencé la série il y a quelques jours.

— Combien de fois l'as-tu regardée ? m'interroge-t-il d'un air perplexe.

Je marque un silence pour tenter de compter, mais je l'ai tellement visionnée qu'il m'est impossible d'obtenir le chiffre exact.

— Pourquoi tu lèves autant de doigts ?

— J'essaye d'avoir une tranche.

— Une quoi ?

— Une tranche, c'est quand tu dois te situer…

— Je sais ce qu'est une tranche. J'aimerais juste savoir pourquoi tu as besoin d'une tranche pour une série. Tu ne peux pas l'avoir regardée plus de deux fois.

J'affiche un sourire coupable, fuyant son regard. Pour qui me prend-il ? Une série ne peut pas être ma préférée si je ne l'ai vue que deux fois. Il est con ou quoi ?

— Entre quels nombres se situe cette tranche, Kaylee ? demande Hayden sur un ton accusateur.

— Vingt et vingt-cinq, marmonné-je.

Après quelques minutes de silence, j'ose un regard dans sa direction et le trouve complètement paralysé.

Quoi, ce n'est pas si énorme que ça. Si ?

— Tu ne parles pas de chaque saison, n'est-ce pas ? Genre, tu as vu cinq fois la saison deux, six fois la une…

— Bien sûr que si ! Quand je commence la série, c'est dans l'ordre, idiot, grondé-je avec une moue contrariée.

— Mais Kaylee, tu te rends quand même compte que tu as un souci ? Il est humainement impossible de regarder la même chose en boucle. Tu sais que les plateformes de streaming ont un catalogue bien rempli ? me demande-t-il sur un ton affolé.

— Pour regarder quoi ? *Riverdale* ? *The Society* ? Non, merci, sans façon.

Il lève les yeux au ciel face à mon entêtement. Il voulait faire la conversation avec moi, il est servi.

Je crois qu'il préférait encore quand je lui administrais le traitement silencieux.

Mais j'avoue que le mettre dans un tel état de désolation a un côté jouissif. Après tout, c'est une nouvelle façon de l'embêter et de le contrarier.

— Je ne sais pas, *Breaking Bad* ? propose-t-il.

— Déjà vue, deux fois.

— *Prison Break* ? *Buffy* ? *Lucifer* ? *Game of Thrones* ? *The Vampire Diaries* ?

— Trois fois, une fois, deux fois, trois fois si on ne compte pas la dernière saison, un gros échec si tu veux mon avis. Et cinq fois, parce que Damon et Klaus[1] sont incroyables. Voilà pourquoi on peut ajouter huit visionnages de *The Originals* à la liste, réponds-je, très sérieusement.

J'arrive encore une fois à le laisser sans voix. Et si vous voulez mon avis, c'est hyper reposant de voir les rôles s'inverser.

La prochaine fois, il restera dans sa chambre et me laissera gérer mon insomnie comme ça me chante.

— Ok, j'ai compris, on va se taper les huit saisons de ta série de nanas, capitule-t-il en rejetant la tête en arrière.

— Je ne te force pas à rester ici. Ce n'est pas comme si je t'avais invité à me tenir compagnie.

— Principale raison pour laquelle je vais rester, *piccola*, rétorque-t-il avec un sourire espiègle.

Encore ce surnom de malheur et cet air vainqueur que je lui ferais bien ravaler.

Mais bon, si regarder ma série le fait clairement chier, je suis gagnante. Je subis sa présence, il subit celle des *housewives*.

Exæquo, piccolo.

***

---

1. Personnages issus de la série américaine *The Vampire Diaries*.

— Alors, je suis désolé, mais ce George est un sacré psychopathe ! s'exclame Hayden lorsque nous terminons l'épisode huit.

Je ris de sa remarque en hochant vivement la tête. Ce personnage est tellement frustrant avec son côté obsessionnel pour Bree.

Nous avons regardé cinq épisodes d'affilée, et les réactions de mon coloc étaient à mourir de rire.

Ce qui s'est avéré drôle, c'est qu'il n'y connaissait vraiment rien. Les deux seules personnes avec qui je regardais jusqu'ici la série étaient tout aussi fans que moi : ma mère et Nolan. On connaissait les retournements de situation et la plupart des répliques par cœur.

Pour Hayden, c'était totalement nouveau. J'avais l'impression de revivre la première fois où j'ai entièrement visionné la série.

— Non mais sérieux ! Le gars sort avec elle alors qu'il a tué son mari. Ensuite, il la drogue pour qu'elle couche avec lui. Il lui fait du chantage affectif pour la demander en mariage devant sa famille, la force limite à dire oui et à emménager avec lui. Ensuite, quand la seule personne raisonnable souhaite aider Bree, ce taré la frappe et la jette du haut d'un pont. Je ne savais pas que ce degré de folie existait ! poursuit-il, complètement hors de lui.

Pour un mec qui ne voulait pas regarder cette série de « nanas », je le trouve vachement impliqué.

En même temps, je le comprends. Les *storylines* dans cette série sont si folles qu'elles mettraient n'importe qui dans cet état. J'ai hâte de voir ce qu'il va penser de la fille de Tom, de Katherine et son passé, ou encore de l'histoire de Dave. Il y a tellement de retournements de situation qu'il va s'arracher les cheveux.

— As-tu d'autres remarques ? demandé-je d'un air moqueur.

— Oh ça oui ! Entre Susan qui nous fait des crises de gaminerie toutes les six minutes, le Mike qui se la joue papa de l'année,

Carlos le connard et Gabrielle qui complexe tellement sur son âge qu'elle va baiser avec un ado… Franchement, il n'y en a pas un de net.

Cette fois, je ne peux pas me retenir et explose littéralement de rire. Il a les réactions les plus mémorables. Qui aurait cru que regarder une série avec Hayden Jones pouvait être si amusant ?

Je vais vraiment regretter mon comportement lorsque la nuit arrivera à son terme. Je me suis lâchée le temps d'une soirée et j'aimerais sincèrement être comme ça tous les jours… Mais ma méfiance naturelle ne me le permettra pas. Parce que la dernière fois que je me suis autorisée à être foncièrement heureuse, j'ai perdu toute la lumière que je possédais.

Hayden est peut-être différent, mais en est-on sûr ? Si le passé m'a bien appris un truc, c'est que les gens peuvent nous surprendre. Dans le bon ou le mauvais sens du terme. Et souvent, ça penche bien plus vers le mauvais…

— Bon, par contre, Gabrielle ne peut pas se placer en victime alors qu'elle trompait littéralement son mari, c'est affreux.

— Je suis d'accord, mais il faut analyser toutes les circonstances. Carlos était vraiment le pire des maris, Gaby était limite son jouet d'exposition pour ses dîners pros. Il la délaisse totalement. Ceci dit, oui, la tromperie n'est pas une solution. Si tu te sens délaissée par ton mari, tu dois lui expliquer ou le quitter, précisé-je.

— Sauf que Gaby aime trop l'argent pour se débarrasser de Carlos. Je pense qu'elle voudrait tout : l'attention et l'argent. Carlos est une ordure, mais se faire tromper, c'est vraiment atroce. Ça brise une partie de toi que tu ne récupéreras jamais. Ça te fait voir le monde d'une façon totalement différente.

Hayden prononce ces mots avec une profonde douleur. Comme s'il les ressentait.

— Tu parles en connaissance de cause ? tenté-je, sans savoir si j'aurai une réponse sincère.

Après tout, je suis la première à lui dire de se mêler de ses affaires et de ne pas chercher à connaître le passé des autres, alors une absence de réponse serait de bonne guerre.

— Possible, on a tous un passé compliqué. N'est-ce pas, *piccola* ?

Je ne réponds rien et me contente de le fixer. Il est avachi sur le canapé, la tête tournée dans ma direction. Je suis à peu près dans la même position, bien que recroquevillée sur moi-même.

Aucun de nous ne prononce le moindre mot, mais le silence n'en est pas gênant pour autant.

Je sais que Hayden a tendance à être un grand bavard. Je ne sais pas ce qu'il cache derrière cette immense joie de vivre, cette familiarité avec tout le monde, mais j'arrive à percevoir ce double jeu qu'il mène. Je ne dis pas qu'il se force à être heureux, mais presque.

J'aurais envie de dire qu'il est un fils à papa, un petit con snob qui a tout ce qu'il souhaite d'un claquement de doigts. Pourtant, quand je regarde au fond de lui comme je le fais maintenant, je ne vois pas cette personne-là.

Une certitude me frappe à cet instant. Je ne sais pas qui est Hayden Jones mais je pourrais parier qu'il n'est pas aussi parfait que tout le monde le croit. Qu'il n'est pas entièrement le petit con qu'il prétend être. Il comble juste un manque et masque une immense peine derrière un grand sourire.

Après tout, il est plus facile de sourire que d'expliquer pourquoi on va mal.

— À quoi tu penses ? murmure le brun sans quitter mes yeux du regard.

Sa question me surprend, et mon côté sarcastique refait surface.

— À la façon dont je pourrais te tuer puis cacher ton corps sans que personne ne s'en aperçoive.

Ma réponse lui arrache un sourire.

— Je pense que le poison ne laissera aucune trace de sang. Après, pour faire disparaître le corps, l'acide fluorhydrique fait un travail incroyable. Demande à Walter White et Jesse Pinckman[1], ironise-t-il, étirant à son tour mes lèvres.

Ce qui est drôle avec Hayden, c'est qu'il comprend le sarcasme et sait parfaitement l'utiliser. Parfois, il m'arrive de penser qu'on n'est pas si différents, lui et moi. Mais quand ça arrive, mon cerveau fait tout pour rejeter l'information.

— Pourquoi ce n'est pas toujours aussi simple que ce soir, entre nous ? demande-t-il plus sérieusement.

Je sens une pointe de regret dans sa voix, comme si devenir mon ami était important pour lui. Sauf qu'être mon ami n'a rien de glorieux.

— Parce que je ne suis pas une personne très fréquentable. Il vaut mieux rester éloigné de moi.

— Je ne crois pas, non. Je pense que tu veux faire croire ça, mais qu'en vérité, tu te protèges. Tu n'as pas toujours été cette fille sombre et renfermée. Quelque chose t'a brisée et t'a fait perdre foi en beaucoup de choses. Je me trompe ?

S'il savait à quel point il ne pouvait pas être plus proche de la vérité. Voilà pourquoi je fuis les conversations profondes avec les gens, que je ne veux pas m'attacher. À un moment donné, ils parviennent à nous cerner, vont émettre des suppositions aussi farfelues que véridiques. Ensuite, nous, on va chercher à leur donner tort, à nous confier et à replonger dans ce qu'on a cherché à effacer durant toutes ces années.

---

1. Personnages principaux de la série américaine *Breaking Bad.*

Oui, je me protège car si je ne le fais pas, personne ne s'en chargera pour moi. Les gens ont beau nous dire qu'ils seront toujours là pour nous, c'est faux. À la fin, la seule personne qu'il nous reste pour nous épauler et régler nos soucis, c'est nous-même. Et il faut le vivre pour le comprendre.

— Qu'est-ce qui te fait croire que je ne suis tout simplement pas mauvaise de nature ? Peut-être que je joue bien la comédie ? C'est comme ça que marche la vie, les gentils et les méchants. À nous de savoir quel rôle attribuer à chacun.

Il réfléchit un instant avant de secouer la tête pour manifester son désaccord.

— On possède tous une part d'ombre et une autre de lumière en nous. On n'est ni foncièrement bons, ni mauvais. Cependant, on a la faculté de contrôler les deux et de décider laquelle doit dominer l'autre.

Il me laisse à nouveau sans voix. C'est la première fois que j'ai une conversation aussi poussée avec quelqu'un. Hayden me montre une autre partie de lui, celle qui est à des années-lumière du stéréotype des sportifs sans cervelle. Il réfléchit, pèse ses mots, et ses pensées ont du sens.

Je t'en prie, Hayden. Aide-moi à te détester. Arrête de me torturer en me montrant qui tu es vraiment.

— Pourquoi es-tu si secrète ? Pourquoi tu ne dévoiles pas ce qui te ronge autant ? me questionne-t-il face à mon absence de réaction.

Cette phrase, je l'ai si souvent entendue, et à chaque fois, c'est la même réponse qui me vient en tête.

— Parfois, se taire est ce qu'il y a de mieux. Les gens pensent qu'ils veulent savoir jusqu'à ce qu'ils réalisent qu'ils auraient préféré rester dans l'ignorance.

À son tour de se plonger dans un mutisme total. Avec le temps, j'ai compris que révéler ce qui nous empoisonne peu à peu n'est pas chose facile. La plupart des personnes ne seront jamais prêtes pour ce genre de confessions. Alors on apprend à se la fermer et à laisser la souffrance nous consumer. Jusqu'au jour où elle nous réduira en cendres.

Chapitre 15
Hayden

— T'as une sale mine, m'accueille Clay lorsque j'arrive au *diner*.

— Clay a raison, t'as baisé toute la nuit ou quoi ? poursuit Kyle d'un ton moqueur.

Je lui adresse mon plus beau majeur comme unique réponse. Je pense être au courant pour ma sale mine, étant donné que je me suis regardé dans un miroir avant de partir. Il faut dire que dormir trois heures, ça ne me réussit pas vraiment.

Mais puis-je vraiment regretter ces heures alors que j'ai passé une soirée mémorable ? Alors que Kaylee a enfin rendu les armes le temps d'une nuit ? Si j'avais su qu'une insomnie était ce qu'il fallait à ma coloc pour qu'elle arrête de me voir comme l'ennemi public numéro un, je l'aurais fait depuis longtemps.

J'ai été surpris de la trouver là, surtout pour une « couche-tôt » comme elle qui regagne sa chambre avant vingt-trois heures et n'en ressort que le lendemain.

Elle avait peut-être chaud ? Ou alors elle a passé une mauvaise journée et le sommeil ne voulait pas venir ? Il y a des tas de raisons qui expliquent les insomnies. Ça m'arrive souvent la veille des partiels, un stress bien trop important qui me garde éveillé.

Mais bon, peu importe la raison tant que ça ne se reproduit pas. Si elle manque de sommeil, elle manquera d'énergie et sa journée n'en sera que mauvaise.

— La ferme, Jennings. Je ne répondrai à aucune question avant d'avoir eu mon café, grogné-je en levant la main pour intercepter une serveuse.

Par chance, aujourd'hui, je ne me tape pas Nancy. Aucune envie de faire du charme. J'ai juste besoin d'une dose d'énergie pour affronter cette longue journée.

Lauren – si j'ai bien lu son badge – revient cinq minutes plus tard avec une bonne tasse de café fumante. Je le sucre puis souffle légèrement dessus avant d'en avaler quelques gorgées.

Le liquide brûle ma gorge, mais honnêtement, je m'en fous. Tant que ça s'injecte dans mon sang et que je suis en forme dans quelques minutes, ça me va.

— Eh ben, elle a vraiment dû être performante, se marre Clay.

— Ou insatiable, ajoute Kyle sur le même ton.

Je les fusille du regard, comme Kaylee sait si bien le faire. Je me gifle mentalement lorsque je remarque la comparaison que j'ai utilisée.

Cette chieuse m'a déjà volé mon sommeil, elle ne va pas non plus dicter mes faits et gestes.

— La ferme, bande d'obsédés. C'est la nuit avec ma coloc, Susan, Bree, Gaby et Lynette qui m'a crevé, soupiré-je.

— Oula, c'était un plan à combien, ça ? Et pourquoi tu rajoutes Kaylee dans l'histoire ? demande Kyle, perdu.

Clay éclate de rire en secouant la tête.

— Ce n'est pas un plan cul, Kyle, mais une série. Tu ne connais pas *Desperate Housewives* ? répond le blond.

— Bah si, ma mère et ma marraine sont de grandes fans. Mais je ne connais pas les détails non plus. Je sais juste que c'est une série de nanas.

Un petit sourire se dessine sur mon visage lorsque je me réentends dire cela, hier soir. J'ai cru que Kaylee allait m'arracher la tête comme si j'avais insulté sa famille. Et avec du recul, c'est bien une série destinée à un public féminin. Cependant, ça n'empêche pas de rentrer dedans en quelques minutes, avec tous les drames qu'elles doivent affronter. Je ne pensais jamais dire ça, mais j'ai hâte de découvrir la suite. J'espère simplement que ma coloc ne redeviendra pas froide d'un coup et qu'elle me laissera continuer avec elle.

Lorsque je me suis levé, après mes quelques heures de sommeil, Kaylee était déjà partie. J'avais prévu de rester debout pour l'accompagner en voiture mais me suis endormi sans m'en rendre compte, toujours avachi sur le canapé.

J'avoue avoir été déçu. J'aurais voulu discuter un peu avec elle et savoir s'il y avait une chance pour qu'elle me montre ce côté d'elle au quotidien.

Il ne faut pas se leurrer, cela dit, j'ai bien vu dans son regard qu'elle ne se permettait pas d'agir ainsi très souvent.

Je ne peux pas lui en vouloir, je ne sais pas ce qu'elle cache. Cependant, oui, ça me fait chier. Parce qu'elle m'a montré qu'elle n'était pas qu'une sale gamine capricieuse.

Au lieu de ça, j'ai vu une jeune femme qui luttait pour me montrer un peu de la lumière qui sommeille en elle. J'ai vu de la souffrance à travers ce si beau regard émeraude. J'ai vu ce sourire, qui avait l'air d'être bien plus grand autrefois.

J'ai vu l'humaine derrière la carapace et j'ai ressenti quelque chose…

— Kaylee n'arrivait pas à dormir. Je lui ai tenu compagnie devant une série, abrégé-je pour les faire taire.

Kyle hausse les sourcils alors que Clay les fronce. L'un est surpris, l'autre perplexe. Un la connaît depuis quelques jours, l'autre depuis moins d'un an. Alors je me tourne vers Clay pour demander des explications supplémentaires à ce froncement de sourcils.

— Elle a déjà recommencé, souffle-t-il.

C'est à moi de froncer les sourcils en entendant le mot « recommencer ». C'est quelque chose de récurrent ? Il est vrai qu'elle n'avait pas l'air fatiguée ni perturbée par cette absence de sommeil.

— Qu'est-ce que ça signifie, exactement ?

— Je ne connais pas vraiment la fréquence de ses insomnies, mais je suis presque sûr qu'il y en a au moins une par semaine, m'avoue le blond.

Je lâche un hoquet de surprise. Si Clay ne m'en avait pas parlé, je ne l'aurais jamais remarqué. Kaylee est tellement peu expressive qu'il est pratiquement impossible de déceler la moindre trace de fatigue sur son visage.

Je ne me réveille presque jamais la nuit, mais les fois où ça m'arrive, je ne l'ai jamais croisée. Hier était la seule exception.

Un tas de questions se bousculent dans ma tête, auxquelles je ne suis même pas sûr que Clay serait capable de répondre. Cette fille est tellement secrète que je suis quasi certain que Nolan non plus n'aurait aucune réponse.

— Tu en es certain ? le questionne Kyle en voyant mon absence de réaction.

Clay hoche la tête avant de poursuivre :

— Oui, je l'ai remarqué durant les quelques semaines où elle vivait à la maison. Ça a commencé lorsque je me suis levé pour récupérer une bouteille d'eau. Elle avait allumé la petite lampe du salon et lisait tranquillement son bouquin, comme s'il était six heures du soir. Je lui ai demandé ce qui se passait et elle m'a simplement dit qu'elle n'avait plus sommeil. Alors je n'ai pas posé plus de questions et j'ai rejoint ma chambre.

Ça ressemble exactement à ce qu'il s'est passé la veille. Sauf que je n'ai pas pu me résoudre à la laisser seule.

D'un regard, j'encourage mon ami à poursuivre son récit.

— La semaine suivante, je suis à nouveau tombé sur elle. Cette fois, elle regardait la télé. J'ai trouvé ça étrange de la surprendre éveillée à deux reprises, dans un laps de temps aussi court. Elle savait qu'elle ne pouvait pas me sortir la même excuse, alors elle m'a dit que ce problème d'appartement la stressait beaucoup et que ça avait des répercussions sur son sommeil. Ça m'a laissé perplexe, mais je suis quand même resté un petit quart d'heure pour la rassurer et en discuter avec elle.

J'écoute mon ami avec attention. C'est vrai que la situation pouvait susciter des questionnements, mais l'excuse était valable.

Cependant, si Clay nous en parle, c'est qu'un nouvel élément a dû faire pencher la balance.

Il capte mon regard et hoche la tête, comme s'il avait lu dans mes pensées. Je n'interviens donc pas et le laisse terminer.

— Après ça, je me suis permis d'en parler à Nolan. Il m'a dit qu'elle dormait très peu et qu'il entendait souvent la télé dans le salon. Au départ, il pensait simplement que Kaylee n'aimait pas dormir dans le noir, mais quand il s'est levé pour vérifier, elle était complètement éveillée. Elle lui a donc expliqué qu'elle n'avait pas besoin de beaucoup d'heures de sommeil et qu'elle comblait cela par de bonnes siestes lorsqu'elle n'avait pas cours.

S'il y avait une récompense pour le record du meilleur chercheur d'excuses, Kaylee serait bien partie pour la décrocher.

Il est vrai que certaines personnes n'ont besoin que de très peu d'heures de sommeil, mais de là à veiller toute la nuit… Non, il y a sûrement quelque chose qui la perturbe dans le fait de dormir. Peut-être qu'elle a effectivement peur du noir, qu'elle se fait des films susceptibles de l'effrayer ? Peut-être qu'être loin de chez elle ne la met pas suffisamment en confiance ? Pourtant, il n'y a pas plus sécurisant que de vivre avec Nolan. Sa taille et sa musculature en effraient plus d'un.

Il y a tellement de théories possibles qu'on ne saura jamais laquelle est la plus plausible. Cette fille porte le monde sur ses épaules mais préférerait se laisser écraser plutôt que de se confier. Et si même Nolan n'est pas parvenu à obtenir la vérité, personne n'y arrivera.

Je ne comprends toujours pas pourquoi je ressens ce putain de besoin d'être là pour elle.

Merde, je connais cette fille depuis deux semaines. Je devrais simplement la laisser se démerder et vivre ma vie comme j'en avais l'habitude avant qu'elle ne débarque.

— Waouh, cette fille a de vrais soucis. Je ne pensais pas que c'était si profond, s'exclame Kyle.

— Tu as dit que vous aviez passé la nuit ensemble ? Elle t'a laissé rester sans broncher ? Aux dernières nouvelles, elle ne supportait pas ta présence dans la même pièce qu'elle, me fait remarquer Clay.

Je souris légèrement en y repensant. Parce que oui, elle n'était pas contente de me voir, mais elle s'est quand même détendue au fur et à mesure. Bordel, j'entends encore ses éclats de rire, chose que je n'avais jamais entendue auparavant. Ce qui est honteux et aberrant, si vous voulez mon avis, car elle a l'un des plus beaux rires que je n'ai jamais entendus.

Tu parles comme un amoureux transi, mon vieux. Ressaisis-toi, bon sang !

— On va dire qu'elle a appris à tolérer ma présence pour une nuit. Elle a laissé tomber le masque et a cessé ce jeu de la fille en guerre contre le monde entier ou contre elle-même, le temps d'une soirée. Je crois que ça lui a fait autant de bien qu'à moi.

— Et donc quoi ? Vous êtes amis, maintenant ? me questionne Kyle, confus.

Je ris en secouant la tête.

— Aucune chance qu'elle laisse cela se produire. Ça lui a demandé bien trop d'efforts de le faire au moment où elle était le plus fragile et vulnérable. Je me ferai sûrement incendier ou ignorer en rentrant.

Ouais, j'ai l'air d'un dingue. D'ailleurs, vu la tête de mes amis, ils n'en pensent pas moins. Cette fille me fait tourner en bourrique, et j'accepte mon sort sans broncher. Je n'en ai jamais laissé aucune – excepté mon premier amour – me traiter de la sorte. Pourtant, je fais à nouveau exception avec Kaylee, sans réellement savoir ce que j'attends d'elle, de cette cohabitation.

— Et ça te va ? demande Clay.

— Maintenant que j'ai compris que la vraie Kaylee était encore là, enfouie sous cette version agressive, je peux essayer de la récupérer. Il faut juste lui montrer qu'elle n'est pas seule, réponds-je en haussant les épaules.

— Pourquoi tu veux l'aider à ce point ?

Je ne réponds rien un instant, moi-même je me pose la question. Mais quand j'y pense, il n'y a qu'une image qui me vient en tête. Celle des deux hommes qui ont changé ma vie.

— Parce qu'en m'adoptant, en m'élevant, mes pères ont donné un nouveau sens à ma vie. Ils m'ont sauvé. Je veux en être digne, et sauver Kaylee de sa perpétuelle tristesse est ce qui s'en rapproche le plus.

Je crois qu'ils attendaient une réponse de ce genre car leurs lèvres s'étirent instantanément, la fierté brillant dans leurs regards.

* * *

Je rentre de mon entraînement sur les coups de dix-neuf heures. Le coach ne nous a toujours pas ménagés et mes jambes ne me tiennent presque plus.

Mon corps me réclame une bonne nuit de sommeil après tout ce que je lui ai fait subir depuis hier. Je crois n'avoir jamais autant abusé, et les conséquences se font clairement sentir.

Point positif, je n'avais pas une journée chargée en cours. Je n'ai donc pas fait travailler mon cerveau autant que le reste.

Je n'ai pas croisé Kaylee de la journée, mais elle bosse, ce soir. Je ne sais pas à quelle heure, ni si elle est déjà partie. En tout cas, elle termine les cours assez tôt.

Des voix provenant du salon m'interpellent et mettent fin à mes questionnements. J'ignorais que Kaylee avait des amis.

Lorsque j'arrive dans la pièce, je n'y trouve que ma coloc devant son ordinateur. Je comprends donc sans difficulté qu'elle doit être en visioconférence avec sa famille.

Je tente alors de me faire discret, mais ses yeux me repèrent sans mal. Elle me fixe un instant avant de me faire signe de la laisser.

Je m'exécute. Cependant, la voix d'une femme âgée retentit au même moment.

— Ton colocataire est là ? Je t'ai vue regarder quelqu'un, s'exclame-t-elle.

— Non, non, grand-mère, c'est simplement le voisin qui vient chercher des œufs, répond-elle, m'arrachant un large sourire.

Le voisin, alors ?

— Oui, et le voisin rentre chez toi comme dans un moulin.

— C'est fou ce que la confiance règne dans cet immeuble, ironise la rouquine.

Cette fois, je ne me retiens pas et m'esclaffe en tentant de ne faire que très peu de bruit. Cette fille devrait écrire des bouquins.

— Kaylee Aurora Parker, présente-moi ce jeune homme tout de suite ! ordonne sa grand-mère sur un ton faussement autoritaire.

Ma coloc se résigne en soupirant longuement. Elle me fait signe de venir à ses côtés.

Son regard meurtrier me suggère – menace – de ne rien dire de stupide et d'être sérieux.

Oh, tu veux que je sois le gendre parfait ? Compte sur moi, piccola.

Lorsque mon regard s'attarde sur l'écran, j'y découvre deux petites bouilles séparées par deux générations.

La mini version m'observe d'ailleurs très attentivement de ses grands yeux ronds.

Je tente de cacher le peu de gêne que je ressens face à la situation. J'ai l'impression de rencontrer la famille de ma petite amie.

Relax, Hayden, Kaylee n'est que ta coloc.

La ressemblance physique entre les sœurs Parker est indéniable. Cependant, c'est lorsqu'on plonge dans leurs regards que la différence devient flagrante.

Celui de la petite ne reflète qu'une innocence pure, alors que celui de son aînée vous transporte jusqu'à vous faire mal.

Un visage similaire, mais une expérience clairement différente.

— Bonsoir, dis-je simplement, ne sachant pas vraiment comment les aborder.

— T'es l'amoureux de ma sœur ? demande soudainement la petite.

Kaylee manque de s'étouffer alors qu'un rire cristallin s'échappe de ma gorge.

Ça, c'est de l'entrée en matière.

— Non, non, on vit simplement dans le même appartement, m'empressé-je de répondre avant de devoir réanimer Kaylee.

Elle hoche lentement la tête, sa grand-mère prend le relais.

— Bonsoir, je suis Lindsay Parker, la grand-mère de Kaylee, se présente-t-elle.

Aucune émotion ne traverse son visage ; je vois de quel côté ma coloc tient cette qualité. Elle n'a pas poursuivi sa présentation, signe qu'elle attend que je sois le plus bavard.

Message reçu, mamie Parker.

— Enchanté de faire votre connaissance, madame Parker. Je suis Hayden Jones, j'ai bientôt vingt ans et je suis le colocataire de votre petite-fille depuis deux semaines. Je suis ravi de pouvoir enfin vous rencontrer.

Elle me sonde un instant dans un silence complet avant de hocher la tête.

— Pareillement. Parle-moi un peu de toi, Hayden. Puis-je te faire confiance ?

Ouais, aussi méfiante que sa petite-fille. *Chouette.*

— Une confiance totale, je ne ferais jamais rien qui irait à l'encontre de ses intérêts. Mais si vous voulez en savoir plus sur moi, ça me va. Mon nom complet est Hayden Alexander Jones et je suis né à New Haven. J'ai été élevé par deux hommes formidables qui m'ont inculqué les valeurs fondamentales que sont le respect, l'honnêteté, la bienveillance et la tolérance.

Bordel, j'ai l'impression de passer un entretien d'embauche. Lindsay Parker ne me quitte pas du regard et écoute attentivement ce que je lui raconte. Alors qu'à mes côtés, sa petite-fille m'observe avec une moue moqueuse.

Profite bien de ma détresse, piccola.

— Je fais partie de l'équipe de hockey et suis des études de droit en parallèle. Je suis quelqu'un de confiance, voilà pourquoi j'ai été promu capitaine de l'équipe. J'ai de très bonnes notes, je bois peu et ne me drogue pas. Je paie mon loyer, Kaylee n'aura jamais de soucis de logement avec moi.

Voilà, je suis à court de choses à dire. Bon, il est vrai que je pourrais parler de moi durant des heures, mais ça ennuierait tout le monde et je ne saurais même pas quelle est la limite. Alors si Lindsay veut en savoir plus, elle me posera les questions nécessaires.

— Et si elle venait à avoir des soucis, si elle ne rentrait pas de la nuit, sans prévenir. T'inquiéterais-tu ?

Cette question n'était absolument pas posée sur le ton de l'humour. Je vois l'immense sérieux sur le visage de Lindsay. Est-ce simplement une inquiétude pour sa petite-fille ou est-elle basée sur une expérience passée ?

Dans tous les cas, elle n'a pas de souci à se faire avec ça. Si elle savait que je suis Kaylee tous les soirs pour m'assurer qu'elle rentre bien du travail et que je ne dors pas tant que Nolan ne l'a pas déposée à l'appart', le week-end, elle n'aurait pas le moindre doute sur moi.

— Je ne connais votre petite-fille que depuis quelques semaines, et malgré son fort caractère et sa tendance solitaire, ça ne change rien à la personne que je suis. Le jour où Kaylee a signé le bail, elle a décidé de vivre avec moi. Si pour certains, la colocation ne signifie qu'un loyer partagé, en ce qui me concerne, ça ne sera jamais le cas. Qu'elle le veuille ou non, elle fait partie de mon cercle proche. Alors je m'inquiéterai toujours pour elle. J'ai une copie de son emploi du temps, je connais ses horaires de travail. Je ne laisserai jamais passer une nuit sans nouvelles d'elle. Je ne pourrais d'ailleurs pas dormir tant qu'elle n'est pas rentrée, peu importe l'heure.

Je lorgne sur ma gauche et découvre une Kaylee stupéfaite.

Le plus drôle, c'est que je ne me suis jamais autant confié à ma colocataire. À l'heure actuelle, sa grand-mère en sait autant qu'elle.

Ce que j'ai dit n'est pas faux. Kaylee me met hors de moi, elle me répète sans arrêt de lui foutre la paix. Malheureusement pour elle, je ne suis pas quelqu'un qui abandonne facilement et qui fait ce qu'on lui dit.

Elle est têtue mais je le suis autant qu'elle. Une des raisons pour lesquelles c'est aussi explosif entre nous.

Pourtant, à partir du moment où je l'ai fait entrer dans ma vie, je l'ai considérée comme une personne importante. Quand bien même je prétends le contraire face à elle. Je ne laisserai jamais rien lui arriver.

— Et si elle venait à ne plus pouvoir payer le loyer. Serais-tu en colère ? La mettrais-tu à la rue sans discuter ? En viendrais-tu aux mains ? Pourrais-tu lui demander un autre moyen de paiement ?

Je marque un silence pour analyser chaque question. Mais plus j'y pense, plus ça me paraît aberrant, écœurant. Surtout la dernière partie. Je comprends aisément qu'elle parle de paiement en nature et jamais je n'abuserai du corps d'une femme. J'aime le sexe lorsqu'il y a une attirance mutuelle et un total consentement du début à la fin. Le contraire me paraît absolument inimaginable.

En venir aux mains ? C'est d'une monstruosité sans limites. Frapper quelqu'un, c'est être lâche, ça ne me viendrait même pas à l'esprit. Pourtant, j'en ai eu face à moi qui m'ont mis plus bas que terre. Mais me résoudre à ce genre de punitions, c'est indigne de moi, de mon éducation. Indigne de tout homme.

— Je comprends complètement votre inquiétude, madame Parker. Alors je vais vous répondre avec un sérieux sans faille. Je n'ai jamais vécu avec une femme, je n'ai eu aucun repère féminin. Mais j'ai eu deux pères incroyables qui m'ont appris que le respect ne dépendait jamais du genre. Je respecte chaque être humain à parts égales. Je ne suis pas quelqu'un de naturellement violent, je réponds quand c'est nécessaire mais jamais face à plus faible que moi : homme ou femme. Quant à l'abus du corps féminin, c'est quelque chose qui me repousse et me dégoûte. Si Kaylee rencontre un souci, je ferai tout ce qui est en mon pouvoir pour lui venir en aide.

Je suis presque essoufflé lorsque je termine mon monologue mais estime que chaque mot était nécessaire. Je ne sais pas exactement ce qu'elle a derrière la tête avec cet interrogatoire, et ça m'importe peu. Elle veut que je lui prouve que sa petite-fille est en sécurité avec moi, aucun souci.

D'ailleurs, je crois même l'avoir convaincue, car un petit sourire prend peu à peu forme sur son visage.

Quant à ma coloc, elle ne m'offre pas son regard menaçant, plutôt un air surpris. J'aimerais même dire agréablement surpris. Mais avec elle, on n'est jamais sûr de rien.

— C'est tout ce que je voulais entendre, Hayden. Tu as compris que la confiance était quelque chose de difficile à donner dans cette famille. Libre à Kaylee ou non de t'en parler. De mon côté, je me dois de vérifier si les fréquentations de ma petite-fille répondent à certains critères, m'explique Lindsay d'une voix douce et sérieuse à la fois.

Je hoche la tête pour lui montrer mon accord et ma compréhension. Ce qu'elle fait n'est en aucun cas intrusif. On ressent un réel amour ainsi qu'une profonde inquiétude on ne peut plus honorables.

J'aurais pensé avoir cette conversation avec ses parents, mais ce sera peut-être pour une prochaine fois.

— Je comprends, madame Parker, et je suis totalement en accord avec ça. Vous pouvez compter sur moi.

— Merci, mon petit. Et appelle-moi Lindsay, je te prie.

— Très bien, Lindsay. Je vais vous laisser discuter tranquillement en famille. À bientôt, j'espère.

— Oui, à très bientôt, Hayden.

— Au revoir, mini Kaylee. C'était un plaisir de te rencontrer, dis-je en adressant un grand sourire à la petite sœur de ma coloc.

— Moi, c'est Grace Giulia Parker ! me corrige-t-elle d'un ton adorablement sévère.

Je fais mine d'être surpris et en colère contre moi-même, ce qui lui arrache un grand rire.

— Pardonne-moi, Grace Giulia Parker, je ne referai plus jamais cette erreur.

Son sourire s'élargit, signe que je suis pardonné.

J'adresse un dernier signe de main aux filles Parker avant de leur fausser compagnie.

— Il est trop beau ! s'exclame Grace lorsque je suis hors de leur champ de vision.

— Et il a l'air d'être un bon garçon. Ne sois pas trop dure avec lui, Kaylee. Je crois qu'on peut lui faire confiance.

Un nouveau sourire étire mes lèvres. Je n'attends pas la réponse de Kaylee pour rejoindre ma chambre, pourtant, je pense distinguer une phrase qui réchauffe un peu plus mon cœur.

— Je crois que tu as raison…

Chapitre 16
Kaylee

4 ans plus tôt

— *La signorina* est bien arrivée, s'exclame Marco sur un ton faussement galant.

Je souris pour l'effort en le remerciant.

J'ai passé la meilleure soirée de ma vie. Qui aurait pu penser que cet homme si mystérieux et calme au premier abord pouvait avoir tant d'anecdotes à raconter ? J'ai ri à en pleurer. Jamais un garçon ne m'avait fait un tel effet. Peut-être que son âge le rend plus mature et que c'est ce qui me plaît finalement chez un homme.

Je ne sais pas ce que ce bel Italien a de plus, mais je m'en moque. Le plus important, c'est qu'il continue à me rendre aussi heureuse.

On sort ensemble depuis quelques semaines et, bien qu'il soit toujours un peu secret, j'en apprends davantage sur lui et sur son passé.

Il a grandi en Italie avec ses parents : son père est le chef d'une entreprise très influente, sa mère a passé la majeure partie de sa vie à s'occuper de lui. Elle est malheureusement décédée il y a quelques années, une maladie incurable.

J'ai bien vu qu'il avait toujours du mal à en parler lorsqu'il s'est confié. Et je ne peux qu'imaginer la douleur qu'il ressent. Si je venais à perdre ma mère, je tomberais sûrement dans une sévère dépression. Je ne tiens pas à énormément de choses dans cette vie, mais ma famille fait figure de grande exception.

Marco est si fort, une raison de plus pour l'apprécier davantage. Sans parler du fait qu'il est beau, drôle, intelligent et vraiment gentil. Il se soucie énormément de moi et de ceux qui l'entourent. Ce n'est pas encore le cas, car c'est trop tôt, mais je pourrais facilement tomber amoureuse de lui.

Je n'ai pas encore parlé de notre relation à mes parents. J'attends d'être totalement sûre de nous avant de sauter le pas. Je sais déjà qu'ils seront ravis pour moi, mon père l'apprécie vraiment et ma mère est complètement sous son charme. Il faut dire qu'il lui rappelle ses origines, alors forcément, il marque des points. Et puis il est toujours aux petits soins avec elle, ce qui fait qu'il est souvent convié aux dîners. Ma mère n'apprécie pas qu'il se retrouve à manger seul sur le campus, tous les soirs. Elle n'hésite pas ainsi à concocter de bons petits plats pour lui faire plaisir.

On s'isole souvent dans mon atelier. Depuis le jour où il m'a embrassée là-bas, on ne s'est jamais arrêtés. Je lui parle de ma passion pour la peinture, il m'observe avec un large sourire. Sauf qu'il louche sur mes lèvres à chaque fois, et qu'on arrête rapidement de parler pour passer à une pratique plus agréable.

Pour l'instant, on se limite à des baisers passionnés, des caresses et quelques touchers. Il sait que je suis vierge. Lui non, mais il le respecte. Il attend que je sois prête et ne me met absolument pas la pression.

C'est agréable, même si parfois j'aimerais qu'on se lance enfin. Je ne sais juste pas comment aborder la chose. Je n'ai absolument aucune expérience et j'ai peur que ça le fasse fuir.

Je sais que c'est bête, on ne peut pas avoir d'expérience si on n'a rien fait. Il n'en avait pas quand il a fait sa première fois, mais ça m'angoisse quand même.

— J'ai passé une très bonne soirée, l'informé-je avec un sourire niais.

— C'est réciproque, *amore mio.* Je suis presque triste que ça soit déjà terminé.

Je marque un silence durant quelques secondes pour réfléchir. Et si ce soir était le bon ?

— Et si tu passais la nuit ici ? proposé-je soudainement.

Il hausse les sourcils, surpris par autant de spontanéité. C'est peut-être étrange, mais je sens que je suis prête. Il n'y a personne chez moi, je suis toujours sur mon nuage, et surtout, j'ai terriblement envie de voir ce qui se cache derrière cette chemise craquante.

— Et tes parents ?

— Ils sont absents pour le week-end. Grace est chez ma grand-mère. On a toute la nuit pour nous, réponds-je en insistant bien sur le mot « nuit ».

Je crois qu'il le remarque, car un sourire se forme instantanément sur son si beau visage.

Il m'attrape la taille pour sceller rapidement ses lèvres aux miennes. J'accroche mes mains autour de sa nuque afin d'approfondir plus facilement ce baiser. Sa langue vient jouer avec la mienne alors que mon corps s'enflamme progressivement.

Ça non plus, je ne l'avais jamais ressenti auparavant. Ce désir constant, cette chaleur qui parcourt mon corps quand le sien est près du mien.

Je déverrouille rapidement la porte d'entrée et nous pousse à l'intérieur de la maison. Je me détache de notre étreinte pour refermer puis le mène directement à ma chambre.

J'allume les lumières avant de m'agripper de nouveau à son cou pour nous entraîner sur mon lit. Je me positionne à califourchon sur lui et attire son visage près du mien.

Nos langues se rejoignent et poursuivent ce ballet endiablé. Ses mains agrippent ma taille puis descendent progressivement sur mes fesses. Alors je prends l'initiative de détacher nos lèvres afin de les déposer sur son cou, où j'y trace une longue ligne de baisers. Nos respirations sont de plus en plus saccadées. Peu à peu, je sens quelque chose gonfler sous moi et devine aisément que son membre réagit plutôt bien à mon contact.

— Kaylee…

Je ne l'écoute pas et continue à embrasser chaque parcelle de sa peau tout en tentant de lui retirer ses premiers vêtements.

Au moment où je m'apprête à défaire ses premiers boutons, il m'arrête en attrapant ma main.

— Kaylee, tu…

— J'en ai envie, Marco. Vraiment envie.

Il plante son regard dans le mien, cherchant à y déceler toute trace d'hésitation. Mais tout ce qu'il y voit est un désir brut. Une faim insatiable, qui a besoin de plus.

— Tu en es certaine, Kaylee ? Plus de retour en arrière après ça, insiste-t-il très sérieusement.

— Je n'ai jamais été aussi sûre de ma vie, assuré-je.

Il continue de m'observer quelques secondes avant de hocher la tête, se débarrasse rapidement de son pantalon et de son caleçon, puis récupère son portefeuille pour en sortir un petit sachet.

— Rassure-toi, je n'avais pas prévu de faire ça ce soir. Mais je l'ai mis là pour le jour où tu serais prête, m'informe-t-il.

Un petit sourire s'étire sur mon visage en guise de remerciements.

— Tu es toujours sûre de toi ?

— Je suis prête, Marco. Plus que prête.

Chapitre 16

Ce soir-là, Marco me fait découvrir un monde qui m'était encore inconnu. Ses gestes sont lents, attentifs, précis. Il transforme rapidement ma douleur en une exaltation sans nom, jusqu'à ce que la jouissance nous emporte. Mon amant finit par s'écrouler contre moi, laissant uniquement le son de nos respirations résonner dans la pièce.

Chapitre 17
Kaylee

— La bleue ou la rose ? demande Nolan en agitant les deux cintres devant mes yeux.

Assise en tailleur sur le lit de mon ami, je relève la tête de mon bouquin en soupirant puis analyse les deux chemises.

— La bleue, elle va mieux avec ton pantalon.

Il scrute les vêtements une dernière fois. Un sourire satisfait éclaire alors son visage.

— T'as raison, elle me fait des bras d'enfer, en plus.

Je lève les yeux au ciel, un sourire amusé aux lèvres. Nolan accorde une importance démesurée à son apparence, surtout avant de sortir. Parfois, j'ai l'impression d'être entourée de narcissiques superficiels.

Comme chaque samedi soir, Nolan sort avec la bande, et voilà plus d'une demi-heure qu'il me prend la tête avec sa tenue. Franchement, ce n'est pas comme s'il devait faire des efforts pour draguer. La seule personne qu'il cherche vraiment à impressionner, c'est son mec. Et soyons honnêtes, Clay serait encore fou de lui même s'il se pointait vêtu d'un sac à patates.

— Tu es sûre de ne pas vouloir venir ? Hayden sera là.

— Raison de plus pour rester à la maison, maugréé-je.

— Hmm, n'avez-vous pas passé une soirée entre copains, il y a quelques jours ? me rappelle ce traître d'un sourire malicieux.

Je le fusille du regard puis ferme mon livre, comprenant que je ne pourrai plus lire en paix.

— Qui t'en a parlé ?

Son sourire s'étire davantage quand je ne prends même pas la peine de nier. Oh, ça va, il est au courant, alors inutile de chercher une excuse bidon. Par contre, il se pourrait bien que j'aille casser les jambes d'un certain hockeyeur beaucoup trop bavard.

— Clay. C'est ton coloc qui a lâché l'info. Je n'arrive pas à croire que tu ne m'aies rien dit.

Il pose une main sur son cœur pour appuyer son air de fausse diva. Je murmure une douce injure à l'attention de mon imbécile de colocataire avant de me concentrer sur mon ami.

— Primo, arrête d'en faire des tonnes, Nono, ça ne prend pas avec moi. Deuzio, je ne vois pas en quoi cette information allait faire avancer notre journée.

Il prend un air offusqué avant de me rejoindre rapidement sur le lit.

— Dois-je te rappeler le cinéma que tu nous as fait lorsqu'on t'a proposé cette coloc ? Ça fait des semaines qu'on attend une possible entente entre vous, alors quand ça arrive, j'estime être en droit d'être mis au courant.

Il m'est impossible de rester neutre face au ridicule de cette conversation.

— Qui t'a dit qu'on s'entendait bien ? Je ne lui ai pas ouvert mon lit non plus. Je ne dormais pas, il m'a tenu compagnie malgré mes protestations, et on a fini par se faire quelques épisodes de *Desperate Housewives*. Rien de bien extravagant.

— Ne sous-estime pas les petites avancées, Parky. Rome ne s'est pas faite en un jour.

Je soupire pour la énième fois. Lui et ses comparaisons à la con. Comme si j'avais vraiment envie de faire la paix avec ce petit prétentieux. Si j'avais su que cinq minutes de gentillesse pouvaient provoquer autant de complications, je l'aurais viré du salon à coups de pied au cul dès le départ. Même si… je dois admettre que cette soirée n'était pas si mal.

Ça ne va pas la tête, Kaylee ?! Retire ça tout de suite ! hurle ma voix intérieure.

Ok, peut-être pas agréable, mais pas si terrible non plus. Quoi qu'il en soit, si ça devait se reproduire, ça resterait une entente strictement cordiale entre colocataires. Pas d'attaches, pas d'amitié, et encore moins quoi que ce soit de plus.

— La ferme et fous-moi la paix avec ça ! Surtout que ma grand-mère s'y met aussi.

— Ah, mamie Parker l'a enfin rencontré ? me questionne-t-il sans masquer sa joie.

Je hoche la tête en repensant à leur conversation. Hayden s'est montré plus bavard que d'habitude, se confiant sur des choses que j'ignorais, comme le fait qu'il a été adopté par deux hommes. Ce qui m'a aussi surprise, c'est son inquiétude à mon sujet, notamment lorsqu'il a dit qu'il ne pouvait pas dormir tant que je n'étais pas rentrée. Que ce soit vrai ou juste pour rassurer ma grand-mère, ça ne m'a pas laissée indifférente.

Qu'on ne se méprenne pas, je ne suis pas sur le point de tomber éperdument amoureuse de lui, ni de préparer un dîner aux chandelles afin de lui déclarer ma flamme. Rien que cette idée me donne la nausée. Mais, je dois l'admettre, ça m'a touchée. Parce qu'à part mon gros nounours de meilleur ami, personne ne s'était vraiment préoccupé de moi depuis bien longtemps.

Évidemment, la partie bousillée de mon cerveau me supplie de ne pas tomber dans le panneau et de continuer à maintenir cette distance. Après tout, il ne faut jamais se fier aux jolis sourires, ils cachent souvent les pires vices.

Je l'ai appris à mes dépens.

— Oui, elle l'a passé au peigne fin. Comme avec toi, il y a deux ans.

— Et alors ? Il a réussi le test ?

— Haut la main. Même Grace était sous le charme, me lamenté-je.

Nolan arque un sourcil. Ses bras se croisent lentement sur son torse tandis que son regard glisse sur moi, lourd de reproches,

— C'est quoi cet air de chienne battue ? On te prouve par A+B que ton coloc est un type bien, sur qui tu peux compter, et tu trouves le moyen de t'en plaindre. Tu mériterais un bon coup sur la tête, ma pauvre fille.

Il tape doucement ma main comme on gronderait une gamine prise en faute. Je réplique en tirant la langue, accentuant l'absurdité de la scène. Oui, Hayden est gentil. Oui, tout le monde sur ce foutu campus semble lui vouer un culte. Et oui, je suis probablement la seule idiote à ne pas lui accorder ce qu'il mérite. J'ai compris, merci. Alors qu'on me fiche la paix avec ça.

— On peut arrêter de parler de lui ? le supplié-je.

— T'es déjà à court d'arguments ? Tu m'as habitué à mieux, Parky.

Je grimace en le mitraillant du regard.

— Je ne suis jamais à court d'arguments, Grey. Mais si on continue, le ton risque fort de monter et j'ai besoin d'un chauffeur pour rentrer.

Il me sonde un instant avant d'éclater de rire. C'est toujours comme ça entre nous. On se chamaille comme des gosses, mais on est incapables de vraiment se disputer.

On va dire que, pour une fois, mon instinct a bien fait les choses.

— Bon, je te laisse gagner cette fois, Parky. Mais on en reparle très bientôt, me prévient-il, sûr de lui.

Je roule des yeux en hochant la tête. Si ça peut lui faire plaisir.

— Et pour ce soir ? Je t'assure, rien de trop extravagant. Juste une petite soirée entre amis, des discussions, quelques verres. Bon, je ne te promets pas que Ian ou Jake ne feront pas les idiots, mais ce sera sympa.

Nolan sait que je déteste sortir et papoter avec des inconnus. Sa fameuse bande ? Je l'ai rencontrée. Et franchement, à part Kyle et peut-être Jamie, ils ne cassent pas trois pattes à un canard.

Ian est un petit con obsédé qui passe son temps à draguer tout ce qui bouge. Miles parle trop, Elliott enchaîne les blagues salaces, et Jake est un ivrogne. Bref, une belle brochette de bras cassés.

Très surprenant. Moi qui pensais que leur capitaine était le pire… J'étais loin du compte.

— Sans façon. J'ai tout ce qu'il me faut pour passer une bonne soirée, dis-je en agitant mon livre sous son nez.

Il grimace en jetant un regard dédaigneux à mon précieux compagnon.

— Change de tête tout de suite ! Tu sais à quel point je suis susceptible quand il s'agit de mes bouquins.

— Malheureusement, oui. Je ne comprends toujours pas comment tu peux passer tes journées à lire de la romance alors que l'idée même te révulse.

— La vie est un océan de mystères, mon ami.

Il pince mon bras, ronchonnant un peu plus alors que j'éclate de rire.

— Allez, aide-moi à me préparer au lieu de raconter des bêtises, grogne-t-il en m'entraînant dans la salle de bains malgré mes protestations.

* * *

Je passe la porte d'entrée vers huit heures et demie. Nolan a encore une fois mis une éternité à se préparer, si bien que Clay a dû le traîner de force hors de la salle de bains.

Après ça, ils ont eu la gentillesse – l'obligation, étant donné que je n'ai que mes pieds pour me déplacer – de me déposer à l'appartement, et sont vite repartis. Une longue soirée avec un surplus d'alcool les attend.

En tout cas, qui dit sortie, dit Hayden absent. Qui dit Hayden absent, dit Kaylee tranquille pour une longue soirée.

À moi, ma nuit avec Trent Rexroth[1]. Oui, je suis une hypocrite. Je déteste l'amour dans la vraie vie alors que c'est mon genre littéraire préféré.

Au moins, la fiction ne peut pas me faire de mal, donc autant en profiter.

— À moi la soir… Qu'est-ce que tu fous là ?! m'exclamé-je en découvrant l'individu indésirable sur mon canapé.

Monsieur Hayden Jones, en personne, est tranquillement affalé sur mon canapé, une part de pizza à la main, les yeux rivés sur la télé.

Non mais sérieusement, pourquoi est-il encore là ? Tous les autres gars sont déjà partis, selon Clay. Et vu que mes deux amis sont toujours les derniers à débarquer, ça n'a aucun sens.

1. Protagoniste masculin du livre *Scandalous* écrit par L.J. Shen.

— Je crois que je mange une pizza devant ma télévision. Ah, et c'est aussi chez moi jusqu'à preuve du contraire, réplique-t-il d'un ton insolent.

Et en plus il fait de l'humour. De mieux en mieux.

— Ce que je veux dire, c'est que tous tes copains sortent ce soir. Pourquoi tu ne les as pas encore rejoints ?

Il semble percuter car il hausse les épaules sans masquer un sourire en coin.

— Oh, ça. Je n'avais pas envie de sortir, ce soir.

Pas envie de sortir ? Parce qu'il pensait avoir le choix ? J'étais censée avoir l'appart' pour moi toute seule et voilà que les envies de monsieur viennent faire capoter mes plans !

— Hayden Jones n'a pas envie de sortir ? T'as de la fièvre ou quoi ? demandé-je, mi-ironique, mi-sérieuse.

Il hausse les sourcils puis éclate de rire. Super, j'ai l'impression d'être le clown de service dès qu'il est dans les parages.

— Hmm, non non, je vais parfaitement bien. Je suis juste trop claqué pour faire la fête.

Je laisse échapper un grognement de frustration. Génial, voilà ma soirée fichue.

— Pourquoi t'es si remontée ? T'avais un rencard avec qui ?

— Trent Rexroth, réponds-je en le fusillant du regard.

Mon coloc fronce les sourcils à cette mention. Il cherche sûrement à savoir de qui il peut s'agir.

— Il étudie sur le campus ? Ça ne me dit rien.

Je lève les yeux au ciel face à ce manque de culture. Bon, on peut lui concéder que la littérature érotique n'est pas au goût de tous, mais comme je suis en droit d'être en colère, je ne vais pas me gêner pour lui reprocher ça aussi.

— C'est le protagoniste de mon bouquin, idiot, précisé-je en agitant ma copie sous son nez.

Il laisse aller ses yeux entre l'ouvrage et moi avant de rire à nouveau.

— Tu lis, toi ? Et c'est quoi cette couverture avec un mec torse nu ? T'es une petite cachottière, *piccola.*

Ok, c'est vrai que j'aurais pu lui montrer un meilleur exemple de couverture, mais je n'avais que ça sous la main.

— La ferme, je lis ce que je veux, répliqué-je sèchement.

— Bien évidemment. Je peux savoir de quoi ça parle ?

— Non.

Il arque un sourcil, me lançant un défi silencieux. Ses yeux scrutent mon livre, puis il sort son téléphone. Rapidement, ses doigts dansent sur l'écran. Un sourire malicieux se dessine sur son visage quand il semble avoir trouvé ce qu'il cherchait.

— Alors voyons : « Trent Rexroth. Insensible, froid, calculateur » ouhh ça me rappelle quelqu'un, ça. « Et c'est l'homme qui va me briser le cœur », ma pauvre chérie.

Il prend un malin plaisir à lire le résumé et à faire ses petits commentaires. Quel gamin.

— « Il a trente-trois ans. Moi, dix-huit » ah bah oui, elle ne fait pas les choses à moitié, celle-là. « Autant dire qu'à ses yeux, je ne suis qu'une gamine » tu m'étonnes, bébé, ça pourrait être ton père.

Bien que je m'ordonne de garder un visage impassible, je dois avouer que sa dernière remarque m'arrache un sourire.

Je n'ai effectivement pas choisi le trope le plus mignon. Toute cette saga est pleine de scènes érotiques avec des gars très influents et froids. Et non, aucun d'eux ne me ressemble.

Hayden continue de lire le résumé en ajoutant sa petite touche. Il a l'air surpris à chaque phrase mais ne s'en formalise pas. J'aimerais bien voir ce que donnerait la lecture complète de l'ouvrage. Rien que d'y penser, l'envie de rire me prend.

— « Malheureusement pour moi, l'interdit ne m'a jamais semblé aussi irrésistible ». Eh bien, je ne sais pas qui est cette fille, mais elle n'a pas froid aux yeux. Être attiré par un sale con glacial, qui en plus de ça, est l'ennemi de son père… On peut dire effectivement que l'interdit ne lui fait pas peur, commente Hayden lorsqu'il termine le résumé.

L'idée de me taire m'effleure, mais dès qu'on touche à ce sujet, c'est bien trop tentant de répondre.

— Ouais, c'est vrai, mais le père d'Eddie est une ordure qui la traite comme son objet. Elle veut simplement se débarrasser de ce monde de riches cons et aider un membre de sa famille. Sauf que Trent arrive et bouscule un peu ses choix. Franchement, elle aussi va beaucoup l'aider avec sa fille, et…

— Parce qu'il a une fille ? Elle a un besoin à combler ou quoi ?

— Rohh la ferme. Tes jugements, tu te les gardes, grommelé-je.

Il rit plus fort en s'excusant.

— Désolé, *piccola*, je ne voulais pas insulter ta meilleure copine. Mais c'est quand même un peu tordu.

— L'amour n'a pas d'âge, apparemment.

— Hmm mouais, mais la prison a des barreaux.

— Oh tais-toi, elle est majeure.

— Si tu le dis.

Je roule des yeux mais n'ajoute plus rien, concluant cette conversation absurde.

Mon regard se repose sur Hayden. Il me fixe intensément, comme s'il voulait me dire quelque chose mais n'osait pas.

— J'avais pensé que…

J'arque un sourcil lorsqu'il ne termine pas sa phrase. Hayden Jones à court de mots, c'est une première, ça.

— J'ai acheté une pizza et j'avais pensé qu'on aurait pu passer la soirée ensemble. On pourrait poursuivre notre série de nanas, ajoute-t-il avec une pointe d'humour pour détendre l'atmosphère.

Je le sonde un instant, peu sûre qu'une nouvelle soirée avec mon coloc me soit bénéfique. Plus je vais passer de temps avec lui, plus il va tenter de me prouver qu'il est une bonne personne à qui je devrais m'ouvrir. Chose qui ne doit pas se produire.

Mais bon, il sait aussi comment m'acheter. Le jour où je dirai non à une soirée en compagnie de mes *housewives* préférées, je serai carrément malade.

Je finis par me résigner et accepte.

Je passe rapidement par ma chambre afin de troquer mes vêtements du jour pour un pyjama, histoire d'être plus à l'aise puis le rejoins sur le canapé.

— Tu sais que ta pizza est un affront à mes origines, dis-je avec une touche d'humour.

Il sourit.

— Désolé, *piccola*. Mais tu verras, pour une américaine, elle est plutôt pas mal.

— Hmm, si elle ressemble à son acheteur, on est mal barrés, répliqué-je d'un sourire taquin.

Il fait mine d'être offusqué mais ne parvient pas à dissimuler son amusement.

— J'ignorais que tu avais autant d'humour, Parker.

— Oh il y a tellement de choses que tu ignores à mon sujet, Jones.

Il me reluque un instant avant d'esquisser un demi-sourire.

— Ça, c'est sûr.

— Arrête de me mater, pervers.

Je croise les bras, mais c'est inutile, étant donné que je suis bien plus vêtue que lui. Je ne mets pas souvent de vêtements qui dévoilent ma peau afin de masquer des zones que je n'aime pas montrer. Des complexes qui me collent à la peau depuis quelques années.

— Le jour où tu me donneras matière à mater, on en reparlera. Même si je dois avouer que ton petit pull rouge près du corps était plutôt sexy.

J'écarquille les yeux face à son manque de tact. Puis mes joues virent au rouge, peu habituée à avoir ce genre de discussion. Hayden a le don de me mettre mal à l'aise. Il n'est pas grossier, ni insultant, c'est d'ailleurs tout le contraire. Malheureusement pour lui, ce sont les compliments que j'aime le moins.

— Bah alors, *piccola*. On est forte pour répondre aux piques et aux critiques, mais quand on te fait des compliments, tu perds le nord ? se moque l'idiot à mes côtés.

Je lui lance mon plus beau regard noir avant de lui balancer un coussin à la figure. Ce con se marre et m'arrache un léger sourire par la même occasion.

Tu auras ma peau un de ces jours, Hayden Jones.

Chapitre 18
Hayden

— Alors je suis désolé, mais ces personnages ont vraiment tous un problème. On va commencer par Susan, qui est incapable d'être seule cinq minutes, commencé-je en mettant l'épisode suivant sur pause.

J'explicite mon point de vue avec enthousiasme, ce qui ne manque pas d'amuser Kaylee.

Nous venons d'enchaîner six épisodes de cette série complètement déjantée, et j'ai honte de le dire, mais je suis complètement accro. Les personnages sont tous ravagés, pourtant l'univers nous maintient captivés. C'est incroyable. Je comprends pourquoi ma coloc ne s'en lasse pas.

— Eddie va le lui faire remarquer lors de la saison quatre ou cinq. Susan n'a jamais réussi à être seule, mais tu vas voir qu'à certains moments, elle va enfin y parvenir, m'informe ma coloc.

Je l'écoute attentivement sans la couper. Je vois à quel point ce sujet la passionne. Lorsqu'elle est rentrée, elle était prête à commettre un meurtre parce que je lui volais son espace. Pourtant, dès lors que j'ai mentionné cette stupide série, son regard a changé. On dirait que j'ai trouvé son petit point faible.

Et ouais, j'ai carrément refusé une soirée avec mes potes pour rester avec elle. Je ne sais vraiment pas ce qu'il se passe dans ma tête depuis la dernière soirée qu'on a passée ensemble, mais je ne pense qu'à recommencer.

Cette fille, que je ne pouvais pas supporter à cause de son caractère de merde, parvient à occuper mes pensées. De plus en plus souvent. Et ça craint.

Parce que je commence à la regarder non pas comme une simple coloc mais comme Kaylee : une femme canon au sourire rare qui illumine chaque pièce dans laquelle il apparaît. Une répartie d'enfer, un humour que je pensais inexistant. Puis surtout, une vraie sensibilité derrière le masque du dragon. Celle-ci n'apparaît pas souvent, mais elle existe. Je ne sais pas comment le décrire… mais c'est resté bloqué dans mon esprit toute la semaine.

Alors quand j'ai su qu'elle ne travaillait pas, j'ai sauté sur l'occasion pour rester ici avec elle et lui proposer la même soirée que la dernière fois.

De surcroît, ça me donnera une nouvelle excuse pour lui tenir compagnie si elle décide de ne pas dormir ce soir.

J'ai tenté de rester à ses côtés, ces derniers jours. La première fois, je l'ai trouvée en train de bosser ses cours, alors je me suis simplement assis et j'ai pris mon carnet pour écrire. Il s'agit du carnet pour le devoir de Médusa. Honnêtement, ma coloc me donne pas mal de matière en ce moment. Ses changements d'humeur ont été soudains mais m'ont permis de commencer à lire un peu plus en elle.

De m'apercevoir qu'elle n'est pas une simple connasse née pour me pourrir la vie.

Le deuxième soir, elle avait déplacé son chevalet dans le salon et peignait. Lorsqu'elle m'a vu arriver, elle s'est arrêtée et m'a expliqué qu'elle n'aimait pas qu'on la regarde peindre. Je n'ai pas eu plus d'explications. J'ai donc pris l'initiative de tourner son chevalet pour que sa toile ne soit pas dans mon champ de vision et me suis moi-même tourné afin qu'elle non plus ne le soit pas.

Je ne sais pas ce qu'elle en a pensé, mais j'ai quand même réussi à lire un peu de gratitude sur son visage.

Le troisième soir, elle regardait un film. Je me suis simplement posé à ses côtés, et on a regardé la télévision silencieusement.

Kaylee ne m'a jamais demandé pourquoi j'étais levé. Elle a probablement dû se dire que je faisais aussi des insomnies, mais la vérité, c'est que je ne parviens pas à dormir quand je la sais réveillée, à lutter contre le sommeil.

Cette fille m'a complètement matrixé, et pourtant, ça m'est égal.

Je sais aussi que je suis sur une pente dangereuse. Pour une raison qui m'échappe, elle ne veut pas s'attacher. C'est peut-être pour ça qu'elle me déteste, dans le fond. Peut-être qu'elle me sait gentil, prévenant et soucieux des autres, et ça l'effraie. Il est possible qu'elle ait peur de ce type de personnes car celles-ci lui rappellent trop de mauvais souvenirs.

J'ai souvent pensé qu'elle faisait des caprices, que c'était juste une fille à papa un peu trop gâtée, mais plus je passe de temps avec elle, plus les hypothèses fusent dans mon esprit.

Seule cette petite rouquine aux yeux verts détient toutes les réponses, réponses que j'obtiendrai uniquement lorsqu'elle l'aura décidé.

— On va dire que Susan est particulière. Mais alors Tom et Lynette, on en parle ? Surtout de Tom et de son besoin de se comporter comme macho man. Ok, je suis un homme, je comprends que la société veuille qu'on ait un certain rôle à jouer. Mais si le gars n'est pas capable de laisser sa femme prendre des décisions, parfois, il a un sacré problème.

Kaylee paraît surprise par mon commentaire, elle s'attendait sûrement à ce que je défende Tom. Malheureusement pour elle, je suis pour l'égalité des genres. Oui, il m'arrive d'avoir ce côté macho parfois, d'être jaloux et possessif. Mais le jour où je serai frustré parce que ma copine a plus de couilles que moi, je serai déçu de ma personne.

Honnêtement, l'univers est cool, les enquêtes sur les nouveaux voisins sont intéressantes à élucider, certains personnages sont hyper drôles. D'autres, en revanche, mériteraient une bonne correction.

Ce qui me fait penser immédiatement à deux personnages en particulier.

— Ah, et on en parle des enfants de Bree ? Entre sa fille pourrie gâtée, qui est insupportable, et son fils qui joue la victime. Non mais le gars a carrément demandé à son mec de le tabasser pour faire porter le chapeau à sa mère ! Il faut vraiment ne pas être net pour en arriver là.

Je jette un coup d'œil à ma coloc suite à son silence. Elle termine de boire sa canette de boisson énergisante avant de reprendre la parole.

— Les enfants de Bree sont les pires. Surtout Danielle, qui n'a aucune évolution au fil des saisons. C'est juste une gamine en manque d'attention. Quant à Andrew, il va avoir une grosse prise de conscience, et avec le temps, il va vraiment changer. Mais oui, au départ il est vraiment perturbé. La perte de son père, le fait que sa mère n'accepte pas vraiment son homosexualité, sans parler du fait que c'est un ado…

Je comprends rapidement que Kaylee ne le juge pas en fonction de ce qu'il montre. Je pense qu'avec ses nombreux visionnages, elle a vraiment pris le temps d'analyser en profondeur le personnage. Ce qu'il fait vivre à Bree est horrible, il n'y a pas de discussion à avoir là-dessus.

Après, la phase adolescence est la plus difficile. C'est à cette période que nos corps se transforment, nos opinions, nos goûts. On est confrontés à divers changements et on a besoin d'un soutien moral.

Et parfois, pour cacher un mal être profond, on agit stupidement. On fait des conneries, on joue un rôle.

Plus j'observe Kaylee, plus je perçois ce double jeu en elle. Pas d'une mauvaise manière, mais justement pour se protéger. Comme l'a expliqué Médusa lors de son dernier cours.

— C'est vrai que c'est plutôt difficile. Même si sa mère lui a dit qu'elle l'aimerait toujours peu importe ses choix, il sait qu'au fond, elle a du mal avec celui qu'il est réellement.

— Alors il préfère mal agir, il fait tout pour confirmer cette peur avant que ça ne lui éclate au visage, un de ces jours. Il se protège avant qu'on ne le brise davantage, ajoute la rouquine d'un air plutôt peiné.

Mes yeux se posent à nouveau sur elle. Elle évite mon regard, perdue dans ses pensées, comme si elle se parlait à elle-même.

Ce perpétuel combat qu'elle mène contre sa personne l'épuise. Je le ressens. Mais elle ne le dira jamais. Elle préférerait endurer coup sur coup, jour après jour, plutôt que de briser ce bouclier.

Ça me fout en rogne, ça me touche, ça me fait mal. Parce qu'elle pourrait être tellement heureuse si elle s'ouvrait un peu plus. Si elle laissait des gens qui tiennent vraiment à elle lui venir en aide.

Peu importe le comportement qu'elle a envers moi, peu importe la courte durée qui s'est écoulée depuis notre rencontre, je l'apprécie et je tiens à elle. Je ne sais pas comment, je ne sais pas pourquoi, mais je ressens ce besoin de la protéger, de la faire rire et de la mettre à l'aise. Que ce soit par l'humour ou les actions.

— Et tu t'y connais bien en protection de soi, lâché-je d'une voix douce.

Elle relève ses prunelles émeraude sur moi, me sonde un instant sans décrocher le moindre mot. Puis, contre toute attente, hoche la tête.

— Ça fait partie de mon quotidien. Parce qu'au final, la vie et les gens sont une succession de déceptions. À toi de les laisser t'atteindre ou non.

Nous passons les prochaines minutes à nous observer en silence.

Sur ce dernier point, je ne peux que lui donner raison. Peu importe à quel point une personne est proche de toi, elle finira toujours par te décevoir, d'une manière ou d'une autre. Parce que l'humain est en constante évolution, et que ses besoins s'accroissent, changent sans arrêt.

— Mais si on arrête d'y croire, que nous reste-t-il ? demandé-je sans vraiment attendre de réponse.

Oui, les personnes autour de nous nous déçoivent. Mais si on abandonne, si on laisse tomber, en sera-t-on plus heureux ? Plus satisfaits ? Ou alors s'effondrera-t-on davantage, sans la moindre corde pour nous retenir ?

— Parfois, Hayden, il n'y a plus de force pour y croire. Parce que, durant cette interminable période où tu as passé chaque jour à espérer un changement, tout ce que tu as reçu en retour, c'est du vide. Et face à ce vide, on n'espère plus rien.

Un nouveau silence s'installe. Il est lourd, presque palpable, comme si les mots de Kaylee continuaient à résonner dans l'air. Ses pensées sont sombres, peut-être même troublantes, mais elles font écho à une vérité indéniable.

Certaines personnes sont passées par trop d'épreuves pour penser mériter mieux.

Au moment où elles ont quémandé cette fameuse aide, elles n'ont récolté que des rires gras ou des cailloux en pleine figure.

Je ne connais pas le degré des épreuves de ma coloc, mais quand je vois son état, je suis convaincu qu'il est plutôt élevé.

La sonnerie de mon téléphone nous sort de cette transe. J'y jette un coup d'œil, ce dernier m'annonce un message entrant.

Un sourire remplace ma surprise lorsque j'aperçois le nom de mon père.

> **Pop's**
> Salut, fiston ! Petit message du samedi soir, enfin dimanche pour être plus exact ah ah. Si tu es allé en soirée, j'espère que tu es bien rentré. Je sais que tu détestes ces messages mais je serai ton père jusqu'à ta mort, alors je m'inquiète si j'en ai envie. Bon, réponds-moi assez vite, histoire que j'aille dormir tranquillement. Je t'aime ❤

Je lève les yeux au ciel face à son baratin habituel. Craig Jones ne changera jamais, mais c'est aussi pour ça que je l'aime. Il s'inquiète sans arrêt pour moi, même si ça fait deux ans que je suis parti de la maison.

— Papa s'inquiète, entends-je soudainement.

Je louche sur ma droite, où je découvre un regard amusé fixé sur mon téléphone.

Je laisse échapper un petit rire avant de hocher la tête.

— Mon papa poule. Il m'appelle une fois par jour et m'envoie un message tous les samedis soir. Il sait que je sors souvent avec les gars, ce jour-là, et que je consomme généralement un peu plus d'alcool que d'habitude. Il s'assure juste que je rentre sain et sauf, lui expliqué-je alors qu'un nouveau sourire s'empare de mon visage.

Penser à mon père me fait toujours un bien fou.

— C'est plutôt prévenant. Vous êtes proches ?

La question me surprend… Enfin pas la question, mais la personne qui la pose. Kaylee n'a pas pour habitude de s'intéresser à ma vie. Je ne dirais pas qu'elle s'en fout, mais presque. Donc plutôt difficile de rester de marbre quand elle le fait.

— Très proches. Je n'ai pas de frères ni de sœurs, ça a toujours été eux et moi. Comme je ne suis pas leur enfant biologique, ils m'ont énormément couvé, peut-être un peu trop. Surtout Craig, celui qui a tout arrêté pour s'occuper de moi. On a un lien un peu plus fort, mais ça ne veut pas dire que mon père Brian et moi ne le sommes pas, bien au contraire. Honnêtement, je serais perdu sans eux.

Elle ne répond rien et se contente de m'écouter avec attention.

C'est agréable de se sentir écouté, pour une fois. Surtout par quelqu'un qui donne l'impression de se foutre de tout. Elle reste un mystère pour moi ; je n'arrive toujours pas à la cerner, ni à deviner à quoi elle pense. Mais il y a quelque chose de réconfortant dans sa manière de m'écouter, sans m'interrompre, avec une attention presque inattendue.

— Comment c'était de grandir en tant qu'enfant adopté par des parents homosexuels ? me questionne-t-elle sans l'ombre d'un jugement dans la voix.

— Je n'ai connu que ça, alors je n'en sais trop rien. Je me souviens simplement m'être souvent senti différent quand j'étais petit. Je viens de New Haven, les parents gays n'y étaient pas nombreux, on va dire. Enfin, surtout dans le cercle que je fréquentais. Je voyais ces enfants avec un papa et une maman et je ne comprenais pas pourquoi ce n'était pas pareil pour moi.

Je souris en repensant à la tête de mes pères lorsque je leur ai posé la question. À l'époque, j'étais plutôt timide et réservé.

Mais j'étais aussi extrêmement curieux, je leur posais sans arrêt des questions lorsque quelque chose me travaillait.

— Un soir, en rentrant de l'école, je leur ai demandé pendant le dîner. Je crois qu'ils ne s'attendaient pas à avoir cette conversation aussi tôt. J'avais six ans, peut-être sept. Mon père, Craig, est resté figé, la bouche grande ouverte, complètement pris de court. C'est Brian qui a fini par s'agenouiller devant moi. Il m'a pris les mains et m'a dit : « Chaque mode de vie est différent, Hayden. L'être humain a cette capacité incroyable d'explorer son champ des possibles et de ne pas toujours être en phase avec ce que la société a prévu pour lui. Que tes parents soient des hommes, des femmes, un mélange des deux ou ni l'un ni l'autre, cela ne changera jamais une chose : l'amour inconditionnel qu'ils ont pour toi. Les véritables parents, ce sont ceux qui, dès ton arrivée dans leur vie, ont décidé de t'élever, de t'aimer et de te protéger, quoi qu'il arrive. Peu importe notre sang, notre genre ou notre biologie. Tu es notre enfant, et nous sommes tes parents. Quoi que les autres puissent penser, ça ne changera jamais. » Je crois que c'est la plus belle chose qu'il m'ait jamais dite, avoué-je d'un ton empreint de nostalgie.

Mes pères ne m'ont jamais rien caché. À partir du moment où j'avais des questions, ils tâchaient d'y répondre honnêtement, avec un beau message. Ils m'ont appris que la diversité ne sera jamais quelque chose de mal, bien au contraire. En rassemblant plusieurs cultures, plusieurs univers, le monde n'en est que plus beau et intéressant. Un monde avec trop de similitudes n'aurait pas autant de valeur. La diversité est notre plus grande richesse. À nous d'en prendre soin et de la conserver le plus longtemps possible.

— Ils ont l'air d'être des gens bien, avec une belle mentalité.

— Ce sont les meilleurs parents que je pouvais avoir. Un vrai exemple de l'amour véritable. Tout les opposait, et pourtant, ça ne les a pas empêchés de s'aimer inconditionnellement et de me transmettre cet amour.

Kaylee m'observe en m'adressant un sourire compréhensif. Comme si elle savait exactement de quoi je parlais. Je ne sais rien de ses parents, peut-être qu'elle a grandi dans un environnement aussi aimant que le mien.

— Et ton amour pour le hockey vient duquel ? me demande-t-elle finalement après de longues minutes passées dans le silence.

— Aucun des deux. Je devais avoir sept ans lorsque mon père Craig a voulu m'emmener pour la première fois dans une patinoire. Il aimait beaucoup ça quand il était plus jeune, alors il tenait à ce que j'apprenne. Mais une fois arrivés, on s'est rendu compte qu'il s'était trompé sur les horaires d'ouverture au public. C'était l'heure des entraînements de hockey. Comme il connaissait bien le gardien, on a été autorisés à attendre sur les gradins. J'ai assisté à cet entraînement, j'y ai vu la joie des gamins. Les étoiles dans leurs yeux, cet esprit d'équipe. Il ne m'en a pas fallu plus pour savoir que je voulais pratiquer ce sport.

Je me souviens encore de la tête de mon père lorsque je l'ai supplié de m'inscrire.

« Tu ne sais même pas patiner, Hayden. Comment veux-tu réussir à porter une crosse et à mener un palet jusqu'aux cages ? » m'a-t-il dit sur un ton taquin.

Malheureusement pour lui, mon père Brian m'a transmis son obstination sans limites. Alors, après les avoir bassinés avec ça, j'ai eu le droit de prendre des cours, puis de rejoindre l'équipe.

— J'ai pratiqué de mes huit ans jusqu'à aujourd'hui, et je ne m'en suis jamais lassé. C'est mon défouloir, mon moyen d'extérioriser ce trop-plein d'énergie.

— Tu comptes passer pro, après tes études ?

Je souris en secouant la tête. Ce n'est pas la première à me poser la question. Mon niveau est vraiment excellent, j'aurais toutes mes chances d'être recruté. Le coach Collins me le répète sans arrêt. Mais je ne veux pas en vivre. Le hockey est une passion, et je ne veux jamais que ça se transforme en autre chose. Je veux pouvoir affronter la glace dans mes bons comme dans mes mauvais moments.

— Non, je ne continuerai pas dans cette voie. Mon projet pro, je l'ai depuis très longtemps. Il concerne le milieu juridique, le milieu familial. Je veux devenir avocat en droit de la famille. C'est une cause qui me touche, qui me tient à cœur, et que je souhaite défendre toute ma vie. Je veux qu'un maximum d'enfants aient autant de chance que moi, expliqué-je d'un ton ferme.

— Alors tu n'es vraiment pas ce bon gros cliché du sportif sans cervelle, me taquine ma coloc.

Je hausse les sourcils avant d'éclater de rire. Je sais que Kaylee a passé ces dernières années à me juger comme un petit con qui passe son temps à faire la fête et à baiser. Chose que je fais totalement, il faut bien profiter de sa jeunesse. Cependant, ces activités ne m'empêchent pas d'être un élève assidu et sérieux dans son travail.

— Eh non, *piccola*. En plus d'être beau et bien taillé, je suis carrément intelligent et bon à l'école, blagué-je en lui adressant mon sourire de charmeur qu'elle déteste tant.

Elle laisse échapper un long soupir en levant les yeux au ciel.

Évidemment, ça ne pouvait pas rester si profond et sentimental entre nous.

— N'oublie pas ta capacité à te lancer des fleurs à tout bout de champ, me rappelle-t-elle, exaspérée.

— Comment oublier ma marque de fabrique ?

— Tu m'épuises, Hayden.

Elle a beau me le dire sur un ton qui ressemble à de l'agacement, son petit sourire la trahit.

Je sais que tu commences à apprécier ce côté de moi, piccola. À ton tour de le réaliser, maintenant…

Chapitre 19
Kaylee

Je finis de préparer les cappuccinos tout en observant du coin de l'œil la grosse masse vautrée sur le canapé.

Je me mords la lèvre pour réprimer un rire en entendant ses ronflements bruyants. Hayden Jones est peut-être sexy à longueur de journée, mais il est bien moins gracieux lorsque le sommeil s'empare de lui.

Monsieur a voulu veiller avec moi toute la nuit, m'assurant qu'il n'était pas du tout fatigué. Il m'a fallu un rapide tour aux toilettes pour le retrouver écroulé sur la moitié du canapé.

Il se pourrait que je me sois tapé un énorme fou rire en l'apercevant.

Je ne sais pas pourquoi il tient tant à rester éveillé, ces derniers temps. Il part se coucher, puis autour de deux heures du matin, il se retrouve dans mes pattes. Après, on parle de Hayden Jones, il est né idiot et mourra complètement con, alors ça ne devrait même pas m'étonner. Mais ça ne m'empêche pas d'être intriguée par cet étrange personnage.

Peut-être qu'il profite simplement de moi et de l'effet de la nuit. Jamais nous n'avons autant discuté que lors de nos nuits blanches. Je ne suis pas fatiguée au point de dormir, mais je le suis assez pour redevenir la douce Kaylee que j'ai pu être autrefois. Celle qui s'ouvre, qui s'intéresse, qui essaye.

Il faut dire que Hayden me facilite les choses. Il a de la discussion, il sait garder le silence quand c'est nécessaire et a l'air de comprendre même les choses les plus sombres qui sortent de ma bouche.

Et puis, il est très impliqué dans ma série préférée, ce qui compte pour beaucoup.

Peut-être que je l'ai mal jugé dès le début ? Ou alors au contraire je l'ai très bien jugé, et ça m'a fait peur. Parce que Hayden Jones est une personne à qui on peut s'attacher rapidement.

Il a de l'esprit, il est drôle, soucieux. Sans parler du fait qu'il est canon. J'ai beau détester son arrogance et son narcissisme, il faudrait être aveugle pour ne pas trouver cet énergumène attirant.

Et c'est sans doute ce qui le rend aussi terrifiant.

Parce que, plus il va être gentil avec moi, plus je vais le trouver attirant. Et plus je vais le trouver attirant, plus je vais avoir du mal à ne pas m'attacher.

Si je m'attache et ose m'aventurer vers l'étape suivante, je serai foutue.

Toutes mes promesses : évaporées. Tous mes principes : envolés. Puis ma perpétuelle malchance refera surface.

Pourtant, quand je le regarde et vois ce visage aussi doux, aussi innocent, aussi heureux, je me demande ce que ça ferait de vivre comme ça en continu.

D'être amoureuse de quelqu'un qui vous fait du bien, qui vous admire et vous valorise.

J'ai vécu ça, un jour, j'avais ce bonheur et je pensais qu'il durerait toute une vie.

Malheureusement, cette dernière m'a rappelé que le bonheur n'était toujours que de courte durée.

Alors après avoir tout perdu, cette lumière qui émanait de moi chaque jour a fini par s'éteindre au fur et à mesure pour ne laisser que l'obscurité et les ténèbres me consumer, dégageant tout espoir de ma vie, me plongeant dans un perpétuel pessimisme.

Et si Hayden était ta rédemption ? souffle la voix raisonnable dans ma tête.

Non, il ne le sera pas. Parce que s'il reste trop près de moi, mes démons le briseront. Sur ce point, je n'ai aucun doute.

Dans ce cas, pourquoi es-tu en train de lui faire son petit-déjeuner tout en le contemplant ? demande à nouveau cette petite insolente.

Aucune idée. Mes actions n'ont pas toujours de sens.

Un petit grognement me sort de mes pensées. Je relève les yeux en direction de la belle au bois dormant en train de se réveiller.

Il étire ses grands pieds sur la table basse face à lui, cogne son petit orteil sur un des coins et laisse échapper un cri strident. J'explose de rire face à la scène qui se joue devant moi, attirant enfin son attention. Il a dû croire qu'il était dans son lit et ne s'est pas rendu compte qu'il ne pouvait pas s'étaler comme une crêpe sans casser quelque chose.

Lorsque je l'ai trouvé endormi, j'ai simplement remonté une couverture sur lui et placé un oreiller derrière sa tête pour éviter qu'il attrape froid, ou se torde le cou.

Eh oui, ça m'arrive d'être sympa parfois.

Ses petits yeux fatigués tentent de s'adapter à la lumière du jour, tout en essayant de me percevoir clairement.

— Bien dormi, Aurore ? le taquiné-je.

Il sourit et bâille avec autant de grâce qu'un ogre.

Charmant.

— Quelle heure est-il ? demande sa voix fatiguée.

— Bientôt midi, réponds-je en jetant un coup d'œil furtif à l'horloge.

Il laisse échapper un juron tout en se passant les mains sur le visage.

Il ne doit pas avoir l'habitude de dormir jusque tard, mais pour ma défense, je ne l'ai pas forcé à rester éveillé. Je lui ai même proposé d'arrêter la série pour qu'il aille se coucher, sauf qu'il m'a juré être en pleine forme.

Il fallait être idiote ou aveugle pour ne pas comprendre qu'il mentait.

Alors non, je ne me sens pas coupable.

— Je pensais que ce canapé était confortable. Clairement, je n'avais jamais dormi dessus, râle-t-il en s'étirant grossièrement.

Je pouffe à nouveau. Quand on dit que les gars sont de vraies *drama queens*, on ne ment pas.

Surtout que le canapé est plutôt confortable. Ça se voit qu'il n'a pas dormi sur l'espèce de brique qui se trouve chez Nolan et Clay.

— Petite nature, ricané-je.

Il hausse les sourcils alors qu'un demi-sourire étire ses lèvres.

— Petite quoi ? Tu veux répéter ça d'un peu plus près, *piccola* ? demande-t-il sur un ton de défi.

Oh, il croit m'intimider en bombant le torse. Qu'il est mignon.

— Tu sais, Jones, ce n'est pas parce que tu as deux ou trois petits muscles et quelques centimètres en plus que tu m'impressionnes.

Ses yeux s'écarquillent tellement que ses deux globes sont prêts à tomber. Je souris davantage, mordant ma lèvre pour ne pas éclater de rire. Gardons un visage sérieux pour lui montrer qui est le plus fort.

Il s'approche doucement, un sourire vicieux toujours accroché au visage. Son regard s'assombrit. Si ce n'était pas Hayden et que l'on ne jouait pas, j'aurais crié au loup. Clairement.

Plus il s'avance, plus je recule, jusqu'à ce que le mur m'arrête dans mon élan, accroissant le plaisir de mon coloc. Je peste dans ma barbe, cherchant désespérément une issue, mais Hayden est plus rapide. En quelques enjambées, il me rattrape et se colle davantage à moi, plaquant ses mains de chaque côté de ma tête contre le mur. Cette soudaine proximité me met mal à l'aise. Ce n'est pas la première fois qu'il me fait le coup. Moi qui avais su rester de marbre la première fois, je suis beaucoup moins sereine à la troisième.

La différence, c'est qu'à ce moment-là, je le détestais et n'avais aucun doute à ce sujet. Mais maintenant… depuis quelques jours, j'ai ce mélange de sentiments, cette contradiction avec moi-même qui m'agace fortement.

— Tu sais, *piccola*… Les hommes ont un souci avec le mot « petit », souffle-t-il, sa respiration chaude contre mon oreille, faisant frissonner ma peau.

Je ne réponds rien et me contente de serrer les dents pour garder mon calme, ce qui est presque impossible lorsque mon cœur s'emballe à ce point. Argh, je déteste ces stupides réactions du corps humain, celles qui trahissent tout trop rapidement.

— Pourquoi ? Tu as peur qu'on finisse par diriger l'attaque contre une partie plus au sud ? Celle qui vous angoisse tous ? répliqué-je d'un sourire narquois.

Le sien se fait plus large, alors que nos regards se baissent de concert vers la zone concernée.

— Ne t'en fais pas, je n'ai aucun souci avec cette partie-là. Nombre de filles peuvent le confirmer.

— Prétentieux.

— Réaliste.

Je lève les yeux au ciel. Son corps est tellement proche que je ne peux pas bouger sous peine de me coller complètement à lui.

Je grogne tout en le fusillant du regard.

— Dégage, grommelé-je.

— Je retrouve ma grincheuse préférée. Je me faisais du souci en te voyant si souriante.

Petit con. Le pire, c'est que sa remarque suffit à m'arracher un léger sourire. Il est fort. *Très fort.* Ses yeux ne me lâchent pas, son insolence est visible à des kilomètres et ce jeu lui plaît. Il aime me provoquer, m'arracher des réactions. Et bizarrement, je me surprends à ne pas exécrer cela. Il n'y a rien de malsain, rien de mauvais ou de dangereux… Mis à part pour mes sentiments.

— Ne peux-tu simplement pas me laisser tranquille ? Arrêter d'être sympa, de me chercher, de vouloir jouer. Pourquoi c'est si difficile pour toi de rester loin de moi ? soufflé-je, épuisée de me battre.

Il ne répond rien pendant un instant, se contentant de laisser ses prunelles noisette se noyer dans mes émeraudes. Il m'examine, m'analyse comme s'il cherchait la réponse au plus profond de mon regard.

Éloigne-toi, Hayden. Ne cherche pas trop loin, tu es trop bon pour rencontrer tous les démons qui y logent.

— Si j'avais la certitude que c'est vraiment ce que tu veux, je le ferais sans hésiter. Mais tu sais quoi, Kaylee ? Je commence à te comprendre, à voir au-delà des apparences. Et cette version de toi, celle que tu caches, je meurs d'envie de la connaître.

Il approche son visage du mien, le prend en coupe. Son geste me surprend et me paralyse presque. Il est près, trop près. Ça ne l'arrête pas pour autant.

— Ne la laisse pas sommeiller en toi éternellement. Elle accomplirait d'incroyables choses si elle y croyait rien qu'un tout petit peu, murmure-t-il en posant son front contre le mien.

À quel moment ai-je laissé ça se produire ? Cette proximité ? Cette chaleur en moi lorsque sa peau rencontre la mienne ? Mon cœur qui se serre à l'entente de ses mots. Ma voix qui se tait alors que je n'ai qu'une envie : lui dire d'aller se faire voir et de s'occuper de ses affaires. Et pourtant, rien de tout ça ne se produit. Je me surprends à fermer les yeux, à me laisser envahir par ses paroles, à méditer sur leur sens.

Crois-moi, Hayden. Cette fille était tellement heureuse à une époque. Cette fille avait de grands rêves. Cette fille te ressemblait. Et je ne crois pas que tu l'aurais appréciée. J'en suis même certaine.

— Tu as fait le petit-déjeuner ? remarque mon coloc en s'écartant de moi soudainement.

Je garde le silence un instant, cherche à reprendre mes esprits et à retrouver une contenance.

Hayden en profite pour s'installer à table, humant l'odeur des différents mets qui y sont placés. *Allez, Kaylee, ce n'était qu'un instant d'égarement. Oublie-le, et surtout, ne laisse pas cette remarque te déstabiliser.* Hayden l'a bien remarqué, mais je sais qu'il ne relancera pas le sujet aujourd'hui. Autant poursuivre dans cette dynamique instaurée depuis quelques jours.

— Oui, je m'ennuyais alors j'ai préparé un petit quelque chose de chez moi. Enfin, de chez ma mère, mais l'Italie, bien que je n'y aie jamais vécu, sera toujours comme une seconde maison, réponds-je en lui montrant la montagne de brioches à ma droite.

Il balade son regard sur cette dernière, et ses yeux s'illuminent presque instantanément. Je souris face à tant d'enthousiasme.

— Qu'est-ce que c'est, exactement ? Un croissant ?

Je secoue la tête en riant.

— Pas exactement. C'est effectivement une sorte de croissant, mais bien plus fourni. En Italie, on appelle ça un *cornetto*. On le parsème de sucre glace et le fourre soit de confiture, soit de crème pâtissière. J'ai fait les deux sortes, si tu veux.

— C'est toi qui as fait ça toute seule ? s'exclame-t-il, visiblement stupéfait.

Je souris en hochant la tête. J'ai toujours aimé cuisiner, ma mère m'a appris ses meilleures recettes lorsque j'étais petite. On passait tout notre temps à préparer divers plats, et papa était toujours notre cobaye. Je ravale mes larmes en repensant à ces moments exquis.

— Oui, c'est ma mère qui m'a tout appris. Elle m'en faisait tout le temps lorsque j'étais plus jeune. Généralement, on sert ça avec des cappuccinos. Alors j'en ai également fait.

— Épouse-moi, me dit-il, complètement charmé par tout ce sucre.

Eh bien, on oublie totalement le régime des sportifs, Hayden ? pensé-je en souriant.

— Je préfère encore m'étouffer avec ces *cornetti*, répliqué-je.

Il sourit en posant une main sur sa poitrine.

— Je ne me suis jamais pris autant de râteaux par la même fille en si peu de temps.

— Il y a une première à tout.

Il roule des yeux en pouffant légèrement.

— Tu es un mystère, Kaylee Aurora Parker.

— Eh ! Qui t'a permis d'utiliser mon second prénom ? grogné-je en lui lançant un regard noir.

Il sourit en haussant les épaules, retrouvant son arrogance naturelle.

— Moi-même. Ainsi que ta grand-mère, lorsqu'elle me l'a gentiment révélé.

Je jure dans ma barbe et me promets mentalement de ne plus jamais l'appeler en présence de cet énergumène.

— Je sais, ne me rappelle pas que tu as réussi à entrer dans les bonnes grâces de cette traîtresse.

Mon aveu semble le réjouir à en croire sa mine ravie.

Petit con.

— Sans oublier que ta sœur me trouve « trop beau ». Franchement, Parker, tu es la seule qui résiste à mon charme.

Je me retiens de mentionner qu'il n'a aucun droit d'écouter aux portes et me contente de hausser les épaules.

— Tu t'y feras, Hayden. Tu t'y feras. Maintenant, bois ton café avant qu'il ne refroidisse.

Il rit de ma remarque mais s'exécute sans broncher.

Il y a plus de deux semaines, j'aurais renversé mon café bouillant sur sa tête. Maintenant, me voilà à le regarder sans la moindre trace de colère.

Bordel, qu'est-ce qu'il m'arrive ?

***

Des pas résonnent dans le salon, ce qui me force à lever la tête de mon bouquin.

J'y découvre un Hayden habillé, coiffé, parfumé. Je le dévisage un instant, me demandant où il peut bien aller un dimanche.

Il est vêtu d'un simple survêtement et du sweat de l'équipe de hockey, son nom au dos.

— Un problème ? demande-t-il, me surprenant à le fixer depuis trop longtemps.

— Où vas-tu ?

Il hausse un sourcil, surpris par ma question. Je brise la règle numéro une en lui demandant des comptes.

Mince, quelle idiote.

— Je croyais qu'on n'avait pas de comptes à se rendre, *piccola*, me taquine-t-il dans un demi-sourire, ses yeux pétillant de malice.

Je lève les yeux au ciel et n'ajoute rien. Il a raison, je ne lui dis rien, il en fait de même. De toute façon, il doit forcément aller voir un de ses plans cul. Je replonge mon nez dans mon livre, un peu plus brusquement qu'il ne le faudrait, préférant me concentrer sur les péripéties des *Four Hot Heroes.*

J'attends patiemment que la porte claque, mais deux bonnes minutes passent et toujours rien.

Je m'agite sur le canapé, agacée, puis ose un regard furtif par-dessus mon bouquin. Hayden est toujours là. Au même endroit, les bras croisés, me fixant étrangement.

— Tu ne pars pas ? demandé-je, mon ton plus froid que je ne l'avais prévu.

Il me dévisage un instant. Un silence lourd s'installe.

— Tu veux venir avec moi ? me propose-t-il soudainement.

Je fronce les sourcils, me repliant instinctivement, mes doigts serrant mon livre beaucoup trop fort. Venir avec lui voir une fille ? Il est taré ou quoi ?

— T'as besoin de moi pour quoi ? Un plan à trois ? Non, désolée, pas mon genre.

À son tour de hausser les sourcils. Sa bouche se tord en un sourire amusé, visiblement surpris par ma réplique.

— Tu pensais que j'allais voir une fille ?

Évidement que je pensais ça, c'est de Hayden Jones qu'on parle.

— Quoi, tu vas jouer aux cartes avec les gars de l'équipe ? raillé-je.

Il sourit en secouant la tête.

— Non, mais si tu veux venir avec moi, je te montrerai à quoi j'occupe mes dimanches après-midi.

— Et pourquoi je viendrais avec toi ?

Son sourire se fait plus large, m'indiquant que sa réponse me convaincra.

— Parce que sinon, je partirai et tu n'auras jamais la réponse. Et tu es bien trop curieuse pour laisser passer cette occasion.

Je jure dans ma barbe. Il me connaît un peu trop bien.

Je le fixe un instant. Il a toujours cet air insolent sur le visage, ce qui me donne envie de lui en mettre une. S'il me propose de venir, c'est qu'il ne va pas voir une fille. Ni faire quelque chose de dangereux. Alors je me résigne, puis soupire longuement avant de me lever.

— Allons-y ! grogné-je en passant devant lui.

J'entends son rire dans mon dos et n'arrive pas à réprimer un sourire à mon tour. Ce mec n'est pas croyable, et pourtant, il arrive encore à m'amuser.

Nous rejoignons rapidement la voiture. C'est la deuxième fois que je vais me retrouver à l'intérieur et la première avec mon consentement.

— Tu es sûre de vouloir monter ? Je sais à quel point tu détestes rouler à mes côtés, ironise mon connard de coloc.

Je le fusille du regard en lui adressant mon plus beau majeur. Il s'amuse de ma réaction mais n'ajoute rien et s'empresse de mettre le contact.

Nous arrivons devant la grande patinoire de Boston vingt minutes plus tard.

Hayden n'a pas lâché le moindre indice, mais je commence à croire qu'il vient de me piéger.

Si je suis venue assister à un de ses stupides entraînements, je repars d'ici illico. Je suis bien sympa, mais il ne faut pas abuser non plus.

— Hayden, qu'est-ce qu'on fout là ? grommelé-je.

— Tais-toi et avance.

J'écarquille les yeux, outrée par le ton qu'il vient d'employer, mais je n'ai même pas le temps d'en placer une qu'il attrape ma main et me traîne jusqu'au fond du couloir.

Son contact me brûle presque la peau, je ne crois pas qu'il se rende compte de cette nouvelle proximité qu'il vient d'instaurer. Il a l'habitude de faire ça, d'être aussi tactile. Chose qui me dépasse et que je trouve beaucoup trop intime. Je n'arrive pas à m'y habituer.

Mais pour une fois, je ne dis rien et me contente de le suivre. Lorsque nous arrivons près de la glace, des cris d'enfants parviennent à mes oreilles et se confirment lorsqu'une dizaine de petits bambins accourent en direction de mon coloc. Il lâche alors ma main et les rejoint rapidement pour un câlin collectif. En ce qui me concerne, je reste en retrait afin d'observer le spectacle face à moi.

— Comment allez-vous, les champions ? s'exclame Hayden dans un grand sourire.

Je ne l'ai honnêtement jamais vu si heureux. Je ne sais pas qui sont ces enfants, mais il a l'air de les adorer.

— Super bien, je me suis entraînée et j'arrive enfin à sauter avec mes patins, répond une petite blonde d'un ton jovial.

— Et moi, je suis de plus en plus rapide, poursuit un petit asiatique en bombant le torse.

Hayden éclate de rire face à leur numéro. Je ne peux en réprimer un à mon tour. Son regard capte le mien. Il me fait signe de le rejoindre.

J'hésite un instant puis finis par accepter. Les enfants me remarquent enfin et écarquillent les yeux lorsque je me place face à eux.

Je suis assez gênée mais tente de garder une certaine contenance.

— Je vous ai ramené une invitée, aujourd'hui. Les enfants, je vous présente Kaylee.

— C'est ton amoureuse ? demande soudain une petite brune.

Mes yeux sont de nouveau prêts à sortir de leur orbite. Mais qu'est-ce que les gosses ont tous avec ce mot ?

Hayden éclate de rire en secouant la tête.

— Non, c'est mon amie.

J'arque un sourcil. *Amie, vraiment ?*

Il m'adresse un clin d'œil avant de reporter son regard sur les enfants.

— Tu es trop jolie, Kaylee ! me dit un petit roux aux yeux bleus.

Un large sourire s'étire sur mon visage, charmée par cet être beaucoup trop mignon.

— Oh, merci, petit sucre. C'est quoi ton nom ?

— Cody Henderson, répond-il d'un air fier.

Je souris un peu plus avant de déposer un petit baiser sur sa joue, avec son accord.

— Enchantée de faire ta connaissance, Cody. Toi aussi, tu es très beau.

Il glousse en rougissant. Je surprends le regard de Hayden sur nous. Un regard admiratif et bienveillant.

— Allez, les enfants, tous au fond du terrain. J'arrive dans une minute.

Ils s'exécutent sur-le-champ, patinant à une vitesse impressionnante. Hayden s'approche de moi, toujours ce sourire béat collé au visage.

— Tu entraînes ces gamins ? demandé-je, intriguée.

Il opine.

— Oui. Leur coach est un ami du coach Collins, il m'a proposé de venir les aider tous les dimanches et mercredi après-midi. J'ai un bon niveau, et ça me fait un peu d'argent. Sans parler du fait que je suis fou de ces petits monstres.

— Je vois ça, ils ont l'air de beaucoup t'aimer également.

— Oui, ça va faire plus d'un an que je fais ça. On a créé une sorte de lien, ils sont géniaux.

Je souris sincèrement en baladant mes yeux entre lui et les petits.

Eh ben. Je découvre des aspects de Hayden que je ne connaissais pas, et ça a le don de me plaire. *Peut-être un peu trop.*

Mais aujourd'hui, je n'y pense pas. Je compte juste passer une bonne journée avec les êtres les plus innocents de cette planète. Rien d'autre.

Je ne vais pas faire attention à cette chaleur qui se loge dans mon ventre lorsque Hayden est près de moi. Je ne vais pas penser à mon cœur qui bat lorsqu'il me sourit.

Je vais oublier ces sentiments contradictoires et essayer de passer un bon moment.

Plus facile à dire qu'à faire, Kaylee.

Chapitre 20
Hayden

— Ben, ne te la joue pas perso, vous êtes une équipe, m'écrié-je à l'attention d'un de mes élèves.

Il acquiesce et applique mes conseils en lançant le palet à Jaxon, démarqué et proche de la zone offensive. Je lève mon pouce en l'air pour l'encourager sans cesser d'observer les autres.

J'avais besoin d'argent en plus pour compléter mes fins de mois, avec mes économies. Alors quand le coach Collins m'a parlé de cet emploi, j'ai sauté sur l'occasion. Je n'arrive même pas à vraiment employer le terme « travail » lorsque je suis ici. Je me suis réellement attaché à chacun de ces petits, les aider est loin d'être une corvée. Ils ont tous soif de réussir et d'apprendre, ils sont motivés. J'ai l'impression de me revoir à leur âge.

Je n'ai jamais eu de petit frère ni de sœur avec qui partager cette passion, alors tous ces gamins sont un peu comme ma famille. J'écoute attentivement ce qu'ils me disent. J'essaie de les aider à chaque fois qu'ils rencontrent un problème dans leur jeu, dans leur façon d'agir. Je me renseigne sur leurs craintes afin de les rassurer et de les aider à donner le meilleur d'eux-mêmes, sans les brusquer.

Ils s'entraînent quatre fois par semaine. Le lundi et le vendredi, c'est avec le coach Bell. Le mercredi et le dimanche, il me laisse le champ libre pour en faire de vrais champions.

J'ai remarqué qu'être avec moi les rassurait. Byron Bell est super avec eux, ils s'adorent mutuellement, mais ils ont cette facilité de conversation avec moi – principalement due à mon jeune âge – qu'ils n'auront jamais avec lui.

Ils me considèrent comme leur grand frère et ont tendance à être plus ouverts en ma présence. Chose que j'apprécie et qui me touche particulièrement. Alors, même si je ne gagne pas grand-chose, je n'échangerais ces moments de bonheur pour rien au monde.

— Tu as vraiment l'air dans ton élément. Ça me surprend que tu ne continues pas dans cette voie, murmure Kaylee à ma droite.

Je quitte la glace des yeux quelques secondes pour les plonger dans ceux de ma coloc. On s'observe un instant avant que mes lèvres ne s'étirent intensément.

J'ai toujours du mal à croire que Kaylee m'ait suivi jusqu'ici. J'ai d'abord été surpris qu'elle me fasse le petit-déjeuner, qu'elle partage avec moi une part d'elle et de ses souvenirs. Je n'arrivais déjà pas à croire qu'elle puisse sincèrement s'intéresser à ma vie, la veille… Alors la voir si gentille et souriante de bon matin, j'avoue avoir flippé.

Durant ces deux dernières semaines, elle ne m'a habitué qu'à des regards noirs, des insultes ainsi qu'un puissant mépris.

Et je ne sais pas comment ni pourquoi les choses se sont soudainement transformées. J'ai réussi à entrevoir une femme qui cachait une immense peine, qui avait beaucoup de choses à raconter.

Elle a continué de me surprendre en me demandant où j'allais. Elle ne l'avait jamais fait avant. Pourtant, je suis loin d'être casanier. Alors, quand j'ai entraperçu un réel intérêt de sa part, j'en ai profité pleinement. J'avais envie de l'intégrer à ma vie.

Ma mission « sauver Kaylee » devait continuer, donc quoi de mieux que de la faire participer à mon quotidien pour ça ?

Et puis les enfants sont si mignons que sa froideur naturelle ne pouvait pas ressortir en leur présence. Je n'ai pas eu tort. Bien qu'elle ait eu du mal à les aborder, elle s'est laissé aller lorsqu'ils sont venus la solliciter.

Les trois quarts des gosses sont totalement tombés sous son charme. Je n'ai pas cessé d'entendre des « Kaylee est vraiment trop belle », « quand je serai plus grand, je veux épouser Kaylee ». Même la rouquine a fini par se prendre au jeu en faisant mine d'être agréablement surprise par ces charmantes propositions.

Je dois avouer avoir entendu quelques-unes de ses conversations avec sa sœur et j'ai pu voir à quel point leur relation était forte, à quel point Kaylee est naturellement douée avec les enfants. Ils ont cette innocence et cette pureté qu'elle avait, elle aussi, autrefois.

Je m'étais juré de ne plus jamais rien ressentir pour une femme, celles que j'ai connues m'ont clairement fait comprendre que je ne méritais pas qu'on se batte pour moi, mais depuis que Kaylee est entrée dans ma tête, je ne vois plus très clair.

Et je crois que ça me fait aussi peur qu'à elle.

— Je te l'ai déjà dit, j'ai une cause qui me tient à cœur et je veux me battre pour y parvenir. Le hockey, j'en ferai toute ma vie alors je ne m'inquiète pas, réponds-je en haussant les épaules.

— Tu as sans doute raison. Dans tous les cas, ton futur te passionnera, et c'est le plus important.

J'acquiesce sans faire disparaître le rictus de mes lèvres. Elle a beau clamer me détester, elle m'a quand même bien cerné. Toutes les personnes que j'ai fréquentées depuis mon arrivée à l'université n'ont jamais cherché à savoir ce que je voulais faire de ma vie. La plupart des gens que je connais – ou qui me connaissent – pensent que je continuerai dans le hockey, mais moi, je veux quelque chose de plus stable. Un métier qui donne enfin un sens à ma vie.

J'estime avoir été très chanceux lorsque mes parents m'ont recueilli et aimerais transmettre cette chance.

Je ne me confie jamais là-dessus, à personne. Je n'aime pas trop exposer mes états d'âme. Par peur de déranger, d'ennuyer ou d'être trop transparent.

— Très bien ça, Elia ! m'écrié-je lorsque la brunette intercepte le palet pour le lancer à Gavin, qui est démarqué.

Elle m'adresse un petit sourire timide avant de se concentrer à nouveau sur le jeu.

— Ils sont vraiment doués ! remarque Kaylee. Étaient-ils déjà comme ça quand tu les as rencontrés ?

Je secoue la tête vivement.

— Absolument pas. Certains avaient évidemment ce don naturel et une facilité dans le jeu, comme Arthur ou Neil. Pour les autres, il a fallu que leur coach et moi instaurions de vraies méthodes afin qu'ils assimilent les points importants du jeu. Avec de l'entraînement, ça a fini par rentrer.

Elle ne me coupe pas, et quand je replonge mon regard dans le sien, je m'aperçois qu'elle m'observe avec sérieux et attention. J'ai remarqué qu'elle le faisait souvent, comme si elle était en perpétuelle réflexion sur chaque phrase prononcée.

Ce sont sans doute les qualités requises pour quelqu'un qui souhaite se tourner vers la psychologie. Je ne lui ai jamais demandé quels étaient ses projets d'avenir, mais je suis pratiquement sûr qu'elle n'y a pas totalement réfléchi.

C'est une bonne élève, impliquée dans ce domaine, pourtant on dirait qu'elle tente de l'apprivoiser quotidiennement et de le comprendre au détail près. Je la vois travailler à la maison et ressens ce truc, comme si tout ce qu'elle faisait était un besoin.

Le besoin d'obtenir des réponses a des choses qu'elle n'a jamais pu appréhender.

J'aimerais vraiment pouvoir infiltrer ses pensées et comprendre enfin ce qui se cache derrière ce mur de glace.

— Avec de l'entraînement et un bon *entraîneur*, souligne-t-elle après cet instant de silence. Tu es peut-être prétentieux dans tout ce que tu entreprends, mais je dois avouer qu'en ce qui concerne le hockey, tu as toutes les raisons de l'être.

— C'est un compliment que je décèle derrière cet aveu, *piccola* ? dis-je alors qu'un sourire en coin étire mes lèvres.

Elle grogne en me lançant son plus habituel regard noir. Il ne me faut pas plus de cinq secondes pour retrouver Kaylee la grincheuse, et c'est toujours hilarant lorsque ça arrive.

Cette fille est incroyable, et bien qu'on ne se connaisse pas depuis très longtemps, j'ai du mal à imaginer la suite sans elle. Sans la pousser à bout – d'une manière toujours amicale, évidemment – et en rire ensuite. D'ailleurs, maintenant qu'elle commence à s'en amuser aussi, c'est d'autant plus cool.

— Tu viens de gagner une demi-heure de traitement silencieux. Et je ne te dirai plus jamais rien de sympa, déclare-t-elle fermement.

Je tente de masquer mon sourire pour me faire pardonner, mais face à ce visage faussement sérieux, c'est impossible. Alors, comme à mon habitude, j'éclate de rire, lui arrachant un léger rictus au passage.

Ça, c'est récent, mais pas déplaisant pour autant.

* * *

— Qui aurait cru qu'un après-midi avec des gosses pouvait être aussi crevant ? soupire Kaylee en s'affalant sur le canapé.

Je ris en hochant vivement la tête. Mes petits monstres sont peut-être adorables, mais ce sont aussi de vraies piles électriques. Et à notre grand âge, ce n'est pas toujours facile de tenir le rythme. Pour une fois, je n'étais pas le seul à me faire embêter : ma coloc était la cible préférée de tous ces gamins. Surtout ceux fous d'elle.

— « Hé Kaylee, regarde comme je suis trop rapide ! Mieux que Hayden, hein ? », imité-je Dylan, déclenchant l'hilarité de la rouquine.

Je la rejoins en repensant à toutes ces petites phrases que les petits ont passé l'après-midi à crier.

Point positif : je n'ai jamais vu ma coloc rire autant. Elle est vraiment naturelle avec les enfants. Si on m'avait dit dès le départ qu'ils étaient les seuls à pouvoir vraiment la faire rire, j'en aurais volé un sans hésiter.

En toute franchise, moi non plus je ne m'étais pas autant amusé depuis des années. J'ai fait des milliers de soirées avec mes amis, mais aucune ne valait la joie ressentie cet après-midi.

— Attends, j'ai mieux : « Kaylee, je te trouve très jolie, mais tu es arrivée après nous, alors il y a une longue file d'attente pour être l'amoureuse de Hayden », poursuit Kaylee en imitant à la perfection Allison.

Je repars dans un grand fou rire. Bien que ma coloc ait fait l'unanimité parmi certains, d'autres étaient décidés à marquer leur territoire. Heureusement, Kaylee ne s'est pas gênée pour me descendre en disant que je n'étais pas un bon parti et qu'elles méritaient toutes mieux.

— Tu n'étais d'ailleurs pas obligée de dire du mal de ma personne uniquement dans le but de me garder pour toi, *piccola*. Tu sais que mon cœur t'est entièrement dévoué, plaisanté-je en accompagnant ma blague d'un clin d'œil.

Elle roule des yeux en grimaçant.

— Oh, quelle chance j'ai ! raille-t-elle. Je leur dirai ça, la prochaine fois. Je les rendrai encore plus vertes de jalousie qu'elles ne le sont déjà.

— C'est ça, moque…

— Oh, tu sais quoi ? Je vais même aller le crier sur le campus. Avertir tout ton fan club que plus personne n'a aucune chance ! poursuit-elle sur le même ton.

C'est à mon tour de lever les yeux au ciel tout en murmurant un juron. Cette fille est épuisante, mais si elle savait comme elle se rapproche de la vérité.

Je ne dirais pas que je ressens un truc pour elle. Enfin… Peut-être…

Je n'en sais rien. La seule chose dont je suis sûr, c'est qu'aucune des filles que j'ai rencontrées depuis le début de mes études ne lui arrive à la cheville. Elle est chiante, lunatique, mais ça faisait bien longtemps que quelqu'un ne m'avait pas autant chamboulé.

Et la dernière m'a brisé…

— T'as fini ? demandé-je en tentant de paraître sérieux.

Même si le demi-sourire de ma coloc est plutôt compliqué à ignorer.

— Oh non, j'aurais encore tellement de choses à dire, Jones.

— Ah ouais ? Comme quoi ? la défié-je en me rapprochant d'elle.

Elle tressaille en reculant automatiquement. C'est ce qu'elle fait toujours lorsque je me rapproche d'elle. Soit je lui fais un effet incroyable, soit elle n'a vraiment pas l'habitude de la proximité masculine. Je comprends qu'avec son mauvais caractère, elle repousse les mecs, mais elle est si jolie et si drôle lorsqu'on la connaît. Je doute qu'elle n'ait jamais eu de copain.

En tout cas, mon contact la fait souvent réagir, et il est possible que j'apprécie cela. Peut-être un peu trop. Cette fille avec tant de répondant, complètement déstabilisée par un corps et un visage un peu trop proches du sien, j'adore.

Un nouveau sourire se dessine sur mes lèvres tandis qu'une de mes mains approche de son visage. Son corps tremble un peu plus lorsque mes doigts effleurent ses cheveux. Ce n'est pas la première fois que je fais ça, et je n'ai aucune idée de pourquoi je le fais à chaque fois.

Nos prunelles se rencontrent, nos souffles se mélangent, et à nouveau je perds le nord. Mes yeux descendent sur ses lèvres avec une envie soudaine d'y goûter. Le besoin de connaître leur saveur me hante comme un dingue depuis plusieurs jours.

Me repousserait-elle, si j'essayais ? Sûrement.

En un regard, je le comprends. Elle me supplie de ne rien faire.

Elle aussi a peur de ce qu'un simple baiser pourrait engendrer sur toutes ces barrières que l'on a érigées.

Peur de ne pas pouvoir nous arrêter et d'enfin ressentir ce qu'on s'interdît.

Parce que c'est ce qui m'effraie le plus. Je joue peut-être au goujat, mais la vérité c'est que je me protège tous les jours.

Alors, à nouveau, je me contrôle et replace simplement une mèche derrière son oreille. Puis recule à une distance raisonnable.

Je l'entends soupirer longuement, probablement de soulagement, alors que mon corps n'est que frustration.

— Je… Je dois me préparer, bafouille-t-elle avant de me fausser compagnie.

À mon tour de souffler en m'affalant complètement sur le canapé.

Je crois que je préférais finalement nos disputes.

Ce rapprochement soudain, c'est dangereux. Trop dangereux. Et ça va très mal finir, je le sens.

* * *

Une heure plus tard, Kaylee réapparaît dans le salon. Elle a troqué son survêtement pour un jean slim noir accompagné d'un haut à manches longues bleu nuit. J'ai remarqué qu'elle ne mettait jamais de tee-shirts, de hauts plutôt courts ni de jupes. Elle reste sexy tout en se couvrant à chaque fois. Seul le décolleté de sa poitrine sort un peu de l'ordinaire. Ce qui est sûr, c'est que ça la change de ses vêtements amples.

Cette femme est un putain de canon.

— J'y vais. Je ne termine pas trop tard, ce soir. Mais tu seras probablement endormi. Alors à demain.

Si tu savais que je ne pourrai jamais dormir en te sachant dehors seule, *piccola.*

— Laisse-moi t'emmener, t'y seras plus rapidement. En plus, la nuit commence à…

— Non, je peux y aller seule, répond-elle fermement, comme s'il n'y avait pas de discussion à avoir.

Elle a remis son masque de fille froide qui refuse tout, sans prendre le temps d'écouter.

Eh ben, ça n'a pas duré très longtemps. Sauf que si elle pense que je vais la laisser avoir le dernier mot, elle se trompe.

— Nolan t'emmène et te ramène ? demandé-je en connaissant très bien la réponse.

Nolan et Clay se font une soirée en amoureux, ce soir. Nous le savons tous les deux.

— Non, mais j'ai des pieds. Pour ce qui est du retour, une collègue me ramènera, comme d'habitude.

Je lâche un rire amer face à son mensonge. Si une collègue la ramenait tous les soirs, je serais le premier au courant étant donné que c'est moi qui la suis à la trace afin de m'assurer qu'elle rentre saine et sauve.

— T'en as d'autres des mensonges comme ça ? craché-je.

Elle hausse les sourcils, surprise par mon ton soudainement trop accusateur. Je sais que je ressemble à un petit copain protecteur, mais je n'y peux rien.

Elle vit avec moi, elle est proche de moi. De mes meilleurs amis. Elle compte forcément. C'est logique, non ?

— Je te demande pardon ? réplique-t-elle en fronçant les sourcils.

— Tu rentres tous les soirs seule, tu crois que je suis né de la dernière pluie ? Tu penses sérieusement que je ne vérifierais pas que tu dis la vérité sur ce genre de sujet ? C'est moi qui te suis tous les soirs pour m'assurer que rien ne t'arrive. Même quand je ne sors pas.

Elle paraît encore plus surprise qu'elle ne l'était déjà. Bon, ce n'était pas quelque chose que j'avais prévu de lui avouer. On sait comment sa fierté mal placée peut la faire réagir et ce n'est pas toujours très beau à voir.

C'est d'ailleurs ce qui est en train de se passer, car ses yeux s'assombrissent, laissant la colère s'installer.

— Mais pour qui tu te prends, Hayden, bordel ?! Arrête de vouloir toujours contrôler les autres autour de toi, arrête de t'inquiéter, arrête de te soucier de moi, merde ! Je n'ai pas eu besoin de toi durant mes vingt et une années d'existence, ce n'est pas maintenant que ça va commencer ! hurle-t-elle en me fusillant du regard.

C'est à mon tour d'écarquiller les yeux, surpris par ses accusations encore une fois mal placées. Je n'ai jamais voulu contrôler ce qu'elle fait. Je suis simplement trop soucieux, oui, c'est vrai. Mais bordel, ne comprend-elle pas que tout ce que je fais, c'est dans son intérêt ? Elle me fait passer pour le salaud de service. Il faut quoi pour gagner son intérêt ? S'en foutre, l'ignorer, la dédaigner ?

— C'est toi qui ne comprends rien, putain. Tu es inconsciente, tu vis dans un monde où tout est beau et rose…

— Ne parle pas de ce que tu ne sais pas, me coupe-t-elle.

— Ah non ? Tu ne sais pas que la nuit est propice à tous types d'agressions ? Surtout dans une grande ville telle que Boston ? Merde, Kaylee, le monde n'est pas rempli de gens aux beaux sourires et aux intentions pures. Tu es une femme, et bien que ça me détruise, tu seras toujours perçue comme une cible facile à atteindre pour les pauvres mecs de ce monde. Je ne dis pas que tu es faible et que tu ne sais pas te défendre, crois-moi, je suis plutôt enclin à penser le contraire, mais tu ne sais pas sur quel type de malade tu peux tomber, s'il sera armé ou non, plus balaise que toi ou non. Il faut que tu te rentres dans la tête que l'aide des autres n'est pas toujours un fardeau !

Cette phrase est aussi valable pour moi. J'ai du mal à accepter l'aide d'autrui par peur de déranger. Ce problème me colle à la peau depuis que je suis petit, et il est parfois dur de s'en détacher. Cependant, quand il s'agit de ma sécurité, je ne réfléchis pas deux fois avant de l'accepter.

C'est ce que je veux faire comprendre à cette tête de mule. Oui, elle est forte. Oui, elle est indépendante. Oui, elle ne se laisse pas faire. Et ce sont des qualités que j'admire en dehors de ce contexte. Ma proposition n'a aucune arrière-pensée. Je ne lui demande même pas de m'apprécier, de me remercier ni d'être souriante. Je veux simplement qu'elle se laisse faire et qu'elle rentre à la maison tous les soirs, entière.

Est-ce si dur à comprendre ?

— Crois-moi, Hayden, je suis plutôt bien placée pour comprendre les dangers de ce monde. Mais ce n'est pas toi qui vas tout régler. J'ai dû apprendre à ne compter que sur moi, ces dernières années. Il n'y a pas de raison que ça change. Alors, fous-moi la paix et va sauver quelqu'un d'autre, réplique-t-elle froidement.

Putain mais trouvez-moi plus borné que cette femme ! On a réellement une conversation de sourds, c'est en train de me faire péter un câble.

Où est passée la fille amusante qui riait à mes côtés depuis quelques jours ?

— Tu me fais chier, Kaylee, sérieusement. Tu n'es qu'une inconsciente, une grosse tête de mule et une putain de fille à papa. Celle qui pense qu'elle peut faire tout ce qu'elle veut sans conséquences.

Son regard furieux se transforme en quelque chose de bien plus sombre. Les larmes lui montent presque instantanément, chose que je n'ai encore jamais vue chez elle. Elle a toujours été froide, impassible, en colère, heureuse, fatiguée ou encore malicieuse. C'est la première fois qu'elle exprime une si grande tristesse.

Qu'est-ce que j'ai pu dire pour la mettre dans un tel état ?

Les larmes dévalent ses joues, ses mains et bras se mettent à trembler. Elle ressemble à une bombe à retardement prête à exploser.

— Kaylee…

— Une inconsciente, je le suis. Une tête de mule, tu n'as pas idée. Mais une fille à papa… Oh oui, je donnerais tout pour être une fille à papa. Ça signifierait que j'en ai encore un, espèce d'enfoiré ! fulmine-t-elle alors que ses larmes poursuivent leur chute incessante.

Je recule d'un pas, complètement sonné par ce dernier aveu.

« Ça signifierait que j'en ai encore un. »

Son père est mort ? Putain de merde, quel con sans tact je peux être. Je n'en savais rien et je suis plutôt bien placé pour savoir que le sujet des parents est toujours sensible. On ne les mentionne pas tant qu'on ne sait rien d'eux.

Je n'ai jamais vu ma coloc perdre autant pied. Je ne l'ai jamais vue aussi furieuse ni emplie de tristesse.

Je ne connais pas exactement cette douleur, mais je sais que si je venais à perdre un de mes pères, mon monde ne serait définitivement plus le même.

— Kaylee, je…

— Quoi ? Tu ne l'avais pas deviné ? Ça ne t'a pas semblé étrange que je ne téléphone qu'à ma grand-mère ? Que ma petite sœur vive avec elle ? Tu ne t'es pas dit une seule fois que je ne parlais jamais de mes parents pour une bonne raison ?

Je ne réponds rien. Non, ça ne m'était jamais venu à l'esprit. Comment quelque chose d'aussi horrible pourrait me sembler normal et évident ?

Attendez, elle a dit parents ? Veut-elle dire que les deux…

— Je pensais simplement que tes parents étaient des gens occupés. Que leur travail leur prenait beaucoup de temps.

— Au point de ne pas s'occuper eux-mêmes de leurs filles ? Non, mes parents n'agissaient jamais ainsi. Rien n'était plus important que notre famille. Rien, Hayden. Alors la prochaine fois que tu souhaites me faire des reproches, abstiens-toi de parler de mes proches, crache-t-elle en m'adressant son regard le plus noir.

— Kaylee…

— Non, la ferme. Je t'en prie, fous-moi la paix.

Elle repousse la main que je lui tends et s'enfuit hors de la maison, me laissant planté au milieu du salon, silencieux et toujours aussi confus.

Putain, j'ai sacrément merdé.

Chapitre 21
Kaylee

3 ans plus tôt

— Je ne suis toujours pas très sûr pour cette soirée, ma puce. Vous êtes certains de ne pas vouloir rester tranquillement à la maison ? me demande mon père lorsque je les rejoins dans le jardin.

— Papa, on en a déjà parlé. C'est notre dernier feu de camp pour fêter la fin du lycée. C'est important que j'y aille. Et puis Marco sera là.

Il hoche la tête, toujours aussi sceptique. Nous sommes fin mai, cela signifie que les seniors du lycée Roosevelt ont enfin reçu leur diplôme. L'année a semblé à la fois interminable et incroyablement rapide. Honnêtement, c'est de loin la meilleure que j'ai jamais vécue. Et tout ça, je le dois principalement à l'homme qui partage ma vie depuis maintenant sept mois.

Marco est le petit ami idéal. Il n'a cessé de me le prouver, ces derniers mois. Je n'ai pas eu le moindre doute lorsque je lui ai donné ma virginité. Il a tellement pris soin de moi… Jamais personne ne l'avait fait de cette façon.

Après ce cap important, j'ai jugé nécessaire d'en parler à mes parents.

Je n'étais pas à l'aise avec l'idée de garder ça secret, surtout que la famille Parker ne se cache rien. Ce qui m'a cependant surprise, c'est que ma mère s'en doutait déjà. Apparemment, le fait qu'on traîne toujours ensemble dans mon atelier n'a pas échappé à son attention, surtout que je ne laisse presque personne y entrer. Et puis elle a bien vu les regards qu'on se lançait durant les dîners, eux non plus n'avaient rien d'innocents.

Mon père, quant à lui, n'avait rien remarqué, ce qui nous a bien fait rire, maman et moi. Il a été hyper surpris, et son côté papa protecteur a immédiatement refait surface. Il a invité Marco un après-midi afin d'avoir une « longue conversation » avec lui. Il l'a mis en garde et, dans un élan de tendresse paternelle, l'a gentiment menacé de lui ôter la vie s'il venait à m'arriver quoi que ce soit à cause de lui.

Il n'a cependant pas mal pris la nouvelle. Je pense que le fait qu'il connaisse bien Marco a beaucoup joué. Mes parents ont tous les deux appris à lui faire confiance et à le traiter comme un fils, l'ont pris sous leur aile depuis leur rencontre et savent pertinemment qu'ils peuvent lui accorder une confiance aveugle.

Même si maintenant que mon père est au courant, nous n'avons plus le droit de nous enfermer, Marco et moi, ni dans mon repaire ni dans ma chambre quand mon père est ici. On doit trouver de meilleures tactiques pour se peloter, comme le faire entrer en douce en plein milieu de la nuit.

— Tu vas lui dire ce soir, pour Boston ? me questionne ma mère d'une voix douce.

Je grimace à cette mention puis hoche la tête.

Évidemment, tout ne pouvait pas continuer à être aussi idyllique. Il y a quelques jours, j'ai reçu mes admissions et j'ai dû faire un choix. J'avais candidaté pour plusieurs universités : Yale, Princeton, Harvard, Boston et Seattle, celle où Marco se trouve.

On en avait discuté. Il m'avait confié me vouloir à ses côtés, l'année prochaine. Il a peur que la distance ne nous fasse plus de mal qu'autre chose. J'avoue être également effrayée. Cependant,

Boston a toujours été mon rêve. J'affectionne cette ville depuis que je suis toute petite et, lorsque j'ai participé aux visites, j'ai eu un coup de cœur pour son université.

Leur programme en marketing est excellent, y faire mes études me semblait une évidence.

Le problème, c'est que je n'en ai pas encore parlé avec Marco, et j'ai peur de sa réaction. Je ne sais pas s'il va m'en vouloir, ni s'il sera prêt à tenter cette relation à distance. De mon côté, je suis convaincue que ça peut marcher. Je sais que je ne pourrai jamais aimer quelqu'un d'autre que lui, qu'il peut avoir une confiance totale en moi. Mais je doute qu'il en aille de même en ce qui le concerne. Il m'aime, oui, mais parfois, j'ai l'impression que mes sentiments sont plus forts. Ou du moins, que je les montre plus intensément. Honnêtement, je ne me vois pas arrêter cette relation. Il me fait un bien fou, et je suis presque sûre qu'avec des sentiments aussi forts, on peut tout surmonter.

Le pensera-t-il également ?

— Je n'ai pas trop le choix, mais…

— Tu as peur ? devine-t-elle.

J'opine du chef en baissant les yeux. Elle attrape alors ma main et m'attire contre elle. Ses étreintes chaleureuses me font toujours un bien fou. Elle sait que c'est la solution pour m'apaiser et n'est jamais avare de câlins.

J'ai parfois l'impression qu'être loin de Marco sera la chose la plus difficile à vivre. Mais lorsque je suis près de ma mère, je sais de source sûre que jamais il ne me manquera plus que ma famille. On a toujours été très unis, ce départ va tout chambouler. Cependant, savoir qu'ils me soutiennent et seront toujours fiers de moi me conforte dans cette idée.

— Tout va bien se passer, *cara mia*[1]. S'il t'aime réellement, il comprendra et te soutiendra. Quand l'amour est vraiment fort, rien ne peut le briser, pas même la distance. Sinon, ton père et moi aurions déjà divorcé depuis longtemps.

Ils lâchent tous les deux un petit rire, m'entraînant avec eux par la même occasion. Je ne sais pas si l'amour que Marco et moi partageons arrivera un jour au niveau de celui de mes parents. Pour moi, il a toujours été impossible de voir deux personnes s'aimer plus fort que ces deux-là. Ils sont la réelle définition d'âmes sœurs à mes yeux.

Mais j'aime à croire qu'un jour, moi aussi, je vivrai quelque chose qui leur ressemble. Et ce quelque chose, je ne demande qu'à l'avoir avec Marco.

La sonnerie retentit, signe qu'il est arrivé. Je tente de masquer mes larmes naissantes, mais c'est plutôt compliqué. Mon père le remarque et m'arrête d'un geste de la main.

— Je m'en charge. Retrouve calmement ton sourire puis rejoins-nous sur le perron lorsque tu te sens prête, murmure-t-il avant de déposer un doux baiser sur ma tempe.

Je le remercie d'un sourire avant qu'il ne disparaisse.

Ma mère se redresse et disparaît à son tour pour revenir quelques secondes plus tard avec une trousse de maquillage.

Elle sort un petit coton démaquillant et commence à le passer doucement sur mes yeux.

— Tout va bien se passer, Kaylee. S'il t'aime, il voudra ton bonheur en priorité. Les âmes sœurs trouvent toujours leur chemin l'une vers l'autre. Toujours.

— Et si on ne l'était pas ? Des âmes sœurs, je veux dire.

1. *Ma chérie.*

Elle me regarde toujours avec cette tendresse infinie tout en prenant soin de me repoudrer correctement.

— Alors ce ne sera pas la fin du monde. Tu es si jeune, tu as tellement de choses à voir et à apprendre. L'amour viendra quand tu t'y attendras le moins. Ça ne doit jamais être ta plus grande priorité, simplement un plus qui t'apportera le reste du bonheur que tu auras déjà en t'aimant toi-même.

Elle caresse ma joue délicatement en esquissant un sourire.

— Tu sais ce que j'aime le plus chez toi, *cara mia* ? Ta joie de vivre et ton si beau sourire. Quoi qu'il arrive, tu vois toujours le côté positif des choses et tu continues de croire fort en ce monde. Promets-moi de ne jamais perdre cette qualité. Ne laisse personne t'arracher ce précieux cadeau. Ni ta famille, ni tes amis et surtout pas un homme. J'ai déjà fait cette erreur, il y a longtemps, et je n'ai jamais eu aussi tort de ma vie. Heureusement que ton père me l'a rappelé afin que je sois assez forte pour te le transmettre. Tu vas grandir, tu vas commettre des erreurs, mais ne cesse jamais de croire en toi ni en tes qualités. Continue de sourire, de rire, d'être la personne la plus joviale que je connaisse.

Je m'imprègne de chacun de ses mots et ravale de nouvelles larmes qui menacent de ruiner le travail de ma mère.

J'aime ma mère plus que je n'aime la vie, elle trouve toujours les mots justes pour me ramener sur le droit chemin. Elle m'encourage, me motive… C'est la personne la plus gentille et la plus soucieuse que je connaisse. Je suis vraiment admirative de la femme qu'elle est. Elle est tout ce que je veux devenir dans la vie. Et je suis tellement reconnaissante d'être sa fille.

Alors au lieu de m'effondrer, je me montre digne de ses mots et la serre fort dans mes bras.

— *Ti voglio bene, mamma*[1].

— *Anch'io ti voglio bene, cara mia*[2].

Nous nous éloignons après quelques secondes. Ma mère en profite pour me donner un certain nombre de consignes avant de me souhaiter une bonne soirée.

Je lui adresse un dernier sourire puis rejoins les hommes de ma vie devant la maison.

Lorsque j'ouvre la porte, mon père et Marco sont en pleine discussion. Ils s'arrêtent au moment où ils m'aperçoivent. Les lèvres de mon copain s'étirent en un sourire ravi que je lui rends. Il est vêtu d'un simple jean et d'un polo rose. Quant à moi, j'ai opté pour un short noir et un débardeur blanc. C'est une soirée au bord de la plage, inutile d'en faire des tonnes.

— Voilà la plus belle ! s'exclame Marco en m'attirant près de lui.

Il dépose un chaste baiser sur ma joue, étant donné que mon père est ici.

Ce dernier m'observe longuement, toujours aussi sceptique. Il n'aime pas trop me savoir dehors le soir. Il m'autorise à me rendre aux quelques soirées que les lycéens organisent mais est plutôt à cheval sur le couvre-feu. Il ne me contrôle pas, ne m'interdit rien, mais me fait part de ses doutes. Alors à moi de me montrer responsable et de prendre les bonnes décisions.

Mais ce soir, je veux profiter de ma dernière soirée en tant que lycéenne, m'amuser avant de rejoindre les bancs de l'université et de commencer ma nouvelle vie.

— Tout va bien se passer, papa. Je ne rentrerai pas tard, tenté-je de le rassurer.

---

1. *Je t'aime, maman.*
2. *Je t'aime aussi, ma chérie.*

Il me sonde un instant avant de hocher la tête. La confiance est la clé chez les Parker, mon père respecte plutôt bien cette règle.

— Je te fais confiance, trésor. Fais attention à toi. Marco, je te confie ma princesse, tu as intérêt à me la ramener entière, le prévient mon père d'un ton autoritaire.

Mon copain acquiesce sans broncher.

— Allez, amusez-vous bien. Appelez-moi s'il y a un souci. On se voit quand tu rentres, je t'aime.

Il m'attire contre lui, m'offre une longue étreinte puis dépose délicatement ses lèvres sur ma joue.

— Je t'aime, lui dis-je avant de lui adresser un signe de main et de rejoindre Marco dans la voiture.

Celui-ci met le contact et démarre sous le regard insistant de mon père. Wyatt Parker est un amour, mais lorsqu'il s'agit de ses deux princesses, il pourrait tuer.

* * *

— Ça te dit qu'on aille marcher ? Il y a quelque chose dont j'aimerais qu'on parle, dis-je à Marco.

Il accepte et attrape ma main pour nous guider hors de la foule.

Voilà deux heures que nous sommes ici et je n'ai toujours pas trouvé le courage de lui parler de Boston. Je ne sais vraiment pas ce que cette conversation va donner, s'il va vouloir tout arrêter ou non. Alors je me suis laissé du temps afin de profiter pleinement de sa présence.

Sauf que mon couvre-feu approche à grands pas, il faut donc que je me lance.

Au fond de moi, j'espère sincèrement qu'il sera d'accord avec mon choix et voudra bien tenter une relation à distance. Cela voudrait dire qu'il croit assez en nous. J'ai besoin de savoir qu'on est sur la même longueur d'onde.

— Qu'est-ce qui trotte dans cette jolie petite tête ? demande-t-il en esquissant un grand sourire.

— J'ai reçu ma dernière lettre d'admission, cette semaine. Comme tu le sais, j'ai postulé un peu partout et une grande majorité des universités m'ont acceptée.

— C'est super, ça ! Vu ton dossier en béton, ça ne m'étonne même pas.

J'opine en souriant. Pour l'instant, ça se passe bien.

— Ça veut dire que j'ai le choix, lui rappelé-je.

J'essaye de l'orienter du mieux possible afin qu'il comprenne où je veux en venir, mais je n'ai pas l'impression que ça fonctionne car il est toujours aussi ravi. Il doit sûrement penser que mon choix se dirigera vers Seattle.

— Je sais, *amore mio*. Ça veut dire que tu peux choisir Seattle.

C'était à prévoir. Je perds mon sourire et affiche une grimace plutôt significative. Il semble enfin comprendre que quelque chose ne va pas car il perd le sien au même moment. Ses sourcils se froncent, montrant sa totale incompréhension face à la situation.

— Tu sais que je t'aime, Marco. J'aime notre vie ici, t'avoir près de moi chaque jour. J'aime aussi cette ville de tout mon cœur, j'y ai toujours vécu et m'y sentirai toujours chez moi.

— Pourquoi je sens qu'il y a un « mais » ?

J'affiche une moue coupable en hochant la tête.

— Mais j'ai eu un coup de cœur pour l'université de Boston, et c'est là-bas que je souhaite faire mes études, avoué-je alors que son visage se décompose.

Il lâche ma main comme si mes mots venaient de le brûler puis recule de quelques pas.

Voilà, le moment que je redoutais est enfin arrivé. Il est en colère. Il est vrai qu'on avait parlé quelquefois de l'université de Seattle. Je lui avais assuré que je la mettrais dans mes choix. Mais je n'ai jamais certifié vouloir y aller. Je ne veux pas que ma décision se base sur ma famille, mes amis ou mon copain. Je veux étudier où je me sens le mieux, où je sais que je pourrai être heureuse et accomplir tous mes objectifs.

Et cette destination, c'est Boston. À quatre mille kilomètres de Seattle. De mes parents. De Grace. De Marco.

— Tu te fous de moi, Kaylee… Boston ? C'est à l'autre bout du pays, putain !

J'ai déjà vu Marco s'énerver, mais ça ne m'était jamais adressé. C'est assez déstabilisant. Sa respiration devient plus forte, ses yeux bien plus sombres.

— J'en suis consciente, mais je pensais que…

— Tu pensais que quoi ? Qu'on allait se taper quatre ans de putain de relation à distance ? Tu te rends compte à quel point ça va me rendre fou ?

— On s'appellera tous les jours et on se verra pendant les vacances, tenté-je pour dédramatiser la situation.

Mais ça ne marche absolument pas. Son regard se fait plus dur tandis qu'un rire amer sort de sa bouche, le rendant bien plus intimidant.

— On s'appellera… Ce n'est pas d'une putain de correspondante dont j'ai besoin mais de ma copine. *Cazzo*[1], Kaylee, les relations à distance, c'est voué à l'échec !

1. *Merde.*

Ses yeux sont emplis de fureur, de dégoût. L'homme doux et souriant que j'ai connu est loin derrière. Et le pire, c'est que je ne peux même pas lui en vouloir. Je n'ai pas été claire dès le début sur mes choix d'avenir, principalement parce que j'étais perdue moi-même, mais dois-je vraiment renoncer à quelque chose qui me rendrait heureuse juste pour conserver un autre bonheur ?

Impossible. Si je restais et que Marco m'empêchait de poursuivre ce que je désire vraiment, je nourrirais une trop forte rancœur à son égard. Et ça, ça nous détruirait, plus que la distance.

Seulement, à l'heure actuelle, il n'est pas disposé à m'écouter, et je sens que cette soirée ne se finira pas comme nous l'avions prévu.

— Mes parents ont réussi, lui rappelé-je sans hausser la voix.

Il arque un sourcil comme pour me dire « t'es sérieusement en train de ramener tes parents sur le tapis ? ». Mais c'est la vérité, mes parents ont tenu près d'un an loin de l'autre. Et c'était carrément un continent qui les séparait. Alors oui, avec de la volonté, ça fonctionne.

— C'est vrai que tes parents ont tenu des années loin de l'autre. Oh non, j'oubliais, au bout d'un an, ta mère n'en pouvait plus et a tout plaqué pour venir s'installer aux États-Unis. Prends un meilleur exemple, la prochaine fois ! beugle-t-il.

Cette fois ça suffit. Qu'il soit en colère, c'est une chose. Mais qu'il me parle comme si j'étais une pauvre merde, ça non. Je ne suis peut-être pas très impressionnante, mais mon père m'a appris à me battre pour mes idéaux et à ne pas me laisser faire lorsque quelqu'un s'en prend verbalement ou physiquement à moi.

— Maintenant stop, Marco. Arrête de me hurler dessus, arrête de me traiter comme une pauvre cloche. Arrête ! Je comprends que cette nouvelle te chamboule, mais ce n'est pas une raison pour me manquer de respect, hurlé-je à mon tour, bien décidée à lui tenir tête.

Il me sonde un instant, son regard me fusille tellement que je suis surprise de tenir encore debout. L'amour constant que je lisais sur son visage a complètement disparu. C'est un Marco froid et fermé qui se trouve devant moi. Un homme que je ne reconnais pas.

— Non, tu ne comprends pas. Tu ne comprends rien. Je… Je ne peux même pas te regarder, je me casse, crache-t-il avant de tourner les talons.

Il commence à s'en aller sans se retourner, me laissant comme une moins que rien, seule sur cette plage, la bouche grande ouverte et les larmes dévalant mes joues.

— Tu ne peux pas partir, Marco. On doit discuter, je t'en prie ! Ramène-moi, on parlera sur le chemin.

— Il n'y a rien à dire, Kaylee. Si je reste là, je risque de faire des choses que je regretterai probablement. Alors fous-moi la paix !

Cette fois-ci, je ne réponds rien. Je le regarde disparaître totalement de mon champ de vision, impuissante.

Putain, ce n'était pas du tout ce que j'avais prévu. Et maintenant, j'ai bien peur de l'avoir perdu à jamais.

Après dix bonnes minutes à verser toutes les larmes accumulées, je dégaine mon téléphone pour composer le numéro d'une des seules personnes qui ne m'abandonnera jamais.

— Kaylee, un souci ? demande mon père, mort d'inquiétude.

— Papa… J'ai besoin de toi…

Je sais que je n'ai pas besoin d'en dire plus afin qu'il comprenne. Sa réponse me le confirme.

— Bouge pas, ma princesse. J'arrive tout de suite.

***

Voilà plus d'une heure et demie que je tourne en rond sur ce foutu parking. Mon père aurait dû arriver depuis une heure. Ça ne lui ressemble pas de me faire faux bond, surtout sans prévenir.

Peut-être qu'il y a des bouchons ? résonne la voix dans ma tête.

À presque minuit ? Non, sûrement pas. Et puis, même s'il y avait un souci sur la route, il m'aurait appelée dans la seconde. Non, c'est forcément autre chose, et ça me rend morte d'inquiétude.

J'ai tenté de l'appeler des dizaines de fois. Je suis tombée sur sa messagerie à chacune d'entre elles. J'ai également essayé de joindre ma mère, en vain.

Putain, mais que se passe-t-il, enfin ? Où sont mes parents ? Pourquoi ai-je accepté d'aller à cette foutue soirée ? Me voilà maintenant seule, fatiguée et morte de froid.

Super, Kaylee, tu réfléchiras à deux fois avant de sortir, la prochaine fois. Ou avant de choisir d'annoncer une terrible nouvelle à ton copain, qui est également ton chauffeur.

Putain de Marco. Énervé ou pas, il aurait pu avoir la décence de me ramener. Mon père va le tuer s'il l'attrape, ça, j'en suis sûre. Mais pour le tuer, encore faudrait-il qu'il arrive. Et le temps commence à se faire long.

Je tente une nouvelle fois de l'appeler, avec un infime espoir d'entendre sa voix à l'autre bout du fil. Mais non, toujours cette foutue messagerie.

Oddio, quelle soirée de merde ! Ma mère m'a toujours dit que l'honnêteté était primordiale, que ça payait toujours.

Conneries.

L'honnêteté m'a menée ici, dans un parking presque désert à côté de la plage de Seattle. Seule, apeurée, frigorifiée et désespérée.

Au diable la franchise ! La prochaine fois, j'attendrai d'être sur le point d'agir pour annoncer quelque chose.

Je m'assois sur un rocher et souffle longuement avant de me prendre la tête dans les mains.

Du calme, Kaylee. Ton père va arriver, ce n'est qu'un retard. Ne dramatise pas tout.

Bip, bip, bip.

Mon téléphone sonne enfin. Je ne prends même pas le temps de regarder de qui provient l'appel, il ne peut s'agir que de mes parents.

— Papa, enfin ! Tu es où ? m'exclamé-je en bondissant du rocher.

— Kaylee, murmure la voix de mon interlocuteur.

Ça, ce n'est pas mon père.

— Grand-mère ? Que se passe-t-il ? Pourquoi m'appelles-tu à cette heure ?

Ma grand-mère est très rarement réveillée à cette heure-ci, alors la panique me gagne presque instantanément.

— Ma chérie, où es-tu ?

Sa voix est faible, comme si elle était malade ou avait pleuré. Lui est-il arrivé quelque chose ? C'est pour ça que mon père ne répond pas ? Parce que ma grand-mère avait besoin d'aide ? Non, ça n'a pas de sens, encore une fois, il m'aurait prévenue.

— Sur le parking près de Alki Beach. J'attends papa. Il est censé venir me chercher, il semble avoir du retard.

Un lourd silence s'installe, amplifiant mon inquiétude. Lindsay Parker est une pipelette. Quand on s'appelle ou qu'on se voit, j'ai rarement l'occasion d'en placer une, alors ce silence soudain ne me dit rien qui vaille.

— D'accord, ne bouge pas, je suis là dans dix minutes.

Je n'ai pas le temps de répliquer que la conversation se coupe.

Putain, c'est quoi ce bordel ? Pourquoi ma grand-mère vient-elle me chercher ? Qu'est-il arrivé à mon père ?

Comme promis, la voiture de ma grand-mère se gare sur le parking dix minutes plus tard. Ses phares m'aveuglent. Alors que je contourne le véhicule pour arriver à hauteur de la portière conductrice, ma grand-mère s'empresse de l'ouvrir afin de me prendre dans ses bras.

— Ma chérie, tu n'as rien, Dieu merci ! s'écrie-t-elle en me serrant beaucoup trop fort.

Son corps tremble sous le mien.

« Tu n'as rien. »

Pourquoi m'a-t-elle dit ça ? Pensait-elle qu'attendre ici seule pouvait être dangereux ? Je ne comprends plus rien. J'en ai marre d'être dans le flou, j'ai besoin de réponses.

— Que se passe-t-il, grand-mère ? Où est papa ? Lui est-il arrivé quelque chose ? Ou à maman ? Est-ce que Marco a appelé ? demandé-je, complètement paniquée.

Lorsque nos prunelles se rencontrent, je remarque une immense tristesse dans celles de ma grand-mère. Ses yeux sont rouges, comme si elle avait pleuré ou fumé quelque chose d'illégal. Et connaissant le personnage, il n'y a que la première option qui fait sens.

— Kaylee, tu ferais mieux de t'asseoir.

Oh non, cette phrase n'est prononcée qu'à titre de mauvaises nouvelles. Non, non. Pas de mauvaises nouvelles, pas ce soir.

— Ton père m'a appelée il y a plus d'une heure pour que Grace dorme à la maison. Il m'a dit que tu avais besoin qu'il vienne te chercher parce que ton copain t'avait probablement lâchée. Alors j'ai accepté. Il a déposé ta sœur, et ta mère et lui ont repris la route, m'explique-t-elle.

— Mais… S'ils ont pris la route, pourquoi ne sont-ils pas là ? Je ne comprends absolument rien, grand-mère.

Elle attrape mon bras, m'invitant à m'asseoir sur le banc derrière moi. Je jette un coup d'œil à la voiture où Grace dort paisiblement. Quelque chose ne tourne définitivement pas rond, et j'imagine déjà le pire.

— Il y a eu un accident, mon trésor, lâche-t-elle sans prendre de pincettes.

Mon cœur rate un battement à l'entente de ces quelques mots.

Accident ?

Est-ce que mes parents l'ont causé ? Ou bien sont-ils hospitalisés ?

Mais à en juger les larmes soudaines de ma grand-mère, je devine que c'est plus grave que ça.

— Grand-mère, non, je t'en prie… tout mais pas ça.

— Le choc a été trop brutal. Les ambulanciers sont arrivés trop tard. Je suis désolée, ton père et ta mère nous ont quittées.

Cette dernière phrase suffit à m'achever. Je ne vois plus rien, n'entends plus rien. Mon corps tremble, mes larmes dévalent mes joues et il ne m'en faut pas plus pour m'écrouler définitivement.

Les ténèbres me capturent et m'aspirent, ne laissant aucun contrôle à mon corps. Plus rien n'a de sens parce que les mots que je redoutais le plus viennent d'être prononcés.

Chapitre 22
Kaylee

La brise nocturne frappe mon visage lorsque je sors du *Gracy*. La soirée a été plutôt mouvementée, c'est souvent le cas les week-ends, mais j'ai fini par m'y habituer.

Je dois avouer qu'au cours des dernières heures, je ne me suis pas vraiment sentie moi-même. Penser à mes parents reste toujours une épreuve, leur perte m'a brisée d'une manière indescriptible.

Alors, quand Hayden a évoqué mon père, l'homme qui signifiait tout pour moi, j'ai perdu pied. Ils me manquent chaque jour. Chaque pensée qui les concerne me ramène inévitablement à ce jour fatidique, celui où ma vie a basculé dans le pire des cauchemars.

Je n'éprouve pas de véritable colère envers mon coloc. Si je suis honnête, je dois admettre qu'il ne pouvait pas savoir. Le silence que j'ai cultivé autour de mon passé en est en grande partie responsable.

Hayden n'est pas méchant, il n'a pas de mauvaises intentions. On a d'ailleurs passé un après-midi mémorable. Ça faisait très longtemps que je n'avais pas été aussi détendue et que je n'avais pas ri ainsi. L'innocence des enfants aura toujours une saveur particulière pour moi.

Par ailleurs, si je dois encore rester sur cette base de confidences, apprendre que Hayden s'assure que je rentre saine et sauve tous les soirs m'a quand même fait plaisir. Je ne l'ai pas montré, peut-être que j'aurais dû. En tout cas, ça a un côté rassurant. Je ne suis pas du genre à être facilement effrayée. J'ai traversé des épreuves qui m'ont brisée mais qui m'ont aussi forgé une sacrée force mentale, une qualité qui m'est souvent bien utile face aux lourds du bar. Pourtant, savoir qu'il veille sur moi depuis le début – même quand j'étais imbuvable – provoque en moi un sentiment étrange, difficile à décrire.

Je ne comprends pas pourquoi il s'acharne autant à attirer mon attention et ma sympathie. Peut-être voit-il un potentiel que j'ai balayé depuis bien longtemps ? Ou peut-être perçoit-il simplement un objet cassé qu'il rêve de réparer. Si c'est le cas, il peut toujours essayer. Je doute sincèrement que cela mène à quoi que ce soit.

Tous les efforts du monde sont insuffisants pour réparer ce qui est brisé, il restera toujours des fissures. Des marques indélébiles, témoins silencieux de la douleur que l'on a traversée.

Hayden est gentil, mais je ne serai jamais assez pure pour lui convenir.

J'ai beaucoup pleuré à l'aller. Ça ne m'était pas arrivé depuis des années. Je pensais sincèrement ne plus avoir de larmes en stock, que je les avais épuisées à de trop nombreuses reprises. Et pourtant, la simple mention de mon père a suffi pour un déclenchement immédiat.

Hayden ne m'a pas suivie. Je sais qu'il a tenté de me joindre. Malheureusement pour lui, les téléphones sont interdits durant le service. De toute façon, je ne lui aurais probablement pas répondu. J'étais en colère durant la majeure partie de la soirée. Puis, j'ai eu un peu de temps pour réfléchir et, encore une fois, j'ai réalisé que c'est après moi que j'en avais. Après ma façon de ne rien contrôler. Après cette froideur extrême que je ne me soupçonnais même pas avoir, quatre ans plus tôt.

Il faut croire que la vie est bien plus destructrice qu'elle n'en a l'air.

— Kaylee… murmure une voix derrière moi.

Je me tourne dans un sursaut, les poings en avant, prête à frapper mon assaillant. Mais lorsque l'imposante silhouette de mon coloc se dresse devant moi, je relâche tout.

Je suis toujours sur la défensive, surtout à une heure pareille. On ne sait jamais ce qui peut se passer, comme Hayden me l'a si bien fait remarquer. Mais, ne lui en déplaise, je sais me défendre, et ça a le don de me rassurer un minimum.

Je me permets de souffler le temps qu'il s'approche. Il porte un simple survêtement noir et un sweat de la même couleur. Il a rabattu la capuche sur sa tête, son habituel sourire insolent remplacé par une mine dévastée, signe que notre altercation du début de soirée lui trotte encore dans la tête.

Il n'est pas le seul.

— Qu'est-ce que tu fous là ? demandé-je d'un ton neutre.

Il m'observe un instant en silence. Je déteste son regard et l'intensité qu'il dégage à chaque fois. Je ne suis pas facilement déstabilisée, mais il y a quelque chose dans les prunelles de Hayden qui fait toute la différence.

Et c'est vraiment agaçant.

— Je te l'ai dit tout à l'heure, je ne te laisserai jamais rentrer seule, répond-il très sérieusement.

Nouveau hoquet de surprise, nouvelle chaleur dans mon bas-ventre. Nouvelle envie de l'étriper, lui et sa légendaire gentillesse.

— … J'ai repensé à notre conversation toute la soirée, encore et encore, et franchement, je me sens comme une merde. Je n'aurais jamais dû te dire ça. Parler de tes parents, surtout maintenant que je sais ce qu'il en est d'eux, ce n'était pas correct. Pardonne-moi, Kaylee.

Kaylee…

Il m'appelle par mon prénom uniquement lorsqu'il cherche à être sérieux ou honnête.

Ses yeux sont suppliants, je serais une vraie garce si je l'envoyais balader. Je l'ai déjà assez été ces dernières semaines alors qu'il ne m'avait jamais rien fait.

Je ne suis pas du genre à culpabiliser. J'ai toujours dit que si les personnes se sentaient rejetées à cause de mon attitude, c'était leur problème. Je ne leur ai jamais demandé de s'attacher ni de chercher à me connaître. Je le pense toujours.

Mais le voir là, plein de remords, comme s'il m'avait fait du mal intentionnellement, ça ne me plaît pas.

Je l'ai longtemps jugé à tort, ça ne peut pas continuer.

Avec le temps, j'ai réussi à faire la différence entre les gentils et les méchants.

Hayden a beaucoup de défauts mais ne sera jamais mauvais. Son cœur est trop bon pour ça. *Trop bon pour moi.*

— Tu ne pouvais pas savoir, finis-je par lâcher.

Une lueur de surprise traverse ses yeux au moment où ces derniers rencontrent les miens.

Il devait sûrement s'attendre à ce que je sois la même peau de vache que d'habitude. Mais après une journée épuisante et une soirée désastreuse, me battre est la dernière chose dont j'ai envie. Tout ce que je veux, c'est rentrer chez moi et me réfugier sous mes draps.

— Ramène-nous à la maison, s'il te plaît.

Je le vois pousser un long soupir de soulagement alors qu'un faible sourire prend forme sur ses lèvres. Il me fait ensuite signe de monter, et je m'exécute sans broncher. Nous arrivons à l'appartement cinq bonnes minutes plus tard. Le point positif avec les trajets de nuit, c'est que la circulation est inexistante. Aucun de nous n'a parlé dans la voiture, mais j'ai naturellement senti son regard sur moi à plusieurs reprises.

Je me déchausse rapidement et fonce dans ma chambre. Je ne sais pas si Hayden va réclamer une conversation. Le connaissant, c'est fort probable. Honnêtement, je n'ai aucune envie d'en parler. Si j'ai gardé mon passé secret jusqu'à aujourd'hui, c'était pour une raison bien précise : oublier. Oublier mes parents, oublier Marco, oublier cette année.

En parler ne me fera aucun bien. Ça ne me soulagera pas et n'effacera certainement pas ce qui s'est passé. Ça ne ramènera pas mes parents, n'effacera pas la douleur de ma grand-mère, ni le chagrin de Grace. Ça ne changera rien.

Et pourtant, une infime partie de moi espère le contraire. La Kaylee du lycée qui avait confiance en ce monde, cette fille se bat tous les jours contre la femme que je suis devenue. Cet être pessimiste, froid, repoussant.

Cette fille aimerait tellement que Hayden soit la personne qui apportera à mon cœur l'apaisement qu'il recherche depuis des années.

Une fois dans ma chambre, je me change rapidement avant de m'effondrer sur mon lit. Ça va faire deux jours que je n'ai pas dormi. Généralement, je dors quatre fois par semaine, très souvent en journée. Le reste du temps, ma bonne volonté suffit à me garder éveillée. Même si sur le long terme, mon corps déteste mon mode de vie.

Depuis quelques années, dormir m'est devenu insupportable. Ce n'est pas un caprice de plus, simplement une souffrance incommensurable. C'est au moment où tu es le plus vulnérable que les démons ressurgissent pour te tourmenter.

Je ferme les yeux en expirant longuement. Cette journée m'a épuisée, et je suis bien consciente que le sommeil va gagner la partie ce soir. J'espère simplement que Hayden sera endormi quand ce sera le cas. Je ne veux pas qu'il me voie dans cet état. Jamais.

Mes yeux sont ensuite attirés par les clichés sur ma table de chevet. Je me redresse et attrape celui de mes parents, Grace et moi. Les larmes me montent instantanément aux yeux, bien que j'essaye de résister.

Ma famille était ma plus grande force, à une époque. Aujourd'hui, c'est ma principale faiblesse. Une des seules choses qui me ferait flancher.

Je passe un doigt délicat sur le beau sourire de ma mère, celui dont Grace et moi avons hérité. Celui que je n'esquisse presque plus.

« Continue de sourire, de rire et d'être la personne la plus joviale que je connaisse. »

J'entends encore ma mère prononcer ces quelques mots. Une promesse que je n'ai pas été capable de respecter. Parfois, je me demande si elle serait déçue de moi, de la fille que je suis devenue.

Mais je chasse cette pensée très vite, car l'idée que ça puisse être vrai me rend malade.

— Ils te manquent ? entends-je soudainement.

Je sursaute lorsque la voix de Hayden résonne dans la pièce. Mes yeux capturent les siens : il est appuyé contre le chambranle de la porte et m'observe toujours avec ce regard de pitié que je déteste. Voilà pourquoi je ne dis rien aux autres. Lorsqu'ils savent, soit ils prennent peur, soit ils passent leur temps à me regarder d'un air désolé.

Je ne veux pas de leur pitié, ça ne m'apportera rien de plus.

Pourtant, lorsque je plonge un peu plus dans ses yeux noisette, ce n'est pas exactement de la pitié que j'y décèle. Ce genre de regards, je les ai bien connus, il y a quelques années. *Ils me hantent encore.*

Non, ce que je vois chez Hayden, c'est une colère contre lui-même. Ou contre le monde, allez savoir. Il pense sans doute à ce qu'il ressentirait s'il perdait ses parents, lui aussi. Il se demande aussi sûrement si c'est la raison pour laquelle je suis devenue une vraie connasse avec tout le monde.

Une des raisons. La deuxième, il n'a pas besoin de la connaître. *Jamais.*

— Tous les jours, réponds-je, la gorge serrée.

Il déglutit en baissant les yeux.

Eh oui, Hayden, tu me prenais pour un monstre sans cœur, tu ne savais pas qu'une fille effondrée pouvait se cacher en moi, au plus profond de mon âme.

Ses prunelles me fixent à nouveau, me posant cette fois-ci une question. Celle de pouvoir ou non s'approcher. Alors, d'un simple mouvement de tête, je le lui accorde. Étrangement, sa compagnie n'est pas quelque chose qui me repousse, ce soir. J'en ai presque envie.

Il ne se fait pas prier et s'empresse de prendre place à mes côtés, gardant tout de même une distance raisonnable.

Je l'observe un instant avant de replonger sur le cliché entre mes mains.

Grace était toute petite sur cette photo. Elle devait avoir trois ans si je ne me trompe pas. Mais elle ressemblait déjà tant à notre mère. Les filles Parker se ressemblaient toutes : les mêmes cheveux, les mêmes taches de rousseur, les mêmes traits. Seules les prunelles vertes de mon père marquaient la différence. Ce vert émeraude si profond.

Celui qui me permet de ne jamais oublier son visage.

— Vous aviez l'air heureux, remarque Hayden.

Je lui lance un regard furtif avant d'esquisser un faible sourire.

— C'est un euphémisme. On rayonnait. J'ai eu la chance d'avoir des parents qui s'aimaient et qui aimaient leurs enfants de manière bienveillante, inconditionnelle. Ils ont toujours tout donné pour que Grace et moi soyons heureuses. Et ça a été le cas pendant très longtemps.

Bien que les larmes menacent de couler à n'importe quel moment, je ne peux m'empêcher de sourire sincèrement. Parce que penser aux bons moments avec ma famille ne peut pas me rendre totalement triste.

— Quel âge aviez-vous lorsque…

— Grace en avait six, j'allais sur mes dix-huit. Ça s'est passé le jour de ma remise de diplôme. Plutôt mémorable, non ? dis-je en laissant échapper un rire nerveux.

La journée qui aurait dû rester gravée dans ma mémoire s'est transformée en un véritable cauchemar. Par ma faute.

J'entends encore les pleurs de ma grand-mère, les condoléances des médecins, les questions de Grace.

Si je pouvais effacer cette soirée de ma mémoire, je le ferais. Je garderais même tout ce que j'ai subi après ce jour afin de pouvoir faire disparaître les larmes de ma sœur.

« Où sont papa et maman, Kaylee ? Je veux les bras de maman. »

Ses cris incessants me hantent toujours. Même si Grace va mieux, je ne peux rien oublier. Surtout pas ce que je lui ai fait subir au moment où elle avait le plus besoin de moi.

J'emporterai mes regrets avec moi.

— Je suis désolé, Kaylee.

« Désolé »... Ce mot qu'on sort en toute circonstance alors qu'il n'a pas lieu d'être. Combien de fois j'ai entendu ça, après l'accident ? Trop pour pouvoir les compter.

— Tu n'as pas à l'être. Tu n'es pas le chauffard qui leur est rentré dedans et qui les a laissés pour morts.

Ses yeux s'écarquillent, et sa respiration se coupe brusquement après mon aveu. Je ne prévoyais pas de lui révéler les circonstances de leur décès, mais tant qu'on y est, autant lui donner des détails qu'il ne cherchera pas ainsi à découvrir plus tard.

— On n'a jamais retrouvé le coupable, mais la police a bien constaté que cet accident n'était pas dû à la voiture de mes parents. Cette dernière était en parfait état, il n'y avait aucun obstacle. Le choc constaté correspondait à une collision entre deux véhicules. Mon père est mort de ses blessures, ma mère aurait fait un arrêt cardiaque.

Je ne peux contrôler une première larme, puis une deuxième... Je repense aux paroles des médecins, à la façon dont ma mère a souffert durant ses derniers instants. Sa respiration se faisait plus lente, ses poumons se comprimaient comme si elle étouffait. Son cœur a fini par lâcher.

Putain...

Je revois son beau sourire, notre dernier échange, son dernier « je t'aime ». Voilà où l'a menée son amour pour moi. Voilà où mène l'amour : tout droit à ta perte.

— Tout est ma faute, Hayden. Tout, lâché-je avant de m'effondrer.

Hayden me rattrape pour me ramener contre lui alors que je déverse le torrent de larmes qui m'habite. Cette conversation me replonge trois ans en arrière. Même si je me suis fait la promesse de ne plus jamais pleurer, d'être forte en toute circonstance, il m'est impossible de repenser au corps sans vie de mes parents en restant de marbre.

Alors ce soir, je me permets de redevenir cette adolescente confrontée à la perte beaucoup trop tôt. Je me permets d'être faible face à quelqu'un. Je laisse Hayden me réconforter, me montrer qu'être seule n'est pas toujours la solution.

Rien que pour un soir, je me permets d'être humaine.

— Je n'aurais jamais dû me rendre à cette soirée. Je n'aurais jamais dû appeler mes parents. Tout est ma faute.

Impossible de m'arrêter, la douleur me consume tout comme elle l'a fait ce soir-là. Si j'avais été patiente, si j'avais écouté mon père qui me conseillait de rester à la maison, si j'avais attendu un jour de plus pour parler avec Marco… Ils seraient toujours en vie. Ma grand-mère aurait toujours un fils, Grace aurait toujours des parents… Et Hayden aurait connu la fille pleine de vie que j'étais.

— Ne dis pas ça, Kaylee. Ce n'est pas quelque chose que tu pouvais prévoir. Tu n'étais qu'une ado, murmure-t-il en me serrant plus fort.

Mais rien de ce qu'il peut me dire ne changera quoi que ce soit, bon nombre de personnes ont essayé avant lui. Qu'il le veuille ou non, je suis responsable autant que l'enfoiré qui les a tués.

* * *

Hayden

Je me retourne pour la énième fois dans mon lit. Depuis ma conversation avec Kaylee, impossible de dormir.

Je repense à ses larmes, à ses gémissements et ses accusations dirigées contre elle-même. C'est la première fois que je ressens vraiment sa douleur, la voir dans cet état a brisé mon putain de cœur.

Elle pleurait, tremblait. Elle était vulnérable. Plus qu'elle ne l'avait jamais été. Et j'ai vraiment pris conscience de ce combat intérieur qu'elle mène au quotidien.

Elle ne m'a pas tout dit, je ne sais pas ce qui a suivi la mort de ses parents, comment son deuil s'est passé, mais je sais qu'elle cache encore beaucoup de choses. Des choses qui l'ont détruite encore plus qu'elle ne l'était déjà.

Il m'a fallu deux semaines, un peu plus de deux putains de semaines pour m'attacher à cette fille. Et c'est en train de me bouffer. Elle mérite tellement d'être heureuse… mais rien de ce que je pourrai faire ou dire ne changera celle qu'elle est devenue. Si elle n'y croit pas, ça ne marchera pas.

« Tout est ma faute. »

Ses parents venaient peut-être la chercher, mais elle n'a jamais anticipé un tel drame. Comment aurait-elle pu ?

C'est la faute du connard sans cœur qui s'est barré alors que deux humains mouraient à petit feu sur le bas-côté de la route.

J'aimerais la serrer dans mes bras toute ma vie et la protéger de cette perpétuelle souffrance. J'aimerais pouvoir rencontrer l'adolescente forcée de grandir beaucoup trop vite, lui dire que tout ira bien et que je ne l'abandonnerai pas.

Parce que, qu'elle le veuille ou non, je ne l'abandonnerai jamais. Peu importe ses rejets ou ses objections. Je ne la laisserai pas tomber. Elle mérite mieux, elle mérite de redevenir celle qui s'est perdue ce soir-là.

— Non ! Non !

Des cris lointains me sortent de ma transe. La voix de Kaylee.

Je bondis de mon lit sans réfléchir et fonce dans sa chambre.

Lorsque je pénètre dans la pièce, la petite veilleuse qui éclaire légèrement le lit de ma coloc m'aide à y voir clair. Kaylee hurle en se débattant avec sa couverture.

— Je t'en prie, ne me laisse pas seule ! Je t'en prie, reviens ! Noooon !

Elle est en plein cauchemar.

Je me précipite auprès d'elle afin de la serrer contre moi pour tenter de l'apaiser. Elle continue de se débattre dans mon étreinte, me rouant de coups. Heureusement, j'arrive à les intercepter, même si je dois reconnaître qu'elle a une sacrée force.

— Calme-toi, Kaylee, je suis là, calme-toi.

— Pourquoi fais-tu ça ? Pourquoi me fais-tu mal à ce point ? Qu'est-ce que je t'ai fait, merde ? continue-t-elle de s'égosiller.

Je ne comprends rien de ce qu'elle raconte, mais je sais qu'elle n'est pas elle-même. Qu'elle est encore endormie et qu'il va falloir que je la réveille pour la calmer.

— Kaylee, c'est moi, c'est Hayden. Est-ce que tu m'entends ? C'est Hayden !

Je répète mon nom jusqu'à ce qu'elle s'arrête. Lorsque ses yeux plongent à nouveau dans les miens, elle sursaute légèrement. Son corps tremble toujours.

— Hayden…

Je pousse un soupir de soulagement en constatant qu'elle est enfin réveillée. Elle me dévisage un instant avant d'avoir un brusque mouvement de recul.

— Qu'est-ce que tu fais ? demande-t-elle, paniquée.

— N'aie pas peur, Kaylee. Tu as fait un mauvais rêve mais tu vas bien. Tout va bien.

Elle secoue la tête en gigotant. Je ne sais pas si elle est totalement consciente, elle a l'air réellement apeurée.

De quoi pouvait-elle bien rêver ?

Je lui tends ma main pour la rassurer. D'abord hésitante, elle finit par l'accepter, et je réussis de nouveau à l'attirer contre moi. Puis, je me faufile lentement sous les draps et rabats les couvertures sur nos deux corps. Kaylee est toujours recroquevillée entre mes bras, laissant ses larmes couler.

Je la serre un peu plus fort, caresse doucement son bras pour tenter de la réconforter.

— N'aie plus peur, *piccola.* Je suis là.

— Je t'en prie, Hayden, ne les laisse plus me faire du mal, reste auprès de moi.

Je ne sais pas de quoi elle parle, ni de qui, mais sa voix brisée suffit à m'alarmer.

— Je ne t'abandonne pas. *Je ne t'abandonnerai jamais.*

Chapitre 23
Hayden

— Ce soir, on se bourre la gueule comme il se doit ! s'écrie Jamie en sortant de la douche.

— Toi aussi, cap ! Cette victoire, c'est la tienne, ajoute Jake.

Un large sourire étire mes lèvres. Ce soir, c'est samedi, jour de match. On vient de pulvériser Pittsburgh. Et devinez qui a marqué le dernier but ? Oui, je sais, je suis génial. Pas besoin de me le rappeler.

Certains diront que je suis prétentieux – quand je dis certains, je visualise surtout une rouquine à la langue bien pendue – mais moi je parlerais plutôt de confiance en soi et de conscience de sa propre valeur. Je suis né sur des patins et mourrai probablement de la même manière.

Je me suis longtemps entraîné pour pouvoir exceller au fil des années. Mes efforts continuent tout bonnement de porter leurs fruits.

Cependant, je sais garder une certaine humilité. Cette victoire, ce n'est pas la mienne, c'est la nôtre.

Nous sommes bien partis pour les *Frozen Four*[1] et je ne m'arrêterai qu'une fois la réelle victoire en poche.

— Grâce à *nous*, les mecs. Ne l'oubliez jamais, insisté-je.

Ils m'observent un instant avant d'acquiescer tout en poussant des hurlements.

1. Finale des championnats universitaires de hockey sur glace aux États-Unis.

Je ris et rejoins leur enthousiasme. J'ai la chance d'être entouré de mecs solidaires, qui ont le sens de l'équipe. Quand on gagne, c'est tous ensemble, et quand on perd, c'est la même chose.

Quoi qu'il arrive, on se soutient et ne lâche jamais.

— Je passe te chercher ou tu prends le volant, ce soir ? me demande Kyle en enfilant son boxer.

Je relève la tête en la secouant.

— Je pensais prendre le volant et dormir sur place, si je consommais un peu trop. À voir en fonction de mon *mood.* Dans tous les cas, je prends ma caisse.

— Tu comptes proposer à Kaylee de se joindre à nous ? Elle bosse, ce soir ?

Je grimace en pensant à la tête de ma coloc si je lui demandais une telle chose, bien que ça ne cesse de me traverser l'esprit. Évidemment que j'aimerais célébrer cette victoire avec elle.

Une nouvelle semaine s'est écoulée depuis cette nuit que nous avons partagée, et je n'ai pas réussi à la faire sortir de mon esprit une seule seconde. Je repense sans arrêt à son corps tremblotant et en sueur, à ses hurlements incessants. Je n'avais pas eu aussi peur depuis des années.

Le plus frustrant, c'est que je n'ai jamais eu d'explication.

Elle s'est endormie dans mes bras, puis à mon réveil, il n'y avait personne. Elle a profité du fait que j'étais inconscient pour s'éclipser silencieusement. Je ne l'ai recroisée que le soir même, et j'ai bien vu, à ses yeux suppliants, qu'elle ne voulait pas en reparler. Pour une fois, j'ai capitulé et n'ai rien dit.

Kaylee est un être à part : tantôt distante, tantôt ouverte et bavarde. Elle a ses moments. Quant à moi, je dois savoir les reconnaître et ne pas franchir la limite. Si je veux qu'elle s'ouvre à moi, qu'elle continue de m'offrir cette soudaine proximité et confiance instaurées depuis quelques semaines, je dois peser mes mots.

Je n'aurais jamais cru faire ça pour une fille, pourtant me voilà à quémander la moindre attention de sa part. Il y a vraiment un truc qui cloche chez moi. Peut-être que je suis maso et que j'aime me faire du mal.

Honnêtement, aucune relation saine ne peut se construire entre la fille de feu et moi.

À la fois similaires et différents, le feu et la glace. Deux âmes paumées qui parviennent parfois à se comprendre, et ne peuvent parfois s'empêcher de se sauter à la gorge.

Malgré tout ce bordel, je continue à m'accrocher et à vouloir que cette relation compliquée perdure.

Ouais, carrément maso.

— Non, c'est son jour de repos, mais ne compte pas sur elle pour venir. Les soirées, c'est loin d'être son truc.

— C'est plutôt la race humaine dans sa globalité qui n'est pas trop son truc, souligne Kyle d'un ton moqueur.

Je laisse échapper un petit rire, tout comme Clay à sa gauche.

— Déjà qu'elle commence à t'adresser la parole sans t'insulter à chaque fois, estime-toi heureux, Jones, ajoute ce dernier sur le même ton que Kyle.

Je lève les yeux au ciel sans réprimer mon sourire.

Nous nous rhabillons en vitesse avant de rejoindre l'extérieur où Nolan est censé nous attendre, d'après Clay. Le match des joueurs de basket a eu lieu hier contre Providence. Résultats serrés, mais notre université a également décroché la victoire. Nolan était comme un fou, cependant il a préféré savourer sa victoire en toute intimité avec son mec.

Mes yeux se plissent lorsque je crois reconnaître une seconde silhouette près du basketteur. Mes doutes se confirment lorsque la fille aux cheveux de feu m'apparaît clairement. Tout comme Nolan, elle a revêtu les couleurs de l'équipe avec un maillot qui semble appartenir à mon meilleur ami. Une pointe de jalousie se noue dans mon estomac lorsque la pensée de la voir avec mon maillot se matérialise dans ma tête.

Putain, mais pourquoi je pense ça ?

Kaylee me plaît, elle me plaît un peu trop et ça me fiche la trouille. Parce que je ne suis pas bon pour les relations. J'en ai eu une, elle n'a pas marché. Mon nouveau mantra n'a toujours été que la baise d'un soir, et me voilà comme un con, sans aucun rapport sexuel depuis que cette emmerdeuse est entrée dans ma vie.

Je ne m'en suis rendu compte qu'il n'y a que quelques jours. Et ce n'est pas faute d'avoir essayé. Un certain nombre de filles est venu me faire des avances, me promettant un souvenir mémorable. Et même si mon cerveau appréciait l'offre, ma queue n'était pas du même avis.

Putain de sorcière qui a foutu ma vie en bordel. Son putain de sale caractère, son putain de rire si rare mais si communicatif… Je suis foutu, totalement foutu.

— En voilà une bonne surprise ! s'exclame Clay en prenant ma coloc dans ses bras après avoir embrassé son mec.

Kaylee lui rend son étreinte en embrassant sa joue.

Ne sois pas jaloux, Hayden. Je te l'interdit.

— Nolan m'a convaincue. Et puis, je ne suis finalement pas venue pour rien puisque tu leur as bien botté le cul, répond-elle dans un sourire sincère.

— C'est un peu moi qui ai marqué la plupart des buts, *piccola*, ne puis-je m'empêcher de souligner.

Qu'est-ce que tu disais à propos de l'esprit d'équipe, Hayden ? souffle la petite voix dans ma tête.

Rohh, la ferme.

Kaylee me toise un instant, une lueur espiègle dans le regard.

— Hmm, c'est vrai que tu étais là aussi, Jones. Je ne t'avais même pas remarqué, raille-t-elle, me faisant écarquiller les yeux.

L'emmerdeuse. Elle aime se jouer de moi.

Je me souviens que les premiers temps, son visage n'exprimait qu'une pure aversion à mon égard. Maintenant, son ton est bien plus joueur et taquin. Même si elle reste cette petite garce qui sait appuyer fort sur mon ego.

— Je te conseille d'aller faire corriger ta vue, ça en devient inquiétant à ce stade, répliqué-je, mon perpétuel sourire de sale gosse fixé au visage.

Elle murmure un juron en me fusillant du regard.

— T'aurais d'ailleurs pu mettre mon maillot en guise de soutien au meilleur coloc et joueur de la planète, continué-je sur le même ton.

Même si cette dernière phrase était prononcée en toute honnêteté.

— Celui qui est passé de plan cul en plan cul ? Désolée, Jones, je ne tiens pas à choper le variant du sida.

Les rires de mes amis fusent alors que son rictus amusé se manifeste.

Elle est forte, *très forte même.*

— Désolé, mon pote, mais tu ne gagneras jamais la guerre contre cette fille, me dit Kyle, toujours aussi hilare.

Cette dernière m'adresse un clin d'œil, et pour une fois, je décide de rendre les armes. Autant ne pas me ridiculiser plus que ça. On va attendre d'être seuls à la maison pour.

— Bon, on se retrouve chez les gars dans une demi-heure ? demandé-je en voyant l'heure tourner.

Mes amis hochent la tête à l'unisson.

— Parfait, *piccola*, tu rentres avec moi ?

— Arrête de vouloir m'attirer dans ta voiture, Jones. Ça ne m'intéresse toujours pas.

Et bordel, ce n'est pas faute d'avoir essayé. Elle me file entre les doigts tous les matins. Je n'ai réussi à la convaincre que de temps en temps en fin de journée, lorsqu'elle finissait tard et qu'elle devait se dépêcher pour le boulot.

Cependant, j'ai quand même gagné le droit de la raccompagner tous les soirs après son service. À pied, parce qu'elle refuse d'admettre qu'elle apprécie que je sois là pour elle.

On se contente de marcher l'un à côté de l'autre jusqu'à l'appart'. Parfois, on échange quelques mots ou quelques piques. Parfois, on garde le silence. Ce que j'apprécie chez elle, c'est qu'elle ne cherche jamais à le combler, et que ça n'a rien de gênant. Au contraire, il nous arrive d'apprécier ces moments. Ces moments de calme, surtout aux heures tardives.

— Arrête de faire la difficile. Tu ne vas pas demander à Nolan et Clay de faire un détour alors qu'on sort tous ce soir et qu'il n'est pas tôt.

Elle semble réfléchir un instant, pesant sûrement le pour et le contre tout en balayant son regard entre son meilleur ami et moi.

Puis elle finit par souffler en capitulant.

— Bon, d'accord. Mais dépêche-toi, j'aimerais mettre un maximum de distance entre nous au plus vite, grommelle-t-elle.

Je souris un peu plus, sachant pertinemment que ses paroles ne sont que mensonges. Elle commence à m'apprécier, elle aussi. Elle ne le dit pas, mais son regard parle pour elle.

Je salue mes potes et la rejoins. Elle a déjà pris le chemin de ma voiture. Nous montons rapidement, je ne tarde pas à mettre le contact.

— Tu viens à la soirée ? demandé-je après quelques minutes de silence.

Elle me regarde un instant avant de secouer la tête.

— Non, très peu pour moi.

Évidemment.

— Ça ne t'arrive jamais de t'amuser ?

J'ai les yeux rivés sur la route, mais je sais qu'à ce moment-là, les siens me fusillent.

— Tu sais, Hayden, vos soirées où vous êtes tous déchirés après deux shots de vodka et prêts à mettre les mains sous les jupes des filles n'est pas vraiment ma définition de « s'amuser », rétorque-t-elle.

— Il faudrait que tu arrêtes de tout généraliser. Ok, on boit peut-être beaucoup, mais en ce qui concerne les filles, on n'est pas tous comme ça.

Elle arque un sourcil comme pour me dire « t'es sérieux, là ? ».

— Tu vas me dire que tu ne l'as jamais fait ?

Elle me défie de dire non, malheureusement, je suis quelqu'un de très honnête.

— Bien sûr que si, mais jamais sans consentement. Baiser et tripoter des nanas, c'est cool, mais le respect de la volonté, c'est fondamental.

Elle ne répond rien, sûrement surprise de ma brutale sincérité, même si elle commence à comprendre que je ne suis pas du genre à mentir pour le plaisir, sûrement pas sur ce genre de sujet. Le consentement est quelque chose de primordial et ne devrait jamais être remis en question. Peu importe si la personne était partante au départ ou si elle t'a laissé croire que c'était ok. Quand c'est non, c'est non.

— Ça ne veut pas dire que ta bande d'idiots ne fonctionne pas ainsi, reprend-elle en détournant la tête.

Je fronce les sourcils suite à sa remarque, n'étant pas du même avis.

— Oh que si. Mes potes aiment baiser. Autant, voire plus que moi, c'est un fait. Mais ils connaissent tous la notion de consentement, Kaylee. Si j'avais le moindre doute sur n'importe lequel d'entre eux, il ne serait déjà plus dans l'équipe depuis longtemps.

Elle plonge à nouveau son regard dans le mien, y cherchant la moindre trace de mauvaise foi, mais finit par hocher la tête. Elle a compris et ne remettra pas ma parole en doute. Un petit sourire se dessine sur mon visage, fier qu'elle me fasse confiance sur un sujet aussi fondamental.

Nous arrivons à l'appartement une quinzaine de minutes plus tard et rejoignons chacun nos chambres dans le silence.

Je me dépêche d'enfiler un simple chino blanc et un tee-shirt bleu ciel. Je vais dans la salle de bains me brosser les dents et rafraîchir ma coupe de cheveux, applique mon déodorant et mon parfum habituel, puis m'observe une dernière fois.

Canon, comme toujours.

J'attrape un sandwich dans le frigo pour calmer mon petit creux lorsque des pas retentissent dans le salon.

Je découvre une Kaylee prête à sortir. Elle a troqué le maillot de l'équipe pour un pantalon slim taille haute blanc et un pull en voile émeraude qui s'accorde parfaitement à ses yeux. Elle a lâché sa longue chevelure. J'en reste complètement sur le cul.

Elle est splendide, et même ce mot n'est pas assez fort. Je la trouvais déjà très attirante sous ses gros sweat et jeans *boyfriend*, mais là, dans cette tenue qui met chacune de ses courbes en valeur, je n'ai pas les mots.

Putain de merde.

— Ouh-ouh, Jones t'es parmi nous ? J'ai une tache sur le front ou quoi ? demande Kaylee en agitant sa main.

Je sors de ma transe en secouant la tête.

— Non, non, tu es… vraiment jolie, réussis-je à articuler.

Ses joues s'empourprent légèrement, mais ma coloc le dissimule rapidement en détournant la tête, ce qui ne manque pas de m'amuser.

— Tu n'étais pas censée rester ici ? continué-je.

— Si, mais j'ai changé d'avis. Je ne suis jamais allée à une fête post match. Ma curiosité a pris le dessus.

Je la sonde un instant, essayant de comprendre ce qui peut bien se passer dans sa tête. Peine perdue. Cette fille est étrange, ça je l'ai compris depuis le premier jour.

— Tu as appelé Nolan ou ma présence te convient enfin ? ironisé-je avec un sourire insolent.

Elle lève les yeux au ciel en cachant le même rictus amusé.

— On va dire que ta présence est supportable.

Supportable. Je peux me contenter de ça. J'affiche alors un sourire satisfait avant de rejoindre l'entrée, Kaylee sur mes talons.

— Hayden, m'interpelle cette dernière en attrapant mon bras.

Je me tourne en lui lançant un regard interrogateur. Elle garde le silence un instant, menant probablement une énième bataille interne pour peser ses mots.

— Je sais que c'est peut-être trop te demander, étant donné que c'est ta victoire, mais… Peux-tu éviter de boire plus que de raison, au cas où je voudrais rentrer plus tôt ?

Elle détourne le regard, chose qui ne lui arrive pas souvent. Bordel, être aussi soucieuse de mon avis est bien une chose à laquelle elle ne m'a pas du tout habitué. Je m'attendais plus à un « je me fiche de ce que tu penses, ne bois pas, j'ai besoin d'un chauffeur ». Cette version calme et sympa est carrément flippante, mais également adorable.

Bien sûr, ce qu'elle me demande coule de source, elle n'avait même pas besoin de le mentionner. Je lui ai déjà dit : tant que je suis là, elle ne sera jamais en danger.

— T'en fais pas, *piccola*. Il ne t'arrivera rien en ma présence.

Elle m'adresse un faible sourire de reconnaissance avant de me suivre hors de l'immeuble.

* * *

Je parviens à trouver une place près de la maison de mes potes malgré le monde déjà bien présent. À croire qu'ils ont tous foncé ici avant même que les organisateurs n'arrivent.

Les gars logent dans une maison à deux étages, sur le campus. On les réserve très souvent aux équipes de sport.

En louchant sur ma droite, je m'aperçois que Kaylee n'était jamais venue par ici. Elle analyse attentivement chaque recoin en fronçant les sourcils.

— Je peux te poser une question ?

Elle relève la tête dans ma direction, sourcils toujours froncés. C'est peut-être fou de dire ça, mais je trouve cette mimique de plus en plus adorable.

Reprends-toi, Hayden.

— Ça dépend de sa pertinence, répond-elle en haussant les épaules.

Évidemment, chaque réponse de sa part ne peut jamais être un simple oui ou non.

Je m'esclaffe en secouant la tête.

— Pourquoi ne jamais venir en soirée ? C'est l'université, ça devrait être primordial.

— Pas vraiment. Les soirées, ça n'apporte jamais rien de bon. Même si tu t'amuses ne serait-ce que cinq minutes, il y a toujours un moment où ça tourne mal.

Elle se mord la lèvre, comme pour retenir la suite de sa phrase, mais mon regard appuyé l'incite à poursuivre.

— Je me suis promis que je ne laisserais plus rien échapper à mon contrôle. Je suis venue ici pour décrocher mon diplôme et retrouver une vie normale, poursuit-elle sans me regarder une seule fois dans les yeux.

« Une vie normale. »

Fait-elle référence à la vie après le deuil de ses parents ? Depuis qu'elle m'a avoué la vérité sur leur décès, je n'ai cessé de me poser des tas de questions.

Qu'a-t-elle fait après ça ? Que s'est-il passé durant cette année où elle n'a pas fait son entrée à l'université ? Était-elle vraiment si froide avant le drame ?

Mais lorsque Kaylee Parker se décide à vous cacher quelque chose, elle s'y tient. Peu importe la persévérance de la personne qu'elle a en face d'elle.

— Tu es quand même déjà allée en soirée ? Au moins au lycée ?

Ses yeux s'assombrissent. Sujet sensible. Contre toute attente, elle hoche cependant la tête.

— J'y allais souvent, en étant raisonnable. Mes parents avaient confiance, je me devais de respecter ça.

Je la fixe dans un mutisme total. Elle le remarque puis m'adresse un grand sourire avant d'accélérer le pas.

— Crois-moi, Hayden. T'aurais été fou de moi au lycée, s'exclame-t-elle d'un ton jovial. Allez, dépêche-toi.

Je lui rends son sourire tout en la rejoignant.

Si tu savais à quel point je le suis déjà, piccola.

Chapitre 24
Kaylee

La foule, m'empêchant presque de me faufiler dans la maison, me donne déjà envie de me casser d'ici. Je ne sais toujours pas pourquoi j'ai décidé de m'y rendre, d'ailleurs.

Peut-être que le commentaire de Hayden sur le fait que je ne savais pas m'amuser a beaucoup joué. Très sûrement, même.

Je ne suis pas du genre à me laisser atteindre par les commentaires des autres, ce n'est d'ailleurs pas ce qui est arrivé, mais peut-être que j'avais envie de lui prouver qu'il avait tort. Ou bien de me le prouver à moi-même.

J'en sais foutre rien. Mais je n'aurais jamais dû céder à mon impulsivité, ça c'est certain.

Je suis définitivement mieux chez moi, un bouquin en main, loin de ces idiots qui ne savent déjà plus comment ils s'appellent.

Ouaip, râleuse en toute circonstance.

— Viens, les autres sont par là, m'indique soudainement Hayden en attrapant ma main.

Cette dernière s'électrise à son contact, comme à chaque fois. Ça fait quelques semaines que je ne suis plus insensible à son toucher ni à sa présence. Ça m'énerve autant que ça me perturbe.

Peu à peu, il m'a fait baisser la garde, a rendu son contact différent. Tantôt agréable, tantôt brûlant. Je me souviens encore de ce que mon corps a ressenti lorsque je me suis réveillée dans ses bras.

Ce jour-là, je suis passée par différentes étapes. J'étais d'abord paniquée, je n'avais que de vagues souvenirs de la nuit. Puis, j'ai posé mon regard sur son visage endormi : il n'avait rien de dangereux à proprement parler. Au contraire, je n'avais pas vu quelque chose d'aussi doux et paisible depuis très longtemps. Ce qui m'a marquée, c'est la façon dont ses bras étaient enroulés autour de mon corps, comme s'il cherchait à me protéger de tout.

Et à ce moment-là, je n'ai plus eu envie de bouger. Je me suis surprise à apprécier la chaleur de son corps, jusqu'à imaginer des réveils similaires au quotidien.

Alors j'ai flippé. Espérer cette situation sur le long terme – de l'attachement, des sentiments – ça ne m'était pas arrivé depuis Marco, et ça m'a soudainement retourné l'estomac.

J'ai donc pris soin de m'enfuir sans le réveiller, quitte à arriver sur le campus bien plus tôt que prévu.

Lorsque je suis rentrée le soir, je m'étais préparée à ce que Hayden me tombe dessus en me posant mille et une questions, mais contre toute attente, lorsque mon regard inquiet a croisé le sien, il n'a rien dit.

Il m'a juste demandé comment s'était passée ma journée et n'a jamais mentionné cette nuit.

Honnêtement, une part de moi avait espéré qu'il le ferait. Non pas pour lui raconter, jamais de la vie, mais parce que mon cerveau totalement bousillé espérait qu'une dispute éclate pour faire disparaître cette soudaine tension entre nous, cette alchimie indéniable. Cette complicité qui se crée jour après jour.

Oui, je suis tordue. Je redoute les sentiments au point de privilégier les cris et les insultes à la gentillesse et à la tendresse.

Et je me déteste chaque jour d'être devenue ainsi.

— Ah, voilà nos tourtereaux. Il ne manquait plus que vous ! s'exclame Kyle en fixant nos mains entrelacées.

Je m'empresse de retirer la mienne, comme si le contact m'avait brûlée, puis lève mon majeur en direction de mon ami.

— Appelle-nous encore ainsi et je te détruis le tibia. Adieu le hockey, Jennings.

Il éclate de rire, suivi de près par toute sa bande de potes. Hayden et Nolan y compris. Je laisse un rictus se dessiner sur mon visage, pas trop grand mais tout de même visible. Nolan me fait signe de le rejoindre. Je m'exécute sans broncher, non sans avoir jeté un coup d'œil à Hayden avant. Allez savoir pourquoi.

Les bras de mon meilleur ami m'accueillent chaleureusement.

— Ma Parky a enfin mis les pieds dans une soirée. Je pensais que j'allais devoir te kidnapper pour t'y traîner au moins une fois.

Quelle drama queen.

— Ne me donne surtout pas envie de repartir, le préviens-je en pointant mon index sur lui.

Il secoue vivement la tête en resserrant sa prise. Je ris doucement.

— Surtout pas, tu restes là jusqu'à ce que je l'aie décidé.

— Tu t'adresses à la mauvaise personne, bébé. Kaylee n'en fait qu'à sa tête, lui fait remarquer Clay.

J'acquiesce en souriant, ravie qu'une personne me connaisse enfin.

— Allez, tout le monde, une nouvelle tournée pour la présence de Kaylee, s'exclame Nolan en servant des shots au groupe.

— À Kaylee !

Oh bordel. Rappelez-moi de tuer Nolan dans son sommeil dès que l'occasion se présente.

Je me contente de le fusiller du regard, tout comme mon idiot de colocataire, qui ne masque pas son large sourire.

Quelle bande d'abrutis.

Allez, Kaylee. Ne les laisse pas t'atteindre. Tu es venue t'amuser, oublie ton humeur de chien le temps d'une soirée et prouve-leur que tu peux le faire.

Si je me répète ceci plusieurs fois, ça va le faire.

Oui, oui, ça va le faire.

* * *

— Elle est vraiment jolie. Mais maintenant que tu me la montres, je la reconnais. C'est la fille des acteurs Cooper, non ?

Kyle hoche la tête sans perdre son sourire.

— Oui, c'est bien leur fille. Elle marche dans leurs pas depuis quelques années.

— Exact, elle a joué dans *Breathe* l'année passée, non ?

Il opine de nouveau. Ça va faire un quart d'heure qu'on discute de sa vie, et en particulier de la fille dont il est fou : Avery Cooper, sa meilleure amie d'enfance. D'après lui, ils ne sont pas en couple mais ont une relation compliquée. Ils s'aiment, quand bien même ils n'ont jamais mis de mot sur leur relation.

Ils sont techniquement célibataires, voilà pourquoi elle se pavane souvent avec des gars à son bras lors d'événements – chose que je ne comprends évidemment pas, sachant que ça fait énormément de peine à Kyle – mais quand ils sont ensemble, ils agissent comme s'il y avait un truc entre eux. Des bisous, des câlins, ils dorment ensemble…

Ils n'ont cependant jamais eu de relation sexuelle, pas tant qu'ils ne sont pas exclusifs.

— Je peux te poser une question personnelle ? demandé-je. Ça ne me ressemble pas, mais il y a un truc qui m'intrigue.

— Est-ce que tu as déjà…

Il comprend rapidement ce que je veux dire, et Dieu merci, ne m'oblige pas à terminer ma phrase.

— Couché avec d'autres filles ? Non. Je sais, tu peux te moquer. Un joueur de hockey en troisième année d'université qui est toujours vierge… Mes potes le font déjà.

Il esquisse un large sourire, mais je parviens aisément à déceler un peu de gêne dans son ton. Ce qui est totalement absurde. Il n'y a rien de honteux à vouloir se préserver pour celle que tu penses être la bonne. C'est même tout à son honneur.

— Il n'y a rien d'idiot, elle a vraiment de la chance.

Même si je pense que cette fille ne le mérite pas. Elle a trouvé un homme qui l'aime plus que lui-même, qui est prêt à tout pour elle, et pourtant, elle préfère la compagnie d'autres hommes, sûrement égocentriques.

Kyle est bien trop bon pour ce monde.

— J'espère qu'elle s'en rendra compte bien assez tôt, poursuis-je en lui adressant une tape amicale.

Il me lance un énième sourire rassurant, suivi d'un petit clin d'œil.

Une voix à l'accent new-yorkais très prononcé m'oblige à tourner la tête, et je découvre une grande blonde vêtue d'une robe plutôt courte – qui lui va cependant superbement – s'avancer vers mon colocataire.

Évidemment.

— Coucou, Haydou. Tu as été parfait, ce soir, s'enthousiasme-t-elle en s'asseyant sur l'accoudoir du canapé à côté de lui, prête à glisser sur ses genoux à tout moment.

Elle profite de leur proximité pour l'attirer dans une étreinte familière, place une main sur le haut de sa cuisse pour se stabiliser.

Oh bordel, crevez-moi les yeux, s'il vous plaît. J'espère qu'ils ne vont pas se mettre à se peloter devant tout le monde.

Pourtant, lorsque mes yeux s'arrêtent sur ceux de Hayden, je n'y vois pas un grand enthousiasme. *C'est bien une première, ça.*

Nos regards se croisent, une expression indéchiffrable traverse ses pupilles.

Ne me fais pas croire que tu n'en as pas envie, Jones.

— Merci, Shirley, dit-il en se dégageant doucement avec un sourire contrit.

Shirley a l'air un peu perplexe mais ne s'en formalise pas. Au lieu de quoi, elle commence à promener ses doigts le long de son bras tout en déblatérant sur le match à coups de termes techniques que je ne comprends pas.

Une moue de dégoût prend forme sur mon visage, pourtant, mes yeux restent rivés sur leur petit manège. À ça non plus, je n'ai pas d'explications.

— Alors, entre toi et Hayden, que se passe-t-il ? me questionne Kyle, m'obligeant à détourner le regard.

— Absolument rien, je tolère à peine sa présence, réponds-je avec nonchalance.

Un demi-sourire s'étire sur ses lèvres, signe qu'il ne me croit pas.

— Évidemment, c'est pour ça que tu dévisages Shirley tout en broyant ton verre.

Je baisse les yeux automatiquement et ai la mauvaise surprise de constater qu'il a raison.

Merde.

— Je ne suis pas jalouse, je n'aime simplement pas ce genre de scènes. Il y a des chambres pour ça, rétorqué-je en lançant un regard furtif aux tourtereaux.

Oui, je n'aime simplement pas ça. Ian, Jake ou Kyle auraient pu être à la place de Hayden que ça aurait été pareil.

Qui essayes-tu de convaincre, Kaylee ?

— Et tu aimerais sans doute que Hayden t'emmène dans une de ces chambres, plaisante-t-il en me faisant grogner davantage.

— Fais gaffe, Jennings, si tu tiens à tes dents.

Il rit de plus belle avant de déposer un baiser d'excuse sur ma joue. Je m'esclaffe à mon tour en lui frappant gentiment le torse, lance ensuite un énième regard à Hayden et sa groupie et me rends compte que le sien est totalement rivé sur moi. Un regard sombre et appuyé.

J'arque un sourcil pour lui demander quel est son problème, mais il ne me donne aucune réponse et ne calcule pas une seconde son *amie*, pourtant accrochée à lui. Celle-ci finit enfin par remarquer que son attention m'est réservée. Elle tourne les yeux dans ma direction, m'analyse silencieusement tout en se demandant sûrement qui je suis. Je lui lance donc mon plus joli sourire de pétasse, en la saluant d'un mouvement de main.

— Qui c'est ? Je ne l'ai jamais vue ici, demande-t-elle en se tournant vers Hayden, les sourcils froncés.

Agacée qu'elle ne s'adresse pas à moi directement, je m'empresse de répondre avant mon coloc, une petite pique bien placée au passage.

— Kaylee Parker, ravie de te rencontrer, *Shelby*.

— Shirley, me corrige-t-elle, froidement.

Je souris davantage en haussant les épaules innocemment. La prochaine fois, tu t'adresseras à moi avec plus de respect, ma belle.

— Oh oui, je te reconnais. Tu es la petite serveuse du *Gracy*. Aussi aimable ici qu'à ton travail, dis-moi ! poursuit-elle ironiquement, un sourcil haussé.

— Serveuse, oui, pas très aimable, peut-être, mais au moins je ne passe pas mes soirées à tenter de me faire remarquer par tous les sportifs de la fac.

Je sais que j'ai tapé dans le mille lorsque son visage prend un air contrarié. Habituellement, je ne lui aurais même pas donné l'heure, mais c'est elle qui a commencé à me chercher. Et si par « me chercher » j'entends « s'est assise à moitié sur mon coloc », je suis la seule à le savoir.

— Moi, au moins, je n'ai pas besoin de faire la meuf torturée pour qu'on m'accorde un minimum d'attention. Toi, en revanche…

Elle me fixe droit dans les yeux. Je l'ai vexée. Elle rend coup pour coup.

— Je ne suis pas sûre que ce soit ta meilleure stratégie, ma grande, il faudrait d'abord que tu règles ce qui ne va pas là-haut, reprend-elle en tapotant sa tempe tout en m'adressant un sourire narquois.

Touché. Je l'ai sous-estimée et jugée sur les apparences. Clairement, elle a un don pour taper où ça fait mal. Je grince des dents et serre les poings, ignorant le coup au cœur que je viens de recevoir, prête à lui sauter à la gorge. Elle me cherche ouvertement et va me trouver.

— Ça suffit, Shirley. Laisse-nous, s'il te plaît, intervient soudainement mon coloc.

Il aide la blonde à se redresser tout en lui indiquant le chemin de la sortie, augmentant mon sentiment de satisfaction au passage. Même si je suis plutôt frustrée de ne pas avoir pu lui refaire le portrait.

— Tu n'es quand même pas en train de prendre la défense de cette nana, Hayden ? C'est elle qui a lancé les hostilités, elle est juste jalouse, regarde-la ! lance-t-elle, visiblement agacée, me faisant à nouveau lever les yeux au ciel.

— Crois-moi, c'est plutôt toi que je préserve. Kaylee est loin d'avoir besoin qu'on la défende.

Sa remarque m'étonne mais est étrangement satisfaisante.

Elle me lance un dernier regard noir avant de quitter les lieux, la démarche parfaite et la tête haute. Tous les regards font des allers-retours entre elle et moi. Une grimace se dessine sur mon visage.

Ridicule.

Mon regard croise à nouveau celui de Hayden, qui est bien différent du précédent. Un air amusé le domine alors que son sourire se fait plus large.

N'en profite pas, Jones.

— Bon, ce n'est pas que vous me saoulez – un peu quand même – mais je ne suis pas venue ici pour garder mon cul sur une chaise toute la soirée. Qui est partant pour un *beer pong* ? demandé-je en me levant brusquement.

Kyle est le premier à répondre positivement et propose même de faire équipe avec moi.

— Ian, bouge ton cul, on va les laminer, annonce soudainement Hayden d'un air supérieur.

Nos regards s'accrochent à nouveau, une lueur de défi les traversant.

Oh non, chéri. La victoire, elle est pour moi.

* * *

— Et de cinq. Allez, Ian, un autre verre, m'écrié-je en tapant dans la main de mon équipier.

Il fait ce que je lui dis tandis que le visage de mon coloc se décompose. Eh oui, Jones, il ne fallait pas crier victoire trop vite. Il a bu les deux premiers, Ian se charge du reste étant donné qu'il est mon chauffeur pour la soirée.

Hayden a marqué le premier but. Maintenant, ça va faire cinq fois qu'on enchaîne les victoires.

Très satisfaisant.

— Ne fais pas la maligne, *piccola*. Tu n'as pas encore gagné.

— Mais je suis en bonne voie pour, objecté-je sans perdre mon sourire.

Il attrape à son tour la balle et se concentre pour viser correctement, tente un tir rebondi. Malheureusement pour moi, il le rentre.

Un sourire victorieux vient orner son visage de connard alors qu'un juron s'échappe de mes lèvres.

— Allez, *piccola*, cul sec.

Je lève mon majeur et bois le contenu des deux verres indiqués. Je ne suis pas du genre à bien tenir l'alcool. Je sens déjà ma tête tourner. *Chouette.*

Nous continuons la partie jusqu'à ce qu'il ne reste que deux verres pour l'équipe de Hayden et cinq pour la mienne.

— Vas-y, Kaylee, tir rebondi. Tu peux le faire, m'encourage Kyle, à ma droite.

J'opine. Le regard perçant de Hayden ne me quitte pas une seconde. Un demi-sourire étire mes lèvres lorsque je me concentre à nouveau sur les deux verres restants. La balle rebondit à plusieurs reprises avant de se loger directement à l'intérieur du verre convoité.

Je pousse un hurlement de joie tout en sautant dans les bras de Kyle.

— Bien joué, Parker ! s'exclame-t-il en resserrant sa prise.

Il me repose, et je m'empresse de tourner mon visage vers mon colocataire, le narguant comme je sais si bien le faire.

— T'en fais pas, *Haydou,* tu feras mieux la prochaine fois, dis-je en utilisant le petit surnom de Shirley.

Il ne peut réprimer un sourire lorsqu'il l'entend puis lève les bras en l'air en signe d'acceptation.

— Comme je suis de bonne humeur, je ne vais même pas vous obliger à finir nos verres. Kyle et moi, on les a bien mérités. N'est-ce pas ?

Mon coéquipier opine en attrapant deux verres afin de me donner l'un d'entre eux.

— À notre victoire écrasante, chère camarade, lance Kyle en adressant un sourire narquois aux deux perdants.

Nos gobelets cognent avant que nous ne les buvions cul-sec. Bon, peut-être que je suis un peu éméchée, et boire un énième verre n'est sans doute pas la chose la plus raisonnable à faire, mais tant pis. Aujourd'hui, je me lâche. J'aurai tout le temps de regretter demain.

— Tu devrais ralentir, me suggère Hayden en éloignant les gobelets restants.

— Quoi, ce n'est pas toi qui m'incitais à m'amuser davantage, quelques heures plus tôt ?

Il s'apprête à répondre, mais je le coupe à nouveau.

— J'ai envie de danser, à plus !

Et sur cette dernière phrase, je m'enfonce dans la foule en me déhanchant comme je ne l'ai pas fait depuis longtemps. Je sens le regard brûlant de Hayden sur moi, ce qui me pousse à en faire davantage.

Regarde-moi bien, Jones.

* * *

Hayden

Je lâche un juron alors que la rouquine laisse libre cours à son corps de se trémousser comme il le souhaite. Cette fille va vraiment me rendre fou.

Je ne m'approche pas tout de suite et me contente de la contempler. Je sais que l'alcool y est pour beaucoup, mais c'est vraiment la première fois que je la vois si libre et détendue. Je dois bien avouer que c'est agréable à constater. Kaylee s'est enfermée dans sa bulle depuis bien trop longtemps, cette soirée ne peut lui faire que du bien.

Elle est trop jeune pour rester négative à ce point. Elle doit s'amuser et profiter de la vie comme elle le souhaite vraiment. Je vais tout faire pour que ça soit le cas.

Un tas de gens dansent autour d'elle, mais je ne vois rien d'autre que son corps parfait qui bouge au rythme de la musique. Sa tenue épouse chacune de ses courbes. Le mouvement de ses hanches allume instantanément un brasier à l'intérieur de mon corps et me donne envie de la rejoindre au milieu de la foule.

Son regard de sorcière rivé sur moi n'arrange pas les choses. Elle danse pour moi et me le fait clairement comprendre. Elle veut que je vienne me coller contre elle afin de danser à son rythme. Je ne bouge pas, pourtant, et profite de la vue d'un peu plus loin.

Cependant, lorsqu'un crétin vient poser ses mains sur ses hanches tout en se trémoussant derrière elle, je vois rouge. Kaylee se fige. Le malaise qu'elle ressent m'apparaît clairement. Je ne perds alors pas une seconde et la rejoins aussitôt.

— Dégage ou je te refais le portrait, grogne Kaylee en fusillant l'inconnu du regard.

— Sauvage, j'aime ça, réplique-t-il en se collant un peu plus.

Je sais qu'elle est parfaitement capable de le dégager par elle-même, mais autant lui faire comprendre qu'il ne devra plus jamais l'approcher.

— Elle t'a dit de bouger, t'es sourd ou quoi ? sifflé-je en l'attrapant par le col.

Le gars blêmit lorsqu'il me reconnaît. Son corps se met soudainement à trembler.

— Oh, Hayden, je ne savais pas qu'elle était avec toi.

— Qu'elle le soit ou non, c'est la même chose. Ne t'avise plus de poser tes pattes sur une fille qui te dit non, connard. Maintenant, dégage. Je ne veux plus te revoir.

Il acquiesce, toujours aussi apeuré, puis s'enfuit aussitôt que je le relâche.

Mauviette.

— Ouhh ouhh, Hayden sort les crocs, se marre la rouquine à ma droite.

Je reporte mon attention sur elle tout en m'approchant lentement. Mes mains se posent sur ses hanches, non loin de ses fesses. Elle ne me repousse pas et passe même les siennes autour de ma nuque.

— Tu en as mis du temps à me rejoindre, susurre-t-elle contre mon oreille.

— Arrête de me chauffer, *piccola*. Je ne suis pas quelqu'un de très patient.

Un sourire vient orner son sublime visage alors que sa bouche s'approche dangereusement de la mienne.

Putain de merde…

— Ah non ? Intéressant.

Elle se tourne soudainement et entreprend une nouvelle danse, bien plus sensuelle que la première. Ses fesses viennent se frotter à mon entrejambe, augmentant mon excitation.

Bordel, si elle continue, je vais exploser dans mon froc comme un putain de débutant.

— Kaylee, grogné-je.

Mais elle ne m'écoute pas et continue son petit manège. Elle se tourne, plaque ses mains contre mon torse et m'oblige à imiter le déhanchement de son corps. Je ne me fais pas prier et pose à nouveau mes mains contre ses flancs pour suivre son rythme. Son regard brûlant ne me quitte pas. C'est bien la première fois qu'une telle tension se crée entre nous.

Il y a déjà eu des petits rapprochements, les semaines passées, mais rien d'aussi chaud. Je suis à la limite de plaquer furieusement mes lèvres contre les siennes et de la dévorer jusqu'à la faire jouir comme elle ne l'a jamais fait auparavant.

— Et si on rentrait ? me propose-t-elle.

Je ne sais pas ce qu'elle insinue mais ne réfléchis pas une seconde avant d'attraper sa main pour nous sortir de cette foutue baraque.

Nous arrivons à l'appartement une quinzaine de minutes plus tard. J'attrape Kaylee par les hanches et la plaque contre le mur, sans ménagement. Elle a bu. Elle n'est peut-être pas saoule, pas au point de ne pas savoir ce qu'elle fait, je pense même qu'elle a eu le temps de revenir un peu à elle le temps du trajet, mais hors de question que j'en profite.

Pourtant, cette alchimie perdure et cette envie de la sentir contre moi augmente.

— Tu me rends fou, *piccola*, murmuré-je en collant mon front au sien.

Elle ne dit rien, mais sa respiration s'accélère.

— J'ai tellement envie de t'embrasser, continué-je.

— Ne le fais pas, me supplie-t-elle alors qu'elle en meurt clairement d'envie.

Je sais qu'elle me le demande, car elle ne pourra pas se contenir longtemps. Heureusement pour elle, tant que je n'ai pas un feu vert clair, je serai le plus raisonnable.

— Jamais sans ton consentement.

Nos visages sont si proches que nos souffles se mêlent. Une tension palpable, presque électrique, s'installe entre nous. Ses lèvres charnues semblent m'appeler silencieusement. Bordel, ça fait bien trop longtemps que je n'ai pas ressenti une telle envie, une telle soif de goûter à des lèvres avec une telle intensité. Son corps tremble de désir sous mes mains, ses yeux balaient mon visage, alternant entre mes lèvres et mon regard. Elle lutte, se contient. Peu importe sa décision, je l'accepterai.

— Et puis merde, lâche-t-elle avant de fondre sur ma bouche.

Cette fois, plus aucune barrière ne nous sépare. Je réponds à son baiser presque instinctivement. Elle saisit mon visage avec urgence, enfonçant ses lèvres contre les miennes avec une passion similaire. Nos langues se rejoignent enfin, se rencontrent avec le même désir brûlant qui nous consume depuis plusieurs minutes. Elles dansent et s'apprivoisent, alors que nos corps s'entrechoquent de plus en plus fort. Mes mains s'agrippent à ses hanches, je me refuse à prendre plus que ce qu'elle donne et me contente de lui rendre son baiser.

Putain c'est si bon.

Nos lèvres se séparent un instant, juste assez pour que je puisse reprendre mon souffle tandis que les siennes s'attardent sur mon cou. Je frissonne et enfouis mon visage dans son cou à mon tour. Un premier gémissement s'échappe de ses lèvres et me fait sourire intérieurement.

Délicieux.

Je la laisse m'embrasser à nouveau, moins violemment, et apprécie davantage le goût fruité de ses lèvres, mélangé à la vodka.

Au moment où cette pensée me traverse, j'autorise enfin mes mains à bouger. Elles se faufilent sous son pull. Son corps se crispe, comme si je venais de lui faire mal. Elle éloigne soudainement sa bouche de la mienne, et c'est à ce moment-là que je découvre la lueur de panique sur son visage.

Son corps tremble, tout en reculant de plus en plus. Elle plaque fermement ses mains contre mon torse. Je la laisse immédiatement toucher le sol pour lui laisser de l'espace.

— Kaylee, qu'est-ce que…

— Je suis désolée, je ne peux pas, s'exclame-t-elle avant de s'enfuir à toute vitesse dans sa chambre.

Le claquement de la porte me sort de ma transe alors que mes fesses s'écrasent au sol. J'observe l'endroit où s'est enfermée Kaylee tout en tentant de reprendre mes esprits.

Putain que vient-il de se passer ?

Chapitre 25
Kaylee

— Alors, Kaylee, tu as réclamé une consultation en urgence et tu n'as pas ouvert la bouche depuis dix minutes, m'informe le docteur Wilson de sa perpétuelle voix douce.

Je déglutis tout en continuant de taper nerveusement du pied, regrettant déjà mon côté impulsif.

Je n'ai pas dormi de la nuit, ce n'est pas inhabituel mais c'est la première fois que je me suis sentie stressée, apeurée…

J'ai embrassé Hayden.

Ça me pendait au nez depuis des jours. J'y ai résisté, tellement résisté que ça me faisait mal. Mais hier, sous son regard brûlant, contre son toucher électrique, face à ce visage si proche, ces lèvres bien roses et pleines qui n'attendaient que d'être comblées par les miennes, je n'ai pas pu me retenir.

Et putain ce que c'était bon sur le moment, ça faisait des années que je n'avais pas ressenti un truc pareil. Comme si mon corps, endormi depuis trop longtemps, se réveillait enfin.

Je savais que Hayden était un danger, mais je n'avais pas imaginé que ce danger pouvait être si bon et faire si mal à la fois.

Je me suis ressassé ce moment toute la nuit, jusqu'à prendre mon téléphone pour supplier le docteur Wilson de me trouver un créneau en début de journée.

Et me voilà comme une idiote à ne rien dire, car je ne sais pas comment formuler ce que j'ai ressenti hier soir. J'ai appelé ma psy parce qu'elle trouve toujours un terme approprié, même si la plupart du temps, elle veut me faire dire ce que je n'ai pas dit.

— Quelle est cette chose importante dont tu voulais…

— J'ai embrassé Hayden, lâché-je soudainement.

Je crois qu'elle ne s'y attendait pas, car elle garde le silence pendant un moment. Ah non ! Elle a toujours un truc à dire, elle ne va pas se taire quand j'ai le plus besoin d'elle !

— C'est… soudain. Comment tu te sens ?

Comment tu te sens ? C'est tout ce qu'elle trouve à me dire ? J'ai fait la connerie la plus monumentale de l'année, et tout ce qui importe, ce sont mes sentiments ?

Elle analyse ton cerveau, idiote, bien sûr que cette question est importante pour elle, souffle la voix dans ma tête.

Bon, ce n'est pas faux. Mais c'est ça, le problème. Je ne sais pas mettre de mots sur ce que je ressens.

— Je ne sais pas comment…

Elle me sourit sincèrement en hochant la tête.

— Je ne te demande pas de le faire, surtout si ça te perturbe autant. Mais tu pourrais décrire toutes les sensations ou émotions qui te traversent depuis cet événement.

Les émotions ? Il y en a tellement que je ne saurais par où commencer.

— Vous ne voulez même pas savoir comment ça s'est passé ?

— Seulement si tu souhaites m'en parler.

Évidemment, toujours des réponses selon ce que je veux moi. Parfois, je me demande ce que ça donnerait si les psychologues ôtaient leur masque de professionnel.

On devrait organiser ça, un jour : une bande de psychologues, ce qu'ils pensent vraiment de leurs patients. Ça promettrait d'être drôle. En attendant, ils agissent comme s'ils n'avaient aucune personnalité, en simple oreille attentive.

— Il y a eu cette soirée. Hayden m'a demandé de venir, enfin, il m'a surtout insultée en disant que j'étais une coincée qui ne savait pas s'amuser. Ok, peut-être pas en ces termes, mais vous avez compris.

Nouveau hochement de tête.

— Et cela t'a rendue furieuse ?

Furieuse ? C'est peu dire.

— Oui, mais ça m'a aussi remis certaines idées en place. C'est vrai que je ne me suis pas autorisée à vivre ma vie étudiante comme je prévoyais de le faire lorsque j'étais encore lycéenne.

Je me souviens même à quel point j'étais heureuse de partir pour l'université. L'idée d'étudier, de faire de nouvelles rencontres, de profiter de ma jeunesse en m'éclatant, m'attirait sincèrement.

— Alors j'ai envoyé balader mes foutues résolutions et je l'ai accompagné. Durant les premières heures, on s'est marré. J'ai beaucoup discuté avec Kyle, son meilleur ami. Puis cette blondasse est arrivée.

Je grimace en repensant à son corps collé à celui de Hayden, sa manucure impeccable rampant le long de sa jambe, son accent new-yorkais insupportable.

Argh, je déteste me comporter ainsi pour un stupide mec.

— Une fille que tu n'aimes pas ?

— Je ne la connais pas vraiment. Tout ce que je sais, c'est qu'elle s'est jetée sur Hayden dès son arrivée et qu'elle n'arrêtait pas de le toucher.

Un léger rire s'échappe de sa gorge.

— Alors quoi ? Tu étais jalouse ?

Nouvelle grimace, Shirley a utilisé le même mot, et je le déteste. Jalouse signifierait que je manque de confiance en moi et en mes capacités. Je ne suis jalouse de personne. Ça m'arrive d'être envieuse, c'est sûr. Envieuse du bonheur des autres, de leur joie de vivre, de leur facilité à avancer.

Peut-être que je suis envieuse de Shirley parce qu'elle n'a pas froid aux yeux. Parce que son corps est parfait et qu'il ne la dégoûte pas. Parce qu'elle sourit et flirte aisément, sans arrière-pensées. Parce qu'elle vit chaque jour sans se soucier du lendemain.

— Je pense qu'il y a des nuances à prendre en compte lorsqu'on parle d'une potentielle jalousie, docteur. Jalouse de sa façon d'agir avec Hayden, sûrement pas. Je ne suis pas du genre à me pavaner devant quelqu'un pour recevoir un peu d'attention. Mais il est vrai que sa personnalité, sa façon d'être autour des autres, est assez enviable pour quelqu'un d'aussi fermé que moi.

— Et en ce qui concerne sa relation avec Hayden ?

Le visage de mon coloc se matérialise instantanément dans mon esprit, en particulier le regard qu'il a eu pour chacune d'entre nous. Lorsqu'il regardait Shirley, il n'y avait rien. Pas d'étincelle, pas de désir ni d'envie. Il était très passif et peu captivé. Puis, je repense à l'intensité qui émanait de ses prunelles lorsqu'elles étaient posées sur moi quand je dansais. Ce désir ardent qui continue de me retourner l'estomac, encore maintenant. Il n'y a rien à envier à Shirley, de ce côté-là.

— Non, ce que Hayden et moi on partage… C'est différent, compliqué mais plus intense, plus… vrai. Quand on s'est embrassés, j'ai vraiment ressenti chaque parcelle de sa peau. Sa langue sucrée, son souffle brûlant et les battements de son cœur… Je ne savais même pas qu'il pouvait battre à une vitesse aussi impressionnante. J'étais à la fois perdue en lui et captivée par tout ce qu'on pouvait entendre, ressentir par une simple étreinte.

Elle ne me coupe pas et me sonde dans un mutisme total. Je ne sais pas si j'ai répondu à sa question ou si je me suis un peu éloignée du sujet. Je ne suis même pas sûre qu'elle ait tout compris. Mais ce sont les paroles les plus spontanées que je pouvais sortir.

— Pour une personne qui ne savait pas mettre de mots sur ses sentiments, je trouve que tu te débrouilles plutôt bien, commente-t-elle alors qu'un fin sourire étire ses lèvres.

Je le lui rends tout en baissant la tête. Ce qui est génial avec ces consultations et ce qui m'aide parfois à extérioriser, c'est cette ambiance calme et apaisante. Le docteur Wilson ne parle pas énormément, elle me laisse du temps pour mettre mes pensées au clair. Lorsque c'est fait, j'ai l'impression d'être dans cette sorte de bulle que personne ne peut atteindre, où personne ne peut m'entendre. Comme si j'étais seule. C'est à ce moment-là que la spontanéité et l'honnêteté refont surface.

— Mais alors, quand est-ce que ça a mal tourné ?

La fameuse question. Penser aux lèvres de Hayden est plutôt plaisant. Penser à ses râles lorsque mes dents titillaient sa bouche, c'est encore mieux. Mais penser au moment où tout est parti en vrille l'est beaucoup moins. J'ai honte de moi, de m'être enfuie comme une lâche sans lui donner la moindre explication.

Il ne méritait pas ça.

— Il… Je…

— Prends ton temps, Kaylee. Je ne bouge pas.

Je repense à ses lèvres sur mon cou, à ses douces mains longeant mon corps. Puis je les sens à nouveau soulever mon pull afin de rencontrer ma peau, tout en remontant de plus en plus haut. Je ressens à nouveau les frissons sur mon épiderme, mon corps se figer. Ce n'était plus Hayden en face de moi, et ça, ça m'a fait flipper.

— Il y a eu ce moment où notre étreinte est allée plus loin. Les touchers allaient plus loin. Ses mains sous mon pull. J'ai juste…

— Ça a fait remonter d'autres souvenirs. Un autre corps contre le tien, des mains familières qui l'ont parcouru plus d'une fois. Tu pensais à Marco, n'est-ce pas ?

La revoilà à prononcer le nom qui est devenu ma plus grande faiblesse. Ce nom que je ne veux plus entendre car le simple souvenir de nos moments ensemble me tord le ventre.

— Vous recommencez avec lui… Je ne veux pas en parler.

— Parce qu'il est la principale raison à ton état. Il est ce qui te bloque et ce qui t'empêche d'avancer. Si on ne parle pas de ce passé si douloureux dans lequel Marco est le protagoniste, on n'avancera pas. Que tu le veuilles ou non, il a existé et est responsable de la fille que tu es devenue.

— C'est faux ! Il n'a rien à voir là-dedans. Il n'est plus là, il ne fait plus partie de ma vie et ça devrait rester ainsi. Hayden et Marco ne se ressemblent en rien ! hurlé-je en me levant brusquement de ma chaise.

— Tu n'as jamais rien connu d'autre. Seule l'empreinte de Marco est gravée dans ton esprit. Peut-être que Hayden a été mis sur ton chemin pour y remédier.

Encore une fois, je fuis la vérité, la discussion. Je suis parfaitement consciente que mes séances n'aboutiront jamais si je garde les événements de mon passé bloqués au fond de moi. Mais c'est trop dur. Je ne suis pas assez forte pour y repenser, pour revivre les drames qui m'ont brisée.

Si ça fait de moi une lâche, je l'accepte.

— Merci pour votre temps, docteur, mais je pense qu'on va s'arrêter là.

— Je ne peux pas te retenir contre ton gré. J'espère cependant sincèrement qu'arrivera un moment où tu parviendras à te libérer de ce passé qui te ronge, petit à petit.

Je la sonde un instant, hésitant à répondre et à tout lâcher. Mais encore une fois, je n'en ai pas le courage et tourne les talons.

— Kaylee ?

Je m'arrête sans lui faire face, la laissant prononcer ses derniers mots.

— Ne repousse pas ce garçon. Accroche-toi à cette rédemption qu'il est probablement apte à te donner.

* * *

Je passe la porte de chez moi à dix-neuf heures passées, priant pour que Hayden soit toujours dehors. J'ai passé la journée à l'éviter.

J'ai honte de ce que je lui ai fait mais j'ai aussi peur d'une potentielle confrontation, parce qu'il réclamera des explications. Hayden est curieux, mais il s'est toujours retenu de poser trop de questions sur mon passé. Pourtant, cette fois-ci, je sais qu'il ne lâchera pas aussi facilement. Cette fois-ci, ça le concerne. J'ai paniqué sous son contact, après de bonnes minutes à dévorer ses lèvres. Il doit sûrement penser m'avoir fait mal.

Malheureusement, tous mes espoirs s'envolent lorsque sa silhouette m'apparaît clairement, sur le canapé, ordinateur en main. Dès qu'il me remarque, il relève la tête subitement et referme son ordinateur.

— Putain, Kaylee, où étais-tu ?! s'exclame-t-il en accourant dans ma direction.

Il s'arrête à une distance raisonnable en notant mon mouvement de recul.

Je ne dis rien pendant un moment, me contentant de l'observer attentivement. Il est vêtu d'un simple survêtement gris et d'un tee-shirt blanc. Mais son visage n'a rien d'habituel. Il n'y a pas cette lueur amusée, cette immense joie qui l'habite lorsque nous sommes ensemble. Aujourd'hui, il est inquiet, fatigué, comme s'il avait passé une nuit très agitée.

C'est sûrement le cas, vu la façon dont tu l'as planté dans le couloir, me rappelle ma désagréable voix intérieure.

Je sais que je suis un monstre, que je suis horrible. Mais après tout, je ne l'ai forcé à rien. C'est lui qui a voulu me connaître, c'est lui qui a cherché à discuter, à me faire apprécier certaines choses. Alors que, dès le départ, je lui avais expressément demandé de me foutre la paix. Je lui avais fait comprendre que j'étais trop bousillée pour combler un homme tel que lui.

La seule chose que je n'avais pas prévue, c'était de culpabiliser autant.

Foutu Jones.

— J'étais simplement sortie, pas besoin d'en faire tout un plat, réponds-je en passant à côté de lui pour rejoindre ma chambre.

Et fuir ce regard qui me rend si faible.

— Et ton téléphone a un problème ? Je t'ai appelée des dizaines de fois.

Sa voix est légèrement plus forte, mais je n'y trouve rien d'effrayant ni de violent.

— J'étais occupée, ça ne t'arrive jamais ?

— Pas au point de ne pas avoir une minute pour répondre, non. Putain, Kaylee, qu'est-ce qui t'arrive ? Tu m'as foutu une peur bleue, hier soir.

Je m'arrête mais ne le regarde toujours pas. Sa voix tremblait sur la dernière partie, serrant mon cœur un peu plus.

Je ne peux pas te donner de réponse, Hayden. Je t'en prie, ne force pas.

Voyant que je ne réponds pas, il attrape mon bras et me force à me retourner, sans pour autant être brusque. Puis il relève doucement mon visage vers lui, m'obligeant à plonger mon regard dans le sien. Ces prunelles qui me rendent si faible.

— Tu n'en avais pas envie, c'est ça ? Je suis allé trop vite, j'ai cru que les signaux étaient au vert parce que tu as pris l'initiative… Tu sais que je n'aurais jamais rien fait contre ton gré, tu le sais, n'est-ce pas ?

Son ton est suppliant, empli de culpabilité comme s'il pensait que c'était sa faute. Putain, je suis une garce, une putain de garce sans cœur. Hayden est vraiment trop bon.

— Non, j'en avais envie. Je le voulais, Hayden… Mais… c'était une erreur. Ça n'aurait jamais dû arriver.

Il me relâche, comme si mon contact l'avait brûlé. L'incompréhension se lit sur son visage, mais il vaut mieux ne pas aller plus loin tant que les sentiments ne sont pas trop forts. Je lui éviterai un cœur brisé. Parce que c'est ce qui arrivera, s'il s'accroche à moi. C'est ce qui arrive toujours.

— Une erreur ? Tu ne vas pas me faire croire que tu n'as rien ressenti ! Qu'aucun désir ne t'animait quand nos corps étaient l'un contre l'autre ? Quand mes lèvres partaient à la découverte des tiennes ? Tu n'as pas pu ne pas ressentir cette putain d'électricité lorsqu'on ne faisait enfin qu'un.

Bien sûr que je l'ai ressentie. Le contraire aurait été impossible. Cette chose qui brûle entre nous est tellement forte qu'il faudrait être quasiment mort pour ne pas la ressentir.

Mais comment lui expliquer que c'est la raison pour laquelle on ne doit pas continuer ?

Parce que cette flamme ardente finira par nous exploser au visage au bout d'un moment, pour ne laisser que des cendres sur son passage.

Seulement, Hayden ne se contentera pas d'une faible explication. Je dois être ferme. Et si je dois mentir pour ça, ainsi soit-il.

— Je n'ai rien ressenti, lâché-je sans le regarder.

Nouveau coup de poignard, je le vois à son visage qui se décompose.

Pardonne-moi, Hayden.

— Je voulais tenter, voir ce que je pourrais ressentir à ton contact. Mais rien, je suis désolée.

— Tu me mens, tu n'es même pas capable de me regarder dans les yeux. Je ne sais pas ce que tu tentes à tout prix de cacher, pourquoi tu t'enfermes dans une telle carapace, mais je finirai par le découvrir. Parce que tu le mérites, tu m'entends ? Tu mérites que quelqu'un se batte un minimum pour toi !

Sa dernière phrase fait tressauter mon cœur, comme ça n'est pas arrivé depuis un moment.

Pourquoi, Hayden ? Pourquoi crois-tu en moi à ce point, putain ? Ne peux-tu simplement pas me détester comme je te convaincs de le faire depuis notre putain de rencontre ?

— Tu perds ton temps. Il n'y a rien à sauver, rien à obtenir de moi. Épargne-toi cette souffrance, Hayden. Fous-moi la paix, vis ta putain de vie de sportif adulé par tout le campus et contente-toi d'être mon coloc pour le reste du semestre. C'est tout ce que tu obtiendras.

Il me dévisage comme si je venais à nouveau de lui enfoncer une lame, profondément. Ça, j'ai l'habitude.

— Va te faire foutre, Kaylee, crache-t-il en me dépassant pour sortir de l'appartement.

La porte claque au bout de quelques secondes. Je reste plantée comme une conne en plein milieu du salon, pestant contre moi-même d'être incapable de m'accrocher au bonheur lorsqu'il me tend la main.

Putain d'idiote.

Chapitre 26
Kaylee

— Sandwich poulet sauce barbecue pour la demoiselle, s'exclame Clay lorsque j'arrive au *Miley's Diner*.

Je le gratifie d'un grand sourire et d'un gargouillement d'estomac – non contrôlé –, ce qui ne manque pas d'amuser mon ami. Je ne m'en formalise pas, avec le temps, la gêne entre cet énergumène et moi s'est envolée. Bien qu'elle n'ait pratiquement jamais été là. Je ne me soucie plus vraiment de l'avis d'autrui. Que je mange pour quatre, que je prenne trente kilos, que j'en perde vingt, ça ne regarde personne. De toute façon, les gens auront toujours quelque chose à dire, alors autant leur donner matière à.

— Pourquoi ne t'ai-je pas encore épousé ? gémis-je après ma première bouchée de cette sublime invention.

— Peut-être parce que je suis branché « grands mecs musclés » et techniquement maqué à ton meilleur ami ?

— Hmm, bonne réponse.

Il éclate d'un rire guttural en secouant la tête.

Quand Nolan m'a parlé de Clay, je l'ai détesté. Oui, j'étais totalement le genre de meilleure amie jalouse du gars qui allait lui voler l'attention de sa moitié. Pour ma défense, j'étais aussi très protectrice envers Nolan.

Cependant, je me suis pris une énorme claque en rencontrant Clay pour la première fois. Il était la gentillesse incarnée, et je n'exagère pas une seconde.

On mange souvent ensemble les midis lorsqu'on a une pause en commun, comme c'est le cas aujourd'hui.

— Alors, quoi de neuf à la coloc sous tension ? plaisante-t-il en faisant référence à la charmante relation que Hayden et moi entretenons depuis quelques jours.

Je grimace. Rien que de penser à Hayden, ma bonne humeur s'étiole. Ça fait une semaine qu'on s'évite. Nos échanges se résument à des monosyllabes et des regards furtifs. On mange séparément, et nos rares interactions sont empreintes d'une tension palpable.

Je dois avouer que nos petites soirées à regarder la télé me manquent.

Pourquoi a-t-il fallu que nos sentiments changent ? Je dis « nous » parce que je ne suis pas bête et têtue au point de dire que ce changement n'a opéré que de son côté, évidemment que non.

— Ne commence pas, Clay. Tu sais très bien que ça n'a pas changé.

— Ouaip, mais j'aime bien voir ta tête grimacer quand j'en parle, c'est hilarant.

— C'est vrai qu'on se fend la poire avec toi, incroyable, raillé-je en levant les yeux au ciel.

Mon ami rit à nouveau avant de me faire une petite pichenette sur le bras.

— Mais plus sérieusement, ça va faire une semaine qu'aucun de vous deux ne veut mettre de l'eau dans son vin. Ne serait-il pas temps d'enterrer la hache de guerre ?

Je m'apprête à ouvrir la bouche, mais il m'arrête en posant un doigt contre mes lèvres. J'en grogne de frustration.

— Avant que tu ne clames que tout est sa faute, sache que je ne prends parti pour personne. Vous êtes deux idiots incapables de communiquer correctement.

Il n'a pas tort, mais c'est plus facile d'accuser l'autre. Personne n'aime avoir tort, c'est un fait. Encore moins deux personnes aussi têtues que Hayden et moi.

— Merde, on s'est embrassés, Clay. Tu voulais que je fasse quoi ? Que je nous laisse continuer sur cette voie ? Que Hayden tombe amoureux de moi et qu'il finisse par comprendre que l'amour m'a maudite depuis des années et qu'il ne sera qu'un énième dommage collatéral ?

Il ne répond pas tout de suite, analysant mes propos.

Je suis peut-être une peau de vache, une pessimiste, une fausse *drama queen*, et que sais-je encore, mais je tiens suffisamment à Hayden pour lui éviter une connerie pareille. Je veux bien être son amie, ça, c'est possible. Plus, ce serait trop compliqué.

— Alors dis-le lui avec ces mots. Laisse-lui son libre arbitre. Et si quelque chose tourne mal, il ne pourra s'en prendre qu'à lui. Ça peut aussi être une option, vu qu'apparemment, tu te moques de souffrir.

Touché.

— Je sais que tu te protèges, ma belle. Je l'ai observé depuis notre rencontre, je l'ai compris. Je ne sais pas ce que tu as vécu, peut-être qu'un jour viendra où tu souhaiteras te confier à moi, ou pas, mais dans tous les cas, je te promets de ne pas te lâcher.

— Arrêtez ce surplus de sentiments, Clayton O'Connell, vous allez me filer la gerbe.

Il rit un peu plus fort, alors qu'un sourire s'épanouit sincèrement sur mes lèvres. Je ne lui dis pas, mais ses mots comptent beaucoup. Il le sait, voilà pourquoi il n'attend jamais de réponse de ma part. Parce que Clay est génial, que Nolan n'aurait pas pu mieux tomber et qu'il rend la vie de ses proches un peu plus facile, un peu plus lumineuse.

J'en connais un autre qui me provoquait un effet similaire.

Hayden me manque. Son rire communicatif me manque. Sa bêtise naturelle me manque.

Et si on m'avait dit cela il y a plus d'un mois, j'aurais ri assez fort pour me faire dessus.

— Une dernière chose, Parker, après on change de sujet. Hayden et toi, vous avez tous les deux un rapport compliqué à l'amour. Alors peut-être que vous pouvez réapprendre à le faire ensemble. Peut-être que cette fois, ça fonctionnera.

* * *

— Tu fais des pâtes à la carbonara ? Je peux venir vivre avec toi ? demande Grace, des étoiles plein les yeux.

Je ris de sa remarque et des plaintes de ma grand-mère en arrière-plan.

Ce soir, j'ai décidé de cuisiner pour Hayden et moi. Après ma conversation avec Clay, j'ai compris qu'il était temps de faire un pas vers lui. Ça ne me ressemble pas, mais il faut bien commencer quelque part.

J'en ai donc profité pour appeler ma sœur et prendre des nouvelles.

— Ah, grand-mère est super pour un tas de choses, mais personne ne fait aussi bien les repas italiens que les filles Parker, plaisanté-je.

Ma sœur acquiesce dans un grand sourire. On avait l'habitude de cuisiner, avec ma mère. Grace était petite, mais elle faisait un excellent commis.

J'ai pensé que faire goûter la vraie recette à Hayden pourrait l'intéresser, puisqu'il n'est pas familier avec la véritable cuisine italienne.

— T'inquiète pas, je te gaverai la prochaine fois qu'on se verra.

— Dis, j'avais une question à te poser. J'ai d'abord demandé à grand-mère mais elle m'a dit que je devais également avoir ta permission et celle de ton copain.

Je m'étouffe presque à la dernière mention. Il ne faut pas être très futé pour savoir qu'elle parlait de Hayden. Cependant, le qualifier ainsi n'a pas le même sens pour moi.

— Quel copain ? demandé-je d'un air faussement innocent.

— Ben tu sais, le garçon trop beau qui vit avec toi.

Je ne peux réprimer un sourire à sa description. C'est vrai qu'il est beau, mais encore une fois, ça ne sortira pas de ma bouche en sa présence.

— On appelle ça un colocataire, *cara mia*. Enfin on s'en fiche, que voulais-tu me demander ?

— Tu sais que mon anniversaire arrive bientôt. Et je voulais savoir si je pouvais le passer avec toi, à Boston ? Il tombe un samedi alors j'aurais pu venir pour le week-end.

Sa voix est hésitante, comme si elle était gênée de me demander une telle chose alors que rien n'aurait pu me faire plus plaisir. C'est dans ce genre de moments que je me rends compte que je ne suis pas assez présente dans la vie de ma sœur. Je ne l'ai jamais fait venir à Boston parce que je ne pensais pas que ma vie ici pouvait l'intéresser.

— Tu n'avais même pas besoin de me le demander, Gracie. Évidemment, que tu peux. Si ça ne tenait qu'à moi, je te garderais à mes côtés tous les jours.

J'ai pensé à cette éventualité mais ne peux pas me le permettre. Pas tant que je suis étudiante. Je sais qu'avec l'assurance vie de mes parents et leur héritage, je pourrais nous acheter une belle maison n'importe où, cependant, Grace a besoin de stabilité pour le moment.

— Merci, Kay Kay ! Je pourrai enfin voir ton ami le géant ! Et aussi ton copain trop beau ! s'extasie-t-elle, me faisant rire de plus belle.

Depuis qu'elle a vu des photos de Nolan et moi, Grace le surnomme « le géant ». Ce qui nous a d'ailleurs bien fait rire.

La sonnerie de la porte d'entrée retentit au moment où je m'apprête à ajouter quelque chose.

Qui ça peut bien être à cette heure ?

— Gracie, attends deux secondes, il y a quelqu'un à la porte.

Je me lave rapidement les mains, active le mode muet et me précipite à la porte. J'ai à peine le temps d'ouvrir qu'une tornade blonde se rue dans mon appartement, sans m'adresser le moindre regard.

— Désolée, mon beau, je ne sais plus quelle heure on avait dit mais je suis là, s'exclame-t-elle en tapant sur son téléphone sans relever la tête.

Euh… On m'explique ?

— Je peux savoir qui vous êtes ? demandé-je en croisant les bras.

Le son de ma voix la fait enfin percuter. Elle lève alors les yeux vers moi, puis me toise un instant sans rien dire.

— Tu n'es visiblement pas Hayden.

Non, Sherlock, comment l'as-tu deviné ?

Attendez, quoi… Hayden ?

— Grace, je dois régler quelque chose, on se rappelle plus tard, d'accord ? dis-je en reprenant le téléphone.

— D'accord, Kay Kay. *Ti voglio bene.*

— *Ti voglio bene, tesoro mio*[1].

Je raccroche précipitamment pour me concentrer à nouveau sur l'étrangère.

— Non, je ne suis pas Hayden. Je peux savoir ce que vous lui voulez ? l'interrogé-je, sentant l'agacement monter.

— On a rendez-vous, je suppose qu'on va s'envoyer en l'air.

Si j'avais eu de l'eau dans la bouche à ce moment-là, j'aurais sûrement tout recraché.

— Oh mais oui, il m'a dit qu'il y aurait peut-être sa coloc. C'est vous, n'est-ce pas ? reprend-elle comme si tout allait bien.

Sa coloc ? Il comptait donc s'envoyer en l'air une semaine après m'avoir embrassée.

Quel enfoiré.

Et moi qui voulais enterrer la hache de guerre avec un bon plat ! Qu'il se le mette où je pense !

Je savais qu'il ne fallait pas trop faire confiance aux gars comme Hayden. Ils sont gentils et prévenants cinq minutes, mais si on leur dit non une fois, alors ils se précipitent à la recherche d'un lot de consolation.

Connard. On va voir s'il repose sa bouche sur la mienne après ça.

Je m'apprête à envoyer bouler sa copine quand une idée plus sournoise me vient en tête.

— C'est comme ça qu'il m'appelle, maintenant ? Moi, la mère de son futur enfant ?

Son teint devient livide au moment où je prononce ma dernière phrase, amplifiant fortement ma satisfaction.

1. *Mon trésor.*

— Il ne vous l'a pas dit ? Je savais que je ne devais pas faire confiance à un joueur de hockey. Un jour, il me dit qu'il m'aime et que je suis la femme de sa vie. Le lendemain, il en profite pour aller voir ailleurs au moment où j'ai le dos tourné. Putain, quel enfoiré !

Évidemment, je prends mon air le plus dramatique afin d'ajouter de la crédibilité à mon histoire. La tête de la femme se décompose de plus en plus. Je dois me mordre la lèvre assez fort pour ne pas exploser de rire.

Je suis géniale.

— Euh, vraiment désolée, je n'en savais rien. Je ne suis pas comme ça du tout, je ne touche pas aux gars déjà maqués, s'empresse-t-elle de me dire pour apaiser la situation.

La pauvre, j'ai presque de la peine à lui jouer cette comédie. J'ai dit *presque*, parce que je reste fidèle à moi-même.

— Non mais, j'en suis consciente, ce n'est pas la première fois qu'il me fait le coup. Et apparemment, je ne retiens pas la leçon.

Je fais semblant de ravaler des larmes inexistantes alors qu'elle tente de me réconforter en me caressant le dos.

Ne ris pas, ne ris pas.

La porte s'ouvre au même moment, laissant apparaître quelques secondes après un Hayden tout joyeux.

Souris, souris, tu feras moins le malin dans quelques secondes.

— Te voilà, toi, aboyé-je pour rester dans mon rôle.

Même si je dois avouer que son sourire de petit con me donne envie de le gifler.

Lorsqu'il remarque la présence de la blonde à mes côtés, son sourire se fane.

— Qu'est-ce que…

Il n'a pas le temps d'en placer une que la tornade lui saute dessus en lui assénant la claque de sa vie.

Ouch, je n'aurais pas aimé la recevoir, celle-là.

— Espèce de connard, n'oublie pas de me dire que tu as une fiancée la prochaine fois et que tu vas aussi devenir papa, on évitera le déplacement, crache-t-elle en le fusillant du regard.

Cette fois, Hayden est définitivement perdu tandis que son regard va de la blonde à moi.

Je lui adresse mon meilleur sourire de peste, et c'est à ce moment-là que tout s'éclaire dans sa tête.

La jeune femme se tourne vers moi puis m'attrape les épaules avant de me serrer dans ses bras.

— Désolée, ma belle. Toi et ton enfant méritez mieux que ce goujat. J'espère que ça va aller pour vous.

Putain, elle a vraiment avalé le bobard et ressent même de la compassion. Si je n'avais pas ma fierté, je lui dirais tout de suite que rien de tout ça n'est vrai, mais sa fureur contre Hayden est bien plus satisfaisante. Au moins, c'est certain, je lui ai définitivement cassé son coup.

Elle lui lance un dernier regard noir avant de sortir de l'appartement tout en prenant bien soin de claquer la porte derrière elle.

Cette fois, je ne me retiens plus et lâche toute mon hilarité accumulée depuis son arrivée.

Oh mon Dieu, c'était incroyable. Digne des plus grands films hollywoodiens. Ou d'un épisode des Kardashian, mais ce n'est qu'un détail.

Je retourne à mes fourneaux, toujours hilare, lorsque la voix de mon coloc résonne soudainement.

— Papa, alors ? J'aurais aimé être le premier au courant, histoire de me préparer à la nouvelle, dit-il en haussant les sourcils.

Mon sourire se fait plus large face à son air perplexe.

— Roh ça va, c'était assez drôle quand on y pense. Et puis tu l'as bien mérité.

Il hausse un peu plus les sourcils, ne comprenant sûrement pas où je veux en venir.

C'est ça, joue les innocents, Jones.

— Je peux savoir ce que ça signifie ?

— Tu invites des filles chez nous une semaine après m'avoir embrassée ? Après m'avoir dit que tu ressentais tout un tas de trucs pour moi ? Tu crois que c'est normal ?

— Qu'est-ce que ça peut te foutre ? Tu m'as expressément indiqué que tu n'avais rien ressenti, non ?

Un point pour lui, mais hors de question de l'admettre.

— Et donc c'est une raison pour prendre tes aises ? Tout ce que tu fais, c'est confirmer les raisons pour lesquelles je ne voulais rien entamer avec toi. Ironique, non ?

Il lâche un rire amer en secouant la tête puis vient me faire face, bras croisés et sourcils froncés.

— Tu es une hypocrite, Kaylee. Tu m'envoies chier quand je te dis que tu me plais et me fais la morale parce que je côtoie des personnes qui veulent de moi. C'est osé, tu ne crois pas ?

Je ne dis rien et me contente de le toiser d'un air mauvais. Honnêtement, il ne dit que la vérité. C'est moi la garce qui le repousse et qui s'attend à ce qu'il fasse vœu de chasteté pour le restant de ses jours.

Sa colère est légitime. Pourtant, je n'arrive pas à me résoudre à assumer mes torts.

Une vraie emmerdeuse dans l'âme.

Il s'approche un peu plus de moi, m'obligeant à reculer jusqu'à ce que je me retrouve une nouvelle fois coincée contre ce foutu mur.

Ça commence à devenir une putain d'habitude.

Hayden attrape mon visage en coupe, plonge ses prunelles dans les miennes, me fait à nouveau baisser ma garde.

— T'es une sacrée chieuse, Parker. Tu ne sais pas à quel point tu me rends fou, murmure-t-il près de mon oreille.

J'inspire et expire fortement alors que mon cœur menace d'exploser à tout moment s'il reste aussi près de moi.

Son parfum infiltre mes narines quand la chaleur de son souffle frappe mon visage.

Ses yeux ne me quittent pas. J'arrive à y lire toute la détresse qu'il ressent face à cette situation.

— Bordel, Kaylee, qu'es-tu en train de faire de moi ? Je m'en fous de toutes ces autres filles ! Depuis que t'es entrée dans ma vie, je ne vois que toi, et crois-moi, je préférerais ne rien ressentir, comme toi. Mais ce n'est pas le cas, putain…

Sa voix se brise sur sa dernière phrase, écorchant mon cœur un peu plus profondément.

Arrête de lui faire ça, Kaylee.

— Est-ce que tu crois que je l'ai choisi ? Plus je passe de temps avec toi, plus ta présence me fait du bien. Je ne pensais pas qu'un putain de sourire pouvait autant illuminer mes journées. Ni que ton rire si rare et communicatif pouvait autant réchauffer mon cœur.

Il caresse délicatement ma joue alors que ses mains tremblent autant que mon corps.

La frustration et le désir nous animent tandis qu'une envie furieuse d'écraser ma bouche contre la sienne me possède.

— Ça fait des années que j'ai renoncé à quoi que ce soit de sérieux avec les filles. Baiser était tout ce que j'envisageais. Rien d'autre, plus jamais. Et il a fallu qu'on te mette sur mon foutu chemin, me laissant avec un désir incontrôlable et une envie de te protéger chaque jour.

Il colle un peu plus son corps au mien, laisse sa main caresser mon bras avec toujours autant d'attention et de douceur. Une chaleur et d'innombrables frissons viennent me parcourir à chaque fois que sa peau entre en contact avec la mienne. C'est la première fois que Hayden s'ouvre ainsi à moi. Je ne pensais pas être autant touchée. Putain, mais qu'est-ce que ce mec a fait de la Kaylee forte, froide et pleine de répartie ? Celle qui n'avait que faire des paroles des beaux parleurs dans son genre ?

— Merde, Kaylee, dis-moi que je ne suis pas fou, que je ne suis pas le seul à être aussi troublé, me supplie-t-il sans détourner le regard.

Comment puis-je lui mentir en le regardant droit dans les yeux ? Comment lui dire que je brûle de désir pour lui depuis des semaines ? Que sa prévenance et sa bienveillance à mon égard ne font que me faire baisser la garde, jour après jour, me poussant un peu plus chaque fois à apprécier sa présence.

— Tu n'es pas fou, ni le seul à l'avoir ressenti, finis-je par avouer en baissant la tête. Mais je dois me protéger, je n'ai pas le choix. Je dois me protéger de toi.

— Tu ne seras jamais en danger avec moi, Kaylee. Crois-tu vraiment que je pourrais te faire du mal ?

— Non, ce n'est pas toi le danger, Hayden, mais ces sentiments naissants. Ils seront les premiers à tout détruire dès qu'ils en auront l'occasion.

Il relève ma tête pour me forcer à lui faire à nouveau face.

— Je ne sais pas ce qui t'est arrivé, mais je t'en prie, *piccola*, tu dois me faire confiance.

Je lâche un rire triste en entendant le dernier mot.

Confiance…

— Ma confiance était quelque chose que je donnais si facilement avant de la retrouver à mes pieds, en millions de fragments.

Nouvelle lueur de surprise dans son regard. Je sais que je le blesse en disant tout ça, mais c'est un fait. L'amour, la confiance, l'attachement, ce sont des trucs qui m'ont brisée plus d'une fois. Au bout d'un moment, si on veut survivre, il faut apprendre à y renoncer.

Mais Hayden ne se contente pas d'une réponse aussi partielle. Il est trop tenace pour ça. Et c'est cette obstination qui finira par le mener à sa perte, un jour ou l'autre.

— Alors laisse-moi te prouver que tu peux à nouveau l'accorder. Laisse-moi te montrer, petit à petit, que tu mérites d'être autant aimée, voire plus que quiconque dans ce monde.

Il pose un doigt sur ma bouche tandis que je m'apprête à répliquer.

— La seule chose que je te demande, c'est de ne pas m'écarter. Ne me repousse pas, Kaylee. Hurle-moi dessus, pleure, déverse ta colère, mais ne me repousse pas. Laisse-moi te prouver que, malgré ton besoin de solitude, tes démons prêts à ressurgir, tu auras toujours quelqu'un à qui te raccrocher.

Il dépose un doux et long baiser sur mon front.

— Laisse-moi être cette personne. Je t'en prie.

Son regard s'accroche de nouveau au mien, m'implorant d'accepter et de lâcher prise.

« Hayden et toi, vous avez tous les deux un rapport compliqué à l'amour. Alors peut-être que vous pouvez réapprendre à le faire ensemble. Peut-être que, cette fois, ça fonctionnera. »

Les paroles de Clay résonnent à nouveau dans mon esprit tandis que mon cœur est tiraillé entre raison et sentiments.

Et pourtant, quand il me regarde de cette manière, tout ce que j'ai envie de dire à cette foutue raison, c'est d'aller se faire voir.

— Je veux bien essayer, mais je ne te promets rien. Laisse-moi du temps.

Il hoche la tête. Un doux sourire vient orner son si beau visage.

— Pas besoin de mettre d'étiquette, allons-y étape par étape. D'accord ?

Je rends les armes en opinant. Il y a quelques semaines, je voulais lui tordre le cou. Aujourd'hui, tout ce dont j'ai envie en le voyant, c'est de plaquer mes lèvres contre les siennes et de me loger au creux de ses bras, pour ne plus jamais en ressortir.

Parce qu'en quelques semaines, Hayden est devenu un refuge pour la fille détruite que je suis. Et ça, ça me fout encore plus la trouille que tout le reste.

Il me serre alors contre lui tout en déposant un nouveau baiser dans mes cheveux. Je resserre son étreinte, loge ma tête contre son torse et m'imprègne de sa délicieuse odeur boisée.

— Tu préparais à manger ? demande-t-il, une fois notre câlin achevé.

Je tente de reprendre mes esprits en mettant une certaine distance entre nous. On n'a jamais été aussi proches l'un de l'autre, émotionnellement surtout. Pas même quand sa langue était enfoncée dans ma gorge.

Oui, toujours aussi poétique.

— Oui, je voulais qu'on dîne ensemble et qu'on arrête de s'éviter bêtement.

Il rit de ma remarque mais me donne tout de même raison.

— C'était une excellente idée. Qu'est-ce que tu mijotes ?

— Des pâtes carbo, tout droit venues d'Italie, tu ne seras pas déçu.

— Je n'en doute pas, j'en ai déjà l'eau à la bouche.

Je le gratifie d'un sourire avant de retourner à ma préparation.

— Je vais prendre une douche et je viens t'aider, poursuit-il.

J'acquiesce sans le regarder et entends simplement le bruit de ses pas s'éloigner.

— Hé, Kaylee, résonne de nouveau sa voix, un peu plus loin.

Cette fois, je relève la tête et croise ses prunelles près du couloir qui mène aux chambres.

Il esquisse un large sourire avant de me dire :

— J'ai invité cette fille pour te rendre jalouse. Je ne l'aurais jamais touchée.

Puis il m'adresse un dernier clin d'œil avant de s'éclipser définitivement.

Je ne le dis pas, mais cette phrase a réchauffé mon cœur dès l'instant où elle a résonné dans mes oreilles.

Hayden Jones sera ma perte.

Chapitre 27
Kaylee

3 ans plus tôt

— Toutes mes condoléances, Kaylee, résonne une voix féminine à mes côtés.

— Tes parents étaient des gens bien, ajoute une deuxième en me caressant l'épaule.

Je ne prends même pas la peine de les regarder, ni de répondre. De toute façon, ils s'en moquent.

La plupart des personnes présentes ne sont là que pour la forme, faire croire qu'ils se soucient et sont solidaires.

Foutaises.

La majorité ne connaissait même pas mes parents. Ils ne savent pas que le nez de ma mère se plissait à chaque fois qu'elle riait un peu trop fort. Qu'elle ne pouvait jamais dormir par temps d'orage parce qu'elle en avait la phobie. Et que, de ce fait, mon père était toujours auprès d'elle durant ces moments, physiquement ou par appel vidéo s'il était en voyage.

Parce qu'aucun d'eux ne les connaissait comme moi. Et personne n'en aura plus l'occasion.

Je ne sais pas combien de jours sont passés depuis l'accident. Mon cerveau et mon corps ne fonctionnent plus depuis que ma grand-mère m'a annoncé la pire nouvelle de ma vie.

Je ne dors plus, je ne me nourris plus, mais je m'en moque.

Je ne mérite pas de vivre normalement alors que mes parents, eux, ne le peuvent plus.

Par ma faute. Parce que je les ai tués.

Je sais simplement que ma famille s'est réunie chez moi pour préparer l'enterrement. Ma famille au complet, y compris celle d'Italie.

Mia nonna[1], Livia, était inconsolable. Elle m'a serrée dans ses bras durant des heures, sans retenir ses larmes.

Quant à moi, je ne ressentais rien. J'ai pleuré le premier soir, et depuis, je n'ai plus l'impression d'être en vie. J'entends des voix, je vois certaines choses mais ne ressens rien : ni joie, ni peine, ni colère. Je suis une coquille vide.

Plus rien n'a de sens. Wyatt et Alba Parker représentaient mon univers, ma joie, ma raison de me lever chaque matin. Et tout s'est envolé avec eux.

Grace est là, elle aussi. Elle n'a pas compris au début et a réclamé ma mère pendant des heures, ne réalisant pas où elle était partie.

J'aurais dû être présente pour lui expliquer, la rassurer. Mais comment la regarder dans les yeux alors que je l'ai privée de ses parents ?

Si j'avais écouté les réticences de mon père sur cette soirée, nous n'en serions pas là aujourd'hui. Si j'avais attendu quelques jours supplémentaires avant de parler à Marco, ma sœur aurait toujours des parents.

J'ai été égoïste, j'ai fait de mauvais choix et je ne suis pas la seule à en payer les conséquences.

« Anch'io ti voglio bene, cara mia. »

« Bouge pas, ma princesse. J'arrive tout de suite. »

---

1. *Ma grand-mère.*

J'entends encore leurs voix qui résonnent dans mon esprit. Leurs derniers mots, leurs dernières expressions.

Malgré leurs peurs et leurs réticences, ils m'ont laissé y aller. Ils ont voulu me faire plaisir. Et tout ce que j'ai fait en retour pour les remercier, c'est les conduire à la mort.

Je donnerais n'importe quoi pour échanger ma place avec la leur. Mes parents étaient les personnes les plus bienveillantes que je connaissais. Ils ont toujours fait le bien autour d'eux…

Rien de tout ça n'était mérité.

— Ils étaient tellement fiers de toi, s'exclame une nouvelle voix inconnue.

Fiers de quoi ? D'avoir une fille qui n'a pas su choisir le moment propice pour annoncer une mauvaise nouvelle ? D'avoir une fille idiote, incapable de faire preuve d'un peu de jugeote et de bon sens ? D'avoir une fille qui a ruiné leur vie d'un simple coup de fil ?

Il n'y a vraiment pas de quoi être fier. Je ne suis qu'un boulet, un monstre, une pauvre merde qui aurait dû crever à leur place.

Putain de merde, j'aurais dû crever ! Je vous en prie, laissez-moi prendre leur place ! Ruinez ma vie, prenez tout ce que j'ai, je m'en moque ! Mais permettez-moi de les revoir rien qu'une fois, permettez à Grace d'avoir sa mère un peu plus longtemps. Elle est si jeune, trop jeune pour se retrouver sans repères…

— Kaylee, entends-je derrière moi.

Cette fois, ma tête se relève parce que je reconnais cette voix. Une voix qui me murmurait des mots doux, quelques jours auparavant. Celle que j'aimais entendre chaque jour. Celle qui m'a craché des horreurs juste avant que ma vie ne vole en éclats.

Il est là, vêtu d'un costume noir. Une rose à la main. Son visage n'exprime rien d'autre qu'une immense tristesse. À ce moment-là, une rage profonde émane de mon corps. Tout est sa faute. S'il ne m'avait pas abandonnée, ce soir-là, mes parents seraient encore en vie.

Je ne réfléchis plus et fonce jusqu'à lui.

— Connard, tout est ta faute ! Tu m'as abandonnée, putain ! hurlé-je en le rouant de coups.

Il ne se défend même pas et encaisse sans broncher. Alors je continue, parce que ça me fait du bien. Parce que je retiens trop de choses depuis des jours et que j'ai besoin d'évacuer.

— Où étais-tu, Marco ?! Où étais-tu lorsque j'avais le plus besoin de toi ? Je te croyais mort, toi aussi, pourquoi tu m'as abandonnée ? Pourquoi…

Ma voix se meurt et je m'effondre. Je n'ai pas pleuré depuis des jours, la présence de Marco est le déclencheur. Je me recroqueville sur moi-même et déverse toute la douleur qui s'est emparée de mon corps. Toute cette rage, cette souffrance, cette amertume et cette colère que je ressens. Je me libère de ces émotions qui me consument petit à petit.

Mais Marco ne me laisse pas tomber. À la place, il écarte mes bras pour me ramener contre lui, resserre son étreinte autour de mon corps tremblant et me caresse la tête tout en chuchotant contre mon oreille.

— Pardonne-moi, *amore mio*. J'aurais dû être là pour toi, pardonne-moi.

Je ne dis rien, parce que malgré la colère que je ressens, son contact est la seule chose qui me fasse du bien actuellement. Parce qu'il est tout ce qu'il me reste et que je n'ai pas la force de perdre une personne de plus.

Alors je le laisse me serrer aussi fort qu'il le désire. Je le laisse apaiser une partie de mon cœur meurtri.

— Je ne t'abandonne plus, plus jamais. C'est toi et moi maintenant, Kaylee.

Il prend mon visage en coupe et plonge son si beau regard émeraude dans le mien.

— Viens avec moi. Laisse-moi t'emmener loin de cette souffrance. Je te promets de prendre soin de toi et de ne jamais te quitter. Laisse-moi faire ça.

Partir ? Comment pourrais-je quitter la seule maison que j'ai connue ? Comment pourrais-je quitter ma sœur alors qu'elle n'a plus personne ?

— Je… je ne peux pas laisser Grace.

— Ta grand-mère prendra soin d'elle. Tu n'auras rien de bon à lui apporter dans cet état. Tu ne lui rendras service qu'en t'en allant. Chaque fois qu'elle te verra, tu lui rappelleras que ses parents sont morts.

Mon cœur rate un battement lorsque j'entends ses derniers mots. Parce qu'il a raison. J'ai tué mes parents, et Grace finira par me détester pour ça.

— Parce que c'est ma faute ? Parce que je les ai tués ?

Il me fixe un instant avant de hocher la tête.

— Tu ne l'as pas voulu, mais le résultat reste le même. Ils sont morts à cause de tes mauvais choix, Kaylee. Ça me fait mal de te le dire, mais je ne peux pas te mentir.

À cause de tes mauvais choix.

Je le savais, mais l'entendre à voix haute rend les choses encore plus réelles. Je suis une meurtrière et ne mérite pas de vivre ma vie comme si rien ne s'était passé. Je ne peux pas être auprès de Grace alors que je lui ai arraché une partie d'elle-même, ni être auprès de ma grand-mère alors que son fils ne verra plus jamais la lumière par ma faute.

Il ne me reste plus que Marco. Ainsi j'accepte de prendre sa main et le laisse me guider hors de ce cimetière. Hors de cette ville, où j'ai connu mes plus beaux instants de bonheur et mes pires souffrances. Je laisse mon cœur à Seattle, puis tire un trait sur cette si belle vie qui aurait dû m'attendre.

— On peut passer chez moi prendre quelques affaires ? demandé-je lorsque Marco s'engage sur la route.

Il acquiesce et me conduit une dernière fois dans cette maison, témoin de mes plus beaux moments.

J'attrape une valise et la remplis le plus possible. Je n'emporte rien d'autre que des vêtements. Je ne mérite rien d'autre : ni les souvenirs, ni les cadeaux.

J'écris une lettre à ma grand-mère afin de lui demander de s'occuper de Grace et de ne plus me contacter. Je lui annonce que je m'en vais, leur souhaite une belle vie. Loin du monstre qui en a détruit une partie.

Je passe une dernière fois devant la photo de mes parents. Mémorise leur sourire, leur visage. Puis je dépose un ultime baiser sur leur joue et quitte enfin cette maison pleine de souvenirs douloureux.

Peu importe ce que devient ma vie après ça, je l'aurai mérité.

Chapitre 28
Hayden

— Mais alors je ne comprends pas, c'est quoi votre statut officiel ? Amis avec avantages ? Couple ? J'avoue que tu m'as un peu perdu, mec, me dit Kyle en prenant une gorgée de sa bière.

Je ne peux réprimer un petit rire en haussant les épaules.

Hier, Kaylee et moi avons mis nos cœurs à nu, si je peux appeler ça ainsi. Je ne supportais plus de voir qu'elle m'évitait alors qu'on se désire autant l'un que l'autre.

L'amour m'a blessé à plusieurs reprises, mais Kaylee, elle, il l'a littéralement ravagée. Je ne sais toujours pas si un potentiel copain l'a fait souffrir. Vu sa réaction à mon contact sur sa peau, je jurerais qu'elle est vierge. Être en couple ne signifie pas toujours avoir des relations sexuelles. Certains préfèrent attendre, d'autres n'en ressentent jamais le besoin, ce que je respecte.

Peut-être qu'elle n'a pas uniquement connu la mort à travers ses parents…

C'est horrible de penser ça, mais qu'est-ce qui la pousserait à se renfermer autant ?

— Pas d'étiquette, mec.

— Ouais, j'ai bien compris, mais il se passe quoi concrètement entre vous ? Vous pouvez vous embrasser ? Baiser ? Avery et moi, on n'a clairement pas d'étiquette mais on ne va pas plus loin que d'occasionnels baisers et certaines nuits dans les bras l'un de l'autre.

Je fais la grimace lorsqu'il nous compare à sa relation avec la starlette. Je sais qu'Avery et lui sont fusionnels et ont une relation qu'eux seuls peuvent comprendre, mais je sais aussi que cette petite peste profite beaucoup de la gentillesse et de l'amour que lui porte mon meilleur pote.

Si Kaylee devait se jouer de moi comme ça, je ne le supporterais pas. J'ai déjà connu la trahison. Clairement, ça ne laisse pas indemne.

Cependant, c'est moi qui l'ai voulu alors je dois assumer. Ce qui ne m'empêche pas d'avoir une sacrée trouille.

— Tu sais que je suis à mille pour cent derrière vous, Jones. Cette alchimie, même un aveugle serait capable de la voir. Mais tu es le premier à te méfier des femmes, des relations et des complications qui vont avec, poursuit-il.

Il n'a pas tort. Comme souvent, d'ailleurs. Dans tous les cas, il commence à être trop tard pour faire machine arrière.

Parce qu'il m'a suffi d'un mois pour comprendre que je ne pourrais pas laisser cette fille me quitter. Parce que je ne nous imagine pas prendre des chemins différents, pas tant que je n'ai pas goûté à ce potentiel futur que j'imagine chaque jour.

Parce qu'elle m'a ensorcelé sans possibilité d'inverser la formule.

Alors, je vais foncer tête baissée, et si je dois à nouveau souffrir, j'en serai l'unique responsable.

— Si par le meilleur des hasards cette relation fonctionne, elle aura réparé deux âmes brisées. Et c'est la meilleure chose qui puisse vous arriver.

Je me contente d'acquiescer en avalant mon verre d'une traite.

Y a-t-il vraiment quelque chose d'assez fort pour réparer les dommages du passé ?

Je secoue la tête afin d'éviter de me noyer dans mes doutes puis change de sujet.

— Bon, et toi, tu revois ta brunette bientôt ? demandé-je.

Son regard s'illumine à la mention de la fille qu'il aime, ce qui me pousse à me demander si le mien est identique lorsqu'on me parle de Kaylee.

T'es pas amoureux d'elle, ducon. Pourquoi tu penses à ça ?

Pas faux, mais bon, on ne sait jamais.

— À la fin du mois normalement, pour Thanksgiving.

— Évidemment, j'ai failli oublier que ça arrivait. Vous le faites à Boston ou tu rentres à la maison, pour une fois ?

— Pas le temps. Quand je ne peux pas aller à la maison, c'est la maison qui vient à moi, dit-il en souriant.

Je ne peux réprimer un éclat de rire. Lorsque Kyle est arrivé à l'université et que le premier Thanksgiving approchait, Lexie Jennings, la mère de ce crétin, n'a pas supporté l'idée que son fils passe cette fête seul.

La distance entre L. A et Boston est bien trop grande pour qu'il fasse l'aller-retour. Alors sur un coup de tête, elle a acheté une maison de vacances ici afin d'être auprès de son fils. J'ai d'abord halluciné, puis j'ai fini par trouver ça mignon. L'amour d'une mère : quelque chose que je n'ai jamais connu mais qui me laisse très admiratif.

Il le passe avec Avery parce que leurs mères sont les meilleures amies du monde depuis plus de vingt ans et qu'elles l'ont toujours fêté ensemble depuis la naissance de leurs enfants.

Kyle a une petite sœur âgée de quatorze ans, Kiara. J'ai eu l'occasion de rencontrer sa famille à plusieurs reprises, et ce sont vraiment de bonnes personnes. Le père de Kyle, Dean, est neuro-chirurgien. Lexie, sa mère, est photographe et possède sa propre galerie à Los Angeles.

— Tu te joins à nous, cette année ? me propose-t-il alors qu'il connaît très bien la réponse.

— Tu sais que j'adore ta famille, mais Craig Jones ferait une attaque si son fils unique ne rentrait pas quand il en a l'occasion.

Au tour de Kyle de rire en hochant la tête.

Kyle connaît aussi très bien mes parents. New Haven étant à deux heures et demie de route de Boston, j'ai l'occasion de rentrer plus souvent au bercail, et il m'est arrivé d'embarquer Kyle et Clay avec moi. Ils s'entendent très bien avec mes pères. Je dois dire que ça a rassuré Craig de voir que j'étais aussi bien entouré.

— C'est pas faux, ils n'ont que toi, je peux comprendre leur point de vue. Tu sais si Kaylee rentre ?

Je secoue la tête, n'ayant pas la moindre idée des plans de ma coloc. Elle ne parle pas souvent de sa famille, je sais simplement que sa sœur vit avec sa grand-mère à Seattle. La distance est assez conséquente entre Boston et sa ville natale, alors il est possible qu'elle n'y aille pas. Mais je sais aussi que sa sœur lui manque et qu'elle ne raterait pas une occasion de la voir.

Il faudrait peut-être que j'en discute avec elle.

— Aucune idée, je lui demanderai dans la semaine.

Je balaye le bar des yeux jusqu'à ce que ces derniers s'accrochent aux émeraudes de ma rouquine préférée. Elle lance un regard furtif à un client pour prendre sa commande, puis repose ses prunelles sur moi. Son regard jusqu'ici dur et froid a presque totalement disparu afin de laisser place à un rictus espiègle qui se transforme en un large sourire sincère. Je le lui rends, tout en lui adressant un clin d'œil, puis me reconcentre sur mon ami, qui n'en a évidemment loupé aucune miette.

— Mon pote, t'es complètement foutu, lâche-t-il dans un rire moqueur.

Merde, je crois que je le suis totalement.

***

— Tu sais, il va falloir m'expliquer un jour pourquoi tu ne dors pas, m'exclamé-je en rejoignant ma coloc sur le canapé.

Bien qu'il soit possible que je l'aie deviné. Depuis que j'ai surpris Kaylee en plein cauchemar, je ne l'ai plus vue dormir le soir. Je crois qu'elle profite de ses après-midis de libre pour récupérer un peu de sommeil.

À mon avis, ses mauvais rêves sont récurrents et lui font peur. J'ai bien vu sa réaction, cette nuit-là : elle était terrifiée, elle hurlait et pleurait.

Revivait-elle l'accident de ses parents ? Son année de dépression ? Ou un nouveau secret qu'elle n'est pas prête à me dévoiler ?

— À une époque, c'était le seul moment où j'avais la paix étant donné que tu dormais, réplique-t-elle en tirant la langue.

Je ris de sa petite pique en lui pinçant le bras, lui arrachant un rictus amusé au passage.

Je l'avoue, je continue de passer mes nuits avec elle. Je ne trouve pas le sommeil tant qu'elle ne le trouve pas, donc je n'essaie même plus. On a d'ailleurs hyper bien avancé dans notre série. On est en plein milieu de la saison six, et je suis toujours autant accro.

Les gars se sont bien foutus de ma gueule lorsque je leur ai raconté. Mais je m'en fiche, je suis fidèle à Gaby, Bree, Lynette et Susan, et je l'assume.

Je baisse les yeux sur les mains de Kaylee qui tiennent, comme très souvent, un bouquin.

J'ai compris que cette fille était la parfaite caricature de la casanière : à la maison quand c'est possible, un abonnement Netflix bien rentabilisé, un stock de nourriture impressionnant et un tas de bouquins qui recouvre les étagères de sa chambre.

Il est possible que je me sois faufilé dans son antre à quelques reprises pour y jeter un coup d'œil. Elle lit principalement de la romance, mais il ne faut vraiment pas se fier aux couvertures. Parce que, pour être honnête, j'ai fait plus qu'y jeter un œil furtif. Pour comprendre ce qui la fascinait autant dans sa lecture, j'ai dû m'y plonger totalement… et ma petite coloc discrète et innocente ne l'est absolument pas.

Elle lit carrément des romans érotiques. Croyez-moi, c'est hyper détaillé et plutôt excitant.

— Qu'est-ce que tu lis ? demandé-je en essayant de lire la page de couverture.

Elle me snobe un instant – le temps de finir sa page, j'imagine – puis ferme son bouquin afin de m'accorder toute son attention.

— *Landon & Shay*. Une romance qui commence sur une haine mutuelle entre les protagonistes.

Comme la plupart de tout ce qu'elle lit.

— Ça me rappelle un truc, ça, ne puis-je m'empêcher de souligner alors qu'un demi-sourire s'étire sur mon visage.

Kaylee me lance un faux regard noir tout en levant son majeur.

Je ne m'en lasserai jamais.

— Bref, ils ont fait une sorte de pari : faire tomber amoureux l'autre avant que le contraire ne se produise. Mais l'histoire devient peu à peu plus profonde. Ils vont passer du temps ensemble, découvrir les peurs intérieures de chacun. Puis, au fur et à mesure, ils vont s'aider à les surmonter. J'en suis actuellement au deuxième tome et j'ai vraiment eu un gros coup de cœur pour le personnage de Landon. Il joue au con, mais au fond, il souffre énormément. Et Shay, elle est extraordinaire : compréhensive, une vraie battante, un soutien incroyable. Une des plus belles romances que j'aie pu lire.

Je suis en train de passer pour la plus grande guimauve de tous les temps mais je m'en fous. Je suis totalement pendu à ses lèvres. Lorsque Kaylee raconte quelque chose qui la passionne – très souvent, ça tourne autour de livres, de séries ou de faits psychologiques – elle en parle si bien qu'on ne peut rien faire d'autre que l'écouter.

Kaylee est belle, vraiment belle. Sa chevelure rousse, ses taches de rousseur – une touche de charme supplémentaire –, ses yeux émeraude qu'on est incapable de lâcher du regard… Tout en elle est sublime. Mais elle est aussi intelligente. Elle apprend très rapidement, surtout si le sujet lui plaît. Elle est capable de l'expliquer avec conviction. Et à mes yeux, c'est ça qui la rend si unique.

— Je peux te poser une question, *piccola* ?

Elle me sonde un instant, cherchant probablement à savoir si je vais encore sortir une connerie ou si je vais lui dire quelque chose qui va la faire fuir.

Cependant, elle acquiesce pour m'inviter à poursuivre.

— Pourquoi lire tous ces romans d'amour si tu n'y crois pas ?

Elle baisse les yeux sur son bouquin tout en se mordant la lèvre. Elle ne s'attendait sûrement pas à une telle question, mais je ne pouvais pas rester sans réponse. Ou du moins, sans tenter d'en obtenir une.

Contre toute attente, elle replonge son regard dans le mien avant de se lancer :

— Parce que rien n'est réel. Parce que la lecture te transporte, te permet d'imaginer rien qu'un instant que la vie pourrait être plus belle, plus simple. Même si tu sais qu'à un moment donné, tu devras retourner à la réalité. Elle te permet de t'échapper momentanément de ce monde trop noir, trop vicieux.

Ce qu'elle dit n'est pas faux. La fiction, c'est beau surtout parce que rien n'est réel, qu'on peut imaginer un monde meilleur parsemé d'embûches qui finit bien.

La vraie vie a un côté effrayant. Rien n'est modifiable, rien n'est effaçable. On doit faire face aux conséquences de nos actes et tenter de vivre avec les nombreuses douleurs que l'existence nous aura infligées.

— Pourquoi es-tu si effrayée par l'amour, *piccola ?* la questionné-je à nouveau en caressant délicatement son bras.

Son regard va de mon visage au mouvement de ma main, sans me demander d'arrêter pour autant.

— Dans tomber amoureuse, il y a « tomber ». Et si je dois à nouveau le faire, je serai incapable de me relever. Alors non, Hayden, je ne veux plus tomber amoureuse, de qui que ce soit. Je n'en ai pas la force.

Au son de sa voix, j'ai compris qu'elle était sincère. Sa douleur n'est plus un secret lorsqu'elle se confie à moi de la sorte. J'en suis maintenant sûr, un homme l'a blessée avant moi. Je n'en connaîtrai jamais les raisons tant qu'elle ne me dira rien, mais je sais que cette relation lui a fait énormément de mal. Je le perçois, le ressens. Et mon cœur se serre rien qu'en imaginant tous les scénarios possibles.

Je ne peux pas prévoir le futur. Je ne sais pas si Kaylee pourra, oui ou non, ressentir plus que de l'attirance pour moi. Peut-être qu'aujourd'hui, elle s'en sent incapable, mais qu'avec le temps, ça sera plus facile pour elle. Si je persiste à lui montrer que je suis quelqu'un de fiable qui fera tout pour la protéger et la rendre heureuse, peut-être qu'elle se permettra de vivre et d'aimer à nouveau.

Parce que moi, je suis totalement en train de le faire.

Ce soir, je n'insiste pas et me contente de la ramener contre moi. Elle ne me repousse pas, laisse mes bras entourer son corps. Elle n'est pas à l'aise avec le contact, il lui a fallu du temps pour accepter que je la touche, et maintenant, j'ai presque l'impression qu'elle apprécie.

Tout a changé si vite et si naturellement à la fois. Comme si, plus mes actes envers elle étaient sincères et désintéressés, plus ses barrières tombaient.

— Et toi, Hayden ? Pourquoi tu ne t'es jamais trouvé une copine depuis que tu es ici ? Pourquoi fuis-tu l'amour et les femmes à ce point ? demande-t-elle d'une petite voix alors que mon index longe son bras recouvert d'un sweat.

Je ne réponds pas tout de suite. Il est vrai que poser des questions est une chose bien plus simple que d'y répondre. Surtout quand ça touche à des sujets aussi sensibles.

Mais Kaylee a été honnête dans ses réponses, aussi je me dois de lui rendre la pareille.

— Chaque femme qui m'a un jour approché a fini par m'abandonner. C'est un peu difficile de refaire confiance après ça.

— Ta mère ? devine-t-elle après quelques secondes de silence.

J'acquiesce, même si elle ne le voit pas.

— Ma mère, en grande partie. Mon premier et unique amour également.

Eh oui, aussi fou que cela paraisse, Hayden Jones a déjà connu l'amour.

J'y ai tellement cru que la trahison de mon ex-copine m'a anéanti, me faisant perdre foi en l'amour instantanément.

J'ai aimé cette fille plus que je ne m'aimais moi-même et j'ai compris que c'était la plus grande erreur que j'avais commise.

— T'as envie d'en parler ?

Pas vraiment, mais je sais aussi que ça m'aiderait à me libérer.

— Elle s'appelait Heather. On s'est rencontrés en deuxième année de lycée et on est restés ensemble trois ans. Tout allait très bien, j'étais fou d'elle. Je n'avais jamais autant aimé une personne auparavant. On vivait une relation parfaite, très clichée étant donné que j'étais le sportif et elle la populaire.

Sans la voir, je sais d'avance que Kaylee lève les yeux au ciel. Ce qui, malgré la douleur que je ressens en repensant à Heather, m'arrache un fin sourire.

— On avait tout planifié, on devait tous les deux aller à Boston et poursuivre cette relation à l'université. J'étais persuadé qu'elle était mon âme sœur, la femme de ma vie, même si je n'étais encore qu'un bébé sans réelle expérience. Pour moi, à l'époque, il n'y avait aucun doute sur notre histoire.

Je marque une pause, essayant de maîtriser la colère qui naît à nouveau en moi. À l'heure actuelle, je ne suis plus amoureux de cette fille, mais sa trahison me laisse toujours un goût amer. Je la déteste sincèrement.

— Lors de notre dernier semestre au lycée, je sentais qu'on s'éloignait un petit peu, mais je mettais ça sur le coup du stress des exams et des candidatures. Encore une fois, je n'y voyais que du feu et pensais vraiment que ses sentiments étaient aussi forts que les miens.

Quand je repense à la façon dont elle s'est bien foutu de ma gueule…

— Puis un jour, j'ai appris que lors de notre séjour en Californie, elle a couché avec un gars de Berkeley. Un étudiant de deuxième année, paraît-il. Et cette relation ne s'est pas arrêtée à un simple coup d'un soir. Ils se parlaient régulièrement au téléphone et se sont revus à de nombreuses reprises. Ces mêmes jours où elle me disait rendre visite à sa pauvre grand-mère qui se sentait seule.

— Quelle salope, lâche soudainement Kaylee.

Je souris un peu plus jusqu'à lâcher un petit rire sans joie. C'est effectivement ce que je pense d'elle, après coup.

Au moment où je l'ai appris, c'est la tristesse et la douleur qui m'ont dominé en premier. Puis est venue la phase de la colère et de la rancœur. Et quand je l'ai enfin accepté, je me suis juré de ne plus jamais laisser une fille jouer avec mon cœur.

Ironique quand je vois de qui je me suis entiché.

Kaylee se redresse afin de me faire face. Ses prunelles s'accrochent aux miennes comme elles en ont l'habitude. C'est sa façon à elle de lire tous les non-dits que je ressens, sa façon de lire en moi. Aussi frustrant qu'agréable.

— Tu t'es promis de ne plus jamais tomber amoureux afin de ne plus finir blessé comme tu l'as été ? devine-t-elle à nouveau.

J'opine alors que sa main vient caresser ma joue délicatement.

— Et pourtant, tu persistes à vouloir qu'on tombe amoureux l'un de l'autre.

— Je suis un optimiste, peut-être qu'à deux cœurs brisés, on peut construire quelque chose de plus beau.

— Ou alors se détruire plus facilement à cause de cette lourde carapace qui nous protège depuis des années, renchérit-elle, m'arrachant un énième sourire.

Quoi que je dise, elle trouvera toujours le moyen de me prouver qu'une relation entre nous est une très mauvaise idée. Pourtant, plus elle s'obstine à me rejeter, plus je suis persuadé que ça va marcher.

Mon regard va de ses yeux à ses lèvres. Maintenant que je connais leur goût, je ne rêve que de recommencer. Encore et encore. Et à la façon dont son corps frémit, dont sa respiration se coupe, je sais que le sentiment est réciproque.

— Dis-moi quelque chose en italien, la défié-je sans la lâcher du regard.

Elle réfléchit un instant, sans manquer de lancer des regards furtifs à ma bouche.

— *Muoio dalla voglia di baciarti*, murmure-t-elle.

— *Allora fallo*, réponds-je alors que la surprise envahit ses traits.

Elle s'éloigne de quelques centimètres et me regarde avec stupeur. Elle s'attendait sûrement à ce que je ne comprenne rien. Malheureusement pour elle, je suis plein de ressources. Elle m'a dit qu'elle mourait d'envie de m'embrasser, je lui ai répondu qu'elle n'avait qu'à le faire.

— Comment ?

— Ça fait un bon mois que j'apprends l'italien. Je me suis dit que ça nous rapprocherait, à un moment donné. Et puis, si je dois être le futur homme de ta vie, il me faudra toutes les ressources nécessaires pour discuter avec ta famille.

Bon, pour être totalement honnête, j'ai d'abord appris toutes les phrases les plus cucul et romantiques qui existent. Mais ça revient au même.

Les yeux de Kaylee sont tellement écarquillés qu'ils menacent de tomber à n'importe quel moment. On dirait bien que ma petite surprise a marché.

— Tu es…

— Prévenant, irréel, intelligent, beau à s'en damner…

— Pas croyable, tu n'es pas croyable, lâche-t-elle avant de plaquer soudainement ses lèvres contre les miennes.

D'abord surpris par cette initiative, je finis par me détendre et réponds à son baiser comme j'en meurs d'envie depuis des jours.

Contrairement à notre premier, celui-là est calme et plus maîtrisé. Nos lèvres prennent le temps de se goûter, de se découvrir. Nos langues se rencontrent doucement et se cherchent à nouveau, sans se brusquer. Il n'y a pas de précipitation, pas d'urgence. Pourtant, les étincelles et les papillons sont définitivement présents.

J'approche son corps plus près du mien en prenant soin de ne toucher que son visage, puis prolonge ce baiser parfait.

— Eh, Kaylee, chuchoté-je contre sa bouche.

Elle hausse un sourcil, hoche la tête.

— « Et si jamais ton cœur se remet à battre, souviens-toi… Je serai toujours là pour en être le premier écho. »

Ses yeux brillent à nouveau de surprise à l'entente de cette citation. Elle provient d'un de ses livres préférés que j'ai lu il y a quelques jours. Cette fois-ci, une toute nouvelle lueur prend forme sur son visage, quelque chose de plus lumineux et étincelant.

Une lueur qui la pousse à sceller de nouveau ses lèvres aux miennes, me faisant perdre un peu plus encore toute notion de réalité.

Parce que même si je dis avoir renoncé à l'amour, il se pourrait bien que cette fille ait déjà capturé mon cœur.

Chapitre 29
Hayden

— NONNN !

Un cri familier me réveille en sursaut. Je regarde autour de moi en tentant de reprendre ma respiration quand le silence refait surface. Je suis encore dans cette phase où je me demande si ce cri pouvait provenir d'un de mes rêves, mais lorsque cette même voix résonne à nouveau, je sais que ça ne l'était pas.

Putain, Kaylee.

Je ne réfléchis pas une seconde de plus et saute sur mes pieds pour rejoindre sa chambre.

Je revis soudainement la même scène qu'il y a quelques semaines. Elle gigote, tremble et se débat avec elle-même.

Je sais qu'elle peut contrôler ses démons lorsqu'elle est éveillée, je n'ai pas besoin de la protéger, même si je le souhaite. Mais lorsqu'elle est endormie et qu'elle perd toute lucidité, personne ne peut l'épargner. Et ça me tue d'être aussi impuissant. J'aimerais qu'elle réussisse à dormir complètement en rêvant paisiblement.

Je me souviens que le seul moment où son sommeil n'était pas agité, c'est lorsqu'elle s'est rendormie dans mes bras. Je ne sais pas si ça venait de moi ou du fait qu'elle avait déjà fait un cauchemar la même nuit, mais je préfère ne prendre aucun risque.

Alors, comme la dernière fois, je m'approche doucement d'elle. Elle me rejette d'abord, pensant que je suis quelqu'un d'autre. Je la caresse donc légèrement et lui fais entendre ma voix pour la mettre en confiance.

— C'est moi, *piccola*. C'est Hayden, reviens parmi nous, je suis là.

Je répète cette phrase jusqu'à ce qu'elle se réveille.

— Hayden, répète-t-elle.

Je soupire de soulagement avant de la serrer contre moi. Elle tremble toujours un peu, mais mon contact la calme au fur et à mesure, alors que mon cœur, lui, continue de battre la chamade. Je ne m'habituerai jamais à la voir dans cet état, c'est un fait. Je peux supporter ses regards noirs, je peux supporter son silence, mais il m'est impossible de la regarder souffrir aussi explicitement sans sentir mon cœur se déchirer.

Je récupère la bouteille d'eau sur sa table de chevet et l'aide à boire quelques gorgées. Une fois totalement apaisée, je me faufile sous ses draps, puis la ramène à nouveau contre moi, m'imprégnant de sa douce odeur.

— Tu n'es pas obligé de rester, murmure-t-elle sans conviction.

— Je ne partirai que si tu le souhaites. C'est le cas ?

Elle secoue la tête en resserrant son emprise. Alors je m'installe plus confortablement en rapprochant un peu plus son corps du mien. Sa tête vient se loger contre mon cou, la mienne repose sur sa chevelure.

— Dans ce cas, je reste. Tu veux en parler ?

— Non.

— Très bien, ça me va aussi. Maintenant tu peux dormir en toute sécurité, je ne pars pas.

Je sens ses épaules se relâcher, signe qu'elle me fait confiance et va m'autoriser à prendre soin d'elle, cette nuit.

J'ai conscience que le fait de parler de ce qui l'angoisse est difficile, mais je ne saurai jamais ce qu'il faut réellement faire tant que je n'aurai pas tous les détails.

Et en même temps, est-ce que ça changerait vraiment quelque chose ?

Je ne suis pas un spécialiste, un docteur. Je ne suis qu'un mec de presque vingt ans complètement paumé, abandonné par sa mère biologique, étudiant en droit afin d'essayer de changer un monde déjà bien pourri.

Pourrais-je vraiment sauver une fille aussi perdue que moi ?

J'aimerais croire que oui, mais en réalité, je n'en ai aucune putain d'idée.

— Hayden ? résonne de nouveau la voix de Kaylee.

— Hmm ?

— Merci.

* * *

— Tu es déjà réveillé, entends-je à mes côtés.

Je tourne la tête pour découvrir une Kaylee en train d'émerger. Ses petits yeux verts sont rivés sur moi, m'obligeant à lui décrocher un léger sourire.

Le matin n'enlève décidément rien à sa beauté naturelle.

La vérité, c'est que je n'ai pas pu me rendormir. Le sommeil s'est envolé dès le moment où les cris ont résonné dans ma tête. Mon esprit n'a pas pu les effacer. Je ne pouvais rien faire d'autre que de veiller sur elle. Je l'ai regardée dormir durant des heures afin de m'assurer que rien ne vienne perturber sa nuit.

— Je n'avais plus sommeil, mens-je pour ne pas l'inquiéter.

Elle me fixe un moment pour sonder mon esprit puis finit par hocher la tête.

— Comment vas-tu, ce matin ? demandé-je.

— Plutôt bien. Je… merci pour cette nuit. Tu n'avais pas à…

— Ne dis pas de conneries. Tu crois vraiment que j'aurais pu dormir sur mes deux oreilles alors que tu étais dans un état pareil ? Impossible.

Elle se mord la lèvre en fuyant mon regard. Elle n'est pas habituée à recevoir de l'aide, c'est quelque chose auquel elle ne se fera jamais. Pourtant, si elle veut vivre avec moi, elle va bien devoir faire quelques efforts. Parce que tant que je le jugerai nécessaire, je la protégerai.

— Est-ce que c'est pour ça que tu ne dors presque jamais ? tenté-je.

Elle écarquille les yeux, surprise d'avoir été démasquée. Contre toute attente, elle ne nie pas et opine. Je sais qu'elle n'ira sûrement pas plus loin, mais j'essaye quand même de poser plus de questions.

— Est-ce que ça a un rapport avec tes parents ?

Elle grimace puis secoue la tête.

— Pas exactement, c'est compliqué. Je n'ai pas vraiment envie d'en parler pour le moment. C'est déjà assez dur d'affronter ça durant mes rares nuits de sommeil, je…

— Hé, hé, dis-je en caressant sa joue de mon pouce. Tu peux choisir de garder le silence ou de tout me révéler. Mais dans les deux cas, laisse-moi simplement être à tes côtés.

Je dépose un chaste baiser sur sa joue avant de lui offrir mon plus beau sourire.

— Je ne te forcerai jamais à quoi que ce soit. J'ai besoin que tu l'intègres.

Elle me rend mon sourire en opinant.

— Bon allez, il vaudrait mieux se préparer, maintenant. Médusa ne va pas nous attendre.

***

— Tu as terminé le devoir à rendre ? demandé-je à Kaylee lorsque nous arrivons à nos places habituelles.

— Presque, il me reste encore un paragraphe. Il faut croire que tu n'es pas si facile à lire.

Je ris en lui adressant un clin d'œil. Il est vrai qu'au départ, l'analyse du comportement de Kaylee a été plutôt difficile. Je voyais le caractère, mais j'avais beaucoup de mal à voir au-delà du masque.

Notre rapprochement m'a été particulièrement bénéfique parce que j'étais aux premières loges de son changement. J'ai compris que tout ce qu'elle montrait n'était que comédie et faux-semblants. Tout ça pour cacher ses blessures internes.

J'ai été plutôt inspiré et suis assez fier du travail que je m'apprête à rendre.

— Ça, c'est parce que je suis parfait, *piccola.* Rien à analyser me concernant, répliqué-je sans perdre mon sourire de sale gosse.

— La ferme, petit con. Tu es loin d'être insondable, crois-moi.

Je hausse les épaules avec nonchalance, ce qui l'énerve davantage encore.

Peu importe les sentiments ou l'attraction qu'on ressent l'un pour l'autre, il n'y aura jamais rien de plus satisfaisant que nos piques quotidiennes. Kaylee et Hayden ne seraient pas les mêmes sans leurs joutes verbales.

— Et toi, tu en es où ? m'interroge-t-elle en sortant son ordinateur.

— Terminé depuis une semaine. Je sais, oui, je suis génial. Merci pour toutes ces soirées séries-papotages.

Elle me fusille du regard, me faisant rire encore plus. C'est si facile de la faire démarrer au quart de tour. Comment s'en lasser ?

J'approche mon visage de son oreille, la fais frissonner au passage.

— Je commence à te cerner, *piccola*. Il est encore temps de fuir, susurré-je d'une voix suave.

Nos prunelles s'accrochent alors qu'un large sourire victorieux éclaire mon visage. Elle a trop longtemps résisté à mes tentatives de séduction pour que je n'apprécie pas chaque moment où son corps frémit.

Le claquement des talons de Médusa nous sort de notre transe et pousse Kaylee à détourner le regard. Elle tente de reprendre une certaine contenance afin de masquer le trouble qu'elle peut ressentir en ma présence, ce qui, évidemment, accroît ma satisfaction. Je sais dorénavant où j'en suis avec elle.

Je ne veux pas d'une relation amicale, je ne veux pas d'un plan cul occasionnel. Non, je veux redonner mon cœur, je veux avoir une personne à qui penser matin et soir. Et mon cœur en est désormais sûr, c'est Kaylee qu'il a choisie.

— J'ai déjà reçu un certain nombre de copies par mail. Petit rappel que la date butoir est lundi prochain. Aucun retard ne sera toléré, nous informe Médusa en balayant un regard glacial sur l'amphi.

Franchement, ce n'est pas le genre de femme à faire des exceptions, alors ce qu'elle dit n'étonne personne.

À la moitié du cours, après avoir suivi assidûment ce que Médusa tente de nous enseigner, ainsi qu'après avoir passé mon temps à observer les mimiques adorables de ma coloc, je décide enfin de lui poser la question qui me brûle la langue.

— Eh, Kaylee, chuchoté-je pour ne pas me faire prendre.

Elle fait un petit bruit avec sa bouche, proche du « hmm », m'invitant donc à poursuivre.

— Sors avec moi.

Cette fois, j'ai son entière attention. Ses perpétuels sourcils froncés me demandent quelle connerie je raconte encore, mais pour une fois, je suis on ne peut plus sérieux. Je veux emmener cette fille hors de l'appartement, peu importe où. Je souhaite simplement un rencard sans faux-semblant, sans fuite, sans la vulnérabilité de ses nuits blanches. Je veux un moment avec la vraie Kaylee.

— Hein, mais il reste encore une demi-heure, tu veux aller où ?

L'envie de rire est très tentante, pourtant je dois me contenir afin qu'elle prenne ma requête au sérieux.

— Pas dans ce sens, *piccola.* Je te propose un rencard.

Cette fois, la surprise est clairement visible. Elle déglutit à plusieurs reprises en me toisant du regard afin de savoir si je plaisante ou non.

Malheureusement pour elle, je n'ai jamais été aussi sérieux.

— Raconte pas de conneries, Jones.

— Je suis sérieux, Kaylee. Accorde-moi un seul rencard.

Nos chuchotements ne passent pas inaperçus, car quelques regards se tournent dans notre direction, se demandant probablement quels idiots ont l'audace de discuter durant le cours de la Gorgone. Cependant, un regard noir de ma part suffit à leur faire détourner les yeux.

Kaylee vérifie que Médusa ne nous a pas remarqués puis approche à nouveau son visage près du mien pour me chuchoter sa réponse.

— Je ne sortirai pas avec toi, Hayden. Je te l'ai déjà dit.

— Non, tu m'as dit que tu voulais prendre ton temps. Et un rencard n'a jamais engagé à rien, souligné-je, la faisant soupirer lourdement.

Elle me fixe un instant, réfléchissant sérieusement à la question. Elle sait que j'ai raison mais veut quand même trouver quelque chose pour me contredire. Parce que Kaylee est comme ça, elle est têtue et refuse d'admettre ses torts. Elle sait aussi qu'elle passerait un excellent moment en ma compagnie – sans vouloir être trop prétentieux – et c'est exactement ce qui lui fait peur.

Sauf qu'accepter de lui laisser prendre son temps ne veut pas dire « ne rien faire du tout ».

— On passe déjà de supers moments à la maison, ça ne te suffit pas ?

Je secoue la tête presque instantanément. J'adore nos moments séries-papotages, c'est bien une des choses que je préfère chez nous, des moments presque plus intimes que du sexe. Mais je veux aussi découvrir Kaylee en dehors de l'appartement.

— Pas totalement. Nos moments canapé sont cool, mais on vit ensemble donc ça ne compte pas. Je veux qu'on s'amuse hors de ce fichu appart', hors nuits blanches…

— Les pipelettes du fond, vous avez cinq secondes pour vous taire ou vous continuerez cette conversation en dehors de cet amphi, gronde la voix de Peterson, faisant sursauter ma coloc au passage.

Si ça ne tenait qu'à moi, j'accepterais la proposition, mais Kaylee tient sérieusement à son cours, alors je me tais tout en me promettant qu'elle ne m'échappera pas à la fin de l'heure.

* * *

— Fous-moi la paix, Hayden. Je vais être en retard à mon prochain cours, grommelle Kaylee alors que je la poursuis dans le couloir.

Elle a cru m'échapper un instant lorsque le cours s'est terminé, mais je l'ai vite rattrapée pour lui reparler de mon super plan. Apparemment, ces dernières minutes de classe n'ont pas suffi à lui faire retrouver son bon sens.

— Faux, tu n'as pas cours avant onze heures, affirmé-je, l'agaçant davantage.

— Peux-tu arrêter d'apprendre mon emploi du temps par cœur ? J'aimerais mentir en paix.

Sa remarque m'arrache un sourire.

— J'en ai besoin pour m'organiser. Et de toute façon, ce n'est pas le sujet.

Elle souffle en levant les yeux au ciel.

— Pourquoi tiens-tu à passer autant de temps avec moi ? Pourquoi persistes-tu ?

— Parce que je n'ai pas fini de découvrir la vraie Kaylee. Parce que cette fille est incroyable et que tu persistes à la garder enfermée.

— Je ne sortirai pas avec toi.

C'est à mon tour de soupirer. Elle est plus têtue qu'une mule et met franchement ma patience à rude épreuve.

Les regards curieux autour de nous m'interpellent. Hors de question d'en faire profiter le campus. J'attrape donc son bras sans délicatesse et la pousse dans le premier placard à balais que je trouve puis referme la porte derrière nous, espérant un brin d'intimité pour la convaincre.

— Putain, qu'est-ce que tu fous, laisse-moi sortir ! s'écrie-t-elle en écarquillant les yeux.

— Pas tant que tu n'auras pas écouté mes arguments.

Ma remarque ne lui plaît pas. Elle me bouscule et tente d'ouvrir la porte, qui refuse de coopérer.

Tant mieux.

— Hayden, ouvre la porte, ce n'est vraiment pas drôle.

Son ton n'est plus colérique mais paniqué. Je lui accorde enfin un regard et remarque que sa respiration est de plus en plus saccadée tandis que son visage affiche une mine affolée.

Bordel, qu'est-ce qu'elle a ?

— Kaylee, que se passe-t-il ?

Mais elle ne m'écoute déjà plus, forçant comme une brute sur cette pauvre porte, qui refuse toujours de s'ouvrir.

— Il faut que je sorte, Hayden, il faut vraiment que je sorte. Je ne peux pas… je ne peux pas respirer…

Comprenant qu'elle ne blague plus du tout, je me précipite sur la porte pour la forcer. Rien n'y fait, elle ne peut s'ouvrir que de l'extérieur.

Je me retourne vers Kaylee. Son teint naturellement blanc est devenu bien plus pâle qu'à l'accoutumée. Ses mains et son corps tremblent, me rappelant sa réaction après ses cauchemars.

Non, Kaylee ne ment pas. Elle fait une crise de panique, une crise de claustrophobie.

— Kaylee, es-tu claustrophobe ? demandé-je bêtement, plus perdu qu'autre chose.

Elle ne me répond pas, mais son manque d'air est assez limpide. Putain, je n'aurais jamais fait ça si j'avais su.

Je sors mon téléphone et envoie un rapide message à Kyle pour qu'il vienne nous sortir de là.

Kyle
Je suis là dans quinze minutes. Quel couloir ?

Hayden
Couloir 4.5, accélère Jennings, s'il te plaît.

Il me répond qu'il fait au plus vite, puis je me concentre à nouveau sur ma coloc. J'attrape son visage en coupe en la suppliant de me regarder. Je n'ai jamais été entraîné pour calmer une personne sujette aux crises de panique, il faut croire que j'aurais dû.

— *Piccola*, je t'en prie, concentre-toi sur moi. Regarde-moi.

Rien n'y fait, Kaylee n'est plus avec moi. Son corps n'est plus que tremblements et transpiration. Elle s'est assise à même le sol, tête entre les mains, murmurant des choses incompréhensibles. Je pensais que ses réactions post-cauchemars étaient atroces, mais je ne l'avais clairement jamais vue en pleine crise.

Réfléchis, Hayden, réfléchis. Je pense à l'embrasser mais je la couperais du peu d'air qu'elle cherche à absorber, alors j'éloigne cette pensée.

Je finis par m'asseoir à ses côtés et attrape ses mains délicatement pour en poser une sur son cœur et l'autre sur le mien. Il n'y a qu'en l'aidant à respirer que je réussirai à la ramener à moi.

— Ferme les yeux, Kaylee. Ferme-les complètement et concentre-toi sur nos deux cœurs qui battent, murmuré-je d'une voix à la fois douce et suppliante.

Par chance, elle parvient à faire ce que je dis, mais sa respiration est toujours aussi forte et irrégulière.

— D'accord, maintenant tu vas te concentrer sur ma voix et faire tout ce que je te demande. Tu as compris ?

Elle hoche la tête difficilement alors que son corps convulse toujours.

— Très bien. Tu vas t'imaginer dans un endroit où tu te sens en sécurité et tu vas me décrire tout ce qui s'y passe tout en inspirant et expirant longuement. Tu peux faire ça ?

Nouvel hochement de tête.

— Super, alors on va commencer par respirer ensemble.

Je prends une longue inspiration et expire similairement afin de lui montrer la marche à suivre. Elle galère au départ mais finit par parvenir à m'imiter presque parfaitement.

— Très bien, maintenant pense à un endroit et décris-moi tout.

— Je… Je suis dans notre chalet familial, articule-t-elle enfin.

Je lâche un soupir de soulagement lorsque sa douce voix résonne à mes oreilles. Kaylee est là, elle est toujours là, à moi de la maintenir à la surface.

— Ce chalet se trouve-t-il à Seattle ?

— Non, à Fall River, c'est à une heure de Boston, précise-t-elle.

Son aveu me surprend, je connais très bien Fall River. J'ai passé plusieurs vacances dans cet endroit avec mes parents lorsque j'étais plus petit. Je ne pensais pas que Kaylee était déjà venue dans le Massachusetts avant l'université.

On s'est peut-être déjà croisés sans le savoir ?

— Je connais bien. Alors dis-moi à quoi ressemble ce chalet.

Elle prend une nouvelle inspiration, relâche tout avant de reprendre la parole :

— C'est un simple chalet en extérieur. Un étage, quatre chambres, deux salles de bains. Un large salon où nous prenions tous nos repas près de la cheminée en hiver. Il était plutôt isolé, près d'un vaste lac où je patinais en hiver et nageais en été.

— Et tu patinais bien ?

Un petit sourire se dessine sur son visage.

— Non, j'étais une catastrophe. Mon père, lui, était très doué. Il n'a pas réussi à m'apprendre, mais chaque fois qu'il patinait, il attrapait ma main et s'élançait avec moi. Il ne me lâchait jamais, je suivais ses mouvements comme son ombre tout en restant fermement accrochée à lui.

Son sourire se fait plus large à la mention de son père. Il ne faut pas être très futé pour comprendre qu'elle l'admirait plus que quiconque.

Je souris à mon tour avant de reprendre la parole.

— Tu aimais beaucoup ton père, n'est-ce pas ?

Elle acquiesce vivement.

— Plus que tout. On a toujours eu cette relation fusionnelle. Il a été mon premier modèle, mon super héros, la personne que j'aspirais à devenir. Il avait ce rire communicatif, ce sourire étincelant quand il posait ses prunelles sur Grace, ma mère ou moi. On était le centre de son univers, il était si fier de nous avoir près de lui. Le genre de fierté que l'argent ne peut pas acheter.

Sa respiration devient plus régulière au fur et à mesure de son récit. Mon cœur se calme à son tour, laissant progressivement la peur et l'angoisse s'évaporer.

Personne n'a réussi à me mettre dans un tel état auparavant. Elle parvient à me faire ressentir chaque souffrance qu'elle s'inflige et ça me dépasse totalement.

— Il avait l'air d'être un homme admirable. Qu'en est-il de ta mère ?

— Une femme exceptionnelle. J'ai toujours voulu lui ressembler. Elle était gentille, douce, bienveillante et généreuse. Elle donnait sans compter : que ce soit de son temps, de son argent ou de ses biens. Tout ce qu'elle pouvait offrir, elle le faisait les yeux fermés. Je me souviens de ces soirées au chalet. Grace n'avait que deux ans à l'époque, nous étions toutes les deux recroquevillées dans ses bras, près de la cheminée. Elle fredonnait diverses berceuses en italien, puis elle nous disait à quel point elle nous aimait et combien sa vie avait changé depuis qu'elle était devenue mère.

Une larme solitaire s'échappe d'un de ses yeux. Je m'empresse de la rattraper tout en la serrant dans mes bras. Son corps ne tremble plus, sa respiration est à nouveau régulière. Ses angoisses ont disparu. Je peux enfin respirer normalement à mon tour.

— Tes parents avaient l'air exceptionnels, j'aurais vraiment aimé les rencontrer.

— Ils t'auraient adoré, j'en n'ai aucun doute, me confie-t-elle, amplifiant mon sourire niais.

J'encadre son visage de mes mains et plonge mon regard dans le sien, alors qu'elle ouvre enfin les yeux et que ses prunelles émeraude me scrutent longuement. Un énième sourire s'épanouit alors sur son doux visage.

Mes yeux lancent des regards furtifs à ses lèvres, les siens ne tardent pas à les imiter. Nous pensons à la même chose, au confort de sa bouche sur la mienne, aux sensations de nos langues qui se cherchent et s'apprivoisent. Nos visages s'approchent lentement, nos souffles se mélangent. J'ai tellement envie de l'embrasser que c'en est douloureux, une brûlure qui parcourt chaque fibre de mon être. Même Heather, avec tout ce qu'elle représentait à l'époque, n'a jamais éveillé en moi un tel besoin, une telle urgence. Avec Kaylee, c'est différent. Il y a cette étincelle, cette alchimie unique qui nous lie. Ce n'est pas juste un désir : c'est un feu dévorant, un besoin viscéral de m'abandonner à elle.

Malheureusement, au moment où nos bouches s'apprêtent à entrer en contact, le fracas de la porte retentit, laissant apparaître mon meilleur ami à bout de souffle.

Kaylee et moi nous relevons en même temps tout en tentant de reprendre nos esprits.

Timing bien pourri, Jennings.

— Désolé, j'ai fait aussi vite que possible ! Vous allez bien ? demande-t-il.

Je jette un rapide coup d'œil à Kaylee, qui me rassure très vite en opinant.

— Ça va, on a évité le pire. Merci, Kyle.

Il m'adresse un simple sourire puis me signale que le coach nous attend pour une réunion express.

— D'accord, pars devant, je te rejoins, réponds-je.

Son regard oscille entre Kaylee et moi. Il comprend rapidement mes intentions et acquiesce une dernière fois avant de nous laisser.

Je me tourne vers ma coloc pour m'assurer que tout va vraiment bien.

— Tu vas mieux ?

— Je vais mieux, tu peux y aller. Ne t'en fais pas pour moi.

Ah ça, ma belle, plus facile à dire qu'à faire.

— Très bien, appelle-moi si tu as un souci. Je passe te récupérer en fin de journée.

Elle opine à nouveau sans masquer son sourire.

Je l'observe une dernière fois puis tourne les talons pour rejoindre mon meilleur ami.

— Hayden ? m'interpelle-t-elle à mi-chemin.

Je me tourne en silence, la laissant poursuivre.

— Je suis libre samedi, m'informe-t-elle.

Je hausse un sourcil, n'étant pas totalement certain d'être sur la même longueur d'onde.

— Tu veux dire…

— Que j'accepte ce rencard. Alors ne te loupe pas.

Elle m'adresse un dernier clin d'œil avant de tourner les talons et de disparaître quelques secondes après.

Je reprends mon chemin sans me défaire de ce stupide sourire qui ne cesse de s'étirer sur mon visage.

Foutus sentiments.

Chapitre 30
Kaylee

— La patinoire, j'aurais dû m'en douter, soufflé-je sans réprimer un petit sourire.

— Tu m'as laissé carte blanche et on sait tous les deux qu'un dîner au restaurant t'aurait révulsée, réplique Hayden.

Je grimace rien qu'en imaginant la scène, ce qui lui arrache un rire franc au passage.

J'ai passé les dernières heures à me demander si ce rencard était une bonne idée, puis j'en ai eu assez. Assez de me prendre la tête, assez de broyer du noir, assez de me voiler la face. J'ai tout fait pour haïr ce garçon, tout fait pour qu'il ne s'approche pas de trop près, et j'ai échoué.

Il est vrai que je suis attirée par lui. Beaucoup trop pour le dissimuler. Depuis ce premier baiser – bien que je l'aie foiré – je n'arrête pas de repenser à ses délicieuses lèvres contre les miennes. Cette chaleur en moi alors que son corps était pressé contre le mien. La fougue de sa langue jouant avec la mienne. Putain, je m'étais promis de ne plus jamais aimer ce genre de choses. Mais Hayden… Il a ce truc en plus, ce quelque chose qui attirerait la plus pure des personnes.

Alors oui, j'ai accepté ce fichu rendez-vous et je compte en apprécier chaque seconde. Je mérite un jour de repos dans cette bataille infernale que je mène contre moi-même. Je mérite de retrouver les joies de la jeunesse avant de devenir officiellement l'ombre de moi-même. Je me dois d'essayer : pour Grace, pour ma grand-mère, pour Nolan et pour l'adolescente en moi, qui pensait que la vie était un conte de fée sans fin.

— Tu es sûr qu'on a le droit d'être ici ? demandé-je après quelques secondes de réflexion.

Hayden nous a conduits à la patinoire de l'université, celle réservée exclusivement aux hockeyeurs pendant les heures d'ouverture. Et autant dire que vingt-et-une heures ne semble pas vraiment en faire partie.

— Techniquement, non. Mais le coach m'aime comme un fils, alors il m'a fait une faveur.

J'arque un sourcil, peu convaincue par sa réponse. Je ne connais pas le coach Collins, mais j'en sais assez pour affirmer qu'il est loin d'accorder des faveurs par simple bonté de cœur.

— Bon, très bien, il a refusé alors j'ai volé les clés, finit-il par avouer en soupirant.

Il fallait s'en douter.

— Oh, c'est en jouant le mauvais garçon et en nous mettant dans une situation risquée que tu comptes me séduire ?

Il hausse les sourcils à son tour tandis qu'un large sourire s'épanouit sur ses lèvres, le faisant ressembler au chat du Cheshire.

— Tu aimerais que je te séduise ? me questionne-t-il en approchant son corps beaucoup trop près du mien.

Je retiens mon souffle tout en tentant de garder une certaine contenance et ne baisse pas les yeux. Il repousse une mèche rebelle derrière mon oreille, sans lâcher mes lèvres du regard, mordant légèrement les siennes au passage pour me rendre folle.

Cet homme sait très bien ce qu'il fait et il est doué.

— C'est toi qui me pourchasses depuis des jours pour ce rencard, non ? tenté-je d'articuler sans perdre la face.

Il m'adresse un nouveau sourire narquois en secouant lentement sa tête de bas en haut.

— Hmm, hmm, c'est ce que j'ai fait, oui.

Son pouce vient caresser ma lèvre inférieure, me poussant à entrouvrir légèrement la bouche. Mon cœur s'accélère au fur et à mesure que la tension monte dans mon corps. Cette horrible envie de l'embrasser se fait de plus en plus présente, je ne suis pas sûre de tenir bien longtemps.

— Si je m'écoutais, *piccola*, je ferais taire cette bouche insolente sur-le-champ en enroulant ma langue autour de la tienne. Je te plaquerais à même le sol pour te faire découvrir des choses dont tu n'imaginais même pas l'existence. Encore et encore, jusqu'à ce que nos deux corps soient trop épuisés pour effectuer le moindre mouvement, susurre-t-il contre mon oreille.

L'excitation entre mes jambes est à son comble. Mon corps tremble littéralement de désir, ça faisait très longtemps que je n'avais pas ressenti une telle attraction pour le sexe opposé.

Il colle son front au mien. Un simple mouvement de la tête et la distance entre nos bouches serait comblée.

Ne me fais pas faire ce foutu premier pas, Hayden. Brise mes règles, rends-nous ce putain de service.

— Mais bon, tu es celle qui veut prendre son temps, alors on va commencer par un rencard, s'exclame-t-il en reculant soudainement, arrachant le peu d'espoir d'un moment torride entre nos bouches.

Je ferme les yeux, expire longuement et laisse échapper toute la frustration accumulée ces dernières minutes. Son sourire de sale gosse réapparaît tandis que mon regard sombre le fusille à nouveau. À croire qu'il aime me mettre dans tous mes états.

Petit con.

— Oh ça va, *piccola* ! Je te taquine un peu. Ce n'est que revanche après toutes ces semaines de traitement silencieux, de piques et de regards noirs à longueur de journée.

— Eh bien, je suis nostalgique soudainement, répliqué-je en croisant les bras.

Il s'esclaffe en secouant vivement la tête.

— Sûrement pas. Ce soir, je t'emmène dans mon monde et on va s'amuser, sois-en certaine, affirme-t-il en m'attrapant par les épaules et en me guidant près de la glace.

Deux paires de patins nous y attendent. Mon corps se tend brusquement à l'idée d'en reporter et de me ridiculiser. Je n'étais déjà pas très fière d'être nulle face à mon père lorsque j'avais douze ans, je le suis encore moins face au roi de la glisse à vingt-et-un ans.

— Hors de question que je mette ça, déclaré-je en toisant l'objet de mon malheur.

— Un peu que tu vas les mettre et patiner.

Je plante mon regard dans celui de Hayden avant de rétorquer :

— Je t'ai déjà dit que le patinage et moi, ça faisait deux. Tu vas perdre ton temps.

— Tu oublies que tu as face à toi la star du hockey, *piccola.* Je patine aussi bien que je marche, je vais t'apprendre. Étape par étape, compris ?

Il me toise intensément, espérant m'attendrir avec son regard de gentil garçon. Chose qui marche, bien que je déteste l'avouer.

— Si je tombe et que je m'ouvre le crâne, tu en seras l'unique responsable. Et je ferai de ta vie un véritable enfer, Hayden Alexander Jones.

Il éclate de rire mais se reprend très vite face à mon air on ne peut plus sérieux.

— Très bien, tout sera ma faute. Mais il y a très peu de chances que je laisse une telle chose arriver alors je m'en sors bien.

— Ça reste à prouver.

Il rit à nouveau mais a l'intelligence de ne plus rien ajouter. Nous prenons par la suite chacun une paire et l'enfilons rapidement. Hayden a plus de facilité, étant donné qu'il fait ça tous les jours. Moi, je prends tout mon temps, redoutant le moment où mon corps devra tenir sur ces deux barres de métal.

Bordel, qui a inventé un truc pareil ?

Malheureusement pour moi, mon colocataire – et actuel rencard – n'a pas une grande patience et finit par me les enfiler puis par me les attacher comme un père à sa gamine.

— Allez, grincheuse, montre-moi ce que tu sais faire, s'exclame-t-il d'un large sourire moqueur.

C'est ça, souris, connard. Tu feras moins le malin quand je t'aurai botté le cul avec la fine barre pointue sous mes pieds.

— Bon, pour commencer, je dois savoir si tu es capable de tenir debout sans tomber, affirme-t-il en reprenant son sérieux.

— Je veux bien que tu sois né avec du retard, mais des oreilles ça se lave. Je suis nulle, c'est déjà embarrassant de le dire. Alors non, Jones, je ne tiens pas debout sur des patins.

Il pose ses mains sur ses hanches tout en me toisant d'un air faussement sévère.

— Tenir sur des patins et patiner sont deux choses différentes, mademoiselle. Arrête ton sarcasme deux minutes et écoute ceux qui en savent plus.

Je grogne et fronce les sourcils en signe de protestation.

— Profite, Hayden, parce que c'est l'unique chose pour laquelle tu seras plus doué que moi. Souviens-t'en.

Il pouffe en secouant la tête.

— Si ça peut te faire plaisir, *piccola* chérie. Maintenant, debout et tais-toi.

Sa nouvelle autorité ne va pas me faire rire bien longtemps. Mais pour le moment – et parce que je le veux bien, pas parce qu'il l'a demandé – j'obtempère et me redresse entièrement. Je m'accroche à la barre d'appui pour éviter de tomber puis prends une grande inspiration.

Quand faut y aller, faut y aller.

— Pour avancer, il va te falloir une certaine posture : tes jambes doivent être fléchies et ton corps penché en avant, dit-il en imitant ses dires.

Je reproduis à la lettre ce qu'il me dit sans pour autant lâcher ma précieuse barre.

— Ok, parfait. Maintenant tout va se jouer au niveau des jambes et des impulsions que tu leur donneras. Tu vas faire glisser un premier pied, puis donner une forte impulsion sur le second. C'est ce qui t'aidera à avancer. Chaque pied donnera une impulsion tour à tour pour que le processus fonctionne. Compris ?

Je hoche la tête, toujours sceptique. Mon père m'a déjà enseigné tout ça, pourtant, à chaque fois qu'un de mes pieds pousse sur l'autre, je m'arrête et chute. Il fallait voir mes bleus pour comprendre ma peur de la glace.

— Cool, je vais te faire une démo, et on s'occupera de toi ensuite. Regarde mes mouvements attentivement et enregistre autant d'information que tu peux. Je vais y aller doucement.

J'opine à nouveau, préférant largement retarder le moment où je devrai m'y coller. Hayden acquiesce à son tour avant de s'élancer.

Il commence par de petits mouvements, y va clairement au rythme d'un débutant. J'essaye d'analyser méticuleusement ses gestes sans me retenir de le reluquer au passage.

Quoi ? Insupportable peut-être, mais canon, c'est sûr.

Hayden met plus de force puis s'élance comme un réel pro, laissant son corps devenir le maître des lieux. Il racle le sol avec une puissance folle et patine avec une grâce impressionnante. Je l'ai déjà vu faire durant ses matchs de hockey, mais le jeu nous empêche clairement de voir la beauté du patinage qui accompagne le sport.

Ici, seul sur la glace, Hayden se lâche vraiment. Il est à sa place, fascinant. J'ai presque l'impression d'envahir son intimité tellement chaque foulée semble personnelle.

On dit souvent que le patinage n'est gracieux que sur une femme, qu'un homme sur des patins n'a rien de sexy. Trouvez-moi l'idiot qui a dit ça pour lui inculquer un peu de bon sens, parce que Hayden Jones n'a jamais été aussi sexy.

Quand je pensais qu'il ne pouvait pas plus m'attirer…

Il revient à moi quelques minutes plus tard, essoufflé. Je continue de le contempler, toujours aussi charmée par sa prestation.

— Je suis allé trop vite pour toi ? demande-t-il, inquiet.

Clairement oui, mais ça en valait le coup.

— Tu étais… incroyable, avoué-je malgré moi.

Il fronce les sourcils, surpris par cette confession soudaine, puis m'adresse un léger sourire en baissant les yeux. On dirait presque qu'il est gêné, ce qui le rend encore plus adorable.

Putain, je viens vraiment de penser ça ?

— Tu trouves ? me dit-il, les yeux pleins d'espoir.

— Oh, comme si on ne te le disait jamais.

— C'est vrai, mais c'est bien plus important lorsque ça sort de ta bouche, rétorque-t-il.

Je suis sûre que mes joues virent au rouge au même moment, m'arrachant un grognement de frustration.

— Bon… Très bien… c'est…

Kaylee, sois digne, bon sang !

— Roh, reprenons notre cours, tu veux bien ?

Il éclate de rire et m'adresse un clin d'œil avant d'accepter d'un mouvement de tête.

Après ça, Hayden me donne quelques directives pour me permettre d'avancer. Les premières tentatives sont des échecs, bien que je sois toujours en appui sur la barre, mais je ne perds pas espoir et poursuis mes efforts. Autant utiliser mon entêtement à bon escient.

Lorsqu'il estime que mes mouvements sont plutôt bons, il me demande de les reproduire en lâchant ma prise. Je ne suis tout d'un coup plus sereine du tout, et les battements de mon cœur martelant ma poitrine sont du même avis.

— Respire, tu ne risques rien. Je ne te laisserai pas tomber, c'est promis, murmure-t-il contre mon oreille.

Je fais abstraction des papillons qui dansent dans mon ventre et prends une grande inspiration en fermant les yeux.

Je peux le faire, je ne suis pas plus bête qu'une autre.

Sauf qu'au moment de m'élancer, je coince mon pied et perds rapidement l'équilibre. Je m'attends à m'écrabouiller contre la glace, comme j'en avais l'habitude, mais à la place, ce sont deux bras imposants qui amortissent ma chute, me maintenant en équilibre au-dessus du sol.

Je prends le temps de respirer correctement et pousse un long soupir de soulagement en notant que Hayden a tenu sa promesse.

— Je te l'avais dit, non ? souffle-t-il de sa voix mi-essoufflée, mi-rauque, me faisant frissonner comme il sait si bien le faire.

Je ne réponds rien et reste complètement immobile encore quelques minutes, profitant pleinement du confort de son étreinte.

— Allez, on va recommencer. Cette fois, je ne te lâcherai qu'une fois prête.

***

— Bon, ce n'était pas parfait, mais avec un peu plus d'entraînement, tu pourrais vraiment y arriver, me confie Hayden dans un sourire qui se veut encourageant.

Je fais la moue, peu convaincue. On a passé une bonne demi-heure à s'entraîner, et ma séance ne s'est pas avérée très concluante. J'ai réussi à faire quelques pas mais ai rapidement perdu l'équilibre, comme je m'en doutais. D'après Hayden, c'est une petite victoire, et il faut savoir la savourer. Soit. Lui m'a avoué s'être entraîné pendant des semaines avant de pouvoir tenir debout et avancer sans chuter.

Il faut aussi noter qu'il avait sept ans à l'époque, j'en ai vingt-et-un. Plutôt ridicule comme comparaison.

J'ai quand même passé un très bon moment, j'ai beaucoup ri et, pour une fois, la présence de Hayden était agréable à cent pour cent. Ou presque. En tout cas, ce rencard était original et change de la routine que je m'impose depuis deux ans.

— Mouais. La prochaine fois, je t'apprendrai à peindre et on verra qui sera à son avantage, répliqué-je en souriant fièrement.

— Ce sera clairement moi et mes bonshommes bâtons. Imbattable.

Un rire sonore s'échappe de ma gorge, je ne veux même pas imaginer le massacre.

— Je tiens à souligner que tu as dit « la prochaine fois », ce qui signifie que tu as assez apprécié ce premier rencard pour m'en accorder un second, ajoute-t-il, me faisant lever les yeux au ciel.

— Non, ça veut simplement dire que pour nous déclarer à égalité, nous devons avoir un second rendez-vous qui me mettra à mon avantage.

— C'est ça, tente de te convaincre que tu n'as pas passé un excellent moment en ma compagnie. Je sais que c'est le cas.

Je soupire d'un air faussement agacé puis laisse un petit rire m'échapper. J'ai passé un moment incroyable, mais plutôt mourir que de l'avouer. Ce petit con arrogant s'en ferait une trop grosse joie.

— Je peux te poser une question personnelle ? demandé-je après quelques minutes de silence.

Il penche la tête sur le côté sans me lâcher du regard, essayant sûrement de deviner la nature de ladite question.

— Si je peux y répondre, vas-y.

Je mords ma lèvre inférieure, ne sachant pas trop comment aborder le sujet sans risquer de le blesser.

— Qu'est-il arrivé à tes parents biologiques ? Sais-tu comment tu t'es retrouvé à l'adoption ?

Une lueur de surprise traverse son visage, et je regrette immédiatement mes propos. Je me fous d'être indiscrète, la plupart du temps, je suis quelqu'un de direct et tout le monde le sait. Mais quand ça touche aux parents, je suis un peu plus sensible. Question d'expérience.

— Ne t'en fais pas, tu n'es pas la première à me poser cette question. Mais tu seras l'une des rares à connaître toute la vérité à ce sujet.

Sa voix se fait plus faible, plus peinée.

— Je n'ai pas exactement atterri en agence d'adoption. En réalité, j'ai été mis sur le chemin de mon père Craig alors que je n'avais que quelques jours. Ma mère biologique m'a déposé dans la poubelle d'une ruelle, et mon père m'a trouvé lors de son footing habituel.

Mon cœur loupe un battement lorsque Hayden termine sa dernière phrase. La bile remonte dans ma gorge, et les larmes envahissent rapidement mes yeux. Je n'aurais jamais imaginé une telle chose. C'est tout bonnement atroce.

— T'en fais pas, tous ceux à qui je l'ai dit ont eu la même réaction. Oui, ma mère était assez givrée pour me jeter aux ordures comme un vieux déchet. Mon père m'a entendu pleurer et m'a immédiatement sorti de là pour m'emmener à l'hôpital… Les médecins lui ont dit que j'avais sûrement passé plusieurs heures dans ce bac, qu'une heure de plus sans que personne ne me trouve et j'aurais perdu la vie. Je n'étais qu'un nourrisson qui n'avait même pas encore plus de quelques jours, mon père m'a littéralement sauvé.

Sa gorge se noue, il est au bord des larmes. J'attrape sa main en signe de réconfort et le force à arrêter sa marche pour lui faire face. Ses yeux naturellement clairs ont pris une teinte plus sombre, ne laissant visible que la partie la plus vulnérable de Hayden. Mon cœur se serre un peu plus en imaginant ce pauvre bébé affamé et en manque d'air.

Qu'avait vécu cette femme pour en arriver là ? Comment a-t-elle pu se regarder dans un miroir ensuite ?

— Après ça, mon père a veillé sur moi pendant des jours. Puis quand j'ai été totalement remis, il n'a pas pu se résoudre à me laisser partir. Il était déjà trop attaché. Alors après avoir longuement discuté avec mon autre père, à qui il était fraîchement marié, tous les deux ont décidé qu'ils voulaient me ramener à la maison. Ils ont fait la demande d'adoption, ce qui a pris du temps même s'ils avaient largement les moyens de m'accueillir et que leur dossier était irréprochable. L'amour que Craig me portait a beaucoup pesé dans la balance, en tout cas.

Un petit sourire se dessine sur son visage en repensant à ses pères. Je comprends maintenant ce qui les unit, pourquoi Hayden les aime autant. Ils lui ont littéralement sauvé la vie et lui ont accordé cette chance qui aurait pu lui échapper s'il était tombé sur deux égoïstes ou des personnes ne désirant pas d'enfants.

— Ça n'a pas été trop difficile de s'adapter, pour eux ? demandé-je d'une voix douce.

— Oh que si. Je n'étais vraiment pas prévu. À vrai dire, j'ai tout chamboulé. Ils étaient jeunes, amoureux et tout juste mariés. Ils voulaient profiter de l'héritage de mon père Craig pour faire le tour du monde. Pas trop envisageable avec un nourrisson qui requiert un environnement stable. Au lieu de parcourir la planète, ils ont donc investi l'argent dans la création d'une entreprise de textile. Puis, très rapidement, leur activité est devenue rentable, et des années plus tard, l'entreprise a été cotée en bourse, faisant de mes parents des hommes très aisés. Tu as sûrement entendu parler de la B&C corporation ?

Mes yeux s'écarquillent à la mention d'une des plus grandes entreprises du pays. Qui ne connaît pas cette compagnie ? Une minute, ça veut dire que Brian Jones, le PDG, est le père de Hayden ? Mais oui, bien sûr, pourquoi je n'ai pas fait le rapprochement plus tôt ?

— Tu vas me dire que ton père dirige l'une des plus grandes entreprises ? Que t'es un putain de milliardaire, en fait ? m'exclamé-je en haussant la voix un peu trop fort.

— *Mes* parents sont milliardaires, nuance, me corrige-t-il.

— Roh ça va, ne joue pas sur les mots. T'es leur unique héritier, t'es clairement riche.

Ma remarque lui arrache un grognement. Apparemment, c'est un autre sujet délicat.

— Tu te rends compte que tu m'as fait croire que tu étais en galère d'appartement comme moi alors qu'un coup de fil à papa aurait suffi pour te mettre à l'abri, dans le plus grand des conforts ? Mais putain, pourquoi tu n'es pas déjà installé dans le plus beau penthouse de Boston ?

— Parce que je ne me sers pas de leur argent ! aboie-t-il soudainement.

Ok, il est clairement contrarié. Son visage a viré au rouge tellement la colère est montée rapidement. Pourquoi se met-il dans un état pareil ?

— Mais pourquoi ? Tu es leur fils, tu devrais justement profiter de tout cet argent ! Pourquoi ne pas le faire ? l'interrogé-je lorsque nous entrons dans l'appartement.

— Tu veux savoir pourquoi ? siffle-t-il. Parce que je ne le mérite pas ! Parce que je suis un fardeau depuis ma naissance, et qu'ils n'ont pas pu réaliser leurs rêves à cause de moi. Donc depuis que je suis en âge de travailler, j'économise pour mettre fin à ça. Je leur suis redevable de tout et ne veux plus dépendre des autres, tu comprends ? Je leur *dois* tout. Parce qu'ils ne se sont pas occupés de moi par obligation, ni à cause d'un foutu devoir parental. Non, ils l'ont fait par choix. Parce que quand ils ont regardé plus de cinq secondes dans ma direction, ils ont trouvé le moyen de me croire méritant. Ils ont pensé que j'en valais la peine. Et ça, *piccola*, ça n'a pas de prix.

Son aveu me cloue sur place. Je savais qu'il était reconnaissant envers ses parents, mais je ne me doutais pas qu'il éprouvait autant de culpabilité. Hayden souffre, il ne le dit pas, il ne le montre pas, mais l'abandon de sa mère l'a vraiment détruit.

Voyant que les mots me manquent, il s'approche de moi et attrape mon visage de sa main droite pour caresser délicatement ma joue.

— Alors ça y est, *piccola*, j'ai enfin trouvé le moyen de te laisser sans voix ? susurre-t-il d'une voix suave.

Mon cœur bat à mille à l'heure, mon corps tremble sans que je ne parvienne à comprendre pourquoi. Sa bouche m'appelle, et sans réfléchir, je plaque furieusement mes lèvres contre les siennes, l'obligeant à reculer. Il me rend mon baiser sans broncher, laisse sa langue trouver la mienne comme elle en meurt d'envie depuis le début de cette soirée.

J'accroche mes bras autour de son cou pour prolonger ce moment délicieux. Ses lèvres alternent entre les miennes et ma nuque. Son corps est brûlant, nos respirations s'accélèrent. Ses mains viennent agripper mes hanches alors que nos bouches se trouvent à nouveau. Je me perds en lui, laisse la tension redescendre tout en me délectant de son goût addictif.

Ses mains passent sous mon tee-shirt pour caresser ma peau, mais encore une fois, son contact vient crisper mon corps et cesser le mouvement de mes lèvres.

— Désolé, je n'aurais pas dû…

Je le coupe en posant un doigt sur sa bouche.

— Si tu ne peux pas me toucher, laisse-moi le faire. Je ne suis pas forte avec les mots ou les sentiments, Hayden, mais la douleur, ça me connaît. Alors laisse-toi aller, décharge ta frustration, laisse-moi te soulager rien qu'un instant

Après un simple hochement de tête, je scelle à nouveau nos lèvres, l'embrassant fougueusement, sauvagement. Un mélange de passion et de guérison. Je l'embrasse dans le but d'apaiser son cœur aussi meurtri que le mien.

***

— Kaylee, un souci ? demande Hayden lorsque je débarque dans sa chambre.

Il est plus de minuit passé. Après notre moment intime, chacun a rejoint sa chambre et je n'ai cessé de cogiter. Hayden avait besoin d'espace après ce trop-plein d'émotions. Je me suis donc retrouvée seule avec mes pensées chaotiques pour unique compagnie.

J'ai fait la liste des pour et des contre et en suis venue à la conclusion que je devais être honnête avec lui. Il m'a montré la partie de lui la plus vulnérable, il s'est confié sur ce qui l'a brisé, il a trouvé le moyen de me faire confiance. À moi de m'en montrer digne. À moi de lui montrer que cette confiance est mutuelle.

— À mon tour d'être honnête.

Je passe les bras sous mon pull, prête à m'en débarrasser.

— Attends, attends, qu'est-ce que tu fous ? s'exclame-t-il, surpris par ce geste qui n'a aucun sens.

Mais il en a un, un gros. Je le fais taire en me débarrassant complètement de mon haut, ne laissant que mon soutien-gorge couvrir ma poitrine. Je fais de même avec mon legging pour me retrouver presque nue face à lui. Hayden remarque très vite ce que je dissimule au monde depuis des années. Les blessures de mon passé, les marques des longs mois qui ont brisé mon innocence, ma vie.

— Kaylee, qu'est-ce…

— Assieds-toi, Hayden. Assieds-toi bien parce que ce que je m'apprête à te révéler ne va pas te laisser indemne.

Chapitre 31
Kaylee

3 ans plus tôt

— Bienvenue chez toi, *amore mio*, s'exclame la voix de Marco à mes côtés.

Je jette un coup d'œil à l'immense bâtisse face à moi. Je ne sais pas combien de temps nous avons roulé, Marco s'est arrêté plusieurs fois dans diverses stations-services pour nous ravitailler en nourriture et boissons, mais honnêtement, rien n'avait de goût. Il a essayé de m'attendrir avec quelques baisers, me faire réagir jusqu'à me nourrir lui-même. Sauf que la vie n'a plus aucun sens pour moi. Alors, à quoi bon ?

La maison face à moi est simple de l'extérieur, blanche, sans âme : ça nous fait un point commun.

Bienvenue chez toi.

Ce n'est pas chez moi. Ma maison se trouve à Seattle, près de mes parents. Je n'ai plus de chez moi depuis qu'eux n'en ont plus. Depuis qu'ils ont fermé les yeux à jamais.

— Où sommes-nous ? demandé-je par simple curiosité.

Un petit sourire prend forme sur son visage alors que sa main droite vient serrer la mienne.

— San Diego, notre nouvelle maison. Tu verras, on sera bien ici.

Tu seras bien, ai-je envie de lui dire. Rien n'ira plus jamais bien à partir de maintenant, peu importe à quel point il essaye.

Mais je n'ouvre pas la bouche et me contente de le suivre à l'intérieur.

Lorsque je passe le pas de la porte, la première chose qui m'interpelle est la forte odeur de tabac et d'alcool. Une odeur immonde que même mon état second arrive à percevoir.

Mon regard dérive vers l'entrée, simplement meublée. Une déco qu'on pourrait voir dans les catalogues de vente de meubles basiques. Aucune photo de famille, aucun bien personnel, aucune trace de vie antérieure.

Ce n'est pas chez toi, Kaylee. Rien ne ressemblera jamais au cocon dans lequel tu as grandi. Il va falloir t'y faire, me répète la voix dans ma tête.

C'est vrai, j'ai fui Seattle, fui le peu de famille qu'il me restait. J'ai fui Grace afin de lui offrir une vie pleine et heureuse, loin du démon qui a tué ses parents.

C'est ce que je mérite, maintenant : cet endroit sans âme, avec celui qui est aussi responsable de la mort de mes parents que moi. On les a tous les deux tués. Lui en me quittant sur cette plage, moi en appelant mon père au secours.

Nous arrivons dans une pièce que je présume être le salon, et je remarque enfin d'où provient cette odeur nauséabonde. Face à moi, un groupe d'hommes est réuni sur la terrasse. Des packs de bières les entourent, certains fument des cigarettes. Vu l'odeur, je doute qu'il s'agisse uniquement de tabac. Je repère également des liasses de billets, des armes. Mon ventre se tord, et mon corps frissonne instantanément : *où est-ce que j'ai atterri, putain ?*

Un des gars me repère, un sourire mauvais se dessine sur ses lèvres. Il est grand, brun, aux yeux plus noirs que le charbon. Sa peau est mate et un long tatouage en forme de serpent orne sa nuque : carrément flippant.

— On est perdu, ma beauté ? s'exclame-t-il soudainement.

J'ai un mouvement de recul au son de sa voix. C'est la première fois que je suis aussi lucide depuis la mort de mes parents. Voir des choses plutôt effrayantes a le don de nous remettre les idées en place, on dirait. Tous les regards se tournent dans ma direction. Je n'ai jamais eu autant envie de fuir qu'aujourd'hui. Sauf qu'en effectuant un deuxième mouvement de recul, mon corps percute le torse d'une personne, et un bras vient entourer ma taille : Marco.

— Désolé, *amore mio*, j'ai oublié de mentionner leur présence. Ce sont de vieux amis, mais tu ne resteras pas avec eux, compris ? chuchote Marco contre mon oreille.

Je hoche difficilement la tête sans quitter ses amis du regard. Mon père m'a toujours dit de rester loin de tout ce qui touche à la drogue ou à l'alcool et me voilà dans une baraque pleine de substances illégales. D'ailleurs, si j'en crois l'argent qui les entoure, ils ne font pas que consommer.

— Tu ne nous présentes pas, *capo*[1] ? lance un petit blond en esquissant le même rictus que le brun.

— *Zitto*[2], Francesco. Je vous préviens tout de suite et ne me répéterai pas : personne ne lui parle, personne ne la regarde. Elle est à moi et à moi seul. *Sono stato chiaro*[3] ? aboie mon copain.

— *Molto chiaro*[4], répondent-ils en chœur.

Je n'avais encore jamais vu ce côté de Marco, ce mâle dominant dont un simple regard est capable d'exterminer la moindre personne sur son chemin. C'est comme si je découvrais une nouvelle personne, une dont je ne suis pas sûre d'apprécier le comportement.

---

1. *Chef.*
2. *Tais-toi.*
3. *Suis-je clair.*
4. *Très clair.*

Son regard se pose à nouveau sur moi. Son sourire réapparaît, et ses prunelles autrefois sombres redeviennent claires et tendres.

— Viens, *amore mio*, je vais te montrer notre chambre.

Il n'attend pas de réaction de ma part et m'attrape la main pour m'entraîner à l'étage. Nous arrivons rapidement dans une chambre plutôt grande, mais comme le reste de la maison : vide de sens. Un lit *king size*, une large fenêtre qui donne sur un petit balcon, une salle de bains attenante ainsi qu'un grand dressing sur la gauche. Rien à voir avec ma chambre d'enfance, cette pièce est froide au même titre que mon cœur.

Ça fait sens.

— Voilà, tout l'étage est à nous. Tu as une bibliothèque à gauche de notre chambre, une salle d'eau avec un jacuzzi. Tu n'auras besoin de descendre que pour faire à manger. Je ne veux pas que tu traînes dans le salon ni sur la terrasse, surtout pas quand mes gars sont là. Tu me comprends ?

Non, je ne comprends rien de ce qui se passe ici ! ai-je envie de hurler.

Mais à quoi bon ? Ça ne changerait rien. Le Marco dont je suis tombée amoureuse a l'air d'avoir déserté. Le petit étudiant amoureux des chiffres et d'art, celui dont ma mère était folle et que mon père appréciait assez pour l'appeler « fiston ». À la limite de penser qu'un alter ego a pris possession de son corps, un dealer qui manie la drogue et les armes.

Au moins, ce n'est pas à toi qu'il fait du mal, me rappelle la voix dans ma tête.

C'est déjà ça.

Il s'approche de moi, prend mon visage en coupe et plonge ses yeux dans les miens.

— Ne réfléchis pas trop, je t'assure que tout ira bien. Reste discrète, aime-moi et on vivra heureux, c'est promis.

Il dépose un long baiser sur mes lèvres, sans saveur, demande accès à ma langue. Je pense à le lui refuser en premier lieu, mais ses mains viennent serrer fortement mes hanches sous mon tee-shirt. Ses dents mordillent ma lèvre inférieure si brusquement que ma bouche s'ouvre automatiquement. Sa langue rejoint alors la mienne, mais ses baisers n'ont plus le même goût. Il est devenu aussi fade que ma vision de la vie, et je ne pense pas qu'il parviendra à changer cela.

— Allez, repose-toi, je reviendrai te voir dans la soirée. *Ti amo.*

***

Juin

Le bruit de la porte me sort de ma lecture. Je relève la tête et aperçois le visage de Marco, tout sourire. Je ne lui porte pas plus d'attention et baisse à nouveau le regard sur mon ouvrage. Voilà presque trois semaines que je suis ici. Je ne me suis toujours pas habituée à cette nouvelle vie qu'il m'a offerte.

Je reste pratiquement enfermée dans ma chambre à lire ou regarder la télé. J'ai peur de descendre, ses potes sont toujours ici, je les entends du matin au soir, surtout le soir lorsque j'essaie de dormir. Leurs rires gras résonnent constamment dans mes oreilles. Leurs regards déplacés hantent mes pensées.

Je suis descendue à quelques reprises et les ai clairement vus me reluquer d'une manière plus qu'indécente, se léchant les lèvres maintes fois. Après ça, j'ai vomi. Parce que ces hommes me dégoûtent comme je ne l'ai jamais été auparavant et je ne comprends pas comment Marco peut être lié à ce genre de types.

En parlant du loup, il me rejoint dans le lit, me débarrasse de mon bouquin et se positionne au-dessus de moi sans lâcher ma bouche du regard.

— Tu es si belle, murmure-t-il en caressant délicatement ma joue droite.

Sa bouche rejoint brusquement mes lèvres. Je n'ai pas le temps de réagir que sa langue s'y enfonce, recherchant désespérément le contact de la mienne. Trois semaines qu'il essaye de me faire ressentir chacun de ses baisers, trois semaines qu'il échoue. Il y a une époque où son contact m'était vital, aujourd'hui je n'aime pas l'homme en face de moi. Cet homme mêlé à des trucs louches, cet homme que j'entends entrer dans ma chambre, ivre tous les soirs. Ce soir, il l'est encore plus. Ce soir, il ne veut pas se contenter d'un baiser. Il attrape mon débardeur et le déchire d'un mouvement sec. Ma poitrine nue se dresse face à lui, et ses yeux s'illuminent instantanément.

— *Deliziosa.*

Il ne perd pas plus de temps et fourre sa tête entre mes seins, dévorant le droit tout en malaxant le gauche. Autrefois, mes gémissements auraient été instantanés. Aujourd'hui, il ne me fait aucun effet. Je ne veux pas de ses mains ni de sa bouche, et je ne veux sûrement pas faire l'amour avec lui. Il ne m'attire plus.

— Marco, je ne veux pas.

Mais il ne m'écoute pas et se débarrasse de mon short puis de ma culotte afin d'introduire ses doigts entre mes lèvres. Son index s'enfonce en moi alors que son pouce s'amuse avec ma boule sensible. Ce geste qui me procurait tant de plaisir ne m'atteint plus aujourd'hui.

— Bien sûr que tu le veux, Kaylee, tu es toute mouillée et prête pour moi. Bien sûr que tu le veux, tu ne le sais simplement pas.

J'ai envie de dire non, de dégager sa main et de l'envoyer balader, mais qu'est-ce que j'y connais au sexe, après tout ? Il est bien plus expérimenté que moi, alors si je mouille ça veut forcément dire que mon corps en a envie, non ?

— Détends-toi, laisse ton corps assouvir ce besoin naturel. Il connaît le mien, il le connaît par cœur, tu n'as pas à avoir peur.

Alors je ne dis rien et le laisse me dominer de toute sa hauteur. Il m'allonge correctement sur le lit, se débarrasse rapidement de son tee-shirt, jean et caleçon, se retrouvant à son tour dans le plus simple appareil. Sa bouche retrouve la mienne au moment où sa verge s'enfonce en moi. Ce n'est pas doux comme il en avait l'habitude. Ses coups de hanches sont brusques, rapides, comme s'il cherchait à me déchirer de l'intérieur. Quelques larmes coulent de mes yeux, mais je ne dis rien. Je le laisse me pilonner à sa guise sans ressentir une once de plaisir.

Mon corps est sien, mon âme est vide. Je ne dis rien mais, intérieurement, *je hurle.*

* * *

Juillet

— Le boss ne va pas aimer te trouver ici, résonne une voix derrière moi.

Je lève la tête et croise le regard d'un des potes de Marco. Je ne le reconnais pas vraiment, étant donné que j'évite au maximum de les croiser. Celui-ci est aussi grand que ses copains, musclé, les cheveux ébène et les yeux aussi bleus que l'océan. Sacrément beau, contrairement aux autres. Son regard est rivé sur mon visage, pas sur mes seins, et son sourire en coin n'a rien de mauvais. S'il n'était pas dans cette maison de fou et qu'il n'était pas autant tatoué, je croirais presque que c'est un homme lambda.

— Et il n'aimerait sûrement pas que tu me parles, un point partout, répliqué-je durement.

Son sourire s'élargit, se transformant en un petit rire presque naturel. Presque, parce que j'ai appris à me méfier de ces gars.

Il me rejoint sur le transat à mes côtés sans détourner le regard. J'ai profité de l'absence de Marco pour me prélasser au bord de la piscine. Une porte de mon étage mène à un escalier au fond du jardin, c'est donc plus facile pour moi de me faufiler.

Les gars de Marco me surveillent en permanence. Autant dire que Raiponce avait autant de liberté que moi.

Ironique, quand je pense que j'ai passé mon adolescence à prôner mon indépendance et mon besoin de liberté. Me voilà aujourd'hui contrôlée par un homme qui ne devrait avoir aucune autorité sur moi. Pourtant, Marco m'a clairement fait comprendre que le copain doux et attentionné que j'ai rencontré avait complètement disparu. Et que j'avais plutôt intérêt à me tenir tranquille si je ne voulais pas en subir les conséquences.

Deux mois qu'il m'a enfermée dans cet enfer, cet enfer dans lequel j'ai choisi de le suivre.

— Alors tu n'es pas qu'un joli corps, à ce que je vois, me dit-il d'un ton amusé.

Je le fusille du regard pour seule réponse. En deux mois, je suis sortie de cette dépression qui m'a écrasée. C'est la peur qui m'y a obligée. La peur de l'homme qui dort à mes côtés, de ses amis armés et drogués, la peur de ce qui pourrait encore m'attendre.

Je suis lucide mais faible, *trop faible*. Deux mois que Marco abuse de mon corps comme bon lui semble. Deux mois que je n'ai pas le courage de refuser. Deux mois que je lui appartiens et que je ne suis plus maître de rien. Je déteste ça plus que tout au monde.

— Tu as perdu ta langue, ma beauté ?

— Non, mais tu ferais mieux de la fermer si tu ne veux pas que je t'arrache la tienne, rétorqué-je.

— Si c'est ta bouche qui le fait, je ne dis pas non.

— Connard.

Ma remarque lui arrache un grand éclat de rire et, encore une fois, ce rire n'a rien de mauvais. Il est naturel, franc, comme si je venais de faire la meilleure des blagues autour d'un feu de camp. Comme si on était amis.

— Je plaisantais mais je confirme, tu as une sacrée répartie. Pas étonnant que le boss soit fou de toi.

Fou, c'est le mot. Fou de moi, je n'en suis pas sûre. Si Marco m'aimait réellement, il me respecterait, il ne me traiterait pas comme un objet sexuel.

— Je suis Julian, au fait, ajoute-t-il en me tendant sa main.

Je la regarde un instant, hésitant à la serrer. Il a beau faire la conversation et être un brin avenant, je n'oublie pas qu'il travaille avec Marco et tous ces mecs bizarres.

— Kaylee, finis-je par dire sans serrer sa main.

Il ne s'en formalise pas et continue de sourire. Je prends un peu plus de temps pour le détailler : sa barbe est parfaitement taillée, il a une boucle d'oreille en or à l'oreille gauche et porte un simple short noir et un tee-shirt blanc, qui fait ressortir son bronzage ainsi que ses muscles saillants. Il est vraiment beau, bien plus que Marco. Son nom et son accent ne trompent personne : un Italien.

— *Da quanto tempo vivi in America*[1] ? demandé-je soudainement.

Une lueur de surprise traverse son visage en m'entendant parler sa langue maternelle.

1. *Depuis combien de temps vis-tu aux États-Unis ?*

— *Quattro anni. Sei italiana*[1] ?

— Ma mère. Moi, je suis née ici, mais elle a tenu à tout m'apprendre de sa culture.

— Eh bien, tu parles aussi bien qu'une native. Et putain, ça te rend encore plus sexy.

Je m'esclaffe. Ça faisait bien longtemps que je n'avais pas ri aussi naturellement et spontanément. Mon Dieu ce que ça fait du bien.

— Qu'est-ce qui t'a poussée à venir ici ? me questionne-t-il après un moment de silence.

— Mes parents sont morts. Je n'avais plus goût à rien. J'ai suivi aveuglément Marco, mais je n'aurais jamais imaginé qu'il côtoyait un univers pareil, avoué-je.

Il fronce les sourcils.

— Quoi, tu ne pensais pas qu'un ancien membre d'un des gangs les plus influents du pays trempait dans la drogue ? Il essaye de se refaire un réseau depuis qu'il a eu affaire à plus dangereux que lui.

Mon cœur s'arrête lorsque le mot « gang » résonne dans mes oreilles. Putain de merde, j'ai fréquenté pendant une putain d'année un criminel. Comment ai-je pu être aussi aveugle ?

— Apparemment, tu n'étais pas du tout au courant. Pour qui s'est-il fait passer ?

— Un étudiant en comptabilité, réponds-je avec dégoût.

Je me demande comment j'ai fait pour être aussi idiote. J'ai ouvert ma porte à un menteur, offert ma virginité à un tueur, un dealer. J'ai passé près d'un an à aimer un homme qui n'a jamais existé. Je ne me suis jamais sentie aussi sale.

1. *Quatre ans. Tu es italienne ?*

— On dirait bien que les seuls chiffres qu'il maîtrise sont les grammes et les liasses. Quel enfoiré, craché-je, écœurée.

— Je suis désolé, lance Julian sérieusement.

Je lui adresse un regard navré en esquissant un petit sourire sans joie.

— Pas autant que moi.

***

Juillet

Une forte douleur me réveille soudainement. J'ouvre les yeux et repère sans difficulté le corps de Marco au-dessus du mien. La douleur persiste. Je remarque alors très vite qu'elle se situe au niveau de mon entrejambe. Marco est en train de me pénétrer sans mon accord. Il a profité de mon sommeil pour assouvir son désir et se sert à nouveau de moi comme de sa marionnette. Mon cœur s'accélère, ma respiration se fait plus forte.

Dégage, hurlé-je intérieurement.

— Chut, ne fais pas de mouvement brusque, c'est moi. Ne bouge pas et laisse-moi faire.

Il s'enfonce plus profondément, encore et encore. Il prend possession de moi. Un deuxième coup, il déchire mon cœur. Un troisième, mes larmes coulent à flots. Quatrième, mon corps tremble, ma peau devient moite, je manque d'air. Il accélère encore et encore, chaque intrusion me froisse et me brise de l'intérieur. Je ne suis que l'ombre de moi-même, une marionnette destinée à assouvir le moindre de ses besoins. Sa chose.

Papa, viens-moi en aide.

***

Août

— Joyeux anniversaire, murmure une voix à mes côtés.

Je reconnais aisément la voix de Julian. Un large sourire se dessine sur mes lèvres. Voilà deux semaines que lui et moi discutons régulièrement. Il reste à la villa tous les jours et profite de l'absence de Marco pour me rendre visite. Parfois nous restons dans ma chambre, parfois dans ma bibliothèque. J'ai appris que Julian était un grand lecteur, comme moi. Il a lu tous les classiques et est même capable de citer certains passages des plus grands auteurs.

Bien qu'il fasse partie de ce bordel pas possible, Julian est différent. Il est gentil, drôle, et ne me traite pas comme un vulgaire bout de viande. Il ne cherche pas à me tripoter ni à me reluquer. Il m'apprécie pour moi et moi seulement. Et putain ce que ça fait du bien, d'enfin discuter avec quelqu'un de sain d'esprit.

Il dépose un baiser sur ma joue et me tend un petit paquet.

— Qu'est-ce que c'est ? Tu n'aurais pas dû.

— Ce n'est pas tous les jours qu'on a dix-huit ans, *bella mia.*

Je souris davantage en le remerciant puis ouvre mon paquet avec empressement. Mes yeux brillent lorsque la couverture rigide se dévoile.

— La version collector d'*Orgueil et préjugé*... Oh mon Dieu, elle est magnifique.

— Je l'ai même annotée pour toi.

Je le serre fort dans mes bras pour seule réponse. Les larmes me montent rapidement aux yeux. Ça fait des semaines que personne n'a été aussi gentil avec moi. Des semaines que je subis la torture de Marco. Des semaines qu'il me viole encore et encore. Des semaines que je subis les remarques désobligeantes de ses potes, les tapes sur le cul, les tripotages quand Marco a le dos tourné.

Julian est ma bouffée d'air frais, celle qui me permet de tenir et de ne pas sombrer comme j'aurais dû le faire depuis longtemps.

— Ne pleure pas, je t'en prie, ne pleure pas, me supplie-t-il en attrapant mon visage en coupe.

— Je n'en peux plus, Julian. C'est trop dur.

— Je le sais, Kaylee, je le sais. J'aimerais tellement te préserver, te sortir d'ici et t'emmener loin de lui.

Il ne ment pas, je le sais, je le sens. Son regard est sincère, il ne joue pas la comédie, je l'ai rapidement compris. Pourquoi n'ai-je pas rencontré un homme comme Julian ?

Alors, dans un mouvement désespéré, j'écrase ma bouche contre la sienne. D'abord surpris, il ne réagit pas. Je m'écarte, me rendant compte de la connerie que je viens de faire. Est-ce qu'il va me balancer à Marco ? La panique se lit clairement dans mes yeux.

— Je…

Mais je n'ai pas le temps de répondre que sa bouche percute à nouveau la mienne. Un mélange de douceur et de désir. Nos bouches s'aimantent, nos langues se rejoignent dans un ballet maîtrisé. Je retrouve la saveur d'un vrai baiser, une langue chaude et sucrée, un plaisir simple et pur. Une sensation que Marco avait complètement effacée de mon esprit.

— Ça fait des semaines que je rêve de faire ça, m'avoue-t-il contre ma bouche.

Je pose mon front contre le sien sans répondre qu'il est le premier à me faire autant de bien depuis longtemps.

— Je vais te sortir de là, Kaylee. Je ne sais pas quand ni comment, mais je vais te sortir de là. Je te le promets.

Je ne sais pas si sa vision est utopique, si le croire est sensé. Pourtant, dans cette position, ses bras autour de mon corps, je m'autorise à espérer et à rêver que tout est possible.

* * *

Septembre

— KAYLEE ! hurle une voix en débarquant dans la bibliothèque.

Marco se matérialise devant moi quelques secondes après, les traits durs et le visage rouge de colère. Mon corps réagit directement, secoué par de lourds tremblements. Je ne l'ai jamais vu aussi en colère et sais d'avance que je vais passer un sale quart d'heure.

— C'est quoi cette merde ?! crache-t-il en me jetant un objet dur au visage.

Je reconnais rapidement le livre que m'a offert Julian, le mois précédent, ouvert à la page de la dédicace.

J'espère un jour être ton Darcy, si tu veux bien devenir mon Elizabeth.

Il n'a pas signé et a bien fait. Je n'imagine même pas ce que Marco pourrait lui faire s'il le découvrait. S'il savait que Julian et moi entretenons plus qu'une relation amicale.

— Un livre que j'ai depuis le lycée, pas besoin d'en faire tout un plat.

— Tout un plat ? Un putain de fils de pute t'a écrit une petite dédicace et c'est moi qui abuse ?! C'est quelqu'un d'ici, avoue-le ! C'est pour ça que tu te promènes habillée comme une traînée en bas ? Pour charmer mes potes, c'est ça ?!

La fureur le domine, je l'ai déjà vu en colère mais jamais aussi remonté. Mon corps frémit rien qu'en imaginant la façon dont il va me punir. Car il le fera, si je ne lui donne pas de nom. Mais hors de question que je trahisse Julian, pas après tout ce qu'il a fait pour moi.

— Comme une traînée ? Je suis habillée en short parce qu'il fait chaud, et je descends parce que j'ai faim, putain ! Ce n'est pas ma faute si tes gars ne savent pas garder leurs mains pour eux et détourner le regard quand j'entre, vociféré-je à mon tour.

Ça fait longtemps que je n'ai pas crié, ça fait longtemps que je ne me suis pas rebellée contre cet enfoiré. Mais c'est fini. Il n'a pas le droit de me traiter comme une merde, je ne lui ai rien fait, putain !

Un rire amer sort de sa bouche tout en me reluquant.

— Ah, tu veux te rebeller, tu veux montrer que tu es une femme avec des opinions. Tu n'es rien, Kaylee. Tu n'es qu'une pute que je baise quand bon me semble. Ne te crois pas importante et ne pense pas qu'un beau chevalier viendra te secourir. Tu es à moi, *amore mio*, à moi, tu m'entends ?!

Il s'approche dangereusement de moi et m'observe un instant alors qu'un rictus mauvais s'empare de ses lèvres.

Puis tout se passe trop rapidement. Il déchire mon débardeur d'un mouvement de main et réserve le même sort à mon short. Je hurle de douleur, mais il me fait taire en me giflant, m'envoyant au sol sans difficulté. Il ne me laisse pas le temps de réagir et empoigne mes cheveux pour me relever, me colle au mur pour me bloquer et m'empêcher de bouger. Puis, il me roue de coups. Tout y passe : mes bras, mon ventre, mon visage. Il me frappe encore et encore, comme si j'étais un vulgaire punching-ball.

— Tu ne vas plus jamais me désobéir. Tu ne vas plus jamais regarder un autre que moi ! hurle-t-il sans arrêter ses coups. Je vais tellement te marquer qu'aucun autre ne pourra jamais m'effacer.

Je gémis de douleur, me tords, me débats, mais rien n'y fait. Je suis sa chose. Je ne suis plus rien face à lui. J'ai vendu mon âme au diable dès que je suis montée dans sa voiture pour quitter

Seattle. J'ai choisi mon sort sans savoir qu'il serait aussi terrible, et j'en paie le prix aujourd'hui.

Il arrête ses coups et, quand je pense que tout est terminé, il me prouve le contraire en arrachant le dernier bout de tissu qui me couvrait. Puis il plaque mon corps contre le mur. La dureté de la surface me brise le dos, mais ce n'est rien comparé à ce qu'il s'apprête à me faire.

Il me soulève de sorte que nos deux sexes soient au même niveau. Ensuite, comme il sait si bien le faire, il s'enfonce en moi sans difficulté. Les assauts de sa verge ne m'épargnent pas, il y va encore plus fort que les autres fois. Je me débats, hurle, pleure encore et encore. Je le supplie d'arrêter, mais l'humain en lui a déserté depuis longtemps. Il ne reste que le bourreau. Le monstre.

Il m'empoigne ensuite par les cheveux et me traîne jusqu'à une porte restée fermée jusqu'ici : une cave.

— Tu vas passer un moment là histoire de te remettre les idées en place. Quand tu sortiras, je ne veux plus t'entendre te rebeller, tu seras douce et obéissante. Compris, *amore mio* ?

Je ne réponds rien et me contente de déverser le reste de larmes que je retenais. Il ne s'en formalise pas, me jette dans la cave sans ménagement puis referme la porte derrière lui.

Le noir se matérialise autour de moi, je suis seule. Mon cœur tambourine dans ma cage thoracique et l'air me manque. Je fonce vers la porte et frappe dessus tout en le suppliant de revenir.

— Je t'en prie, reviens ! Ne me laisse pas ici ! S'il te plaît, laisse-moi sortir !

* * *

Novembre

Six mois aujourd'hui. Six mois que ma vie a pris un tournant que je n'aurais jamais imaginé un an plus tôt. Plus de six mois que mes parents m'ont quittée, plus de six mois que j'ai fui la seule famille qu'il me restait, les seules personnes qui comptaient encore. Mais surtout six mois de constante torture, violence et souffrance. Six mois que Marco a fait de moi son objet, sa marionnette. Six mois que Kaylee Parker a disparu.

Mais ça fait aussi quatre mois. Quatre mois que Julian et nos rencontres clandestines m'aident à tenir, à m'échapper un instant de ce supplice insupportable. S'il n'était pas là, j'aurais déjà quitté ce monde depuis des semaines.

Lorsqu'il s'est rendu compte des blessures que les coups de Marco m'avaient infligées, il a vu rouge. Il tremblait de colère et était prêt à le tuer. Je l'ai supplié de ne rien faire. Marco est beaucoup plus fort que lui, il le tuerait bien avant. Julian ne peut pas mourir, il est ma bouée, mon seul repère, ma raison de rester en vie. Il doit vivre pour me sortir de là.

Alors cet après-midi, je profite que tous les gars soient réunis autour de la piscine pour me faufiler dans sa chambre. Mais ce que je vois, lorsque je pénètre dans la pièce, me glace le sang. Le corps de Julian, inerte. Je me fige et regarde la scène au ralenti, comme si je rêvais.

Puis quand je réalise enfin, les larmes s'emparent de moi et l'envie de hurler me guette. Je ne peux pas alerter les garçons, sinon Marco me réservera le même sort. Je me jette dans ses bras tout en continuant de pleurer. Je le serre fort contre moi, priant pour que ce ne soit qu'un cauchemar. Mais tout est pourtant bien réel. Ses yeux sont clos, son cœur ne bat plus, son corps ne bouge plus. Il est vide, il n'est plus là. Comme mes parents.

Dans sa main droite se trouve une lettre. Je repère rapidement mon nom et la lui arrache des mains avec précipitation.

Cara Kaylee[1],

Si tu trouves cette lettre, c'est que je ne suis plus là. Ne pleure pas, je t'en prie, ne crie pas et ne te fais pas entendre ou tout cela n'aura servi à rien.

Je sais que tu ne dois pas comprendre mais je vais tout t'expliquer.

J'aurais voulu nous sortir d'ici, j'aurais voulu te délivrer et t'offrir la vie que tu méritais. Je le voulais plus que tout, cara mia, je t'en prie, tu dois me croire. Mais te voir aussi faible, ramasser jour après jour les violences de cet enfoiré, m'est devenu insupportable.

Je ne pensais pas trahir Marco avant de te rencontrer. Je suis entré dans sa bande parce que je n'étais qu'un minable qui ne savait pas dire non à son père. Pourtant je n'ai jamais tué, jamais adhéré à toutes ces merdes.

Je comptais même me tirer d'ici avant que tu n'arrives et ne chamboules tout. Toi et

1. *Chère Kaylee.*

ta répartie, toi et ton rire contagieux, toi et ton sourire incroyable. Tu as rendu ces derniers mois un peu plus faciles, et je ne te remercierai jamais assez pour ça.
Te voir souffrir me bouffait. Je savais qu'on n'aurait jamais pu se tirer tant que ce fils de pute était toujours en vie. Il nous aurait retrouvés et nous aurait butés tous les deux. Tu mérites plus que ça, tellement plus que ça, Kaylee.

Dans quelques heures, les forces de l'ordre débarqueront pour emmener tout le monde. J'ai dénoncé le trafic et personne ne s'en sortira, je te le promets. Alors quand la police arrivera, prends un petit sac avec le nécessaire et enfuis-toi par la porte de derrière. Un ami à moi te récupéreras en voiture et te conduiras loin d'ici. Tu vas t'en sortir, mon amour, j'ai confiance en toi. La prison m'aurait anéanti. Je n'ai plus la force de souffrir. Pardonne ma lâcheté, je t'en supplie.

Tu es incroyable, une vraie battante, une force de la nature, et tu accompliras des choses merveilleuses. Je n'ai aucun doute là-dessus. Merci pour tous ces moments passés à rire à mes côtés, merci de m'avoir fait connaître le vrai bonheur, même pour une courte durée.

Tu resteras la meilleure chose qui me soit arrivée. Ti amo tanto, amore mio. Per sempre e in eterno[1].

Julian

1. *Je t'aime tellement, mon amour. Pour toujours et à jamais.*

Mon cœur se brise au moment où je termine la lettre. Il s'est sacrifié pour mon bonheur, il m'a prouvé que l'humanité existait encore. Mais à nouveau, il m'a montré que l'amour, aussi beau qu'il soit, mène à la perte. M'aimer est une malédiction, et Julian en a fait les frais.

Chapitre 32
Hayden

Soixante. C'est le nombre de minutes qui se sont écoulées depuis que Kaylee a terminé son histoire.

Vingt. C'est le nombre de pauses qu'elle a dû faire parce qu'elle pleurait ou tremblait.

Deux. C'est le nombre d'heures qu'elle a passées à tout me raconter, dans les moindres détails.

Dix. C'est le nombre de fois où j'ai failli vomir en entendant ces fameux détails.

Cinquante. C'est le nombre de fois où j'ai eu envie de tuer cet enfoiré.

Trois. C'est le nombre d'années que j'aimerais effacer de la vie de Kaylee afin de lui offrir l'avenir de ses rêves.

Jamais, au grand jamais, je n'aurais pu imaginer une telle chose. C'est monstrueux, tellement tordu, abominable. Comment peut-on manquer d'humanité à ce point ? Comment peut-on traiter une personne de la sorte ? Une personne qu'on jurait aimer, en plus…

J'ai vu Kaylee s'effondrer devant moi, encore et encore, et je n'avais aucune putain d'idée de comment réagir.

Je ne comprenais pas son problème au contact des hommes avant ce soir, et merde, je ne sais même pas comment elle m'a laissé l'embrasser ou la prendre dans mes bras. Comment arrive-t-elle encore à vivre dans un environnement masculin ? Ce mec l'a détruite. Si je l'avais face à moi aujourd'hui, je le tuerais de mes mains sans la moindre hésitation.

Avec le temps, j'ai appris à apprécier Kaylee, à la trouver drôle, parfois gentille et sensible. Aujourd'hui, je l'admire. Je suis épaté par l'immense force qu'elle possède. Elle a survécu à six mois d'enfer constant, six mois de calvaire et de tourments. Et même si aujourd'hui, son sourire se fait rare, elle survit. Elle se lève tous les matins, elle travaille dur, elle bosse le soir comme une dingue pour payer ses factures et ne se plaint jamais. Cette femme est une super héroïne, et sans même m'en rendre compte, je suis tombé un peu plus sous son charme.

Je veux l'aimer, la protéger de ce monde peuplé de monstres. Je veux la serrer dans mes bras et ne jamais laisser qui ni quoi que ce soit l'atteindre. Plus jamais je ne veux la voir souffrir.

Je me souviens de chaque mot qu'elle a prononcé, chaque atrocité. Ils tournent en boucle dans ma tête depuis une heure.

— Ça commençait par des demandes en plein milieu de la nuit. Parfois, je me réveillais à cause de la douleur de son membre en moi. Il m'obligeait à le regarder pendant qu'il prenait son pied. Il me faisait croire que c'était normal, qu'un couple n'avait plus besoin de permission pour faire ce genre de choses. Et bêtement, je le croyais. Alors je ne disais rien, même si intérieurement, j'hurlais, m'a-t-elle avoué.

Ce connard lui a fait croire que le consentement n'existait plus lorsqu'on est en couple. Putain non, le consentement est la chose la plus importante dans une relation. Peu importe le nombre d'années passées ensemble, peu importe que vous soyez mariés ou que vous ayez six gosses et un chien. Le consentement est obligatoire, à chaque putain de moment. Quiconque clame le contraire n'est qu'un violeur. Il l'a violée en lui faisant croire que c'était normal, ça me tue.

— Et puis, il y avait ces jours où tout était ma faute. Il disait que mes shorts, mes petites tenues l'allumaient, alors que je crevais simplement de chaud. Mais aussi les moments où ses caresses me faisaient automatiquement mouiller, alors que je n'éprouvais aucun plaisir. Encore une fois, il me faisait croire le contraire. Pour lui, si mon corps réagissait, c'est que j'en mourais d'envie. Alors il y allait sans mon consentement. Il s'introduisait en moi en me répétant à quel point j'aimais ça. C'était faux. J'étais dégoûtée, faible, terrifiée. Pourtant, je n'avais pas mon mot à dire.

Bien sûr qu'elle détestait ça, bien sûr qu'elle était terrifiée. N'importe qui à sa place l'aurait été. Cet homme avait tout pour la terroriser. Les hommes, les armes, la force, elle ne pouvait pas le vaincre. Impossible pour elle de se défendre. Et c'est ce qui me bousille : l'imaginer seule et faible face à cette ordure.

— Je me souviens de ces journées passées dans la petite pièce au sous-sol. Il m'y enfermait lorsque j'émettais une réelle objection à ses demandes. Ou quand ses amis me regardaient d'un peu trop près. D'après lui, j'étais la catin qui les allumait. Je provoquais, j'avais conscience de mon effet et j'en jouais. Alors il me punissait comme je le méritais : seule, sale. Ça pouvait durer des heures comme des jours. Chaque minute passée dans cette pièce me donnait la nausée.

Quand elle m'a dit qu'il avait levé la main sur elle, qu'il l'avait battue comme un vulgaire punching ball, j'ai vu rouge. Pour bien illustrer ses propos, elle a refusé de se rhabiller et m'a forcé à regarder chacune de ses cicatrices, chacune de ses marques. Ces blessures qu'elle dissimule derrière des vêtements amples et des manches longues. Ça aussi, ça a du sens, maintenant. Le fait qu'elle ne mette jamais de tee-shirt ni de vêtement court. Elle se cachait. Elle cachait des mois de souffrance derrière des couches de vêtements et une humeur exécrable.

Elle fuit les gens, elle fuit l'amour, parce que chaque personne qu'elle a aimée a fini par souffrir ou lui causer de la souffrance : sa mère, son père, sa sœur, sa grand-mère, son connard d'ex et le dernier qu'elle a aimé, celui qui l'a aidée à survivre dans ce monde de fous. Ce Julian.

J'avoue avoir eu de la compassion pour cet homme, même s'il faisait partie d'un monde dangereux. Il a quand même été la bouée qui a empêché Kaylee de se noyer durant plusieurs mois. Et pour ça, je lui en serais toujours reconnaissant. La lettre qu'il lui a laissée m'a arraché une larme. Il s'est sacrifié pour son bonheur, pour qu'elle puisse quitter ce cauchemar. Je n'ose pas imaginer comment ça se serait passé pour elle si elle était restée là-bas, près de ce salaud.

— Comment… comment ça s'est passé à ton retour ? As-tu pu porter plainte contre cette ordure pour tous ces mois de captivité ? osé-je demander.

Je ne sais même plus quelle question poser sans craindre de dépasser la limite. Elle m'a ouvert les portes de ses pensées les plus intimes, ça me donne l'impression d'abuser d'elle.

Elle ne répond pas pendant quelques minutes, sûrement trop sonnée par tous ces aveux, mais finit tout de même par lever la tête en évitant mon regard. Elle n'a pas réussi à me regarder dans les yeux, ces deux dernières heures ; trop honteuse ou effrayée, je n'en sais rien.

— J'avais peur de rentrer chez ma grand-mère, après tout ça. Non, en réalité, j'avais terriblement honte. Je suis partie en laissant une simple lettre, elle devait être morte d'inquiétude pendant tous ces mois. Comment pouvais-je la regarder dans les yeux après ce que je lui avais fait subir ? Comment pouvais-je me présenter à elle, tremblante et pratiquement défigurée ?

Elle marque une pause pour reprendre sa respiration, ravale ses larmes puis enchaîne :

— Mais je l'ai fait, j'ai toqué à sa porte et me suis effondrée dans ses bras. Elle m'a serrée contre elle et nous avons pleuré ensemble durant des heures. Elle ne m'a pas tourné le dos, Hayden. Après tout ce que je lui ai fait subir, elle m'a accueillie chez elle et a pris soin de moi, putain. Comment a-t-elle eu la force de faire ça ?

— Parce que l'amour d'un parent est inconditionnel. Lindsay n'est peut-être pas ta mère, mais elle est ce qui s'en rapproche le plus. Comment aurait-elle pu te rejeter et se regarder dans un miroir après ça, Kaylee ? Son amour pour ta sœur et toi est inconditionnel, et il le sera toujours, peu importe ce qui peut t'arriver, peu importe tes actes.

J'attrape sa main pour tenter d'apaiser ses tremblements. Elle ne me repousse pas, au contraire. Elle recouvre la mienne de son autre main et m'adresse un fin sourire de gratitude.

— Après ça, nous sommes allées au commissariat pour que je raconte tout depuis le début. Certains ne m'ont pas crue. Sans preuves, difficile de monter un dossier. D'autres m'ont pratiquement accusée pour ses crimes. Ils ont dit que j'avais accepté de le suivre de mon plein gré, que ça ne pouvait pas être catégorisé comme un enlèvement et que je n'avais que moi à blâmer. Autant te dire que ma grand-mère a failli leur cracher au visage.

— Tu m'étonnes, quelle bande d'enfoirés, dis-je en grimaçant.

Elle lâche un petit rire sans joie en hochant la tête.

— Au final, Marco n'a pas été incriminé pour ce qu'il m'a fait subir. Il y a eu une brève enquête, mais le dossier a été classé sans suite. Je sais, immoral, mais c'est ainsi que fonctionne la justice. On ne croit pas l'ado perturbée par la mort de ses parents qui a fui le domicile familial. Le chef de gang qui deale de la drogue comme s'il vendait des barres chocolatées, lui, par contre, est totalement blanchi.

La bile me monte à la gorge. Après tout ce qu'elle a vécu, comment ce connard a pu échapper à la punition qu'il mérite ?

— Je t'en prie, Kaylee, dis-moi que ce tas de merde n'est pas en liberté.

— Non, crois-moi, s'il l'était, je ne serais pas devant toi à l'heure qu'il est. Il a pris six ans pour complicité de trafic de drogue.

— Complicité ?! hurlé-je.

Quelle complicité ? Ce bâtard est le putain de chef, celui qui tire les ficelles. C'est impossible que sa peine soit si faible !

— Marco est intelligent et influent, Hayden. Tu crois vraiment qu'il peut gérer un tel réseau et se faire prendre aussi facilement ? Ses potes ont témoigné en sa faveur, il s'en est sorti. Et puis, il y a des pourris même chez les flics, tu sais ? Tout est une question de réseau, si ça n'arrange pas les affaires de certains alors tu peux être sûr qu'il ne prendra pas la peine maximale. En tout cas, dans trois ans, il sortira et viendra me chercher.

Je lâche un rire amer en la fusillant du regard.

— Tu rêves si tu crois que je vais laisser un truc pareil se produire. Moi vivant, il ne posera plus jamais le moindre doigt sur toi. Tu m'entends ? Plus jamais, déclaré-je en l'attrapant fermement par les épaules.

Elle baisse le regard. J'encadre son visage de mes mains et la force à le relever. Les larmes perlent de ses yeux, mon cœur se brise un peu plus. Je voudrais pouvoir prendre sa peine, souffrir à sa place.

— Après ça, ma grand-mère a jugé important que je consulte une psy, pour extérioriser et obtenir un avis professionnel. Ça fait bientôt trois ans que je vois le docteur Wilson. Voilà où je disparais trois fois par semaine. Je me rends chez une psychologue et passe la moitié de la séance à éviter le sujet qui fâche. Parce que je n'y arrivais pas, Hayden. Avant aujourd'hui, je n'avais plus jamais reparlé de cette histoire. Je ne sais toujours pas comment j'ai eu le courage de le faire, ce soir. Sûrement grâce à toi et à tout ce que tu m'as expliqué sur ta mère biologique.

— Crois-moi, *piccola*, je n'ai pas vécu les trois quarts de ta souffrance. C'est toi la personne admirable.

J'embrasse le dos de sa main sans la quitter du regard. Elle me gratifie d'un faible sourire, réchauffant mon cœur au passage.

— Au départ, c'est un mec bien. Il te montre son sourire lumineux, son intelligence, son humour. Il te regarde comme la huitième merveille du monde, t'aide à te sentir unique. Puis un jour, tu le retrouves complètement vide, sans une once d'humanité, de compassion ni d'amour. Il te fait découvrir une partie de lui que tu n'osais même pas imaginer, murmure-t-elle en fixant un point au sol.

— L'humain peut être un sacré manipulateur, parfois, réponds-je, la gorge nouée.

Elle se redresse, ses yeux s'embuent à nouveau lorsque je prends son visage en coupe. Ses prunelles émeraude me fixent, me transmettant toute la peine qui l'anime, déchirant mon cœur un peu plus.

— Il m'a tellement salie qu'aucune douche ne pourra jamais l'effacer. Il a pris toute ma joie de vivre pour la transformer en une peine perpétuelle. Il m'a tout simplement brisée, de toutes les manières dont une personne peut être brisée.

Elle s'effondre dans mes bras. Je resserre alors son emprise afin de lui transmettre toute la chaleur que je possède. Je la serre fort contre moi, la laisse reposer sa tête contre mon torse pendant que j'enfouis mon visage dans ses doux cheveux parfumés à la vanille. Je pourrais rester dans cette position pour le restant de ma vie, sans l'ombre d'une hésitation, sans regret. Cette fille s'est infiltrée dans mon cœur depuis des semaines, et je serai incapable de l'en faire sortir, même avec toute la volonté du monde. Je suis tombé amoureux d'elle sans m'en rendre compte.

— Tu n'es pas brisée, *piccola*. Tu as énormément souffert, tu as été marquée, torturée, mais tu n'es pas brisée. La preuve. Tu es là, devant moi. Tu te lèves tous les matins et tu te bats jour après jour pour ce en quoi tu crois. Tu es forte, plus forte que n'importe quelle personne sur ce foutu campus. Et si tu as besoin que je te le répète encore et encore, je suis ton homme.

Elle secoue la tête en s'échappant de mes bras pour se mettre sur ses pieds.

— Regarde-moi, Hayden. Il n'y a pas une partie de mon corps qui n'a pas été marquée par cet homme. Il m'a souillée, que ce soit par ses coups ou ses pénétrations forcées. Comment peux-tu encore me trouver belle après ça ? Comment peux-tu me trouver désirable ?

Je me lève à mon tour afin de lui faire face. Je ne peux m'empêcher de la contredire, il m'est impossible de rester de marbre face à de telles conneries.

— Tes cicatrices sont le reflet de ta force. Si tu es en mesure de me les montrer aujourd'hui, c'est que tu as eu assez de courage pour surmonter l'obstacle qui pouvait être ta perte.

Je m'approche un peu plus d'elle pour caresser lentement son visage, descends jusqu'à son cou.

— Puis-je ? demandé-je en montrant le dessous de sa poitrine.

Elle réfléchit un instant et finit par me donner l'autorisation. Alors je laisse glisser ma main au-dessus de sa poitrine sans m'y attarder avant d'effleurer plus bas les premières cicatrices, juste en dessous.

— La beauté réside d'abord dans ton âme, ensuite elle se répand autour de toi. Tu n'es pas belle parce que les standards ou la société l'exigent. Tu es belle parce que tu as accepté que ce que tu considérais comme des défauts fait de toi quelqu'un d'unique.

Je laisse glisser ma main sur chaque marque, chaque souvenir de ces terribles mois. Je déglutis à chaque frisson que ressent Kaylee à mon contact. Ce mec lui a arraché la moindre sensation de plaisir au toucher, ça me bouffe de l'intérieur.

Je dessine le contour de ses cicatrices. Elles ont toutes une histoire, mais leur unique point commun restera à jamais le courage de la personne qui les porte. Parce que Kaylee est une vaillante, une survivante. Elle est admirable, je ne le répéterai jamais assez. Sa force m'impressionne, et je la ferai taire à chaque fois qu'elle osera dénigrer cette partie d'elle.

Peu importe à quoi elle ressemble, je la trouverai toujours attirante. Son physique est incroyable, mais ce n'est sûrement pas la raison pour laquelle je suis fou d'elle. Loin de là. Son cœur, sa force, son âme… c'est ça, la véritable beauté qui m'envoûte à chaque instant.

— As-tu envie que je t'aide ? Que je te fasse réaliser à quel point je te trouve belle ? À te faire voir ce que moi, je vois ? murmuré-je contre son oreille.

Elle me contemple un instant en se mordillant la lèvre, réfléchissant sérieusement à la question. Alors, tout en douceur, je nous tourne face au miroir de ma chambre, la supplie de nous regarder tous les deux, l'un contre l'autre. Elle en sous-vêtements, moi torse nu, observant chaque parcelle de peau qui nous compose et fait de nous les êtres uniques que nous sommes. Aucun vêtement ne remplacera jamais la beauté d'un corps nu, celui que nous possédons, à la fois différent et similaire à celui des autres. À chacun sa couleur, ses cicatrices, ses tatouages, ses particularités, à chacun sa forme. C'est ce que Kaylee doit voir : la beauté naturelle de sa personne.

Je lui demande si je peux continuer de la toucher. Elle hoche la tête, nerveuse. Je longe alors lentement son bras de ma main droite, tout en tenant fermement sa taille de ma main gauche, descends cette dernière le long de sa hanche, de son aine, marquant une pause lorsque je la sens se tendre contre moi. Après plusieurs longues respirations, elle pose sa main sur la mienne et la presse, m'autorisant à continuer. Je poursuis mon exploration, descendant sur sa jambe, remontant sur le galbe de ses fesses, son épine dorsale. Je n'irai pas plus loin ce soir, elle a besoin de repos, mais c'est un avant-goût de la douceur et du respect que je pourrai lui témoigner, si elle le souhaite.

— Quand ce sera le bon moment, Kaylee, laisse-moi te redonner goût à la vie. Laisse-moi te montrer que les relations intimes n'ont pas à être une torture. Permets-moi de te redonner ce plaisir naturel que Marco t'a dérobé.

Elle se tourne vers moi et attrape mon visage entre ses mains tout en plongeant son regard dans le mien.

— S'il te plaît, Hayden. J'ai besoin que tu le fasses. J'ai besoin que tu me fasses apprécier la douceur de tes caresses. Je veux te désirer en te regardant, en te touchant, en t'étreignant. Aide-moi à redevenir celle que j'ai perdue en chemin il y a trois ans.

Je dépose un long baiser sur son front avant d'esquisser un large sourire.

— Quand tu seras prête, compte sur moi, *piccola.* N'aie plus peur, je serai toujours là pour te guider.

Chapitre 33

Kaylee

— Ah, voilà les premiers passagers de son vol, elle ne devrait pas tarder, m'annonce Hayden sans quitter le terminal des yeux.

Comme promis, Grace passe son week-end d'anniversaire ici. Initialement, je devais aller la chercher à l'aéroport de Seattle pour faire le trajet avec elle jusqu'à Boston, mais cela aurait impliqué de manquer une journée de cours et de travail. Heureusement, ma grand-mère a une amie dont la fille prenait un vol pour New York, avec une escale à Logan International. Elle a donc gentiment accepté de veiller sur ma sœur pendant le voyage.

Je ne l'ai pas vue depuis les vacances d'été et j'avoue qu'elle m'a énormément manqué. En revenant de San Diego, ma grand-mère m'avait interdit de voir Grace avant que mes blessures au visage ne soient correctement guéries. Je n'ai pas émis d'objections, j'étais d'accord avec elle. Je faisais peur à voir, hors de question que ma sœur me côtoie ainsi. Alors j'ai passé quelque temps à l'hôpital pour que les médecins fassent des analyses, recousent mes plaies et fassent tout le nécessaire à mon rétablissement. Mon visage n'était pas le plus amoché, j'ai donc pu rapidement retourner chez ma grand-mère.

J'avoue avoir appréhendé la réaction de ma sœur. Je n'étais pas très fière de l'avoir abandonnée au moment où elle avait le plus besoin de moi. J'ai été égoïste, j'ai pensé à ma propre peine sans penser une seconde à celle de Grace. Ce n'était qu'une enfant de six ans qui venait de perdre subitement le seul repère de sa vie, celui dont elle avait besoin pour grandir. Au lieu de devenir ce nouveau repère, j'ai fui comme une lâche.

Contre toute attente, Grace n'a pas été rancunière. Elle m'a accueillie avec un immense câlin et m'a demandé si mon voyage m'avait aidée à aller mieux. Cette petite est tellement intelligente. Malgré sa propre souffrance, elle a perçu la mienne et a compris que j'avais eu besoin de quitter Seattle pour faire mon deuil. Alors j'ai acquiescé sans entrer dans les détails, ma sœur ne doit jamais savoir toutes les horreurs que Marco m'a fait vivre.

Malheureusement, un soir, alors que je me changeais, elle est entrée dans ma chambre et a vu les cicatrices. Je n'ai pas eu le courage d'inventer une excuse, je lui ai avoué la vérité en minimisant les dégâts. Je lui ai dit que j'avais passé ce voyage avec Marco, qu'il s'était mis en colère de nombreuses fois. Qu'elle n'avait pas besoin d'en savoir plus. Il fallait que je préserve son innocence.

En parallèle, je voyais le docteur Wilson afin de travailler sur mon traumatisme. C'est d'ailleurs pour elle que j'ai choisi Boston. L'université était mon coup de cœur depuis le lycée, mais lorsque j'ai appris que ma psy déménageait dans cette ville, le choix a été une évidence. J'avais déjà eu du mal à me confier, je ne me voyais pas tout recommencer avec un autre médecin.

Je faisais des cauchemars tous les soirs : je revivais principalement les horreurs que me faisait subir Marco. Il m'arrivait aussi de revoir Julian, son si beau sourire, sa gentillesse inégalable, avant que tout ça ne se transforme en terreur. Son corps sans vie, gisant au sol.

La perte de Julian m'a profondément marquée. Nous n'avons pas partagé grand-chose d'intime, Marco m'avait brisée à ce point. Je ne ressentais plus de désir, seulement une peur viscérale.

Encore aujourd'hui, l'idée de faire l'amour m'est insupportable. C'est pour ça que j'ai fui l'amour et les hommes : parce que je suis brisée et persuadée qu'aucun ne pourra l'accepter.

Hayden pourtant est différent. Il m'a promis d'attendre, de m'aider à me réapproprier mon corps à condition que je sois prête à me battre. Alors, j'ai accepté. Je suis fatiguée de me cacher, de repousser tout le monde.

Julian a vu ma force, et je dois la retrouver. Je me suis promis de ne plus laisser le trauma diriger ma vie. Il est temps de me relever, de me battre pour un avenir meilleur. Cela prendra du temps, mais cette fois, je suis prête.

— Ah, je crois que je la vois. Plutôt difficile de la rater si tu veux mon avis, se marre Hayden.

Je suis son regard des yeux et tombe rapidement sur une petite tornade rousse habillée de toutes les couleurs. Lorsque nos regards se croisent, le même sourire se dessine sur nos visages, et il ne nous en faut pas plus pour nous courir dans les bras l'une de l'autre. Je la rattrape à la volée, la serre fort tout en la faisant tournoyer dans les airs. Puis j'enfouis mon visage dans ses cheveux et m'imprègne de sa délicieuse odeur qui m'a tellement manqué.

Mon bébé est là, elle est enfin là.

Nous restons ainsi durant plusieurs minutes avant de nous faire face. J'encadre son visage de mes mains afin de la contempler, comme pour m'assurer qu'elle est bien là. Tout est intact : sa peau douce, ses taches de rousseur, ses prunelles émeraude identiques aux miennes.

— Gracie, *mi sei mancata tanto*[1], lui dis-je alors que les larmes me montent aux yeux.

— *Mi sei mancata anche tu*[2], répond-elle avant de me serrer à nouveau contre elle.

Je m'accorde un nouveau moment à profiter de sa chaleur avant de me ressaisir, me relève et tombe nez à nez avec deux sourires

1. *Tu m'as tellement manqué.*
2. *Tu m'as manqué aussi.*

étincelants : celui de Hayden, qui nous regarde tendrement, ainsi que celui d'une femme plus âgée. Je peux aisément identifier cette dernière comme étant l'accompagnatrice de Grace. Je m'avance alors pour lui adresser une accolade de remerciement.

— Merci d'avoir pris soin de ma sœur durant son vol, ça compte beaucoup pour moi.

— C'était avec plaisir, votre sœur est adorable et a rendu le trajet bien plus agréable.

Elle souhaite un bon séjour à Grace puis s'éloigne pour prendre son prochain avion.

Je me tourne vers ma sœur, déjà bien occupée à fixer mon colocataire intensément.

— C'est donc toi, Hayden, toi aussi tu es vraiment géant, lui fait-elle remarquer.

Hayden sourit de toutes ses dents avant de s'abaisser à sa taille.

— Et toi, tu es plutôt grande pour une fille de neuf ans.

— Dix ans, c'est mon anniversaire aujourd'hui, le corrige-t-elle en croisant les bras.

Il me jette un coup d'œil pour me dire : « Tu ne me l'as pas dit, ça », puis se reconcentre sur ma sœur afin de lui répondre.

— Pardonne-moi, Grace, je ne le savais pas. Joyeux anniversaire, mademoiselle. Tu vas bientôt devenir une adulte, dis-moi ?

Elle glousse.

— Mais non, je suis encore trop petite pour ça.

— Hmm, méfie-toi du temps, *principessa*[1], il passe bien trop vite, rétorque-t-il en lui adressant un clin d'œil.

1. *Princesse.*

Je suis encore surprise de l'entendre parler italien. Je me souviendrai toujours du soir où il m'a avoué avoir pris des cours pour moi. Personne avant lui n'avait fait autant d'efforts, et je dois avouer que ça a bien joué en sa faveur. Une raison de plus d'arrêter de le détester. Et je crois que le voir rire avec ma sœur est devenu ma chose préférée.

— Tu parles italien ? s'étonne ma sœur.

— Pour toi, Grace, j'ai tous les talents.

Elle rit de nouveau avant de le serrer dans ses bras. Il enfouit sa tête dans son cou et resserre son emprise.

Rectification, Grace dans les bras de Hayden est ma nouvelle chose préférée.

— Allez, les Parker, rentrons à la maison, déclare Hayden en se relevant.

Il attrape le sac à dos de Grace alors que cette dernière glisse sa main dans la sienne. Hayden paraît surpris. Il me jette un coup d'œil, mais mon large sourire le rassure immédiatement. Alors il sourit à son tour, m'attrape par les épaules pour me ramener contre lui tout en tenant fermement la main de ma sœur, puis nous guide jusqu'à la sortie de l'aéroport.

* * *

— Mais non, c'est Jupiter, pas Saturne. Elles ne sont pas loin, c'est pour ça que tu les confonds, s'exclame Grace.

— Tu dois te tromper, bébé Parky. Saturne est bien la plus grande planète, s'enquiert Nolan, ce qui ne fait qu'accroître l'agacement de ma petite sœur.

Elle soupire longuement en le fusillant du regard.

— Ah, je vois enfin que ce regard est de famille, chuchote Hayden à mon oreille.

Je ricane en lui donnant un coup de hanche pour le faire taire.

Nous sommes actuellement au musée des sciences, plus précisément, au *Charles Hayden Planétarium*. Eh oui, il porte le nom de mon colocataire, qui nous l'a assez répété depuis qu'on y a mis les pieds. Si ça ne tenait qu'à moi, je serais partie juste pour faire taire le prétentieux de service, mais ma sœur est fan du système solaire et de sciences depuis des années, visiter cet endroit était un de ses rêves. Étant donné qu'elle est l'invitée d'honneur et que c'est son anniversaire, j'ai pris sur moi et ai supporté les remarques du petit con de service.

Nous avons assisté à un spectacle sur les milliers de planètes existantes et la présence de nombreux systèmes solaires. Grace et Kyle étaient complètement captivés, étant les deux fans de science du groupe. Clay aussi était intéressé. Hayden, lui, a passé son temps à m'embêter, alors je n'ai pas pu profiter pleinement du spectacle. Quant à Nolan, il s'est carrément endormi. Il aurait préféré faire quelque chose de plus intéressant, mais c'était à ma sœur de choisir.

Mon meilleur ami aime par-dessus tout embêter les gosses, et ma sœur est devenue sa proie pour la journée. Malheureusement pour lui, il a trouvé une adversaire à sa taille. Grace a l'intelligence hors pair de mon père et le répondant de ma mère, une vraie Parker. Ils débattent depuis dix minutes sur la plus grande planète de notre système solaire. Ce que Nolan ne comprend pas, c'est que Grace est passionnée par cet univers et qu'elle s'y connaît bien plus que lui.

— Mais non ! Elles sont toutes les deux géantes et font partie du même groupe, celui des planètes joviennes. Elles sont très volumineuses et composées d'éléments gazeux, contrairement aux planètes telluriques qui, elles, sont composées de métaux et de roche. Pour en revenir au sujet, Jupiter a un diamètre de 142 984 kilomètres. Saturne, de 120 536. Proche, mais Jupiter reste la plus grosse, le corrige-t-elle en pointant son index dans sa direction.

Tous les garçons sont pendus à ses lèvres, admiratifs de sa façon de s'exprimer. Je dois avouer que Grace est vraiment brillante, on pourrait passer des heures à l'écouter. Surtout quand un sujet la passionne autant. Elle me fait de plus en plus penser à moi à son âge lorsque je parlais d'art. Mes parents seraient tellement fiers de la voir ainsi.

N'y pense pas, Kaylee, tu ne dois pas pleurer aujourd'hui.

— Eh bien, miss Parker, tu es vraiment très intelligente, lui dit Kyle en souriant.

Elle le lui rend en le remerciant.

— Kyle, ça te dit qu'on aille discuter avec le monsieur de la présentation ? Il y a des questions que j'aimerais lui poser, lui demande ma sœur.

Ma sœur est totalement tombée sous son charme. Bon, il faut dire que c'est un très bel homme, gentil et doué avec les enfants. Et dingue de science. Pour Grace, c'est l'homme parfait.

— Bien sûr, si c'est ok pour ta sœur, répond-il en relevant la tête vers moi.

— C'est Grace qui décide.

— Alors on y va. Clay, Hayden, vous venez aussi ?

Comme il s'agit plus d'un ordre que d'une question, mon coloc et son meilleur ami hochent la tête sans broncher. Nolan s'apprête à ouvrir la bouche, mais je l'arrête sur-le-champ.

— Non. Nolan, toi, tu viens avec moi. On va chercher à boire. Les gars, je vous prends quelque chose ?

— Un Coca, répondent Kyle et Clay en chœur.

— Hayden, une Gatorade ? demandé-je.

Il hoche la tête. Tous les regards se tournent vers moi, surpris. Quoi ? Je vis avec cet idiot depuis deux mois, bien sûr que je connais ses habitudes ainsi que sa boisson préférée.

Je ne leur prête donc pas attention et attrape la main de mon meilleur ami pour nous traîner hors du planétarium. Celui-ci place son bras autour de mes épaules pour plus de confort, et nous avançons calmement à travers les couloirs.

— Alors, contente d'avoir ta sœur près de toi ? m'interroge-t-il.

— Très, souris-je. Son petit visage m'avait tellement manqué. Je n'ai pas énormément profité d'elle pendant les vacances, étant donné que j'ai travaillé, mais je compte bien savourer ce week-end comme il se doit.

Je le sens sourire contre ma tête. Nolan joue avec ma sœur pour l'embêter, mais il sait à quel point elle m'a manqué. Depuis deux ans, il a été témoin de notre lien unique et de ma souffrance d'être loin d'elle. Il ignore tout de Marco, ne connaissant que l'existence d'un ex toxique qui m'a brisée. Jusqu'ici, je n'ai jamais eu le courage d'entrer dans les détails, sauf avec Hayden, mais dans mon processus de guérison, je veux enfin partager cette vérité avec lui. Il le mérite. Il a été le meilleur des amis, et je lui en serai éternellement reconnaissante.

— Tu as l'air tellement plus souriante en ce moment, Parky. Est-ce qu'on doit ça à un certain capitaine de l'équipe de hockey ? me taquine-t-il.

Je soupire sans perdre mon sourire. Il n'a pas tort et est celui qui est le plus en capacité de remarquer mes changements de comportement. Il me connaît trop bien pour ça. Mais oui, Hayden me rend un peu plus agréable chaque jour. Notre complicité grandit, on se dispute encore souvent, on se lance des piques à longueur de temps, mais c'est notre façon de communiquer et je ne la changerai pour rien au monde.

— Possible qu'il y soit pour quelque chose.

— Tu l'aimes vraiment bien, n'est-ce pas ?

Je me mords la lèvre en baissant les yeux. J'ai encore du mal à l'avouer, mais oui, je l'aime vraiment bien.

— Eh, il n'y a pas de mal à ça. Hayden est vraiment un type bien. Il n'y a rien qui me rendrait plus heureux que de savoir qu'il prend soin de toi, me confie Nolan.

— Il est incroyable, vraiment. J'ai voulu le détester, mais c'est impossible. Il est tellement patient et compréhensif. Pourtant, ça me fait peur, je crains que tout explose à un moment donné. C'est ce qui arrive toujours avec moi.

— Non, non, non. Ne pense pas à ça. Le positif attire le positif. Alors fais confiance à Hayden, fais-toi confiance et ne sois pas pessimiste. Tu verras que tout se passera très bien.

Je lui adresse un large sourire pour seule réponse et le serre dans mes bras.

— Merci de ne m'avoir jamais abandonnée, Nono. Je ne sais pas ce que je ferais sans toi.

— Hmm, tu serais la même en un peu moins cool.

J'éclate de rire en confirmant.

— D'ailleurs, Hayden a bien réagi au fait de devoir annuler ses plans pour Grace ? Ce n'est pas tout le monde qui accepte de partager son jour.

Je fronce les sourcils, ne comprenant pas du tout où il veut en venir.

— De quoi tu parles ?

— Quoi, tu ne sais pas que c'est aussi l'anniversaire de Hayden, aujourd'hui ? demande-t-il d'un air amusé.

Quoi ?! Il ne me l'a jamais dit !

— Tu te moques de moi ?

— Ah, tu n'étais vraiment pas au courant, visiblement. Oui, c'est son anniversaire. Il avait prévu de passer sa soirée avec toute l'équipe mais a appelé en début de matinée pour annuler. Il a dit qu'il préférait passer sa journée à vous rendre heureuses, Grace et toi.

Oh le petit con. Pourquoi ne m'a-t-il rien dit ? J'aurais acheté un cadeau et pensé à organiser un petit truc pour lui aussi. Il a préféré rendre ma petite sœur heureuse sans penser à lui, me prouvant une nouvelle fois à quel point il est prévenant et bienveillant. Et à quel point je suis une idiote ingrate.

— Il ne m'a rien dit, mais hors de question que je reste les bras croisés. Hayden fêtera son anniversaire, et toi, tu vas m'aider, déclaré-je alors que le sourire de mon meilleur ami s'amplifie.

— Compte sur moi, Parky !

Chapitre 34
Kaylee

— Un peu plus haut ! ordonné-je à Nolan et Clay.

— Tu ne crois pas que c'est assez haut comme ça ? demande Clay, à bout de souffle.

— On ne discute pas mes ordres, Clayton.

Il souffle en levant les yeux au ciel alors que son copain ne cesse de ricaner. Clay est grand et musclé, mais comparé à Nolan, c'est un agneau, et leur différence de taille n'aide pas. Ça va faire deux heures que nous préparons l'appartement d'arrache-pied. J'ai réquisitionné le couple pour m'aider et ai envoyé Kyle et Grace occuper Hayden à l'extérieur.

Pendant la journée, j'ai eu le temps de prendre ma sœur à part pour lui parler de mon plan. Elle était surprise de savoir que Hayden était né le même jour qu'elle – c'est clair, tu parles d'une coïncidence – mais également hyper heureuse de pouvoir partager ce jour avec quelqu'un. J'étais un peu inquiète qu'elle le prenne mal, étant donné que je lui ai promis que ce jour lui serait entièrement dédié, mais Grace Giulia Parker est la personne la plus altruiste que je connaisse. Après ma mère, bien évidemment. Alors ça ne l'a pas dérangée et elle a même proposé de nous aider.

Ainsi, pour ne pas éveiller les soupçons de mon coloc, j'ai demandé à celui-ci d'aller se promener avec ma sœur et Kyle, pendant que Nolan, Clay et moi nous chargeons de la fête. Bien évidemment, il ne sait pas qu'elle est aussi organisée en son honneur. J'ai hâte de voir sa tête, d'ailleurs.

Alors que je me rendais à l'appartement pour ranger, Clay et Nolan sont partis acheter les friandises manquantes. J'ai aussi invité les gars, parce que Hayden était censé passer la soirée avec eux. Ne voulant pas annuler tous ses plans, je me suis dit qu'allier ses invités aux miens pourrait être intéressant. Bien sûr, j'ai stipulé qu'aucun des gars n'invitait d'extra. Ma sœur est là, hors de question que cette fête se transforme en soirée de fraternité.

Nous sommes actuellement en train d'attacher la banderole sur laquelle la phrase « joyeux anniversaire, Hayden et Grace » est écrit en grand. Enfin, Clay et Nolan l'attachent pendant que je suis aux commandes.

— Qui aurait cru que Jones et Parky deviendraient si proches ? lance Nolan en souriant.

— Nous deux, depuis le début, bébé. Tu as déjà oublié ? renchérit Clay en lui adressant un clin d'œil.

— Mouais, d'ailleurs tu me dois vingt dollars car ils ne se sont toujours pas embrassés.

Mes yeux s'arrondissent lorsque Nolan termine sa phrase.

— Qui vous a autorisés à parier sur nous, bande d'imbéciles ? grogné-je en les pointant méchamment du doigt.

Nolan est le premier à se marrer en m'envoyant un baiser d'excuse.

— Désolé, Parky, mais c'était trop tentant. À vous voir aboyer l'un contre l'autre, on était sûrs que vous alliez finir par vous jeter dessus. Visiblement, vous avez décidé de vous retenir…

Je baisse les yeux, honteuse de n'avoir encore rien dit à mon meilleur ami. Il a été le premier à se confier sur sa relation avec

Clay. J'avais droit aux détails du moindre rapprochement. Et oui, j'ai même eu droit à un exposé entier sur leur première fois. J'en ai perdu l'appétit durant deux jours après ça. Nolan est loin d'être pudique, ce n'est pas mon cas.

Bon, j'avoue que lui parler d'un simple baiser n'était pas la mer à boire, mais le mentionner le rendait trop réel. Chose que je n'étais pas prête à faire avant la semaine dernière.

Clay, cependant, était au courant. Je suis surprise qu'il ait gardé ça pour lui.

— Euh Nolan, je crois que Parky nous cache quelque chose, lui fait remarquer Clay.

C'est ça, petit con, fais l'étonné.

— Kaylee Aurora Parker, tu n'aurais pas copulé avec Hayden sans m'en parler, n'est-ce pas ?

Je lui jette ma pantoufle dans la gueule pour le faire taire tout en me cachant le visage dans les mains, rouge de honte. *Très pudique, apparemment.*

— On n'a pas « copulé » comme tu le dis, petit con. Mais il est possible qu'on se soit embrassés, avoué-je.

— Quand ?! s'écrie-t-il en lâchant la banderole.

— Putain, Nolan. La banderole, attention.

— On s'en moque de la banderole. On a plus urgent à régler, comme ton baiser avec Jones. Parle maintenant, femme.

Je soupire longuement en m'asseyant sur le canapé. Nolan sait que je déteste parler de ce genre de choses, mais son penchant commère s'en moque. Il aime tout savoir, dans les moindres détails, et ne s'arrête qu'une fois satisfait. Alors autant l'alimenter en potins avant qu'il n'explose.

— Après la soirée des gars, quand on est rentrés à la maison.

— Pardon ?! Mais elle a eu lieu il y a des semaines ! Tu es une piètre meilleure amie, j'espère que tu en as conscience, Parky ? m'informe-t-il d'une moue faussement déçue.

Je ris en levant mon majeur, déclenchant l'hilarité de Clay à ses côtés.

— C'était un baiser poussé par l'alcool. Après ça, je l'ai évité pendant des jours parce que je n'assumais pas.

— Mais tu le voulais ? Il ne t'a pas forcée ? demande-t-il, soudainement inquiet.

Je m'empresse de le contredire. Hayden est le roi du consentement. C'est quelque chose de primordial pour lui, il me l'a clairement fait comprendre à de nombreuses reprises. Je crois qu'il ne m'a jamais embrassée sans m'avoir demandé préalablement l'autorisation. Chose que je respecte énormément.

— Sûrement pas, c'est même moi qui l'ai initié, à trois reprises.

— Parce qu'il y en a eu d'autres ?! s'étouffe Nolan, complètement sonné par mes révélations.

— Oui, mais seulement ces trois fois-là. Il me laisse le temps, pour que je prenne confiance et que je m'y habitue.

— Mais du coup, vous êtes en couple ? me questionne Clay.

Je grimace à cette mention, parce que Hayden et moi n'avons pas mis de nom sur notre relation. Je sais qu'on s'apprécie, voire qu'on s'aime vraiment bien, mais devons-nous vraiment nous coller une étiquette aussi rapidement ? J'aime être avec lui, être dans ses bras, rire à ses côtés, regarder nos séries le soir et partager de longues et profondes discussions en plein milieu de la nuit.

J'aime aussi dormir près de lui, je le fais d'ailleurs de plus en plus. J'ai remarqué que mes cauchemars avaient diminué depuis qu'on passait nos nuits ensemble. Alors je ne m'en prive plus. Il y a quelque chose d'apaisant, de rassurant, que mon subconscient a rapidement détecté. Au plus grand bonheur de mon sommeil.

— Je ne sais pas, on n'est pas célibataires mais on n'est pas en couple non plus. On prend encore le temps de découvrir à quoi rime notre relation.

— Et ça devrait continuer ainsi. Tu as un rapport difficile à l'amour, on l'a tous bien compris, alors tu ne devrais pas te forcer. Il n'y a pas de règles en amour. Prends le temps de découvrir tes envies, et Hayden sera là pour t'aider. Fais-lui confiance, tu ne le regretteras pas, me rassure Clay en serrant ma main dans la sienne.

Je le gratifie d'un sourire avant de déposer un baiser sur chacune de leurs joues.

— Merci, les gars, vous avez fait une bonne action en nous obligeant à accepter cette colocation. Hayden est vraiment en train de changer ma vie, confié-je.

— Tout ce qui compte, c'est ton bonheur, Parky. Toujours, me dit Nolan en me serrant contre lui.

Je lui souris en resserrant son emprise.

Mes amis.

* * *

— Chut, chut, je crois qu'ils arrivent ! chuchote Jake.

— Jamie, les lumières, dis-je en faisant signe aux autres de se taire.

Jamie s'exécute alors qu'Hayden continue de tourner la clé dans la serrure. Au moment où la porte s'ouvre en grand, Jamie rallume, et nous nous levons tous pour crier en chœur :

— SURPRISE !

Grace éclate de rire alors que Hayden écarquille les yeux en remarquant tous ses amis et son nom sur la banderole. Ma petite sœur se précipite dans mes bras, et les coéquipiers de mon colocataire foncent dans sa direction pour un câlin collectif.

— Joyeux vingtième anniversaire, mon pote ! s'exclame Miles.

— Si ça ne tenait qu'à nous, on aurait organisé une soirée avec plus d'alcool et de nanas à poil, mais…

— Ian, ne commence même pas, dis-je en le fusillant du regard.

Il se marre tout en m'adressant un petit clin d'œil, signe qu'il me taquine. Avec le temps, j'ai appris à apprécier la présence des coéquipiers de Hayden. Enfin, j'ai appris à tolérer Ian, mais ce n'est qu'un détail. J'ai encore du mal avec les gars qui ont une queue à la place du cerveau.

Hayden donne un petit coup sur l'épaule de ce dernier pour le faire taire, tout en remerciant ses potes de leur présence. Ses yeux accrochent ensuite les miens. Il me rejoint et attrape ma main afin de me mener dans le couloir, hors de la foule. Ses yeux pétillent, signe qu'il est vraiment content de cette surprise. Je suis encore plus satisfaite.

— Comment as-tu su ? demande-t-il sans perdre son sourire.

— C'est Nolan qui me l'a dit au planétarium. Idiot, t'aurais pu me le dire avant. Tu as failli passer ton vingtième anniversaire dans l'ombre d'une enfant de dix ans.

— Et ça ne m'aurait absolument pas dérangé, me confie-t-il en prenant mon visage en coupe. Ta sœur mérite de passer une journée dont elle se souviendra. J'ai déjà eu dix-neuf anniversaires, ce n'est pas si grave d'en manquer un.

Je fais la moue, sachant pertinemment qu'il a raison. Mais ça me gêne qu'il fasse tous ces sacrifices pour moi alors que je ne fais strictement rien pour lui. Cette fête, c'était clairement la moindre des choses.

— Tu es adorable, mais pense aussi à toi. Ça n'a absolument pas dérangé Grace de partager sa fête.

— Parce que cette gamine est super bien élevée. Sa grand-mère et sa sœur ont fait un travail formidable.

— Mouais, je n'ai pas fait grand-chose.

Il secoue la tête en posant un doigt sur ma bouche.

— Ne dis pas de bêtises, *piccola*. Elle te ressemble plus que tu ne l'imagines.

Je rougis en baissant les yeux. Hayden s'empresse de relever ma tête, il déteste me voir baisser le regard devant lui. J'ai fini par le comprendre mais n'en fais toujours qu'à ma tête.

— N'empêche, c'est fou que tu sois né le même jour que Grace, ne puis-je m'empêcher de remarquer.

— Techniquement, je suis né quelques jours avant, mais mes parents ont décidé de fêter le jour où Craig m'a trouvé.

— C'est une superbe initiative.

Il sourit tout en hochant la tête.

— Puis-je embrasser l'organisatrice ? demande-t-il en fixant mes lèvres.

Oh putain oui !

Je hoche vivement la tête, et sa bouche est sur la mienne la seconde d'après. Je passe aussitôt mes bras autour de sa nuque alors que les siens entourent ma taille pour me rapprocher un peu plus de lui. Sa langue trouve la mienne et vient la titiller comme elle aime le faire. Nos corps bougent au rythme de notre baiser. Hayden me mord la lèvre avant de s'éloigner de moi et de poser son front contre le mien.

— C'est tout ce dont j'avais besoin aujourd'hui, murmure-t-il.

— Tu aurais pu le dire avant, je ne me serais pas cassé la tête à organiser toute une fête.

Il éclate de rire en m'entraînant avec lui, puis il me serre fort dans ses bras pour me remercier une nouvelle fois.

— Tu es parfaite, *piccola*. Merci pour tout.

— Joyeux anniversaire, idiot.

Il embrasse mon front pour toute réponse et attrape ensuite ma main pour nous mener jusqu'au salon avant que les autres ne se décident à venir nous chercher.

— Eh ben, on a cru qu'on allait vous interrompre en pleine baise, lance Ian, ce qui lui vaut un énième regard noir de ma part.

— Ian, il y a une gosse, putain, le réprimande Elliott.

— C'est quoi une « baise » ? demande Grace, ce qui déclenche l'hilarité de la bande et un degré supplémentaire de colère dans mon corps.

Je vais tuer ce garçon !

* * *

— Joyeux anniversaire, joyeux anniversaire, joyeux anniversaire, Grace et Hayden, joyeux anniversaire !

Je place le gâteau de ma sœur face à elle, Kyle se charge de celui de Hayden. Ma sœur et mon coloc se lancent un regard amusé avant de contempler leurs gâteaux. Chocolat noisette pour Hayden, fraises crème pâtissière pour ma sœur, leurs préférés. Je n'ai pas eu le temps de les personnaliser, alors je me suis contentée de mettre une bougie avec le nombre correspondant à leur âge. Ce n'est que maintenant que je remarque leur décennie d'écart.

J'ai commencé l'université avec un an de retard et oublie parfois que Hayden est plus jeune que moi.

— Faites un vœu ! s'écrie Nolan.

Ma petite sœur ferme les yeux pour réfléchir, tandis que Hayden plonge son regard dans le mien. Je ne sais pas à quoi il pense, mais je suis presque sûre que ça me concerne. Un demi-sourire s'étire sur ses lèvres avant qu'il ne souffle ses bougies en même temps que Grace.

Intriguée, je me fais la promesse de lui demander quel était son vœu quand on sera seuls. En attendant, je nous laisse profiter d'une soirée au calme avec tous ses amis. Ça change du *Gracy* ou des soirées fraternité auxquelles ils ont l'habitude d'aller.

— Ça, c'est de notre part à nous cinq, annonce Jake en tendant un paquet à Hayden.

Il s'empresse de le déballer, et ses yeux se mettent à briller en découvrant l'affiche.

— Mais non ! Signée par tous les joueurs, en plus ! Putain, vous avez géré, les mecs, s'exclame mon coloc alors qu'un immense sourire s'épanouit sur ses lèvres.

— Qu'est-ce que c'est ? demande Grace en se blottissant à ses côtés.

— Ça, *principessa*, c'est une affiche de mon équipe de hockey préférée, signée par tous ses membres, répond Hayden en la prenant sur ses genoux.

— Oh, trop cool ! Toi aussi, tu fais du hockey, non ? Je pourrai venir te voir jouer, un jour ?

— J'ai encore mieux, tu sais patiner ?

Elle hoche la tête vivement. Ça ne me surprend pas du tout, ma grand-mère emmène souvent Grace à la patinoire depuis que celle-ci a découvert une photo de mon père sur des patins. Elle voulait, je cite, « ressembler à mon papa sur tous les points ». Adorable, ma grand-mère n'a pas pu lui refuser et m'a envoyé pas mal de photos de ma sœur sur la glace. Je dois dire qu'elle se débrouille bien pour son âge. Encore un point sur lequel elle s'entendra très bien avec Hayden.

— Oui, oui, je vais beaucoup à la patinoire.

— C'est super ça ! Ça te dirait de jouer au hockey à ton tour ? Avec des gamins de ton âge ? lui propose-t-il.

Ses yeux pétillent. Elle opine à nouveau.

— Oui, oui ! Tu crois que ce serait possible ?

— J'en suis sûr, j'entraîne une équipe d'enfants, tous les dimanches après-midi. Si ta sœur est d'accord, je vous y emmène toutes les deux demain.

Ma sœur se tourne vers moi, une moue suppliante sur le visage. Merci, Hayden, de remettre la décision entre mes mains. Comme si j'étais capable de dire non à ce petit trésor quand elle me regarde ainsi.

— *Per favore, dì di sì*[1], Kay Kay ! me supplie-t-elle.

Et en italien, en plus.

— Bien sûr, *cara mia*, tu sais très bien que je ne peux rien te refuser.

— Génial ! T'es la meilleure des sœurs.

Nous rions tous face à son enthousiasme. Puis Hayden continue de déballer son paquet.

— Vous avez ajouté deux places pour aller les voir en match, vous êtes malades. Merci beaucoup, vraiment.

— Avec plaisir, capitaine. Après tout ce que tu fais pour nous, répond Miles.

1. *S'il te plaît, dis oui.*

Hayden sourit timidement sans lâcher ses places du regard. On voit clairement que le hockey est toute sa vie, il est si mignon quand il en parle. Je sens que mon cadeau va être nul comparé à ça. Mais bon, je n'ai pas eu le temps d'acheter quoi que ce soit, alors je suis excusée, non ?

Il déballe ensuite le cadeau de Nolan et Clay : une montre plutôt classe.

— On t'a vu la regarder à plusieurs reprises et on s'est dit qu'elle te ferait plaisir, explique Clay avec un sourire doux.

Hayden relève la tête, presque ému. Je serre ma main fort dans la sienne pour le réconforter. C'est un très beau geste de leur part. Vu sa beauté, elle a dû coûter assez cher.

— Putain, vous n'auriez jamais dû, elle vaut une fortune.

— Rien n'est trop cher pour toi, mon vieux, ajoute Nolan.

Hayden les serre dans ses bras chacun leur tour en les remerciant encore et encore.

— Alors, mon cadeau va sûrement paraître trop sentimental et pas du tout à la hauteur des autres, mais je pense que ça va te plaire, poursuit Kyle en lui donnant un paquet.

Hayden en sort une chaîne en or avec un médaillon à l'intérieur. Je me penche pour essayer d'en déceler tous les détails, et ce que je vois me réchauffe le cœur.

— « La famille se crée avec le cœur. N'oublie pas que quelqu'un te choisira toujours, mon frère. »

Kyle a fait graver cette phrase sur le médaillon, accompagné d'une photo de Hayden, Clay et lui. Cette fois, Hayden ne peut plus retenir ses larmes. Il prend Kyle dans ses bras et reste dans cette position pendant un moment tout en pleurant sur son épaule. Mes yeux s'embuent automatiquement, ce cadeau est définitivement le meilleur. La valeur monétaire ne dépassera jamais la valeur sentimentale, Kyle a vraiment fait fort.

Surtout pour un homme comme Hayden, abandonné à plusieurs reprises et qui manque vraiment de confiance en lui quant à l'amour qu'on peut lui porter.

— Merci, mon frère. Tu n'aurais pas pu faire mieux.

Kyle lui adresse une petite tape sur l'épaule avant de se rasseoir.

— Quant à moi, je n'ai pas eu le temps de préparer quelque chose d'extraordinaire, alors je te donnerai mon cadeau quand on sera seuls. Et non, Ian, ne commence pas à avoir l'esprit mal placé, le préviens-je.

Ce dernier ricane en me faisant clairement comprendre qu'il allait faire une blague salace.

— T'en fais pas, *piccola*. Ta présence me suffit, me dit Hayden en embrassant ma joue.

Je le gratifie d'un sourire en me blottissant contre lui.

— Putain, Parker, qu'as-tu fais des couilles de notre pote ?! s'exclame Ian.

Je lui lance un coussin en pleine tête pour le faire taire, puis nous éclatons tous de rire. Ces garçons sont complètement fous, mais je n'ai jamais passé d'aussi bons moments qu'en leur compagnie.

Chapitre 35
Kaylee

— Elle dort ? me demande Hayden lorsque je le rejoins dans sa chambre.

J'acquiesce tout en m'asseyant à ses côtés. Nous avons passé une fin de soirée exceptionnelle en jouant à des jeux de société. Les gars ont accepté de faire des efforts pour faire plaisir à ma petite sœur, et au final, tout le monde s'est vraiment amusé.

Je sais que ça change des beer-pong ou des « j'ai déjà/je n'ai jamais », mais je trouve que les jeux de notre enfance sont parfois bien mieux. Pas besoin d'être défoncé pour passer une bonne soirée, celle-ci en était la preuve.

On a aussi terminé la distribution des cadeaux avec ma petite sœur. Hayden et Kyle ont eu le temps de lui acheter un petit télescope pour lui permettre de regarder les étoiles à sa guise. Grace était tellement heureuse que j'ai failli en pleurer. Nolan et Clay lui ont offert un projecteur d'étoiles qu'elle pourra allumer pour s'endormir. L'initiative était adorable, et ma sœur voulait à tout prix l'essayer sur-le-champ.

Après ça, tout le monde a quitté les lieux, et je suis allée coucher Grace dans ma chambre. Je lui ai chanté la berceuse que ma mère avait l'habitude de nous chanter pour nous endormir et lui ai également donné un cadre photo de notre famille, pour qu'elle le serre fort contre elle. Ma grand-mère m'a dit qu'elle ne dormait jamais sans. D'après Grace, ça l'aide à trouver le sommeil et à ressentir la présence de nos parents. Elle sait qu'ils ne reviendront jamais, mais les savoir près d'elle la rassure.

Je lui ai également offert son cadeau. Je souhaitais le faire dans l'intimité car il s'agissait d'un bien trop personnel. Peu de temps avant sa mort, ma mère m'a confié un collier qui lui avait été transmis par sa mère. Un pendentif représentant la lune et le soleil. Ces derniers étaient aimantés et pouvaient être portés par deux chaînes. J'ai alors créé deux colliers : un pour Grace, et un pour moi. De ce fait, nous aurons toutes les deux une partie de notre mère sur nous à jamais. Les yeux de ma sœur se sont embués lorsque je lui en ai expliqué la signification, ce qui m'a arraché quelques larmes à mon tour.

Cette fille est mon univers, et je ne pourrai jamais vivre sans elle. Jamais.

En quittant ma chambre, j'ai embarqué avec moi deux objets. Vu que je n'ai pas pu acheter de cadeau à Hayden, j'ai improvisé avec deux choses que j'avais déjà à la maison. J'espère simplement que ça lui plaira.

— J'ai des cadeaux pour toi, annoncé-je en lui montrant mes mains chargées.

Je pose le plus grand sur le côté, le réservant pour la fin, et lui donne le plus petit en premier.

— Je t'ai dit qu'il ne fallait pas, *piccola.* Je n'attendais rien d'autre que ton sourire aujourd'hui.

— T'en fais pas, ça ne m'a rien coûté.

Il hausse les sourcils, intrigué, puis s'empresse de déballer son paquet.

— C'est une copie d'un de mes livres préférés. Il traite du pardon, de la reconstruction, et la protagoniste m'a tellement touchée… Je la trouve très forte.

— Un peu comme la fille face à moi, non ? sourit-il.

Je le lui rends en embrassant le dos de sa main.

— Je te l'ai annoté de mes réactions. Je t'ai aussi écrit un petit mot, mais tu le liras plus tard.

Il m'attire doucement contre lui, ses bras se referment autour de moi dans une étreinte empreinte de chaleur et de réconfort.

— C'est très personnel et ça compte beaucoup. Merci.

— Ça me fait plaisir. J'en ai un second.

— Hmm, tu me gâtes beaucoup trop.

Je ris de sa remarque en lui donnant le gros paquet.

— Celui-là, j'ai hésité avant de te le montrer. C'est… la chose la plus personnelle que je puisse offrir. Je ne peins généralement pour personne. Quand j'habitais chez mes parents, mon père m'avait construit un endroit afin que j'y peigne en paix, à l'abri du regard des autres. Mes toiles ne quittaient jamais cette pièce. Alors, j'espère que tu aimeras.

Ça fait plusieurs semaines que je travaille sur quelque chose de totalement différent. Au début, je ne comprenais pas ce que je peignais. J'ai commencé par de simples traits, puis des yeux, et au fur et à mesure, j'ai réalisé que c'était un portrait. Un portrait d'homme. Un regard qui se posait sur moi à longueur de journée, des traits que je connaissais par cœur. C'était lui : Hayden. L'homme qui hante mes pensées depuis que je l'ai rencontré. Parce que ma haine s'est transformée en obsession, et mon obsession en sentiments. Ses prunelles noisette et son si beau sourire n'ont jamais quitté mon esprit.

J'ai caché cette toile dans ma chambre, je ne comptais jamais la sortir. Et encore une fois, je ne sais pas quelle force psychique m'a poussée à la signer et à l'emballer pour l'offrir à celui qu'elle représente. Maintenant, je suis terrifiée à l'idée de connaître son avis. Si apeurée que je n'ose même pas le regarder.

— C'est...

Il marque une pause. Mon rythme cardiaque s'accélère. Je t'en prie, Hayden, ne la rejette pas. Ne me rejette pas. Cette toile, c'est un peu moi, quand on y réfléchit. En la lui offrant, je lui offre une partie de mon cœur, prie que ça lui convienne. Que ce soit assez. Que *je* sois assez.

— C'est épatant, Kaylee. Réellement épatant. Je ne crois pas avoir déjà été aussi beau.

Mes épaules se relâchent alors que ma bouche expire enfin tout l'air accumulé dans mes poumons, ces dernières secondes.

— Putain, tu me rassures. J'ai eu peur que ça...

— Quoi ? Que ça ne me plaise pas ? me coupe-t-il, comme si cette seule pensée était absurde. Tu es folle, Kaylee, j'ai rarement vu quelque chose d'aussi époustouflant. Tu es vraiment douée. Tu n'as jamais pensé à travailler avec un galeriste pour exposer tes créations ?

Je secoue immédiatement la tête. Exposer ce que je produis ? Jamais. C'est beaucoup trop effrayant. Trop réel.

— Pourquoi as-tu si peur ?

Je prends une grande inspiration avant de plonger mon regard dans le sien. Je sais qu'il apprécie qu'on se parle les yeux dans les yeux, alors je vais le faire.

— Parce que je ne suis pas la fille si sûre d'elle que je prétends être, et ça n'a pas commencé avec Marco. Quand j'étais plus jeune, je n'avais déjà pas énormément d'amis. J'étais un petit rayon de soleil, mais pas populaire ni très extravertie. En réalité, mon principal moyen de communication était la peinture. Enfin, plus un moyen de communication avec moi-même. J'avais toujours l'esprit en ébullition, je pensais constamment mais n'arrivais jamais à mettre des mots dessus. Et puis, comme tous les ados, je ne me trouvais pas assez jolie. Trop pâle, trop de poitrine, trop de hanches. Je ne me suis jamais trouvée méritante de l'intérêt des autres. Ce qui est stupide parce qu'on n'a pas besoin de l'approbation d'autrui pour connaître sa valeur, n'est-ce pas ?

Il se contente de hocher la tête afin de ne pas m'interrompre, ce que j'apprécie.

— La peinture, c'est un moyen pour moi de m'évader. Les chanteurs ont les chansons, les écrivains les livres. Moi, c'est ça. Je mets toute mon âme dans mes dessins, c'est clairement ce qui me représente. Montrer mes peintures, c'est comme montrer mon corps nu. Et toi et moi savons à quel point la nudité est notre état le plus vulnérable. En t'offrant ce cadeau, je t'offre une partie de moi, de mon cœur, de mon corps, en espérant que tu en veuilles et que tu apprécies ce que tu as en face de toi.

Son regard brûlant me transperce presque la rétine. Je peux ressentir toute la chaleur qui en émane sans pour autant en comprendre la signification. Hayden est un être difficile à cerner, voilà pourquoi j'ai eu autant de mal à finir cette dissertation imposée. Il est capable de montrer ce qu'il souhaite montrer sans que ce soit nécessairement la vérité.

Soudain, il se lève et dépose le tableau sur le côté du lit. Il revient ensuite vers moi, me tend sa main, que j'attrape sans broncher. Comme la semaine passée, il nous guide jusqu'à son immense miroir accroché au mur, caresse délicatement mes bras de sa paume tout en remontant lentement jusqu'à ma nuque.

— Je vais te demander de ne jamais quitter ce miroir des yeux, sous aucun prétexte. Regarde-toi, regarde-moi, regarde-nous et tous les gestes que j'effectuerai. Est-ce que tu me fais confiance ? murmure-t-il contre mon oreille.

Pour seule réponse, j'opine du chef.

— Puis-je enlever ceci ? demande-t-il en désignant mon pull.

Par chance, je n'ai pas eu le temps de me changer et porte encore mes vêtements de la soirée. Alors, après un faible moment d'hésitation, j'acquiesce. D'un geste lent, il me retire le tissu fin, dévoilant mon soutien-gorge. Encore une fois, je ne suis pas très à l'aise. Les marques laissées par Marco ne sont plus un secret. Les voir me dégoûte. Depuis qu'il a posé les mains sur moi, mon corps me révulse et je ne me suis jamais réconciliée avec lui.

Je me souviens des premières douches que j'ai prises en rentrant à Seattle. Je me lavais à l'eau bouillante et frottais ma peau jusqu'à me faire saigner. J'avais besoin de l'effacer, ça m'était vital. Parce qu'à chaque fois que je fermais les yeux, je sentais encore ses mains monstrueuses sur moi.

— Puis-je te débarrasser de ça ? poursuit-il en désignant mon pantalon.

Je frémis par peur de me dévoiler un peu plus mais finis tout de même par hocher la tête, scrutant chacun de ses mouvements.

Une fois presque nue face à lui, il me demande de me regarder dans ma totalité. Ce que je fais. Mon regard se pose d'abord sur mes jambes. Sur les traces de brûlures entre mes cuisses. Celles-ci sont la cause de la folie interne de Marco. Il me brûlait en prenant mes gémissements de douleur pour de l'excitation. Je tremble en repensant à son sourire de psychopathe alors que je mourais intérieurement. Après ça, je me brûlais à mon tour, pour effacer ses brûlures à lui.

Quand je disais qu'il m'a complètement détruite, je ne mentais pas, je n'exagérais pas. Il a vraiment fait de moi sa chose.

Un jour, on vous apprend que la vie mérite d'être vécue, que le bien finit toujours par être récompensé. Mais il suffit d'une seule mauvaise action, d'un seul regard de travers, d'une seule parole blessante pour que tout vole en éclats. Le bouclier de verre qui nous protégeait se brise en une multitude de fragments, chacun trouvant le moyen de nous transpercer à chaque seconde, à chaque minute. Chaque heure, chaque jour.

Hayden poursuit ses caresses tout en me demandant l'autorisation à chaque fois. Il masse délicatement ma nuque, descend un peu plus bas. Une main atteint mon épine dorsale pendant que l'autre glisse sur mon ventre en effectuant des mouvements circulaires sur celui-ci.

Ses paumes effleurent ma poitrine à travers mon soutien-gorge. Mon cœur accélère soudainement, mes yeux se ferment et le visage de Marco se matérialise aussitôt. Mon corps tressaute légèrement. Hayden me supplie d'ouvrir les yeux tout en retirant ses mains.

— Je t'en prie, Kaylee, ne ferme pas les yeux.

Je les rouvre et rencontre son regard navré.

— Ne pense pas à lui, je t'ai placée face à ce miroir pour une raison. Tu ne dois regarder que moi : la bienveillance de mon visage, la douceur de mes mains, la puissance de mes sentiments. Ne le laisse pas interrompre ce moment. Repousse-le autant que possible sans jamais me quitter des yeux.

Je le fais et l'autorise à reprendre là où il s'était arrêté. Il caresse délicatement ma poitrine. L'observe, la découvre. Puis une de ses mains vient titiller son agrafe.

— Me permets-tu de te le retirer ?

Nouveau tremblement, nous ne sommes jamais allés aussi loin. S'il le retire, je serai à un vêtement près d'être totalement nue. Mais n'est-ce pas ce que j'ai fait en lui offrant ma peinture ? N'est-ce pas ce que je désirais, en réalité ? Me mettre à nu littéralement *et* métaphoriquement ? Son regard est doux. Il me fait comprendre que si je ne suis pas prête, il ne me forcera pas. Jamais. Et c'est ce qui le différenciera toujours de Marco. C'est ce qui me pousse à accepter.

Alors, d'un geste contrôlé, il dégrafe le tissu et le laisse tomber lentement à nos pieds. Ma poitrine se dévoile complètement, m'obligeant à baisser la tête instantanément. Je ne l'ai jamais trouvée à mon goût. Trop grosse, trop disproportionnée, mes tétons trop roses, ma peau trop pâle. Mais Hayden relève délicatement ma tête pour que nos regards se croisent à nouveau.

— Ne baisse pas les yeux, regarde-toi, admire chaque partie de ton corps. Ne détourne pas le regard avant d'avoir vraiment conscience de la manière dont je te perçois.

Je suis ses conseils et laisse mes yeux se perdre sur ces deux morceaux de chair arrondis. Hayden remonte dessus et commence à les masser de différentes façons : de haut en bas, en les contournant de ses doigts. Puis il vient poser ses paumes complètes afin d'effectuer de petits mouvements circulaires. Mon corps se tend. Une vague de plaisir déferle en moi. Un plaisir naturel, incontrôlable, si délicieux. Je lutte pour ne pas fermer les yeux et les garde rivés sur son visage, qui lui, me contemple toujours. Un faible gémissement s'échappe de ma bouche. Je m'empresse de la couvrir, trop honteuse pour assumer.

Mais encore une fois, Hayden ne l'accepte pas et replace mes mains le long de mon corps. Il m'attrape ensuite par les épaules puis me tourne pour me placer face à lui. Il prend mon visage en coupe et plonge son regard dans le mien.

— On n'ira pas plus loin aujourd'hui parce que j'estime que tu as fait assez de progrès en me laissant toucher cette partie de toi. La prochaine fois, on passera à l'étape supérieure tout en allant à ton rythme, d'accord ?

J'acquiesce pour unique réponse.

— Bien. Ne détourne jamais les yeux, j'ai besoin que tu te regardes et que tu me regardes vraiment. Tu es magnifique, Kaylee, intérieurement comme extérieurement. Ton corps, il me rend fou, et aucune de ses traces ne changera ça. Tu es belle avec tes défauts et tes qualités. Tu es toi, tu es naturelle et époustouflante. Je sais que tu as parfois du mal à y croire, mais en travaillant dessus, tu finiras par le comprendre. Tu finiras par voir ce que j'aime regarder à longueur de journée, jusqu'à ce que tu finisses par l'apprécier à ton tour.

Mes yeux s'embuent, et je ne réfléchis pas avant d'écraser ma bouche contre la sienne. Je me mets sur la pointe des pieds, force le passage de ses lèvres afin de retrouver le confort de sa langue. Il m'attrape par les hanches et me soulève pour que je les entoure de mes jambes. Mes bras viennent trouver sa nuque, les siens agrippent fermement ma taille, collant ma poitrine contre la sienne. Je l'embrasse pour lui transmettre toute la gratitude que je ressens. Je l'embrasse pour lui montrer que, malgré les épreuves vécues, il me reste encore un peu de désir et que je le lui réserve entièrement.

Parce qu'en me respectant ainsi, il réveille peu à peu la femme en moi.

* * *

Des voix provenant de la cuisine me sortent de mon sommeil. Lorsque j'ouvre les yeux, je mets quelques secondes à reconnaître la chambre de Hayden.

Hier soir, après ce moment chargé en émotions, je me suis endormie dans ses bras. La journée m'avait fatiguée, je ne me voyais pas veiller toute la nuit. Le confort des bras de Hayden a achevé de me convaincre, et j'ai passé une nuit délicieuse. Il a éloigné les cauchemars et m'a permis de profiter pleinement du pays des rêves, apaisant ma conscience, anéantissant les démons qui s'y logeaient.

Je me frotte les yeux et saute sur mes pieds. Avant de tomber dans les bras de Morphée, j'ai enfilé un de ses maillots de hockey. Je jette un coup d'œil au miroir. J'avoue que porter ses affaires me fait me sentir importante, me rend sexy. Je ris de ma bêtise, puis rejoins la salle de bains pour me passer un peu d'eau sur le visage et refaire mon chignon.

Les voix se font plus fortes lorsque j'arrive près de la cuisine, même si elles essaient de chuchoter. Je reconnais aisément celle de ma petite sœur et celle de mon coloc/je ne sais pas ce qu'il est d'autre. Lorsque mon nom glisse dans la conversation, je m'arrête pour ne pas les interrompre et écouter secrètement.

— Est-ce que tu es amoureux de ma sœur ? demande Grace de sa petite voix.

Mon cœur rate un battement, peu sûre d'être prête à entendre la réponse.

— T'y connais quelque chose en amour, *principessa* ?

— Hmm, je connais ce que mon papa et ma maman avaient. Tu sais, eux, ils étaient vraiment très amoureux. Mon papa regardait toujours ma maman d'une certaine façon. Tu sais, avec des étoiles dans les yeux. Comme moi quand je vois une bonne glace à la fraise.

Il rit de sa remarque, et je me mords la lèvre pour éviter de me faire entendre.

— Je sais aussi qu'aimer quelqu'un, c'est vouloir être toujours avec la personne, rire quand elle rit, être mal si elle souffre. Moi, j'aime ma sœur. Je ne suis pas amoureuse d'elle parce que c'est ma sœur, mais je l'aime au point de ressentir ce genre de choses. Toi aussi ?

Hayden garde le silence pendant un instant, réfléchissant sûrement à la meilleure réponse à donner. Puis lorsque sa voix résonne, ma respiration se bloque et mon cœur s'accélère.

— Ta sœur est particulière, il nous a fallu un peu de temps pour nous comprendre, mais au fur et à mesure, on y est parvenus.

Aujourd'hui, je peux te dire que j'éprouve quelque chose de fort pour elle, peut-être même plus fort que le simple mot « amour ». Ta sœur est belle, elle rayonne et fait de ma vie un endroit plus doux, plus illuminé. Lorsque je l'entends rire ou que je la vois sourire, je voudrais pouvoir rembobiner et l'écouter encore et encore. Je crois n'avoir jamais entendu un son plus mélodieux que son rire. J'aime être à ses côtés et je ne supporte pas de la voir triste. Ta sœur est rapidement devenue une partie de moi, et je crois que je serais incapable de la laisser vivre loin. Je voudrais la protéger et lui ôter toute souffrance, afin de la voir épanouie. Heureuse de vivre.

Les larmes me montent aux yeux. Je me fais violence pour rester silencieuse, mais comment rester indifférente face à de telles paroles ?

— Ne lui fais jamais de mal, Hayden, s'il te plaît. Marco l'a trop fait souffrir, je ne pourrai pas supporter de la revoir dans le même état. Elle est tout ce que j'ai, le supplie Grace d'une voix enrouée.

Cette fois, mon cœur se brise. J'ai déjà vu son regard abattu lorsque je suis revenue de cet enfer, mais je ne l'ai jamais entendue aussi effrayée. Elle cache ses émotions autant que moi, elle ne veut pas m'inquiéter. Je comprends aujourd'hui qu'elle a peur de me perdre comme elle a perdu nos parents. Je ne laisserai jamais ça arriver. À partir d'aujourd'hui, je me promets de l'appeler tous les jours, de travailler pour obtenir mon diplôme et d'utiliser l'argent hérité de nos parents pour lui offrir l'adolescence qu'elle mérite. Près de moi, à jamais.

— Tu n'as plus à t'en faire, ma chérie. Je vais prendre soin de ta sœur et ne laisserai rien vous séparer, parce qu'à partir de maintenant, tu fais partie des gens que j'aime, et je ferai tout ce qui est en mon pouvoir pour te rendre heureuse, Grace, déclare Hayden.

Ma sœur ne répond rien, mais je devine qu'elle lui a sauté dans les bras. C'est ce que j'aurais fait à sa place. Hayden est incroyable, il ne mérite certainement pas une fille comme moi. Et pourtant, il m'a choisie et continue de le faire tous les jours.

Qu'ai-je fait pour que la chance tourne en ma faveur ?

Chapitre 36
Hayden

— Je t'entends réfléchir, ricané-je alors que le regard noir de Kaylee se pose sur moi.

— À qui la faute ? grogne-t-elle.

Je glousse un peu plus fort en levant les yeux au ciel. Cette fille en fait toujours des tonnes, même si pour une fois, son angoisse est quelque peu justifiée. Nous sommes le dernier jeudi du mois de novembre, soit le grand week-end de Thanksgiving. J'ai l'habitude de rentrer à la maison à cette période, mais cette année, je ne viens pas seul.

Kaylee n'a pas pour habitude de rentrer, elle, pour ces vacances. Les billets coûtent cher, le temps de vol est trop long. Habituellement, elle passe cette journée avec Nolan chez ses parents. Ils habitent Cap Cod, une péninsule en bord de mer à une heure de Boston, alors la route n'est pas très longue. Cependant, cette année, Nolan souhaite profiter du repas de Thanksgiving pour présenter Clay à ses parents. Ma martyre de coloc, n'ayant pas envie de déranger ni d'imposer sa présence, a menti à Nolan en disant qu'elle venait avec moi.

Clay, tout heureux de savoir que Kaylee ne serait pas seule, s'est précipité pour me remercier. Autant vous dire que j'étais plutôt confus, vu qu'elle m'avait dit passer ce week-end avec Nolan.

Quelle petite peste.

Après ça, je ne lui ai pas laissé d'autre choix que de me suivre. Hors de question qu'elle reste gentiment à l'appart' en se gavant de boîtes de conserve. Je ne pensais pas la présenter si tôt à mes parents, mais ils sont plutôt cool alors je ne suis pas vraiment inquiet, ce qui n'est évidemment pas du goût de ma charmante colocataire. Je l'ai rassurée en lui disant que je ne la présenterais pas en tant que copine. De toute façon, on n'a jamais mis de mot sur ce qu'on partage, même si on sait tous les deux qu'on n'est clairement pas célibataires.

Mais bon, on connaît sa manie de trop réfléchir. Et après deux bonnes heures de trajet, elle n'est toujours pas apaisée.

— Mes pères sont les gars les plus cool que tu vas rencontrer. Ils ne te mettront aucune pression, et il y a même des chances pour qu'ils prennent ton parti face à moi, reprends-je pour essayer de la détendre.

Elle soupire longuement avant de poser à nouveau son regard sur le mien. L'obscurité et la colère font place à la frayeur.

— Et s'ils ne m'aiment pas ? S'ils comprennent d'un simple regard que je suis trop cabossée pour leur fils unique ? Les parents ont un don pour sentir ce genre de choses, me fait-elle remarquer.

— Ils ne penseront jamais ça, et dans tous les cas, tu n'es pas trop cabossée pour moi. Je te l'ai dit, je te prends comme tu es et ne t'échangerais pour rien au monde. Bien que je clame être parfait, je suis loin de l'être. Alors cesse de te torturer pour rien.

Elle me considère un instant avant de détourner le regard, rendant les armes par la même occasion. Un sourire satisfait s'épanouit sur mon visage. Je peux enfin terminer ma route en paix.

Ça va bien se passer.

***

— Mon fils ! Oh viens voir papa, ce que tu as grandi ! s'exclame mon père Craig en ouvrant les bras.

J'éclate de rire en roulant des yeux mais ne discute pas ses ordres et accueille son étreinte sans broncher. Craig Jones mon papa poule, celui qui a lâché tout travail pour s'occuper de moi à plein temps. Celui qui me bombarde d'appels tous les jours afin de savoir si je mange bien et si je ne manque de rien. Celui qui en fait des tonnes à chaque fois, mais qui me voue un amour inconditionnel.

— J'ai l'impression que ça fait des années que je ne t'ai pas vu. Tu as maigri, non ? T'es sûr que tu manges bien ? déblatère-t-il sans prendre la moindre pause.

J'aperçois le regard moqueur de Kaylee à mes côtés et ne peux m'empêcher de sourire à mon tour.

— Je vais bien, pop's, je mange très bien et j'ai pris du muscle. Arrête de t'inquiéter. En plus, on s'est vus le mois dernier.

— J'arrêterai de m'inquiéter quand je serai mort, tonne-t-il.

— On a de la marge, alors.

Il fait la moue en me pinçant le bras puis dépose un dernier baiser sur ma joue. Ses yeux se posent ensuite sur la rouquine à mes côtés et se mettent à pétiller instantanément.

Je sais, pop's. Elle me fait le même effet.

— Oh mon Dieu, tu dois être la fameuse Kaylee ! s'exclame-t-il en l'attrapant par les épaules. Hayden me parle de toi depuis le jour où il t'a rencontrée, j'avais si hâte de faire enfin ta connaissance !

Celle-là, tu pouvais éviter de la mentionner, pop's. Kaylee hausse un sourcil, surprise et amusée par cet aveu. Alors que de mon côté, je grommelle un petit juron destiné à la trop grande bouche de mon paternel.

— Ravie de faire votre connaissance, monsieur Jones, répond-elle poliment.

— Oula, première erreur, mademoiselle. Pas de monsieur Jones ici, tu te dois de m'appeler Craig.

Elle glousse alors que le rouge lui monte aux joues, la rendant immédiatement à croquer.

— Je tâcherai de m'en souvenir mo… Craig.

Il rit à son tour avant de la serrer fort dans ses bras. Je prends une photo mentale de cet instant, émerveillé de voir deux de mes personnes préférées aussi proches.

— Bon, allez, pop's, j'aimerais la ramener en vie à Boston.

Il s'éloigne d'elle en me fusillant du regard puis nous fait signe d'entrer. J'attrape mon sac ainsi que celui de Kaylee, malgré ses protestations, et nous guide jusqu'à l'entrée. L'odeur familière de la maison m'envahit rapidement. Je peux enfin me permettre de respirer correctement.

Il n'y a pas meilleur endroit que chez soi.

— Où est papa ? demandé-je lorsque je remarque l'absence de mon second paternel.

— Oh, tu le connais, au travail même quand il devrait s'arrêter. Il ne va pas tarder, il sait que c'est un jour important et que je lui en ferai voir de toutes les couleurs s'il ose arriver en retard.

Je n'ai aucun doute sur ça. Craig mène clairement Brian à la baguette. Et telle la diva qu'il est, lorsqu'il est en colère ou contrarié, ça ne passe pas inaperçu. Mais bon, c'est plus un caprice qu'une vraie dispute. Je n'ai jamais vu plus amoureux que mes parents. Même après vingt ans de mariage, ils s'aiment comme au premier jour. C'est fascinant et enviable.

— Kaylee, ma puce, je t'ai préparé une chambre, mais si tu préfères dormir avec mon fils, ça ne me dérange pas, l'informe mon père, tout sourire.

La rouquine me jette un regard paniqué, m'accusant sûrement d'en avoir dit plus à mon père, chose que je n'ai absolument pas faite. Ce dernier s'empresse de la rassurer.

— T'en fais pas, Hayden m'a clairement stipulé que vous n'étiez qu'amis. Mais entre nous, j'ai eu votre âge, et il y a des regards qui ne trompent pas, ma belle.

Je ris dans ma barbe alors que ma coloc écarquille de plus en plus les yeux. Elle ne connaît pas encore Craig, elle va très rapidement cerner le personnage.

— Je n'ai rien dit, ajoute-t-il en haussant les épaules.

Kaylee se détend enfin et rit même de bon cœur avec mon père. Si elle pensait faire mauvaise impression, elle peut être rassurée. Mon père n'est pas bête, il a perçu son stress, et en bon hôte qu'il est, il fait son possible pour la mettre à l'aise. Sa meilleure arme pour ça restera toujours l'humour.

Je fais signe à ma coloc de me suivre à l'étage et promets à mon père qu'on sera rapide.

— Alors ici, c'est mon étage. Ma chambre se trouve à droite. Un peu plus loin, tu as deux chambres d'amis. Souvent, mes potes du lycée l'occupaient lorsque je les invitais. Les plus récents sont Clay et Kyle, l'informé-je.

— Ils sont déjà venus ici ?

— Ouais. Tous les étés, on bosse ensemble sur des chantiers. Ça paye bien et ça nous permet de coffrer assez pour l'année suivante.

Elle écoute attentivement mes explications avant de poursuivre la visite. J'ouvre la porte menant à ma chambre et l'invite à y entrer.

— Et voilà ma chambre.

— Oh oui, pas de doute, c'est bien la tienne, commente-t-elle en observant chacun des murs.

Il est possible que ma chambre d'adolescent n'ait pas bougé d'un pouce. Mes posters de hockey ont recouvert chaque surface possible. Ma commode, où sont entreposés mes trophées, se trouve sur la droite, près de mon bureau. Au centre trône mon lit *king-size* qui a plutôt bien servi lorsque j'étais plus jeune. Et pas qu'à dormir, mais je garde cette remarque pour moi.

Face à celui-ci se trouvent deux portes : à gauche, la salle de bains attenante, et à droite, mon dressing.

Eh oui, je suis un gosse de riche. Je ne m'en cache pas, je n'en ai pas honte, mais ce n'est pas ce qui me définit alors je ne le crie pas sur tous les toits non plus. Je dois bien avouer que c'était plutôt plaisant de vivre aussi confortablement, et j'en suis reconnaissant tous les jours. Si mon père avait pris un autre chemin ce jour-là, ma vie aurait pu être bien différente, voire inexistante.

Je rejoins Kaylee, qui ne s'est pas gênée pour toucher à mes affaires. J'entoure sa taille de mes bras et pose mon menton contre son épaule.

— Si tu veux dormir ici, tu peux. Mais je ne te force à rien, murmuré-je.

Je la sens frissonner à mon contact, mais ne elle s'écarte pas pour autant. Au fur et à mesure, elle apprend à ressentir le plaisir de nos étreintes, à ne plus trembler, et ne les évite plus. Elle bascule la tête en arrière, ne répond rien pendant quelques secondes, profitant du silence pour apprécier pleinement le moment présent.

— Je serai incapable de dormir si tu n'es pas là, alors la question est vite réglée.

Je souris contre sa joue avant d'y déposer un doux baiser. J'avais espéré qu'elle réponde de cette façon, mais ça fait toujours plaisir de l'entendre. Nos nuits blanches ont considérablement diminué depuis qu'elle a trouvé le confort de mes bras. Elle dort beaucoup mieux lorsque je suis là et fait de moins en moins de cauchemars.

Je crois que je réussis vraiment à l'apaiser, que notre travail porte ses fruits. Bien sûr, ce n'est pas parfait. Elle se réveille toujours en pleine nuit à plusieurs reprises, mais le fait de me savoir à ses côtés la calme rapidement et l'aide à se rendormir sans difficulté. Alors ce n'est que du positif.

— Bon, allons rejoindre mon père avant qu'il ne se fasse des idées, plaisanté-je.

Elle sourit puis m'embrasse tendrement. J'attrape sa taille et prolonge le baiser de quelques secondes, sachant pertinemment que je devrai attendre ce soir pour recommencer. Kaylee n'a pas de problème pour m'embrasser, mais elle est très pudique et préfère le faire dans l'intimité. Ça ne me dérange pas, je préfère aussi préserver ce qu'on a. Je mords sa lèvre une dernière fois avant de m'écarter.

Je lui tends ma main, qu'elle attrape sans broncher, puis nous guide hors de ma chambre.

***

— Sérieux ?! Il faisait ça ? s'exclame Kaylee, complètement morte de rire.

— Oh oui, tout le temps. On avait beau lui remettre ses vêtements, il se débrouillait toujours pour les retirer et courir fesses à l'air dans tout le quartier, répond pop's sur le même ton. Brian devait lui courir après, sous les regards du voisinage. Tu t'en souviens, chéri ?

Mon père acquiesce en se cachant le visage dans les mains. Quant à moi, je n'ai jamais eu aussi honte. Ça fait une bonne demi-heure que mon père Craig raconte des histoires embarrassantes sur mon enfance à Kaylee et qu'il me fout littéralement la honte de ma vie devant la fille qui me plaît.

Non, pop's, personne n'a envie de savoir à quel point j'étais amateur de naturisme lorsque j'étais gosse.

— C'est bon, on a compris, tu m'as rhabillé pour l'hiver. Peux-tu arrêter de m'embarrasser devant mon invitée ?

— Tu ne t'es pas gêné pour le faire devant tous les voisins, ce n'est que vengeance, fiston, réplique Brian.

— J'avais trois ans, papa, il va peut-être falloir t'en remettre.

Il secoue la tête sans masquer son petit sourire en coin. Je peste dans ma barbe avant de m'enfoncer dans ma chaise, résigné.

Nous avons passé la première partie de la matinée avec mon père Craig. Il a appris à connaître ma coloc, sans rentrer dans les détails. Il a compris qu'elle n'était pas la plus bavarde des filles, surtout quand il s'agit de son passé. Puis mon autre père nous a très vite rejoints en s'excusant de son retard.

Le stress de Kaylee a refait surface lorsqu'il s'est présenté à elle. Il faut dire qu'en apparence, mes deux pères sont très différents. Craig est la jovialité incarnée, il sait mettre à l'aise avec son sourire et ses étreintes chaleureuses. Brian, quant à lui, a une carrure imposante et est plutôt intimidant quand on ne le connaît pas. Bon, quand on le connaît aussi, mais il est vraiment sympa. Vingt ans de vie avec Craig Jones, impossible de rester coincé. Il a tout de suite mis à l'aise ma coloc en l'autorisant à l'appeler par son prénom.

Honnêtement, ils ont plus en commun qu'ils ne le croient. Si mon père avait rencontré Kaylee dans d'autres circonstances, il aurait fait face à un mur de glace aussi froid que le sien. Mais, l'un comme l'autre, ça ne les empêche pas d'être adorables quand on creuse un peu. Il ne faut simplement pas s'arrêter à ce qu'ils veulent montrer.

Nous sommes ensuite passés à table. Mon père Brian est un pro de la dinde, Craig est plus doué pour les accompagnements.

Kaylee s'est proposée pour aider en cuisine en concoctant un dessert que sa mère avait l'habitude de préparer quand elle était plus jeune. Un peu d'Italie durant une fête américaine, ça c'est atypique.

En tout cas, mes parents n'ont pas eu de mal à s'entendre avec la fille de feu, à mon plus grand plaisir. La famille, c'est ce qu'il y a de plus important pour moi, et savoir que mes parents et la fille que j'aime ont de bons rapports me comble.

— Bon, après, on ne va pas se cacher que ses tendances exhibitionnistes perdurent encore aujourd'hui. C'est plutôt rare de le voir totalement habillé à l'appartement, mentionne Kaylee en me lançant un regard joueur.

Je ne l'ai pas volée, celle-là, et ris en haussant les épaules.

— Ce n'est pas ma faute si j'ai un corps parfait. Ce serait du gâchis d'en priver le monde.

— Ah oui, j'oubliais son ego surdimensionné.

— Ça, il le tient de Brian à cent pour cent. C'est d'ailleurs quelque chose que je méprisais chez lui, à nos débuts, souligne pop's.

— Ah oui ? Ça n'a pas été le coup de foudre ? demande Kaylee, réellement intriguée.

Mes parents se lancent un regard amusé, repensant sûrement à leur première rencontre. Pour ma part, je connais l'histoire par cœur. Mon père me la racontait sans arrêt lorsque j'étais plus jeune. Quand j'y pense maintenant, leurs débuts me rappellent vachement ceux de ma coloc et de moi.

— Oh clairement pas, pour tout te dire, la première chose que j'ai pensé en le rencontrant, c'est « quel connard celui-là », répond pop's, déclenchant l'hilarité de la pièce.

— C'est sûr que je le méritais, commente Brian.

— Oh, je veux entendre l'histoire ! s'exclame Kaylee.

Craig sourit de toutes ses dents alors que papa et moi soupirons longuement, fatigués d'entendre toujours le même récit.

— Avec plaisir, ma puce. C'était un mardi, j'avais vingt-trois ans et je me rendais à un entretien d'embauche pour un poste d'assistant graphiste dans une boîte plutôt influente du pays. Bones&Co, tu dois sûrement connaître.

Kaylee hoche simplement la tête pour ne pas l'interrompre. Mon père poursuit :

— Enfin bref, j'étais vraiment à la bourre, et mon rendez-vous avait lieu au dernier étage. Autant te dire que sur un building de deux cents mètres, les escaliers étaient inenvisageables. J'ai donc couru pour arrêter l'ascenseur en demandant à la personne qui venait d'y entrer de retenir les portes.

— Et ce quelqu'un était Brian, je présume.

— Tu présumes bien. Le con a laissé les portes se fermer devant moi. Comment te dire que les insultes ont fusé après ça, et que son ascendance en a un pris un coup.

Kaylee glousse en imaginant la scène. Je ne peux m'empêcher de l'imiter.

— Par chance, j'ai appuyé assez fort sur le bouton pour que les portes se rouvrent.

— C'est moi qui ai appuyé sur le bouton, le corrige papa.

— Mouais, c'est ta version, chéri. On ne connaîtra jamais la vérité.

Papa lève les yeux au ciel mais ne renchérit pas. Il sait que c'est peine perdue avec pop's.

— Donc les portes s'ouvrent, j'entre dans l'ascenseur et appuie sur le bouton de mon étage tout en fusillant Brian du regard.

Ce petit con me regardait de haut et jugeait clairement mon accoutrement.

— Je ne le jugeais pas, je trouvais simplement étrange que quelqu'un vienne au travail avec une chemise Marvel, l'interrompt à nouveau papa.

— Elle était vintage, s'écrie pop's en même temps que papa et moi.

C'est ce qu'il dit toujours. La vérité, c'est que mon père se foutait des codes et avait décidé d'imposer son style. Et, *spoiler alert*, il a eu le job. Apparemment, son employeur était encore plus givré que lui.

— Roh, tu vois, Kaylee, ce ton condescendant ? Il avait le même à nos débuts, tu peux comprendre que le courant n'est pas passé.

— Bon, finis ton histoire et arrête de t'éparpiller, soupire papa en croisant les bras.

— Si tu arrêtais de m'interrompre toutes les deux minutes, on irait certainement plus vite, rétorque pop's en plissant les yeux.

Mon père ricane avant de lui adresser un clin d'œil.

— Pour faire court, je lui ai demandé pourquoi il me regardait ainsi. Il ne m'a pas répondu, se sentant certainement supérieur à mon espèce.

Papa soupire, prêt à répliquer, mais les gros yeux de son mari l'en dissuadent rapidement.

— Je me suis donc énervé et l'ai traité d'impoli. Il s'est ouvertement foutu de ma gueule en me disant que le magasin de jeux vidéo ne se trouvait pas dans ce bâtiment. Clairement, j'ai vu rouge et ne me suis pas gêné pour lui faire part de ma façon de penser. On s'est disputés jusqu'au dernier étage, puis nos chemins se sont séparés.

— Et comment se sont-ils recroisés ?

— On travaillait dans la même boîte : lui pour les R&D, moi pour le graphisme. Il y avait un nouveau projet sur lequel on devait apparemment bosser ensemble. Comment te dire que les premiers temps ont été très compliqués. Il faisait tout pour me faire sortir de mes gonds tout en restant très calme. Puis un soir, on a vraiment discuté autour d'un repas et on s'est trouvé pas mal de points communs. Il a fait le premier pas, on a couché ensemble et ça a été tellement mémorable que je ne pouvais plus m'en passer.

— Ouais, c'est bon, pop's, on se passera des détails, grommelé-je.

Il tire la langue, et Kaylee éclate à nouveau de rire. Mes yeux se posent tendrement sur elle, incapables de regarder ailleurs lorsqu'elle est aussi heureuse. C'était tellement rare de la voir ainsi lorsque je l'ai rencontrée. On en a fait du chemin. Mon histoire et celle de mes parents sont clairement la preuve qu'il ne faut pas s'en tenir à la première impression.

— Et ce qu'il oublie de mentionner, c'est que je suis tombé sous son charme en premier. Dès qu'il s'est énervé contre moi dans cet ascenseur, pour être honnête. Il avait ce quelque chose qui me faisait marrer et qui le rendait carrément adorable, ajoute papa en lui lançant un regard dégoulinant d'amour.

Brian est celui qui en montre le moins, mais je sais qu'il est le plus amoureux des deux. Ses regards ne trompent personne. Ou alors il faut le voir quand pop's est trop proche d'un autre homme. Là, il réveille le loup en lui. Il l'aime réellement et ne le partagerait pour rien au monde, à part avec moi.

— En tout cas, l'amour que vous vous portez aujourd'hui saute aux yeux. Je vois pourquoi Hayden est si fier de ses pères.

— C'est nous qui en sommes les plus fiers, il a changé nos vies. L'adopter a été la meilleure décision qu'on ait pu prendre, réplique pop's en me regardant tendrement.

Je souris en baissant les yeux.

— Et être votre fils est le plus grand honneur de ma vie.

Pop's attrape ma main puis y dépose un long baiser.

— Et toi, ma puce ? Qu'est-ce que tu aimes faire, outre étudier la psychologie ? demande pop's à Kaylee.

— Je lis beaucoup, tout type de romans mais surtout de la romance.

— Kaylee peint aussi, ça vous fait un point commun, ajouté-je.

Je sais qu'elle n'aime pas parler de ça, mais s'il y a bien une personne qui peut la comprendre, c'est mon père Craig. L'art, c'est toute sa vie.

— Oh, tu peins ?

— Oui, mais je n'ai jamais rien montré. C'est un simple passe-temps.

— Quel dommage, je suis moi-même plutôt doué de mes mains dans ce domaine. J'ai d'ailleurs ouvert deux galeries : une ici et une à Boston. Passe me voir lorsque je serai en ville, on pourra en discuter plus en profondeur.

Elle hoche la tête en se mordant la lèvre, ce qu'elle fait toujours lorsqu'elle est gênée. Je comprends sa vulnérabilité, mais en toute objectivité, je peux dire que cette fille est douée, trop douée pour rester cachée. J'en toucherai deux mots à mon père, je suis sûr qu'il serait capable de la convaincre, c'est ce qu'il fait de mieux.

— Ne sois pas gênée, pas avec nous en tout cas. Nous sommes en famille, tu pourras toujours compter sur nous si tu as un souci, conclut pop's avec un sourire bienveillant.

— Merci beaucoup, Craig, ça compte beaucoup.

— Allez, levons notre verre à cette fabuleuse journée. À la santé de notre fils. À notre rencontre avec Kaylee. Et à la famille.

— Santé !

Chapitre 37
Kaylee

— Je t'ai montré tout ce que tu devais voir de ma ville natale mais t'ai réservé mon coin préféré pour la fin, m'informe Hayden lorsque nous traversons les feuillages.

Nous avons passé une grande partie de la journée à visiter New Haven. C'est notre deuxième jour ici, Hayden ne pouvait plus attendre de me montrer l'endroit où il a grandi. Je l'ai déjà vu heureux, mais ce n'est rien comparé au bien-être qu'il ressent depuis qu'on est arrivés. Il est clairement attaché à cet endroit, il y a vécu ses meilleurs moments et je peux voir à quel point ça lui manque.

Je suis un peu pareil avec Seattle. Je crois que, peu importe l'endroit où nous décidons de faire notre vie, il n'y aura rien d'aussi précieux que nos racines.

Finalement, je ne regrette pas d'être venue. Ses parents sont exactement comme il me les avait décrits. Ils sont chaleureux et portent un amour inconditionnel à leur fils. J'avoue que Brian m'a plutôt impressionnée au premier abord : sérieux, en costume, plutôt grand et peu bavard. Mais il s'est révélé être quelqu'un d'assez drôle et de plutôt intelligent. En tout cas, il est fou de son mari et a l'air extrêmement fier de son fils.

J'ai beaucoup échangé avec Craig et j'ai été surprise qu'il soit aussi intéressé par l'art que moi. Il m'a montré ses peintures. Je peux affirmer que cet homme est extrêmement talentueux. Il a deux galeries qui marchent du tonnerre, un studio de peinture dans sa propre maison et déjà des centaines d'œuvres vendues. Une réelle inspiration. Il était d'ailleurs agréablement étonné qu'on ait ça en commun et m'a suppliée de lui montrer une de mes œuvres lorsqu'il serait de passage à Boston.

J'ai hésité mais ai finalement accepté. L'œil d'un autre artiste peut sans doute m'aider à prendre confiance en moi. En tout cas, Hayden m'a assuré qu'il aurait la critique bienveillante, alors autant ne pas paniquer.

Aujourd'hui était un jour de détente en compagnie de l'homme qui fait vibrer mon cœur, et je ne me suis pas ennuyée un instant. Il ne doit être pas loin de quatre heures de l'après-midi. Hayden nous a conduits dans un endroit plutôt isolé de la ville. Nous avons traversé une petite forêt avant de déboucher sur une clairière où s'étend une rivière surplombée d'une énorme cascade. C'est tout bonnement magnifique.

— Waouh, c'est vraiment beau, dis-je en laissant mon regard capturer chacune de ces beautés naturelles.

— Ça l'est, oui, je venais souvent ici pour me retrouver un peu seul avec moi-même.

— Alors tu n'y as pas emmené ton ex ? blagué-je.

Il sourit en secouant la tête.

— Ça peut paraître cliché et romantique, mais tu es la première que j'emmène ici.

— Hmm, ouais, c'est définitivement trop cliché pour moi.

Il s'esclaffe avant de sortir une nappe de son sac pour l'étaler au sol. Puis il s'assied et me fait signe de le rejoindre, ce que je fais sans broncher. En ce mois de novembre, il fait plutôt doux. Hayden m'a dit que ça n'arrivait pas souvent à cette période, alors il voulait absolument profiter de cette journée pour sortir. Je m'installe confortablement contre lui tout en observant l'eau de la cascade s'échouer dans la rivière. C'est si apaisant, si tranquille, ça donnerait envie de ne jamais repartir.

— Alors, qu'as-tu pensé de ces deux jours ? me demande-t-il en caressant mon bras.

— C'était plutôt cool et reposant, loin du stress des examens et des gens de la ville. Et puis je suis complètement fan de ton père Craig, quel numéro celui-là.

— Oh ça tu l'as dit, rit Hayden. Tu vois d'où vient mon côté extraverti, j'ai été élevé par ce type.

— Mouais, ça fait sens maintenant. Il m'a beaucoup fait penser à mon père.

Ma voix se fait moins forte à la fin de ma phrase. Parler de lui reste douloureux. Ça fait trois ans, et le temps n'efface clairement pas l'immense douleur. Parfois, je me dis que je n'ai pas passé suffisamment de temps avec mes parents, surtout avec mon père qui travaillait beaucoup trop.

— Il te manque toujours autant, devine-t-il.

— Tous les jours un peu plus. Il travaillait énormément, un peu comme Brian. Pour être honnête, il était un mix de tes deux parents. Il voyageait beaucoup pour le boulot. Même s'il faisait son possible pour être près de nous, ce n'était parfois pas suffisant.

— Tu lui en as voulu ?

Je me mords la lèvre, honteuse de la vérité.

— Oui, je crois qu'une part de moi lui en voulait. Et c'est tellement ridicule, parce qu'il travaillait autant pour subvenir à nos besoins. C'est plutôt égoïste comme raisonnement, non ?

Hayden ne répond rien pendant un instant, réfléchissant sérieusement à la question. Mon père s'en doutait, et je ne lui disais rien pour qu'il ne culpabilise pas plus qu'il ne le faisait déjà, mais une part de moi aurait aimé qu'il n'ait pas à voyager autant. Il m'est même arrivé de prier qu'il perde son job et soit ainsi toujours à la maison. Ce qui est encore plus ridicule, parce qu'on aurait fini à la rue si nos deux parents ne travaillaient pas.

— Je ne pense pas que c'est égoïste, je crois surtout que chaque enfant a besoin de la présence constante de ses deux parents pour grandir. Tu m'as dit que tu avais une relation plutôt fusionnelle avec lui, pas vrai ?

Je réponds d'un simple hochement de tête.

— C'est encore plus vrai lorsque le lien est si fort. Ton père était une partie de toi, mais il est aussi possible que ce soient ses nombreux déplacements qui ont rendu votre relation si puissante. Le manque de lui et le bonheur de le retrouver.

Je n'avais jamais étudié la question sous cet angle, ce n'est pas bête du tout. C'est vrai que je n'ai jamais cherché à comprendre pourquoi notre relation était si intense, cette connexion si profonde. Peut-être bien que la rareté de sa présence l'a rendue d'autant plus précieuse.

— Tu sais que tu as une très belle façon de voir les choses ? Tu joues au gars prétentieux qui se fout de tout, mais tu as un cerveau plein de pensées cohérentes. Pourquoi ne laisses-tu pas les autres le voir ? demandé-je en caressant sa joue.

— Sûrement pour la même raison que tu te fermes aux autres : pour me protéger. Parce que mon cœur a été déçu plusieurs fois, et que je ne veux plus montrer mes faiblesses. Je préfère passer pour le gars cool qui se moque de tout plutôt que de laisser voir qu'il y a un cœur qui bat sous le maillot. Parce qu'une fois que les autres perçoivent ta vulnérabilité, il est plus facile pour eux de te blesser.

Je comprends maintenant que lui et moi n'avons jamais été différents, on avait simplement deux façons de cacher notre réalité, et ce, pour la même raison : la peur. La vie ne nous a pas épargnés, notre cœur a trop enduré en si peu de temps.

— J'ai peur, Hayden. Peur que malgré tous mes efforts, je ne m'en sorte pas. Parfois, je me dis que la survie est ma punition. J'ai choisi de tout abandonner afin de suivre cet homme, de l'admirer et de l'aimer. J'ai mérité cet enfer qu'il m'a fait subir. Et chaque jour, depuis que j'en suis sortie, n'est qu'un rappel constant que mon âme s'est brisée lorsque je l'ai rencontré. Qu'elle lui appartient, et qu'où qu'il soit, je suis sienne. Entièrement sienne.

Ma voix se brise sur cette dernière phrase. Il m'avait dit qu'il me marquerait à jamais et il l'a fait. En bousillant mon corps, il s'est infiltré dans mon esprit pour y laisser encore plus de dégâts. Je le déteste, je le déteste vraiment. Mais je me déteste encore plus de n'avoir rien vu, de lui avoir donné accès à mon cœur afin qu'il se charge de tout faire exploser sur son passage.

— Ne dis pas ça, Kaylee. Tu as fait des erreurs mais ne rejette pas la faute sur toi. La victime ne sera jamais en faute, jamais. Chaque action a ses conséquences. Tu n'as pas forcé Marco à abuser de toi, tu n'as pas pris ses poings pour te frapper. Tu n'es pas fautive, compris ? Tu es une bonne personne, tu es forte, Kaylee. Et tu mérites le bonheur.

Je me lève avec précipitation pour ne plus l'entendre. Je n'en peux plus de le voir si gentil avec moi. Je ne peux plus l'entendre me trouver des excuses. Et par-dessus tout, je ne peux plus supporter de l'entendre me qualifier de « forte » ou de « courageuse ». Si je l'avais été, je n'aurais jamais suivi un gars que je connaissais depuis moins d'un an. J'aurais fui cette maison de barges dès l'instant où j'ai repéré la drogue et les armes. J'aurais appelé la police à la moindre occasion. Mais non. Je suis restée, j'ai enduré les coups, les abus et la violence. J'ai tout encaissé jusqu'à ce que quelqu'un ait plus de cran que moi pour y mettre un terme.

— Arrête, Hayden ! hurlé-je soudainement. Arrête de dire que je suis une battante, que je suis incroyable, que je t'impressionne et que tu m'admires ! Je ne suis qu'une perte de temps, un fardeau, une pauvre loque qui peut s'effondrer à n'importe quel moment. Arrête de vanter mes mérites et de tenter de me rassurer, parce que…

— Non, je n'arrêterai pas parce que c'est ce que tu es, Kaylee. Tu es une bonne personne. Tu es intelligente, forte, ambitieuse. Oh oui, tu me fais chier. Oh oui, j'ai parfois envie de te secouer. Mais tu es épatante et je tuerai de mes mains quiconque clamera le contraire.

Son ton est monté bien plus haut qu'à l'accoutumée, son visage est rouge de colère et son regard autrefois si brillant et clair a pris une teinte bien plus sombre. Je suis tellement fatiguée de me disputer, j'ai besoin… J'ai besoin de me sentir en paix avec moi-même, de me sentir vivante. Mais je vis avec cette peur constante de replonger dans cet enfer, de revoir son visage et de redevenir la chose fragile que Marco a fait de moi.

Alors sur un coup de tête, je fonce dans l'eau. Tant pis pour mes vêtements, tant pis pour la fraîcheur de l'air, pour la pneumonie qui me guette. J'ai simplement besoin de ressentir un putain de truc et de briser cette coquille vide que je suis devenue.

— Kaylee, qu'est-ce que tu fous ?!

Je ne l'écoute pas et continue de m'enfoncer jusqu'à ce que ma tête se trouve à la surface de l'eau. C'est uniquement à ce moment que je m'autorise à plonger, à laisser le courant m'emporter. Je laisse l'eau remplir mes poumons, me priver d'oxygène. J'ai besoin de me rendre compte que je suis encore en vie, que je ne suis pas un zombie, un vampire condamné à souffrir sans l'ombre d'une fin, une éternelle vie de tourments.

Mais tout ce que je perçois, c'est son visage à lui, son sourire diabolique, son rire sardonique, ses mots crus et la violence de ses gestes.

« Tu es à moi », « Tu n'es rien », « Tu n'es qu'une pute que je baise quand bon me semble ».

NON putain ! Je ne suis pas que ça ! Je suis humaine, j'ai une voix, des opinions, des désirs, des rêves. Je ne suis pas un objet qu'on peut utiliser et jeter après consommation.

Une main m'attrape fermement par le col afin de me sortir de l'eau. Je reprends une grande inspiration et réalise alors ce que j'étais en train de faire.

— Putain, mais ça va pas ?! s'époumone Hayden en tapant dans mon dos pour que je recrache toute l'eau que j'ai ingurgitée.

Je ne réponds rien et me contente de remplir mes poumons d'air.

— Tu aurais pu mourir avec tes conneries. Putain Kaylee, ne me refais pas ça ! Ne refais plus jamais ça !

Sa voix se brise, ses yeux s'embuent et mon cœur se déchire.

— Je n'en peux plus, Hayden, je n'y arrive plus, murmuré-je.

Il plonge son regard dans le mien, je peux y lire toute la détresse qu'il ressent, comme il est en mesure de déceler la mienne.

— Chaque cauchemar, chaque hallucination, me rapproche du bord de cette falaise. Plus les jours passent, plus je me rapproche du précipice et de cette voix qui murmure que la chute est l'unique dénouement envisageable.

Il encadre mon visage de ses mains, puis dépose un long baiser sur mon front avant de me dire :

— Alors si la chute est inévitable, sache que je serai en bas, prêt à te rattraper.

Sur cette dernière phrase, je plaque ma bouche contre la sienne avec précipitation. Je ne veux plus de sa douceur, je ne veux plus de ses effleurements. Je veux le sentir. Je veux qu'il me touche, qu'il efface chaque passage de Marco, qu'il le supprime définitivement de mon cœur et de mon corps.

— Embrasse-moi, touche-moi, je t'en prie.

Alors, il le fait. Il prolonge notre baiser et laisse sa langue titiller la mienne. Il me mord, me lèche, m'apprivoise. Ses mains trouvent mon tee-shirt trempé et me le retirent en un mouvement. Sa bouche descend dans mon cou en y laissant des baisers mouillés, tout le long de son chemin. Lorsque ses lèvres se posent sur la peau de ma poitrine, mon corps se tend par réflexe. Hayden s'arrête, pour me préserver, encore, mais j'en veux plus. Je ne veux plus avoir peur, je ne veux plus rester dans ma zone de confort.

— Ne t'arrête pas, je t'en prie.

Il sonde mon regard et doit y déceler mon désir car il s'empresse de dégrafer mon soutien-gorge, laissant tout le champ libre à sa bouche de m'explorer. C'est sa langue qui débute les festivités en venant retracer les contours de mes deux seins, en cherchant à apprendre leur forme, leur goût, leur taille, leur poids, tout ce qui les compose. Il vient ensuite chatouiller et titiller leur pointe, déjà bien dure sous le désir. Il les suce, les mordille jusqu'à ce que mon premier gémissement m'échappe. Contrairement à la dernière fois, je ne laisse pas la gêne m'envahir et savoure pleinement l'émotion ainsi que le plaisir que sa bouche me procure.

Une fois la délicieuse torture infligée à ma poitrine, Hayden recule, m'entraînant avec lui jusqu'à la nappe que nous avons abandonnée. Toujours en s'assurant que nous sommes sur la même longueur d'onde, il m'incite à m'allonger. Puis il me surplombe et reprend sa douce torture en poursuivant son chemin sur mon ventre. Nos regards ne se sont pas lâchés une seule seconde. Il m'a suppliée de toujours le regarder lorsqu'il me procurait du plaisir, et je compte tenir ma promesse. Il en a besoin afin de s'assurer que je me sente bien, et j'en ai besoin pour ne pas penser aux mains de Marco. Parce que ce moment est à nous, à Hayden et à moi, et je ne dois jamais l'oublier.

Je ne dois pas oublier qui a été mon bourreau et qui a été mon sauveur.

Alors qu'il pose ses mains sur mon pantalon, il me demande l'autorisation, du regard, d'aller plus loin, ce que je lui accorde. Il déboutonne le vêtement et le fait glisser le long de mes jambes pour me le retirer. Il remonte ensuite, parsemant ma peau de baisers : mes chevilles, mes mollets, mes genoux jusqu'à l'intérieur de mes cuisses, pour finir à l'endroit convoité. Ses dents jouent avec le tissu fin de ma culotte. Il laisse d'abord ses doigts caresser mon intimité par-dessus le sous-vêtement afin de me laisser m'habituer aux sensations, sans me brusquer. Ça faisait si longtemps qu'on ne m'avait pas caressée à cet endroit que j'en avais oublié à quel point c'était bon.

— Es-tu sûre de vouloir aller plus loin ? demande-t-il d'une voix suave.

Je déglutis, mi-effrayée, mi-excitée, mais hoche tout de même la tête.

— Tes mots, Kaylee.

— J'en suis sûre, Hayden.

Satisfait par ma réponse, il retire lentement mon dernier morceau de vêtement, s'offrant ainsi un accès libre à la partie la plus vulnérable de mon corps. Il l'observe un instant, en caresse le dessus alors que ses yeux pétillent d'admiration.

— Tu es sublime, Kaylee Aurora Parker.

Je n'avais jamais autant aimé mon prénom qu'à l'instant. Tout ce qui sort de sa bouche a une connotation plus mélodieuse. Il approche ses lèvres de mon intimité et y dépose de doux et langoureux baisers. Mon corps se tend et frémit, mais pour une fois, ce n'est pas la peur qui me domine sinon l'effervescence du moment.

Ses doigts viennent trouver mes lèvres inférieures en même temps que sa langue, me préparant ainsi aux premières sensations. Sa langue dérobe mon point sensible afin de le titiller délicatement. D'abord par de petits assauts, puis avec plus d'entrain. Il entre ensuite en moi avec plus de profondeur, me lèche, m'aspire, m'avale comme si j'étais le meilleur des desserts et qu'il ne devait pas en laisser une seule miette. Mes mains viennent agripper ses cheveux pour le pousser à aller plus vite, plus loin, plus fort, priant pour qu'il ne s'arrête jamais.

Mes jambes se mettent à trembler. Une chaleur m'envahit soudainement, et je reconnais pour la première fois depuis longtemps les prémices de l'orgasme. Hayden m'achève alors d'un dernier coup de langue, et je laisse enfin la jouissance m'envahir pleinement. Mon corps est pris de multiples soubresauts, tandis que ma bouche laisse échapper un long râle de plaisir. Un plaisir que même Marco dans ses débuts n'a jamais réussi à me procurer.

Parce qu'aujourd'hui, je n'ai pas uniquement fait l'amour. Je me suis réveillée. Pour la première fois depuis des années, j'ai enfin ressenti autre chose que de la tristesse, de la terreur ou de la colère. Pour la première fois depuis des années, je me suis enfin sentie moi, sentie femme. Je me suis enfin sentie vivante.

Aussi quand Hayden remonte à ma hauteur, je le serre dans mes bras et laisse des larmes de bonheur quitter mes yeux. Aujourd'hui, Hayden a été l'homme le plus altruiste que je connaisse. Il n'a pas simplement profité de mon corps, il ne m'a pas donné pour recevoir en retour. Non, il m'a apporté la paix que je recherchais depuis des années.

— Merci, mon amour. Merci beaucoup.

Chapitre 38
Hayden

— Vous voilà ! Je n'étais pas sûr que vous viendriez, s'exclame Kyle lorsque nous passons la porte de la maison.

— Personne ne dit non à Lexie Jennings, tu le sais très bien, dis-je en souriant.

Il rit à son tour avant de m'adresser une accolade amicale. Nous sommes samedi et venons de nous taper deux heures de trajet pour rentrer à la maison. Enfin, c'est ce qu'on pensait. Mais lors d'une banale discussion au téléphone avec mon meilleur ami, sa mère a entendu qu'on rentrait plus tôt de New Haven et nous a donné l'obligation de passer dire bonjour. Dire non à cette femme n'est pas envisageable. Aussi nous voilà en fin d'après-midi dans l'immense maison secondaire des Jennings, prêts à passer un bon moment avec leur famille et celle des Cooper.

Kaylee a un peu râlé car elle était fatiguée et n'avait pas vraiment envie de faire de nouvelles rencontres, mais je l'ai rassurée en vantant les mérites de la famille de Kyle, et comme elle apprécie grandement mon meilleur ami, elle n'a pas eu de mal à me croire.

Cependant, elle ne sait pas que les Cooper seront présents. J'ai hâte de voir sa tête lorsqu'elle sera face à eux.

— Hayden, mon chéri, tu es venu ! s'écrie Lexie en m'étreignant si fort que je manque de m'étouffer.

— C'est ça, fais l'étonnée. Ce n'est pas comme si je n'avais pas senti la menace dans ta voix, plaisanté-je.

Elle m'adresse une moue innocente suivie d'un petit sourire diabolique.

— Je ne ferais jamais une chose pareille, tu me connais mieux que ça, voyons.

Nous nous esclaffons à l'unisson avant de nous prendre une nouvelle fois dans les bras l'un de l'autre. Puis elle remarque Kaylee à mes côtés et esquisse un nouveau sourire surpris.

— Tu nous amènes de la compagnie, cette année ! Tu dois être Kaylee.

— Enchantée de vous rencontrer, madame Jennings, répond-elle poliment.

— Je suis trop jeune pour être vouvoyée, et même si j'apprécie d'être madame Jennings, appelle-moi Lexie, tu veux ?

Kaylee hoche poliment la tête avant que Lexie ne nous fasse signe de la suivre jusqu'au salon. J'adresse un petit sourire encourageant à la fille que j'aime en attrapant sa main pour la guider vers l'endroit indiqué.

— Hayden ! s'écrie Kiara en fonçant dans mes bras.

Je la rattrape à la volée afin de la faire tournoyer dans les airs. Elle a beau avoir quatorze ans, elle est toujours aussi folle de moi, sans vouloir me vanter. La sœur de Kyle avait douze ans lorsque je l'ai rencontrée. Incroyable la vitesse à laquelle changent les gosses à cet âge, elle ressemble de plus en plus à sa mère.

— Salut, princesse, comment vas-tu ?

— Trop bien ! Maman a enfin accepté que je me fasse une frange, t'aimes bien ?

Je la contemple un instant avant de hocher vivement la tête.

— T'es superbe, tu as eu une bonne idée.

Elle me remercie en déposant un baiser sur ma joue avant de laisser place à son meilleur ami : Landon. C'est le fils d'Amber et Liam Cooper, les meilleurs amis des Jennings, et donc le frère d'Avery. Il a un an de moins que Kiara, mais comme leurs frangins, ils sont inséparables. Espérons seulement que ces deux-là ne tomberont pas dans le piège de l'amour.

— Alors toi, tu grandis beaucoup trop vite. Fais attention, tu vas bientôt me dépasser, dis-je à Landon, lui arrachant un rire franc.

— Si je suis aussi fort que toi, ça me va.

Je ris en lui ébouriffant les cheveux.

Vient le tour de Dean et Liam. Je leur serre la main tout en leur adressant une accolade rapide.

— C'est bon de te revoir, fiston, me dit Dean avec un grand sourire.

— J'ai vu vos statistiques, t'es bien parti pour être le champion universitaire, cette année, ajoute Liam sur le même ton.

— Je vais tout faire pour, en tout cas.

Il acquiesce avant de laisser place à sa femme, qui vient me prendre dans ses bras. J'adore Amber. Quand j'étais plus petit, j'étais carrément amoureux d'elle. J'avais vu tous ses films et criais haut et fort que j'allais l'épouser. Ma surprise quand j'ai rencontré Kyle et qu'il m'a dit que c'était sa marraine est mémorable.

— Salut, Hayden, ça fait plaisir de te revoir. Vous avez fait bon voyage ? demande-t-elle.

— Au top, on a évité les bouchons, donc on est arrivés plus rapidement.

— Tant mieux.

Tous les regards se tournent enfin vers la fille à mes côtés : un mélange de surprise et d'amusement. Eh oui, Hayden Jones qui clamait haut et fort qu'il n'aurait jamais de copine sérieuse vient finalement accompagné. Je sens qu'ils ne vont pas me lâcher de sitôt.

— Tu ne nous présentes pas ? demande Amber dans un demi-sourire.

Je pose mon regard sur celle qui m'accompagne, n'étant pas sûr de la manière dont je dois la présenter. Ce que je vois alors quand mes prunelles accrochent les siennes m'arrache un petit sourire. Kaylee a les yeux grands ouverts et ne lâche pas Amber du regard. Apparemment, elle connaît bien l'actrice.

— Bien sûr que si. Kaylee, je te présente Dean, Lexie et Kiara : la famille de Kyle. Ainsi qu'Amber, Liam, Avery et Landon Cooper, leurs meilleurs amis. Les gars, je vous présente Kaylee Parker, ma petite amie.

Cette dernière sort enfin de sa transe lorsqu'elle entend les derniers mots. Elle me dévisage avec surprise, mais j'arrive à déceler dans son regard une pointe de joie. C'est la première fois qu'on met un mot sur ce qu'on partage, et ça ne semble pas l'embêter, au contraire.

De toute façon, après le moment intime que nous avons partagé hier, et tous les autres jours, il n'y avait aucun doute sur la nature de notre relation. Seulement la nommer la rend encore plus réelle… ce qui nous effraie aussi tous les deux. Mais je suis certain que ça peut marcher. En y allant pas à pas, en communiquant et en apprenant ensemble.

Je serre sa main un peu plus fort, un petit sourire s'étire sur ses lèvres.

— Ravi de faire ta connaissance, Kaylee. On se demandait qui serait la superstar qui briserait les barrières de ce petit con, lance Liam, provoquant un rire général.

Je lève les yeux au ciel et laisse ma copine se familiariser avec tout le monde.

Kyle s'approche de moi, un franc sourire scotché au visage.

— Petite amie, alors ? murmure-t-il d'un ton amusé.

— On dirait bien. Laissons le temps nous dire où ça nous mènera, réponds-je en haussant les épaules.

Kyle opine en glissant un regard vers ma copine. Elle discute et rit avec Lexie, Amber et Avery, ce qui m'arrache un large sourire. Il y a deux mois, je ne savais même pas que cette fille était capable de rire autant. Je ne savais pas qu'elle allait complètement retourner mon cerveau, remettre en question mes principes et illuminer mon monde, simplement par sa présence.

Cette fille et ses regards noirs, ses griffes acérées et ses piques bien trouvées… Je suis complètement fou d'elle, à ses pieds.

Elle a mon cœur entre ses mains. Je n'ai plus qu'à espérer qu'elle se contente de le garder près d'elle sans l'écrabouiller pour me le rendre en morceaux.

— Ne réfléchis pas trop. J'ai suivi chaque étape de sa transformation. Crois-moi, la Kaylee que j'ai rencontrée en cours de psycho n'aurait jamais accepté de venir ici. Elle ne serait pas en train de sympathiser avec d'autres personnes que Nolan et Clay et n'aurait clairement pas cet air béat sur le visage.

Il quitte les filles du regard pour poser ses yeux sur moi.

— Tu l'as vraiment aidée, et elle aussi t'a aidé. Toi qui avais renoncé à l'amour, te voilà fou d'une fille qui t'en a fait voir de toutes les couleurs.

— Qu'est-ce qui te fait croire que je suis amoureux d'elle ?

Son sourire s'élargit. Il passe son bras autour de mes épaules puis me force à regarder Kaylee. Cette dernière, ayant senti mon regard, relève la tête et accroche ses prunelles aux miennes. Je ne peux m'empêcher de la contempler et ne réprime pas le sourire sur mon visage.

— Le regard, mon pote. Il ne trompe jamais. Tu es tombé pour elle, bien plus tôt que tu ne le penses.

Je ne réponds rien et continue d'observer ma copine. Les foutus papillons dans mon ventre me trahissent lorsque je l'entends rire à nouveau.

— T'as raison, mon pote, je suis complètement fou de cette nana.

* * *

— T'as passé une bonne soirée ? demandé-je à Kaylee en entourant sa taille de mes bras.

Elle accroche les siens autour de ma nuque, plonge son regard dans le mien puis hoche vivement la tête.

— Étrangement, oui. Mais je t'en veux toujours de ne pas m'avoir prévenue pour Amber et Liam Cooper. J'ai bien cru que j'avais pris de la drogue par inadvertance lorsque je les ai vus.

J'éclate de rire, comprenant très bien ce qu'elle veut dire.

— Ça m'a fait le même effet, la première fois. Ce n'est pas tous les jours que ton meilleur pote fréquente des célébrités.

— Ça, c'est sûr. Mais ça n'empêche pas qu'ils soient géniaux.

Je suis content de l'avoir entraînée dans mon monde, ce week-end. La rencontre avec mes parents a été parfaite. J'ai eu leur retour avant de partir et ils lui font confiance. Brian a compris qu'elle n'avait pas eu la vie facile. Je ne sais pas comment il fait, mais il arrive à lire en chaque être humain comme dans un livre ouvert. Il m'a dit de faire attention à elle et de la protéger. Le courant a l'air d'être passé, je n'aurais pas pu être plus heureux.

Craig, quant à lui, a déjà prévu de venir à Boston pour parler peinture, art et toutes ces choses qu'ils ont en commun. Je crois qu'il a trouvé sa nouvelle moitié.

Les Jennings, eux, l'ont rapidement adoptée. Lexie était heureuse de savoir que mon cœur était pris par une fille aussi polie, intelligente et magnifique.

Pour quelqu'un de froid et distant, elle s'est rapidement familiarisée avec mes proches. Je pense que ça lui a fait du bien. Elle s'est trop longtemps coupée du monde pour se protéger, elle avait besoin de faire de nouvelles rencontres.

— Merci pour ce week-end, Hayden. Je me suis vraiment amusée, me confie-t-elle en posant sa tête contre mon torse.

— Rien ne pourrait me rendre plus heureux. Je veux passer ma vie à te voir rire et sourire comme tu l'as fait ces derniers jours.

Elle m'embrasse tendrement et sourit contre ma bouche.

Putain, oui. Je suis complètement fou de cette fille. Et même si je risque de la faire flipper, j'ai besoin qu'elle le sache.

— Kaylee, je voulais te dire que…

Je m'arrête net lorsqu'une silhouette familière se matérialise devant moi. Mon corps se pétrifie. Kaylee semble le remarquer tout de suite, car elle se retourne à son tour.

Mes yeux ne quittent pas le corps frêle de cette personne que je ne pensais jamais revoir. Ses cheveux sont encore plus courts que la dernière fois, sa peau écorchée, et ses vêtements n'ont rien de chaud ni d'élégant.

— Hayden, ça fait si longtemps ! s'exclame-t-elle dans un sourire attendrissant.

— Maman.

Chapitre 39
Kaylee

Maman ?

Maman comme dans « maman » ? À la vue de cette femme, le corps de Hayden s'est tendu, et dans son regard se mêlent surprise et colère.

La connaît-il ? Je pensais qu'elle l'avait abandonné lorsqu'il n'était qu'un nourrisson. Comment peut-il se souvenir d'elle ? Comment peut-il l'appeler ainsi alors qu'elle n'a rien d'une mère ? A-t-il eu une photo ? L'a-t-il recherchée ?

Les questions fusent dans ma tête, mais je n'obtiendrai des réponses qu'une fois mon copain revenu à lui.

Je prends donc le temps d'analyser cette femme : ses vêtements abîmés, son carré court emmêlé et gras… son visage pas très propre. En tout cas, elle n'a rien d'une personne stable. Son sourire flippant n'arrange rien. Je me méfie immédiatement d'elle comme de la peste. Pour rien au monde je ne voudrais qu'elle approche Hayden.

— Tu es encore plus beau que la dernière fois, finit-elle par dire après quelques minutes de silence.

Hayden semble réagir à cette dernière phrase. Son visage s'assombrit un peu plus.

Comment ça « la dernière fois » ?

— Qu'est-ce que tu fous là, Maggie ? demande-t-il finalement d'un ton sec.

Ah, c'est Maggie, maintenant. Ça fait sens, je n'aurais envie d'une mère pareille pour rien au monde.

Ne juge pas sans savoir, Kaylee.

Difficile, quand j'ai face à moi la personne qui n'a pas su faire preuve d'une once d'humanité. Elle a littéralement jeté mon copain aux ordures à sa naissance.

La fameuse Maggie perd son sourire en effectuant un pas en avant. Par mécanisme, je me place devant Hayden afin de le protéger. Elle me remarque enfin et esquisse un petit sourire.

— Je ne vais pas lui faire de mal, tente-t-elle de me rassurer.

Ce qui, évidemment, ne marche pas. Si Hayden a juré de me protéger contre Marco et mes démons, j'en ai fait autant pour les siens. Tant qu'il ne l'a pas décidé, elle ne le touchera pas.

— Ne l'approchez pas. Je ne sais pas pourquoi vous êtes là, mais je sais très bien qui vous êtes et ne vous permettrai pas de le blesser à nouveau, grondé-je.

J'attrape la main de Hayden, puis nous guide jusqu'à l'entrée de l'immeuble.

— Attendez, s'il vous plaît, geint-elle en nous rattrapant.

Hayden choisit de se retourner malgré mon regard lui intimant le contraire.

— Qu'est-ce que tu veux ? Tu as eu ta chance, il y a quatre ans. Et tu t'es barrée, comme tu sais si bien le faire. Alors pourquoi devrais-je t'écouter ? s'énerve-t-il soudainement.

Elle baisse les yeux alors que ces derniers s'embuent.

Larmes de crocodile, à mon humble avis.

— Pardonne-moi, Hayden. Je ne pouvais pas rester. J'étais en danger, et toi aussi. Il fallait que je parte pour te protéger.

Ses larmes redoublent. La main de Hayden se resserre dans la mienne, signe qu'il tombe dans son piège et envisage de l'aider.

Putain, il ne faut pas être une lumière pour comprendre que cette femme serait prête à dire n'importe quoi pour obtenir une faveur. Et mon copain, en bon samaritain qu'il est, va se laisser attendrir jusqu'à être de nouveau blessé.

— S'il te plaît, mon fils…

— Ne l'appelez pas comme ça. Vous lui avez peut-être donné la vie, mais il est loin d'être votre fils. Ce sont Craig et Brian, ses parents. Au mieux vous n'êtes qu'une mère porteuse, alors restez à votre place, cinglé-je en la fusillant du regard.

Elle pose un regard mauvais sur moi, sûrement surprise que quelqu'un voie clair dans son jeu. J'ai passé six mois non-stop avec des pervers narcissiques, trafiquants de drogues et manipulateurs en tout genre, je reconnais un menteur quand j'en vois un. Cette Maggie ne fait pas exception.

— Hayden, laisse-moi au moins t'expliquer, avoir un endroit où passer la nuit. Si tu n'es pas convaincu, je partirai demain matin et ne te recontacterai plus.

— Même pas en rêve, répliqué-je du tac au tac.

— Je parlais à Hayden.

Je lâche un rire amer face à tant de culot.

— Sauf que vous êtes aussi chez moi, et que je refuse de croire à de telles inepties. Je suis allée à plus grande école.

Son regard meurtrier s'intensifie, tout comme mon sourire de peste. Qu'est-ce que tu croyais, ma vieille ? Que je n'étais qu'une simple groupie de ta progéniture qui allait se la fermer ? C'est mal me connaître.

— Une nuit. Et si tes explications ne sont pas convaincantes, tu dégages, résonne soudainement la voix de Hayden.

La surprise peut se lire sur mon visage, suivie très rapidement par l'incompréhension et la colère. Je viens vraiment de la remettre à sa place pour qu'il faiblisse devant deux-trois fausses larmes ? Depuis quand cet idiot est aussi faible, merde ?

— Sûrement pas, dis-je en croisant les bras.

Il m'attrape pour m'emmener à l'écart.

— C'est aussi chez moi, Hayden, et je refuse que cette personne y mette les pieds. Tu ne la connais pas. Elle est clairement en train de te manipuler. Si tu n'es pas capable de le voir, je le ferai pour deux.

Il soupire longuement en se pinçant l'arête du nez.

— Kaylee, je t'en prie, fais un effort pour une seule nuit. Si je ne l'écoute pas aujourd'hui, je le regretterai sûrement toute ma vie. Épargne-moi ça.

Les regrets, c'est chiant, mais un énième cœur brisé, c'est pire. Je sais très bien ce qui va se passer. Elle va lui servir son discours de pauvre femme qui a tout fait pour s'en sortir mais à qui la vie n'a pas fait de cadeau. Elle va lui dire qu'elle n'a jamais cessé de penser à lui, et que l'abandonner sera toujours le plus grand regret de sa misérable existence. Elle va pleurer, peut-être même se rouler en boule, jusqu'à ce qu'il craque et lui offre l'hospitalité indéfiniment. Et quand elle aura pu dévaliser ses placards, peut-être même son compte en banque, elle s'en ira telle la voleuse et minable femme qu'elle est. Elle ne se souciera pas une seconde des sentiments de son soi-disant « fils », et c'est moi qui le ramasserai en miettes. Cette femme a certainement besoin d'aide, mais ce n'est pas à lui de s'en occuper. C'est le rôle d'une professionnelle, quelqu'un qui saura se montrer objectif. Pas Hayden, qui est investi émotionnellement.

Hayden m'a aidée plus que n'importe qui, je me dois de lui rendre la pareille en le préservant. Refuser l'accès à cette femme n'est qu'un début.

— Elle te parlera demain matin dans un café et s'en ira. Je ne veux pas d'elle chez nous. On ne sait rien d'elle, putain. Elle pourrait nous voler, nous agresser. Tu veux vraiment prendre tous ces risques alors qu'elle n'a jamais rien fait pour toi ?

Il me considère un instant, analyse mes propos. Avec un peu de chance il va retrouver un peu de bon sens. Mais quand il ouvre à nouveau la bouche, c'est tout le contraire qui se produit.

— Je veux prendre ce risque.

— T'es vraiment qu'un idiot, craché-je avant de le dépasser pour atteindre la porte de l'immeuble.

Mon regard croise le visage satisfait et narquois de la cruche de service. L'envie de lui refaire le portrait est plus que tentante, mais je me contente de lever mon majeur tout en lui adressant le regard le plus noir que j'ai en stock – eh oui, même Hayden n'a pas eu droit à celui-ci.

Je n'attends personne et atteins l'appartement par les escaliers. Par chance, j'ai pris mes clés. J'ouvre la porte, me déchausse et fonce direct dans ma chambre. L'envie d'enfiler quelque chose de confortable est trop forte. J'attrape un pyjama puis m'enferme dans la salle de bains. Une bonne douche me fera oublier les conneries de ces dix dernières minutes.

Putain de coloc !

***

Lorsque je sors de la salle de bains, des voix provenant du salon m'interpellent. Je décide de les rejoindre après avoir attrapé un soda dans le frigo. Évidemment, je ne propose rien à notre charmante invitée. Qu'elle aille se faire foutre, elle et les bonnes manières.

Elle s'est assise en bout de canapé, Hayden est à une distance raisonnable. Je le rejoins en prenant bien soin de me mettre entre Maggie et lui, puis, attrape sa main en gage de soutien parce que, malgré tout, je suis là pour lui et ne compte pas laisser la première perturbatrice changer ce qu'on partage. Il m'adresse un petit sourire de remerciement avant de refermer son bras autour de ma taille.

— Parle, maintenant.

Elle semble étonnée par la dureté de son ton. Moi, c'est le contraire qui m'aurait surprise. La meuf l'abandonne et s'attend à ce qu'il lui déroule le tapis rouge.

Comme quoi, pas infaillible le petit jeu de manipulatrice.

— Euh, oui, bien sûr. En premier lieu, j'aimerais m'excuser pour ce que je t'ai fait subir. Je n'ai pas eu le temps de vraiment te parler, la dernière fois.

— Quand ça ? La fois où tu m'as jeté comme une vieille chaussette aux ordures, ou la seconde lorsque tu m'as donné cinq minutes d'espoir et m'a fait attendre tout un putain d'après-midi dans un café ? siffle-t-il en la fusillant du regard.

Alors ils se sont vraiment rencontrés. Pourquoi Hayden ne l'a-t-il pas mentionné lorsqu'il m'a raconté son histoire ? En tout cas, cette révélation me conforte dans mon idée que cette femme ne mérite pas son hospitalité.

— Je sais que tu m'en veux, crois-moi, je suis la première à me le reprocher, mon chéri. Mais je n'ai pas eu d'autre choix.

Un nouveau rire sans joie m'échappe. Elle est vraiment en train de nous sortir la bonne vieille excuse du « je n'avais pas le choix, tu dois essayer de me comprendre ». Ce que je comprends, c'est que si elle n'en vient pas rapidement au but, je la vire d'ici à coups de pied au cul.

— Lorsque je suis tombée enceinte de toi, j'étais très jeune. Même pas encore majeure. Mais comme tous les ados de mon âge, j'étais amoureuse, aveugle et stupide.

Au moins, on est d'accord sur ce dernier point.

— Tu n'étais vraiment pas prévu. Quand j'ai appris pour ma grossesse, l'avortement n'était plus possible.

Hayden grimace à cette mention. Quelle crétine.

— Alors je me suis dit que je pourrais le faire, que Jonas, ton père biologique, m'aiderait et nous construirait un foyer.

Elle laisse échapper un rire amer, signe que tout ne s'est pas passé comme elle l'imaginait.

— Sauf qu'il ne voulait pas de toi. Il rêvait d'un brillant avenir et clairement, ni toi ni moi n'avions une place dans sa vie. Alors je me suis tournée vers des métiers peu valorisants, pour pouvoir subvenir à mes besoins.

— Tes parents ne pouvaient pas t'aider ? demande Hayden.

Elle secoue la tête, toujours cet air peiné sur le visage.

— J'avais déshonoré ma famille. Ils m'ont foutue à la porte et m'ont dit de me débrouiller. Je suis devenue strip-teaseuse dans une boîte clandestine de Boston. Je me faisais suffisamment d'argent au noir pour pouvoir me payer une piaule pourrie et me nourrir assez pour deux. Mais bon, mon ventre a fini par se remarquer, et une strip-teaseuse enceinte fait carrément tache. C'est là que j'ai rencontré Damien. Il m'a proposé son toit, et en échange du ménage, de la cuisine et de faveurs sexuelles, m'a promis de prendre soin de moi.

La main de Hayden serre de plus en plus fort la mienne. La bile me monte à la gorge en repensant à ma propre expérience. Si cette pétasse ment sur ce genre de choses, je pense que je pourrai la tuer. Elle n'a aucune idée du calvaire d'une telle expérience.

— Je l'ai entendu parler, dire que quand le bébé serait né, il se débarrasserait de lui et me prostituerait pour son réseau de trafic. J'ai paniqué, et un soir, je me suis enfuie en emportant un paquet d'argent lui appartenant. Quelques jours après, le douze novembre précisément, tu venais au monde. Je n'avais pas les moyens de subvenir à tes besoins, j'étais en cavale. Quel genre de vie aurais-je pu t'offrir ? En passant par New Haven, j'ai aperçu ce quartier tranquille et t'ai déposé dans un bac en priant pour que quelqu'un te trouve puis s'occupe de toi.

— Vous n'auriez pas pu le déposer dans un hôpital ou dans un endroit qui ne mettrait pas sa vie en danger ? interviens-je sèchement.

— Quand on est désespérée comme je l'étais, on ne réfléchit pas. Mais pas un seul jour ne passe sans que je ne pense à tout ce que je t'ai fait subir, Hayden. Alors après seize ans de cavale, à passer de ville en ville, j'ai eu besoin de te voir, de savoir que tu allais bien. C'est ce jour-là que je t'ai croisé. D'abord devant chez toi, auprès de deux hommes que tu avais l'air d'aimer plus que tout. J'ai tout de suite compris qu'il s'agissait de tes parents. Puis devant le lycée, au bras de cette jolie blonde que tu regardais comme la huitième merveille du monde.

Hayden et moi grimaçons en même temps à la mention de Heather.

— Je vois que ça n'a pas duré. C'est dommage, remarque-t-elle en posant son regard sur moi.

Je la dévisage afin de lui montrer que le mépris est réciproque. Bien qu'elle nous ait raconté sa triste histoire, je ne la crois toujours pas. Sa tête qui s'incline à plusieurs reprises, ses gigotements et sa respiration nerveuse trahissent clairement ses paroles. Soit elle ment, soit elle dissimule une part de vérité. Dans tous les cas, elle n'est pas foncièrement sincère.

Pourtant, le visage perturbé de mon copain me montre qu'il est tombé dans le panneau, ce qui ne me plaît pas du tout.

— Lorsqu'on s'est rencontrés et qu'on s'est donné rendez-vous, pourquoi n'es-tu pas venue ? l'interroge-t-il.

Elle baisse le regard tout en basculant son corps d'avant en arrière. *Vas-y, ma belle, sors-nous ta prochaine absurdité.*

— Damien m'avait retrouvée. Enfin, c'est ce que je pensais. Il y avait toujours cette berline noire teintée, blanche sur les côtés, qui se trouvait dans les rues que j'empruntais. J'ai flippé et j'ai pris le premier bus en direction de la Floride. Il fallait que je mette à tout prix un maximum de distance entre lui et moi, même si ça voulait dire renoncer à l'occasion de te connaître. Pardonne-moi. Si j'avais pu rester, je l'aurais fait. Tu représentes tout pour moi, Hayden.

Revoilà les larmes de crocodiles. Si elle avait si peur de remettre les pieds à Boston, pourquoi est-elle là ? Et puis l'excuse du « tu me manquais trop » ne fonctionne pas. Cette femme est une menteuse. Je ne sais pas exactement ce qu'il s'est passé dans sa vie mais je compte le découvrir avant même qu'elle n'ait le temps de dire « ouf ». Hors de question qu'elle se fraye un chemin dans la vie tranquille de Hayden. Il a des parents super, des amis géniaux, et même si je suis complètement bousillée, il m'a moi. Il n'a pas besoin d'une femme instable visiblement en manque d'argent.

— Il serait plus prudent pour vous de repartir très loin, grondé-je en me levant.

— Kaylee, souffle Hayden.

— Non, il n'y a pas de Kaylee qui tienne. Elle nous a raconté son histoire, et aussi triste qu'elle soit, je n'y crois pas. Puis quand bien même ce serait vrai, elle nous met tous en danger en étant ici. Alors je suis désolée, mais elle ne reste pas.

Maggie se lève à son tour pour me faire face.

— Vous n'êtes qu'une égoïste, une merdeuse un peu trop gâtée par la vie qui n'a jamais rien connu de terrible, vocifère-t-elle, le regard enragé.

Je vais me la faire. Parce qu'entre nous deux, c'est bien moi qui m'y connais en galères.

— Kaylee, ça suffit, gronde Hayden en s'interposant entre nous. Et toi, Maggie, si tu veux avoir la chance de recevoir un minimum d'hospitalité de ma part, ne reparle plus jamais ainsi à Kaylee. Tu ne connais rien de ce qu'elle a vécu, et elle passera toujours avant toi. Toujours.

Si la situation ne m'énervait pas autant, j'en sourirais presque. Mais à la place, je me contente de la regarder de haut avant de rejoindre ma chambre, fatiguée d'être la seule personne avec un minimum de discernement. Je claque la porte derrière moi et commence à faire les cent pas.

Il va falloir que je trouve un moyen de raisonner Hayden, et très vite. Parce que cet homme est gentil, honnête, serviable et bien trop naïf. Il lui donnera son cœur trop rapidement, et elle le lui rendra en morceaux. C'est le genre de choses que font les gens comme Marco et elle : ils sortent de belles paroles pour attendrir, font mille et une promesses avant de tout réduire à néant, sans penser aux dommages collatéraux.

Hors de question que Hayden devienne celui de cette femme. Elle l'a déjà blessé par le passé, deux fois si j'en crois ce qu'elle vient de raconter. Il n'y aura pas de troisième. Pas si je peux l'éviter.

J'interromps ma réflexion lorsque Hayden entre dans ma chambre.

— J'ai laissé ma chambre à ma m… À Maggie. Je peux passer la nuit ici ? demande-t-il.

Sérieusement ? Il me dit ça comme si de rien était. Comme si l'intruse dans notre maison n'était qu'une vieille amie de longue date. Il pense réellement que je vais réussir à fermer l'œil alors qu'une inconnue dort dans la chambre d'à côté ? Non mais ça ne va pas ?!

— Tu ne vas pas vraiment la laisser dormir là, Hayden. Putain, mais t'es idiot ou quoi ?!

Il croise les bras sur sa poitrine en me fusillant du regard.

— Tu voulais que je fasse quoi, bordel ? Il est tard, elle est seule. Je ne vais pas la laisser dormir dans la rue ! Il peut se passer tout et n'importe quoi, à cette heure-ci.

Mais oui, parce que s'il relâche la pauvre Maggie dans la nature, il aura son sort sur la conscience. De mieux en mieux.

— Tu ne vas pas sérieusement me dire que tu l'as crue sur parole ? Merde, Hayden, cette femme ment comme elle respire. C'est visible à des kilomètres !

— Arrête, Kaylee, tu ne peux pas la juger sans savoir. Tu es bien une des rares personnes qui peut comprendre ce qu'elle vit, me rappelle-t-il, me laissant toute retournée.

Mon corps se tend comme si je venais de me prendre une gifle. Utiliser l'enfer que j'ai vécu pour plaider sa cause, c'est déloyal et franchement dégueulasse. Cette femme et moi n'avons rien en commun, c'est une certitude.

— Va te faire foutre, Hayden. C'est parce que j'ai vécu des trucs horribles que je suis capable de faire la distinction entre mensonges et réalité ! Et crois-moi, cette femme est loin de dire la vérité.

— Putain, Kaylee, ne peux-tu pas me soutenir, pour une fois ? Être de mon côté ? Est-ce trop te demander ? Ça fait vingt ans que j'attends des réponses, que je rêve de ce moment où ma mère m'explique enfin qu'elle n'avait pas le choix… Pourquoi ne peux-tu pas te réjouir pour moi ?

— Parce qu'elle va te briser le cœur. Parce que si j'avais des preuves qu'elle est là pour toi et toi seulement, je serais la première à te soutenir. Mais je ne peux pas. Après tout ce qui s'est passé entre nous, je tiens trop à toi pour la voir te blesser.

Un air de dégoût se dessine sur son visage, un air qui m'est totalement destiné et me donne envie d'étrangler cette femme. Après tous les progrès que lui et moi avons faits, elle pourrait tout briser… Sauf que je ne lui en donnerai pas l'occasion. Je prends alors une longue inspiration, adoucis ma voix et m'approche de lui.

— Hayden…

— J'ai… J'ai besoin de prendre un peu l'air, m'annonce-t-il soudainement.

— Quoi ? Non, on n'a pas terminé notre discussion, tu ne vas pas partir comme ça !

Il m'arrête de sa main droite et fuit mon regard.

— Il faut que je parte avant que je dise des trucs que je pourrais regretter.

Puis, sans me laisser le temps d'en placer une, il quitte ma chambre et sort en trombe de l'appartement. Je m'écroule sur mon lit, la tête entre les mains. Quel idiot, mais quel idiot, bordel. Est-ce possible de faire autant le sourd ?

Peut-être que tu devrais l'épauler au lieu de le blâmer, me souffle la voix raisonnable dans ma tête.

Aurais-je dû, malgré mes doutes sur les intentions de cette femme ? Devrais-je privilégier le soutien à la vérité, alors qu'on a tous les deux décidé d'instaurer une relation de confiance ? Non, impossible. Je ne vais pas ménager ses sentiments simplement parce que monsieur estime qu'il fait le bon choix. Cette femme n'est pas digne de sa confiance, de sa gentillesse. Elle l'a abandonné de la pire des manières, il aurait pu mourir ce jour-là. Apparemment, je suis la seule à m'en souvenir.

Ce qui me dérange le plus, c'est qu'il soit parti en plein milieu d'une dispute. La dernière fois qu'une telle chose s'est produite, mes parents sont morts. Depuis, je me suis promis de ne plus jamais me coucher fâchée avec quelqu'un à qui je tiens.

Devrais-je partir à sa poursuite ? L'appeler ? De toute façon, je serai incapable de dormir tant qu'il ne sera pas rentré, alors c'est réglé.

Au moment où je m'apprête à rejoindre mes draps, mon téléphone sonne, et j'ai la surprise de voir le nom de mon copain s'afficher. Je m'empresse de décrocher, rassurée qu'il le fasse.

— Allô !

— Je t'appelle pour te dire que je ne pars pas fâché, je ne te quitte pas. Tu as beau m'énerver et faire ta tête de mule, je ne t'abandonne pas. Je vais simplement faire un tour. Je serai vite de retour.

Puis, sans me laisser le temps d'en placer une, il raccroche. Mais je m'en fous, car il n'a pas oublié mes angoisses, et ce simple geste me prouve encore une fois que je ne le mérite pas

***

La porte de ma chambre s'ouvre à nouveau une heure plus tard, et le visage épuisé de Hayden se matérialise devant moi. Nos regards s'accrochent une seconde avant que nous ne foncions dans les bras l'un de l'autre. Je me jette à sa nuque et le laisse enfouir sa tête dans mon cou. Même si j'étais rassurée par son appel, j'ai passé l'heure à me faire du souci. Je déteste le savoir dehors en pleine nuit, surtout quand il est bouleversé ainsi. Mais là, dans ses bras, j'oublie tout.

— Je suis désolé, lançons-nous en même temps.

Je lâche un petit rire, alors qu'un sourire s'étire sur son visage. Il entoure ma taille de ses bras lorsque que j'attrape son visage en coupe, plongeant mon regard dans ses si belles prunelles noisette.

— Je n'aurais pas dû te blâmer pour l'être exceptionnel que tu es. Tu veux lui donner sa chance, c'est tout à ton honneur. Mais je veux te protéger. Si elle venait à te blesser, je serais capable de la tuer de mes mains.

Il s'esclaffe en secouant la tête.

— C'est moi qui suis désolé. Je devrais prendre le temps d'écouter tes opinions au lieu de me braquer. Sa présence était si soudaine que je n'arrivais pas à penser clairement.

Il semble si épuisé, si triste, que lui reprocher ses actions ne me tente plus. Il a besoin d'un soutien, de mon réconfort et de mes bras. C'est ce que je vais lui donner, car contrairement à Maggie, je tiens vraiment à lui.

— Allons-nous coucher, accorde-moi cette nuit dans tes bras. Il n'y a rien de plus précieux que ça, murmure-t-il contre mon oreille.

J'attrape sa main et le guide jusqu'à mon lit. Il s'y installe en premier, puis je viens me faufiler entre ses gros bras musclés.

— Bonne nuit, *piccola*.

— Bonne nuit, merci d'être revenu.

— Toujours.

***

Chapitre 39

Deux jours sont passés depuis l'arrivée de Maggie chez nous. Évidemment, elle a réussi à convaincre Hayden de la laisser rester quelques semaines, le temps qu'elle se remette. Il fait donc les courses pour elle, lui donne ses pulls et mes leggings et la traite comme la reine d'Angleterre. Je n'ai plus rien dit, mais je sens clairement les regards insistants de Maggie sur moi. Elle sait que je l'ai percée à jour et me méprise pour cette raison.

Désolée de ne pas être une pauvre cruche, ma belle.

Aujourd'hui, c'est autre chose qui m'interpelle. Ma boîte de somnifères et mes anxiolytiques, prescrits par mes médecins, ont radicalement diminué. Je sais que ce n'est pas moi. Je connais mon dosage, et Hayden m'aurait demandé l'autorisation avant de se servir.

Or, il n'y a qu'une autre personne qui a accès à l'armoire à pharmacie. J'avais raison de me méfier. Maggie n'est pas seulement à la rue et sans le sou, elle est aussi une addict. Je n'ai plus aucun doute sur sa venue ici.

Il faut à tout prix que j'en sache plus et, pour cela, une seule personne est capable de m'aider. Je dégaine mon téléphone, cherche son nom dans mes contacts, puis porte le téléphone à mon oreille.

— Kaylee ? Un souci ?

— Bonjour, Brian, il faut que je te parle de vive voix, de toute urgence. C'est à propos de Maggie Cane.

Chapitre 40

Kaylee

— Merci d'être venu, dis-je en adressant une rapide accolade à Brian.

— Je ne pensais pas entendre ce nom à nouveau, si tu veux tout savoir.

— À nouveau ? As-tu déjà eu affaire à elle ? demandé-je en arquant un sourcil.

Il esquisse un petit sourire en opinant.

— Ma puce, je ne brasse pas des milliards de dollars par an pour ne pas les utiliser afin de protéger les gens que j'aime. Il ne m'a pas fallu longtemps pour savoir qui étaient les parents biologiques de mon fils.

Ça fait sens, et si je l'ai appelé, c'est qu'une part de moi le savait pertinemment. J'ai passé deux jours à voir cette impostrice se pavaner chez nous comme si elle était en droit de le faire. Se servir dans nos placards, nos biens. Notre intimité. Et maintenant, nos médicaments. Je savais que quelque chose de louche se cachait derrière ses larmes et son visage faussement désespéré.

J'ai vu le sourire de Hayden lorsqu'elle lui racontait des histoires, lorsqu'elle faisait semblant de lui préparer le petit-déjeuner de son enfance. Elle a réussi à l'amadouer. Présente ou non, cette femme a toujours été sa plus grande faiblesse. Elle représente ses origines, ses plus grandes interrogations, sa biologie. Elle est une part de lui, et dans ce genre de situation, on ne réfléchit pas clairement.

Voilà pourquoi je suis là, pourquoi je me bats pour que la vérité éclate. Hayden est aveuglé par ses sentiments et l'espoir d'avoir une mère. Si cette mère avait été exemplaire ou au moins honnête, j'aurais pu faire des efforts… Oui, parfois il m'arrive de juger trop vite les gens, mais pas là. Avec elle, je l'ai senti dans mes tripes. Généralement, ça ne ment pas.

Cependant, seule, je serai incapable de faire bouger les choses. Il me faut plus grand, plus influent, plus intelligent que moi. Brian Jones correspond parfaitement à tout ça. Sans parler du fait qu'il serait prêt à tous les crimes pour son fils unique.

— Est-ce que tu l'as déjà rencontrée ?

Nouvel hochement de tête.

— Une seule fois, il y a quatre ans. Je pensais d'ailleurs que c'était la dernière, mais cette déséquilibrée est tenace.

— Il y a quatre ans ? Le moment où…

— … Elle est revenue à New Haven. L'année où elle a essayé de prendre contact avec mon fils en pensant sérieusement être discrète, répond-il en émettant un petit rire.

Oh, il semblerait que la mère parfaite ait oublié de mentionner son entrevue avec le chef de famille.

— Kaylee, écoute-moi bien. Tout ce que cette femme vous a raconté est faux. C'est une manipulatrice, une menteuse et une droguée.

Bien que je me doutais de ce dernier point, en avoir la confirmation me comprime l'estomac. Si elle est revenue dans la vie de Hayden, c'est qu'elle est en manque et que personne ne peut la fournir.

— J'ai besoin que tu me racontes en détail tout ce qu'elle vous a dit, poursuit-il en plongeant sérieusement son regard dans le mien.

Je déglutis mais acquiesce sans broncher. Il est là pour m'aider. Alors je lui livre tout : notre rencontre avec elle, les réactions de Hayden, son histoire montée de toute pièce. Hayden qui l'accueille chez nous, notre désaccord sur le sujet. Je ne lui cache rien. Il aura besoin de chaque détail pour préparer un plan d'attaque. Il est ma meilleure chance, aussi je dois lui faire confiance.

Une fois mon monologue terminé, je remarque que Brian a froncé les sourcils à plusieurs reprises mais n'a pas semblé plus surpris que ça. Il doit sérieusement connaître le personnage pour rester autant de marbre. J'en suis incapable. Le seul fait de savoir cette femme avec Hayden en ce moment me rend malade.

— C'est typique de Maggie Cane, en effet, commente-t-il, toujours cet air impénétrable sur le visage.

— Qui est-elle, Brian ? Que veut-elle ?

Il me considère un instant avant de prendre une longue inspiration et de tout raconter, en détendant ses épaules.

— Maggie est tombée enceinte à vingt-deux ans. Elle vivait dans un quartier tranquille de Boston avec son fiancé, Jonas. Ce dernier était fou de joie lorsqu'il a appris qu'elle attendait leur enfant : Hayden.

— Eh ben, ça commence bien. D'après elle, Jonas était un petit richou de dix-sept ans qui n'avait pas envie de se coltiner un bébé dans le futur brillant qu'il s'était imaginé, raconté-je en grimaçant.

Elle a vraiment voulu se faire passer pour une victime, en mentant même sur son âge. Quelle cinglée.

— C'était tout le contraire, Jonas était ravi d'avoir un enfant avec la femme qu'il aimait. Tout semblait parfait, jusqu'au jour où il a découvert qu'elle avait perdu son job et fréquentait des types louches. Alors il a poussé son enquête en fouillant chez lui et en faisant suivre Maggie. Il a fini par découvrir qu'elle était tombée dans la drogue.

— Alors quoi ? Il l'a quittée pour ça ?

Brian secoue la tête, un air peiné sur le visage.

— Absolument pas. Il aimait Maggie, il l'aimait plus que tout. Un soir, il en a discuté avec elle, lui a proposé de prendre soin d'elle, de lui faire intégrer un centre où elle pourrait se faire aider rapidement. Il lui a juré d'être là, à chaque étape, afin qu'ils accueillent leur bébé dans les meilleures conditions.

Je me mords la lèvre, gênée d'avoir jugé cet homme un peu vite.

— Mais Maggie a refusé. Elle avait déjà bien plongé, et l'idée de tirer un trait sur la drogue lui était inconcevable : une vraie addict. Au milieu des cris, elle lui a révélé que l'enfant n'était pas de lui et qu'elle avait couché avec d'autres hommes.

Un hoquet de surprise m'échappe, une moue de dégoût prend forme sur mon visage peu à peu. Je n'ose même pas imaginer ce que ce pauvre homme a pu ressentir. Apprendre que sa femme se drogue, qu'elle l'a trompé et que le bébé qu'il attendait avec impatience n'est même pas le sien…

Quand je pensais que je ne pouvais pas plus détester cette femme, Brian me prouve le contraire.

— Je te laisse imaginer la colère de ce pauvre homme. En une soirée, toute la vie parfaite qu'il avait imaginée s'est brisée. Tous ses espoirs : envolés. Je n'ose même pas imaginer ce qu'il a dû éprouver.

— Je suis bien d'accord. Alors après ça, qu'a-t-il fait ? Il les a virés, elle et le bébé ? demandé-je, complètement perdue.

Brian me répond par la négative.

— Même après tout ça, il a fait preuve d'une extrême générosité. Il a dit qu'il ne pouvait pas lui pardonner mais qu'il tenait quand même à l'enfant, qu'il prendrait soin de lui comme si c'était son fils, qu'il l'élèverait et l'aimerait, mais qu'entre lui et

Maggie, il n'y aurait plus jamais rien. Ce que je trouve franchement légitime, après ce qu'elle lui a fait.

On est bien d'accord.

— Mais si Hayden en est ici aujourd'hui, ça veut dire qu'elle a refusé.

— Exact. Quand il lui a proposé le marché, elle a vrillé. Elle a hurlé, pleuré, lui a promis que ça ne se reproduirait plus, que sa vie n'avait pas de sens sans lui, que ce bébé n'avait pas de sens.

Les yeux de Brian s'assombrissent lorsqu'il prononce la dernière phrase.

— Il lui a répété qu'il n'avait rien d'autre à lui offrir. Alors elle s'est enfuie quand il n'était pas là, lui a volé de l'argent et a mis les voiles. Tout ce que je sais, c'est qu'elle a accouché de Hayden peu de temps après et qu'elle a voulu s'en débarrasser pour retrouver son monde de junkie. Elle n'a jamais aimé Hayden, elle ne s'en est jamais soucié. Il n'était qu'un rappel constant que son fiancé l'avait quittée, conclut-il.

Mon estomac se tord. Je n'arrive même pas à imaginer comment on peut faire subir ça à son enfant. Je comprends que la grossesse peut être difficile pour certaines femmes, mais agir aussi égoïstement, c'est monstrueux. Elle avait la certitude que son fils allait avoir une vie merveilleuse auprès d'un homme bon et aimant, comment a-t-elle pu envoyer tout cela balader pour le jeter aux ordures, putain ?

— Cette femme me dégoûte, elle me dégoûte tellement, si tu savais. Comment peut-on être aussi inconsciente ? soufflé-je en me prenant la tête dans les mains.

— Le cerveau humain est plein de mystères. Par chance, mon mari l'a trouvé avant que le pire ne se produise. Mais je t'avoue qu'il m'arrive d'imaginer ce qui aurait pu se passer s'il ne l'avait pas fait. Hayden mourant à petit feu, dévoré par les rongeurs…

Il s'arrête, incapable d'aller plus loin. Et heureusement, car j'aurais bien pu rendre mon café à même la table.

— N'imagine pas ça, Brian. Hayden va bien, il a été élevé par deux hommes géniaux. Craig et toi lui avez donné tout ce dont il a toujours rêvé, la meilleure éducation possible, un amour inconditionnel. Vous lui avez littéralement sauvé la vie. Il vous en est extrêmement reconnaissant.

— Et pourtant, il persiste à vouloir s'émanciper, à ne pas vouloir de notre argent…

— Parce qu'il a un gros complexe. Et ça, c'est la faute de celle qui l'a abandonné. Il a ce sentiment d'être un fardeau pour son entourage, même pour vous. Il sait que Craig et toi avez mis vos projets et votre vie entre parenthèses pour lui, et il se le reproche. Mais crois-moi quand je te dis qu'il est plus qu'heureux de faire partie de ta famille, de *votre* famille. Il ne changerait ça pour rien au monde.

J'attrape sa main dans la mienne en lui adressant un sourire de réconfort. Si on m'avait dit, il y a quelques mois, que je serais en train de me battre pour un homme que je méprisais au départ et que je réconforterais son père sur les sentiments, l'amour et tout le bordel qui le compose, je n'y aurais pas cru.

— Tu es une fille bien, Kaylee. Je sais que tu as dû faire face à de terribles épreuves.

Je fronce les sourcils, ne sachant pas ce que Hayden lui a raconté.

— Ne t'en fais pas, Hayden ne m'a rien dit, je peux simplement le voir dans ton regard. Les yeux ne trompent jamais. Mais ça, je suis persuadé que tu le sais déjà. C'est comme ça que tu as compris le double jeu de Maggie.

J'opine du chef, incapable de formuler une réponse cohérente. Brian est un personnage particulier. Il est intimidant, imposant, méticuleux. Il analyse les gens mieux que personne. Mais il est aussi discret, plein de compassion et d'amour : un amour qu'il voue principalement à son fils et à son mari. Une part de moi l'admire secrètement.

— En tout cas, je suis content que Hayden ait une fille comme toi dans sa vie. Il mérite le meilleur, et je sais que tu peux le lui apporter.

Je le remercie d'un sourire timide avant de reprendre une gorgée de mon café.

— Enfin bon, revenons-en à nos moutons. Ma rencontre avec Maggie a eu lieu après qu'elle a approché mon fils. Je n'ai malheureusement pas eu le temps de l'éviter. Mais quand j'ai appris qu'elle était en ville, j'ai su que je devais limiter les dégâts. J'ai donc décidé de lui proposer un marché, m'annonce-t-il.

— Quel genre de marché ?

— Je lui ai laissé le choix entre deux options : rester ici pour apprendre à connaître Hayden, sous nos conditions à Craig et moi, ou prendre une certaine somme pour s'en aller très loin et ne jamais reprendre contact avec lui.

— Évidemment, elle a fait le mauvais choix, deviné-je.

Il confirme d'un hochement de tête. Quelle peste. Mentir à Hayden en lui disant qu'il était en danger, qu'elle était en danger… Elle lui a fait avaler ses salades pour mieux se servir de lui. C'est tellement dégueulasse. Lui qui se faisait une joie de l'avoir retrouvée. Je m'en veux tellement d'être celle qui va devoir lui briser à nouveau le cœur.

— Elle n'avait jamais eu l'intention de nouer des liens avec lui. Elle lui aurait simplement demandé de l'argent à plusieurs reprises, pour pouvoir se fournir. C'est tout ce qu'elle a toujours voulu de lui.

— Et c'est pour ça qu'elle est là aujourd'hui. Elle a déjà commencé à se servir dans notre armoire à pharmacie et ne s'arrêtera pas là.

— Dans ce cas, c'est à nous de l'arrêter, une bonne fois pour toutes. Tu vas m'écouter attentivement et faire tout ce que je vais te demander. Compris ?

— Tout ce qu'il faudra pour l'arrêter.

* * *

J'arrive à la maison en fin de matinée. Après mon entrevue avec Brian, celui-ci m'a ramenée à l'appartement, les bras chargés de cadeaux. Enfin, cadeaux, tout est relatif. En tout cas, j'ai ce qu'il faut pour nous débarrasser de cette profiteuse.

— Hayden, c'est toi ! s'exclame-t-elle d'une voix un peu trop enjouée à mon goût.

Lorsque j'apparais devant elle, son sourire se fane et son regard s'assombrit. Eh non, ma jolie, ce n'est pas celui que tu peux amadouer à coups de larmes et de faux sourires. Dieu merci.

— Bien le bonjour, Maggie. Comment allez-vous, ce matin ?

Elle fronce les sourcils face à ma soudaine bonne humeur. *Oh crois-moi, j'ai tout sauf envie de rire avec toi. Si le meurtre n'était pas illégal, tu serais déjà six pieds sous terre pour ce que tu as fait subir à l'homme qui partage ma vie.*

— J'espère que votre séjour vous a plu parce qu'il prend fin dès aujourd'hui, continué-je sur le même ton.

— Hayden ne te laissera pas me mettre à la porte, alors…

— Oh, mais il n'en aura pas besoin car vous allez partir de votre plein gré.

Elle arque un sourcil, se demandant sûrement pour quelle raison elle abandonnerait ce confort qu'elle n'a pas mérité une seconde. Je sors alors mes petits joujoux, sans perdre mon sourire.

— Parce que je vais vous proposer le même marché que Brian Jones, celui que vous avez passé il y a quatre ans.

Une nouvelle lueur de surprise traverse son visage. Eh oui, Maggie, j'ai des contacts et sais m'en servir à bon escient. Dommage pour toi.

— Soit vous restez auprès de Hayden, vous lui dites la vérité sur votre passé, parce que oui, je suis au courant de la vraie version… Pauvre Jonas, si vous voulez mon avis. Mais bon, on n'est pas là pour épiloguer sur vos mauvais choix, sinon on en aurait encore pour des heures.

Elle me fusille du regard tout en serrant les poings. C'est sûr que ça doit être humiliant de se faire démasquer aussi vite par une gamine de vingt-et-un ans.

— Donc vous lui dites la vérité, vous retrouvez une vie stable et entrez réellement dans celle du merveilleux garçon à qui vous avez donné la vie, ou bien vous prenez l'argent qu'il y a dans cette mallette, assez pour vivre une vie confortable pendant plusieurs années. Mais attention, si vous choisissez l'argent, vous devrez signer ce contrat.

Je sors un dossier et le pose sur la table.

— Il stipule que vous ne devrez, sous aucun prétexte, vous approcher de Hayden. Vous n'aurez pas le droit de l'appeler, ni d'avoir le moindre contact avec lui. En signant ce contrat, vous vous engagez à renoncer à lui pour toujours. Bien sûr, si vous ne respectez pas vos engagements, vous aurez de sacrés problèmes avec la justice. Et je ne suis pas sûre que vous puissiez vous permettre une chose pareille, conclus-je, un sourire mauvais scotché au visage.

Son regard s'assombrit de plus en plus. Ses prunelles alternent entre la mallette et le contrat. Je sais déjà quel choix elle va faire. Elle se moque de Hayden, elle ne renoncera jamais à tant d'argent pour rendre heureux ce pauvre garçon, jamais.

— Puis-je voir le contenu de la mallette, pour être sûre que je ne me fais pas avoir ? demande-t-elle, les yeux brillant d'espoir.

Une moue de dégoût prend forme sur mon visage en ne la voyant même pas hésiter. Hayden n'a pas mérité ça.

J'ouvre alors rapidement la mallette. Son regard s'illumine à la vue des billets. *Pathétique.*

— Très bien, je vais signer ce foutu contrat. J'en avais rien à foutre de ce gamin, de toute manière. Il ne m'a jamais intéressée.

Je me retiens de lui envoyer mon poing dans la gueule et lui tends le contrat. Elle le signe rapidement avant de me le remettre en échange de l'argent. Je la raccompagne jusqu'à l'entrée pour être sûre qu'elle se casse définitivement.

— Tu l'aimes vraiment, hein ? me dit-elle. Tu verras, ma puce, l'amour ne dure jamais. Un jour ou l'autre, l'un d'entre vous se lassera.

— Je n'ai pas de conseils à recevoir d'une junkie incapable de réaliser la chance qu'elle a pu avoir à une époque. Je tiens à Hayden, bien plus que vous ne pouvez l'imaginer. Cet homme est bon, généreux, prêt à tout pour ceux qu'il aime. C'est vous la perdante dans l'histoire. Retournez à votre misérable vie et ne remettez plus jamais les pieds dans cette ville.

Elle me sonde un instant, puis laisse échapper un petit rire. Enfin, elle tourne les talons et passe la porte.

— Eh, Maggie ! m'exclamé-je soudainement.

Elle se tourne pour m'écouter et sursaute face à ma soudaine proximité. Je l'oblige à reculer jusqu'au mur, empoigne ses cheveux et braque sur elle mon regard le plus menaçant.

— Je vous préviens, je ne veux plus jamais vous revoir près de mon petit-ami. Dégagez de cet immeuble, de cette ville, de ce pays s'il le faut. Croyez-moi, si vous brisez votre pacte, contrat ou pas, je m'occuperai personnellement de vous. Si Hayden doit être à nouveau blessé par vos paroles cruelles, je vous ferai si mal que vous me supplierez de vous achever. Qu'on soit bien claires, ceci est votre unique avertissement.

Chapitre 41
Hayden

— Comment tu te sens ? me demande Kaylee en me rejoignant sur le balcon.

Je ne réponds pas tout de suite, la laissant nous couvrir d'un plaid tout en l'accueillant dans mes bras. Je resserre sa prise, m'accrochant à son odeur, à sa présence. C'est l'unique chose qui me permet de tenir, de ne pas m'effondrer comme j'aurais dû le faire depuis qu'elle m'a tout avoué.

Lorsqu'elle m'a parlé de son entrevue avec mon père, de ce que Maggie a fait… Putain, j'ai cru à un canular ou à un mauvais rêve. J'ai vraiment pensé pouvoir bâtir une relation avec elle. Peut-être pas un lien mère-fils, mais quelque chose d'assez fort pour l'avoir dans ma vie, connaître mes origines. Je savais que ça ne se ferait pas en quelques jours, ni en quelques semaines, d'ailleurs, et je ne lui avais pas vraiment pardonné son abandon, mais je me suis laissé aller à espérer. Je me suis autorisé à rêver, rien qu'un instant, que ma mère pouvait se soucier de ma sécurité. Je voulais croire qu'elle ne m'avait pas juste abandonné parce que je ne représentais rien pour elle. Je voulais croire que je n'étais pas qu'un truc qu'on pouvait jeter comme s'il ne valait rien. Visiblement, j'avais tort.

J'ai été con. J'ai laissé cette femme s'introduire dans ma tête. Je lui ai ouvert ma porte, j'ai ri avec elle, je lui ai donné une seconde chance alors que depuis le début, elle n'en voulait pas. Elle en avait simplement après mes putain de médocs, mon putain d'argent…

La seule personne qui me soutient depuis des semaines a vu clair dans son jeu dès le début, et je n'ai pas été foutu de la croire. Mais qu'est-ce qui cloche dans ma tête ? J'ai accusé Kaylee de ne pas se soucier de moi, de juger sans connaître. J'ai laissé Maggie lui parler comme de la merde et tout ça pourquoi ? Pour qu'elle ait raison sur toute la ligne. Je suis maintenant trop honteux pour la regarder dans les yeux.

— Comme un mec trop con qui accorde sa confiance à n'importe qui, finis-je par dire en gardant les yeux rivés sur l'horizon.

— Tu ne pouvais pas savoir, Hayden. Certaines personnes arrivent à lire les autres plus facilement. Ce n'est simplement pas ton cas. Tu ne dois pas t'en vouloir d'avoir eu un peu d'espoir… Même si, crois-moi, l'espoir, c'est de la merde.

Je lâche un rire sans joie. Kaylee n'est pas du genre à réconforter ou à parler avec compassion, cependant j'apprécie le fait qu'elle essaie pour moi.

Elle a tellement évolué ces derniers mois que je ne supporterais pas de la voir rechuter. Elle est la seule constante dans ma vie, celle qui me redonne le sourire en toute circonstance, qui me protège plus que je ne la protège moi. J'aurais dû lui faire confiance depuis le départ, on aurait évité un cœur brisé inutilement.

— Je suis désolé, *piccola.* C'est toi qui avais raison dès le début, et je n'ai pas été sympa avec toi. J'aurais dû me fier à ton jugement, tu es la mieux placée pour reconnaître les manipulateurs. Seulement, j'ai préféré jouer à l'aveugle.

Elle relève la tête afin d'encadrer la mienne de ses mains, me forçant à la regarder dans les yeux.

— Arrête de t'en vouloir. Crois-moi, j'aurais voulu avoir tort, et tu sais que ce n'est pas dans mes habitudes, plaisante-t-elle alors qu'un demi-sourire s'étire sur ses lèvres.

Cette fois, je ris sincèrement avant de la serrer plus fort contre moi, m'incline légèrement pour atteindre son cou et y enfouir ma tête, puis m'imprègne de son parfum, de son odeur réconfortante. Je pourrais passer des heures dans les bras de cette fille sans prononcer le moindre mot. Le simple fait de la savoir près de moi me suffit à me sentir mieux. Elle a ce quelque chose qui réchauffe mon cœur, qui le fait battre régulièrement.

— Merci de te battre pour moi, d'être à mes côtés, de me montrer que je ne suis pas qu'un… qu'un truc remplaçable, murmuré-je contre son oreille.

— Oh, Hayden Jones, tu es beaucoup de choses mais pas remplaçable. Si tu n'avais pas été là, je serais encore cette coquille vide, brisée par ses mauvais choix. J'ai encore un long chemin à faire, certes, mais tu m'aides peu à peu à me retrouver.

Elle caresse délicatement ma joue tout en approchant son visage du mien.

— Ce qu'on partage, c'est compliqué, un bordel pas possible. On passe la moitié de notre temps à nous disputer ou à nous lancer des remarques sarcastiques. Notre relation est unique, ce lien qui nous unit… Putain, je ne l'échangerais pour rien au monde, m'avoue-t-elle.

Je souris un peu plus en attrapant l'arrière de sa tête pour coller son front au mien.

— Ça tombe bien parce que je ne suis pas près de te laisser partir. Maintenant, si tu le veux bien, il y a des lèvres auxquelles j'aimerais goûter avant de devenir complètement barge.

Un rire guttural s'échappe de sa gorge, venant résonner directement dans mon cœur. Un rire auquel je me suis habitué, un rire dont je ne me lasserai jamais.

— Tu sais, tu n'es pas vraiment obligé de me le demander à chaque fois, m'informe-t-elle.

— C'est important pour moi.

— Dans ce cas, permission accordée.

Et sur ces deux mots fabuleux, je joins ses lèvres aux miennes. Nos langues se mêlent, mes mains agrippent ses hanches pour la hisser contre moi.

Nous quittons ce balcon gelé, et je nous guide sans difficulté jusqu'à ma chambre.

Je bascule Kaylee sur mon lit avant de joindre à nouveau ma bouche à la sienne, prends le temps de la redécouvrir, d'écouter ce dont elle a besoin. Les baisers peuvent être aussi intimes que le sexe quand c'est avec la bonne personne. Il est primordial que Kaylee se sente bien au contact de ma bouche.

Nos langues s'unissent dans un ballet tantôt doux, tantôt endiablé. Je plaque ses mains au-dessus de sa tête tout en intensifiant ce baiser qui me fait beaucoup trop durcir à mon goût.

Ce n'est pas étonnant, cela dit, car Kaylee réussit à m'exciter en plantant simplement son regard émeraude dans le mien.

Elle agrippe mon tee-shirt et me le retire, commence à faire de même avec le sien jusqu'à ce que je l'arrête, voulant être sûr de ses intentions.

— Je voudrais essayer, Hayden. Je veux voir jusqu'où je peux aller. Je t'en prie, ne me refuse pas ça, me dit-elle essoufflée.

— Je ne te refuserai jamais rien, tu le sais. Mais quand c'est trop pour toi, j'ai besoin que tu m'arrêtes. Ne te fie pas à mon désir. Si tu n'es pas à l'aise, il ne vaut rien.

Elle hoche la tête sans l'ombre d'une hésitation avant de me faire signe de lui retirer son haut. Je m'exécute sans broncher, découvrant sa poitrine nue prête à m'accueillir.

Je reprends alors mes assauts contre sa bouche pour descendre le long de sa délicieuse nuque tout en laissant mes mains partir à la découverte de son corps. Kaylee devient de plus en plus à l'aise quand il s'agit de me le montrer. Quand nous sommes seuls à la maison, elle s'autorise enfin les débardeurs et les shorts. Il y a toujours cette petite honte dans son regard lorsque je l'observe, mais comme elle n'y décèle pas la moindre trace de peur, de dégoût ou de choc, elle se détend.

Mes lèvres rejoignent enfin sa poitrine, que j'aime tant prendre en main. Kaylee complexe dessus, la trouvant trop imposante. Moi, je dis qu'on s'en moque. Chaque taille est parfaite comme elle est, c'est justement ce qui rend une personne unique.

La respiration de ma belle s'accélère, tout comme les battements de son cœur. Elle ne ferme pas les yeux, ne me lâche pas du regard. C'est la règle qu'on a instaurée et je suis ravi qu'elle ne l'oublie jamais.

Je remonte jusqu'à son visage, plonge mon regard dans le sien avant de fondre à nouveau sur ses lèvres. Je pourrais passer ma vie à embrasser cette fille.

— Peut-on aller plus loin ? demandé-je d'un ton neutre.

Pas de supplication, pas d'espoir dans ma voix. Je ne veux pas qu'elle interprète mal mes paroles en pensant que je la force. Il faut que ça vienne d'elle et de son propre désir.

— Oui, répond-elle simplement.

Alors j'accède à sa demande en retirant lentement son short, et caresse délicatement le tissu de sa culotte tout en parsemant l'intérieur de sa cuisse de baisers mouillés. Avec son autorisation, je la débarrasse du dernier morceau de tissu, la découvrant une nouvelle fois dans son plus simple appareil.

— Je ne me lasserai jamais de cette vue, *piccola*.

Puis, sans attendre une seconde de plus, j'enfouis mon visage entre ses cuisses, impatient de la goûter. Je laisse ma langue se promener sur ses lèvres extérieures, lui procurant des frissons dans tout le corps. Je le sens à la façon dont elle se tend, dont ses jambes se serrent autour de moi. Ses mains viennent agripper mes cheveux, m'incitant à aller plus loin. Je plonge ma langue en elle, ravi d'accéder à sa demande, avide de son corps, de son goût. Sa poigne sur mes cheveux se resserre davantage encore. Elle se contracte autour de ma bouche avant que des tremblements ne prennent possession de son corps, laissant l'orgasme des préliminaires la consumer de l'intérieur.

À sa demande, je reviens près d'elle et contemple son si beau visage ravagé par la jouissance. Ses cheveux transpirants, ses joues rougies par la chaleur, ses traits détendus. La perfection incarnée.

Un sourire prend forme sur ses lèvres alors que sa main vient caresser ma joue.

Elle baisse ensuite son regard sur mon jogging qui laisse entrevoir mon désir. Ses yeux s'illuminent. Elle s'agrippe à moi et me renverse afin de me surplomber, puis descend ses mains le long de mon corps pour les arrêter sur le cordon du vêtement.

— On n'est pas obligés d'aller jusque-là, la rassuré-je.

— Je ne devrais pas être aussi égoïste et te priver du même plaisir.

— Tss, ne redis jamais ça. Il n'y a pas d'égoïsme dans le sexe. Tu fais ce que tu te sens de faire et c'est tout, aucune obligation, jamais.

Marco ne lui a jamais appris ça, et ça me tue à chaque fois. Il l'a habituée au viol, au sexe violent sans prendre en compte ses protestations.

Peu importe mon état, peu importe le degré d'excitation dans lequel elle me met, jamais elle ne doit se mettre en tête de me combler par obligation.

— Je crois que j'en ai envie, Hayden. Peux-tu me laisser le découvrir par moi-même ? me demande-t-elle d'une voix presque inaudible.

Je la jauge un instant, m'assurant qu'il n'y ait aucune trace de doute sur ses traits. J'y vois une vulnérabilité sans nom, oui, mais aucun signe de contrainte.

Elle a envie d'essayer, de combattre ses peurs. Qui suis-je pour l'en empêcher ?

Je ne dois pas laisser ma crainte de la blesser la prévenir d'avancer.

Pour lui montrer que je suis d'accord, je soulève mes hanches et me débarrasse de mon pantalon. Mon érection déforme mon boxer, la laissant subjuguée. Un rire m'échappe, ce qui me vaut un regard noir de sa part.

Elle trace les contours de mon entrejambe à travers le tissu comme si elle découvrait le corps d'un homme pour la première fois. Je sais que ce n'est pas le cas, mais sa peur du sexe lui a fait oublier des choses.

— Je peux ? demande-t-elle en jouant avec l'élastique de mon sous-vêtement.

— Elle est tout à toi, réponds-je avec un sourire taquin.

Elle sourit à son tour avant de sortir ma verge pour la prendre en main. Mon corps se tend à son contact. Putain, elle n'a encore rien fait que le plaisir m'envahit déjà. À cette allure, je ne vais pas tenir très longtemps. Mon envie de cette femme est tellement forte qu'il suffit d'un regard, d'un mouvement, pour me mettre en état d'extase total.

— Est-ce que je te fais mal ? s'inquiète-t-elle alors que sa main droite effectue de légers mouvements de va-et-vient.

— Au contraire, ne t'arrête pas.

Rassurée, elle s'installe à califourchon sur moi et reprend sa délicieuse torture. Ses mains se meuvent sur ma queue avec dextérité, son regard planté dans le mien.

Elle approche son visage, puis dépose un long baiser sur mes lèvres avant de me chuchoter :

— J'ai envie de toi, Hayden Jones, fais-moi l'amour.

— Tu es sûre de toi ?

Elle réfléchit un instant avant de hocher la tête.

— Je suis sûre de moi. Plus que sûre, même.

— D'accord. Tu m'arrêtes si tu ne te sens pas bien, ok ?

Elle acquiesce à nouveau avant de me laisser l'allonger délicatement sur le lit. Je récupère un préservatif dans ma table de chevet, puis reviens m'installer au-dessus d'elle, et longe sa jambe de baisers pour atteindre son intimité, toujours aussi trempée. J'introduis un premier doigt en elle, afin de la préparer. J'ai besoin de savoir si la pénétration de mes doigts ne la fait pas changer d'avis avant d'aller plus loin.

Son corps se tend, mais le mouvement de ses cuisses qui s'écartent m'invite à poursuivre, alors j'en introduis un deuxième. Ses gémissements se font plus fort. Elle se détend peu à peu, commence à prendre du plaisir.

Sans plus tarder, je me penche au-dessus d'elle et guide mon membre jusqu'à l'entrée de son vagin. Je vérifie dans son regard qu'elle est toujours partante, et après confirmation, je m'introduis délicatement en elle.

Ses yeux se ferment un instant, tandis qu'un gémissement s'échappe de sa bouche. Pris de panique, je m'arrête, attrape son visage entre mes mains en la suppliant d'ouvrir les yeux.

— Tu as mal ? Tu veux que j'arrête ?

— Non, ça va passer, j'ai simplement besoin de m'y réhabituer.

Je la sonde un instant, peu rassuré.

— Je te fais confiance, Hayden, plus qu'à n'importe qui. Continue.

Après quelques secondes d'hésitation, j'accède à sa demande en m'enfonçant plus profondément. Cette fois, son regard est rivé au mien. J'observe ses pupilles se dilater au fur et à mesure que ma pénétration s'intensifie.

— Tu es si belle, Kaylee, tellement, tellement jolie.

Je commence mes mouvements de va-et-vient, sans lâcher son regard. Ses prunelles émeraude m'ensorcellent, me transportent. Son corps se déhanche au rythme du mien, sa respiration s'intensifie à chaque fois que je m'enfonce en elle.

— Hayden, geint-elle.

— Lâche-toi, *piccola*, laisse-toi aller. Tu es merveilleuse.

J'accélère mes mouvements, sans la brusquer. Chaque coup de rein unit un peu plus mon corps au sien. Je ne suis pas simplement en train de baiser. Non, en scellant nos corps, j'unis nos âmes. Sa peau sous mes doigts, son cœur qui bat, son souffle contre mon oreille… Nous ne formons qu'une seule et même personne. Je lui offre mon cœur dans sa totalité. Jamais auparavant le sexe ne m'a paru si intime, si vulnérable.

Parce que j'aime cette fille, j'aime sa force. Son entêtement, son humour particulier, son rire mélodieux. J'aime qu'elle ait des insécurités, qu'elle ne me cache pas sa vulnérabilité. Je l'aime et je suis complètement foutu, car si elle en venait à me quitter, je ne crois pas que je m'en relèverais.

— Hayden, je…

— Vas-y, *piccola*, ne te retiens surtout pas. Jouis pour toi.

Je donne un dernier coup de rein. Ses paupières se ferment, son vagin se contracte autour de ma verge, ses ongles s'enfoncent dans ma peau. Puis son corps se met à trembler sous mes doigts.

C'est à ce moment-là que je laisse la délivrance s'emparer de moi. Je jouis en elle avant de m'effondrer contre son corps bouillant et trempé.

Je me lève ensuite rapidement pour me débarrasser du préservatif, puis reviens retrouver mon amante pour la loger dans mes bras.

— Tu vas bien ? m'empressé-je de demander.

Elle relève sa tête de sorte à me faire face, mais ses yeux baignés de larmes m'interpellent et accélèrent mon rythme cardiaque en un temps record.

— Kaylee, que se passe-t-il ? Je t'ai fait mal ?

Elle secoue vivement la tête avant d'esquisser un large sourire.

— C'est tout le contraire, Hayden. Tu m'as ramenée à la vie. Je ne me suis jamais sentie autant… autant moi. Merci, merci énormément.

Elle enfouit sa tête dans mon cou alors que mes bras resserrent leur prise.

Je soupire de soulagement, rassuré et comblé par sa réaction.

— Maintenant, va aux toilettes et reviens vite, lui intimé-je.

Elle acquiesce et s'exécute sans broncher.

— Je n'ai pas été trop mauvaise ? demande-t-elle lorsqu'elle réapparaît près de moi.

J'attrape son visage entre mes mains, l'obligeant à me regarder dans les yeux.

— Tu as été merveilleuse. Je ne me suis jamais senti aussi connecté à une personne avant toi.

Alors, comme pour me prouver qu'elle ressent la même chose, elle scelle ses lèvres aux miennes, m'invitant à poursuivre cette belle aventure qui nous attend.

Et simplement, seconde après seconde, je tombe un peu plus amoureux de cette femme.

Chapitre 42
Kaylee

Des bras entourant ma taille me font sursauter soudainement alors que le jet brûlant de la douche continue de me brouiller la vue. Tandis que je me préparais à couper l'eau, une voix que je reconnaîtrais entre mille vient chuchoter à mon oreille :

— Pas de geste brusque, *piccola*. Ce n'est que moi.

Je ne me détends pas pour autant, car la pression de son corps nu contre le mien ravive instantanément le désir ardent que je ressens pour lui. Il le sent et poursuit son manège pour me faire céder. Rien que je ne permettrai pas, évidemment.

Pour être honnête, je n'avais jamais ressenti quelque chose d'aussi puissant. Lorsque Marco a instauré ce blocage sexuel en moi, c'est comme si mon corps avait oublié toute sensation qu'une étreinte intime pouvait lui procurer, comme si je n'avais jamais été consumée d'une telle manière.

D'une certaine façon, c'est le cas. Le sexe avec Marco était différent – je parle du Marco dont j'étais amoureuse, pas de cette espèce de monstre qui a détruit ma vision de l'amour –, il n'était pas mauvais, loin de là. Après tout, c'est lui qui m'a tout appris. Mais j'ai surtout l'impression que la connexion qui nous unissait n'a pas été assez forte pour que je ressente les explosions d'un réel orgasme. Celui qui prend aux tripes, qui transporte jusqu'à en oublier son propre nom. Il m'a suffi d'une seule fois avec Hayden pour comprendre tout ça.

Hayden et moi partageons quelque chose de totalement différent, un lien si fort que je n'arriverai jamais à nommer ni à parfaitement expliquer. J'ai simplement l'impression d'avoir trouvé une moitié de moi en lui, une moitié qui a réanimé la fille meurtrie qui y sommeillait. Un phœnix renaissant de ses cendres. Une vie après la mort. La verdure florissant après l'hiver. Un trop-plein d'émotions qui me terrifie tous les jours.

Peu à peu, je combats mes démons, mais ça ne veut pas dire qu'ils ont disparu, loin de là. J'ai peur de tout détruire, de *le* détruire. La pessimiste en moi ne parvient pas à vivre pleinement son bonheur, pas tant que je n'aurai pas guéri complètement.

Pourtant, quand ses mains parcourent mon corps – comme en cet instant –, j'oublie tout. Je le laisse prendre possession de mon entièreté tout en appréciant chaque minute.

— Je sais que d'habitude on se contente des préliminaires dans la douche, mais j'ai terriblement envie de toi, murmuré-je alors que ma main s'acharne sur son membre.

À la manière dont il durcit, je comprends qu'il ressent la même chose.

— Je n'ai pas de préservatif sous la main, mais je suis clean avec le hockey.

— Et je n'ai touché que toi depuis mes derniers tests. Je prends aussi la pilule.

J'ai d'ailleurs du mal à croire que Marco ne m'a pas refilé la pire des maladies durant ces six mois de captivité. Lorsqu'il abusait de moi, il ne prenait jamais la peine de mettre de préservatif. La pilule était mon seul moyen de contraception mais ne constitue en aucun cas une protection contre les MST.

Par chance, lors de mon retour à Seattle, les résultats se sont révélés négatifs.

Coucher avec Hayden sans protection revient à placer toute ma confiance en lui. Mais si je ne la place pas en la seule personne qui a su m'aider à me réapproprier mon corps, en qui le pourrais-je ?

— Je te fais confiance, articulé-je.

— Je te fais confiance, répète-t-il avant de s'enfoncer en moi.

Il agrippe plus fermement mes hanches tout en laissant son membre coulisser en moi. Nos regards s'accrochent, alors que les va-et-vient se font plus rapides. J'aime le fait que nos regards ne dévient pas, renforçant la réalité de cet acte, de cette intimité inégalable.

Une proximité et une exclusivité totale. Une union de nos âmes au même titre que nos corps. C'est ce qui rend le moment unique, magique et prodigieux.

— Hayden… !

Un dernier mouvement de son pouce sur mon clitoris suffit à m'achever. J'accueille pleinement l'orgasme. Mon corps se contracte, et les soubresauts me font trembler pendant des secondes qui me paraissent interminables. Parfois, je me dis que mourir d'un orgasme serait la mort la plus plaisante qu'une personne pourrait connaître. Un pur instant de bonheur, où tous les ressentis se décuplent en un million de sensations.

Hayden se déverse pour la première fois en moi sans la moindre barrière, me laissant le plaisir d'accueillir sa jouissance et de la laisser se mêler à la mienne. Il me fait de nouveau face et n'a pas besoin de prononcer le moindre mot pour que je comprenne ce qu'il ressent, à ce moment-là.

Aucun mot ne pourra aussi bien exprimer ses émotions que l'intensité de son regard.

Nos lèvres finissent par se rejoindre, achevant ce moment de joie intense. Si tous mes matins ressemblaient à celui-ci, je dormirais tous les jours.

— Mission accomplie, lance Hayden lorsque nous sortons de la salle de bains, tous les deux vêtus d'une simple serviette.

— Tu m'as soudoyée, petit être vicieux.

— Ça n'avait pas l'air de te poser problème lorsque mes coups de reins te procuraient le plaisir de ta vie, se vante-t-il en esquissant un demi-sourire craquant.

Je tire la langue pour toute réponse. Il rit de ma réaction avant de venir entourer ma taille de ses bras.

— Non, plus sérieusement, ça faisait des années qu'une partie de jambes en l'air ne m'avait pas procuré autant de plaisir.

— Que veux-tu, je suis exceptionnelle, plaisanté-je alors que sa remarque me touche plus que je ne le laisse penser.

— Oh oui, tu l'es, ajoute-t-il en enfouissant son visage dans mon cou.

Je l'attire un peu plus contre moi, appréciant pleinement les moments où la chaleur de nos corps se mélange dans une étreinte douce et sans agitation.

— Prêt pour le dernier match du semestre ? murmuré-je contre son oreille.

— Toujours prêt, même si le stress ne disparaît jamais vraiment.

— Le bon stress n'est pas mauvais. Vous avez fait un sans-faute depuis le début de l'année, vous vous entraînez tous les jours comme des malades, il n'y a aucune raison que ça se passe mal, tenté-je de le rassurer.

Il s'éloigne de moi pour me gratifier d'un large sourire.

— Tu seras là ?

Il sait que je ne suis pas la plus grande fan de sport, cependant il m'arrive de faire quelques exceptions. Je les faisais surtout pour Nolan et Clay, à une époque. Mais maintenant que mon copain est le capitaine de l'équipe de hockey, je ne pense pas pouvoir y échapper.

— Je serai là.

— Alors tu as l'obligation de porter mon maillot. Tu seras mon porte bonheur humain et avertiras au passage tout le campus que tu es mienne.

— Hmm, un peu trop possessif à mon goût, Jones. Tu vas me faire fuir en continuant ainsi.

Il rit en secouant vivement la tête.

— Impossible, tu t'ennuierais trop sans moi, affirme-t-il.

— C'est vrai que ton narcissisme légendaire me manquerait terriblement, raillé-je, lui faisant lever les yeux au ciel.

— Pas plus que mon corps de rêve, réplique-t-il.

— C'est toi qui le dis.

— Et tes gémissements par milliers.

Je le fusille du regard à cette dernière mention, ce qui ne fait qu'accroître son hilarité. En couple, peut-être, mais nos joutes verbales ne cesseront jamais. Et honnêtement, elles n'ont pas intérêt.

* * *

— Mais putain, quel con ce Scott ! Entrer dans la zone offensive avant Kyle, il ne connaît pas les règles ou quoi ? grommelé-je depuis mon siège.

Nolan, à mes côtés, explose de rire face à mon investissement démesuré. Bon, il se pourrait que quand je suis totalement impliquée dans quelque chose, je m'emporte un tout petit peu. Mais quand j'ai des petits cons face à moi qui jouent leur place pour les *Frozen Four*, c'est difficile de rester silencieuse.

Voilà plus d'une demi-heure que le match a commencé, et même si les membres de notre équipe ont pris une certaine avance face à Denver, ils ne doivent pas relâcher leurs efforts. Ils ont travaillé trop dur pour ça.

— Parky, tu devrais venir plus souvent, on te nommerait présidente des supporters de l'équipe. Tu as carrément le bon profil, se marre mon crétin de meilleur ami.

— La ferme, Grey. Je ne suis pas une supportrice, j'ai simplement un esprit de compétition supérieur à la moyenne.

— Alors prépare-toi à te battre lorsque les groupies de ton mec sauront qu'il n'est plus libre.

Je grogne en levant les yeux au ciel. Ma relation – depuis qu'elle est officielle – fascine Nolan. Il passe son temps à me rappeler que c'est grâce à lui, et j'en passe. Comme s'il avait réussi l'exploit du siècle. En soi, ce n'est pas faux, mais hors de question d'assumer. Il a passé les dernières heures à me lister les différents surnoms qu'il a trouvés pour notre couple. Ce mec a vraiment cru qu'on était dans un film. Non mais sérieux, il a tout essayé : Haylee, Kayden, Haydlee, Kaylden, Parkjones (affreux, si vous voulez mon humble avis). Enfin bref, un concept qui m'a donné des haut-le-cœur. Mais si je devais choisir, je dirais que Haylee gagne haut la main, même si Kayden n'est pas loin.

Qu'est-ce que je raconte ? Ces surnoms sont aussi débiles que celui qui les a suggérés.

— Je me contenterai d'embrasser leur fantasme en portant son maillot. Pas besoin de s'époumoner pour des idiotes, dis-je en haussant les épaules avec nonchalance.

— Il faudrait déjà le porter, son maillot, me fait-il remarquer en lorgnant sur mon haut.

Ah oui, il se pourrait que je n'aie pas apprécié les ordres du capitaine lorsqu'il m'a assuré que je devais porter son maillot. En toute logique, je l'aurais fait pour lui faire plaisir, mais comme il a souhaité m'imposer sa loi, j'ai voulu le provoquer en portant celui de Kyle. J'ai demandé à ce dernier de m'en apporter un en lui expliquant mes intentions. Il a ri, et juste pour voir la réaction de son pote, a accepté.

J'ai quand même mis celui de Hayden en dessous. J'ai pris celui de Kyle pour la blague mais je suis évidemment ici pour célébrer l'idiot qui fait battre mon cœur. Néanmoins, j'avoue que voir sa tête de jaloux sera amusant.

— Je le porte, mais il ne le verra qu'après avoir compris qu'il n'a pas le droit de m'imposer ses choix.

— Tu es mauvaise, Parky. Mais c'est comme ça que je te préfère, alors bien joué ! ajoute-t-il en tapant dans ma main.

Je ris de sa remarque, puis me reconcentre sur le jeu. Hayden a profité de la minute de pause pour parler à son équipe. Aujourd'hui, j'ai vraiment pris le temps de l'observer dans son environnement. J'ai été fascinée par sa façon de patiner, lors de notre premier rendez-vous, mais là je suis carrément admirative de sa façon de jouer. Malgré son casque et ses mouvements rapides, j'arrive à voir qu'il est vraiment dans son élément. Il dirige son équipe tel un vrai leader, il est fait pour ce rôle.

— Hayden est vraiment trop canon ! Tu crois que j'aurais une chance avec lui, si je lui donnais mon numéro ? souffle une fille à son amie, à quelques sièges du mien.

Nolan et moi tournons la tête au même moment, telles les commères que nous sommes. Surtout que cette fois, le sujet me concerne à moitié.

— Je ne pense pas, j'ai entendu dire qu'il ne sortait avec personne. Il préfère les histoires d'un soir, lui répond sa copine.

Un petit sourire prend forme sur mon visage en constatant que monsieur a bien revu ses priorités depuis que je suis dans sa vie.

Vous avez tous les deux changé, me rappelle ma conscience.

Oui, bon. On ne parle pas de moi, donc stop.

— Et moi j'ai entendu dire qu'il n'était plus un cœur à prendre depuis quelques semaines, s'exclame soudain Nolan, à mes côtés.

Je lui lance un regard interrogateur. Son sourire satisfait ainsi que la tête des deux filles suffisent à me faire lâcher un petit rire.

— Sérieux ? C'est une source sûre ? demande la petite brune.

La source sûre se trouve devant toi, ma belle.

— Plus que sûre, étant donné que Hayden est un de mes meilleurs potes, réplique Nolan.

— Oh, mais oui, tu es Nolan Grey. Tu joues pour l'équipe de basketball et tu sors avec Clay O'Connell, remarque la blonde.

— En chair et en os, mesdemoiselles.

Les filles rient de bon cœur avant de jeter un coup d'œil dans ma direction.

— Et tu dois être la copine de Kyle Jennings, commente la brune en louchant sur mon maillot.

La remarque m'arrache un sourire. *Si vous saviez, mes jolies.*

— Pas exactement, me contenté-je de répondre.

— En tout cas, la copine de Hayden est une sacrée veinarde, même si elle ruine toutes nos chances de passer une nuit de folie avec lui, ajoute la brune.

Je lui lance mon regard le plus noir, prête à sortir les crocs.

— Tout doux, tigresse. Tu lui feras fermer son clapet lorsque tu iras rouler la pelle de sa vie à ton mec.

Je réfléchis au concept un instant avant de hocher fièrement la tête. C'est vrai que ce sera plus satisfaisant, même si je ne suis pas une grande fan des démonstrations publiques. Au moins, elles fermeront leur bouche.

J'ignore donc leurs commentaires et me concentre sur les dernières minutes de jeu. Notre équipe a repris du poil de la bête. Jamie fait une passe à Kyle, qui lui fait une passe à Miles. Hayden se rapproche de la zone offensive, mais un joueur de l'équipe adverse intercepte le palet avant qu'il n'ait pu l'attraper.

Merde.

Miller, le joueur adverse, s'élance en direction de notre zone défensive, puis lance le palet à Carter, un de ses coéquipiers. Ce dernier parvient à atteindre la zone, mais Jake et Elliott, nos défenseurs, parviennent à intercepter le palet avant qu'il n'atteigne les cages. Je soupire de soulagement, puis jette un coup d'œil au chrono.

Mince, plus qu'une minute.

Jake envoie le palet à Jamie, qui le passe à son tour à Clay. Ce dernier sort de la zone neutre afin de repérer Kyle, proche de la zone offensive. Kyle attrape le palet lorsqu'il lui parvient mais se trouve vite bloqué par deux joueurs adverses.

Quarante secondes.

Hayden fait signe à Kyle. Il n'est pas hyper proche de la zone, ce qui constitue un lancer risqué, mais c'est actuellement notre seule chance. Alors Kyle ne réfléchit pas plus et envoie le palet à son meilleur pote, qui l'intercepte avec succès.

Oui !

Hayden ne perd pas plus de temps et fonce en direction de la zone offensive. Par chance, il l'atteint avec succès, laissant le champ libre à ses coéquipiers pour le rejoindre. Il passe le palet à Clay, qui le lui renvoie lorsqu'il est totalement démarqué. Hayden parvient à feinter les défenseurs pour se rapprocher au maximum de la cage.

Quinze secondes.

Il slalome encore un peu, s'arrête face au gardien et calcule son coup. Ma respiration et celle de tout le public se coupe, attendant le moment fatidique.

Allez, piccolo, *rends-moi fière.*

Il se lance enfin, et le palet rentre parfaitement dans les cages ! Tous les supporters se lèvent en hurlant de joie.

— On a gagné, on a gagné ! m'écrié-je en sautant dans les bras de mon meilleur ami.

Celui-ci resserre mon emprise, hurlant à son tour. Je n'ai jamais été aussi impliquée dans un match avant celui-là. On dirait bien que mes sentiments pour leur capitaine ont complètement changé ma vision de la chose.

Nolan et moi rejoignons rapidement les premiers rangs afin de pouvoir féliciter nos copains respectifs. Je cherche Hayden, qui est entouré par des dizaines de fans. Son regard balaye la salle du regard et, lorsqu'il me trouve enfin, il m'adresse le plus étincelant des sourires. Cependant, ce dernier se fane très vite quand il remarque le nom sur mon tee-shirt. La jalousie le consume, j'éclate de rire face à la tête qu'il tire.

Oh oui, ça en valait la peine.

Sauf que lorsqu'une blondinette s'accroche à son cou pour le féliciter, c'est à mon tour de perdre toute joie.

Mon regard s'assombrit. Je m'empresse de retirer ce foutu maillot. Il est temps de marquer mon territoire une bonne fois pour toutes. Je rejoins les tourtereaux à une vitesse qui m'était jusque-là inconnue.

— Tu as été super, Hayden. Ça te dit, de venir fêter ça avec moi ? demande-t-elle en lui lançant un large sourire.

Hayden refuse un peu sèchement avant de la contourner, puis son regard accroche à nouveau le mien. La fierté envahit son visage lorsqu'il aperçoit mon maillot. Il ne lui en faut pas plus pour m'attraper dans ses bras.

— Tu aimes me rendre fou, *piccola*, murmure-t-il avant de plaquer furieusement ses lèvres sur les miennes.

Je frissonne à ce contact. L'intensité du baiser me submerge immédiatement. C'est comme si le monde autour de nous disparaissait, comme si rien d'autre ne comptait. Nos corps se pressent l'un contre l'autre, chaque seconde semble suspendue dans l'air.

Hayden s'écarte de moi brièvement pour me contempler de son regard émerveillé.

— Pourquoi tu me regardes comme ça ? demandé-je en arquant un sourcil.

— Je t'aime, lâche-t-il soudainement.

Je me décompose face à ces trois mots. Je savais que c'était le cas, mais je n'étais pas préparée à les entendre si soudainement. Pas alors qu'ils sont encore capables de me faire flipper. Hayden le remarque et s'empresse d'encadrer mon visage de ses mains.

— Tu n'es pas obligée de répondre quoi que ce soit. J'avais simplement besoin de te le dire, me rassure-t-il alors que mes yeux s'embuent.

— L'envie de t'aimer me terrifie. Parce que mon amour n'amène que chaos et destruction. Si je te brisais, je n'y survivrais pas, avoué-je en baissant la tête.

Comme à son habitude, il s'empresse de la relever en plongeant ses prunelles dans les miennes et caresse délicatement mon visage.

— Tu ne me briseras pas. Tu es celle qui a recollé les morceaux d'un cœur en miettes, Kaylee. Je suis fou de toi, et rien sur Terre ne m'empêchera de t'aimer comme je le décide.

Puis, comme pour étouffer mes pensées, il scelle à nouveau ses lèvres aux miennes, me laissant prisonnière d'un tourbillon de sentiments. Entre soulagement et terreur. Un paradoxe qui résume parfaitement la personne que je suis.

Suis-je vraiment capable de t'aimer comme tu le mérites, Hayden ?

Chapitre 43
Hayden

— Prête pour ce dernier jour d'exams ? demandé-je à Kaylee en la rejoignant à table.

Je dépose un baiser sur sa tempe avant de m'asseoir face à elle.

Elle hoche la tête mécaniquement mais garde les yeux rivés sur son téléphone. Ça va faire quelques jours que son corps est présent mais que son esprit est complètement ailleurs.

Je ne sais pas si c'est à cause du stress des partiels, mais Kaylee n'est plus vraiment elle-même.

Enfin si, seulement c'est surtout son côté du début de notre coloc qui ressort en ce moment. Elle n'est pas aussi froide qu'elle a pu l'être à une époque, mais elle n'est plus du tout aussi heureuse.

Elle s'enferme tous les jours dans sa chambre et n'en ressort que pour se rendre à l'université, prendre son repas ou aller travailler.

Elle ne me parle presque pas. Je reçois uniquement des réponses monosyllabiques, ce qui a le don de m'inquiéter.

Les partiels ont commencé en début de semaine et se terminent aujourd'hui. Je pense que tous les étudiants sont sous tension. On veut tous valider notre semestre sans souci, mais pour certains, les notes comptent énormément.

C'est le cas de ma copine. C'est une excellente élève qui n'a pas l'habitude d'échouer. Je pense que la promesse qu'elle a faite à sa grand-mère joue pour beaucoup. Mis à part ça, Kaylee est intelligente, c'est une vraie battante et elle n'a pas pour habitude de faillir à ses objectifs.

Alors peut-être que c'est uniquement le stress qui la fait agir ainsi, et non un aveu de ma part.

Évidemment, je n'arrête pas d'imaginer que ça vient de moi, de ce que je lui ai dit le jour du match. Dans l'euphorie du moment, je lui ai avoué que je l'aimais, et j'ai bien vu, à la façon dont son visage se décomposait, que ça l'avait chamboulée plus que je ne pouvais l'imaginer.

C'était peut-être trop tôt… ou peut-être pas. Honnêtement, je n'avais plus jamais ressenti ce genre de chose pour une fille après Heather, alors j'étais complètement paumé. Au fond de moi, je sais que je l'aime, et j'avais besoin qu'elle le sache aussi. Qu'elle ne se sente plus seule et qu'elle comprenne que je suis là pour le long terme. Que je ne la lâcherai jamais.

Pourtant, j'ai l'impression que ça lui a fait l'effet inverse.

L'envie de t'aimer me terrifie, parce mon amour n'amène que chaos et destruction. Et si je te brisais, je n'y survivrais pas.

Cette phrase tourne en boucle dans ma tête depuis qu'elle l'a prononcée.

Je ne compte pas m'avouer vaincu pour autant. Je vais lui prouver que notre amour sera l'exception. Qu'avec moi, elle n'a plus à avoir peur. Je compte l'aimer, la protéger. L'éloigner de tout malheur. Je ne veux plus la voir douter, ni se renfermer. Je veux que son sourire et sa joie de vivre perdurent. Je souhaite que la Kaylee de ces dernières semaines ne la quitte jamais. J'ai besoin qu'elle y croie autant que moi, qu'elle ne l'oublie jamais.

— Tu vas bien, *piccola* ? Je te sens ailleurs depuis quelques jours.

Son regard rencontre le mien durant quelques secondes. C'était court, mais j'ai quand même réussi à y voir des émotions négatives. Un mélange de tristesse, de peur et d'inconfort.

Non, elle ne va pas bien, et je suis incapable d'en comprendre la véritable raison. Pas tant qu'elle décidera de garder le silence.

— Ne t'en fais pas, c'est simplement le stress des examens, tente-t-elle de me rassurer après quelques minutes de mutisme.

J'attrape sa main au-dessus de la table, la presse avec douceur pour lui intimer de me regarder dans les yeux, ce qu'elle peine à faire. Et ça, c'est bien la preuve que quelque chose cloche. Kaylee sait à quel point nos discussions par le regard sont importantes.

— Tu es sûre que ça ne vient pas de moi ? Tu m'en veux de ce que j'ai pu dire, la semaine dernière ?

Je sais qu'elle préférerait que je ne le mentionne plus. D'ailleurs, depuis ce jour, je n'ai plus prononcé ces trois mots. Elle n'est pas encore prête à les entendre à nouveau, alors j'irai à son rythme. Mais la voir s'éloigner me tue.

Je ferai tout ce qu'elle demande tant qu'elle ne m'évite plus.

Comme pour me rassurer, elle presse ma main avant de m'adresser un petit sourire qui n'atteint pas ses yeux.

— Tout va bien entre nous, Hayden. Il faut juste que la pression redescende, ne t'en fais pas.

Elle dépose un dernier baiser sur ma main avant de se lever pour me fausser compagnie, rejoint sa chambre pour récupérer ses affaires, puis se dirige ensuite vers la sortie.

— Tu as besoin que je te dépose ? J'ai encore deux heures devant moi, mais je peux y aller plus tôt pour toi, proposé-je en la rejoignant dans l'entrée.

— Pas la peine de te déranger, Nolan se charge de moi aujourd'hui. On se voit ce soir, bonne chance pour tes examens.

Elle dépose un chaste baiser sur mes lèvres puis quitte l'appartement sans un regard pour moi.

Une petite boule nerveuse se loge au creux de mon ventre, une sorte de mauvais pressentiment qui ne va pas me quitter de sitôt.

Putain, Kaylee, qu'est-ce que tu me fais ?

* * *

— Alors, qu'est-ce que les Jennings ont prévu pour les vacances ? questionné-je Kyle lorsque nous rejoignons notre table, à la cafétéria.

— Nous allons affronter les pistes de ski, comme chaque année, à Aspen.

— Ma Cooper préférée est-elle de la partie ?

Kyle lève les yeux au ciel face à mon sarcasme. Ah, je ne me lasserai jamais d'embêter sa brunette préférée, elle mérite chacune de mes attaques.

Nous avons passé notre première épreuve de la journée, ce matin. En ce qui me concerne, il me reste l'épreuve de criminologie et de droit du travail. Deux matières avec lesquelles je suis particulièrement à l'aise, alors je ne m'en fais pas.

J'ai beaucoup révisé, je suis sûr de rendre un travail excellent. Autant reprendre des forces et penser à autre chose le temps du repas.

J'ai essayé de joindre Kaylee pour savoir comment ça s'était passé pour elle, mais je n'ai eu aucune réponse. J'en ai déduit qu'elle ne déjeunerait pas non plus avec moi. Je vais la laisser se terrer dans son coin pour la journée, et ce soir, nous aurons une vraie discussion.

Je ne peux pas la laisser me fuir de la sorte sans explication. Cette situation va finir par me rendre fou.

— Normalement, elle vient avec ses parents. C'est une sorte de tradition, elle n'a pas intérêt à la louper, répond-il, peu sûr de lui.

— Un nouveau tournage en vue pour elle ?

Il hoche la tête, visiblement peu ravi de la nouvelle.

— Ouais, une connerie de romance qui devrait débuter en janvier, mais la date n'est pas encore fixée et il se pourrait qu'il commence un peu plus tôt.

— Comme pendant vos supers vacances traditionnelles ? deviné-je.

Il opine à nouveau en soupirant longuement. Kyle a toujours soutenu Avery dans ses plans de carrière. Depuis sa tendre enfance, elle savait qu'elle suivrait les pas de ses parents dans le monde du cinéma, et mon meilleur pote a été son premier fan. Pourtant, plus la célébrité lui monte à la tête, plus son comportement change, plus les hommes défilent à son bras et plus mon meilleur ami déprime.

Ce qu'il aimerait, c'est avoir une vraie relation avec Avery. Il ne souhaite pas forcément être médiatisé mais voudrait que le monde sache que la femme qu'il aime n'est pas libre et qu'elle ne le sera plus jamais. C'est tout à son honneur, il l'aime et ne veut pas que ça s'arrête.

— Parle-lui, Kyle. Arrête de la ménager en gardant tout pour toi. Si tu veux que les choses changent, donnes-en-toi les moyens ! T'es plus fort que ça, merde !

Il fronce les sourcils face à ma véhémence. J'y suis peut-être allé un peu fort, mais avec tout ce qui se passe entre Kaylee et moi, les problèmes de communication me bouffent.

— Excuse-moi, c'est juste cette situation avec Kaylee qui me rend à cran, avoué-je en baissant le ton.

— Que se passe-t-il ? demande-t-il, soudainement préoccupé.

Je pousse un long soupir de fatigue avant de basculer la tête en arrière.

— Elle est étrange depuis quelques jours. J'ai la sensation qu'elle m'évite sans que je ne sache pourquoi. Enfin, j'ai ma petite idée, mais elle persiste à me dire qu'il s'agit uniquement du stress.

— Tu penses que c'est quoi ?

— Un aveu que je lui ai fait, le jour du match.

Il arque un sourcil, m'invitant à en dire plus.

— Je lui ai dit que je l'aimais. Je ne sais pas si j'en avais besoin ou si c'était simplement l'euphorie du moment, mais je le lui ai avoué et elle n'a pas vraiment réagi.

— Elle a simplement flippé, tu dois la rassurer.

— C'est ce que j'ai fait. Je lui ai dit qu'elle n'avait pas besoin de me répondre, que je voulais simplement qu'elle le sache. Sur le moment, ça a eu l'air de lui convenir. Puis le week-end est passé, et son comportement a complètement changé.

— Tu es sûr qu'il n'y a pas autre chose ?

— Je n'en sais rien et je ne le saurai pas tant qu'elle ne se décidera pas à communiquer, soupiré-je.

Kyle ne répond pas pendant quelques minutes, cherchant probablement les bons mots. Sa situation est aussi merdique que la mienne ; un jour tout va bien, tu es heureux, ta copine te rend la vie facile malgré son caractère, et le lendemain, elle se renferme puis te laisse dans une incompréhension totale.

Ma vie est superbe.

— Tu dois la forcer à te parler. Ce soir, dès que tu rentres, ne perds plus de temps. Elle a sûrement un nouveau blocage qui ne se réglera qu'avec une discussion, finit-il par me conseiller.

Je hoche la tête, déterminé à enfin lui tirer les vers du nez.

Tu veux me fuir, piccola, *sache que je te suivrai où que tu ailles. N'essaye même pas de m'échapper.*

* * *

J'arrive à l'appart' sur les coups de dix-huit heures, les mains pleines de bonnes choses.

Après avoir terminé mes examens, je n'avais toujours pas de nouvelles de Kaylee. Je ne sais pas si elle se sent mieux maintenant que tout est fini, mais je n'en ai pas tenu compte. À la place, je me suis rendu dans son resto italien préféré, celui qui lui rappelle tant les plats de sa grand-mère, et y ai pris tout ce qu'elle aime.

Ce soir, on va avoir une discussion. On va mettre nos sentiments sur la table et extérioriser toutes nos peurs. Si on veut que cette relation fonctionne, on doit communiquer. Et si elle veut fuir, je l'en empêcherai.

Parce que cette chieuse, en peu de temps, est devenue mon putain d'univers. Je refuse de la laisser s'éteindre à petit feu dans ses non-dits. Elle mérite d'avoir quelqu'un auprès d'elle, quelqu'un qui la rassurera et l'aimera quoi qu'il en coûte.

— *Piccola* ! Je suis rentré ! m'exclamé-je assez fort pour qu'elle m'entende.

Je dépose les sacs sur la table basse du salon, m'attendant à la voir arriver dans les secondes qui suivent, mais rien ne se passe. Toujours ce silence dérangeant, et cette sensation étrange dans mon estomac qui refuse de s'en aller.

Bien, elle veut se terrer dans sa chambre, je viendrai à elle.

— Kaylee, je…

Je m'interromps lorsque je pousse la porte de sa chambre : aucune trace de Kaylee. Son dressing est ouvert, et la plupart de ses vêtements ont disparu. Les cadres photos sur sa table de chevet ont subi le même sort, et son lit est complètement fait.

Une lettre sur ce dernier m'interpelle. *Non, pitié, faites que ce ne soit pas ce que je pense.*

Mais le « Cher Hayden » en haut de la page m'indique le contraire.

Cher Hayden,

Je ne sais pas par où commencer, je suis plutôt douée avec les mots habituellement. Pourtant, cette fois-ci, je peine à trouver quoi dire. Surtout parce que les sentiments sont impliqués, et que je ne sais pas les gérer.

Je sais que tu vas me traiter de lâche de faire ça par écrit. De n'être même pas fichue de te regarder en face pour te le dire. Mais tu sais comme moi qu'il me sera impossible de prendre cette décision en te regardant dans les yeux. Tu sais que je serais incapable de partir, si tu me suppliais de rester. Et je sais pertinemment que tu le ferais parce que tu es un battant aussi têtu que moi.
Tu n'abandonnes jamais.

Tu m'as tellement aidée, Hayden, tu n'imagines même pas.

Ce qu'on a vécu, c'était beau, magique. Presque utopique. J'ai ri, j'ai découvert des sensations aussi apaisantes qu'incroyables. Tu as fait de moi, le temps d'un semestre, une femme qui pourrait aspirer à mieux, à tout. Mais ce n'était qu'une fantaisie. Une micro-période qu'on m'a accordée pour me permettre de rêver rien qu'un instant. Puis la réalité a refait surface et m'a rappelé que ce n'était pas ma vie, que ça ne pourrait jamais l'être. Peu importe à quel point je le souhaite. Cet univers n'est pas le mien. Je ne le mérite pas. Je ne te mérite pas. Tu es un homme bon, Hayden, mieux que ça, et tu mérites quelqu'un d'aussi fort et lumineux que toi. Pas le tas de cendres que je suis devenue au fil des années.

Crois-moi, j'aurais aimé être celle qu'il te faut. Celle qui pourrait t'aimer inconditionnellement et rattraper toutes les conneries de ta mère biologique. Tu as déjà trop souffert, je ne peux pas te laisser plonger avec moi.

Merda, Amore, Rappelle-moi Comment Oublier Et Supprimer Tout ce bonheur que tu M'as procuré. J'aurais tellement aimé pouvoir te présenter à ma grand-mère, te montrer ma ville natale et tout ce qui a fait de moi une personne heureuse pendant dix-sept ans. J'aurais aimé te montrer ma maison du lac, celle qui a bercé mon enfance. Celle où j'ai laissé mes meilleurs souvenirs, en compagnie de mes parents.

Tu m'as ramenée à la vie, et pour ce court instant de bonheur complet, je te serai à jamais reconnaissante.

Je t'en prie, ne cherche pas à me contacter. Laisse-toi être heureux, trouve une femme qui sera capable de te combler comme tu le mérites. J'ai juré de te protéger à mon tour, mais je serai à jamais le plus grand danger de ta vie.

Je resterai chez Nolan le temps du week-end. Il part avec Clay pour deux jours. Ensuite, je rentrerai à

Seattle pour les vacances et reviendrai à Boston pour terminer mes études. Je prendrai une chambre sur le campus et viendrai récupérer le reste de mes affaires.

Merci pour tout, mon amour.
Je n'oublierai jamais tout ce que tu as fait pour moi.

Addio[1], Kaylee

1. *Adieu.*

Non, non, non, elle n'a pas le droit de me faire ça, elle n'a pas le droit de tout abandonner comme ça !

Je dégaine mon téléphone et compose son numéro aussi vite que possible. Évidemment, c'est son répondeur qui m'accueille.

— Kaylee, réponds-moi, s'il te plaît. N'abandonne pas tout, tu es forte, tu es plus forte que ce que tu imagines. Ne me laisse pas, je t'en prie !

Tu es un homme bon, Hayden, mieux que ça, et tu mérites quelqu'un d'aussi fort et lumineux que toi.

— Je me fous de mériter mieux ou de vivre ma vie comme je le devrais. Elle n'a aucun putain de sens si tu n'en fais pas partie, *piccola*. Aucun ! Tu m'entends ?!

Bien sûr que non, elle ne t'entend pas. Tu parles à un putain de répondeur, petit con.

Tant pis. Elle veut fuir ? Pas tant que je n'aurai pas tout essayé.

J'arrive devant la porte de Nolan et Clay une quinzaine de minutes plus tard. Je n'ai jamais roulé aussi vite de ma vie. Je frappe plusieurs fois, hurlant le nom de ma copine. Parce que oui, elle est toujours ma copine et le sera tant qu'elle ne m'aura pas dit le contraire en face.

— Kaylee, ouvre cette porte. S'il te plaît, ouvre cette porte ! l'imploré-je.

Mais rien. Pas de bruit, pas de mouvement, juste cet atroce silence qui me bouffe de l'intérieur.

— J'ai simplement besoin d'entendre ta voix. S'il te plaît, balance-moi même des horreurs, je m'en fous, mais ne m'administre plus ce traitement silencieux. Je déteste ça. S'il te plaît, *piccola,* ouvre la porte. Discutons et trouvons une solution ensemble.

Toujours rien. Alors je m'écroule contre cette porte en continuant de frapper jusqu'à ce qu'un brin d'espoir se manifeste.

Chapitre 44
Hayden

Deux jours.

Quarante-huit heures.

Deux mille deux cent quatre-vingts minutes.

Cent soixante-douze mille huit cents secondes.

Voilà combien de temps s'est écoulé depuis que mon monde s'est écroulé. Deux jours sans dormir, deux jours sans ses bras, sans entendre son rire, sans son contact. Deux jours où mes pensées ne l'ont pas quittée : ses cheveux de feu, ses yeux émeraude, ses taches de rousseur, son sourire étincelant. Deux jours qu'elle m'a arraché tout ça, en me fuyant. En *nous* fuyant.

On avait réussi à construire quelque chose de beau, de partiellement stable. Quelque chose qui nous ressemble et qui ne nous forçait pas à entrer dans de stupides cases. On avait trouvé en chacun un repère, une autre moitié de nous. Celle qui remplacerait la partie brisée par la vie, celle qui devait rejoindre la partie vivante pour nous maintenir vivants.

J'avais enfin trouvé celle aux côtés de qui je voulais tout affronter, celle qui me redonnait espoir en ce monde trop bousillé.

Putain, pourquoi m'a-t-elle fait ça ? Pourquoi a-t-elle tout abandonné ? Pourquoi n'a-t-elle pas décidé de se battre pour moi, pour nous ? Pour ce bonheur qui nous tendait les bras chaque jour.

Je savais pertinemment que tout ne se réglerait pas en un clin d'œil. Je suis un idéaliste mais je sais être réaliste quand il le faut.

Il était évident qu'elle aurait besoin de plusieurs années pour enfin ressentir le bonheur qu'elle mérite.

Marco a ruiné une partie de sa vie, pourtant ça ne veut pas dire qu'elle est condamnée à n'être que l'ombre d'elle-même. Elle avait simplement besoin qu'une personne lui rappelle qu'elle est humaine, qu'elle n'a pas mérité ce qu'on lui a fait vivre, qu'elle peut aspirer à mieux, à tout.

Son odeur me manque, sa peau lisse et douce me manque. Ses cicatrices, ses imperfections. Tout ce qui fait d'elle un être unique me manque.

Elle s'est infiltrée sous ma peau, dans mon cœur, et refuse catégoriquement d'en sortir. Mon cœur, je le lui avais confié, et elle n'a pas su le maintenir en vie. Elle a finalement réussi à l'écraser pour n'en laisser que des fragments.

Honnêtement, si elle ne l'a pas, je n'en veux plus. Il a été sien dès le moment où je le lui ai offert. Il est sien, son sort a toujours été entre ses mains.

Il ne lui a fallu que trois mois pour chambouler ma vie. Trois mois pour faire de moi quelqu'un de nouveau, trois mois pour réparer mon cœur meurtri. Et une seule lettre pour l'anéantir à nouveau.

Comment peut-on tomber amoureux aussi ardemment en seulement trois mois, merde ? N'y a-t-il pas de règles pour ce genre de choses ? N'est-on pas censé suivre un putain de protocole afin de protéger notre cœur ?

Dans tomber amoureuse, il y a « tomber ». Et si je dois à nouveau le faire, je serai incapable de me relever.

Je me souviendrai toujours de cette phrase. J'avais du mal à l'appréhender réellement. Même ma rupture avec Heather ne me l'a pas fait ressentir, et pourtant, je suis resté trois ans avec elle.

Il ne m'a fallu que trois mois avec la bonne pour vraiment comprendre la douleur d'un cœur brisé.

Parce que Kaylee n'est pas qu'une simple fille, une simple colocataire ou une amourette de passage. En trois mois, elle m'a fait ressentir des choses dont je ne soupçonnais même pas l'existence. Elle a transpercé mon âme pour la lier à la sienne de sorte qu'ensemble, on soit plus forts, et que séparés, tout s'effondre.

Elle est devenue une moitié de moi. Une moitié qui aura toujours besoin de l'autre pour fonctionner.

L'envie de t'aimer me terrifie. Parce que mon amour n'amène que chaos et destruction. Et si je te brisais, je n'y survivrais pas.

Ce n'est pas ton amour qui m'a brisé, *piccola.* C'est plutôt ta réaction face à celui-ci, qui s'en est chargée.

Malgré tout, je sais qu'elle m'aime autant que je l'aime. Elle n'a pas besoin de le dire, ses yeux ont toujours parlé pour elle, pour nous. Nos cœurs se sont liés, et notre langage corporel est devenu plus fort que n'importe quel mot. J'aurais dû le comprendre plus tôt avant de tout faire foirer.

Mais n'est-ce pas ce que je fais tout le temps ? Pas assez bien pour que ma mère veuille de moi. Pas assez bon pour que mon premier amour ne me quitte pour un autre. Pas assez bon pour garder mon âme sœur lorsqu'elle se présente à moi.

Finalement, l'amour, c'est vraiment des conneries. On vient au monde seul, et c'est ainsi que nous devons terminer notre vie.

* * *

— Jones ! Jones, ouvre cette putain de porte !

Des hurlements me parviennent depuis la porte d'entrée, mais je suis beaucoup trop torché pour me lever. Qui que ce soit, il s'en ira, comme ils le font toujours.

Je ferme à nouveau les yeux, priant pour enfin partir dans un monde où la peine et la souffrance n'existent pas.

Lorsque le sommeil m'emporte enfin, un liquide glacé me réveille soudainement, me forçant à me lever en sursaut. Un cri de surprise s'échappe de mes lèvres.

— Putain ! Qu'est-ce que c'est que cette merde ?!

— Ta punition pour avoir fait le mort pendant deux jours, connard ! crache Kyle en apparaissant devant moi.

Ses yeux n'ont jamais été aussi sombres. Son visage est rouge de colère, figé dans une expression complètement terrorisée. Il tient un seau, sûrement celui qui contenait l'eau glacée qui dégouline désormais sur mon corps.

— Tu peux me dire pourquoi tu ne réponds pas à ton putain de téléphone ? Et pourquoi tu empestes l'alcool comme un vulgaire ivrogne ? Où est Kaylee, d'ailleurs ? déblatère-t-il alors que mon crâne menace d'exploser.

Putain, mais ne peut-il pas se taire à la fin ?!

— Arrête de hurler, tu me détruis la tête, finis-je par dire en me massant les tempes.

Je ne sais pas si j'ai un peu dormi, je ne sais plus quelle heure il est. Honnêtement, j'ai arrêté de compter lorsque deux jours complets sont passés. Je me suis simplement bourré la gueule. Comme si plus rien n'avait de sens, maintenant.

— Elle m'a quitté, c'est fini… C'est fini.

Puis, sans que je ne puisse les contrôler, les larmes dévalent mes joues.

— Putain de merde. Ok, on va aller te doucher, t'habiller, et on discutera après. Mais pour l'instant, on doit te remettre un minimum sur pied, me dit Kyle en s'approchant de moi.

Je ne capitule pas. S'il a envie de me remettre debout, qu'il fasse tout le boulot. Je ne lui ai rien demandé.

Il parvient ainsi à me lever sans trop de difficulté et à me mener jusqu'à la salle de bains.

* * *

— Ok, maintenant que tu es tout frais, que tu as mangé et ingurgité l'équivalent d'un bol de café, tu vas m'expliquer tout ce bordel, s'exclame Kyle en essayant de rester le plus calme possible.

Je n'ose pas croiser son regard, pas après l'état pitoyable dans lequel il m'a trouvé. J'ai déjà été vulnérable devant lui, mais je ne me suis jamais autant effondré. Je n'ai jamais bu au point de perdre connaissance, jamais au point de ne plus savoir où je suis. Et il a fallu qu'une petite rousse d'un mètre soixante-dix me brise le cœur pour que ce jour arrive.

Kyle était vraiment paniqué lorsqu'il m'a trouvé, je crois que je ne l'avais jamais vu aussi effrayé avant aujourd'hui. D'après lui, je ne réponds pas à mon téléphone depuis deux jours, et mes parents sont terriblement inquiets.

Honnêtement, je n'avais même pas remarqué que le temps avait filé si vite. J'ai passé toute la nuit de vendredi devant la porte de Nolan et Clay à espérer que Kaylee m'ouvre enfin, mais elle n'en a rien fait. Elle m'a laissé effondré sur ce foutu palier comme un chien. Et le pire, c'est que je ne lui en veux toujours pas, je n'arrive pas à m'y résoudre.

— Elle m'a laissé une foutue lettre de rupture et s'est barrée. Il n'y a rien d'autre à expliquer, Kyle. Elle a tout simplement abandonné.

La surprise se lit clairement dans ses yeux, comme si ce genre d'action ne collait pas avec le personnage alors que c'est tout le contraire. C'est comme ça qu'on l'a connue : brisée et lâche, fuyant le contact humain pour se protéger.

— Putain, après tout ce qui s'est passé entre vous, je ne l'aurais pas imaginée faire un truc pareil. Ça ne lui ressemble tellement pas.

— Je pense plutôt que ça colle parfaitement, lâché-je d'un air blasé.

Mon meilleur ami ne répond rien et fixe le mur face à lui pour réfléchir calmement à tout ce merdier.

— Tu as essayé de l'appeler ? me demande-t-il finalement.

Un petit rire sans joie m'échappe. Il croit vraiment que je me suis simplement contenté de lire sa lettre, sans me battre un minimum ?

— Évidemment, que je l'ai fait. Elle m'a dit dans sa lettre qu'elle passerait le week-end chez les *Nolay*, alors j'ai foncé là-bas. J'ai attendu toute la nuit devant cette putain de porte, espérant qu'elle se montre enfin, qu'on ait cette foutue discussion, mais rien. Une nuit à me casser le dos pour rien du tout. Elle est partie définitivement et m'a juste laissé un cœur en miettes pour unique souvenir.

Je me prends la tête dans les mains, espérant ressentir un minimum de colère pour ne pas m'effondrer comme une pauvre loque. Je ne pensais même pas qu'un simple être humain pouvait jouer sur notre mental à ce point. Et je ne pensais pas qu'une simple colocation avec la fille la plus énervante de l'univers pouvait me laisser dans un état pareil.

Je ne peux m'en prendre qu'à moi-même. Depuis le départ, elle m'a prévenu que ça me retomberait dessus. À croire que j'aurais vraiment dû l'écouter.

— Tu veux que j'essaie de l'appeler ? Peut-être qu'elle acceptera de me parler ? propose Kyle, peu convaincu.

Je secoue la tête en lui adressant un petit sourire de remerciement.

— Elle ne te répondra pas. Tu es peut-être son ami mais tu es mon frère, elle sait pertinemment que je serai près de toi.

Il affiche une moue résignée en se pinçant les lèvres. Il sait que j'ai raison, qu'aucun de nous n'arrivera à la joindre tant qu'elle cherchera à fuir. Que peut-on faire de plus à part accepter ?

— Je crois qu'il n'y a plus rien à faire, Kyle. Je vais passer les vacances chez mes parents, essayer de faire mon deuil. Et je poursuivrai l'année comme j'avais prévu de le faire.

— Alors tu vas simplement abandonner ? Après tout ce que vous avez vécu ? Après la façon dont vous avez évolué, tous les deux ? Vous pensez réellement que je vais vous regarder dépérir loin de l'autre ? Non, pas moyen, déclare-t-il en me fusillant du regard.

J'ai presque envie de sourire face à sa détermination. Il veut s'accrocher à quelque chose qui n'a plus d'avenir, je ne peux pas forcer Kaylee à m'aimer ni à accepter ses sentiments pour moi.

Putain, mais non, ça ne me ressemble pas. Depuis quand est-ce que j'abandonne aussi vite ? Je n'ai pas passé des semaines à lui prouver qu'elle n'était pas brisée pour abandonner au premier obstacle.

— Il faut que je la trouve. À quelle heure Nolan et Clay reviennent ? demandé-je en me levant brusquement.

Un sourire satisfait s'épanouit sur le visage de mon ami. Il jette un coup d'œil à son téléphone pour regarder l'heure, puis me répond :

— Ils devraient déjà être là.

Je ne perds pas plus de temps et fonce jusqu'à l'entrée pour rejoindre la porte, mais lorsque je l'ouvre, je m'arrête brusquement en voyant deux silhouettes se matérialiser devant moi. Deux silhouettes qui ne sont pas censées être ici. À moins que…

— Est-ce qu'elle vous envoie ? interrogé-je Nolan et Clay d'une voix pleine d'espoir.

Les deux se jettent un regard interrogateur avant de froncer les sourcils.

— De quoi tu parles, Hayden ? me demande Clay comme si je parlais une autre langue.

— Kaylee, est-ce qu'elle est encore chez vous ?

Encore une fois, ils n'ont pas l'air de comprendre. Kyle nous rejoint au même moment et invite les tourtereaux à nous suivre dans le salon.

— Bon, maintenant quelqu'un va nous expliquer pourquoi tu es dans un état pareil ? Pourquoi tu nous parles de Kaylee ? Où est-elle ? lance Nolan, inquiet.

— C'est à toi de me le dire. Elle a passé le week-end chez vous, non ?

— Chez nous ? Absolument pas. On n'était pas là de tout le week-end, je venais justement la voir avant son départ pour Seattle.

— Attends, attends, comment ça elle n'était pas chez vous ? Tu es sûr de toi ? Elle ne t'en a peut-être pas parlé.

Il secoue la tête en fronçant un peu plus les sourcils.

— Elle n'a plus la clé depuis qu'elle vit avec toi, impossible qu'elle soit venue chez nous.

Je jure avant de renverser le contenu de ma commode au sol. Putain, mais où est-elle ? Pourquoi m'a-t-elle menti ? A-t-elle finalement changé d'avis et est partie pour Seattle plus tôt ? Mais dans quel but ? Pourquoi m'induire en erreur ?

— Pourquoi penses-tu ça, Hayden ? Que s'est-il passé entre vous ? Vous vous êtes disputés ? intervient Clay, d'une voix plus posée.

— Elle ne vous en a pas parlé ? Elle m'a largué en me laissant une lettre et a foutu le camp ! Elle m'a dit qu'elle passait le week-end chez vous et qu'elle partirait ensuite pour Seattle.

Mes amis ont vraiment l'air surpris, comme s'ils n'avaient pas parlé avec elle de la semaine, comme si j'étais le seul dingue à m'être rendu compte de son putain de changement de comportement.

— Je ne l'ai même pas vue, ces derniers jours. Elle m'a envoyé un message pour me dire qu'elle serait trop occupée à réviser pour qu'on passe du temps ensemble, m'informe Nolan.

— Mais vendredi ? Elle m'a dit que tu passais la chercher ?

À nouveau, il secoue la tête de gauche à droite.

— Impossible, j'avais mon dernier examen à huit heures, et on a pris la route autour de dix heures.

Putain, quel cauchemar ! Plus je parle, plus j'ai l'impression qu'elle a passé sa semaine à me mentir.

Que s'est-il passé, piccola *? Pourquoi étais-tu si distraite ? Pourquoi n'as-tu pas contacté ton seul véritable ami ? Pourquoi t'es-tu éloignée de tout le monde ?*

— Hayden, si même Nolan n'est au courant de rien, c'est que ça doit être plus grave que ça, déclare Kyle sérieusement.

Mon corps se tend à cette hypothèse. Et si elle avait fait une connerie ? Si sa lettre était en fait un adieu et qu'elle avait brouillé les pistes pour qu'on ne l'empêche pas de faire ce qu'elle avait en tête…

Non, putain, non. Je ne veux pas penser à ça.

— Tu as dit qu'elle t'avait laissé une lettre ? Que disait-elle ? me questionne Clay.

Je ne réponds pas tout de suite, essayant de me souvenir de ses mots, mais rien ne me vient. Je fonce alors dans sa chambre pour la trouver là où je l'ai laissée la première fois, puis reviens rapidement dans le salon et la pose sur la table afin de permettre à tout le monde de la lire.

J'essaye de trouver le moindre indice, celui qui me permettrait enfin de comprendre son geste.

— Rien d'anormal, une simple lettre d'adieu, commente Clay en la parcourant du regard.

J'essaye de réfléchir à tout ce qu'elle a pu me dire par le passé. Il y a forcément un truc qui va finir par me revenir. Kaylee est forte pour dissimuler des choses à travers de simples mots. Peut-être qu'un détail m'échappe, que ce mauvais pressentiment n'est pas celui auquel je pensais. Peut-être qu'il y a quelque chose de bien plus terrifiant.

Et c'est à ce moment que je le vois, ce mot qui la répugne.

— *Amore*, elle m'a appelé *Amore*, m'écrié-je soudainement.

— Et ? Ça ne veut pas dire « amour » en italien ? me demande Kyle.

— Si, mais elle déteste ce surnom. C'est ainsi que l'appelait son connard d'ex. Elle ne m'appellerait jamais comme ça si tout allait bien. Et puis, elle a commencé sa phrase par « *merda* », j'ai pris des cours et un italien dirait plutôt « *cazzo* ».

Réfléchis, Hayden, réfléchis.

Je suis sûr qu'elle m'a déjà dit quelque chose à propos des lettres et de son passé.

Putain, qu'est-ce que c'était ?

Je parcours la lettre encore et encore, espérant trouver la pièce qu'il me manque.

— Putain, je sais !

Merde, pourquoi n'y ai-je pas pensé avant ? Elle m'a dit qu'avec son père, ils avaient l'habitude de s'échanger des lettres codées. Un moyen de communication qu'eux seuls pouvaient comprendre. Et ça me paraît si limpide maintenant que je regarde la lettre d'un peu plus près.

— Lisez cette phrase : *Merda*, *Amore*, Rappelle-moi Comment Oublier Et Supprimer Tout ce bonheur que tu M'as procuré.

— Oui, mais je ne vois toujours pas ce qui cloche, réplique Clay sans la quitter des yeux.

— Pourquoi y a-t-il une majuscule à chaque mot ? demande Nolan.

— Exactement, chaque majuscule constitue un message, expliqué-je.

J'attrape un stylo et utilise la partie vierge de la feuille pour essayer de comprendre la phrase.

M.A.R.C.O.E.S.T.M

Putain non…

— Je ne comprends toujours pas ce que ça veut dire, avoue Kyle.

— Les cinq premières lettres forment un nom : Marco. Les autres sont les initiales de mots : E pour « est », le S pour « sorti », décodé-je alors que mon estomac se serre un peu plus.

« Marco est sorti », ces simples mots me provoquent des frissons.

— Et que signifient le T et le M ? me questionne Nolan.

Je réfléchis un instant, essayant de déchiffrer les deux dernières lettres.

Marco est sorti TM…

TM, TM, TM, TM, TM…

— TROUVE-MOI, m'exclamé-je soudainement.

— Mais c'est qui, ce Marco ?

Je relis à nouveau la lettre pour trouver un dernier indice quand un détail me percute de plein fouet. Des mots soulignés : *maison du lac.*

Ce fils de pute l'a kidnappée, et Kaylee a tout fait pour semer des indices. Ce n'était pas une lettre d'adieu mais un message codé. Sauf qu'au lieu de le comprendre tout de suite, je l'ai laissée entre les griffes de ce psychopathe, l'abandonnant à son propre sort.

— Hayden, qui est Marco ?

— Notre pire cauchemar. Kaylee est en danger.

Chapitre 45
Kaylee

— Enfin réveillée, *amore mio*, s'exclame une voix grave.

Je reprends peu à peu mes esprits, et lorsque mon regard se pose sur la silhouette de mon pire cauchemar, je réalise finalement que tout était vrai.

Quelques jours plus tôt

La semaine des partiels est arrivée bien trop vite à mon goût. Demain nous serons mardi, et les premiers examens commenceront. J'avoue être assez stressée, mais je sais aussi que j'ai bien révisé, bien suivi les cours, et que j'ai des facilités. Alors je pense que tout ira bien.

Il est actuellement dix-huit heures. J'avais prévu de me changer les idées en préparant un bon repas pour Hayden et moi. Je sais que je l'ai un peu fait douter avec cette histoire d'aveu de sentiments et j'ai besoin de le rassurer sur ce que je ressens pour lui.

Je ne suis peut-être pas prête à prononcer ces mots qui m'ont tant brisée par le passé, mais je sais aussi qu'avec lui, c'est inutile. Notre façon de communiquer passe rarement par les paroles. Alors ce soir, j'ai décidé que nous allions passer une soirée tranquille afin d'oublier le stress des partiels.

La sonnerie retentit au moment où j'enfourne le rôti. Bizarre, Hayden n'a pas pour habitude d'oublier ses clés, et je n'attendais pas forcément de visites. Bon, c’est sans doute Nolan qui s’ennuie sans Clay.

Je me lave les mains rapidement, puis fonce ouvrir à mon invité mystère. Lorsque la silhouette se matérialise devant moi, mon cœur s’arrête.

Non, non, bordel. Je dois forcément être en train de faire un mauvais rêve. Oui, c’est ça, je vais me réveiller, et Hayden sera auprès de moi pour m’apaiser. Ça ne peut pas être réel, il ne peut pas être ici alors que sa peine n’est pas encore terminée.

— Alors, amore mio, *on n’accueille pas l’amour de sa vie correctement ? résonne sa voix démoniaque, celle qui hante mes cauchemars depuis trois ans.*

Je m’empresse d’essayer de refermer, mais Marco est plus rapide et bloque son pied dans l’entrebâillement. Je recule lentement, incapable d’émettre le moindre son, de faire le moindre mouvement brusque. Je suis comme pétrifiée, tétanisée face à ce passé que je ne pensais jamais revoir. Ou pas de sitôt, en tout cas. Il ne devrait pas être là, pas alors que sa condamnation est toujours d’actualité.

Hayden, où es-tu ?

Il s’invite dans mon salon, laissant traîner ses yeux un peu partout sans se départir de son sourire pervers. Il n’a presque pas changé, à part cette barbe un peu plus longue. Ses cheveux sont coiffés en arrière, son style vestimentaire reste le même : jean noir, tee-shirt noir. Enfin, le même que celui qu’il avait adopté durant ma captivité. Son alter ego, celui duquel je suis tombée aveuglément amoureuse, avait un penchant pour la couleur.

En revanche, son regard est plus sombre, plus ravagé. Il faut croire que ces trois dernières années en prison n’ont pas été tendres avec lui.

— C’est mignon, ici, commente-t-il. Alors c’est ça la vie dont tu rêvais : l’université, un petit appartement, un groupe d’amis. Plutôt impressionnant, le colosse que je vois souvent avec toi.

Je comprends rapidement qu'il parle de Nolan. Mais… depuis quand est-il ici ? Comment sait-il où j'habite ? Quelles sont mes fréquentations ? Mon cœur s'accélère en imaginant ses yeux perçants m'observer rentrer seule chez moi. Comment n'ai-je pas pu sentir sa présence ? Putain, pourquoi n'ai-je pas regardé par le judas avant d'ouvrir la porte ? Me voilà seule avec le monstre qui a détruit ma vie, celui qui est encore capable d'anéantir tous mes efforts et ceux de Hayden.

— Un petit copain de bonne famille, poursuit-il en attrapant un polaroïd de Hayden et moi.

Son regard s'assombrit alors que son sourire mauvais s'étire. Je n'ai jamais rien vu de plus terrorisant que cet homme. Cette lueur sadique qui ne le quitte pas, ce rire gras, ce sourire flippant. Celui que j'ai découvert bien trop tard et qui m'a fait passer par les pires épreuves de ma vie.

Il fait un nouveau pas dans ma direction. Cette fois, je ne recule pas. Je suis désormais incapable d'effectuer le moindre mouvement. Ma respiration se bloque, mon cœur menace de sortir de ma cage thoracique. Marco est là, il est là et il va me faire regretter ses trois années enfermé. Ces trois années durant lesquelles son seul passe-temps a été de préparer sa vengeance contre celle qui s'est enfuie et l'a laissé se faire prendre sans le prévenir.

Une fois face à moi, son corps à quelques centimètres du mien, il lève sa main pour la porter à mon visage afin de le caresser. Son geste n'a rien à voir avec la douceur naturelle de Hayden. Rappeuse, elle me provoque des frissons de dégoût.

— Oh, Kaylee, tu m'as tellement manqué. J'ai passé trois années à rêver de ce moment. Celui où je reverrais ton si doux visage et ces lèvres charnues.

Il passe son pouce sur ma bouche. L'envie de le mordre traverse mon esprit, mais autant ne pas tenter le diable. Cet homme est trop impulsif pour que je m'essaie à la provocation.

— Ce corps parfait, ces hanches qui m'ont toujours rendu fou, et cette sensation lorsque j'étais enfin en toi.

Tu veux parler des fois où tu forçais le passage en pensant que ça m'excitait ? ai-je envie de répliquer.

Il m'attrape par les hanches et me retourne afin que mon dos soit contre sa poitrine. Ma respiration se fait plus forte lorsque sa tête vient s'enfouir dans mon cou pour en humer mon odeur.

— Et ce parfum de vanille. Oh oui, amore mio, *tu m'as beaucoup manqué.*

Il colle un peu plus son corps au mien, et je peux sentir les prémices de son désir contre mes fesses. Mon estomac se noue, la bile remonte dans ma gorge. Cet homme me répugne. Il est tout le contraire de celui qui partage ma vie : sa voix est moins apaisante, ses gestes bien plus brusques, son odeur moins enivrante. Plus je le vois, plus je l'entends, plus je me demande comment j'ai pu un jour être attirée par cet être abject.

— On aura tout notre temps pour parler de ça. Je vais d'abord te laisser terminer cette semaine, tu rompras ensuite avec le petit hockeyeur de pacotille, et on pourra enfin se retrouver pleinement.

Cette fois, j'ai le courage de le repousser pour lui faire face. Non, je ne romprai jamais avec Hayden et ne le suivrai nulle part. Je ne le laisserai plus faire de moi un objet qui n'a jamais son mot à dire.

— Tu rêves, espèce de psychopathe ! Je ne te suivrai nulle part. Quand Hayden apprendra que tu es ici, il ne te laissera plus m'approcher.

Il me regarde intensément quelques secondes avant d'éclater d'un rire sardonique qui résonne jusqu'à mon crâne.

— Oh, Kaylee, Kaylee, tu crois sérieusement que ce petit bourge m'inquiète ? Je suis déçu, je pensais que tu me connaissais mieux que ça, rétorque-t-il de sa fameuse voix menaçante.

Il s'approche à nouveau de moi et attrape mon visage avec brutalité, broyant ma mâchoire de ses larges mains répugnantes.

— Ce n'était pas une demande, amore mio, *mais un ordre. À la fin de la semaine, tu auras écrit la plus belle des lettres de rupture à ta petite amourette. Tu lui préciseras que c'est terminé pour de bon et qu'il ne doit pas te chercher. Puis, vendredi soir, toi et moi on quittera cette ville de malheur une bonne fois pour toute.*

Il me relâche soudainement et reprend sa balade dans ma pièce à vivre.

— Qui sait ? Peut-être qu'on fera un saut dans ce si beau chalet isolé dont tu as passé des heures et des heures à me faire l'éloge. On s'amusera comme des fous, loin des oreilles indiscrètes.

Il s'éloigne enfin pour rejoindre l'entrée, puis, avant de s'en aller définitivement, se retourne une dernière fois pour murmurer :

— N'oublie pas, Kaylee, si tu ne quittes pas ce bon à rien et que tu parles à qui que ce soit de ma présence ici, tu le regretteras amèrement. Et c'est ta grand-mère, Gracie et ton cher et tendre qui en paieront les pots cassés. Rappelle-toi que je ne suis pas n'importe qui. Mes contacts se feront une joie de me rendre service.

Sans demander son reste, il s'éclipse comme s'il n'avait jamais mis les pieds ici. Je claque la porte derrière lui avant de m'effondrer contre celle-ci et relâche tout l'air comprimé dans mes poumons depuis sa visite avant de laisser place aux larmes.

Trois ans sans le voir, sans entendre le son de sa voix, à vivre à moitié sereinement en sachant pertinemment qu'il ne pourrait plus m'atteindre avant quelques années.

Mais le revoilà, à un moment où ma vie rentrait enfin dans l'ordre. Que tout allait mieux pour moi, que je recommençais enfin à rire, à aimer, à profiter de ma jeunesse comme j'aurais dû le faire bien plus tôt.

Et maintenant, tout ce que j'ai construit va se briser à nouveau. Pour protéger ceux que j'aime, je vais devoir me sacrifier, sacrifier mon bonheur et rompre le cœur de Hayden…

Tous les événements de la semaine me reviennent à une vitesse impressionnante. La première visite de Marco, la deuxième en milieu de semaine afin de me rappeler que le temps avance et qu'il ne m'en reste plus beaucoup.

J'ai passé les jours suivants à éviter Hayden. Il fallait que je m'éloigne, sans quoi je risquais de m'effondrer devant lui et de lui dévoiler la vérité. Je ne pouvais pas me le permettre, pour sa propre sécurité. Je préférerais encore revivre six mois de torture constante plutôt que de risquer sa vie. Voilà à quel point je suis attachée à lui.

Après ça, j'ai profité de ne pas avoir d'examens l'après-midi pour écrire la lettre et faire mes affaires. Écrire ces mensonges m'a brisé le cœur, parce que j'ai imaginé la tête déconfite de mon copain et cette vision m'est insupportable. Peut-être qu'il réalisera que ce que je lui avais dit n'était pas faux : l'amour que je porte aux autres ou que les autres me portent finit par les briser.

Je ne me souviens plus exactement ce qu'il s'est passé lorsque j'ai rejoint Marco, mais je sais qu'il m'a frappée et que j'ai perdu connaissance. J'ignore combien de temps s'est écoulé depuis, mais en balayant la pièce du regard, je remarque que les murs me sont familiers. Il avait mentionné la maison du lac, voilà pourquoi j'ai laissé cet indice dans la lettre destinée à Hayden. Je vois que Marco a tenu parole.

— Combien de temps suis-je restée inconsciente ? demandé-je d'une voix tremblante.

— Près de deux jours. J'ai bien cru que tu étais morte, à un moment donné, répond-il en souriant.

Quel genre de personne peut avoir l'air si détaché face à la mort ?

Un psychopathe, voilà tout.

— C'est vraiment charmant, ici. Je comprends pourquoi tu étais si enthousiaste lorsque tu m'en parlais, poursuit-il.

Je me recroqueville sur le canapé tout en analysant les lieux.

Nous sommes dans le grand salon, celui où ma famille et moi jouions à des jeux de société, grillions des chamallows dans la cheminée, riions jusqu'aux larmes.

Marco est en train d'entacher tous les bons souvenirs qui me lient à cet endroit.

— Qu'est-ce qu'on fait là ? Qu'attends-tu de moi, putain ?!

Son sourire s'amplifie.

— De si vilains mots dans une si belle bouche, quelle honte.

— Tu parles de honte ? Tu parles sérieusement de honte après tout ce que tu m'as fait subir, Marco ? Pourquoi ? Pourquoi m'avoir fait endurer tout ça ? Qu'est-ce que je t'ai fait ? m'époumoné-je alors que mes yeux s'embuent au fur et à mesure.

Il me regarde un instant. Son sourire a disparu, et son regard s'obscurcit de plus en plus, dévoilant une palette d'émotions déstabilisante : colère, amertume, envie de vengeance. Je connais ce visage par cœur parce que c'est celui qui ne me quitte plus depuis trois ans. Un visage brisé par la vie.

Mais Marco n'est pas brisé, il est simplement fou.

— Il y a tellement de choses que tu ignores sur moi, *amore mio*. Mais autant commencer par une histoire, tu ne crois pas ?

Non, je ne crois pas. En réalité, je ne veux rien entendre de ce qui sort de sa bouche. Cet homme est un psychopathe, un déséquilibré et un menteur. Il m'a bernée pendant des mois en se faisant passer pour le petit-ami modèle. Le gendre parfait.

Une part de moi est soulagée de savoir que mes parents n'auront pas été là pour voir la déception qu'il a été. Ils sont partis avec le souvenir d'un petit copain qui a aimé leur fille, ou celui d'un copain en colère de son départ qui l'a laissée toute seule en pleine nuit. Ils ne sauront jamais à quel point cet homme a pu être faux. C'est mon unique consolation.

— Il était une fois, un homme qui avait tout ce qu'il désirait : de l'argent, une famille et l'amour d'une femme qu'il disait exceptionnelle. Il était choyé. Il partageait son temps entre son travail très prenant et la femme qui comblait son cœur et ses nuits. Ils n'étaient pas mariés, car ils étaient encore très jeunes, mais ça ne les empêchait pas d'être fous amoureux. Cette femme était belle, son sourire illuminait chaque pièce dans laquelle elle passait, et son rire était la plus douce des mélodies. Ils étaient heureux. Cet homme avait prévu de l'épouser, d'en faire la mère de ses enfants et de lui offrir toutes les merveilles du monde.

Étrangement, j'écoute son récit avec attention. Je n'y comprends rien mais j'écoute. Pour l'instant, l'histoire me semble belle, pourtant s'il en parle avec tant d'amertume, c'est qu'un malheur s'est produit.

— Seulement chaque conte de fée a son lot de drames, non ? reprend-il en lâchant un rire sans joie. Alors que tout se passait bien dans leur vie, un événement a tout détruit. Cet homme si bon, si heureux et amoureux, s'est laissé avoir par la pire des tentations. Il a goûté au fruit défendu en trompant celle qu'il adulait. Elle ne l'a évidemment pas découvert tout de suite, il a pris soin de couvrir ses traces. Mais un soir, alors qu'elle lui préparait une surprise, elle a découvert une note suspecte. *Spoiler alert*, c'était un mot de la femme avec laquelle il l'avait trompée.

Mon cœur se serre pour cette pauvre femme. Amoureuse et heureuse un jour, trahie et dévastée le lendemain. Malgré tout, j'ai du mal à voir où il veut en venir. Je préfère pourtant me taire plutôt que de tenter le diable en le coupant dans son récit.

— Évidement, la femme dévastée a quitté l'homme qu'elle aimait. Elle pouvait pardonner beaucoup de choses, mais pas la tromperie. Seulement, le plus important était le contenu de cette fameuse note. L'autre femme était tombée enceinte lors de cette unique liaison. Oh oui, le karma est une vraie salope. L'homme en question a bien essayé de la récupérer, mais trop tard, il lui avait brisé le cœur.

Tu m'étonnes. Une tromperie, c'est déjà difficile à digérer, mais une tromperie qui engendre un enfant, c'est horrible.

— Alors cet homme a été forcé d'épouser sa maîtresse et d'élever leur enfant. Enfin, élever, c'est un grand mot. Il a davantage passé son temps à le regarder avec mépris, à le frapper et à lui balancer des horreurs, jour après jour. Après tout, cet enfant était la cause de sa séparation d'avec l'amour de sa vie.

— Il n'a que lui à blâmer, il n'avait qu'à garder son pantalon fermé, rétorqué-je d'un ton écœuré.

Comment en vouloir à un enfant qui n'a rien demandé ? Il n'y a qu'un lâche qui est capable d'un tel comportement.

Marco sourit tristement en hochant la tête.

— Je suis d'accord, mais c'est ainsi que ça s'est passé. Cet enfant a été élevé avec tout l'amour de sa mère, seule personne qui comptait réellement pour lui. Malheureusement, elle est décédée lorsqu'il était adolescent. Et son père n'en a rien eu à faire. *Rien du tout.*

Il crache cette dernière phrase avec tellement de haine que je comprends enfin qui était cet enfant, et surtout, l'intérêt de me raconter toute cette histoire.

— C'était toi ? Tu étais cet enfant, n'est-ce pas ? deviné-je.

Il sourit davantage, satisfait que je suive. Alors c'est ça ? Marco a emmagasiné une colère contre son père, qui a abusé de lui quand il était plus petit, et il a voulu faire subir la même chose à quelqu'un. Un schéma classique chez les victimes d'abus, cette reproduction de comportements violents subis pendant la phase de construction de l'enfance. Pourtant, j'ai l'impression qu'un détail m'échappe… Pourquoi moi et pas quelqu'un d'autre ?

— Je ne comprends toujours pas pourquoi tu m'as fait subir tout ça. En quoi suis-je responsable de…

Oh, non… Je viens seulement de remarquer qu'il tenait un cadre entre ses mains. Un cadre que je reconnaîtrais entre mille. Non, c'est impossible.

Mon visage me trahit. Le sourire de Marco s'amplifie.

— La femme dont mon père était amoureux, c'était ta mère.

Chapitre 46
Kaylee

— Alors quoi, tu comptes me balancer de cette falaise ? lancé-je, en observant le vide face à moi.

— Ne sois pas idiote, *amore mio*. Tu sais bien que je ne te ferais jamais de mal, rétorque Marco.

Je lâche un rire amer face à sa réponse. Impossible de me retenir. Nous n'avons clairement pas la même définition de « faire du mal ».

Après avoir lâché sa bombe, il a décidé qu'une petite balade nous ferait du bien. Tu parles, la seule chose qui me ferait du bien serait de me retrouver à des années-lumière de lui.

Nous n'avons échangé aucun mot durant le trajet. Marco ne m'a pas attachée comme une vulgaire prisonnière, je crois qu'il veut se convaincre qu'il ne me retient pas vraiment en otage. Ce type a un réel problème psychologique.

Le traumatisme engendré par la cruauté de son père, suivi de la mort de sa mère, a vraiment ravagé son cerveau. L'étudiante en psychologie sommeillant en moi ne peut pas le voir autrement.

Cependant, j'ai passé les vingt dernières minutes à penser à ma mère et à son lien avec Marco. Elle m'avait parlé de son premier amour qui lui avait brisé le cœur mais n'était jamais entrée dans les détails. Je n'arrive pas à croire qu'un homme ait eu le culot de tromper cette femme exceptionnelle. Ma mère était la bonté incarnée, il n'y avait rien de mauvais chez elle. Pas de vice, pas de méchanceté, pas de jalousie. Ce connard ne réalisait clairement pas la chance qu'il avait.

On peut dire que cette trahison a eu du bon, car elle lui a permis de rencontrer le véritable amour de sa vie : mon père. Elle a pu avoir deux filles et être la meilleure mère qu'une personne puisse rêver d'avoir.

Alba Ricci Parker était un être admirable, rare et précieux. Et celui qui n'a pas su le voir n'était rien d'autre qu'un idiot.

— Alors quoi ? Tu veux qu'on continue de parler de ton double jeu ? Très bien, dans ce cas j'ai des questions : tu savais déjà qui nous étions en débarquant dans nos vies ? Toute notre histoire n'était que mensonges, n'est-ce pas ? Il n'y a jamais rien eu de vrai.

Son regard noir se pose sur moi. Mon cœur s'emballe.

— C'est ce qui était prévu à l'origine, avoue-t-il. Après la mort de ma mère, j'ai nourri une rancœur envers mon père, envers ses actions et envers ta mère.

— Mais pourquoi ma mère ? Elle n'est en rien responsable de ce qui s'est passé !

— Si elle n'avait pas quitté mon père en le forçant à s'occuper de moi, j'aurais pu avoir une meilleure vie. Mais non, elle a préféré jouer l'égoïste et aller élever sa petite famille loin de son pays natal. Loin de celui qui lui était vraiment destiné.

Le pire, c'est qu'il est sérieux. C'est tout bonnement insensé. Il blâme ma mère pour des choses que SON propre père a commises.

— C'est ton père qui a trompé ma mère avec la tienne, et c'est elle l'égoïste ? Et ta mère, alors ? C'est elle qui a mis le grappin sur un homme déjà pris.

— Ferme-la ! hurle-t-il, les yeux pleins de rage.

Je recule d'un pas, terrifiée par ce changement de comportement. Bon, j'y suis peut-être allée fort dans la provocation sachant qu'on est au bord d'une falaise, mais je ne pouvais pas le laisser insulter la femme qui m'a tout donné sans la défendre. Ça ne serait pas digne de moi.

— Je ne te ferai pas de mal, mais ne t'avise plus jamais de parler de ma mère ainsi, poursuit-il.

Il se tait un instant pour reprendre ses esprits pendant que je recule au maximum. Plus je serai loin de lui, plus il me sera facile de respirer.

— Reprenons l'histoire, finit-il par dire. C'est rongé par la colère et la vengeance que je me suis envolé pour les États-Unis. J'avais fait mes recherches en amont et je savais tout ce qu'il y avait à savoir sur la si parfaite famille Parker. J'ai passé des mois à préparer mon plan : approcher ta famille, tisser des liens avec la douce Kaylee, la faire tomber raide dingue de moi. Cette partie était plutôt facile : un sourire charmeur, de belles paroles et je t'avais dans la poche.

Un air de dégoût se dessine sur mon visage. Je regrette tous les sourires que j'ai pu lui adresser, tous les éclats de rire qu'il m'a provoqués. Je regrette ses mots, ses gestes.

Cet homme m'a salie au nom de sa stupide vengeance. Je crois qu'il n'y a rien de plus écœurant.

— Mais ce que je n'avais pas prévu, c'était de m'attacher à cette même fille et de devenir fou d'elle.

L'envie de rire me prend encore. Oh non, Marco, tu n'étais pas fou de moi, tu ne m'as jamais aimée. On ne détruit pas la personne que l'on aime, on ne la salit pas, on ne la brise pas. Il ressentait un tas de choses, mais aucune d'elles n'était de l'amour.

— Mon plan était simple, pourtant : te faire tomber amoureuse de moi, te rompre le cœur, briser ta famille en éliminant ses membres tout en gardant ta mère en vie pour la laisser regarder les dégâts qu'ont causés ses choix. Je devais te tuer en forçant ta mère à n'en louper aucune miette. J'avais envie qu'elle souffre, autant que ma mère et moi avons souffert durant toutes ces années.

Son aveu me glace le sang. Comment peut-on en arriver à un tel niveau de haine ? Comment peut-on se lever chaque matin, se regarder chaque jour dans une glace, en ayant pour unique but la destruction d'une famille innocente ?

Briser ta famille en éliminant ses membres.

Attendez... Oh mon Dieu, oh mon Dieu, non...

Il n'aurait pas pu aller si loin, impossible. C'était un accident, un simple accident sans lien avec cette histoire.

Vos parents ont été percutés par une voiture. Le chauffard s'est enfui et n'a pas été retrouvé, résonne la voix du policier dans ma tête.

Non, pitié, non...

— Tu as... tué mes parents ? sangloté-je, priant pour que ça ne soit pas vrai.

Je n'ai pas pu suivre en toute innocence l'assassin de mes parents. Je n'ai pas passé des années à me reprocher leur accident alors que le fautif se trouvait devant mes yeux depuis tout ce temps. Je n'ai pas pu être aussi aveugle.

Un sourire pervers s'épanouit sur son visage. L'envie de vomir me prend, et je ne peux m'empêcher de vider mon estomac, soulageant ce nœud qui me compressait depuis des heures.

Marco a tué mes parents. Il a profité de notre dispute, de mon appel à l'aide, pour m'arracher les personnes qui comptaient le plus pour moi.

— Tu es si intelligente, *amore mio*. J'ai toujours aimé ça chez toi.

Sa psychopathie ressort peu à peu. Sa voix devient plus dérangeante, son sourire plus pervers, plus malicieux. Mon dégoût envers sa personne ne fait que croître quand je réalise l'ampleur de son manque d'empathie et que les larmes me brouillent la vue.

— Je me souviens de chaque détail comme si c'était hier : le bruit de la voiture qui s'écrase, les hurlements de ta mère, ceux de ton père. La peur dans leurs yeux. L'espoir lorsqu'ils m'ont vu apparaître. Oh, oh, oh, tu ne sais pas à quel point c'était satisfaisant de voir ta mère espérer que je la sauve. Mais ton père, lui, a vite compris mes intentions. Je le soupçonne d'avoir toujours été méfiant. Je pense sincèrement que tu tiens ta si grande intelligence de lui. N'empêche, ça lui faisait au moins une qualité, ricane-t-il.

Il marque une pause alors que mes larmes redoublent. Que leur-a-t-il fait de plus ?

— J'ai profité du fait qu'ils soient conscients pour leur raconter ma petite histoire. Je me souviendrai à jamais de la tête qu'a tirée ta mère à ce moment-là. Un mélange de terreur et de stupéfaction. Excellent, vraiment excellent ! Puis, j'ai décidé de mettre à exécution une partie de mon plan. Mon amour pour toi m'empêchait de te faire du mal, alors je me suis occupé de l'homme qui a tout fait foirer, celui qui a volé le cœur de ta mère et brisé celui de mon père.

J'avale ma salive un peu plus fort en pensant au corps sans vie de mon père. Que lui a-t-il fait ?

— Ne t'inquiète pas, *amore mio*, il n'a pas trop souffert. Ce n'est pas vraiment lui qui m'intéressait. Je me suis contenté de lui briser la nuque. Ta mère a voulu hurler, mais sa gorge était tellement endommagée qu'il lui était impossible d'émettre le moindre son. Je l'ai ensuite regardée dans les yeux et l'ai forcée à bien observer celui qu'elle a condamné à une vie de souffrance… puis j'ai enfin complété ma vengeance en la tuant lentement. Une méthode simple et efficace : je l'ai étouffée. Sa respiration a peu à peu diminué, tout comme les battements de son cœur. Quel son mélodieux, je ne l'oublierai jamais.

Ma gorge se noue, je manque d'air et les larmes ruissellent sans la moindre possibilité de les arrêter. Mes parents… Mes parents n'ont pas eu la fin rapide que j'avais imaginée. J'ai été dans le faux pendant plus de trois ans. Ma mère a terriblement souffert. Cette femme incroyable qui n'a jamais fait de mal à personne a passé ses derniers moments à lutter pour sa vie.

Quand je pensais que mon cœur ne pouvait pas être plus endommagé, on me prouve le contraire.

— Ne pleure pas, tu es beaucoup mieux sans eux, *amore mio*, tente-t-il de me dire en voulant caresser ma joue.

— Ne m'approche pas, espèce de malade. Ne t'approche plus jamais de moi. Tu n'es qu'un dégénéré, un malade qui n'aurait jamais dû venir au monde. Tu n'es qu'un fardeau, et ton père a bien eu raison de te renier, vociféré-je, les yeux baignés de larmes.

En temps normal, jamais je n'aurais dit des choses pareilles, mais la compassion, ça suffit. Cet homme a brisé ma vie, il a détruit ma famille avant de me faire vivre un véritable enfer. Il a sali la mémoire de sa mère en s'en prenant à des gens innocents. Il ne mérite pas ma gentillesse. Il ne mérite pas ma pitié, ni mon pardon. Non, il mérite de souffrir autant, voire plus.

— Heureusement que ta mère n'est plus là pour voir quelle déception tu es devenu, l'achevé-je.

Il bondit alors sur ses pieds en m'attrapant fermement par la gorge. L'air me manque, comme il a manqué à ma mère durant ses derniers instants.

— Ta gueule, ta gueule, putain ! Arrête de parler, tu ne sais rien de ce que tu dis, espèce de petite salope ! aboie-t-il en serrant ma gorge un peu plus fort.

— Lâche-la ! hurle une voix que je reconnaîtrais entre mille.

Hayden…

Hayden est là. Surpris par cette interruption, Marco me relâche pour laisser mon corps s'écraser au sol.

— Kaylee ! s'écrie une autre voix familière.

Nolan…

Ils sont là tous les deux. Ils ont eu ma lettre, ils ont compris. Dieu merci.

— Pas un geste de plus, rugit soudainement Marco en pointant son flingue en direction de mes amis.

Mon cœur s'emballe face à cette vision. Non, il ne tuera plus une seule personne qui m'est chère, je ne le permettrai pas.

— Que c'est amusant, le petit chevalier dans son armure qui vole au secours de sa demoiselle en détresse, ricane Marco en fixant Hayden. Et qui c'est, l'autre, le bouffon du roi ?

Il prononce cette phrase en détaillant mon meilleur ami. La haine se lit facilement dans le regard des deux hommes de ma vie. Hayden fusille Marco du regard tout en me lançant des coups d'œil furtifs. Je n'avais pas réalisé à quel point son visage m'avait manqué avant de le retrouver, à quel point sa beauté n'avait pas de limites.

— Ne jouez pas aux justiciers, retournez vite à votre vie de bourgeois coincés.

— On ne partira pas sans elle. Et s'il faut en arriver aux mains pour ça, on le fera sans broncher, réplique mon copain d'une voix grave.

Mon cœur tambourine davantage. *Va-t'en, Hayden. Je t'en prie, pars avant de devenir un dommage collatéral supplémentaire. Je ne pourrais pas vivre dans un monde où tu n'existes pas. Renonce.*

C'est ce que mes yeux essaient de lui transmettre lorsque ses prunelles s'ancrent aux miennes. Il le comprend très bien, mais ce n'est pas pour autant qu'il le prend en considération. Non, il a décidé d'affronter Marco, et rien ne pourra l'en dissuader.

— C'est qu'il veut vraiment jouer les héros, se marre mon ex.

Marco charge son arme et tire un coup aux pieds de Hayden, lançant ainsi son premier avertissement.

— La prochaine fois, c'est en plein milieu de ta tête qu'elle se plantera si vous ne vous cassez pas maintenant.

Mon cœur et ma respiration s'accélèrent à tel point que ça en est insupportable. Marco m'a prouvé qu'il était capable de commettre l'irréparable en assassinant de sang-froid mes parents, il n'hésitera pas à recommencer. Je dois protéger Hayden. Je n'ai pas su le faire avec ma famille, mais je peux encore sauver l'homme qui partage ma vie.

— Je t'en prie, Marco, ne fais pas ça. Je t'aime, ne fais pas ça, m'écrié-je soudainement.

Tous les regards se tournent vers moi. Je ne fixe que mon ex. Je dois le convaincre que Hayden ne représente rien pour moi. Il n'y a qu'en murmurant des mots doux qu'il baissera sa garde.

— Ne mens pas, Kaylee, tu ne peux pas m'aimer après ce que je t'ai avoué, tonne-t-il en pointant toujours son arme sur Hayden.

— Et pourtant, c'est la vérité. Oui, je te déteste pour ce que tu as fait à mes parents et je t'en voudrai toujours pour ça. Mais malgré tout, je ne peux pas te haïr entièrement. Il y a eu une époque où nous avons été heureux, où nous avons partagé des moments forts. Tu as été mon premier, Marco, et ça signifie tellement pour moi, mens-je d'une voix pleine d'espoir.

Son regard commence à changer. Peu à peu, mes mots lui montent à la tête. Je dois continuer, c'est en train de fonctionner. Il est plus facile de manipuler un cerveau malade. Pour ça, il faut simplement lui dire ce qu'il veut entendre.

— Ces années loin de toi m'ont fait réaliser que personne ne m'a autant marquée que toi. Oui, tu m'as fait souffrir. Oui, je t'en ai voulu. Mais ce n'était pas ta faute. Tout ça, c'était ton père. Il a brisé ma mère, il a fait vivre un enfer à la tienne, et toi… Il ne t'a jamais accordé l'attention que tu méritais. Tu n'étais qu'un enfant, Marco, un innocent. Il aurait dû faire la part des choses.

Il hoche la tête alors que ses yeux s'embuent.

— Ne deviens pas comme lui, ne deviens pas un homme sans humanité. Laisse partir ces innocents et allons-nous-en d'ici. Partons loin de cette ville, de ce pays. On peut tout reconstruire, on peut réparer les erreurs de nos parents.

— Réparer leurs erreurs, répète-t-il en sanglotant.

Je souris davantage en m'approchant petit à petit.

— Tu es un homme bon, Marco. Ta mère serait tellement fière de toi. J'ai eu tort de te dire le contraire. Tu mérites d'être heureux.

Mon discours me brûle la gorge, mais je me dois d'être convaincante pour l'arrêter. Je n'ai pas d'autre choix. Il baisse progressivement son arme, puis, lorsqu'elle pointe définitivement vers le sol, je sors la lame cachée dans ma botte depuis tout ce temps. Je l'y avais glissée discrètement en quittant le chalet. Sans réfléchir, je la plante avec ardeur dans son flanc, ce qui l'oblige à se tordre et à lâcher son pistolet que je m'empresse d'attraper pour le lancer à Hayden, qui lui l'intercepte aussitôt. Je profite alors que Marco soit au sol pour foncer en direction de mes amis, mais malheureusement je suis trop lente, et celui-ci se jette sur moi avant que je n'aie pu atteindre mon but.

Il m'attrape par la taille en volant ma lame pour la glisser sous ma gorge alors que Hayden pointe à son tour l'arme sur nous. Il lui sera impossible de viser Marco sans me toucher, ce dernier s'en est assuré.

— Vas-y, tire, essaie de me viser sans faire exploser la cervelle de celle que tu aimes. Vas-y, je t'attends, le provoque Marco.

La main de Hayden tremble. Il n'a toujours pas abaissé son arme. *Tire, Hayden, ne te soucie pas de moi. Sauve ta peau, débarrasse-toi de lui.*

Bien sûr, il ne le fera pas. Son cœur est trop bon pour me laisser mourir. Alors une autre idée me vient en tête. Je le regarde intensément pour lui faire comprendre ce à quoi je pense. Il met quelques minutes à percuter et, quand enfin j'aperçois l'étincelle dans son regard, je soupire de soulagement. Il se souvient.

— *Tu sais, les gens normaux ont des passions moins dangereuses,* piccola. *Tu es sûre d'avoir le droit de tenir ça ? me demande Hayden lorsque nous arrivons devant notre cible.*

Je ris de sa remarque en pointant l'arme non chargée sur lui.

— *Ne t'en fais pas, j'ai un permis. Et puis, après tout ce que Marco m'a fait subir, il me fallait un moyen de me défouler. Quelque chose d'aussi noir que mes pensées. Mine de rien, ça soulage vraiment.*

Il arque un sourcil, peu convaincu. Hayden voulait que je lui montre une de mes passions, alors je l'ai emmené au stand de tir. J'y ai passé des journées entières, ces dernières années. J'imaginais le visage de Marco à la place de la cible, ça m'aidait tellement à ne pas sombrer.

— *Tu vas voir, ce n'est pas compliqué.*

J'attrape sa main alors qu'un millier de frissons agréables me parcourt la peau. Je n'en tiens pas compte, ni du sourire satisfait du crétin devant moi, puis pose l'arme dans sa paume. Il recule de quelques centimètres, surpris par sa lourdeur.

— *Détends-toi, elle n'est pas chargée, le rassuré-je.*

— *Quand je parlais d'une activité fun,* piccola, *je ne pensais pas risquer nos vies.*

Je soupire en levant les yeux au ciel. Cet homme est né pour en faire des tonnes. Je lui enfile sa paire de lunettes protectrices et son casque antibruit.

— On commence par la base : la posture. Mets-toi debout, jambes écartées à la largeur des épaules, bien ancré au sol.

Je l'aide à corriger sa position. Il se laisse faire, un peu raide sous mes gestes.

— Pied gauche légèrement devant le droit. Penche-toi un peu vers l'avant, comme si tu cherchais à encaisser un choc, c'est ce qui te stabilisera face au recul.

Il obéit, concentré, le regard fixé sur la cible au fond du stand. L'odeur âcre de poudre flottant dans l'air semble le troubler un instant.

— Maintenant, tiens la poignée avec ta main forte – la droite, pour toi – et soutiens l'avant de l'arme avec la main gauche. Tes deux pouces doivent pointer vers l'avant, parallèles au canon. Attention à ne pas placer tes doigts trop haut : la glissière pourrait te les arracher au tir.

Je rectifie doucement la position de ses mains, mon corps frôlant le sien, sentant la tension vibrer sous sa peau. À travers nos casques antibruit, seuls les coups de feu étouffés des autres tireurs bourdonnent en sourdine.

— Ok, maintenant, regarde à travers les organes de visée. Aligne le guidon à l'avant avec la hausse à l'arrière. Garde ton œil directeur ouvert, laisse l'autre simplement se détendre.

Hayden plisse les yeux, s'applique, s'efforce de suivre les consignes malgré la nervosité qui raidit ses épaules.

— Inspire profondément. Quand tu es prêt, enlève la sécurité, pas avant.

Je lui montre calmement comment engager l'arme, cette fois avec un chargeur factice pour l'exercice. Il hoche la tête, une goutte de sueur glissant le long de sa tempe.

— Respire… reste immobile… concentre-toi sur la cible.

Je pose mes mains sur les siennes pour stabiliser son geste tremblant. Sous mes doigts, son corps tout entier est un arc tendu, mais peu à peu, il trouve son équilibre.

— Julian m'a appris qu'en situation critique, viser les points vitaux augmente tes chances de t'en sortir. Le cou était son favori : rapide à atteindre, létal si c'est bien placé.

Hayden avale difficilement sa salive et acquiesce.

Je repositionne légèrement son casque et ajuste ses lunettes de protection sur son nez, puis chuchote tout contre lui, ma voix presque imperceptible sous le grondement des tirs environnants :

— À trois… on tire.

Un… deux… trois… feu !

Hayden opine plusieurs fois avant de se mettre en position. Nous avons répété l'exercice à de nombreuses reprises. Il semblait être au point, la dernière fois. Espérons que ça n'a pas changé.

— Tu me fais rire, ricane soudain Marco. Tu n'es qu'un lâche, Hayden Jones. Un lâche qui n'a jamais mérité Kaylee. Tu ne lui as servi à rien. Contrairement à moi, tu ne lui as rien apporté. Tu n'es qu'un petit adolescent qui ne connaît rien à la souffrance.

Mais Hayden ne cille pas, il est plus fort que ça. Il se contente de viser sa cible comme je le lui ai appris, il va s'en sortir.

— Tu te trompes sur toute la ligne, *amore mio*, rétorqué-je en souriant. Je ne t'ai jamais aimé, et tu veux savoir comment je le sais ? C'est Hayden qui m'a montré ce qu'était le véritable amour. MAINTENANT !

Hayden entend mon ordre et tire sans hésiter. La détonation claque dans l'air. Ma respiration se coupe, mon corps se fige. Dans mon dos, je sens le cœur de Marco s'accélérer, son corps se tendre comme s'il réalisait seulement maintenant que tout pouvait basculer. Il était persuadé que Hayden serait trop lâche pour tirer, qu'il manquerait de courage au dernier moment. Il se trompait. Hayden a eu le cran. Malheureusement, malgré ses nombreux entraînements, la balle frôle la nuque de Marco et vient éclater la roche juste à côté de nous dans un bruit sec qui me déchire les tympans

Un souffle paniqué échappe à Marco. Un éclat de pierre le frappe violemment à la tempe, le fait chanceler. Ses doigts se crispent autour de ma taille avec une brutalité féroce. Tout s'accélère. Son équilibre bascule. Je tente de me dégager, de repousser son poids. Trop tard. Sa poigne est implacable. Si je me débats, si j'essaie seulement de sauver ma peau, il s'en prendra à Hayden, à Nolan, à ceux que j'aime. Et je me suis jurée qu'il ne m'arracherait plus jamais personne. Cette fois, je tiendrai ma promesse.

Je tourne lentement la tête vers Hayden, à la recherche de ses yeux, et quand nos regards se croisent, un sourire naît sur mon visage, calme, presque serein. Je grave son image dans ma mémoire. Chaque ligne, chaque ombre, chaque éclat de lumière. Cet homme qui a bouleversé ma vie, qui m'a appris ce que l'amour pouvait être, qui a réparé ce que je croyais irréparable. Je veux tout retenir de lui, qu'il soit mon ancrage, ma force dans ce dernier instant.

C'est au moment où mon regard croise le sien pour la dernière fois que je n'ai plus aucun doute. J'aime cet homme comme je n'ai jamais aimé auparavant. Il a été ma lumière au bout du tunnel, cette rédemption que je n'avais jamais réussi à atteindre. Il m'a sauvé la vie, et aujourd'hui, c'est à moi de lui rendre la pareille.

Je rassemble toutes mes forces, tout ce qu'il me reste d'énergie et de volonté, et dans un geste désespéré, je nous entraîne dans le vide. La terre se dérobe sous nos pieds, le vent siffle à mes oreilles. Le monde devient un tourbillon indistinct, et mon corps chute, entraîné par la gravité. Je n'ai plus peur, pourtant.

Je sens la prise de Marco se relâcher alors qu'il est projeté contre la paroi dans un bruit sourd et n'ai que le temps d'apercevoir son corps heurter la roche avant que le mien ne soit happé par les eaux noires du lac. Un frisson glacé me traverse, l'eau m'enveloppe, m'aspire dans sa froideur impitoyable.

Et chaque fois que mon corps hurle de le laisser couler, je n'entends et ne vois que cet homme. Son large sourire, sa douce voix caressant ma peau, m'intimant de m'accrocher à lui, à cette vie qui pourrait être la nôtre si j'y croyais assez fort.

Malheureusement pour nous, je n'ai plus aucune force pour lutter.

Chapitre 47
Hayden

— NON !

Je me précipite au bord de la falaise, prêt à sauter à mon tour.

— Hayden, non, c'est trop dangereux ! s'écrie Nolan.

— Je dois prendre le risque. Je ne peux pas la laisser mourir !

Je plonge sans réfléchir. Par chance, la falaise n'est pas si haute. La chute est donc rapide, et le lac glacé m'accueille sans plus tarder. La peur me comprime l'estomac, mais je ne peux pas la laisser gagner, pas avant d'avoir sorti Kaylee de là. L'eau est gelée, bien trop profonde pour me permettre de trouver ma copine du premier coup. Alors je plonge et plonge encore. Les minutes passent, et toujours aucun signe de sa part.

Non, putain, non. Kaylee ne peut pas mourir. Pas après tout ça.

Je n'y vois rien. L'eau est complètement brouillée, mais je laisse mes mains devenir mes yeux. Je ne remonterai pas tant que sa main n'aura pas rencontré la mienne.

L'espoir de la trouver vivante diminue à chaque seconde. J'ai l'impression de la chercher depuis des heures, en vain.

Où es-tu, Kaylee ?

Au moment où mes poumons m'ordonnent de remonter pour absorber un maximum d'oxygène, quelque chose de dur percute mon bras. Je palpe la matière et reconnais rapidement un bras humain.

Pitié, faites que ce ne soit pas Marco.

Je saisis sa main et remonte à une vitesse impressionnante.

Une fois à la surface, je remonte le corps entièrement. Mon rythme cardiaque s'accélère lorsque je reconnais le visage face à moi.

Dieu merci, c'est elle.

Son teint est livide, son corps inanimé, et sa peau complètement frigorifiée. Je passe mes bras sous les siens pour saisir ses épaules et me place sur le dos afin de nager tant bien que mal jusqu'à la rive, aussi vite que possible.

Je la soulève ensuite dans mes bras, tremble en ne sentant plus son rythme cardiaque.

Non, non, non.

Je la dépose délicatement au sol et commence les gestes de premiers secours. J'appuie mes deux mains contre sa poitrine en simultané et débute le massage cardiaque.

— Allez, Kaylee, reste avec moi. Je t'en prie, ne m'abandonne pas. J'ai besoin de toi.

Toujours rien, pas l'ombre d'un battement de cœur. Mes yeux commencent à s'embuer. J'alterne entre massage et bouche-à-bouche, priant pour l'entendre respirer. C'est tout ce dont je rêve actuellement.

J'entends des pas arriver et reconnais rapidement les voix de mes trois amis.

— Kaylee, putain ! s'écrie Nolan en s'agenouillant près de nous.

— Les secours seront là dans quelques minutes, Hayden. Ne lâche pas, poursuit Kyle.

Jamais je ne lâcherai. S'il faut que je passe la journée à le faire, je le ferai. Je ne la laisserai pas. Elle ne mourra pas aujourd'hui. Je ne le permettrai pas.

— Allez, *piccola*, bats-toi. Tu es la femme la plus forte que je connaisse, tu ne peux pas mourir ainsi. Tu n'en as pas le droit. Ne m'abandonne pas, je t'en supplie, reviens-moi.

Les secours arrivent quelques minutes plus tard. Des ambulances, des policiers. Mais rien ne me fait lever les mains de Kaylee. Je n'arrêterai pas ma réanimation tant que je n'aurai pas un battement de cœur. Pourtant, les secours ne me laissent pas le choix et me promettent de prendre le relais.

— Non, je ne la lâche pas, elle ne respire toujours pas… Il ne faut pas abandonner, bredouillé-je en dégageant les mains des ambulanciers.

— Monsieur, vous devez nous la confier. Des professionnels vont s'occuper d'elle, tente de m'expliquer l'un d'eux.

Kyle et Clay lui viennent en aide en m'écartant du corps sans vie de ma copine. Je me débats, mais mes meilleurs amis resserrent leur prise. Je suis incapable de respirer en la voyant si frêle.

Ils soulèvent son corps avec précaution et le déposent sur un brancard, veillant à ne pas aggraver d'éventuelles blessures. Les secouristes l'enveloppent rapidement d'une couverture chauffante. L'ambulancière, positionnée à califourchon sur elle, poursuit le massage cardiaque avec une pression constante, ses gestes synchronisés et précis, déterminée à faire repartir son cœur.

Le brancard disparaît dans l'ambulance, et l'un des ambulanciers, d'une voix calme mais urgente, annonce : « Charlton Mémorial, départ immédiat. » Les portes de l'ambulance se referment d'un claquement sec, et la sirène hurle dans la nuit.

* * *

Voilà plus de six heures que nous attendons, personne ne nous dit rien et Kaylee est toujours en soins intensifs.

Dean Jennings, le père de Kyle, a fait le déplacement en urgence pour s'occuper d'elle. Il est le seul médecin en qui j'ai confiance, et lorsqu'il est arrivé deux heures plus tôt, il m'a promis de faire tout son possible pour la sauver. Par chance, il était en déplacement à New York lorsqu'il a reçu le coup de fil de Kyle. Il a donc aussitôt pris un jet et est arrivé le plus vite possible.

Avant ça, il a envoyé des directives précises aux médecins en charge de ma petite-amie.

J'ai été examiné à mon tour après avoir passé un certain temps dans l'eau glacée. Par chance, mon corps ne garde que peu de séquelles, juste quelques blessures superficielles. Je me suis changé, mais les heures qui ont suivi se sont écoulées dans un brouillard. J'ai déambulé dans les couloirs comme un zombie, incapable de parler ni d'écouter ce qui se passait autour de moi. Mon esprit était entièrement tourné vers elle. Si elle ne s'en sort pas, je n'ose imaginer ce que je deviendrai.

Des bruits de pas derrière moi m'obligent à me retourner, et mon cœur se gonfle lorsque j'aperçois mon père Brian. Cette fois, je ne réfléchis plus et fonce dans ses bras, laissant toutes mes larmes se déverser. Il resserre sa prise sur moi tout en caressant l'arrière de mon crâne en guise de réconfort.

— Ça va aller, mon fils, ça va aller, murmure-t-il alors que je m'effondre un peu plus.

Je n'ai pas pour habitude d'être aussi dévasté devant mon père, je pense même n'avoir jamais vraiment pleuré face à lui. Mais aujourd'hui, alors que la femme de ma vie est en train de se battre pour la sienne, je suis incapable de rester de marbre.

— J'ai peur, papa, je n'ai jamais eu aussi peur de ma vie, avoué-je d'une voix brisée.

— Je sais, mais tu dois y croire. Elle ne voudrait pas te voir perdre confiance. Cette fille est une battante, elle va s'en sortir.

Je hoche la tête sans m'écarter pour autant. Je ne veux pas y retourner, je ne veux pas croiser le regard de Dean lorsqu'il me dira qu'ils n'ont rien pu faire. Kaylee est peut-être une battante, mais moi, je ne suis pas assez fort pour le supporter.

— Ne perds pas espoir, mon fils, ce n'est pas comme ça que je t'ai élevé. Quand elle sera hors de danger, on la transférera à Boston, et je m'assurerai personnellement qu'on lui administre les meilleurs soins possibles. Votre vie à deux ne fait que commencer, compris ? s'enquiert-il en plongeant son regard dans le mien.

Je déglutis mais finis par opiner.

— Il faut que j'appelle sa grand-mère, il faut la mettre au courant, dis-je, la voix toujours tremblotante.

Mon père fronce les sourcils, se demandant sûrement si je suis apte à m'en charger.

— Tu veux que je m'en occupe ?

— Non, c'est… C'est à moi de lui dire, elle me connaît, elle…

Comment dire à cette femme que sa petite-fille est entre la vie et la mort ? Comment dire à une femme qui a déjà tant perdu qu'un malheur de plus est susceptible de s'abattre sur sa famille ?

Mais il le faut. Je sais que mes pères seraient fous de rage si j'avais un accident et qu'on ne les mettait pas au courant.

Je sors donc de l'hôpital pour passer mon coup de fil. J'avais enregistré le numéro en cas d'urgence, mais jamais je n'aurais cru l'utiliser…

— Allô ? s'exclame-t-elle en décrochant.

Je prends une grande inspiration avant de répondre :

— Bonjour, Lindsay, c'est Hayden, le colocataire de votre petite-fille.

— Oh, oui, Hayden, comment vas-tu ? Entre nous, je sais que vous êtes bien plus que des colocataires, ricane-t-elle.

Mon cœur se serre en entendant sa voix si enjouée. J'ai presque envie de raccrocher et de la rappeler une fois que les médecins auront donné leur verdict, mais je ne peux pas, elle est sa seule famille et mérite de savoir.

— Kaylee vous en a parlé ?

— Oh non, mon chéri, mais je ne suis pas née de la dernière pluie. J'ai ma petite-fille régulièrement en visioconférence, et son sourire l'a trahie plusieurs fois. Ça faisait longtemps que je ne l'avais pas vue si heureuse.

Je donnerais tout pour la revoir sourire rien qu'un instant. Ce si beau sourire étincelant. Putain, elle doit se réveiller.

— D'ailleurs, tu sais pourquoi elle a retardé son voyage de quelques jours ? Elle m'a simplement dit qu'elle avait une urgence à régler, mais ce n'est vraiment pas son genre, reprend-elle.

Alors Kaylee avait vraiment pris le temps d'éloigner tout le monde. Depuis quand savait-elle que Marco était de retour ? Combien de jours a-t-elle passés dans la peur, sans pouvoir en parler à qui que ce soit ?

— Lindsay, il faut que je vous dise quelque chose. C'est important, vous feriez mieux de vous asseoir.

Je l'entends déglutir. Elle a compris que quelque chose n'allait pas.

— Marco est de retour, balancé-je sans passer par quatre chemins.

— Quoi ?

Je passe les minutes suivantes à lui raconter tout ce que Marco a fait subir à sa petite-fille. Mes yeux s'embuent à nouveau en repensant au moment où son corps a chuté de la falaise. Je revois son regard me dire adieu, ses yeux se fermer… Cette femme est mon héroïne, ma bonne fée, elle l'a toujours été. Elle a longtemps voulu se faire passer pour une égoïste qui se fout des autres, mais en réalité, c'est la personne la plus altruiste que je connaisse. Elle m'a sauvé la vie… m'a ramené à la vie… Elle a fait de mon monde un endroit meilleur, et si elle venait à me quitter, ce monde serait réduit à néant. Sans elle, rien n'a de sens.

— Elle est… sanglote-t-elle, incapable de prononcer le mot qui nous effraie tous.

— Non, non, elle est encore entre les mains des médecins. Elle s'est noyée, mais je l'ai récupérée avant que ça ne lui soit totalement fatal. Elle est en réanimation. Le père de mon meilleur ami s'occupe d'elle, il ne devrait pas tarder à nous donner des nouvelles. Je tenais à vous prévenir.

Elle garde le silence un instant. Seul le son de ses sanglots m'informe qu'elle est toujours en ligne. Mes larmes ruissellent à leur tour. Je n'ai jamais autant pleuré, jamais été aussi terrorisé. Kaylee est devenue une grande partie de ma vie en très peu de temps. Je ne pourrais pas me relever si je venais à la perdre. Mais Lindsay… Lindsay n'a plus que Grace et Kaylee. Elle a déjà perdu son fils et sa belle-fille. Elle ne survivra pas à une perte supplémentaire. J'en suis convaincu.

— Je… Je vais faire ma valise et prendre le premier avion. Je… Je ne peux pas rester à des kilomètres alors que ma petite-fille se bat pour sa vie. Je dois prévenir Grace… Oh non, Grace…

— Respirez, Lindsay, respirez. Kaylee n'est pas encore morte. Elle ne mourra pas, vous m'entendez ?

Sa respiration redevient progressivement régulière. Je pousse un soupir de soulagement en me prenant le visage entre les mains. Kaylee me tuerait si elle voyait dans quel état je venais de mettre sa grand-mère. Il y a assez de personnes en détresse comme ça.

— Préparez un sac, faites ce que vous avez à faire. Je vais demander à mon père de vous envoyer son jet privé. Je vous tiendrai au courant dès qu'il y aura du nouveau, d'accord ?

— D'accord... Merci, Hayden, merci d'être là pour elle, merci de m'avoir prévenue...

— Votre petite fille est une des personnes les plus importantes de ma vie. Je suis désolé de ne pas avoir su la protéger comme je le lui avais promis.

— Tu ne pouvais pas savoir. Ce Marco est un vrai malade.

Sur ce point – et après avoir rencontré le personnage – je ne peux la contredire.

— Faites ce que vous avez à faire, on se reparle très bientôt.

— Oui, merci encore, Hayden.

Elle raccroche après un dernier au revoir. Je range mon téléphone avant de m'effondrer sur le banc à ma droite et tente de reprendre ma respiration en fermant les yeux. Je me devais de rassurer sa grand-mère, même si je n'étais pas totalement convaincu par mes propos. Je ne le serai pas tant que Dean ne m'aura pas regardé dans les yeux en me promettant que tout ira bien.

* * *

— Hayden, entends-je à quelques mètres de moi.

Je relève la tête et, après ce qui me semble une éternité, je vois le visage de Dean, le père de mon meilleur ami. Il est là. Après cinq longues heures d'attente, il est enfin arrivé. Mon cœur s'emballe alors que je me précipite vers lui.

— Dean, s'il te plaît... donne-moi des bonnes nouvelles.

Il prend une profonde inspiration avant de parler.

— L'équipe de réanimation a travaillé d'arrache-pied. Son cœur était bien reparti dans l'ambulance, ils ont réussi à le ramener, mais elle nous a fait plusieurs frayeurs.

Les mots « ils ont réussi » résonnent dans ma tête comme un souffle d'espoir. Je sens une vague de soulagement mais préfère rester calme et écouter la suite avant de me laisser emporter par l'optimisme.

— Ensuite, ils ont fait plusieurs examens. L'eau qu'elle a ingurgitée a été une grosse inquiétude. Il a fallu surveiller les risques d'aspiration, de noyade secondaire, et s'assurer que son système respiratoire n'est pas trop affecté. Son cerveau a été protégé par l'hypothermie, l'effet de l'eau glacée a limité les dégâts. Je tiens à te rassurer, il n'y a pas de séquelles cérébrales immédiates. Mais il va falloir attendre.

Je laisse échapper un soupir de soulagement, mes jambes tremblent sous l'effet de l'émotion.

— Elle est stable pour l'instant, dans un coma induit. Son état reste critique. Nous l'avons placée sous respirateur, et il faudra de la patience. Les prochaines heures seront déterminantes.

Je suis soulagé d'entendre que son cerveau semble intact malgré l'inquiétude. Je me force à écouter les paroles de Dean, même si chaque mot semble faire écho à un million de pensées dans ma tête.

— Je peux te dire qu'il y a des raisons d'espérer. Tu as bien réagi, Hayden. Si tu ne l'avais pas sortie de l'eau aussi vite, si tu n'avais pas agi avec cette rapidité, on n'aurait peut-être pas eu cette chance. Maintenant, il faut attendre. Le réveil dépendra de son propre corps et de sa volonté de revenir. On est loin de la fin de l'histoire. Cependant, pour l'instant, elle est en vie.

Je me sens complètement vidé mais n'arrive pas à m'empêcher de me dire que tout est encore possible. Kaylee est en vie. Elle va se battre.

— Merci, Dean, merci vraiment…

Je me laisse tomber dans ses bras. Des larmes de soulagement coulent sur mon visage de savoir qu'elle est encore là, qu'il reste de l'espoir

— Je n'ai pas fait grand-chose, fiston. C'est sa force et ton courage qui m'ont facilité la tâche.

Il me fait face alors qu'un large sourire vient orner son visage. Kyle, Clay et Nolan s'approchent ensuite de moi, les larmes aux yeux. Je ne me fais pas prier et les serre à leur tour contre moi. Je ne sais pas ce que j'aurais fait sans eux.

— Est-ce que je peux la voir ? demandé-je, sachant pertinemment que je ne me satisferai pas d'une réponse négative.

Dean n'est pas dupe non plus, alors il hoche la tête en me disant d'y aller seul et d'être prudent. J'opine, le remercie une dernière fois puis fonce dans la chambre indiquée.

Lorsque je passe la porte, la première chose qui me frappe est son corps : allongé, entouré de dizaines de machines. Mon cœur se serre en la voyant si pâle et me ramène aussitôt quelques heures en arrière. J'arrive encore à la sentir gelée contre moi. Cette vision ne me quittera pas de sitôt…

Je tire une chaise, viens me poser à sa droite et commence par caresser délicatement son si beau visage. Avant aujourd'hui, je n'avais jamais remarqué à quel point il était doux. Je passe ensuite une main dans ses longs cheveux roux, ces cheveux de feu qui m'ont rendu fou plus d'une fois. Celui qui a un jour critiqué la beauté des roux était clairement un idiot. Aucune femme n'a jamais été aussi belle et sexy. Cette couleur, c'est la cerise sur le gâteau.

Putain, j'aime tellement cette fille. Je l'ai aimée avant même de m'en rendre compte. Je crois qu'une part de mon cœur a été charmé dès nos premiers moments ensemble. Oui, elle était horripilante à certains moments. Oui, j'ai bien cru que j'allais la jeter par la fenêtre à de multiples reprises. Mais elle m'a aussi sorti de ma zone de confort, m'a fait voir certaines choses d'une façon différente, m'a fait réaliser que le monde n'était ni tout noir, ni tout blanc. Elle m'a obligé à me questionner sur tellement de sujets, m'a fait revoir mes priorités et m'a montré que la vie avait ses bons côtés.

Elle est entrée dans ma vie et plus rien n'a jamais été pareil. Une tornade, un ouragan destiné à tout renverser. Surtout mon cœur.

— Réveille-toi, Kaylee, l'imploré-je en serrant sa main dans la mienne. Je sais que tu as longtemps voulu abandonner, quitter ce monde qui n'a jamais été tendre avec toi. Mais aujourd'hui, je vais me permettre d'agir en parfait égoïste. Je n'y arriverai pas sans toi. J'ai toujours pensé que je ne méritais rien, que si les gens avaient tant de facilité à m'abandonner, c'est parce que je ne devais pas avoir beaucoup d'importance. Et malgré nos débuts difficiles, tu as été la seule à m'accepter. La seule qui a toujours été honnête avec moi, qui a réussi à me comprendre quand moi-même je n'y arrivais plus. Alors ne sois pas cette énième personne à me laisser. Je t'en prie, Kaylee, bats-toi. Fais-le pour Grace, Nolan, Lindsay, Clay, Kyle… Fais-le pour moi, pour nous. Tu sais que je deviendrai encore plus con qu'avant si je n'ai pas ma râleuse préférée pour me remettre à ma place. Reviens-moi, *piccola.* Continue à donner un sens à ma vie. Continue d'illuminer mes journées avec ce si joli sourire que j'ai mis du temps à mériter. J'ai besoin de toi. Tellement besoin de toi. *Ne m'abandonne pas…*

* * *

Voilà deux jours que Kaylee est allongée dans ce lit, inconsciente. Les médecins disent que son état s'améliore, pourtant, elle ne s'est toujours pas réveillée.

Je suis à son chevet, priant pour qu'elle n'esquisse ne serait-ce qu'un petit mouvement. Le silence de la chambre d'hôpital semble pesant, et malgré l'odeur d'antiseptique, l'air est lourd d'espoir. Je tiens sa main avec force, les doigts entrelacés aux siens, priant pour que mes mots trouvent une résonance en elle, où qu'elle soit.

Mes yeux s'attardent une nouvelle fois sur son visage. Elle est là mais ne répond pas. C'est comme si le monde autour d'elle n'existait plus, tout comme le mien n'a plus de sens sans elle.

Les minutes passent comme des heures. Le son des machines, le bourdonnement du respirateur. Chaque bruit me rappelle à quel point elle est loin de moi. Pourtant, je n'arrive pas à me résoudre à partir, à la laisser seule dans cet état, dans cet entre-deux où tout semble figé.

J'essaie de me concentrer sur l'instant. Je veux qu'elle revienne à moi. Peu importe le temps que cela prendra. Alors je parle encore, la supplie, même si j'ai l'impression que mes mots se dissipent dans le vide. J'essaie de lui transmettre tout ce que je ressens, chaque fraction de ma pensée.

Puis soudain, une petite pression s'exerce sur ma main. Un geste à peine perceptible mais qui suffit à faire bondir mon cœur dans ma poitrine. Mon regard s'intensifie, je l'observe avec la plus grande attention. Un souffle plus profond. Ses lèvres bougent, un tout petit peu.

— Kaylee ? murmuré-je, ma voix brisée par l'espoir.

Je serre un peu plus sa main, comme pour l'ancrer à moi, à la réalité.

Puis un souffle, une légère contraction de son visage, une réaction si minime, mais qui m'électrise tout entier.

Ses yeux se ferment un instant avant de se rouvrir lentement, comme si la lumière du monde extérieur la perturbait. Un clignement, un autre, et enfin ses yeux se fixent sur moi. Ils sont encore flous, vides, mais il y a cette lueur d'une conscience qui reprend vie

Mon cœur manque un battement.

Je n'hésite pas une seconde de plus et me précipite dans le couloir, le souffle court et la voix tremblante.

— Elle se réveille ! Kaylee se réveille ! hurlé-je, incapable de contenir l'émotion qui explose en moi.

Presque instantanément, le personnel médical arrive au pas de course, visage concentré, les gestes précis. Ils se dirigent vers elle, m'ignorant à moitié alors qu'ils commencent à l'examiner.

L'un d'eux se tourne vers moi.

— Monsieur, vous devez sortir, nous avons besoin d'espace pour nous occuper d'elle.

Je voudrais protester, rester auprès d'elle, mais une part de moi sait qu'ils ont raison. Alors, pour une fois, j'écoute. Je recule à contrecœur, leur laissant la place nécessaire.

De l'autre côté de la porte, mes jambes tremblent, et mes mains peinent à se calmer. Mais une chose est claire, éclatante, indéniable : Kaylee est en vie. Kaylee se réveille.

Elle s'est battue.

Elle a survécu.

Chapitre 48

Kaylee

— Je ne suis pas en sucre, arrêtez un peu, ronchonné-je en croisant les bras sur ma poitrine.

— Pas en sucre mais tu as failli mourir, alors tu vas te ménager, jeune fille, me réprimande ma grand-mère d'un ton autoritaire.

Je fais la moue telle une gamine avant de m'enfoncer dans mon lit d'hôpital.

Voilà une semaine que je suis réveillée et je ne m'attendais pas à trouver la moitié de Boston à mon chevet.

J'ai appris qu'après ma chute, Hayden a, à son tour, sauté pour me porter secours. Le vrai syndrome du sauveur, celui-là. Il m'a trouvée gelée et sans vie, et d'après Nolan, a tenté de me réanimer comme si sa vie était en jeu, jusqu'à ce que les secours arrivent.

Je n'ai passé que deux jours et demi dans le coma, mais ça a suffi pour que toute l'Amérique accoure à mon chevet. J'ai eu la surprise de voir apparaître en premier ma grand-mère, qui a fait le voyage à l'instant où Hayden l'a mise au courant, suivie de Grace, évidemment.

J'ai aussi eu droit à une colonie de mecs : Kyle, Nolan, Clay, et à mon plus grand étonnement, toute l'équipe de hockey. Oui, oui, ces crétins en uniforme de sport se sont inquiétés pour moi et sont venus soutenir leurs camarades. Je peux même vous dire que certains ont lâché leur petite larme. Oui, je parle bien de ce queutard de Ian. Il a voulu me faire croire qu'il n'aurait plus personne à embêter si j'en venais à mourir, mais je sais pertinemment qu'il avait peur de me perdre parce que je suis géniale et que sa vie serait d'un véritable ennui si je n'étais plus là.

Narcissique ? Absolument pas.

Enfin, je n'ai pas pu masquer ma surprise lorsque j'ai vu débarquer la mère de Kyle : Lexie. D'après eux, ils devaient partir pour Aspen avec la famille Cooper deux jours après mon accident. Inutile de mentionner qu'ils ont reporté leur voyage par ma faute. Et bien que je sois reconnaissante à vie envers Dean pour ce qu'il a fait, je n'ai pas manqué de leur dire qu'ils étaient des idiots finis. Reporter de superbes vacances pour sauver la misérable vie d'une personne qu'ils connaissent à peine… Kyle a voulu m'étouffer lorsqu'il m'a entendue. Je lui ai poliment rappelé qu'il avait repoussé des vacances pour me sauver la vie, alors s'il venait à me tuer maintenant, tout cela n'aurait été que gâchis.

Il a ri et m'a serrée dans ses bras en relâchant toute la pression accumulée.

Après la citation de toutes ces personnes, une seule manque à l'appel. La seule personne que mon putain de cerveau a voulu voir en se réveillant. Celui qui m'a ramenée physiquement et métaphoriquement à la vie. Celui pour qui mon stupide cœur bat. Mais Hayden n'est jamais venu. Lorsque j'ai demandé à Kyle où il se trouvait, il m'a simplement adressé une moue désolée. Je n'ai plus redemandé après ça. Un regard à Nolan, et je savais qu'il ne viendrait pas. Je ne suis même pas en colère, pas après tout ce qu'il a fait pour moi.

Je me dis qu'il a sans doute besoin de temps pour digérer toutes ces émotions de cette dernière semaine.

Mais je ne vais pas mentir, le fait que son regard n'ait pas été le premier que j'ai croisé à mon réveil a été une petite déception.

Après tout ce qui s'est passé, il était la seule personne que j'avais envie de serrer dans mes bras. J'étais même prête à m'excuser de l'avoir tenu à l'écart lorsque Marco a refait surface. C'était évidemment pour le protéger, mais je l'ai fait passer par des montagnes russes et n'ose imaginer l'ascenseur émotionnel que ça a été pour lui.

Cependant, pour l'instant, j'ai plus important à gérer.

Voilà une semaine que je suis réveillée, et ma grand-mère refuse toujours de me laisser prendre des risques. J'en ai marre d'être allongée dans ce foutu lit comme la dernière des incapables. J'ai besoin de marcher, de prendre l'air et de rentrer chez moi. Je veux retrouver mon lit, ma télé et mes bouquins. Je veux pouvoir retrouver le contrôle de mon corps et arrêter de me faire dorloter comme un bébé.

— Je signerai une décharge, s'il le faut, mais je sortirai de ce fichu hôpital, riposté-je.

— Arrête ton cinéma, Parky. Les médecins ont dit d'attendre jusqu'à la fin du week-end, donc on attend la fin du week-end, ajoute Nolan en se rangeant du côté de ma grand-mère.

Je fusille le traître du regard en secouant la tête.

Ils m'ont rapatriée à Boston un jour après mon réveil. Les soins étaient plus adaptés au Massachusetts General Hospital, alors Dean Jennings a préféré m'y transférer. C'est d'ailleurs plus près de chez moi que Fall River, plus simple pour ma sortie. Ou mon évasion.

Nolan passe ses journées avec moi. En réalité, tous mes amis ont retardé leur retour chez eux pour les vacances afin de me tenir compagnie.

Quelle bande de crétins.

— Je vous rappelle que vos vacances ne sont pas illimitées. Vous avez bien autre chose à faire que de traîner dans cet hôpital.

— Et manquer de t'entendre râler six fois par minute ? Impossible, ironise Kyle sans réprimer un petit sourire en coin.

— T'en fais pas, Jennings. Tu t'es abonné à l'année pour ce type de comportement.

Il lève les yeux au ciel en se marrant. Ça fait du bien de pouvoir rire à nouveau avec mes idiots préférés.

Il fut un temps où je détestais les sportifs, Nolan étant la seule exception. J'imagine que Marco en était une des raisons principales : il m'avait raconté avoir été capitaine d'une équipe de football. Alors dès l'instant où je me suis mise à le détester, j'ai exécré tout ce qui le concernait de près ou de loin.

— On n'allait sûrement pas prendre de vacances sans s'assurer que tu allais vraiment bien, renchérit Clay.

— Mais maintenant, je vais mieux. Ne ruinez pas vos journées pour l'invalide que je suis.

— Arrête de faire ta martyre, Parky. Tu sais très bien que ta compagnie est celle qu'on préfère, rétorque Nolan en pinçant mon bras.

— C'est sûr, personne ne nous fera autant rire sans même essayer, continue Kyle d'un sourire taquin.

— Hmm, vu comme ça, je ne peux pas te contredire.

Ma réplique provoque un rire général, puis nous passons le reste de l'après-midi à discuter de tout et n'importe quoi. J'ai beau râler, ils occupent mes journées. De ce fait, mes douleurs aux poumons et au crâne s'atténuent plus rapidement.

En ce qui concerne Marco, son corps sans vie a été retrouvé quelques heures après mon admission à l'hôpital. Les policiers ont eu la décence d'attendre vingt-quatre heures avant de me bombarder de questions. J'ai bien cru que ma grand-mère allait leur arracher les dents lorsqu'ils se sont présentés. Elle n'a pas un très bon passif avec ceux de Seattle. J'ai accepté de répondre à tout et ai raconté ce qui s'était passé entre Marco et moi, sans entrer dans les détails les plus intimes, comme j'ai pu le faire avec Hayden. Je leur ai ensuite parlé de son retour, de sa peine écourtée pour bonne conduite (et de très bonnes relations à mon humble avis). J'ai parlé du kidnapping, du meurtre de mes parents, de l'arme qu'il possédait. Je n'ai pas parlé du tir de Hayden pour lui éviter des problèmes avec la justice. J'ai seulement mentionné notre lutte et notre chute accidentelle.

Après ça, ils nous ont prévenus que l'enquête allait suivre son cours et que j'allais sûrement devoir témoigner à nouveau. Normalement, je ne devrais pas être inquiétée.

Kyle a aussi mis Hayden dans la confidence, afin que nos versions concordent. Il s'est fait interroger quelques heures après moi, d'après son meilleur ami.

En ce qui me concerne, je peux enfin respirer correctement maintenant que je sais que Marco ne pourra plus jamais nuire à ma vie ni à celle de mes proches.

— Bon, on va y aller. Je passerai te voir demain avant de prendre la route. Tu es certaine de ne pas vouloir que j'annule ? me dit Kyle en s'approchant de moi.

— Annule et je te ferai vivre un enfer pour le restant de l'année, le menacé-je.

Il éclate de rire avant de déposer un baiser sur mon front.

— Je suis vraiment content que tu sois vivante, Parker. T'es une fille fatigante sur le long terme, mais la vie n'aurait pas la même saveur sans ta présence, murmure-t-il contre mon oreille.

— Merci à toi d'avoir veillé sur moi et d'avoir appelé ton père. T'es un chic type, Jennings.

Il me sourit sincèrement puis me laisse enlacer Clay. Ce dernier ne rejoindra sa famille qu'en fin de semaine pour passer les fêtes avec eux. Nolan pense rester avec moi cette année, étant donné que mon état ne me permet pas de voyager, mais je ne le laisserai pas faire. Ses parents n'ont que lui, hors de question que je les prive de leur fils dans un moment pareil. Et puis, Grace et ma grand-mère seront là, je n'ai pas de soucis à me faire.

— Moi aussi je vais rentrer, pouvez-vous me déposer, les jeunes ? leur demande ma grand-mère.

— Bien sûr. Grace, tu viens avec nous ou tu rentres plus tard avec Nolan ? la questionne Kyle.

— Je reste avec ma sœur.

Il acquiesce en déposant un doux baiser sur sa joue. Elle rougit à son contact, ce qui amplifie mon sourire.

Mes amis et ma grand-mère disparaissent, me laissant seule avec mon meilleur ami et ma sœur.

Je profite que Grace soit occupée avec un livre pour discuter avec Nolan.

— Que s'est-il vraiment passé pendant que j'étais dans le coma ? Pourquoi Hayden ne vient-il pas ? l'interrogé-je.

Nolan soupire longuement avant de reporter son regard sur le mien.

— Il a passé près de deux jours sans dormir, sans manger. Te savoir dans le coma lui pourrissait l'existence. Je ne l'avais jamais vu aussi inquiet.

— Alors pourquoi ne vient-il pas ?

— Je crois qu'il se reproche ton accident. Il a passé plusieurs heures à me répéter qu'il s'en voulait, qu'il avait promis d'être là pour toi et de te protéger de Marco. Je crois qu'il ne gère pas bien ce sentiment d'échec et qu'il a du mal à te regarder sans penser que tout est sa faute.

Je grogne de frustration, parce que c'est totalement absurde. Hayden n'aurait rien pu faire. J'ai choisi de garder le silence, de préserver mon entourage de ce dingue. Marco était imprévisible et totalement ravagé. Hayden n'aurait rien pu faire contre lui.

— Eh bien, il a tort. Je t'en prie, si tu le vois, dis-lui qu'il n'a rien à se reprocher. Et s'il n'est pas capable de le comprendre, lorsque je sortirai de ce fichu hôpital, je lui remettrai les idées en place. Je ne veux pas de sa culpabilité, j'ai simplement besoin de sa présence.

Un petit sourire se dessine sur les lèvres de mon ami, m'obligeant à hausser les sourcils.

— Quoi ? grommelé-je.

— Ton cœur s'est tellement apaisé en trois mois. Je ne pensais jamais te voir amoureuse, et pourtant, on dirait bien que l'impossible est devenu possible.

Je lève les yeux au ciel en tentant de masquer un sourire niais.

Il m'a fallu croiser la mort pour comprendre que j'aimais cet idiot plus que de raison.

— Merci d'avoir été le meilleur ami qu'une personne puisse espérer avoir. Je ne sais pas ce que je serais devenue sans toi, ces deux dernières années, avoué-je en le serrant contre moi.

— Tu n'es pas qu'une simple amie, Parky. Tu es ma sœur, et ton bien être passera toujours avant tout. Ne me fais plus jamais une telle frayeur.

Je hoche la tête en nichant mon visage dans son cou.

Nolan a longtemps été ma maison, mon refuge.

Maintenant, j'ai appris à vivre par moi-même, à assumer mes choix, à montrer au monde que Marco ne m'a pas totalement anéantie.

Grace nous rejoint pour compléter l'étreinte. Elle est beaucoup restée avec moi, cette dernière semaine, ne quittant mon chevet que sous la contrainte. Elle a eu peur pour moi, et je la comprends. Même si elle était plus jeune lorsque nos parents ont eu leur accident, l'hôpital ne lui rappelle pas de bons souvenirs.

— Ne meurs pas, Kaylee. Ne meurs jamais, j'aurai toujours besoin de toi, sanglote-t-elle contre mon oreille.

Je la serre un peu plus fort, caressant ses cheveux comme notre mère avait l'habitude de le faire.

— Jamais je ne t'abandonnerai, *tesoro*. Plus jamais.

Une heure plus tard, Grace et Nolan sont les prochains à me quitter. L'hôpital a des horaires stricts en matière de visite, au plus grand malheur de mon meilleur ami. Il a déjà essayé de faire du charme à une infirmière pour passer la nuit avec moi, malheureusement pour lui, celui-ci a des limites.

Une infirmière vient m'apporter ma nourriture, puis prend ma tension tout en veillant à ce que j'avale bien mes médicaments.

— Vous avez de très bons amis, être là tous les jours, c'est vraiment une preuve de fidélité, me dit-elle dans un sourire bienveillant.

Je souris à mon tour en opinant.

— J'ai vraiment eu de la chance.

— Vous l'avez sûrement mérité. Surtout quand on voit ce que votre petit ami fait tous les jours.

Je fronce les sourcils, ne comprenant pas où elle veut en venir.

— Oh, je pensais que vous étiez au courant. Je le laisse entrer tous les soirs pour qu'il passe la nuit à vos côtés. Mon cœur d'artichaut a succombé lorsqu'il m'a fait ce grand discours sur l'amour qu'il vous porte. C'est rare d'entendre des jeunes parler ainsi, de nos jours.

— Hayden vient tous les soirs ?

— Sans exception. Il a d'ailleurs été le premier à alerter les médecins de votre réveil. Avant ça, il passait ses nuits et ses journées à vos côtés. Une vraie perle rare, si vous voulez mon avis.

Je ne réponds rien et la laisse terminer. Il me fuit la journée mais passe la nuit avec moi. Je ne comprends plus rien.

C'est décidé, dès que je rentre à la maison, lui et moi aurons une discussion.

***

— Bienvenue chez toi, Parky ! s'exclame Nolan lorsque nous pénétrons dans mon appartement.

Dire que je l'ai détesté, cet appart'… Au final deux semaines loin d'ici et il m'a étrangement manqué.

Lorsque j'ai fait mes affaires pour suivre Marco, j'ai bien cru que je n'y remettrais jamais les pieds, que ma vie allait s'arrêter et que mes plus beaux instants aux côtés de l'homme que j'aime ne seraient que du passé. Aujourd'hui, me revoilà : survivante d'une noyade – et des repas immondes de l'hôpital –, prête à reprendre ma vie où je l'ai laissée.

Nolan m'aide à porter mon sac jusqu'à ma chambre. Rien n'a bougé. Mon dressing est toujours vide, mais le reste est bien en place : mes étagères couvertes de bouquins, mes tableaux et mon chevalet occupant les trois quarts de la pièce. Mon espace, mon refuge.

— Contente d'être enfin de retour ? demande mon ami, tout sourire.

— Rien que pour le confort de mon lit, c'est un grand OUI !

Il rit face à mon enthousiasme puis dépose mon sac dessus.

— Tu as besoin d'aide pour tout ranger ?

— Non, je ferai ça plus tard, il n'y a pas le feu. Par contre, je meurs d'envie de manger un bon sandwich à la pâte à tartiner.

— Le contraire m'aurait étonné, commente-t-il en levant les yeux au ciel.

Je tire la langue puis me dirige vers la porte pour rejoindre la cuisine. J'ai encore du mal à marcher, mais la douleur s'atténue de plus en plus. Je n'ai pas de grosses séquelles, mis à part des problèmes respiratoires. D'après les médecins, je dois ménager mon corps et éviter le sport. Bon, pour ce dernier point, ce ne sera pas bien difficile. Hormis un sport en particulier, mais je suis sûre qu'on peut s'arranger.

Arrange déjà les choses avec le concerné, me rappelle ma conscience.

Et comme si l'on m'avait entendue, en passant par le salon, mon regard se pose sur la personne que je rêvais de revoir depuis mon réveil. Son corps se fige lorsqu'il m'aperçoit, ses yeux se baissent automatiquement.

Ah non, pas ça, Hayden. Tu détestes quand je détourne le regard, ce sera la même chose avec moi.

— Tu… tu ne devais pas rentrer dans deux jours ? demande-t-il en préférant regarder mon meilleur ami.

Je lance un regard interrogateur à ce dernier, n'ayant jamais eu vent d'une telle nouvelle. Mon départ a toujours été prévu pour cette date. Le regard coupable de Nolan m'informe qu'il y est pour quelque chose.

— Si tu avais été au courant, tu aurais fui, et tous les deux, vous avez vraiment besoin de discuter, se défend-il.

Je le fusille du regard mais ne lui en veux pas. Nolan a raison, Hayden doit arrêter de me fuir pour des raisons idiotes. J'ai besoin que mon regard se noie à nouveau dans ses prunelles noisette. J'ai besoin de retrouver le confort de ses bras, la douceur et la chaleur de sa peau. J'ai besoin de ressentir la puissance de son amour et de ne plus jamais vivre loin de ça. Loin de lui.

— Je vous laisse, appelle quand tu as besoin de moi, murmure Nolan en embrassant ma joue.

Il presse l'épaule de Hayden dans un geste amical puis rejoint l'entrée pour quitter l'appartement.

Quelques minutes passent, aucun de nous n'a ouvert la bouche ni bougé. Son regard est toujours fuyant alors que je hurle intérieurement.

— Alors quoi, je ne mérite même pas un regard ? craché-je d'un ton amer.

Je m'approche de lui jusqu'à ressentir la chaleur de son souffle, puis attrape son menton pour relever sa tête. Ses yeux croisent enfin les miens, et ce que j'y vois me fend le cœur. Un regard que j'ai arboré des milliards de fois, un regard de pure souffrance.

Parle-moi, Hayden.

— Pourquoi n'es-tu pas venu une seule fois ? J'ai passé deux semaines dans ce putain d'hôpital et j'ai vu tout le monde sauf celui que je crevais d'envie de voir.

Une lueur de surprise traverse ses yeux, mais ils s'assombrissent presque aussitôt. Merde, ce n'est tellement pas son genre de rester si silencieux, si distant. Il faut que je le bouscule pour le faire réagir.

— Tu avais assez de compagnie, je…

— J'avais besoin de toi, m'écrié-je, c'est ce que tu voulais entendre ? Que ma vie était tellement paisible lorsque je ne ressentais rien ? Lorsque mon cœur n'avait plus besoin de personne ? Que tu as débarqué avec tes mots doux, ton sourire à la con, et que tu m'as plus aidée en quelques mois que ma psy durant des années ? Je te déteste, Hayden. Je me déteste d'être aussi heureuse quand tu es dans les parages. Je déteste la façon dont mon cœur bat, dont mon corps frémit à ton contact. Je déteste que ton sourire soit le plus beau que j'ai jamais vu. Je déteste le fait d'avoir besoin de te voir et de te sentir en permanence. Mais surtout… je déteste le fait d'être complètement et stupidement folle amoureuse du crétin que tu es.

Cette fois, le choc le paralyse complètement, et ses yeux doublent de volume. Non, ce n'était pas exactement la façon dont je comptais le lui annoncer. Mais au bout d'un moment, il faut se bouger le cul pour obtenir ce que l'on souhaite. Et moi, ce que je souhaite, c'est une réaction, des explications. Sa bouche contre la mienne, me jurant que plus rien ne nous séparera.

Lorsque ses pupilles croisent à nouveau les miennes, une lueur plus intense les anime : un regard brûlant qui me fait frémir presque instantanément. Puis, sans que je ne m'y attende, ses lèvres se plaquent furieusement sur les miennes, manquant de me faire tomber. Il attrape ma taille pour me maintenir contre lui et appuie avec ferveur pour prolonger notre baiser. Sa langue rejoint la mienne, je m'abandonne à lui complètement. Mes mains fondent sur sa nuque, mes hanches se soulèvent pour que mes jambes accrochent sa taille. Je l'embrasse comme si ma vie en dépendait, comme si je n'allais plus jamais le revoir. Parce qu'après tout, c'est bien ce qui a failli arriver. Et bien que j'aie besoin d'explications, j'ai encore plus besoin de le sentir contre moi.

Lorsque mes mains viennent trouver la peau de son ventre, il se fige et rompt notre baiser. Puis tente de fuir. Je l'arrête en attrapant sa main.

— Tu ne fuis plus, je ne te laisse pas le choix. Maintenant tu t'assieds et tu te libères, lui ordonné-je d'un ton ferme.

Il soupire longuement, puis se résigne avant de s'asseoir sur le canapé. Je l'y rejoins en m'asseyant à ses côtés et prends sa main dans la mienne pour l'encourager.

— Quand… quand j'ai repêché ton corps dans le lac, j'ai… J'ai cru que je t'avais perdue à jamais. J'étais dans cette espèce de transe où je ne voyais rien d'autre que toi. Ton cœur qui ne battait plus, ton corps froid et inanimé, la vie qui te quittait progressivement. Je ne pouvais pas te lâcher, même quand les médecins voulaient prendre soin de toi, je ne pouvais pas. Parce qu'en te laissant partir avec eux, j'avais peur de ne plus te revoir.

Il marque une pause à cause de la naissance d'une multitude de larmes. Hayden pleure, il pleure pour moi et c'est la première fois que je le vois dans un tel état de détresse.

— Puis ils t'ont emmenée en réanimation et nous ont fait attendre des heures. Des heures de pure angoisse, de stress et d'enfer constant. Chaque minute qui passait te rapprochait d'une mort certaine, tout mon être était terrifié par une telle chose. Parce que te perdre revenait à me perdre. Parce qu'en quelques mois, tu étais devenue cette pièce manquante qui fait de moi un tout.

Nouvelle pause. Il ravale ses larmes puis plonge enfin son regard embué dans le mien. Mon cœur s'accélère, de petits tremblements prennent progressivement possession de mon corps.

— Puis tu t'es réveillée. Lorsque j'ai enfin entendu ta voix, mon cœur s'est mis à tambouriner. Ce n'était qu'un petit gémissement, mais ça a suffi à mon âme pour retrouver mon corps. J'ai eu besoin de prendre l'air pour me remettre de mes émotions. Sauf que plus les heures passaient, plus je repensais à tout ce qui s'était passé. Putain, Kaylee, je t'avais promis. Je t'avais promis que tu n'aurais plus jamais besoin d'avoir peur, parce que je te protégerais toujours. Et j'ai échoué.

Il prend mes mains entre les siennes pour les serrer fort contre son cœur.

— Tu as chamboulé mon cœur, Kaylee Parker. Toi et ton caractère de merde, toi et tes regards noirs, toi et tes plaintes à répétition. Et pendant un instant, j'ai bien cru devoir renoncer à ça pour le restant de ma vie. Tout ça parce que je n'ai pas su être là pour empêcher ce drame de se produire. Parce que j'ai voulu tirer sur Marco alors que tu étais tout près. Parce que je t'aime comme un dingue et que l'envie de te garder contre moi à jamais m'obsède chaque jour…

Je ne le laisse pas terminer et fonds sur sa bouche. Ce crétin dit des bêtises, mais il est aussi capable de prononcer les mots les plus beaux qui existent.

— Arrête, je t'en prie, arrête de te blâmer pour toute la misère de ce monde. Tu n'as rien fait de mal, Hayden. Merde, tu m'as sauvée, de toutes les manières dont une personne peut être sauvée.

— Tu cites *Titanic*, maintenant, plaisante-t-il pour éviter le sujet.

— Et je citerai tout et n'importe quoi pour te faire comprendre que ma vie a de nouveau un sens depuis que tu y es entré. Alors oui, ça n'a pas été l'amour fou dès le départ, mais tu as su briser mes barrières et pénétrer mon âme. La vie est moche, douloureuse et parfois ingrate, mais avec toi, elle me paraît beaucoup plus supportable. Tu m'as ramenée à la vie, Hayden Jones, et plus d'une fois. Je t'en prie, tournons cette page qui continue de nous déchirer le cœur. Aimons-nous comme des dingues et emmerdons tous ceux qui auront un truc à y redire.

— Je vais tellement t'aimer que ma présence te sera insupportable.

J'éclate de rire en hochant vivement la tête.

— Marché conclu.

Sur cette dernière phrase, je scelle ses lèvres aux miennes. Je lui offre la clé de mon cœur et lie nos âmes à tout jamais. Sans lui, la vie n'a pas de saveur. Avec lui, tout prend un réel sens.

Parce qu'il a su voir au-delà de la personne amère et exécrable que je montrais.

Parce qu'il est la personne que j'attendais depuis des années.

Parce qu'au final, on était juste deux âmes brisées qui avaient besoin de la lumière de l'autre pour illuminer notre monde dominé par la solitude et l'obscurité.

Épilogue
Kaylee

4 ans et demi plus tard

— Félicitations, madame Parker, vous êtes officiellement la tutrice légale de votre petite sœur Grace Giulia Parker, m'annonce la juge.

J'explose de joie en serrant Hayden dans mes bras. Je laisse des larmes de bonheur se déverser tout en resserrant mon emprise. Je n'y crois pas, j'y suis enfin parvenue.

Voilà un an et demi que j'ai terminé l'université. Depuis, ma vie ne fait que s'accélérer.

Après mes quatre ans à l'université de Boston, j'ai décidé de poursuivre mes études en psychologie à Harvard afin d'obtenir ma licence pour pratiquer. Pendant cette dernière année, lorsqu'il a fallu que je réfléchisse à mon avenir, j'ai eu une longue discussion avec Craig Jones.

La première fois qu'il a vu mes peintures, il est clairement resté bouche bée. Quant à moi, j'étais mal à l'aise et complètement paniquée. C'est un expert, et malgré les compliments de Hayden, je n'avais pas confiance en moi.

Pourtant, Craig a failli m'étrangler lorsque je lui ai avoué avoir trop honte de les montrer.

Alors, quelques années plus tard, pendant une longue et sérieuse discussion, il m'a suggéré de partager mon temps entre mes deux passions.

Il m'a proposé la gestion de sa galerie à Boston en m'expliquant que les allers-retours entre New Haven et Boston n'étaient pas pour lui, qu'il cherchait quelqu'un de confiance pour en prendre la tête. J'avoue avoir totalement paniqué puisque je n'avais jamais fait ça, mais il m'a formée durant deux mois, et voilà maintenant six mois que je gère cet endroit.

En parallèle, je ne voulais pas abandonner la psychologie. Je poursuis donc mes études en ligne afin d'obtenir ma licence, et ainsi, avoir la main sur ma véritable carrière.

Craig ne vient m'aider qu'en période de vernissage, il m'a même ordonné de présenter mes peintures et de les mettre en vente. Il a parié sur moi, sur leur succès. Je dois bien admettre qu'il a eu raison. C'est ce qui s'est produit, j'ai même reçu quelques commandes extérieures.

J'ai bien failli faire une crise d'angoisse lorsque tout ce bien m'est tombé dessus.

Mes anciens démons ne sont pas complètement partis. J'ai même l'impression qu'ils feront toujours partie de moi, et qu'au lieu de les combattre, je dois apprendre à vivre avec.

Je continue de voir le docteur Wilson une fois tous les six mois. Elle a estimé au cours de ma dernière année universitaire que j'étais apte à vivre sans la consulter. Hayden m'aidait bien plus qu'un professionnel, et tant qu'il était près de moi, mon état s'améliorerait. Puis un jour, je serais stable seule.

En ce qui nous concerne, nous avons continué la colocation dans notre appartement jusqu'à la deuxième année d'école de droit de Hayden.

Ensuite, j'ai enfin accepté d'utiliser l'héritage de mes parents pour acheter notre maison, avec la participation des parents de Hayden. Je voulais refuser, étant donné tout ce qu'ils avaient déjà fait pour moi, mais les trois Jones sont très difficiles à convaincre.

Alors j'ai dit oui et voilà bientôt un an que je m'efforce de construire un foyer stable afin d'y accueillir Grace.

J'ai longuement discuté avec ma grand-mère à ce sujet, et elle m'a donné sa bénédiction. Elle aime ma sœur plus que tout, s'occuper d'elle a été un vrai bonheur, mais elle sait aussi que Grace a besoin d'un modèle pour affronter l'adolescence.

Ma grand-mère a d'ailleurs rencontré un homme, depuis bientôt trois ans, et ils souhaitent voyager ensemble. Il s'appelle Joseph, et bien que j'aie été sceptique au départ, il s'est avéré être quelqu'un de très bon. J'espère simplement qu'il rendra ma grand-mère heureuse. Après tout ce qu'elle a vécu, elle le mérite.

Grace est venue passer ses vacances avec moi, entre temps. Elle m'a aidée à décorer sa chambre à son goût et n'avait qu'une hâte, emménager pour de bon.

Ça va donc faire un an que nous montons, Hayden et moi, un dossier en béton pour avoir l'approbation de la juge. Avec mes antécédents, ça a pris plus de temps, mais ils ont fini par comprendre que j'étais assez stable pour élever ma sœur. Il ne lui reste que quatre ans avant d'être officiellement adulte, je pense pouvoir gérer.

— Je suis fier de toi, *piccola*, murmure mon petit ami au creux de mon cou.

Je l'embrasse à pleine bouche pour le remercier.

Cinq ans que je partage sa vie et je n'ai jamais été aussi heureuse.

Cet homme insupportable, que je pensais quitter après un semestre de colocation lorsque je l'ai rencontré, est devenu le pilier de ma vie. Je n'aurais jamais avancé de la sorte sans sa présence à mes côtés.

— Merci d'avoir été là à chaque étape, merci d'être toi, Hayden Jones, murmuré-je contre ses lèvres.

— Moi sans toi, ça n'a pas de sens, Kaylee.

Je dépose un énième baiser sur sa joue puis me tourne vers mon avocate pour la remercier de son travail acharné. Elle m'a aidée à convaincre la juge, à monter le meilleur des dossiers tout en me conseillant sur ce que je devais dire.

C'est Hayden qui me l'a suggérée. Il travaille dans son cabinet en tant qu'avocat junior. Il est fraîchement diplômé et doit encore faire ses preuves, mais il se débrouille très bien.

Il voulait participer à notre affaire, seulement il y avait un trop grand conflit d'intérêt.

— Merci pour tout, maître.

— Prenez soin de votre sœur et soyez le parfait exemple pour elle, sourit-elle en serrant ma main.

— Comptez sur moi.

Après avoir récupéré les documents nécessaires, je salue une dernière fois mon avocate et la juge puis sors du tribunal pour rejoindre la voiture. Je m'installe côté passager pendant que Hayden prend place derrière le volant.

— Alors, contente ? me demande-t-il bêtement.

Je souris sincèrement en acquiesçant.

— Tellement heureuse. Elle va enfin vivre avec nous, tous les jours de l'année, sans exception. J'ai encore du mal à réaliser.

— C'est un ajustement mais je te connais, ça va aller.

Je me mords la lèvre en hochant à nouveau la tête. Je suis quelqu'un de responsable, mais il est vrai que je n'ai jamais eu la responsabilité d'un gosse, et sûrement pas d'une ado. Bien que Grace soit la personne la plus facile à vivre. Sur ça, on va dire que j'ai de la chance.

— Bon, maintenant, il faut que je m'occupe de son inscription au lycée. Elle va entrer en première année, on doit encore voir quelle école, parmi les sélectionnées, est la meilleure. Il faut aussi qu'on se charge des activités extra scolaires, de…

Hayden me coupe en déposant un doigt contre ma bouche. Son regard me demande s'il peut le retirer sans crainte. J'acquiesce pour seule réponse, puis pousse un long soupir de fatigue. Ce dossier m'a pompé toute mon énergie, j'ai l'impression d'avoir passé une année sous stress. Entre Grace, mon temps partiel à l'hôpital et le reste à la galerie, je n'ai pas eu une minute de repos. Mon cerveau ne va pas tarder à exploser si je ne prends pas de pause rapidement. Heureusement que Hayden est là pour me canaliser à certains moments.

— Arrête de jacasser, ton cerveau est en ébullition et tu risques de surchauffer, me réprimande-t-il d'une voix posée.

Il attrape mes mains pour les porter à sa bouche avant de reposer son regard sur le mien.

— C'est les vacances scolaires. Grace est enfin sous ta garde, personne ne va te la reprendre. Et tu n'es pas seule, *piccola*, tu ne le seras plus jamais. Tu dois te le foutre dans le crâne à un moment donné.

Je mime une moue boudeuse, surtout parce qu'il a raison, puis opine à nouveau. J'encadre son visage de mes mains et dépose un petit baiser sur son nez.

— Tu sais bien que j'ai encore du mal avec tous ces trucs de partage. Mais tu as raison, tu es là et tu as été mon plus grand soutien, ces cinq dernières années. Je t'aime.

— Je t'aime.

Il m'embrasse avec une passion qui nous est propre puis me relâche à contrecœur pour reprendre le volant. Une petite princesse nous attend.

***

Des hurlements et des confettis résonnent dans mes oreilles lorsque nous passons le pas de notre porte. Je pousse un cri de surprise en apercevant tous nos amis et nos familles réunis entre le salon et le jardin.

— Qu'est-ce que c'est que tout ça ? m'exclamé-je en portant ma main à ma bouche.

— Une petite fête surprise pour célébrer ta victoire, répond Nolan en venant me serrer dans ses bras.

Je jette un regard interrogateur à Hayden, qui me répond en haussant les épaules tout en m'adressant un petit clin d'œil.

Petit cachotier.

Lorsque j'ai quitté la maison, ce matin, il n'y avait que ma sœur et ma grand-mère, qui passait le week-end avec nous. Deux heures plus tard, je retrouve la même pièce décorée de ballons et bannières en tout genre, peuplée des personnes qui comptent le plus pour moi : Kyle, Clay, Nolan, les Jones, ma grand-mère, Joseph ainsi que les gars de l'équipe de hockey. Pas des centaines de personnes, mais déjà plus que ce que je côtoyais cinq ans plus tôt.

— Vous ne saviez même pas que j'allais gagner.

— On n'a jamais eu le moindre doute. Mais Hayden nous a tout de même confirmé la nouvelle, il y a une demi-heure, réplique Kyle.

Je ris à nouveau avant de déposer un baiser sur sa joue. J'embrasse ensuite chaque personne présente en les remerciant d'avoir fait le déplacement.

Clay et Nolan sont restés à Boston et se sont pris un appartement un peu plus grand, pas loin de chez nous. Néanmoins, ils passent les trois quarts de leur temps à dîner à la maison.

Je crois que Nolan et moi aurons toujours du mal à rester éloignés l'un de l'autre sur une longue période. Il est cette âme sœur amicale que je ne pensais jamais avoir. La séparation est difficile, dans ces cas-là, même si ma moitié actuelle me comble parfaitement. Clay a trouvé un poste d'assistant architecte dans une grosse boîte de Boston et semble plutôt épanoui. Il prévoit déjà de faire construire leur maison dans quelques années.

Kyle, quant à lui, est également resté dans le coin. Quitter sa famille lui a fait tout drôle, mais il a réellement eu un coup de cœur pour Boston, quand bien même je suis persuadée que Hayden n'y est pas étranger. Ces deux-là sont comme des siamois, impossible de les séparer trop longtemps. Honnêtement, je suis bien contente qu'il soit resté. Kyle est un super ami, l'avoir près de nous est un vrai bonheur.

Quant aux gars, ils se sont un peu éparpillés. Jake est parti en Californie, tout comme Elliott. Jamie est allé en Floride, Miles à Chicago et Ian a trouvé son bonheur près de New York. Hayden discute avec eux de temps à autre, mais le contact n'est pas toujours régulier. On grandit, on a tous nos vies à gérer, pourtant on trouve toujours le temps une fois dans l'année de se retrouver, comme aujourd'hui.

— Merci à tous d'être venus. Je sais que vous avez probablement un million de choses à faire, mais cette journée compte vraiment pour moi, et ça fait du bien d'être entourée. Même si j'ai mis un bout de temps à m'en rendre compte, déclaré-je en souriant.

Tout le monde éclate de rire en acquiesçant.

— Je dois avouer que tu nous as bien fait flipper, les premiers mois. On n'avait jamais rencontré une fille avec plus de couilles que nous, s'exclame Ian dans un sourire moqueur.

Je tire la langue sans réprimer un rictus amusé et remercie une nouvelle fois tout le monde avant de lancer les festivités en invitant chacun à s'éclater comme il le mérite.

Puis je rejoins Hayden et Grace dans un coin. Cette dernière me saute au cou en me voyant.

— Alors c'est officiel, on ne se sépare plus, tous les trois ? s'enquiert-elle, ses yeux passant de mon copain à moi.

Au fil du temps, Grace et Hayden ont bâti une vraie relation fraternelle. Il est dorénavant la seule figure masculine et presque paternelle de sa vie et est totalement prêt à prendre son rôle à cœur. Pour mon plus grand plaisir.

J'attrape alors leurs mains et affirme dans un grand sourire :

— Tous les trois, à jamais.

* * *

— Kaylee ! Tu peux venir dans le salon, j'ai besoin de ton aide, s'écrie Grace.

Je quitte ma peinture en cours et rejoins ma sœur à grandes enjambées. Je la trouve sur la grande table du salon, les yeux rivés sur ses mots croisés. Elle a développé cette passion en côtoyant ma grand-mère. Depuis, pas un seul soir ne passe sans qu'elle ne se creuse les méninges pour en résoudre un. Néanmoins, il est très rare qu'elle me demande de l'aide. Elle attend d'être complètement à côté de la plaque pour me solliciter moi ou bien Hayden.

— Alors, qu'est-ce qui bloque ? demandé-je avant d'écarquiller les yeux lorsque j'aperçois la grille complètement vide.

Ah, elle n'en a même pas trouvé un. Ce n'est clairement pas son genre.

— J'aimerais qu'on fasse celui-ci ensemble, il est court et ça pourrait être amusant, me propose-t-elle d'une voix douce.

Comment puis-je lui refuser ? Elle vit officiellement avec nous depuis une semaine, et j'essaie de lui consacrer un maximum de temps, même si avec le travail, ça n'est pas facile. J'ai de la chance que Nolan s'en occupe les trois quarts du temps. Comme il a choisi la voie de professeur de sport, ses vacances d'été sont libres et il s'ennuie à mourir.

— Bien sûr, ça pourrait être sympa. Alors, quel est le premier mot ?

Elle glisse son regard sur le bas de la page puis lit la première phrase :

— « Avoir l'intention, souhaiter, désirer. »

— C'est un verbe ? la questionné-je tout en réfléchissant.

Elle hoche la tête, n'ajoute rien. Un verbe qui exprime le souhait…

— Vouloir ? proposé-je

— Il y a seulement quatre lettres, il est peut-être conjugué.

Pas faux. Elle écrit donc le mot « veux » sur la première ligne. Celui-ci entre parfaitement. Ça nous en fait déjà un.

— « Pronom personnel au singulier », énonce ensuite ma sœur.

Il y a seulement trois pronoms au singulier : je, tu, il. Sachant que les mots se relient entre eux à la fin pour former une phrase, il faut être stratégique.

« Veux-je » est possible mais me paraît bizarre.

« Veux-tu » est le plus probable.

— Je partirais sur le « tu ».

Elle hoche la tête pour me signifier son accord puis poursuit sur le troisième mot.

— « Verbe signifiant la transformation, le changement ».

Ah, celui-ci est plus compliqué.

— Changer ? tenté-je.

Grace secoue la tête en me notifiant que la ligne est composée de sept cases. Eh bien, c'est un grand mot.

— Alors peut-être « devenir » ? Il doit être conjugué ?

— Non, parce que le nombre de cases correspond au verbe à l'infinitif.

J'opine en la laissant remplir la troisième case.

— « Pronom possessif en deux lettres », continue-t-elle.

Ah, celui-là est simple.

— Facile, « ma ».

Elle sourit en écrivant l'avant-dernier mot. Déjà l'avant-dernier ! Ce truc était vraiment basique, elle aurait pu nous en trouver un plus difficile.

— Parfait, il ne nous manque plus que le dernier et le compte est bon.

— Vas-y, balance ta phrase, petite insolente, plaisanté-je en faisant mine d'être concentrée.

— Okay, alors : « Personne adulte de sexe féminin ».

— Sérieusement ? C'est un jeu pour enfants de moins de six ans ou quoi ? Tu m'as habituée à plus difficile, jeune fille.

Elle éclate de rire puis écrit le mot que je lui dicte : « femme ».

La phrase me percute soudainement. Je demande à Grace de relire les mots dans l'ordre, mais au même moment, une voix plus grave me répond.

— Veux-tu devenir ma femme ? entends-je derrière moi.

Je me retourne sans la moindre hésitation en reconnaissant ma voix préférée et porte les mains à ma bouche lorsque je trouve mon petit ami agenouillé, un écrin ouvert à la main.

— Hayden, qu'est-ce que…

— J'ai demandé à Grace de créer une grille de mots croisés avec moi afin de rendre cette demande originale, répond-il en souriant.

Les larmes me montent aux yeux instantanément, de petits tremblements s'emparent de mon corps.

— Kaylee Aurora Parker, lorsque je t'ai rencontrée, jamais je n'aurais pensé qu'un tel jour allait arriver. Toi, cette fille si en colère contre le monde entier, agacée par mon côté solaire et avenant. Nos premières semaines ont peut-être été difficiles, mais jamais une personne ne m'avait fait autant rire. Tu étais totalement atypique, et c'est une des premières choses que j'ai aimé chez toi. Puis j'ai découvert ta sensibilité, cette vulnérabilité que tu essayais de dissimuler avec hargne. J'ai su voir à travers cette âme bousillée et n'ai jamais autant aimé une simple chose de toute ma vie. Tu n'étais pas mauvaise, c'est la vie qui n'a pas été tendre avec toi. Il fallait simplement que quelqu'un te le prouve. Le reste, tu l'as fait par toi-même.

Je ne réponds rien et laisse les larmes ruisseler sur mes joues. Il prend ensuite une grande inspiration avant d'attraper l'anneau entre ses doigts.

— La vie est compliquée, mais il n'y a personne d'autre avec qui je voudrais la passer. Elle me convient. Ce foyer que nous nous apprêtons à construire, tous les trois, me convient. Et je n'ai qu'un seul souhait, que ça dure pour toujours. Alors ici, dans notre maison, avec la personne qui compte le plus dans nos vies, me ferais-tu l'honneur de devenir ma femme et de continuer à me rendre fou jusqu'à la fin de notre putain de vie ?

Je ne le laisse pas terminer et fonce sur ses lèvres, le fais basculer en arrière tout en approfondissant notre baiser. Sa langue rejoint rapidement la mienne. Je serre Hayden si fort contre moi qu'il lui est impossible de s'échapper.

— C'est un oui ? demande-t-il lorsque nous reprenons notre souffle.

— Oui, c'était déjà oui il y a cinq ans et ça le sera jusqu'à ce que la mort nous emporte, et encore après ça.

Un large sourire se dessine sur son visage avant qu'il ne passe la bague autour de mon doigt.

— Tu es cette moitié de moi qui m'a été arrachée à la naissance. Je t'ai cherché toute ma vie afin que tu me reviennes, Hayden Jones. Et aujourd'hui, je peux clamer haut et fort que je t'ai trouvé.

Je l'embrasse à nouveau puis ouvre notre étreinte à Grace pour qu'elle nous rejoigne.

J'ai longtemps détesté la vie et l'amour. Ces deux choses n'ont jamais été tendres avec moi et ont rendu mon existence difficile à supporter. Mais ce qu'on avait omis de me dire, c'est qu'il fallait simplement trouver la personne qui donnerait un réel sens à ces mots que j'avais tant de mal à comprendre.

Hayden est entré dans ma vie au moment où j'en avais le plus besoin et n'a cessé de me tirer vers le haut depuis ce jour. Il a été cette étoile dans mon ciel obscur qui a de nouveau éclairé mon chemin.

Aujourd'hui, en acceptant de devenir sa femme, je choisis une vie pleine de rires, de folies et de bonheur absolu. Je choisis cette famille qu'on commence à se construire, et je choisis un futur qui n'ira qu'en s'améliorant.

Je choisis la vie et compte poursuivre cet épanouissement que je commence à apprivoiser.

J'aime Hayden plus que j'aime la vie et compte bien le lui prouver jusqu'à mon dernier souffle.

— *Sono innamorato di te, Kaylee Aurora Parker. Follemente innamorato*[1], murmure Hayden, dans ma deuxième langue maternelle.

— *E sono innamorata di te, Hayden Alexander Jones. Per sempre e in eterno*[2].

Ma vie fade s'est transformée en un océan de couleurs, et tout ça grâce à mon foutu colocataire…

FIN

1. *Je suis amoureux de toi, Kaylee Aurora Parker. Follement amoureux.*
2. *Et je suis amoureuse de toi, Hayden Alexander Jones. Pour toujours et à jamais.*

Remerciements

J'ai encore du mal à réaliser que j'écris les remerciements de mon tout premier livre publié. Il y a quelques mois encore, je n'osais même pas rêver d'un tel moment. Aujourd'hui, il est réel, et je n'aurai jamais assez de mots pour exprimer toute ma gratitude.

Lorsque j'ai imaginé l'univers de *Fucking Roomie*, j'étais assise dans la cuisine de ma grand-mère, en plein brainstorming, et pas une seconde je n'aurais imaginé me trouver ici aujourd'hui. Écrire a toujours constitué une grande partie de ma vie. Tout ce que je n'arrivais pas à exprimer à voix haute, je le couchais sur papier, libérant toutes ces pensées chaotiques qui me consumaient.

Les mots m'ont sauvée. Ils m'ont permis d'exister lorsque je me sentais invisible.

En écrivant l'histoire de Kaylee et Hayden, je suis clairement sortie de ma zone de confort. J'ai passé des semaines à créer un univers dominé par la douleur, la noirceur, tout en y ajoutant une touche d'humour et d'amour.

À Kaylee, cette jeune fille torturée, confrontée à la peine bien trop tôt. À ma survivante, je suis tellement fière du chemin que tu as parcouru. Tellement fière d'avoir pu t'offrir cette fin heureuse que tu méritais tant, cette paix intérieure. Kaylee est le personnage le plus tourmenté que j'ai eu à écrire. Avec elle, j'ai appris, j'ai pleuré, j'ai parfois ri. J'ai tellement aimé voir son évolution. Elle n'a pas eu la vie facile, elle aurait pu abandonner, se laisser consumer par les ténèbres. Mais elle s'est accrochée, elle s'est battue, et elle a enfin repris le contrôle de sa vie.

À Hayden, ce rayon de soleil aussi narcissique qu'incroyable. À ce jeune homme de vingt ans dont les premiers jours furent un lourd combat. À cet homme qui a longtemps cru qu'être lui-même ne suffirait jamais. À cet homme qu'on a blessé à maintes reprises mais qui n'a jamais perdu sa lumière. À ce joueur de hockey un peu coureur de jupons sur les bords. À cet ami fidèle. À ce fils aimant. À cet être qui a su partager sa lumière pour que Kaylee puisse briller à ses côtés. À cet homme bien *green flag* par moments.

À ces âmes sœurs qui se sont trouvées et ont bouleversé la vie l'un de l'autre de la plus belle des manières.

À ces personnages secondaires sans qui *Fucking Roomie* n'aurait jamais eu la même saveur : Kyle, Nolan, Clay, Ian et l'équipe de hockey, Grace, Lindsay, Craig & Brian, Alba & Wyatt, sans oublier cette bonne vieille Médusa.

Lorsque j'ai publié cette histoire sur Wattpad en juillet 2022, jamais je n'aurais cru qu'elle aurait autant de succès, que mes mots toucheraient autant de personnes.

Je tiens d'abord à remercier tous mes lecteurs de Wattpad. Ceux qui étaient là depuis les premiers jours, ceux qui sont arrivés en cours de route ou des mois après. Merci d'avoir été la première maison de mes bébés, et merci d'en avoir pris soin.

Merci à toi qui liras ces mots après avoir tourné la dernière page de l'épilogue. Merci de m'avoir donné une chance. J'espère que Kaylee et Hayden auront réussi à te toucher autant qu'ils m'ont touchée.

Merci à mes premières copines Wattpad, celles qui sont toujours à mes côtés presque dix ans plus tard. Emma, Alix, Alicia, votre amitié est ce que j'ai de plus précieux au monde. Merci d'être ces filles en or sur qui j'ai toujours pu compter malgré les kilomètres qui nous séparent. Merci d'avoir cru en moi depuis le premier jour. Je vous aime tellement.

Merci à ma sœur d'avoir été mon premier cobaye. Merci d'avoir toujours cru en moi, d'être la meilleure amie qu'une personne puisse avoir. Merci de m'avoir encouragée, poussée à aller plus loin, écoutée jacasser sur toutes mes idées d'histoires et supportée à longueur de journée. Merci d'être aussi honnête, inspirante, protectrice, forte. Merci d'être mon alliée, mon roc, mon modèle. Je t'aime plus que les mots ne pourront jamais assez le dire.

Merci à toute ma famille d'avoir été un soutien depuis mes premiers jours sur Terre. Merci à ma mère, qui a fait un travail exceptionnel en élevant trois enfants seule. Merci à ma grand-mère, qui a pris la place de mon père et a épaulé ma mère avec force. Merci d'avoir travaillé si dur pour me permettre d'écrire ces mots aujourd'hui.

Merci à mes tantes et oncles, qui m'ont toujours épaulée. Mais surtout à ma tante Sarah, qui m'a toujours soutenue de manière positive et bienveillante dans tous mes projets. Je t'aime.

Merci à Catia. Merci d'être une amie aussi gentille, bienveillante et drôle. Tu as été d'un soutien incroyable cette dernière année. Merci d'avoir cru aussi fort en moi, en cette histoire. Merci de rendre mes journées bien plus étincelantes. Merci d'écouter mes millions de vocaux et d'écouter toutes mes idées chaotiques. Je t'aime tellement (*marry me please ?*).

Merci à ma M' (*offcampusqueen*), merci pour ta propagande sur les réseaux sociaux, merci d'avoir autant aimé Kaylee et Hayden que moi. Merci pour ta bienveillance, ton soutien, ton énergie à chaque coup de mou. Merci d'être cette fille si généreuse, talentueuse et lumineuse. Je suis tellement reconnaissante pour tout ce que tu fais pour moi. Je t'aime.

À Maïwenn, merci d'avoir été l'une des premières à croire en cette histoire, à la partager, à la faire vivre. Merci d'aimer chacun de mes personnages avec autant de passion que moi. Merci pour ton soutien, ton amitié, ta douceur.

Merci à ma Chloé, à Youna, à Thali, à toutes celles et ceux qui me soutiennent jour après jour. Merci de faire de ce monde un endroit meilleur.

Merci à Marianne, ma meilleure amie. Merci d'être la personne la plus belle, la plus gentille, la plus généreuse, drôle, loyale et dévouée que je connaisse. Merci d'être mon inspiration, mon pilier. Merci de croire en moi quand moi-même je n'y crois plus. Je suis tellement fière d'être ton amie. Je t'aime plus que je ne pourrai jamais l'exprimer.

Merci à Lena, merci d'être une amie incroyable depuis le lycée. Merci de te réjouir de mes succès comme s'ils étaient les tiens. Merci de m'aimer, de me soutenir, d'être à mes côtés. Je t'aime. <3

Un grand merci à Charlotte, qui a un jour découvert mon texte et a décidé de me donner ma chance. Merci d'avoir cru en moi, en cette histoire, en mon potentiel. Merci de me permettre de réaliser mon plus grand rêve.

Merci à Margot, mon éditrice, pour son travail formidable. Merci de croire en moi, de m'aider à présenter la meilleure version de *Fucking Roomie*. Merci pour tes conseils, ta patience et ta bienveillance. Grâce à toi, je suis encore plus fière de ce roman aujourd'hui.

Merci à toute l'équipe de Nisha pour votre soutien incroyable. Merci de rendre cette aventure possible. Merci d'être autant à l'écoute. Je suis tellement honorée de figurer parmi vos auteurs et autrices.

La vie n'a pas toujours été tendre avec moi. J'ai voulu abandonner à de nombreuses reprises. J'ai douté de ma place dans ce monde. Alors merci de me permettre de laisser ma trace. Merci de me prouver que moi aussi, je peux y arriver.

J'aime chacun de mes personnages, chacune de mes histoires, avec la même intensité, mais je mentirais si je disais que Kaylee et Hayden ne tiennent pas une place toute particulière dans mon cœur.

Ce livre est la preuve que nos rêves peuvent devenir réalité. Il faut simplement y croire assez fort.

Merci d'avoir cru en moi.

Et à bientôt pour de nouvelles aventures.

Avec tout mon amour,
Kenza

@nishaetcaetera est sur les réseaux sociaux :

RdV sur nos pages pour du fun, des cadeaux, des promos et pour découvrir tes auteures en off !

On a hâte de papoter avec toi :)

Imprimé en France par CPI Firmin-Didot
en août 2025
N° d'impression : 185232
ISBN : 978-2-38671-031-5
Dépôt légal : septembre 2025